세계 추리소설 걸작선 2

이 선집의 번역은 고 정태원 선생님을 비롯해 권일영, 박광규, 유경철, 장경현, 이수경, 유기옥 선생님이 함께 하셨습니다.

세계 추리 소설 걸작선 02

에드거 앨런 포 외 지음
한국추리작가협회 엮음

한스미디어

차례 2권

사라진 기억 |배리 퍼론| 7

살인! |이넉 아놀드 베넷| 25

피트 모란, 다이아몬드 헌터 |퍼시벌 와일드| 51

골초는 빨리 죽는다 |이자와 모토히코| 91

범죄 옴니버스 |도로시 세이어즈| 109

먹이 |토마스 테셔| 161

이콜 Y의 비극 |노리즈키 린타로| 187

그녀들의 쇼핑 |쓰쓰이 야스타카| 267

살의 |다카기 아키미쓰| 287

과학적 연구와 탐정소설 |고사카이 후보쿠| 307

아버지 |토마스 H. 쿡| 319

무대 뒤의 살인 |에드워드 D. 호크| 339

오번 가문의 비극 |매슈 핍스 실| 363

불도그 앤드류 |아서 체니 트레인| 397

탐정소설론 |이노우에 요시오| 435

아내의 외출 |자크 푸트렐| 457

A 분장실의 수수께끼 |자크 푸트렐| 483

알리바바의 주문 |도로시 세이어즈| 507

오필리어 살해 |오구리 무시타로| 551

프랑스 추리문학 소사 |박광규| 593

그의 마음은 찢어졌어 |크레이그 라이스| 615

해설 _ 손선영   649

사라진 기억
The Blind Spot

배리 퍼론 Barry Perowne, 1908~1985

'배리 퍼론'은 영국 최고의 추리소설가 중 한 명인 필립 앳키Philip Atkey의 필명 중 하나다. 1945년 발표된 단편소설 「사라진 기억」은 「사각지대」라는 제목으로도 알려져 있다. 래플즈라는 도둑 캐릭터를 창조한 작가 호닝이 작고한 뒤 그 뒤를 이어 래플즈 시리즈를 썼다.

애닉스터는 작은 남자에게서 형제 같은 정을 느꼈다. 그는 한 손으로 작은 남자의 어깨를 감쌌는데 그것은 친애의 정을 나타낸 것이기도 했지만 실은 정신이 흐려졌기 때문이었다. 그는 어제저녁 7시부터 계속 술을 마셨다. 지금은 고향 생각이 나는 한밤중이다. 주위가 몽롱해졌다. 로비에는 재즈가 시끄럽게 흐르고 있다. 두 계단 내려간 곳에는 테이블과 사람과 소음이 가득하다. 여기가 어디인지, 언제 이곳에 왔는지 애닉스터는 전혀 생각나지 않는다. 어쨌든 어제저녁 7시부터 목적 없이 여기저기 걸어다녔다.

"결말." 애닉스터는 작은 남자에게 기대어 이야기했다. "여자는 자네를 버렸어. 운명이 자넬 버린 거라 해도 좋지. 같은 거야. 여자와 운명. 그다음은 어떻게 되지? 이미 끝났다고 생각해. 당신은 어딘가에 앉아 술을 마시겠지. 그리고 마지막 당신 생애를 위해 좋은 생각을 하고. 그렇게 돼야지. 그게 내 철학이야. 극작가로서 버림받는 것도 좋은 일이지."

작은 남자가 지탱해주지 않았다면 넘어질 것같이 그는 심하게 흐느적거렸다. 작은 남자의 입은 일직선으로 거의 핏기가 없었다. 그는 테 없는 육각 안경과 까만 펠트 모자를 쓰고, 하얀 점과 검은 점이 섞인 옷을 입고 있었다. 붉게 취한 애닉스터 옆 작은 남자는 창백하게 보였다. 모자 보관소 카운터에 있는 여자가 재미있다는 듯 두 사람을 바라보았다.

작은 남자가 애닉스터에게 말했다.

"이제 집으로 가야죠? 당신의 희곡 내용을 들은 것은 영광이었습니다."

"아무에게도 그 트릭을 얘기하지 마세요. 훌륭한 작품이에요. 멋진 살인이죠, 그 클라이맥스야말로!"

그것은 멋진 완성이었다. 애닉스터는 다시 작은 남자를 쳤다. 그러더니 갑자기 생각에 잠긴 듯 눈썹을 찡그린 채 말없이 서 있었다. 잠시 후 고개를 끄덕이며 작은 남자의 손을 부여잡고 굳세게 악수했다.

"미안하지만 더 이상 이런 곳은 싫어! 나는 일을 해야 해." 애닉스터가 말했다.

그는 모자가 찌그러지든 말든 머리에 꾹 눌러쓰고 바삐 로비를 향했다. 두 손으로 이중문을 열고 밤의 세계로 나왔다.

그의 흥분한 눈에는 자신의 희곡 제목이 조명으로 빛나는 극장 간판이 되어 어둠 속에서 빛났다.

〈밀실〉, 제임스 애닉스터 작. 아니, 특별실. 아냐, 우울한 방, 파란 방. 그래, 〈파란 방〉, 제임스 애닉스터 작.

그는 보도에서 벗어났다. 그곳에 택시가 한 대 달려왔다. 젖은 차도에 타이어가 미끄러지자 운전기사는 급브레이크를 밟았다.

뭔가 세게 애닉스터의 가슴을 쳤다. 순간 밝은 빛이 눈앞에 보였다 사라졌다.

그리고 모든 빛이 사라졌다.

극작가 제임스 애닉스터 씨는 일주일 전 늦은 밤, 나이트클럽 카사하바나에서 귀가하던 중 택시에 치여 병원에서 쇼크와 상처를 치료받은 후 퇴원했다.

카사하바나 로비는 시끄러운 음악으로 가득 차 있었다. 두 계단 내려간 곳은 테이블과 사람과 소음이 가득했다. 모자 보관소의 여자는 애닉스터의 이마와 왼쪽 팔에 두른 검은 삼각건을 보고 눈이 휘둥그레졌다.

"이렇게 빨리 오실 줄 몰랐어요." 여자가 말했다.

"나를 기억하나?" 애닉스터가 미소 지었다.

"그렇고말고요. 그날 밤 한잠도 못 잔걸요. 선생님이 문을 나가자마자 차가 급정거하는 소리를 들었어요. 밤새 그 소리가 귀에서 떠나지 않았어요. 지금도 들리는 듯해요. 일주일이나 지났는데도. 무서웠어요."

"예민하군."

"온갖 상황을 상상하며 급히 문을 열고 달려갔어요. 선생님이 넘어져 있고 그 옆에, 여기 같이 계셨던 분이 서 있더군요. 그래서 내가 그분한테 물어보았죠. 손님하고 저분, 친구지간 아닌가요, 하고요."

"그 남자가 뭐라고 했어?"

"친구는 아냐, 우연히 함께 있었을 뿐이지. 이렇게 말하더군요. 이상하지 않아요?"

애닉스터는 입술을 적셨다.

"무슨 뜻이야?" 애닉스터는 조심스럽게 물었다. "이상하다고? 우연히 함께 있었다는 것은 맞지."

"네. 그렇지만 함께 술을 마신 사람이 눈앞에서 죽게 되었잖아요. 그 사람은 분명히 선생님이 차에 치이는 것을 보았어요. 선생님이 나가자 바로 따라갔으니까요. 함께 얘기한 이상 적어도 그 사람은 선생님에게 관심을 가져야 해요. 택시기사가 자기 잘못이 아니라는 것을 증언해줄 목격자를 찾아 큰 소리로 부르고 사방을 살피는데도 그 사람은 아무 말 없이 사라졌어요."

애닉스터는 함께 온 프로듀서 랜섬과 눈빛이 마주쳤다. 잠시 후 그는 걱정스러운 표정이 되었다. 그러나 그 여자에게 미소를 지으며 말했다.

"눈앞에서 죽게 되었다는 것은 과장이야. 좀 당황스러운 일이었을 뿐이지."

그 당황스러운 일이 그의 마음에 준 효과는 묘하고 이상한 것이었지만 그런 것까지 설명할 필요는 없었다.

"그렇지만 만약 택시 헤드라이트에 비친 채 쓰러져 있는 당신을 본다면……."

"그것은 당신 상상일 뿐이야."

애닉스터는 잠시 침묵하고 그 이상 중요하다고 생각하는 것을 물었다.

"나와 함께 있었던 남자가 누군지 알겠소?"

모자 보관소 여자는 차례로 두 사람을 쳐다보며 고개를 저었다.

"그때 처음 본 사람이었어요. 그리고 지금까지 오지 않았어요."

애닉스터는 실망했다. 그 남자가 누구인지 알아보기 위해서 이곳에 온 것이었다.

랜섬이 위로하듯 그의 팔을 잡으며 말했다.

"어쨌든 왔으니 한잔 마시자고."

두 사람은 두 계단을 내려가 밴드가 시끄러운 방으로 갔다. 웨이터가 테이블로 안내하자 랜섬이 웨이터에게 주문을 했다. 그러고는 애닉스터에게 말했다.

"저 여자를 비난할 거 없어. 단지 그 남자를 알지 못할 뿐이잖아. 자네에게 조언하겠네, 제임스. 뭔가 다른 생각을 해봐. 자네에게 기회를 주지. 뭐라 말해도 겨우 일주일밖에……."

"일주일이라고? 제기랄. 그 일주일 동안 나에게 생긴 일을 얘기하면 2막 모두와 제일 어려운 장면이자 전체의 클라이맥스인 3막 연극이 성공하느냐 실패하느냐의 갈림길이야. 그게 가능하다면 이 연극은 내 생애의 걸작이야. 일주일 전에는 가능했을 텐데. 이 머리엔 작은 기억조차 없어." 애닉스터는 자신의 이마를 치며 말했다.

"자네는 너무 빠져 있어!"

"그런가?" 애닉스터는 업신여기듯 말하고 팔의 삼각건을 보았다. "나는 아무것도 느끼지 못했어. 구급차에서 정신이 들었을 때 택시에 치인 순간이 선명하게 생각났어. 그러나 희곡 내용은 전혀 생각나지 않았어."

"침대에서 일어나 밤낮없이 글을 써서 그래. 의사 말대로 쉬면서 안정했더라면."

"종이에 써야만 했어. 안정 따위가 무슨 소용이야." 애닉스터는 비웃듯이 말했다. "자네가 어떤 아이디어를 손에 넣었다면 안정이 될 것 같아? 그게 살아 있는 보람이라면 말이야. 만약 자네가 극작가라면 말일세. 나는 내 연극에 나오는 여덟 명 인물 각자의 인생과 5일 동안 생활했어. 나는 완전히 몰입해서 마지막 장면을 쓸 때까지 나를 잃어버린 것 같았어. 나는 연극 전체를 볼 수 없게 된 거야. 왜 신시아는 스스로 열쇠를 잠그고 빗장을 걸고 창문도 없는 방에서 살해되었을까? 살인범은 어떻게 신시아에게 접근했을까? 어떤 식으로 밀실살인을 했을까? 나보다 훌륭한 작가들이 밀실살인을 쓰려고 했지만 누구도 해내지 못했어. 하지만 나는 해냈어. 신의 도움으로 해냈어. 그건 내 연극에서 가능했어. 그 밀실에서 막을 올리고 내린다! 나의 발견이야. 어떤 식으로 밀실살인을 했을까? 사랑하는 여자에게 버림받았다는 생각이 극작에게 준 대가, 그것이 내가 얻은 거였어. 생각하고 생각해서 밀실에서 답을 얻었지. 그런데 택시가 나의 머리를 쳐버린 거야."

그는 긴 한숨을 쉬었다.

"그 아이디어를 다시 생각해내려고 꼬박 이틀을 노력했어. 하지만 생각나지 않아. 나는 노련한 작가야. 나의 일을 사랑하지. 그리고 희곡을 완성해야 해. 이 거리 어딘가에 있을 작은 남자. 육각 안경을 쓴 작은 남자. 그의 머리엔 내 아이디어가 있어. 내가 얘기해줬으니까 알고 있을 거야. 그 남자를 찾아서 내 것을 돌려받아야만 해. 알겠지?"

1월 27일 밤 카사하바나에서 어떤 극작가의 희곡 내용을 들으신 분은 아래 번호로 연락해주시면 사례하겠습니다.

'친구는 아냐. 우연히 함께 있었을 뿐이지.'

이렇게 말한 작은 남자.

사고를 목격하고도 증인이 되지 않고 가버린 남자.

모자 보관소 여자의 말대로 뭔가 좀 이상한 데가 있다. 뭔가 이상해? 아니, 정말 이상하다.

2, 3일이 지나도 신문광고에 대한 반응이 없자 애닉스터는 그렇게 생각했다.

팔의 삼각건은 풀었지만 아직 일을 할 수는 없었다. 몇 번이나 원고 앞에 앉아 '이번에야말로 생각나겠지' 하고 도전해보지만 기억 사이를 맴돌 뿐이었다.

그는 일을 하지 않고 거리를 서성거렸다. 술집을 찾아다녔다. 일부러 러시아워에 버스와 지하철을 탔다. 그는 많은 얼굴을 봤다. 그렇지만 육각 안경을 쓴 작은 남자의 얼굴은 보이지 않았다.

애닉스터의 머리는 그 남자 생각으로 가득 찼다. 어디서나 우연히 만날 수 있는 한 사람. 그자가 애닉스터를 유명하게 만들 희곡의 열쇠를 쥐고 어디론가 사라졌다. 부당하다고 생각했다. 고통스러웠다. 그러나 상대는 무엇을 손에 넣었는지 알지 못한다. 손에 넣은 것을 음미할 생각조차 없는 것일까!

신문광고를 보고 나쁜 예감이라도 든 걸까? 그래도 애닉스터는 많은 돈을 사례할 생각이었다.

사고가 일어난 후 작은 남자의 행동이 어쩐지 이상했다는 모자 보관소 여자의 말이 맞다는 생각이 들었다. 찾는 상대가 왜 사고 후 모습을 감추었고, 어째서 신문광고에 반응이 없는지 그 이유에 대해 애닉스터는 이것저것 궁리해보았다.

애닉스터의 상상력은 왕성하고 드라마틱했다. 평범하게 보이던 남자가 애닉스터의 마음에는 언젠가부터 사악한 모습으로 떠오르기 시작했다.

작은 남자의 모습을 두 번째로 보았을 때 그는 뭔가 바보 같다고 생각했다. 웃음이 나올 정도로 바보 같았다. 그 남자는 카사하바나에서 보았을 때처럼 하얀 점과 검은 점이 섞인 옷에 까만 펠트 모자도 쓰고 있었다.

지하철 문이 닫히려는 순간 애닉스터는 그 남자를 보았다. 한 손에는 서류가방, 다른 쪽 팔에는 석간신문을 낀 작은 남자가 플랫폼에 서 있었다. 차 안의 전등 빛이 그의 점잖은 듯한 창백한 얼굴을 비추었고 육각 안경이 빛났다. 애닉스터가 닫히려는 문을 뛰쳐나가 겨우 플랫폼에 다다랐을 때 그는 출구 쪽으로 가고 있었다.

애닉스터는 인파를 밀치고 두 단씩 계단을 올라가 작은 남자의 어깨를 잡았다.

"잠깐만요. 당신을 계속 찾았어요."

작은 남자는 애닉스터의 손이 닿자 곧 멈추었다. 그리고 돌아서서 애닉스터를 보았다. 테 없는 육각 안경 속의 눈이 푸르게 빛났다. 파란 잿빛 눈이었다. 입은 일자로 다물었고 핏기가 없었다.

애닉스터는 작은 남자가 형제처럼 느껴졌다. 작은 남자를 찾았다는 것보다도 마음에 있는 먹구름이 걷히는 것처럼 느껴졌다. 작은 남자의 어깨에 닿았던 손에는 애정이 넘쳤다.

"할 얘기가 있어요. 잠깐이면 돼요. 잠깐 같이 가지 않겠어요?"

"뭘 얘기하려고요? 난 잘 모르겠습니다만."

작은 남자는 길 가던 여자를 피하며 약간 몸을 움직였다. 먼저 지하철에서 올라온 사람들 사이에 있었지만 계단을 오르내리는 사람이 끊이지 않았다. 작은 남자는 계속 재촉하듯 애닉스터를 보았다.

"모르는 것이 당연하지요. 바보 같은 일이니까요. 그 희곡."

"희곡이라니요?"

애닉스터는 어렴풋한 불안을 느꼈다.

"네, 그날 밤 난 술에 취했었지요. 하지만 당신은 술에 취하지 않았어요."

"나는 지금까지 술에 취한 적이 없습니다."

"고맙습니다. 그렇다면 그때 내가 했던 말을 기억하는 건 어렵지 않겠군요." 애닉스터는 활짝 웃으며 머리를 흔들었다. "시간 좀 내세요."

"무슨 말인지 모르겠습니다. 사람을 잘못 보셨어요. 무슨 말씀인지 전혀 모르겠군요. 전에 뵌 적도 없고요. 이만 실례하겠습니다."

작은 남자는 방향을 바꾸어 계단을 올라갔다. 애닉스터는 그 뒷모습을 보았다. 자신의 귀를 믿을 수 없었다. 화가 치밀었지만 참아야만 했다. 그는 계단을 뛰어올라 작은 남자의 팔을 잡았다.

"잠깐. 난 술에 취해 있었지만."

"손을 놓으세요."

애닉스터는 자제하며 말했다.

"미안해요. 전에 나를 만난 적이 없다고 했지요? 27일 10시부터 자정까지 카사하바나에 간 적 없나요? 나와 한두 잔 마시면서 내가 얘기한 희곡의 아이디어도 못 들었나요?"

작은 남자는 애닉스터를 계속 보았다.

"말했듯이 저는 당신을 본 적이 없습니다."

"내가 택시에 치인 것도 못 보았다고요? 모자 보관소 여자가 이렇게 얘기했어요. 저 사람은 친구가 아냐, 우연히 함께 있었을 뿐이지."

"무슨 말인지 도저히 이해할 수 없군요."

작은 남자가 걸음을 떼려 하자 애닉스터가 그의 팔을 잡았다.

"당신에 대한 건 알고 싶지도 않아." 애닉스터는 협박하듯 말했다. "자동차 사고가 났는데 증언하지 않은 건 뭔가 이유가 있겠지? 지금 나를 모른 척하는 것도 뭔가 이유가 있겠지. 그런 일은 알고 싶지도 않아. 상관없어. 하지만 당신은 모른 척하고 있을 뿐이야. 내가 희곡 얘기를 해준 사람은 바로 당신이라고. 내가 당신에게 들려준 이야기를 한 번만 내게 얘기해줘. 이유가 있어. 나만의 개인적인 이유지. 내용을 이야기해줘. 부탁은 그것뿐이야. 당신이 누구인지 알고 싶은 생각은 없어. 단지 그 이야기를 듣고 싶을 뿐이야."

"듣지도 않은 이야기를 하라니, 억지 아닌가요?"

애닉스터는 터질 것 같은 마음을 간신히 참았다.

"돈이 필요해? 원하는 것을 이야기해봐. 상연료를 모두 달라고 해도 좋아." 애닉스터는 어떤 생각이 떠오르자 말을 바꾸었다. "당신은 알고 있잖아. 그렇지?"

"당신은 미쳤거나, 아니면 술에 잔뜩 취했어."

작은 남자는 잡힌 팔을 빼고 계단을 뛰어올랐다. 전차가 들어오자 사람들이 급히 계단을 내려갔다. 그사이 작은 남자는 쏜살같이 사라져 곧 보이지 않았다.

상대는 몸도 작고 가벼웠지만 애닉스터는 무거웠다. 그가 길에 나왔을 때 작은 남자는 보이지 않았다.

'내 희곡을 훔치려는 생각일까?'

애닉스터는 생각했다. 혹시 극작가가 되려는 야심을 품고 있는 것은 아닐까? 지금까지 별볼일없는 원고를 써서 팔고 다닌 것은 아닐까? 좌절과 실패로 어두운 나날을 보내던 중 내 희곡이 그의 마음을 붙들어놓은 것이겠지. 이틀 동안 술에 취한 극작가가 모든 것을 잊어버리기를 바라면서.

때마침 밀려오는 감흥, 그렇게 보았기에 훔쳐도 괜찮다고 생각했을까?

애닉스터는 그런 생각을 하며 웃었다. 얼마나 우스운 일인가?

애닉스터는 다시 술을 마셨다. 육각 안경을 쓴 남자를 놓친 후 열다섯 잔째다. 하지만 자신이 몇 잔을 마셨는지 알 수 없다. 그것은 또한 그의 기분을 좋게 해 정신적인 활동을 시작하게 만들었다.

이야기를 하는 동안 애닉스터도 자신의 희곡이 멋지다고 생각했다. 그러니 작은 남자가 어떻게 느꼈을지 상상이 갔다.

'이건 내 거야.' 작은 남자는 틀림없이 그렇게 생각했을 것이다. '이 취한 술주정꾼은 아침이 되면 모두 까먹을 게 틀림없어.'

아침이 되어 애닉스터가 희곡에 대해 잊어버리겠지 하고 생각한 것은 말도 안 된다. 다른 일이라면 몰라도 극작가로서 필요한 것은 어떤 미세한 것도 지금껏 결코 잊은 적이 없었다. 딱 한 번 그 택시에 치었을 때를 제외하고 말이다.

애닉스터는 계속 술을 마셨다. 마시지 않을 수 없었다. 그는 자신을 되돌리려고 했다. 사라진 기억과 육각 안경을 낀 작은 남자는 어떻든 상관없었다. 작은 남자는 사라졌다. 처음부터 존재하지 않았다는 듯 사라졌다. 사라진 기억은 애닉스터가 스스로 묻었다. 묻지 않으면 안 되었다. 그는 또 술을 따랐다. 상당히 많이 마셨다. 술집은 붐볐고 시끄러웠지만 누군가 다가와 그의 어깨에 닿기 전에 그는 시끄럽다는 걸 못 느꼈다.

"이봐, 어떻게 된 거야." 랜섬이었다.

테이블을 두 손으로 잡고 몸을 지탱하며 애닉스터는 일어섰다.

"아이디어를 잃어버린 사람이 있어. 그는 그것을 찾으려고 해. 찾아야만 하지. 아이디어는 내부에서 생겨 외부로 움직이는 거야. 그렇지? 그렇지만 이제는 외부로부터 내부로 옮기려고 해. 어때, 이렇게 하는 건?"

그는 서두르며 랜섬을 힐끗 쳐다보았다.

"자, 좀 마시자구. 생각할 필요가 있어." 랜섬이 말했다.

"난 너무 많이 생각했어." 애닉스터는 모자를 썼다. "또 만나세. 난 할 일이 있어."

20분 후 그의 아파트 문을 열어준 사람은 하인 조셉이었다. 애닉스터가 열쇠로 문을 열려고 하는데 조셉이 문을 열었다.

"어서 오세요." 조셉이 말했다.

"오늘 밤 집에 있으라고 말하지 않았는데." 애닉스터가 말했다.

"나가서 별로 할 일이 없어서요." 조셉은 애닉스터가 외투 벗는 것을 도왔다. "가끔 저도 조용히 밤을 즐기고 싶습니다."

"외출하는 게 좋아."

"고맙습니다. 그렇다면 쇼핑이라도 하고 오겠습니다."

애닉스터는 커다란 서재에 들어가 한잔했다.

희곡 원고가 책상 위에 있었다. 애닉스터는 좀 서두르며 술잔을 한 손에 들고 눈썹을 찡그리며 난잡하게 쌓인 노란색 원고지를 보았다. 그렇지만 읽으려고 하지 않았다. 조셉이 나가면서 문 잠그는 소리를 기다리며 원고와 술병, 술잔과 담뱃갑을 한데 모았다. 그것을 가지고 복도로 나와 조셉의 방문으로 다가갔다.

그 문은 안에 빗장이 있다. 그리고 창이 없는 방이다. 이 두 가지야말로 애닉스터가 필요로 하는 것이었다.

그는 한 손으로 전등을 켰다.

평범한 작은 방이었다. 침대와 오래된 등나무 의자에 쿠션이 파란색이란 걸 느꼈을 때 애닉스터는 웃었다. 재미있지 않은가? 〈파란 방〉, 제임스 애닉스터 작.

조셉은 침대 옆에서 석간을 읽고 있었던 듯했다. 문 반대쪽, 침대 머리맡에는 구두 솔과 먼지걸레가 놓여 있는 작은 테이블이 있었다.

애닉스터는 가져온 것을 펼쳐놓았다. 원고와 술병, 술잔과 담뱃갑을 테이블 위에 놓고 문에 빗장을 걸어 잠갔다. 그리고 등나무 의자를 테이블 옆으로 끌어와 앉아 담배를 피웠다.

의자에 등을 대고 담배를 피우며 자신이 만든 분위기에 빠졌다 신시아의 분위기다. 그의 희곡에 나오는 여자. 두려워하는 여자. 밀실에서 창문이 없는 방에 열쇠를 잠그고 빗장을 걸어 잠글 정도로 두려워하던 여자의 마음 상태다.

"신시아는 이런 식으로 앉아 있었다." 애닉스터는 혼자 중얼거렸다.

"내가 지금 앉아 있는 것처럼. 방에는 창문도 없다. 문은 잠겼고 빗장도 질러져 있다."

"그렇지만 그는 들어왔다. 칼로 신시아를 살해했다. 방에는 창문이 없다. 문은 안에서 잠겼고 빗장도 질러진 채. 그는 어떻게 밀실살인을 했을까?"

그렇게 하는 방법이 하나 있다. 그가, 애닉스터가 그 방법을 생각해냈다. 그리고 잊었다. 잊은 것이다. 그런 생각에서 상황이 완성되었다. 그 상황을 계획적으로 다시 만들면 아이디어를 되찾을 수 있겠지. 자신의 몸을 피해자로 설정하면 범인의 상황을 파악할 수 있다.

조용했다. 방뿐만 아니라 아파트 전체가 소음 하나 없었다.

한참 동안 애닉스터는 몸을 움직이지 않았다. 긴장하고 집중한 정신이 풀어질 때까지 앉은 채 움직이지 않았다. 이윽고 몸에서 힘이 빠졌다.

잠시 손을 이마에 대고 술병에 손을 뻗었다. 많은 술을 따랐다. 찾던 것을 가까스로 찾게 되었다.

"상관하지 말자." 자신에게 말했다. "끝났다. 잠깐 쉬고 나서 하자."

뭔가 기분을 바꿀 게 없을까 주위를 둘러보면서 조셉의 침대에서 신문을 들었다.

시선을 끈 첫 글자에서 그는 심장이 멎는 듯했다.

여자의 사체에는 칼에 찔린 상처가 세 곳이나 있고 이것이 치명상으로 보인다. 방에는 창문이 없고 하나 있는 문도 안에서 열쇠로 잠겨 있고 빗장이 걸려 있었다. 여자가 이렇게 철저히 경계하고 있었던 것으로 미루어 생명의 위협을 느끼고 있었음을 알 수 있다. 경찰은 그런 상황에서 당한 여자의 죽음을 평소 여자에 대한 사무친 원한 때문인 것으로 풀이했다.

검시관의 추정에 의하면 사체는 사후 12일에서 14일이 지났다고 한다.

이렇게 오랜 후에야 사체가 발견된 적은 없는 데다 이제껏 밀실에서 살해된 예가 없었기 때문에 경찰은 사건을 해결하는 데 곤란을 겪고 있다.

12일에서 14일.
애닉스터는 처음부터 기사를 빠짐없이 읽고 나서 신문을 바닥에 떨어뜨리고 말았다. 갑자기 정신없이 날뛰는 심장으로 얼굴은 서서히 달아올랐다. 머리가 터질 듯 무겁다. 12일에서 14일이라고? 애닉스터라면 좀 더 정확하게 말할 수 있다. 13일 전, 바로 그날 밤이다. 밀실 안에서 어떻게 여자를 죽였을까? 틀림없다. 그 육각 안경을 쓴 작은 남자다. 그가 카사하바나에서 자신이 얘기한 대로 따라 한 것이다.
한참 동안 애닉스터는 조용히 앉아 있었다. 그리고 술을 잔에 따랐다. 보통때보다 많은 양이다. 묘한 놀라움과 두려움이 한꺼번에 몰려왔다.
그날 밤 그와 작은 남자는 같은 처지에 있었다. 두 사람 모두 여자에게서 버림받았다. 그 결과 한 사람은 살인극을 만들고, 다른 한 사람은 그 각본대로 살인을 저질렀다.
"그래서 난 오늘 밤 희곡료를 내라고 청구해도 돼. 이거야말로 당연한 돈벌이니까."
우주의 돈을 남김없이 모은다 할지라도 그 작은 남자를 만나 밀실에서 여자를 살해하는 방법을 애닉스터의 희곡에서 알아냈다는 사실을 인정받는 건 불가능할 거다! 왜냐하면 넓은 세계에서 단 한 사람, 바로 애닉스터만이 그를 고발할 수 있기 때문이다! 그에게 얘기해준 살인방법을 잊어서 경찰에게 그것을 알려주는 건 불가능해도 그를 경찰에 넘겨줄 수는 있지. 경찰이 그의 신변을 샅샅이 조사하도록 얼굴 모양을 가르쳐주는 것은 가능하지 않은가. 자세히 조사한다면 경찰은 죽은 여자와의 관계를 알아내겠지.

그렇다면 이상하지만 저 육각 안경을 쓴 점잖은 척하는 남자에겐 애닉스터야말로 단 한 사람의 위험 인물이 된다.

물론 작은 남자는 인정하지 않을 것이다. 카사하바나 앞에서 차에 치인 극작가가 부상을 입었다는 것을 신문에서 읽었을 때 그는 틀림없이 두려워했을 것이다. 같은 신문에 애닉스터가 낸 광고가 나오기 시작했을 때는 더 두려웠을 것이다. 그날 애닉스터가 어깨를 잡았을 때 그는 어떻게 느꼈을까?

이상한 생각이 애닉스터의 마음을 사로잡았다. 그날부터 이 이틀 밤까지 작은 남자에게 그는 위험한 인물이 된 것이다. 밀실살인을 발견했다는 기사가 신문에 실린 순간부터 위험한 처지라는 것을 작은 남자는 틀림없이 느꼈을 것이다. 기사는 석간에 실렸고 작은 남자는 그것을 곧 알았을 것이다.

애닉스터의 상상력은 생생하고 풍부했다.

물론 가정한 일이지만, 지하철 안에서 애닉스터가 작은 남자를 놓쳤을 때 반대로 그가 애닉스터의 뒤를 밟기 시작했을지도 모른다.

게다가 애닉스터는 조셉을 밖으로 내보냈다.

나는 지금 혼자다.

문득 그런 생각이 스쳤다. 갑자기 그는 얼어붙는 듯한 공포를 느꼈다.

애닉스터는 반쯤 일어났다. 하지만 이미 늦었다.

얇고 날카로운 칼날이 등 뒤에서부터 늑골 사이에 꽂히는 순간이

사라진 기억 23

었다.
 애닉스터의 머리는 앞으로 넘어져 볼이 희곡 원고에 닿았다. 그는 단지 희미한 목소리, 이상하고 불분명한 목소리를 들었다. 하지만 그것이 웃음소리란 것은 분명했다.
 순간, 애닉스터의 잊혀졌던 기억이 되살아났다.

살인!
Murder!

이넉 아놀드 베넷 E. Arnold Bennett, 1867~1931

영국의 소설가이자 사상가, 평론가. 1898년 첫 장편소설 『북쪽에서 온 사나이』를 발표하며 전업작가의 길로 들어섰다. 유럽 사실주의 문학의 주류를 잇는 다수의 작품으로 문단의 인정을 받았으며, 특히 『뉴욕 타임스』의 '20세기 유명소설 100선'에 선정된 『늙은 부인들 이야기』The Old Wives' Tale (1908)와 수전노 부부의 심리를 다룬 『라이시먼 계단』Riceyman Step은 영국 소설의 최고 걸작으로 손꼽힌다. 한국에서는 『아놀드 베넷 시간관리론』 등 자기계발서 작가로도 유명하다.

1

로맥스 하더와 존 프랜팅이라는 이름의 두 남자가 어느 가을 오후, 항구와 휴양지를 겸한 퀸게이트(영국 해협)의 해안 산책로를 나란히 걷고 있었다. 두 사람 모두 잘 차려입은 중산계급다운 모습으로 나이는 서른다섯 정도였다. 두 사람이 비슷한 점은 그것뿐이었다. 로맥스 하더는 금발에 이마가 넓은 세련된 얼굴이었고, 조심스럽다고 해도 좋을 정도로 몸짓이 섬세했다. 존 프랜팅은 주걱턱에 눈썹이 처진, 험상궂고 도전적인 느낌으로 소위 말하는 정말 무서운 상대였다. 로맥스 하더의 외모는 시인의 일반적 특징에 부합했다. 다만 머리카락은 단정하게 잘랐다. 사실 그는 시인인데, 시가 제1급의 관심 대상인 작고 시시하고 미친 세계에서는 잘 알려져 있었다. 존 프랜팅의 외모는 도박사나 아마추어 권투선수, 시간이 날 때는 여자 꽁무니를 쫓아다닐 것 같은 인간의 일반적 특징과 일치했다. 일반적 특징이라는 것은 가끔 진실과 부합하는 경우가 있다.

로맥스 하더는 조금 신경질적으로 코트의 단추를 채우면서 조용하지만 확고하고 설득력 있게 말했다.

"할 말이 있나?"

존 프랜팅은 정면에 '총기 제작자 곤틀'이라는 간판이 걸려 있는 가게 앞에서 갑자기 걸음을 멈추었다.

"할 말은 없어. 나는 여기에 들어가네."

존 프랜팅은 작고 초라한 가게로 퉁명스럽게 들어갔다.

로맥스 하더는 잠깐 망설였지만 그 뒤를 따랐다.

가게 주인은 검은 벨벳 상의를 입은 중년 남자였다.

"어서 오십시오."

남자는 품위 있는 표정과 말투로 프랜팅에게 인사했다. 프랜팅이 곤틀의 가게의 우수함을 알고 분별력 있게 이 가게에 오는 것은 그가 현명하면서 행운이 있는 사내라는 것을 손님들에게 넌지시 비추는 것과 같다.

곤틀의 이름은 방아쇠를 당기는 장소라면 어디에서나 호의와 경의 속에 알려져 있다. 영국 해협 연안을 통해서뿐만 아니라 잉글랜드 전체를 통해서 곤틀은 유명했다. 수렵가들은 훨씬 북부에서도, 런던에서마저도 총을 사러 퀸게이트에 오는 것이었다. "이 총은 곤틀의 가게에서 샀지" "곤틀 노인이 추천했네"라고 말하면 총기의 가치에 대해 어떤 이론이라도 침묵시키기에 충분했다. 전문가들도 곤틀의 독자적인 명성 앞에는 고개를 숙였다. 곤틀 노인 역시 극도로 자부하고 있었는데 그것도 무리는 아니었다. 넓은 세계에 있는 다른 어떤 총기 제작자도 자신과 비교할 수 없다는 그의 신념은 절대적이었다. 그는 왕이 영예를 수여하는 태도로 권총과 라이플 총을 팔았다. 그는 결코 의논하지 않고 사실을 사실로서 말했다. 그의 의견에 반대하는 손님은 정중하고 냉정하게 가게문으로 안내하는 것이 고작이었다. 잉글랜드 지방에는 이렇게 자기만의 철학을 가진 가게가 존재했는데 어떻게 명성을 얻었는지는 아무도 몰랐다. 이러한 가게는 잉글랜드 지방에만 존재할 것이다.

"안녕하시오." 프랜팅은 무뚝뚝하게 말하고 입을 다물었다.

"무엇을 찾으십니까?" 골튼이 물었다. 그것은 마치 "자, 염려할 거 없습니다. 이 가게는 위대하고 나도 위대합니다. 그러나 나는 당신을 잡아먹지 않습니다"라고 말하는 것 같았다.

"리볼버가 필요합니다." 프랜팅이 슬쩍 말했다.

"아, 리볼버입니까!" 곤틀이 중얼거렸다. 그것은 마치 "총이나 라이플이라면 좋습니다! 하지만 리볼버라는 것은 개성 없이 대량생산하는 총기인데, 물론 원하시면 드릴 수는 있습니다"라고 말하는 것 같았다.

"리볼버에 대해 아시겠죠?" 골튼은 리볼버를 꺼내면서 물었다.

"조금은."

"웨블리 마크 쓰리를 아십니까?"

"그렇다고는 말할 수 없소."

"아! 이것은 모든 일반적 용도에 최상입니다."

골튼의 시선은 "그렇지 않다고 나에게 말하지 마십시오"라고 말했다.

프랜팅은 웨블리 마크 쓰리를 살펴보았다.

"이 권총의 특징은 탄창의 간격이 완전히 닫힐 때까지 발사되지 않는 것입니다. 때문에 폭발해서 살인자의 한쪽 팔을 잃게 하거나 죽게 하는 위험은 없습니다."

골튼은 오랫동안 사용해온 농담을 내뱉고 장난스럽게 미소 지었다.

"자살은 어떻습니까?" 프랜팅이 냉혹하게 물었다.

"아!"

"탄환을 장전하는 법을 알려주시오."

골튼은 탄환을 찾아서 당연한 주문에 응했다.

"총신에 조금 긁힌 상처가 있군요." 프랜팅이 말했다.

골튼은 고통스러운 표정으로 긁힌 상처를 살폈다. 긁힌 자국이 없다고 말하고 싶었지만 그러지는 않았다.

"다른 리볼버가 하나 있습니다. 당신은 아주 꼼꼼하신 분 같군요." 그도 손님을 손님으로 취급하지 않을 수 없었다.

"탄환을 장전해주시오."

골튼은 두 번째 리볼버에 탄환을 넣었다.

"한번 쏘아보고 싶은데요." 프랜팅의 말이었다.

"물론 가능합니다."

골튼은 프랜팅에게 따라오라 하고 가게 뒷문으로 나가 권총 사격을 할 수 있는 지하실로 내려갔다.

로맥스 하더는 혼자 가게에 남았다. 그는 오랫동안 망설였지만 결국 프랜팅이 거절한 리볼버를 집어들고 다시 놓았다가 또 집어들었다. 그때 갑자기 가게 뒷문이 열렸다. 하더는 깜짝 놀라 권총을 코트 주머니에 넣었다.

"탄약은 얼마나 드릴까요?" 골튼이 프랜팅에게 물었다.

"아, 나는 한 발만 쏠 뿐이오. 다섯 발 있으면 지금은 충분하오. 무게는 얼마나 하오?"

"봅시다. 총신이 4인치죠? 1파운드 4온스입니다."

프랜팅은 권총 대금 5파운드를 내고 거스름돈 13실링을 받은 다음 리볼버를 들고 가게에서 나갔다. 로맥스 하더가 지금부터 어떻게 할까 결정하기 전에 프랜팅은 사라졌다.

"손님은 무엇을?" 골튼이 시인에게 물었다.

하더는 갑자기 생각이 났다. 골튼은 그가 앞 손님과 따로 온 손님으로, 그보다 조금 늦게 가게에 들어온 것으로 착각했다. 권총을 파는 동안 하더와 프랜팅은 서로 한 마디도 하지 않았고, 특히 폐쇄적인 가게에서는 앞 손님과 거래를 마칠 때까지 다음 손님은 완전히 무시하는 것이 관습이라는 것을 하더는 알고 있었다.

"펜싱용 검을 사려고요." 하더는 머리에 떠오른 단 하나의 단어를 더듬거리며 말했다.

"펜싱용 검이요?" 골튼은 놀란 듯이 소리쳤다. 마치 "이 총기 제작자 골튼이 펜싱용 검 따위를 판다고 생각하다니, 상상할 수 있습니까?"라고 말하는 것 같았다.

몇 마디 주고받은 뒤에 하더는 사과를 하고 가게에서 나왔다, 도둑으로서.

"나중에 다시 와서 저 사람에게 돈을 지불하지." 하더는 양심의 가책을 느끼면서 중얼거렸다. "아니, 그렇게 할 수 없어. 익명의 우편전신환으로 보내야지."

산책길을 건너자 프랜팅이 보였다. 사람이 없는 해변 훨씬 아래쪽에 체구가 작은 왼손잡이의 그림자가 권총을 겨누고 있었다. 발사음이 들린 것 같았지만 확인하기에는 거리가 너무 멀었다. 바라보고 있자니 프랜팅은 해변을 비스듬히 지나 서쪽으로 걸어갔다.

"벨뷰 호텔로 돌아가는군." 하더는 중얼거렸했다.

30분 전 그는 그 호텔에서 나오는 프랜팅을 만났다. 그는 하얀 호텔 쪽으로 천천히 걸어갔다. 그러나 프랜팅은 유료 리프트를 타고 절벽 면을 올라왔는지 그보다 먼저 도착해 있었다. 하더는 호텔 밖에 서서 프랜팅이 라운지에 앉는 것을 보았다. 이윽고 프랜팅이 일어나 긴 복도를 걸어 라운지 뒤쪽으로 사라졌다. 하더는 어느 정도 뒤가 켕겼지만 호텔로 들어갔다. 입구에는 보이가 없었고 라운지에도, 라운지에서 보이는 곳에도 사람 한 명 없었다. 하더는 긴 복도를 걸어갔다.

2

복도 끝까지 오자 로맥스 하더는 당구실로 들어갔다. 호텔 본관 뒤에 있는 건물로 일부는 벽돌, 일부는 나무로 만든 방이었다. 철과 더러운 유리로 만든 지붕은 중앙이 높게 솟아 있었다. 이미 황혼이 시작되었다. 난로 안에는 작은 불이 나약하게 타고 있었다. 창문 아래의 커다란 라디에이터는 차가웠다. 여름은 끝났지만 경제적으로 경영하는 작은 호텔에서 겨울은 공식적으로 시작되지 않은 것이다. 그래서 방은 추웠지만 신선한 공기와 불쾌함을 찾는 영국인의 감정에 경의를 표해서 창은 활짝 열려 있었다.

프랜팅은 코트를 입은 채 불이 붙지 않은 담배를 입술에 물고 빈약한 난로 불에 등을 향하고 섰다. 그리고 하더를 보며 도전하듯이 턱을 들었다.

"아직도 나를 따라다니나?" 그는 성난 목소리로 말했다.

"그래." 하더는 기묘하게 점잔을 빼며 부드럽게 말했다. "특별히 당신과 얘기하려고 여기까지 왔지. 더 일찍 할 말을 다 했으면 좋았겠지만 내가 호텔에 들어오기 조금 전에 당신이 나가버려서 못 했네. 당신은 거리에서 말하고 싶지 않은 것 같았지. 하지만 당신에게 꼭 할 말이 있어." 하더는 완전히 평정해 보였고, 그도 자신이 완전히 평정하다고 느꼈다. 그는 문에서 당구대 쪽으로 몇 걸음 옮겼다.

프랜팅은 한 손을 들고 황혼 속에서 끝이 각진 야만적인 손가락을 폈다.

"자, 내 말을 듣게." 그는 느릿하고 냉혹하게 말했다. "자네가 말하려는 것은 모두 알고 있어. 꼭 얘기하고 싶다면 내가 말하지. 그리고 내 얘기가 끝나면 빨리 사라지게. 나는 아내가 하위치에서 코펜하겐으로 가는 배 티켓을 산 것을 알고 있네. 아내가 여권과 짐을 챙긴 것도 알고 있지. 그리고 물론 자네가 코펜하겐에 관심이 있고 귀중한 시간의 반 정도를 거기에서 보내는 것도 알고 있네. 나는 그 둘을 연결시키려는 것은 아니야. 그런 것은 모두 나와 아무런 관계도 없네. 에밀리는 자네와 자주 만났지. 지난 일이 주일 동안에는 그전보다 더 자주 만난 것도 알고 있어. 나는 그것을 마음에 두고 있는 게 아냐. 아내가 내 행위나 방법 전체를 싫어하는 것도 알고 있다네. 자네에게는 상관없지만 그것은 아내와 나에게만 관계있는 문제지. 말하자면 자네는 물론 다른 누구도 관계가 없다는 의미네. 아내가 그 정도 나를 싫어한다면 재판해서 이혼하면 되지. 잘 될지 어떨지는 모르니 확실한 말은 할 수 없어. 새로운 법률 때문이지. 어쨌든 그녀는 이혼할 때까지는 내 부인이니까 나에게 일반적인 의무와 책임이 있다고. 내가 세상에서 가장 나쁜 남편이라고 해도 말이네. 낡은 방법이지만 나는 그런 식으로 사태를 보고 있네. 지금 아내에게서 편지를 받았네. 아내는 내가 여기에 있는 것을 알고 있고, 내가 여기에 있다는 것을 자네가 어떻게 알았는지도 그것으로 설명이 되지."

"그렇지." 로맥스 하더가 조용히 말했다.

프랜팅은 안주머니에서 편지를 꺼내 펼쳤다.

"자." 그는 편지를 보면서 몇 문장 읽었다. "나는 당신 곁을 떠나려고 굳은 결심을 했습니다. 나를 도우려고 힘써주는 사람이 있다는 걸 당신이 눈치챘다는 사실을 알고 있지만 나는 그것을 숨길 생각은 없습니다. 이미 당신과 같이 살 수 없습니다. 당신이 말하듯이 당신은 나를 열렬히 사랑하는지 모르지만, 나는 당신의 애정 표현 방법을 굴욕적이고 고통스럽게 느낍니다. 이 일은 당신에게 말했지만 마지막으로 다시 한 번 말해둡니다……."

프랜팅은 편지를 반으로 찢어 하나를 바닥에 떨어뜨리고 다른 하나를 구겨서 난로 불에 가져가 불을 붙였다. 그리고 그것으로 담배에 불을 붙였다.

"이것이 아내의 편지에 대한 나의 생각이네." 그는 담배를 입에 물고 말했다. "자네는 내 아내를 도와주고 있나? 좋아. 자네가 그녀를 사랑하느냐, 그녀가 자네를 사랑하느냐를 말하는 게 아냐. 나는 거친 말을 하지 않을 생각이네. 그러나 자네가 사랑하지 않는다면 왜 그녀를 위해 이런 헛수고를 하지? 사람을 도울 목적으로, 불행하다고 하는 여자들을 돕고 다니나? 걱정할 거 없네. 에밀리는 나를 떠나지 못해. 이것은 머리에 새겨두게. 아내를 떠나게 하지 않겠네. 아내는 돈을 갖고 있지만 나는 갖고 있지 않지. 나는 아내의 돈으로 살아가기 때문에 그녀가 이대로 가버리면 아주 곤란해지네. 그 것이 아내를 막는 이유일까? 하지만 자네가 믿거나 말거나 그것은 내 이유가 아니네. 아내는 내가 그녀를 사랑하고 있다고 말하는데 그것은 사실이니까. 그것도 그녀를 붙잡아두는 이유는 되겠지. 하지만 그것도 내 이유는 아니네. 내 이유는 아내는 아내라는 것이네. 정원에 있는 모든 것이 아름답지 않다고 해서 그녀가 약속을 깨서는 안 되네. 내가 부도덕하다는 소문을 들은 적이 있지. 나는 분명히 부도덕하지는 않아. 그리고 소위 결혼의 굴레를 특히 중요하다고 생각하고 있지."

그는 코트 주머니에서 권총을 꺼내 들어 보였다.

"이것이 보이나? 자네는 내가 이것을 사는 것을 보았어. 하지만 무서워하지 말게. 자네를 협박하려는 것도 아니고, 자네를 쏘는 것은 내 일이 아니네. 나는 자네의 행동과 아무런 관계도 없네. 내가 관계있는 것은 아내의 행동이지. 만약 아내가 나를 버리면 자네 때문이든 누구 때문이든, 코펜하겐이든 방콕이든 북극이든 쫓아가서 죽이겠어. 내가 권총을 사는 것을 자네는 보았어. 정말 이 권총이지. 자, 이제 나가도 좋네."

프랜팅은 권총을 주머니에 넣고 거칠고 불안하게 담배를 피웠다.

프랜팅의 엄숙하고 잔인한 얼굴을 보고 하더는 진심이라고 느꼈다. 그 협박을 실행에 옮기는 것을 막는 것은 아무래도 불가능할 것 같았다. 이 남자는 논쟁하는 타입이 아니기 때문에 설득할 수도 없다. 그러나 배짱이 있는 것은 분명해서, 결과가 두려워 꼬리를 내리는 일은 절대로 없을 것이다. 에밀리가 이 남자를 버리면 그녀는 죽은 것과 마찬가지다. 남편이 실행에 옮기는 일에서 그녀를 지켜내기는 결국 어떻게 해도 불가능할 것이다. 한편, 그녀를 남편 곁에 머물도록 설득하는 것도 역시 불가능할 것이다. 그녀는 떠날 각오였으며, 떠날 것이다. 확실히 하더가 마음속으로 사랑하는 여자가 남편 옆에 머물면서, 지금까지 몇 년이나 계속되었던 고통과 굴욕을 계속 받을 것을 생각하면 가슴이 찢어진다. 그런 일은 생각할 수 없다.

하더는 당구대 옆으로 살짝 다가갔다. 동시에 프랜팅도 상대를 향해 다가갔다. 하더는 곧 주머니에 들어 있던 리볼버를 꺼내 겨누고 방아쇠를 당겼다.

프랜팅은 쓰러지며 상반신을 당구대 가장자리에 위태롭게 지탱했다. 그는 죽었다. 하더의 귀에는 총소리가 바이올린 줄을 손가락으로 강하게 퉁기는 소리처럼 들렸다. 프랜팅의 적동색 오른쪽 관자놀이에 붉은 기를 띤 작은 구멍이 보였다.

"누군가는 죽어야 하지." 하더는 생각했다. "에밀리가 죽는 것보다는 저자가 죽는 것이 당연해." 그는 올바른 행위를 한 듯이 느꼈다. 프랜팅이 조금 불쌍하다고도 생각했다.

그리고 걱정이 되었다. 그는 죽고 싶지 않았다. 특히 사형대에서 죽고 싶지 않아서 자신을 걱정했는데 에밀리 프랜팅의 일도 걱정되었다. 그가 없으면 그녀는 친구도 없이 고립무원이 될 것이다. 그녀가 세상의 따돌림을 받는 것을 생각하면 참을 수 없었다. 지독한 추문 가운데 놓이는 것이다. 빨리 도망가야 한다…….

복도로 나가 호텔 라운지로 가서는 안 된다. 안 돼! 그런 행동은 치명적이다! 창문. 그는 시체를 보았다. 그것은 무섭다기보다 오히려 기묘했다. 그는 시체를 만들었다. 기묘하다! 그것을 원래 상태로 되돌릴 수는 없다. 돌이킬 수 없는 일을 한 것이다. 인상적이다! 짙어가는 어둠에 프랜팅의 담배가 리놀륨 위에서 불타고 있었다. 그것을 주워서 난로의 재에 던졌다.

창의 끝에서 끝까지 레이스 커튼이 쳐져 있다. 그는 그 하나를 걷고 밖을 보았다. 가운데 뜰은 실내보다 훨씬 밝다. 그는 장갑을 끼었다. 마지막으로 힐끗 시체를 보고 창턱에 걸터앉아 가운데 뜰의 벽돌 바닥에 뛰어내렸다. 커튼이 원래대로 돌아가 수직으로 내려진 것이 보였다.

주위를 둘러보았다. 아무도 없다! 어느 창문에도 불이 켜져 있지 않았다. 녹색 나무문이 보였다. 문을 밀자 통로 같은 것이 나왔다. 두 번 모퉁이를 돌자 곧바로 해안 산책로로 나왔다. 그는 도망자였다. 오른쪽으로 도망가야 하나? 왼쪽으로 도망가야 하나? 그때 영감이 번뜩였다. 살인자의 이해할 수 없는 천재적인 생각이다. 호텔 정문으로 들어가자. 그는 천천히 정면 현관으로 들어갔다. 희미한 어둠 속에 중년 포터가 서 있었다.

"안녕하세요. 어서 오십시오."

"안녕하시오. 방은 있습니까?"

"있을 겁니다. 프런트 담당이 외출했는데 곧 돌아옵니다. 앉으세요. 지배인은 런던에 갔습니다."

포터는 갑자기 라운지의 불을 켰다. 로맥스 하더는 눈을 깜박이면서 안으로 들어가 앉았다.

"기다리는 동안 칵테일을 마시고 싶소." 살인자는 밝고 친절한 미소를 지었다. "브롱크스 한 잔."

"알겠습니다. 보이는 비번입니다. 라운지에서 이 주문은 보이가 받지만 내가 갖다 드리죠."

"이상한 호텔이군!" 살인자는 추운 라운지에 혼자 앉아 긴 복도를 보면서 생각했다. "호텔 전체를 보이 한 명이 담당하고 있나? 물론 지금은 한가한 시기이지만."

총소리를 아무도 듣지 못했을까?

하더는 도망가야 한다는 강한 충동을 느꼈다. 하지만 안 된다! 그런 행동은 상당히 위험할 것이다. 그는 자신을 진정시켰다.

"얼마입니까?" 그는 글라스가 놓인 쟁반을 들고 놀라울 정도로 빨리 돌아온 포터에게 물었다.

"1실링입니다."

살인자는 포터에게 18펜스*를 주고 칵테일을 마셨다.

"감사합니다." 포터는 글라스를 가져갔다.

"이봐!" 살인자가 말했다. "나중에 다시 오겠소. 한두 가지 소소한 볼일이 있어서."

그는 황혼의 해안 산책길로 천천히 나갔다.

3

로맥스 하더는 퀸게이트 항구 왼쪽의 인공 석조 안벽에 기대어 있었다. 다른 사람은 아무도 없었다. 밤이 되었다. 오른쪽 안벽 끝에서 등대가 명멸하고 있다. 바다 위 선박의 빨갛고 파랗고 하얀 불빛이 끝없는 행렬을 만들고 양쪽으로 지나간다. 거대한 석조 안벽에 파도가 조용히 치고 있다. 바람이 북서쪽에서 쉼없이 불어왔는데

---

* 1실링 반.

차갑지는 않았다. 하더는 주위를 둘러보면서 자신이 완전히 혼자라는 것을 확인했다. 그리고 코트 주머니에서 권총을 꺼내 살짝 바다에 떨어뜨렸다. 돌아서서 작은 항구 너머의 신비한 원형극장처럼 보이는 불이 켜진 시내를 바라보았다. 시내의 시계와 교회의 시계가 시각을 알렸다.

그는 살인자이지만 왜 감쪽같이 도망가지 않을까? 다른 살인자들은 도망간다. 그는 충분한 분별이 있다. 흥분하지 않았다. 병적인 것도 없다. 사물을 보는 시각은 뒤틀리지 않았다. 호텔 포터는 그가 처음에 호텔에 들어간 것도 범행 후에 나간 것도 목격하지 못했다. 누구도 그 양쪽을 목격하지 않았다. 그는 당구실에 아무것도 남기지 않았다. 창턱에는 지문이 남지 않았다(장갑을 낀 것은 그가 완전히 냉정한 상태였다는 분명한 증거다). 가운데 뜰의 단단하고 건조한 포장 바닥에는 어떤 발자국도 남지 않았다.

물론 누군가, 그가 눈치채지 못한 누군가, 그가 창문에서 나오는 것을 보았을 가능성도 있다. 만약 그런 사람이 경찰에 알려 그의 인상을 가르쳐주면 수사가 시작될 것이다. 아니! 그런 일은 없다. 그의 외모는 우연한 목격자의 눈에 특별히 뜨이는 일은 없다. 그가 조금 자랑스럽게 생각하는 넓은 이마를 제외하고는. 하지만 그것은 모자로 가려 있었다.

범죄자는 결국 무언가 바보 같은 짓을 한다고 일반 사람들은 믿는다. 그러나 지금까지 그는 바보 같은 짓을 전혀 하지 않았고, 범죄에 관한 한 앞으로도 바보 같은 짓은 하나도 하지 않을 자신이 있다. 범죄자들이 자주 저지르는 실수라고 생각되는 것, 즉 범죄 현장을 다시 방문하거나 시체를 다시 한 번 보거나 할 의향도 그에게 전혀 없었다. 그는 자신이 살인이라는 행위에 호소할 수 없었던 것을 유감스럽게 생각했지만 양심의 가책은 조금도 느끼지 않았다. 누군가 한쪽은 죽어야 했고, 기품 있고 매력적이면서 학대받는 여자가 죽는 것보다는 그 야만스러운 남자가 죽는 것이 낫다는 것은 확실하다. 그의 행동이 그 남자로부터 그 여자를 영원히 구원했다! 그는 에밀리 프랜팅에 대한 헌신적 애정을 느꼈다. 그녀는 이제 홀몸이고 자유다. 훌륭한 여성이다. 그런 재색을 겸비한 여자가 프랜팅같이, 언뜻 봐서도 불량배로 보이는 자에게 지배받았다는 것은 불가사의한 일이다. 그러나 그 당시 그녀는 아주 젊었다. 이런 변덕스러운 성관계는 과거에도 자주 있었고, 앞으로도 있을 것이다. 이것은 남녀관계의 역사에 널리 분포되어 있는 현상이다. 만약 백 명의 남자가 그녀의 행복을 방해한다면 그는 그 백 명을 죽일 것이다. 그의 심정은 순수했다. 자신이 에밀리를 지키기 위해서 한 일에 대한 교환으로 아무것도 원하지 않았다. 그의 격렬한 애정이 그녀를 지킨 것이다. 프랜팅이 담배를 붙이려고 에밀리의 편지를 사용했을 때의 거친 행동과 잔인함을 생각하고 하더는 격심한 분노로 뺨이 뜨거워졌다.

어딘가에서 시계가 15분을 쳤다. 하더는 택시 정류장이 있는 항구 앞으로 걸음을 빨리했고 택시를 타고 역으로 갔다.

……갑자기 생각이 났다! 범행 현장이 발견되었을지도 모른다! 이미 경찰은 거동이 수상한 여행자를 감시하고 있을지도 모른다! 멍청한 생각이다! 하지만 멍청한 생각이라고 생각해도 불안은 남았다. 택시 운전기사는 기묘한 태도로 그를 보고 있다. 아니야! 기분 탓이다! 그는 역 입구에서 머뭇거리다가 결국 마음을 굳게 먹고 들

어가서 왕복 티켓을 개찰 담당에게 보였다. 경관의 모습은 보이지 않았다. 그는 풀맨 기차에 탔다. 객실에는 여행객 다섯 명이 타고 있었다. 기차는 출발했다.

4

언제나 그렇듯이 퀸게이트 발 급행은 20분 늦게 빅토리아 역에 도착했다. 하더는 리버풀 스트리트에서 타는 기선(汽船) 연락기차에 늦었다. 그래서 빅토리아 역에서는 그의 상식적인 부분과는 대조적인 우둔한 부분이 또다시 공포의 발작에 습격당했다. 전보로 지시를 받은 형사들이 기차를 기다리고 있는 것은 아닐까? 그럴 리가 없다! 바보 같은 생각이다! 리버풀 스트리트 발 기선 연락기차는 여행자들로 복잡하고 플랫폼은 전송하는 사람들로 혼잡했다. 소곤거리는 이야기에서 그는 코펜하겐에서 국제회의가 열리고 있는 것을 알았다. 지금까지 그런 것은 아무것도 몰랐다. 신문에서 아무것도 읽지 않은 것이다! 그러나 더 중대한 문제로 머리가 가득했기 때문에 아마 용서해야 할 것이다.

개인 객실이 모두 복잡해서 좀처럼 에밀리를 찾을 수 없었다. 그녀는 직행표를 샀다(수속이 복잡해질 수도 있기 때문에 그녀가 직접 산 것이다). 그녀는 정각보다 늦거나 빠르거나 하는 일이 결코 없는 여자다. 그녀가 기차에 타고 있는 것은 틀림없다. 그러나 정말 타고 있을까? 무언가 좋지 않은 일이 일어났을지도 모른다. 예를 들어 그녀의 집에 전화가 걸려와 남편이 머리에 총을 맞고 죽어 있다는 사실이 알려졌다면?

하위치까지 두 시간의 여행은 빠르게 끝났지만 로맥스 하더에게는 무서운 여행이었다. 그는 불태우지 않은 찢어진 편지를 당구대 아래에 두고 온 것을 생각했다. 부주의! 바보! 이것도 범죄자가 범하는 멍청한 행위 중 하나다! 파크스톤 부두의 혼잡은 엄청났다. 그는 스스로 걷지 않아도 사람들에게 밀리면서 선체를 드러내고 있는 거대한 기선에 올라탔다. 증기가 몇 줄기 솟아오르고 검은 굴뚝이 별이 빛나는 밤하늘에 솟아 있다. 한 가지 유리한 점이 있다. 이런 혼란 속에서는 배를 멈추게 하지 않는 한 형사들이라도 성공의 가능성은 없다.

배는 고동을 울리고 미끄러지듯이 부두를 빠져나가 구부러진 물길을 항구까지 신중히 나아가 북해로 향했다. 잉글랜드는 점차 작아져 그저 한 줄기 빛으로 변해갔다. 그는 선수에서 선미까지 모든 갑판을 찾아보았지만 에밀리는 없었다. 그녀는 기차를 놓쳤거나 제 시간에 왔어도 그가 보이지 않아 배에 타지 않았을 것이다. 그는 비참한 기분이었다. 모든 것이 제대로 되지 않는다. 그렇다면 에스베르그에 도착하면 형사가 코펜하겐 행 기차를 기다리고 있는 것은 아닐까……?

그때 여자가 눈에 띄었다. 여자도 남자를 보았다. 여자도 그를 찾고 있는 중이었다. 다만 운이 없어서 두 사람은 떨어져 있었다. 그를 발견한 여자의 기쁨은 엄청났다. 그녀를 바라보는 그의 눈에 눈물이 고였다. 그녀에게 하더는 모든 것, 완전한 모든 것이었다. 그는 두 손으로 여자의 오른손을 잡고 별빛과 달빛과 전등 빛이 섞인 희미한 빛 아래에서 여자를 보았다. 그녀와 같은 여자는 없다. 성숙하고 순진하고 현명하고 신뢰심이 강하고 정직하다. 우울하지만 행복해 보이고 호소하는 듯한 얼굴의 감동적인 아름다움, 자랑스러운 몸가짐! 귀중한 보석 같은 사람, 그 남자의 잔인한 손에서 뺏은 보석이었다. 그 남자는 그녀의 진지한 편지를 두 개로 찢어 담뱃불을 붙이기 위해 불쏘시개로 사용했다! 여자는 자신이 거쳐온 일을 이야기하고, 남자도 이야기했다.

"그래서 어떻게 됐어요?" 여자가 말했다.

"나는 가지 않았어. 가지 않는 게 좋다고 생각했어. 가도 아무 도움도 되지 않을 게 뻔하니 말이야."

그는 이런 거짓말을 할 생각은 아니었다. 그러나 그 밖에 어떤 말을 할 수 있을까? 그는 스무 개의 거짓말을 만드는 대신 하나의 거짓말을 했다. 여자를 속였지만 그것은 그녀를 위한 것이었다. 최악의 사태가 일어났다고 해도 그녀는 그 잔인한 남자의 손에서 영원히 해방된 것이다. 멋진 현재에 살고 있으면 되는 것이다. 그는 갑자기 바다의 밤이 놀라울 정도로 아름답다는 것을 깨달았다. 마음속에 오가는 여러 감정의 밑바닥에 희미하게 무겁고 씁쓸한 감정이 있었다.

"그렇게 해서 잘됐다고 생각해요." 여자는 천사처럼 부드럽게 끄덕였다.

5

벨뷰 호텔 당구실에는 경시(퀸게이트는 주(州)의 서쪽 반의 주청 소재지여서 경시가 있다)와 부장 형사가 와 있었다. 두 사람 모두 사복 차림이었다. 당구실에 흔히 있는, 녹색 셰이드가 있는 강력한 전등이

녹색 당구대와 거기에 기대어 있는 존 프랜팅의 시체를 용서 없이 비추고 있다. 그 몸은 원래 위치에서 움직이지도 않고 움직여지지도 않았다.

한 잡역부가 경관들 앞에서 물러났을 때 긴 복도 맞은편 끝에서 경계를 하던 경관을 잘 구슬려 들어온 건장한 체격의 신사가 잡역부와 스치며 두 경관에게 인사하고 문을 닫았다. 마른 체격에 입술도 얇고 수염을 기른 경시가 새로 온 사람을 엄한 눈으로 보았다.

"저는 친구 퍼니발 박사와 같이 머물고 있습니다." 방금 들어온 남자가 말했다. "당신이 박사에게 전화를 했죠. 그런데 박사가 응급환자를 보러 나가봐야 해서 저를 대신 보냈습니다. 당신은 전에 스코틀랜드 야드*에서 만났지요."

"오스틴 본드 박사!" 경시가 소리쳤다.

"그렇습니다." 상대가 말했다.

두 사람은 악수했다. 본드 박사는 다정했지만 경시는 반은 존대, 반은 경원하는 태도였다. 자신의 위엄도 생각해야 했고, 그렇다고 해서 박사의 참견이 기분 나쁘다고 감히 불만을 나타낼 수도 없었다.

부장형사는 위대한 아마추어 탐정의 빛나는 명성에 주춤했다. 이 천재적 탐정은 '노란 모자' '세 도시' '깃털 세 개' '금 스푼' 등 유명한 어려운 사건을 해결했다. 그의 뛰어난 통찰력 덕분에 경찰들이 멍청해 보인 일이 몇 번이나 있었다. 이 인물이 스코틀랜드 야드 최고의 간부와 친한 것으로 유명하기 때문에 경찰은 모두 아주 정중하게 대접할 수밖에 없었다.

---

* Scotland Yard. 런던 경찰국을 말한다.

오스틴 본드 박사는 시체를 자세히 조사한 다음 말했다.

"그래, 총을 맞고 90분 정도 지났군. 불쌍하게도! 누가 발견했습니까?"

"방금 나간 여자요. 여기 종업원이죠. 난로 불을 보러 왔답니다."

"언제쯤 발견했답니까?"

"한 시간쯤 전에요."

"탄환은 발견했습니까? 저기 큐 거치대의 신주에 맞은 흔적이 보이는데."

부장형사는 경시를 한 번 보았지만 경시는 단호하게 놀라는 표정을 보이지 않았다.

"이것이 탄환입니다." 경시가 말했다.

"오!" 오스틴 본드 박사는 경시의 손바닥에 있는 탄환을 안경 너머로 보면서 말했다. "38구경이군요. 찌그러졌고. 찌그러져야 하죠."

"부장형사." 경시가 말했다. "본드 박사가 검사를 끝냈으니 사람을 불러 시체를 운반해도 좋네. 그렇지요, 박사?"

"좋습니다." 본드 박사는 난로 옆에서 대답했다. "피해자는 담배를 피웠군요."

"피해자 또는 살인자가 피웠겠지요."

"단서는 있습니까?"

"있습니다." 경시는 조금 자랑스럽게 말했다. "보십시오. 부장형사, 회중전등을 비추게."

부장형사가 회중전등을 꺼내자 경시는 창턱으로 갔다.

"나는 그것보다 밝은 것을 갖고 있습니다." 본드 박사는 다른 회중전등을 꺼냈다.

경시는 창틀의 지문과 창턱의 발자국과 가느다란 파란 섬유를 두세 개 보였다. 본드 박사는 이번에는 확대경을 꺼내 증거 물건 가까이에 댔다.

"살인자는 키가 큰 남자가 틀림없습니다. 그것은 사격 각도로 판단할 수 있습니다. 파란 옷을 입었는데 옷이 창틀의 나무가 갈라진 곳에 뜯겼습니다. 그의 부츠 한쪽 바닥 중앙에 구멍이 있습니다. 그리고 그의 왼손은 손가락이 네 개밖에 없습니다. 그는 창문으로 들어와 창문으로 나간 게 틀림없습니다. 살인이 일어난 시간부터 한 시간 이내에는 죽은 남자를 제외하면 어느 문에서도 라운지에 들어온 사람이 없다는 게 확실하다고 보이가 증언했습니다." 경시는 자랑스럽게 더 많은 단서를 들고, 이미 인상서를 돌리라는 지시를 했다고 말하고 이야기를 맺었다.

"묘하군요." 오스틴 박사가 말했다. "존 프랜팅 같은 남자가 누군가 창문에서 방으로 들어오는 것을 모르다니! 특히 초라해 보이는 남자를!"

"당신은 피해자를 개인적으로 알고 있습니까?"

"아니오. 그러나 존 프랜팅이라는 것은 알고 있습니다."

"어떻게 말입니까?"

"행운이지요."

"부장형사." 경시는 불쾌한 듯이 말했다. "경관에게 포터를 데려오도록 하게."

오스틴 본드 박사는 현장을 이 잡듯이 조사하면서 돌아다니다가 관람객용 벤치를 올려놓는 방 양쪽에 있는 단의 발판에 놓여 있던 종이를 집어들었다. 그는 종이를 힐끗 보고 다시 떨어뜨렸다.

"이봐, 자네." 경시가 포터에게 말했다. "오늘 오후 아무도 여기에 오지 않았다는 것을 어떻게 확실히 알 수 있지?"

"계속 프런트에 있었기 때문입니다."

포터는 거짓말을 했다. 그러나 그는 자신의 안전을 생각하지 않을 수 없었다. 그 전날, 규칙을 어기고 자리를 잠시 비워서 질책을 받았기 때문이었다. 오늘도 지배인이 없기 때문에 또 자리를 잠시 비웠는데, 발각되면 해고가 될 것이다.

"라운지가 완전히 보이는 곳에 있었나?"

"네."

"범인은 그전에 숨어들었는지도 모릅니다." 오스틴 본드 박사가 지적했다.

"그런 일은 없습니다." 경시가 말했다. "잡역부가 두 번 여기에 왔습니다. 한번은 프랜팅이 오기 바로 전이었습니다. 그녀는 연료를 보충할 필요가 있다고 보고 석탄을 가지러 갔다 왔습니다. 그러나 프랜팅의 심상치 않은 표정에 겁을 먹고 석탄을 든 채 돌아간 것입니다."

"그렇습니다. 저도 그것을 보았습니다." 포터가 말했다. 이 말도 거짓이었다.

경시의 신호로 포터는 물러갔다.

"그 잡역부와 잠깐 얘기하고 싶소." 본드 박사가 말했다.

경시는 망설였다. 이 유명한 아마추어 탐정은 왜 자신과 관계없는 일에 간섭하는 걸까? 그의 원조를 바라는 사람은 아무도 없다. 그러나 경시는 아마추어 탐정과 스코틀랜드 야드의 관계를 생각하고 잡역부를 불렀다.

"당신은 오늘, 창문을 청소했습니까?" 본드 박사가 여자에게 물었다.

"네."

"당신의 왼손을 보여주시오."

잡역부는 지시에 따랐다.

"왜 새끼손가락이 없나요?"

"탈수기에 끼어서 잘렸어요."

"잠깐 창 옆에 와서 두 손을 거기에 놓으세요. 그리고 왼쪽 부츠를 벗어요."

잡역부는 울기 시작했다.

"아무 일도 아니니 걱정하지 마세요." 박사는 여자를 안심시켰다. "당신의 스커트는 가두리가 뜯어졌지요?"

잡역부가 괴로운 생각에서 해방되어 더러운 손에 한쪽 부츠를 들고 나가자 박사는 다정하게 경시에게 말했다.

"정말 요행으로 맞힌 것입니다. 복도에서 그녀와 스쳐 지났을 때 왼손 손가락이 네 개인 것을 알았습니다. 당신의 증거를 망가뜨려 미안하군요. 그러나 나는 처음부터 살인자가 창문으로 침입한 것도, 도망간 것도 아니라는 것을 알았습니다."

"어떻게 말입니까?"

"살인자가 아직 이 방에 있다고 생각했기 때문입니다."

두 경찰관은 살인자를 찾기라도 하듯이 주위를 둘러보았다.

"그는 저기에 있다고 생각합니다."

오스틴 본드 박사는 시체를 가리켰다.

"그러면 이 남자는 자살한 뒤에 권총을 어디에 숨긴 것입니까?"

입술이 얇은 경시는 놀라움에서 깨어나 빈정거리듯이 물었다.

"나도 그 점을 생각했습니다." 오스틴 본드 박사는 미소 지었다. "전문가가 조사할 때까지 시체에 전혀 손을 대지 않은 것은 결국 최선의 방법입니다. 그러나 시체를 보는 것이라면 별다른 피해는 없습니다. 코트 왼쪽 주머니가 보이는군요. 거기가 부풀어 있는 것을 보십시오. 무언가 특별한 것이 들어 있습니다. 무언가 불룩한 것이…… 조금 살펴보시겠습니까?"

경시는 지시에 따라 죽은 사람의 코트 주머니에서 리볼버를 꺼냈다.

"아! 이건!" 본드 박사가 말했다. "웨블리 마크 쓰리군요. 아주 새겁니다. 탄환을 꺼내주시겠습니까?" 경시는 총기의 탄창을 비웠다. "네. 탄창이 셋, 비어 있군요. 다른 두 발은 어디에 사용했을까요? 그 탄환은 어디에 있을까요? 아시겠습니까? 그는 발포했습니다. 팔이 떨어질 때 권총이 우연히 주머니에 들어간 것이지요."

"왼손으로 발사했습니까?" 경시가 멍청한 질문을 했다.

"물론입니다. 12년 전, 프랜팅은 아마 잉글랜드에서 최고의 아마추어 라이트급 권투선수였습니다. 그 비결 중 하나는 왼손으로 상대를 견제하는 실력이었습니다. 그의 왼쪽 주먹은 오른쪽 주먹보다 훨씬 위력이 있었습니다. 나는 그의 시합을 몇 번 보았습니다."

본드 박사는 문 가까이 단으로 올라가는 발판으로 어슬렁어슬렁 걸어가 거기에 떨어져 있는 아주 얇은 종이 끝을 집어들었다.

"문이 열렸을 때 틀림없이 창문으로 들어온 바람이 난로 바닥에서 여기로 날려 보냈을 겁니다. 이것은 편지의 일부입니다. 난로 바닥 구석에 다른 부분이 불탄 것이 보입니다. 아마 이 남자는 그것으로 담배에 불을 붙였을 겁니다. 허세를 부리면서 말이죠! 그의 마지막 허세를! 이것을 읽어보십시오."

경시는 읽었다.

"……다시 말하지만, 당신이 나를 사랑하는 것은 알고 있지만 당신은 당신에 대한 나의 애정을 죽였습니다. 나는 내일 집을 나갑니다. 이것이 정말로 마지막입니다. E."

이미 자주 해온 일이지만, 오스틴 본드 박사는 경찰이 바보 집단이라는 것을 그의 독자적인 방법으로 훌륭하게 증명하고, 경시에게 아주 정중하게 작별 인사를 하고 부장형사에게는 애교 있게 끄덕이고서 의기양양하게 나갔다.

6

"나는 상을 당해 집으로 돌아가야 해요." 에밀리 프랜팅이 말했다.

어느 아침, 그녀는 코펜하겐의 팰러즈 호텔 로비에 앉아 있었다. 로맥스 하더가 영국 신문을 갖고 그녀를 찾아왔을 때였다. 신문에는 에밀리의 죽은 남편의 검시재판에서 배심이 자살의 답신을 했다는 기사가 실려 있었다. 여자의 눈은 눈물로 글썽였다.

"시간이 그녀를 회복시킬 것이다." 로맥스 하더는 그녀를 친절하게 바라보면서 속으로 말했다. '나는 그렇게 할 수밖에 없었어. 그리고 나는 비밀을 영원히 지킬 수 있어.'

피트 모란, 다이아몬드 헌터
P. Moran, Diamond-Hunter

퍼시벌 와일드 Percival Wilde, 1887~1953

미국 극작가 겸 소설가. 은행에서 일하다가 극작가가 되기를 결심하고 1912년 처녀작을 발표했다. 주로 단막극용 작품을 창작하여 무려 100여 편을 발표했다. 대중적으로도 인기를 얻어 영어권 국가의 무수한 도시에서 상연했으며, 다양한 언어로 번역되기도 했다. 주요 작품으로 연작단편집 『클로버의 악당들』 『탐정 피트 모란』 등이 있다.

전 보

뉴욕 주 사우스킹스턴
애크미 인터내셔널 탐정통신교육학교 주임경감 앞
1달러를 전신환으로 보냅니다. 다이아몬드 찾는 법을 가르쳐 주십시오.

— 탐정 P. 모란

코네티컷 주 서리. 미스터 R. B. 맥레이 댁내

*

발신 : 뉴욕 주 사우스킹스턴 애크미 인터내셔널 탐정통신교육학교 주임경감
수신 : 코네티컷 주 서리. 미스터 R. B. 맥레이 댁내 탐정 P. 모란

당신 전보는 애매해서 이런 의미로도 저런 의미로도 또 다른 의미로도 받아들일 수 있습니다. 열 단어 이상 사용해서 쓰면 어떤 일인지 알 수 있을 것입니다. 우리는 당신이 다이아몬드를 찾으려 하는 거라고 추론합니다. 분실했다면 상금을 걸고 광고를 내세요. 도둑맞았다면 빨리 좋은 탐정을 고용해야 하지만, 누구도 당신을 좋은

탐정이라고 오해하지 않고, 또 의뢰하는 사람도 없기 때문에 도둑 맞은 것은 아니라고 추론했습니다.

아마 당신은 파란 것, 노란 것, 큰 것, 작은 것 각각 어느 다이아몬드라도 찾기만 하면 만족하겠지요? 우리도 마찬가지입니다. 다이아몬드는 비싼 거니까요. 백과사전을 찾아보았습니다. 다이아몬드는 남아프리카의 광산에서 채굴되어 나옵니다. 남미에서도 생산됩니다. 사우스캐롤라이나와 노스캐롤라이나, 조지아와 버지니아에서도 나옵니다. 관찰해보면 보석점에서도 발견할 수 있습니다. 우리비서는, 우리가 못 견뎌하는 귀가 울리는 음악을 좋은 음악이라고 하는 그녀는 오페라 제2막에서 많은 다이아몬드를 볼 수 있다고 합니다. 어떤 오페라에서도 말입니다. 또, 둘러보면 코러스 걸, 여배우, 살롱 주인, 유전 소유자, 도박사, 경마 예상가, 프로 권투선수, 거물 정치가 들이 다이아몬드를 달고 있는 모습을 볼 수 있습니다. 뇌물을 많이 받은 사람들이 지상 40층에, 뛰어내리기 위해서가 아니라 경치를 보기 위해 사무실을 계약할 때도 달고 있습니다. 경기가 나쁠 때는 다이아몬드 분실 광고가 자주 나오지만 그것은 가짜 다이아몬드일지도 모릅니다.

당신이 남미나 남아프리카에 여행 가서 다이아몬드를 찾는 것은 좋은 아이디어라고 생각합니다. 남아프리카가 좀 더 멀기 때문에 바람직합니다. 출발하기 전에는 알려주십시오.

* 추신! 웨스턴유니언 전보회사로부터 보내주신 1달러는 받았습니다. 당신의 멍청한 전보에 답장하느라 낭비한 시간에 대한 보수로서.

- J. J. OB

*

발신 : 코네티켓 주 서리. 미스터 R. B. 맥레이 댁내 탐정 P. 모란

수신 : 뉴욕 주 사우스킹스턴 애크미 인터내셔널 탐정통신교육학교 주임경감

음, 내 1달러를 받을 만큼 당신은 확실히 뻔뻔하군요. 당신의 편지에는 그만한 가치도 없고, 당신의 시간도 마찬가지거든요. 마릴린은 새로 고용되어 저택에 온 아가씨로 일하면서 대학에 다니고 여름 동안 번 돈으로 겨울을 나야 한다고 합니다. 그녀는 당신의 편지를 읽고 웃으면서 당신이 사전을 찾아본 것은 이번이 처음이라는 것에 1달러 걸어도 좋고, 진수식을 축하해 뱃머리를 향해 와인을 열고, 그 사전에 이름을 붙여야 한다고 말했습니다*. 마릴린은 머리가 좋고 눈치 빠른 똑똑한 여자입니다. 저는 미스터 버튼 핀들레이와 미스터 윌리엄 언더우드 2세, 아놀드 게일로드 부부, 미스터 커틀러, 미스터 A. E., 어스킨 베빈, 그리고 다른 아마바들 사이에 있었던 열한 개의 로즈 다이아몬드에 대해 이야기해야 합니다.

월요일 아침, 주인이 나를 거실로 불렀습니다.

"피트, 들어오게. 문을 닫아. 비밀 이야기네."

"네, 주인님."

"피트, 버튼 핀들레이를 알고 있나?"

"네."

"그에 대해 어떤 것을 알고 있지?"

"네, 부자이며 사냥을 자주 하시는 분입니다."

주인은 독특한 모양새로 얼굴을 일그러뜨렸습니다.

---

* 새로운 배를 처음 물에 띄울 때 하는 의식인 진수식에서 축배를 들며 배에 이름을 짓는다.

"그는 사냥꾼 이상이야. 아메바야."

여기 서리에 오랫동안 커다란 저택을 갖고 있는 핀들레이 씨가 그렇다는 건 알지 못했습니다.

"주인님, 그분은 언제나 공화당원으로서 선거인 명단에 등록하고 있습니다."

"그럴지도 모르겠군, 피트. 공화당 아메바가 민주당 아메바보다 먹을 것이 풍부하기 때문이지. 아메바를 알고 있나? 둥그런 생물이지. 무언가 필요한 것이 있으면 그것을 둘러싸고 눈에 보이는 것은 무엇이든 욕심내지." 주인은 재떨이 두 개를 책상에 놓았습니다. "이 한쪽이 아메바네. 어느 쪽이든 상관없어. 다른 한쪽이 그 목표지. 아메바는 목표에 가까이 가서 신체 일부를 왼쪽에 부딪치고 오른쪽에도 부딪치네. 알겠나, 피트?"

"네, 아메바는 왼손잡이가 틀림없습니다."

주인은 웃었습니다.

"확실히 그럴지도 모르네. 하지만 어느 부분이 최초의 목표에 도달하면 이미 달라붙어서 그 목표를 잡아먹지. 그것이 예술 작품이건 시골 저택이건 다른 사람의 부인이건."

"그 목표물은 그 후 어떻게 됩니까, 주인님?"

"아메바의 일부가 되네. 아메바는 언제나 무언가를 욕심내기 때문에 또 욕심나는 물건을 찾고 영원히 그 과정을 반복해서 아주 커다란 아메바가 되지. 이런 이유로 하비클럽도 어젯밤 핀들레이의 집에 모였네."

"네, 주인님."

그가 계속하기를 기다렸습니다.

"하비클럽은 물건을 수집하는 사람들의 모임이네. 회원들은 작은 아메바들이지. 핀들레이의 집에 모인 것은 그가 가장 큰 아메바이기 때문이네. 시무어는 우표를 수집하고 있는데, 경매에서 산 넉 장을 보여주었네. 상당한 가치가 있는 우표로, 비행기가 몇 년이나 거꾸로 날아가고 있는데 파일럿은 여전히 떨어지지 않고 있다네.* 커틀러는 단추 수집가네. 조지 워싱턴의 옷에 달려 있었다고 하는 단추를 몇 개 보여주었는데, 조지 워싱턴 본인이 그렇다고 증언해주지 않는 이상 믿을 수는 없지. 윌리엄 언더우드 2세는 에칭을 모으고 있지. 휘슬러의 미완성 작품을 두 점 샀는데, 미완성이라서 완성 작품보다 지금은 더 가치가 있다네. 이것은 '내일 할 일을 오늘 하라'는 교훈이네. 주식투자를 하는 폼로이는 행운을 부르기 위해 주머니에 언제나 갖고 다니는 열한 개의 로즈 다이아몬드를 보여주었지. 그가 목이라도 부러져 집에 틀어박혀 있는 게 좋겠다고 생각했네. 어스킨 베빈은 정말 진기한 초판본을 갖고 있네. 모은 거지. 존 스도 그렇고. 그도 자신의 수집품을 공개하고 두 사람 모두 상대방을 좋은 라이벌이라고 말했네. 그 말은 상대를 칼로 찌르지는 않지만 어둠 속에서는 그렇지 않다는 것이네. 나는 스포츠 사진을 모으고 있네. 자네도 이 방에서 보았는지 모르지만 몇 장 갖고 있지. 아놀드 게일로드는 핀들레이의 손녀와 결혼한 남자인데 핀들레이는 증손주가 점점 귀여워져서 그 아이에게 신발을 사주는 데 벌어놓은 돈을 쓰느라 아무것도 모으는 게 없지. 핀들레이는 여름 동안 손녀 부부에게 자신을 방문할 여비와 먹여주고 재워주는 것 이외에는 아

---

* 1918년 미국에서 발행된 희귀 우표 '거꾸로 된 제니(Inverted Jenny)'에 대한 말이다. 실수로 우표 속의 비행기가 거꾸로 인쇄되어 나왔다.

무것도 해주지 않는다네. 그들은 다른 사람들이 재미있어할 거라며 작은 아이를 보여주었지. 게일로드 부부는 아메바는 아니네."

"네, 누구든 그건 바로 알 수 있습니다."

"우리는 모두 저녁식사를 했지."

"아기도 말입니까?"

"그래, 따로 먹었지만. 식사 후 아기는 꼴깍꼴깍 소리 내고 생글생글 웃고 옹알거리고, 모두 그 아이를 보느라 정신이 없었지. 핀들레이는 우표, 에칭, 그림, 초판본, 주식과 국채는 말할 것도 없이 모두 모으는, 뛰어난 사냥꾼이기도 하고 낚시꾼이기도 하지. 핀들레이가 멕시코 만류에서 고기 잡는 것을 찍은 영화를 보여주었네. 그는 만류도 모으고 싶어 하지만 유감스럽게도 그건 너무 습해서 모으지 않는다네. 영화를 보고 모두 흥분했지. 대부분 상어 잡는 것을 찍은 것인데 애석하게 한 마리를 놓쳤을 때는 실망했지. 집사가 영사기를 틀었네."

"휴이트입니까?"

"그를 알고 있나?"

"그는 마을의 거물 정치꾼입니다."

"그런 것 같더군. 그리고 영화가 끝나고 불이 켜지자 우리는 모두 박수를 쳤지. 그때 폼로이가 핀들레이에게 다가가서 다른 전시품과 함께 테이블 위에 있었던 열한 개의 로즈 다이아몬드가 없어졌다고 조용히 말했네."

"뭐라고요!"

"자네라면 어떻게 하겠나, 피트?"

"그 다이아몬드가 제 것이라면 가만있지 않겠습니다. 주인님, 큰 소리를 내야지요."

"폼로이는 월 가에서 투기를 하는 사람이라 손해를 보아도 큰 소리는 내지 않네. 내가 듣고 싶은 것은 자네라면 다음에 어떻게 하겠냐는 말이네."

"문을 잠그고 하비클럽의 멤버를 조사합니다."

"우리도 그렇게 할까 상의했는데 그렇게 하지 않기로 했네. 모든 훌륭한 탐정소설에서는 그렇게 하지만 그 방법으로 도둑맞은 것을 찾은 예가 없기 때문이지. 아니 피트, 우리는 원시적인 방법은 사용하지 않기로 결정했네. 첫째, 죄를 범한 인물이 누구든 다시 불을 끄고 숨긴 다이아몬드를 테이블 위에 돌려놓을 기회를 주었지. 만약 그것이 실패로 돌아가면 몸수색을 하는 것은 품위만 상하게 할 뿐 물건을 찾을 수 없을 거란 말이 되지."

"왜 그렇습니까, 주인님?"

"폼로이가 우리를 대표해서 말했네. '다이아몬드를 훔친 사람은 몸수색한다는 것을 예상했을 겁니다. 따라서 그 사람은 다이아몬드를 몸에 지니고 있지도 않을 것이고, 주머니나 바로 찾을 수 있는 곳에 숨기지도 않았을 것입니다. 서로 검사를 해도 아무것도 나오지 않을 것이고 여성분들을 곤란하게 할 뿐입니다. 여성분들은 같은 여성이 몸을 뒤지는 것도 싫어합니다. 시간을 낭비할 필요가 없습니다'라고 말이지."

"저라면 시간 낭비라고는 말하지 않습니다."

"그 의견에 이의를 말하는 사람은 없었네. 우리는 여기저기 찾아보았지. 카펫 아래, 가구 커버, 테이블 아래. 그리고 한 사람의 몸만큼은 뒤져보았네. 아기 말이네. 어둠 속에서 아기에게 보석을 숨겼을

지도 모르기 때문이지. 그 후 한 일이라면 여자들에게 아이의 옷을 다시 입히게 하는 것이었지. 이제 겨우 다섯 달 된 아기를 부인들에게만 맡겨두었다면 그들은 아기 발가락을 만지며 '아기 돼지가 시장에 가요' 놀이로 밤을 새웠을 것이네."

"다이아몬드는 찾지 못했군요."

"자네 추리가 맞아, 피트"

"아마 폼로이 씨가 무의식중에 주머니에 넣었을 겁니다."

"누군가 그런 지적을 해서 폼로이는 주머니를 전부 뒤집어 보였지. 모든 행동은 매우 정중하고 위엄이 있었지."

"그렇군요."

"유감스럽게도 하비클럽에는 탐정이 없어. 만약 핀들레이가 전문 탐정을 고용하면 신문에 기삿거리를 제공하게 되지 않나 모두 걱정하고 있네. 한번 그를 만나보지 않겠나?"

나는 언제나처럼 재빨리 머리를 돌렸습니다.

"보수는 있습니까?"

"그 이야기는 아직 하지 않았지만 섭섭하게는 하지 않을 거네. 하지만 내가 자네라면 피트, 핀들레이에게 시간당 얼마를 받겠네. 성공하거나 실패하거나 그중간이라도 말이네. 열 명 이상의 똑똑한 남녀가 그 보석을 찾아보다가 포기했으니 자네가 성공하리라고는 전혀 기대하지 않네."

"주인님, 말씀대로 하비클럽에는 탐정이 없습니다. 저는 이미 이 사건을 해결했고 다음에 어떻게 해야 할지 여러 가지 생각하고 있습니다."

"설마!" 주인이 외쳤다.

"네, 제 머리는 그렇게 작용합니다. 특히 관찰이 테마인 레슨 2에서 60점을 받은 다음에는요."

맥레이 씨는 기묘한 눈으로 나를 보았습니다.

"그 장소에 가지도 않고서 자네가 무엇을 관찰할 수 있었는지 모르겠네. 내가 자네에게 말한 것은 내 나름의 시각이고, 자세한 부분은 빠뜨렸을 수도 있네. 하지만 자네가 말했듯이 간단하다면 꾸물거리지 말고 핀들레이 집으로 빨리 가는 게 좋네. 그도 자네를 보면 반가워할 걸세."

"반가워할지 어쩔지 모르지만 바로 돌아오겠습니다."

내가 이렇게 말한 것은 일요일인 그날 오후에 레이크빌의 스튜어트 극장에서 방영 중인 영화에 마릴린을 데리고 갈 약속을 했기 때문입니다.

"지금 핀들레이에게 전화해서 자네가 출발한다고 말하지."

짐 휴이트가 맞아주었습니다.

"오, 피트. 자네가 와서 기쁘네. 어젯밤 모두 조사를 한다고 얘기가 나왔을 때 나는 그다지 놀라지 않았네."

"짐, 아기 외에는 조사하지 않았다고 들었는데."

"그랬네."

"핀들레이 씨도?"

"왜 우리 주인을 조사해야 하지?"

"그럼 폼로이 씨는?"

"그는 주머니를 전부 뒤집어 보여주었고 우리는 모두 확실히 확인했지." 짐은 나의 옆구리를 살짝 찔렀습니다. "시무어 씨가 조사

받지 않은 것은 유감이었지. 그의 집에서 세탁하는 흑인 여자를 알고 있는데, 그가 상당히 구두쇠라 속옷이 누더기가 될 때까지 그녀에게 커다란 패드를 바느질시켜서 계속 입는다는 거야. 나는 그렇지 않네, 피트. 일주일에 한 번은 필요하든 않든 모두 갈아입고 속옷에 구멍 따윈 하나도 없지."

"그런 것은 아무래도 좋아. 자, 주인에게 안내해주게."

"탐정이 되고 나서 거만해졌군." 짐이 잠긴 거실 문을 노크하며 말했습니다.

"쳇, 뭐야, 어?" 하는 소리가 들려왔습니다.

"핀들레이 씨, 모란이 왔습니다." 짐이 말했습니다.

"멍청이 모란입니다." 내가 말하자 휴이트는 내 정강이를 우연인 것처럼 발로 찼습니다.

문 여는 소리가 들리고 핀들레이 씨가 말했습니다.

"들어오게, 모란. 들어와! 쳇, 바람이 들어오니 입구에 서 있지 말게! 들어와, 그리고 문에 빗장을 걸게."

버튼 핀들레이 씨는 아메바처럼 보이지 않았습니다. 일흔다섯 살 정도로 키가 크고 기골이 장대하고 손은 뼈와 살갗뿐, 눈썹은 자신이 만들어 붙인 듯 하얗고 풍성했습니다. 한 개비에 1달러는 할 시가를 피웠는데 바깥 주머니에 많이 들어 있으면서도 내게는 권하지도 않았습니다. 방은 아주 산만하더군요. 시가 꽁초와 담배꽁초가 수북한 재떨이며 더러운 하이볼 글라스가 있고, 스카치 병들과 사이펀, 병 몇 개는 뜯지도 않은 채 있었습니다. 영사기가 방 한쪽 끝에 설치되어 있고, 맞은편 벽에 스크린이 있고, 구석에는 유모차가 있었습니다. 테이블 위에는 키 큰 청록색 유리 항아리에 시든 꽃이 꽂혀 있고, 은쟁반에 샌드위치가 몇 개 있었지만 모서리가 휘도록 말라서 맛은 없어 보이더군요. 유모차에는 아이 침구와 장난감이 있고, 다른 테이블에는 단추, 우표, 책, 맥레이 씨 사진들이 다른 것들과 함께 있고, 창은 닫혀 있어 공기가 탁해 나이프로 자를 수 있을 정도였습니다. 방에는 미술관처럼 두꺼운 카펫이 깔려 있고, 많은 책과 항아리, 꽃병, 시계가 유리장에 진열되어 있었지요. 거기에 실오라기 하나 걸치지 않은 조각과 그림도 있었는데 핀들레이 씨가 나에게서 눈을 뗄 때 외에는 그쪽으로 시선을 주지 않으려고 했습니다.

"들어오게, 모란. 쳇, 홍! 어젯밤의 모습 그대로인 걸 알겠지? 물론 손님은 돌아갔지만 말이네. 그것도 여기를 나간 후 곧장 집으로 갔을 때의 얘기지만. 몇 사람은 조금 더 마시고 얘기하려고 그린 랜턴과 브룩사이트 태번에 들렀다네. 이건 커틀러가 보여주었던 단추지. 그가 놓고 간다고 말했네. 이것도 나사를 돌려 보석을 숨기는 데 사용할 수 있으니까. 풀어보았지만 아무것도 없었네. 자네도 보면 알 걸세. 이건 시무어의 우표네. 우표에는 다이아몬드를 숨길 수 없겠지? 나는 더 진기한 우표를 앨범에 갖고 있지. 여기에 있는 것은 맥레이의 스포츠 사진이야. 그에게는 말하지 않는다고 했지만 내가 더 좋은 것을 갖고 있네. 이것은 멤버 가운데 두 사람이 갖고 온 초판본으로 자네 바로 뒤에 있는 책장에 있는 것과는 비교할 수 없는 물건이지. 때로는 마약을 숨길 수 있도록 책 안이 파여 있는 것도 있지만, 이것들은 평범한 책으로, 조사해보면 분명히 알 수 있어. 우리는 여자들 핸드백도 조사했고, 그들이 두고 가려는 것을 갖고 가게 했지. 이것은 유모차로 내 증손녀가 안에 있었네. 손녀 부부에게 두고 가라고 부탁해서 여기에 남아 있는 것이네. 영화의 스크린은 어제 그대로 두었네. 영사기도 릴에 필름이 감긴 채 있지. 처음에 휴이트가 틀어준 필름 통도 그대로 있네. 이것도 모두 조사했지. 영사기 옆에 있는 것은 스플라이서로 필름이 끊어지면 그 자리에서 붙는 것이네. 스플라이서 위의 깡통에는 접착제가 들어 있지. 접착제가 조금 남아 있었는데 다른 것이 들어 있나 보려고 쏟아보았네. 아무것도 없었던 것은 자네도 충분히 알 것이네."

"핀들레이 씨, 저의 논리로는 당신은 휴이트를 의심하고 있군요."

그는 어깨를 올렸다가 다시 내렸습니다.

"쳇, 우리는 모두를 의심하고 있네, 흥!"

"이 영사기 옆에 있는 작은 돌은 무엇입니까?"

"화분 하나를 비운 것이지. 창가에 식물이 자라는 게 보이지?"

"시가와 담배 꽁초는 조사해보았습니까?"

"아니, 조사하고 싶다면 조사해보게. 쳇, 범인이 담배에 다이아몬드를 숨긴 후 그 위에 재를 덮었다는 것인가?"

"샌드위치는 조사해보았습니까?"

"모란, 원하는 만큼 먹게. 만약 그 말을 하고 싶은 거라면."

그래서 나는 샌드위치를 열 개 정도 먹고 그는 얘기를 계속했습니다.

"손님들이 돌아간 후 나는 이 방 문을 잠그고 소파에서 잤네. 휴이트가 아침식사를 쟁반에 갖고 와서 문밖에 두자 그것을 방금 먹었네. 달걀 껍질이 있지? 어제 이 방에 들어왔다가 나간 것은 사람뿐이네. 그리고 맥레이에게서 들었겠지만 모두 신체검사를 해도 의미가 없다는 것에 의견이 일치했지. 그 문은 욕실로 통하는데 나는 거기서 수염을 깎고 이를 닦고 싶지만 아직 거기까지 손이 안 가네.

자, 모란. 말해보게! 맥레이는 자네가 범인의 이름을 말할 거라고 했네. 누가 가져갔지?"

"먼저 질문이 몇 개 있습니다."

"말해보게!"

"보수는 얼마입니까?"

"흠, 흠, 그래, 열한 개의 다이아몬드는 5천 달러의 가치가 있지. 로즈커팅 다이아몬드는 다른 것만큼 가치가 없어. 나는 그에게 여섯이면 어떻겠냐고 물었지."

"잠깐만요, 여섯이 어떻겠냐고요? 누구에게 물어보셨다고요?"

"물론…… 다이아몬드를 잃어버린…… 폼로이네. 입을 다물고 스캔들이 일어나지 않도록 해주면 돈을 주겠다고 했는데 그는 거절했네."

"6천 달러 이상 달라는 말입니까?"

"쳇, 그는 돈 같은 건 필요 없다고 했네! 그가 필요한 것은 다이아몬드야. 미신을 믿고 있지. 무언가를 사거나 팔기 전에 주머니에 손을 넣고 보석을 잡고 수를 세지. 홀수라면 직감에 따르고 짝수라면 그 반대로 하지. 11은 홀수이기 때문에 그는 대개 직감에 따르고, 그래서 돈의 곤란을 느끼고 있네. ……모란, 다이아몬드 가치의 5분의 1인 1천 달러는 어떤가? 만족하나?"

"좋습니다. 확실히 계약서를 써주신다면."

그가 계약서를 쓰는 동안 나는 방을 돌아다니며 수백 번 그의 소유물을 보고 샌드위치를 몇 개 더 먹었습니다.

"여기에서 물건을 찾으려면 일 년은 걸리겠습니다."

"그렇지, 쳇! 자네에게 보수를 지불하겠다는 계약서네. 보석을 찾아낸다면 말이지만. 이제 범인의 이름을 말하게."

나는 주의 깊게 서류를 접어서 안전한 장소에 넣었습니다. 주인이 아메바에 대해서 말한 것을 떠올리고 핀들레이 씨에게 그 종이를 뺏기지 않도록 하기 위해서였지요.

"당신은 물건을 수집하시는군요."

"그렇네."

"어떤 것입니까?"

"자네에게 이미 얘기했고 자네도 여기서 보고 있잖은가. 그림, 조각, 꽃병, 책, 사진……."

"로즈 다이아몬드도?"

"몇 개 가지고 있네."

"하나 보여주십시오."

그는 가슴 주머니에 손가락을 두 개 넣어 마치 대리석 구슬처럼 커다란 보석을 던져주었습니다.

"이것이 로즈 다이아몬드네."

나는 그의 눈을 똑바로 쳐다보았습니다.

"좋습니다. 그럼 다른 열 개는?"

"무슨 말이지?"

"어젯밤 당신은 폼로이 씨의 다이아몬드를 사려고 했습니다."

"아니, 그것은 그렇게 훌륭한 보석이 아니야."

"그가 잃어버렸을 때 다시 사려고 했습니다."

"아까도 말했지만 불필요한 스캔들을 막기 위해 돈을 지불하려고 했네."

"불을 끄고 영화를 상영했을 때 당신이라면 어둠 속에서도 그 다이아몬드가 있던 테이블을 알 수 있습니다. 여기는 당신 방으로 당신 손바닥처럼 잘 알고 있으니까요."

"쳇, 모란, 무슨 말이 하고 싶은 건가?"

"누군가 '모두 신체검사를 합시다' 하고 말했을 때 당신은 '아니, 안 돼'라고 말했습니다."

"그렇게 말한 것은 폼로이네."

"동의한 것은 당신입니다. 자, 자백하세요. 탐정이 없는 하비클럽이라면 속일 수 있을지 모르지만 피트 모란 탐정은 속일 수 없습니다. 자, 털어놓으세요."

순간, 그가 나에게 달려들지 않을까 했습니다. 그리고 웃기 시작했는데 정말, 진짜 웃음이었습니다. "모란, 자네가 말하기 전에 무엇을 생각하고 있는지 알았다면 좋았을 텐데. 그런 생각이 들긴 했지만 믿을 수 없었지. 하지만 자네는 엉뚱한 실수를 하고 있네. 캐럿을 알고 있나?"

"시골에서 자랐습니다."

"당근을 말하는 게 아니네. 다이아몬드의 무게를 나타낼 때 사용하는 단위지. 폼로이의 다이아몬드는 작아서 각각 1캐럿 정도네. 내 것은 9캐럿짜리지. 즉 폼로이의 다이아몬드 전부를 합한 정도의 무게로, 이것은 추기경이 500년 전에 몸에 달고 있던 유명한 돌이야. 그것을 증명해줄 전문가가 한 다스 이상 있네."

가끔 사람이 진실을 말한다고 느낄 때가 있는데 이때가 정말 그랬습니다. 나는 "아!" 하고 내뱉었습니다.

"그것만이 아니야, 모란. 영화를 상영할 때 방이 어두웠다고 자네는 말했지. 글쎄, 어느 의미에서는 그렇지. 영사기에서 나오는 것이

유일한 빛이니까. 하지만 나는 계속 스크린 옆에 서서 그 장면을 클럽 멤버들에게 설명했기 때문에 거기에서 내가 움직였다면 방에 있던 사람들이 다 알았을 것이네. 다른 사람들은 마음대로 움직일 수 있었지만 나는 무리였네."

그는 커다란 아메바로서는 최대한 친절을 보이는 것 같았습니다.

"실망하지 말게, 모란. 우리도 다이아몬드를 찾지 못했네. 자네가 그것을 찾는 것은 불가능하네."

"포기하는 게 좋을 것 같군요." 나는 몹시 실망해서 말했습니다.

핀들레이 씨는 가까이 와서 내 등을 두드렸습니다.

"쳇, 모란, 약한 소리 하지 말게! 내 얼굴을 똑바로 보고 고발하는 것은 좋게 생각하네. 천사도 밟는 것을 두려워하는 곳에 돌진해 들어가는 자네는 용기 있는 친구야." 그는 기묘한 웃음을 띠우고 말했습니다. "여러 가지 의미에서 자네는 고릴라를 생각나게 하는군. 너무나 귀엽게 내 품에 들어오기 때문에 그 불쌍한 동물을 쏘는 것이 부끄러워지지. 내가 은행과 기차를 터는 일은 있어도 한 줌의 다이아몬드는 쳐다보지 않는다는 것을 나의 적들도 자네에게 가르쳐줄 것이네."

그는 내가 감당하기에는 벅찬 인물이었습니다.

"핀들레이 씨, 전문 탐정을 부르는 것이 좋다고 생각합니다."

그는 재빨리 웃음을 거두었습니다.

"모란, 더러운 코를 여기에 대는 사람이 있다면 가장 먼저 쏘아주지, 그렇게 하고말고! 이 집에는 총기실이 있으니 그런 전문 탐정이 여기에 오면 구리 도금한 총알을 한 방 먹여주지. 기억하게, 모란! 사건이 알려지지 않으면 스캔들도 일어나지 않네! 보수는 아직 살아 있어. 더 좋은 생각이 떠오르면 전화하게. 도움이 되는 생각 말이네. 그리고 돌아가기 전에 나의 커다란 로즈 다이아몬드를 돌려주게. 자네가 무의식중에 그것을 가져간 것을 알지만, 나 역시 무의식중에 자네에게서 훔쳐야겠네."

그렇게 해서 나는 저택에서 도망치듯 나왔는데, 만약 내가 개라면 꼬리를 뒷다리 사이에 늘어뜨렸을 것입니다. 앞에 쓴 대로 마릴린과 영화를 볼 약속이 있었는데, 맥레이 씨가 "피트, 미안하지만 오후에 역까지 데려다주게"라고 말하자 나는 알았다고 대답했습니다. 그리고 그가 "그래, 그런데 핀들레이 집에서는 어떻게 됐나?"라고 물어서 나는 "진전이 있었습니다"라고 대답했지요. 사실은 아니었지만 그렇게 대답할 수밖에 없었습니다.

전문 탐정을 바로 보내겠다는 전보를 치십시오.

*

전 보

<u>코네티컷 주 서리. 미스터 R. B. 맥레이 댁내</u>

<u>피트 모란 앞</u>

총알을 맞기 위해? 사양합니다.

— 애크미 인터내셔널 탐정통신교육학교 주임경감

*

발신 : 코네티컷 주 서리. 미스터 R. B. 맥레이 댁내 탐정 P. 모란

수신 : 뉴욕 주 사우스킹스턴 애크미 인터내셔널 탐정통신교육학교 주임경감

네, 보수 문제가 확실하지 않으면 당신이 탐정을 보내지도 직접

오지도 않는다는 것은 알고 있습니다. 하지만 처음보다 보수가 늘었다는 걸 알면 당신도 생각이 바뀔 겁니다.

당신의 전보는 오늘, 즉 월요일 오후 늦게 겨우 도착했는데, 그때 나는 부인을 차로 모시고 있었기 때문에 마릴린이 전화로 받고 나를 위해 메모해주었습니다. 메모를 건네줄 때 마릴린은 여러 가지 물어보았습니다. 나는 그것을 서너 번 반복해서 읽고 저녁을 먹고, 그 후 부인을 파티에 데려다주고 나서 돌아왔을 때는 자정에 가까웠지만 차고에 마릴린이 기다리고 있었습니다.

"기다렸어, 피트."

"마릴린, 문제가 있어. 친구가 필요해."

"어떤 문제?"

"로즈 다이아몬드 문제."

나는 모든 것을 얘기했습니다.

얘기하는 동안 그녀는 눈을 빛내며 아무 질문도 하지 않고, 다만 "피트, 계속해! 얘기를 멈추지 말고! 자, 피트, 그다음은?" 하고 계속 재촉했습니다.

이야기가 끝나자 그녀가 말했습니다.

"피트, 당신은 하늘이 도와 운이 좋은 거야! 당신이 이 작은 문제를 갖고 나에게 오다니. 여자아이들만 모인 매사추세츠 주의 마운트홀요크 대학에서 작년에 '탐정소설의 예술과 기교'라는 수업을 들었어. 이건 우리 2학년이 계속 받았던 테스트와 똑같아."

"잘됐군, 마릴린. 그래 누가 다이아몬드를 가져갔지?"

그녀는 어깨를 으쓱했습니다.

"기본이야, 피트, 기본적인 문제."

"그래? 그는 어떻게 했지?"

"웃기지 마, 피트, 너무 간단해서 나의 작은 회색 뇌세포를 사용할 필요도 없어."

"그래, 그거야 간단하지. 나도 알았으니까. 그런데 그는 어디에 숨겼지?"

"거기야, 피트. 그것이 핵심이지." 지금까지 그런 말은 들은 적이 없지만 그녀는 철자를 가르쳐주었습니다. 그리고 몇 분 후에는 여러 이름의 철자도 총을 쏘듯이 가르쳐주었습니다.

"마음의 눈으로 무엇이든 볼 수 있어. 그래, 피트, 아주 단순해! 알고 싶은 것이 하나 있어."

"말해."

"누가 쓴 이야기야?"

제대로 들었는지 확인하기 위해 그녀에게 다시 한 번 말해달라고 했습니다.

"누가 쓴 이야기야?"

"마릴린, 이야기라니 무슨 말이야?"

그녀가 웃었고, 나는 멋진 웃음이라고 생각했습니다.

"피트, 대학에서 3년이나 공부한 나에게 이야기가 혼자서 저절로 완성된다고 믿으라는 거야? 크리스마스에 굴뚝에서 산타클로스를 열심히 찾는 것은 멍청한 여자아이들뿐이야! 그 이야기를 쓴 사람인 누구인가 나에게 가르쳐주면 다이아몬드가 어디에 숨겨 있는지 알려줄게. 아서 코난 도일이라면 이 대답, 대실 해밋이라면 저 대답, 엘러리 퀸이라면 또 다른 대답이 있어. 예를 들어…… 잠깐, 피트! 핀들레이 씨 집에 총기실이 있다고 했지?"

"그래."

"그 안에 총도 있어?"

"총기실에 뭐가 있다고 생각해? 피아노?"

"대포도 있어? 만약 엘러리 퀸이 그 이야기를 썼다고 하면, 보석은 핀들레이 씨가 저녁때 기를 내릴 때 쏘는 대포에 넣는 탄에 들어 있을 거야. 그리고 강 가운데 쏘아. 미리 준비했던 공범이 거기에서 기다리고 있는 거지."

"다이아몬드를 탄환 안에 넣고 쏜다는 것인가?"

"그래, 피트. 훌륭한 생각 아니야?"

나는 2, 3초 생각했습니다.

"아니, 좋지 않아, 마릴린."

"왜?"

"핀들레이 씨 같은 커다란 아메바라면 대포라도 갖고 있겠지. 그 밖에 세상에 있는 것이라면 거의 모두 갖고 있어. 하지만 독립기념일이 아닌 날에 대포를 쏘면 모두 대포 소리에 항의할 거야. 뉴잉글랜드에서는 누구나 그런 식이니까. 그리고 어쨌든 서리에는 강도 없고, 메이슨 딕슨 선(남부와 북부 경계선) 이쪽에 남부 사람은 없어."

그래도 그녀는 오래 침묵하지 않았습니다.

"피트, 핀들레이 씨는 거위를 기르고 있을까?"

"거위라니?"

"하얗고 꼬리가 살짝 올라간 거위."

"아니, 거위는 기르지 않아. 대포를 쏘지 않은 것과 마찬가지 이유로 새에 소음기를 부착할 수 없으니까."

"너무하는군. 만일 거위를 기르고 코난 도일이 그 이야기를 썼다면 블루 카넌클(푸른 홍옥)이 아니라 로즈 다이아몬드는 아까 말한 거위의 모래주머니에서 찾을 수 있을 텐데. 내가 말하는 거위는 다른 거위보다 3파운드 정도 가벼워. 크고 하얀 새는 크리스마스용으로 특히 살찌게 기르지."

"그런 이야기를 해서 어떻게 하란 거지, 마릴린? 하비클럽 모임은 둥그런 왼손잡이 아메바들만 있어."

그러나 그녀는 벌써 또 이야기했습니다.

"피트, 지금 바로 대답해. 장식장에는 표범 박제가 있어?"

"총기실 장식장에는 표범 박제가 있을지도 몰라. 거기에는 들어가지 않았어. 하지만 거실 장식장에는 새하얀 얼굴을 한 남자의 흉상이 있을 뿐이야."

"유감이군! 표범 박제가 없다니. 존 딕슨 카가 쓴 이야기라면 그 가운데 다이아몬드가 있을 거야. 아니면 독일인 과학자의 부인이 창 너머로 쏜 탄환이 다이아몬드이고. 그 후 그녀는 남편을 다른 탄환으로 쏘았지. 잠깐, 피트! 나의 작은 회색 뇌세포에 떠오르는 게 있어!"

나는 기다렸습니다.

그녀는 독특하고 멋진 웃음소리를 냈습니다.

"알았어, 피트. 내가 말하는 것이 분명해."

"조금 전에도 그렇게 말했지만 아무 도움도 되지 않았잖아."

"이 사건의 해결법을 알았어."

"지금까지 코난 도일과 존 딕슨 카, 두 인물이 해결하려 했지만 오래가지 못했지."

"그것은 당신이 대학에 가지 않아서 그래, 피트. 수첩은 갖고 있어? 그럼 나를 교수라고 생각해. 내가 강의하는 동안 메모를 하는 거야……."

그녀는 한 시간 이상 계속 이야기했습니다. 중간 중간 방학 동안 공부하기 위해서 가져온 책의 몇 부분을 읽기도 했지요.

"자, 피트. 핀들레이 씨는 당신이 현관 벨을 누르면 기뻐할까?"

나는 시계를 보았습니다. 오전 2시가 되려고 해서 먼저 그의 집 앞을 지나며 거실에 불이 켜져 있는 것을 확인했습니다.

문을 연 것은 핀들레이 씨였습니다.

"쳇! 자네였나, 모란? 들어오게 훙! 틈새 바람이 들어오니 얼른 들어오게, 감기로 죽을 것 같네. 거실에 들어오려는 거지?"

"네."

그는 거실 문을 열고 나와 같이 들어가 다시 문을 잠갔습니다.

"얘기하게, 모란! 계속 기다릴 수 없네!"

"핀들레이 씨, 이 사건의 답을 찾았습니다."

"또?"

"이번은 진짜 답입니다." 나는 마릴린이 강의할 때 메모한 것을 보면서 말했습니다. "핀들레이 씨, 깨끗한 하얀 천이 있습니까?"

"타월도 괜찮은가?"

"깨끗한 흰 천이면 됩니다."

우리는 흰 천을 테이블 위에 넓게 펴고 장식장에 있는, 얼굴이 하얀 남자 흉상을 꺼내와 천 위에 올렸습니다.

"그리고?" 그는 날카로운 눈으로 나를 보았습니다. "그리고?"

나는 메모를 보았습니다.

"만약 코난 도일이 이 이야기를 썼다면, 내가 여기에 메모한 게 있는데 이것은 나폴레옹의 흉상이 틀림없습니다."

"분명히 나폴레옹의 흉상이네."

시작하기 전에 나는 코트 주머니에서 무거운 망치를 꺼내 흉상의 머리에 힘껏 내리쳤습니다. 나폴레옹은 한 다스 이상의 조각으로 흩어졌지만 이 조각을 타월에 받기 위해 숫자를 셀 수는 없었습니다.

핀들레이 씨는 날카로운 소리를 냈습니다.

"무슨 짓인가!"

"괜찮습니다. 제 메모에 이렇게 적혀 있습니다. '그는 커다란 승리의 소리를 지른다'라고."

그는 소리쳤습니다.

"승리 같은 소리 하네, 이 구제할 수 없는 멍청이!"

"잠깐." 나는 메모를 읽었습니다. "조각 속에는 푸딩에 들어 있는 건포도처럼 검고 둥근 보르지아 가의 흑진주가 박혀 있었다."

"그런 것이 있나?"

나는 흉상의 파편을 큰 조각에서 작은 조각까지 모두 깨보았습니다. 하지만 진주도 다이아몬드도 발견하지 못했습니다.

"코난 도일은 이 이야기를 쓰지 않은 것 같습니다."

핀들레이 씨는 의자에 털썩 앉아 두 손으로 머리를 감쌌습니다.

"그 흉상은 900달러 주었고, 그것도 어렵게 구한 거네."

나는 시간을 낭비하지 않았습니다.

"'만약 에드거 월레스가 쓴 이야기라면, 늘어선 화분 중에 식물의 잎 방향이 다른 것이 있다면 누군가 그 안에 다이아몬드를 숨길 때 방향이 틀어진 것입니다.' 왜냐하면 식물의 잎은 일반적으로 햇빛 쪽을 향하고 있기 때문입니다."

"그만하게, 모란!"

그러나 내가 빨랐습니다.

쩅그렁!

핀들레이 씨는 1미터 정도 뛰어올랐습니다. 훈련받지 않은 노인으로서는 상당히 놀라운 점프였지요.

"모란, 자네 지금 무엇을 하고 있는지 알고 있나? 명明나라 전성기에 만들어진 항아리를 깼어! 메트로폴리탄 미술관이 이 항아리를 나에게서 사려다가 실패한 것이네. 거기에 식물의 잎이 빛과 반대쪽을 보고 있는 것은 조화이기 때문이네."

하지만 나는 듣지 않았습니다. 항아리 파편과 내부에 들어 있던 흙에서 열 개의 다이아몬드를 찾느라 정신없었습니다. 하지만 발견한 것은 병 뚜껑 한 개와 벌레 두 마리뿐이어서 에드거 월레스도 이 이야기를 쓰지 않은 거라고 판단했습니다.

핀들레이 씨는 창가에서 무릎을 꿇고 파편을 모았고, 나는 또 메모를 읽었습니다.

"길버트 체스터턴이 쓴 이야기에서는 다이아몬드는 눈에 보이지 않는다. 이것은 물을 넣은 글라스에 넣었기 때문에 물 안에 있는 다이아몬드가 보이지 않을 때가 있는데, 탐정소설에서는 언제나 보이지 않는 것으로 되어 있다."

전에 내가 여기에 왔을 때 키 큰 청록색 글라스에 꽃이 시들어 있는 것을 본 기억이 있습니다. 먼저 보낸 편지에도 썼으니 잊었다면 다시 한 번 읽어보십시오.

쩅그렁!

길버트 체스터턴도 이 이야기를 쓰지 않았다고 생각합니다. 거기에 있던 것은 유리 파편과 꽃과 물과 더 많은 파편뿐으로 손을 다치지 않은 것이 다행이었습니다. 핀들레이 씨는 아까 썼듯이 무릎을 꿇고 있었는데, 나를 돌아보는 표정은 정말 울 것 같았습니다.

"모란." 이번에는 아주 조용히 말했습니다. "베네치안 글라스네. 그래, 16세기의 베네치안 글라스, 하나밖에 없는 물건인데."

"미안합니다. 하지만 지금 당신과 이야기하는 사람은 애크미 인터내셔널 탐정통신교육학교 학생으로서 저의 모토는 '어떤 결과가 나오든 생각대로 한다'입니다."

그런 모토가 있는지 없는지 모르지만 그 순간에 떠올리고 좋은 생각이라고 느꼈습니다. 핀들레이 씨는 가까이 와서 1달러짜리 담배를 하나 꺼냈습니다.

"한 대 피우게, 모란. 그리고 자네의 망치를 잠깐 빌려주게. 주의하지 않으면 그 망치를 부숴버릴 것 같기 때문이네." 그는 나를 위해 성냥을 켜주었습니다. "모란, 나는 어제, 열 개의 로즈 다이아몬드를 발견하면 1천 달러 준다고 했지."

"네, 핀들레이 씨, 맞습니다."

"오늘은 그것을 찾지 않으면 2천 달러 주지."

"뭐라고요?"

"그것이 의뢰네."

"핀들레이 씨, 무슨 말씀인지 잘 모르겠습니다."

"모란, 자네가 처음에 들었던 대로네. 이것으로 사건에서 손을 떼면 두 배의 돈을 주겠다고 말한 거네."

나는 영문을 알 수 없었습니다.

"왜 그런 일을 하십니까, 핀들레이 씨? 저에 대해서 성실하시지 않다고 생각합니다."

"성실하게 말하고 있네."

"훔쳐간 다이아몬드를 돌려준다고 말씀하시는 겁니까?"

그는 한숨을 쉬었습니다.

"모란, 몇 번이나 말했지만 나는 훔치지 않았네."

"당신은 훔치지 않았다고 할지 모르지만."

"나는 훔치지 않았네. 만지지도 않았고 어디에 있는지도 몰라."

"그럼 왜 그런 의뢰를 하는 겁니까?"

그는 묘한 얼굴을 했습니다.

"모란, 내가 가장 소중히 여기는 미술품을 엉망으로 만들면서 그 이유를 알 수 없다고 하면 내가 잘 설명할 수 있을지 어쩔지 모르겠네. 자네의 앞과 뒤에 걸려 있는 그림이 보이나? 저것은 그 로즈 다이아몬드 한 양동이만큼의 가치가 있네. 구석에 있는 대리석상이 보이지? 아니 보지 말게, 제발 부탁이네! 옛날 탐정 닉 카터가 저런 석상 가운데 숨겨져 있는 보석을 찾는다고 다음에 저것을 깨면 안 되네."

"왜 안 됩니까?"

그는 책상 서랍을 열고 먼저 망치를 안에 넣고 잠갔습니다.

"됐나? 의뢰를 문서로 작성할 테니…… 아니, 그보다 좋은 일이 있네. 자네가 두 번 다시 우리 집에 와서 어질르지 않는다고 엄숙하게 약속한다면 2천 달러 수표를 써주지. 좋은 거래지?"

2천 달러는 욕심이 났습니다. 1천 달러보다 많으니까요. 하지만 전에 한번 당신이 '범죄의 의도가 있는 돈을 받으면 공범이 됩니다' 라고 써 보낸 것을 떠올리고 나는 그 돈을 받고 싶지 않았습니다.

그리고 핀들레이 씨 같은 커다란 아메바가 어떤 범죄를 계획하고 있는지 모르기 때문에 나는 "그 수표를 받기 전에 주임경감의 허락을 받아야 합니다"라고 말했습니다.

"주임경감이라니? 전문 탐정 말인가?"

"그렇습니다. 뉴욕 주 사우스킹스턴에 있습니다."

"전문 탐정이 와서 신문에 모두 밝히려는 건가? 자네가 이미 한 짓에 대해서?"

"그렇게 할 수밖에 없습니다."

그는 웃었습니다.

"자네는 무서운 남자군, 모란. 따라오게. 빨리 오게, 모란."

그는 문을 열고 방을 나와서 문을 잠그고, 복도 끝 방으로 나를 데려갔습니다.

"내 총기실이네. 영양, 얼룩말, 얼룩 다람쥐, 악어에 이르기까지 모두 여기에 있는 총으로 잡았어. 이것이 로스 30~30이야. 이 탄환은 퍼지는 것이지. 맞은 곳은 작은 구멍이 뚫릴 뿐이지만 탄환이 나갈 때는 내장까지 갖고 나가네. 이것은 코끼리를 쏘는 총으로 코끼리와 코브라를 사냥한 미얀마에서 사용한 것이지. 총신이 두 개 있지. 하나는 암코끼리용, 또 하나는 근처에 있던 수코끼리가 오면 사용하는 것이네. 최근 코끼리 사냥을 하지 않았으니 한 번 사용해서 길을 들여야 하네. 먼저 주임경감을 쏘고, 두 번째는 자네에게 사용하지. 여기에 있는 것은 305 자동소총이네. 거친 무기지만 어떤 배심도 나를 무죄 방면할 것이네. 이것은 러시아제 바주카포로 주임경감이 전차로 쳐들어와도 문제없지. 공격 수단은 얼마든지 있네. 자, 모란, 바깥 현관까지 안내하지. 자네가 나간 후 문을 잠그고 빗장을 걸고 체인까지 걸겠네."

"핀들레이 씨. 주임경감을 협박하면 안 됩니다. 당신은 그 사람을 몰라요."

그는 화가 난 듯 입술을 핥았습니다.

"그를 만나는 것이 기대되는군, 바주카포의 조준기로 보면 그는 귀엽게 보이겠지. 편지를 쓸 때 그렇게 말해. 그리고 만약 주임경감이 여기에 오지 않아도 하루이틀 안에 내가 사우스킹스턴까지 차로 간다고 말하게. 잘 가게, 모란."

언제 당신이 오실지 바로 전보로 알려주십시오. 그러면 그 이상한 핀들레이 씨에게 알려주고, 그에 대해서는 당신에게 더 이야기하는 것이 좋다고 생각합니다.

*

전보

코네티컷 주 서리. 미스터 R. B. 맥레이 댁내

피트 모란 앞

주임경감은 당신의 편지를 읽은 후 할머니 장례식에 참석하기 위해 멕시코로 갔고, 언제 돌아올지 모릅니다. 이 전보의 사본은 버튼 핀들레이 씨에게도 보냅니다.

저는 주임경감에게 충성할 의무가 있으므로 여기에 서명합니다.

하지만 저는 힘없는 여자이니 당신의 기마병에게 호소하십시오.

— J. J. OB의 비서 M. M. OR

*

발신 : 코네티컷 주 서리. 미스터 R. B. 맥레이 댁내 탐정 P. 모란

수신 : 뉴욕 주 사우스킹스턴 애크미 인터내셔널 탐정통신교육학교 주임경감

당신 비서의 전보를 마릴린에게 보여주고 "당신의 기마병은 무슨 뜻이지? 핀들레이 씨는 말 같은 것은 없는데"라고 물었더니 "기사도 정신을 말하는 것 같아"라고 대답하더군요. 내가 "그런 말은 모르겠어"라고 말하자 그녀는 "응, 당신이 알고 있다고는 생각하지 않아. 당신이 똑똑하다면 그 긴 편지를 쓰기 전에 어떤 일이 일어났는지 나에게 말했을 테니까. 답장이 올 때까지 아무것도 말하지 않아서 화가 났어"라고 말했습니다.

나는 차고에 있는 내 사무실 의자의 먼지를 털어 그녀를 앉게 했습니다. 그녀가 엄청 많은 질문을 해서 나는 몇 번이나 얘기를 반복해야 했습니다. 레슨 2의 '관찰'에서 60점을 받아서 다행이었습니다. 그렇지 않았다면 이미 많이 말했던 "모른다"라는 말을 더 많이 사용했겠지요.

결국 그녀는 고개를 저으며 말했습니다.

"만약 이것이 대학에서 들은 수업이었다면 F학점을 받았을 거야. 피트, 왜 그렇게 과격하게 행동한 거야? 나폴레옹의 흉상을 부수지 않고도 조사할 수 있는데."

"셜록 홈즈는 흉상을 깼다고 메모에 있었어."

"그래, 하지만 확실히 그전에 먼저 돈을 지불했어."

"바보 같은 소리 하지 마, 마릴린. 나한테 900달러가 어디 있어? 그리고 만약 그런 돈이 있다고 해도 얼굴이 하얀 남자 흉상을 깨는 데 사용할 거라고 생각해?"

"그리고 식물 주위에 흙을 조사하려면 항아리를 깨지 않고도 됐

고, 키 큰 베네치안 글라스는 주의 깊게 거꾸로 들어서 물을 뺄 수도 있었는데."

"여기에 당신 강의를 메모한 것이 있는데, 여기 나오는 인물들이 모두 그 정도로 주의 깊다고는 생각되지 않던데."

"하지만 피트, 당신은 진짜 탐정이 아니고 이제 조금 배우기 시작한 단계잖아. 당신이 깬 아름다운 물건들을 생각하면 눈물이 나와! 자, 가요."

"그린 랜턴? 브룩사이드 태번? 어디로 갈까?"

"아니, 핀들레이 씨 집으로."

"마릴린, 제정신이야?"

"당신이 쓴 편지를 읽지 않았을 때는 분명히 제정신이 아니었는지 몰라. 하지만 나는 '탐정소설의 예술과 기교'에서 A학점을 받았고, 지금은 올바른 정신이야. 그녀를 생각하지 못하다니 정말 바보였어?"

"그녀라니?"

"도로시 세이어즈 말이야, 바보 같아! 이 얘기에는 여러 곳에 여성의 터치가 있어. 빨리 가, 피트"

"절대로 싫어."

"당신도 겁쟁이야, 주임경감처럼."

"맞아."

"그래, 겁먹은 고양이, 당신 도움은 필요 없어. 나도 운전할 줄 아니까."

"좋아, 여기 열쇠가 있어."

"이것이 마지막이야, 피트. 같이 갈 생각 없어?"

"이것이 마지막이야, 마릴린. 나는 여기 있겠어. 핀들레이 씨에게 코끼리 사냥용 총으로 맞고 싶지 않아."

"안녕, 피트."

"안녕, 마릴린."

5분 후 우리는 핀들레이 씨 집의 현관 벨을 눌렀고, 집사 짐 휴이트가 문을 열어주었습니다.

"피트, 핀들레이 씨가 절대로 자네를 들여보내면 안 된다고 했네." 짐이 말했습니다.

"피트는 내가 데려왔어요." 마릴린이 말했습니다.

짐은 고개를 저었습니다.

"명령은 명령입니다. 피트, 자네를 보면 강도 경보를 작동시켜야 하고, 핀들레이 씨가 라이플을 쏘면 바로 탄환을 주워야 하네."

"오늘은 피트가 망치를 가져오지 않았어요." 마릴린이 말했습니다.

"그래, 내 망치를 찾고 싶네. 핀들레이 씨가 책상 서랍 안에 넣고 잠갔는데 그것이 필요하네."

"또 자넨가, 모란? 응?" 거실 문이 2, 3센티미터 열리고 핀들레이 씨가 내다보았습니다. "모란, 내 말을 잊었나!"

"핀들레이 씨, 모두 제 탓입니다." 마릴린이 크게 말했습니다.

"뭐야! 주임경감은 여자인가?"

"저는 주임경감이 아니고 어떤 종류의 경감도 아닙니다. 핀들레이 씨. 그리고 피트가 한 일을 들은 순간 저는 울었습니다."

"그래, 무슨 일이오?"

"당신을 위해 다이아몬드를 찾을 수 있습니다. 피트, 두 손을 들어요."

"손을 들라니?"

"손을 들고 있어요. 더 이상 물건을 부수지 못하도록."

핀들레이 씨는 거실 문을 조금 더 열었습니다. "모란이 우리 집에 드나들고 처음 듣는 분별 있는 말이군. 휴이트, 두 사람을 안내하게."

우리가 거실에 들어가자 그는 문을 잠갔습니다. 마릴린은 영사기를 날카롭게 바라보았는데 왜 그런지는 잘 모르겠습니다. 나는 거기에는 전혀 관심이 없었죠. 이어서 그녀는 나폴레옹의 흉상과 꽃병과 베네치안 글라스의 잔해를 바라보더니 말했습니다.

"아, 피트, 당신을 죽이고 싶어!"

핀들레이 씨는 즐거운 듯 머리를 몇 번 끄덕였습니다.

"이거야말로 두 번째 듣는 분별 있는 말이군, 라이플을 빌려드릴까. 미스, 미스……?"

"나를 미스라고 부르지 마세요, 핀들레이 씨. 마릴린이라고 부르세요. 손녀 헬렌이 틀림없이 제 얘기를 했을 거예요. 마운트홀요크 대학 동기였어요."

"물론, 물론 들었지! 손녀의 편지에 언제나 자네 이야기가 있더군. 같은 농구 팀에 있었다고?" 노인은 웃으며 말했습니다.

"그렇습니다."

"그리고 같은 친목회…… 아니, 여학생 클럽에 있었다고?"

"네."

"손을 내려도 됩니까? 팔이 아픕니다." 내가 말했습니다.

두 사람은 "안 돼!"라고 소리치고, 마릴린은 "벽에서 떨어져, 피트. 그림에 가까이 가지 마! 방 가운데 서서 두 손에 횃불을 들고 있는 자유의 여신상처럼 조용히 있어!"라고 말한 다음 핀들레이 씨를 보았습니다.

"핀들레이 씨, 피트가 잘못한 것은 틀림없습니다."

"그가 한 모든 일이 잘못된 거네."

"피트는 저처럼 이해하지 못했습니다. 이 이야기에는 여성의 터치가 있습니다."

핀들레이 씨는 숱 많은 눈썹 아래서 마릴린을 보았습니다.

"다시 한 번 말해보게…… 천천히. 이 이야기에는……."

"……여성의 터치가 있습니다."

그는 고개를 저었습니다. 그것은 나처럼 확실히 이해하지 못해서 그런 것입니다.

"도로시 세이어즈는 도둑맞은 진주가 겨우살이 나뭇가지에 장식되어 열매로 보이게 하는 이야기를 썼습니다. 아무도 눈치채지 못했지요."

핀들레이 씨는 고개를 저었습니다.

"아가씨, 내가 찾고 있는 것은 진주가 아니고, 뉴잉글랜드에서는 8월에 겨우살이 나무에 장식하는 습관도 없어요."

"나는 단지 일반적인 생각을 말하는 것입니다. 열한 개의 다이아몬드는 일부러 찾지 않아도 될, 눈에 띄는 장소에서 발견될 겁니다."

"예를 들면?"

"피트는 작은 조약돌 더미가, 같은 크기의 그 조약돌들이 영사기 옆 스탠드에 있었다고 했습니다."

"그것은 보았네."

"아직 있습니까?"

"일요일에 이 방에 있던 것은 모두 그대로 있지."

마릴린은 자갈을 갖고 돌아왔습니다.

"피트가 말했듯이 거의 같은 크기군요. 질문하겠습니다. 핀들레이 씨, 이것은 사라진 다이아몬드보다 조금 크지 않습니까?"

그때 나도 생각이 났지만 핀들레이 씨에게 선수를 뺏겼습니다.

"마릴린! 마릴린이라고 부르라니 마릴린이라고 하는데, 이 자갈이 조금 크네."

두 사람은 서로 끄덕이고 미소를 나누었습니다.

"핀들레이 씨, 망치가 피해를 주었는지도 모르겠습니다."

"이미 피해는 엄청 보았소."

"이 조약돌을 깰 도구는 없습니까?"

그는 서둘러 보조 테이블로 갔습니다.

"호두 까는 도구로 될까?"

"해보겠습니다."

돌이 '팍!' 하고 깨지는 소리가 들렸습니다.

"보통 돌이네!"

"모란, 팔을 올려요!"

"네."

"다른 것도 깨봅시다."

그들은 계속 깼고, 나는 두 사람의 어깨 너머로 들여다보고 돌 안쪽도 바깥쪽과 마찬가지로 코네티컷에 흔히 있는 돌이라는 것을 알았습니다.

핀들레이 씨는 머리를 흔들었습니다.

"안됐군, 마릴린."

"저야말로 죄송합니다. 그 이상으로 부끄럽습니다. 대학 수업에서는 아주 잘했는데……."

"어떤 수업이었나?"

그때 그녀가 작은 비명을 질렀습니다.

"아, 왜 그 생각을 못했을까! 여자의 터치! 또 한 사람의 여류 작가! 도로시 세이어즈가 아니었어! 애거서 크리스티야!"

여기에서 핀들레이 씨는 흥미를 보였습니다.

"나도 애거서 크리스티의 책은 많이 읽었는데, 요점이 뭐지?"

마릴린은 점점 흥분했습니다.

"크리스티 작품에서는 가장 범인 같지 않은 사람이 범인이에요!"

"무슨 말이야, 마릴린?" 내가 물었습니다.

"조용히 해, 피트." 마릴린이 말했습니다.

핀들레이 씨는 끄덕였습니다.

"무슨 말을 하려는 건지는 이해하겠는데, 기묘하게도 모란이 이미 자네가 말한 그대로 행동했지. 나에게는 훔칠 이유가 없어. 나야말로 가장 범인 같지 않은 인물이지. 모란은 다이아몬드를 훔쳤다고 말하면서 나를 문책했네."

"하지만 핀들레이 씨, 당신은 가장 범인 같지 않은 인물이 아닙니다! 토요일 밤, 여기에 누가 있었는지 생각해보세요."

"알았네." 그는 손가락을 굽혀가며 세기 시작했습니다. "맥레이 부부, 시무어 씨, 언더우드 부부, 어스키 베빈 부부, 커틀러 부부, 존스 씨, 폼로이 씨, 게일로드 부부, 그리고 나였지."

"빠진 사람이 있군요."

"집사 휴이트 말인가?"

"또 있습니다."

"이 방에 있었던 사람들은 모두 이야기했는데."

"가장 범인 같지 않은 사람을 빼놓으셨군요."

나는 좋은 생각이 떠올라 말했습니다.

"나폴레옹!"

"마릴린, 항복하네. 말해주게." 핀들레이 씨가 말했습니다.

"아기 게일로드입니다."

"내 증손주 말인가? 그런 말도 안 되는!"

"가장 범인 같지 않은 인물입니다."

그는 숨을 들이켰습니다.

"아기는 이 방에서 유일하게 조사했네. 여자들이 아이 옷 하나하나까지 모두 들춰봤네."

그러나 마릴린은 단호했고, 누구도 그녀를 막을 수 없었습니다.

"그러면 지금 우리가 깬 돌을 누가, 어떻게, 어디에서 가져왔다고 생각하십니까, 핀들레이 씨?"

두 사람은 유모차 쪽으로 갔습니다.

"여기는 조사했네." 핀들레이 씨가 말했습니다.

"알고 있습니다. 이것을 지나쳤습니다."

"무엇을?"

그들은 그것을 갖고 핀들레이 씨 책상까지 돌아갔는데 마릴린은 걸어가면서 그것을 흔들었습니다. 그것은 귀여운 소리를 냈습니다.

"바로 아이의 딸랑이입니다. 여기를 보세요! 이것은 셀룰로이드지만 서툴게 붙어 있군요. 어둠 속에서 접착제를 붙인 것을 알았어요! 생각해보세요. 모두 영화를 보는 사이 영사기가 돌고 있는 스탠드에서, 영사기는 작동시킨 다음에는 자동으로 돌아가니까, 유모차까지는 몇 초 걸리지 않고, 그리고 셀룰로이드 접착제 통이 바로 옆에 있었습니다!"

핀들레이 씨는 아무 말도 하지 않았는데, 바로 끄덕이고 깊게 숨을 들이켰습니다. 그는 책상 앞에 앉아 펜나이프를 열었습니다. 딸랑이를 한 손에 들고, 다른 손으로 펜나이프를 들고…… 그리고 멈추었습니다.

"아가씨." 그가 말했습니다. "이것을 할 명예는 아가씨에게 있다고 생각하는데……"

마릴린은 딸랑이를 마치 퍼티처럼 찢었습니다. 동그란 딸랑이의 반이 열리고 반짝반짝 빛나는 것들이 책상 위에 굴러 떨어졌습니다.

"폼로이 씨의 다이아몬드입니다." 그녀가 말했습니다.

"열한 개!" 핀들레이 씨가 말했습니다. "모두 있군."

짐 휴이트를 체포하려 했지만 실패했습니다. 나중에 알게 된 일이지만 그는 열쇠 구멍으로 엿듣고 이제 틀렸다고 판단한 순간 도망쳤던 것입니다. 핀들레이 씨는 나에게 500달러 수표를 써주었습니다. 같은 것을 마릴린에게도 주었습니다. 만약 내가 다이아몬드를 발견했다면 1천 달러를 주겠다고 적힌 종이가 내 주머니에 있었지만, 마릴린은 대학 등록금을 벌었고 아직 어린 데다 나처럼 중요 사건을 많이 경험한 탐정이 아닌지라 소동을 일으키지는 않았습니다.

핀들레이 씨와 마릴린은 그의 책상 앞에 앉아 웃으면서 세리를 마셨는데 나는 그런 작은 글라스로 마시는 것은 좋아하지 않습니다. 남자가 마시기에는 양이 부족하고 난폭하게 다루면 바로 글라스가 깨지기 때문입니다. 하지만 그들이 나에게 손을 내리라고 하지 않는 한 그것은 나와 관계없는 일이었고, 팔은 1톤이나 되는 듯 느껴졌습니다. 특히 수표를 들고 있던 손은.

핀들레이 씨는 만족한 듯이 끄덕였습니다.

"휴이트는 아이를 이용해 훔쳤군."

"아니면 휴이트의 도움을 빌려 아이가 훔쳤는지도 모르죠." 그녀가 말했습니다.

그는 날카로운 눈으로 그녀를 보았습니다.

"그 둥글고 작은 조약돌이 아이의 딸랑이에서 나온 것은 분명해. 너무 확실해서 자네 이외의 누구도 그것을 생각하지 못했지. 그래서 휴이트는 내가 그 작은 돌에 두 번 눈을 주지 못하도록 어둠 속에서 바꿔치기한 것이지. 하지만 자네가 범인을 눈치챈 단서는 그전부터 제법 알고 있었지."

"피트가 제공해주었습니다."

"그래, 내가 단서를 주었지." 내가 말했습니다.

핀들레이 씨는 "손을 들고 있게, 모란. 계속해요, 마릴린" 하고 재촉했습니다.

"휴이트는 피트에게 시무어 씨의 속옷은 누더기지만 자기 속옷에는 구멍 따위 없다고 말했습니다. 다시 말하면 범죄가 일어나기 훨씬 전에 언제든 몸수색당해도 좋도록 준비했다는 겁니다."

핀들레이 씨는 다시 몇 번 끄덕였습니다.

"그렇군, 그 녀석!"

"수색당할 준비를 했다는 것은 몸을 수색할 거라고 예측했다는 것입니다. 즉 그는 신사가 아닙니다. 알겠습니까? 신사라면 단순히 몸수색이 굴욕적이고 의미가 없다는 것을 알고 있습니다. 단 한 사람, 신사가 아니었던 인물만이 그것을 예측하지 못했습니다."

"그래서?"

"도둑은 보석을 이 방에 숨겼습니다. 그것도 눈에 띄는 곳에."

"그래, 확실히."

"……다음 주나 다음 달이나 내년이나, 당신이 방을 잠그지 않을 때 보석을 꺼낼 계획이었죠. 그야말로 이 방에 쉽게 들어올 수 있는 사람입니다. 유일하게 말이죠! 그가 어디에 다이아몬드를 숨겼는지 알아내면 나머지는 자동으로 알게 됩니다. 최종적으로 딸랑이는 아기에게 돌아가기 때문에 도둑은 그것을 훔치거나, 또는 열어서 다시 바꿔치기합니다. 그 밖에도 세 개, 네 개, 다른 이유가 있지만, 모두 같은 남자를 가리키고 있었습니다."

"휴이트 이놈, 엉뚱한 녀석이군!"

"그리고 피트는 누가 도둑인지 알았다고 내가 말해도 믿지 않았습니다."

"믿지 않았지. 당연해."

"네, 당연합니다."

두 사람 모두 웃었습니다. 그리고 내 질문에 곧 웃음을 멈췄습니다.

"하나 가르쳐줘, 마릴린! 당신을 올바른 방향으로 이끈 것은 여성의 터치라고 말했지! 어디에 그런 것이 있었지?"

그녀는 대답하기 전에 핀들레이 씨의 수표를 접어서 넣었습니다.

"여기에 오기 전에 여러 가지 질문을 했지. 아기, 가장 범인 같지 않은 인물은 여자아이였어. 그다음은 피트, 초보적인 문제야."

골초는 빨리 죽는다
ヘビースモーカーは早死する

이자와 모토히코 井沢元彦, 1954~

일본 추리소설가이자 역사(소설) 연구가. 『사루마루 환시행猿丸幻視行』으로 시마 소지의 『점성술 살인사건』을 제치고 에도가와 란포 상을 받았다. 대표작으로 『야망패자』 『무사』 『역설의 일본사』 등이 있으며, 일본사를 비롯하여 일본인의 수수께끼를 드러내는 논픽션 작가로도 활발히 활동하고 있다.

"태워주셔서 정말 고맙습니다. 이젠 살았네요."
"별말씀을요. 곤란할 땐 서로 도와야죠. 마침 그곳을 지나게 돼서 다행이에요."
"그러게요. 그런 곳에서 고장이 날 줄은 생각지도 못했어요. 얼마 전에 검사를 받았는데 말이에요."
"오히려 상태가 나빠질 수도 있어요. 정비소에 잔소리 좀 하면 될 겁니다."
"정말 재수가 나빠요. 이 시간에 이런 빗속에서 순간 어떻게 될까 걱정했다니까요."
"도쿄엔 급한 일로 오셨나요?"
"네, 부하직원이 멍청한 사고를 저질렀어요. 지금 경찰서에 있다고 해서요."
"그래요? 그럼 좀 서두를까요?"
"아뇨, 생명에는 별 지장이 없는 것 같으니 그러실 필요 없습니다. 정말 죄송합니다. 다른 때 같으면 운전기사가 있는데, 별장에 올 땐

제가 직접 운전하거든요."
"그 부근에 별장이 있으신가 보죠?"
"네, 북쪽으로 10킬로미터쯤 떨어진 곳에요."
"저도 그 부근입니다."
"그래요? 그럼 한번 놀러 오세요. 베란다에서 보는 경치가 꽤 볼 만합니다."
"네, 고맙습니다."

"그런데 담배 한 대 피워도 될까요?"
"죄송합니다. 제가 천식기가 있어서 담배 연기에는 아주 약합니다. 잠깐 쉴 때까지 참아주세요."
"그래요? 천식이라니 안됐군요. 담배란 게 좋은 건데. 나는 한 시간도 참을 수 없어요."
"끊는 편이 낫지 않습니까? 건강에는 별로 좋지 않아요."
"알고 있어요. 하지만 인간에겐 자신의 삶을 선택할 권리가 있으니까요. 폐암에 걸려도 좋아요. 그건 스스로 선택한 길이니까요."
"……."
"혹시 금연클럽 회원이신가요?"
"어떻게 아셨죠? 맞습니다."
"내가 담배 이야기를 하니까 불쾌한 표정을 지으셔서요."
"그래요? 그렇다면 제가 실례를 했군요."
"아뇨, 금연클럽 회원에게 담배를 피워도 되냐고 묻다니 저도 상식이 없는 거죠."
"처음엔 제가 회원이란 걸 모르셨잖아요. 신경 쓰지 마세요."

"아뇨, 아닙니다. 지금은 온갖 장소에 금연구역을 확대시켜 독일의 나치 같은 행동력과 선동력을 가진 분께 그런 말을 한 건 큰 실례죠."

"나치라는 말은 좀 심하군요. 마치 우리 운동이 파시즘의 일환 같잖아요."

"허, 왜, 그렇지 않습니까?"

"……"

"담배를 피우든 피우지 않든 그것은 개인 자유 문제죠. 그 자유를 침해하는 것이 파시즘이 아니고 뭡니까?"

"그건 잘못 생각하시는 겁니다."

"아니라고요?"

"아니죠. 먼저 강조해두고 싶은 건 우리 운동은 미국 흉내를 내는 게 아니란 겁니다. 퓨리터니즘*의 영향인지 금주법이라는 멍청한 법률을 만들곤 하죠. 우리는 금연운동을 추진하고 있지만 그것은 어디까지나 도덕 수준의 문제이지, 법률 문제로 삼으려는 생각은 꿈에도 하지 않습니다."

"미국도 금연법을 만들거나 하진 않잖아요."

"네, 하지만 그 나라의 운동은 상도를 벗어나 너무 이상하고 히스테릭한 면이 있죠. 우리는 그렇지 않습니다."

"다시 말해 당신들의 운동은 상도를 벗어나지도, 히스테릭하지도 않다 이건가요?"

"그렇습니다."

---

* puritanism, 엄격주의.

"과연 그럴까요? 그럼 한번 물어봅시다. 당신들은 전철회사와 항공회사에 압력을 가해 금연구역을 확대시켰어요. 그건 개인 자유를 침해한 히스테릭한 행동이라고 생각하지 않나요?"
"그렇게 생각하지 않습니다."
"왜죠?"
"우리는 항공기와 전차 안은 모두 금연구역이어야만 한다고 생각합니다. 금연구역을 넓히는 그 정도 일이 어째서 개인의 자유를 침해하는 것이 됩니까?"
"이것 참, 죽겠군. 그래요? 그럼 모든 좌석을 금연석으로 만들 작정인가요? 대체 '흡연의 자유'는 어디로 사라진 거죠?"
"정해져 있잖아요. 전차 밖에서 피우면 됩니다."
"……"
"납득이 안 되시는 모양인데 조금 쉽게 설명해보죠. 가령 선생이 욕탕에 들어갔다고 합시다. 그것도 가정용이 아닌 대중탕이나 온천 같은 곳에 말이죠. 그곳에 한 남자가 들어와서는 탕 안에서 갑자기 소변을 봤어요. 어때요, 선생은 그 남자를 용서하시겠습니까?"
"흡연과 오줌은 같은 게 아녜요."
"그건 이해 부족입니다. 어떤 사람에게는 소변보다 담배 연기가 더 불쾌할 수도 있어요."
"그건 주관적인 문제죠."
"분명 그렇죠. 그런데 불쾌라는 말은 적절치 못했어요. 실해實害가 있다고 할 수 있습니다."
"실해?"
"그래요, 나는 천식 환자입니다. 내게 담배 연기는 흉기와 다를 바 없어요. 담배 연기를 마시면 갑자기 발작을 일으키거든요."

"하지만 그런 사람은 흔치 않아요."

"나만큼 심한 사람은 많지 않겠죠. 하지만 담배를 피우지 않는 사람에게 있어 흡연자가 뱉어내는 연기란 목욕탕 안 소변처럼 불쾌한 것입니다. 분명히 선생이 말한 것처럼 주관적인 문제이긴 합니다만."

"……."

"만약 선생이 그 남자를 비난하려 하는데, 그 남자가 내게도 소변 볼 권리가 있으니 내 권리를 침해하지 말라고 주장하면 선생은 뭐라고 반론하시겠습니까? 이렇게 말하겠죠. 당신의 '소변권'을 인정하지 않는 것은 아니다, 그 권리는 누구에게나 있다, 단 이곳은 공공장소이다, 이 욕탕은 타인과의 공공 사유물이다, 꼭 소변을 누고 싶다면 당신 집 욕조에서 눠라, 라고 말이죠. 기본적으로는 이것과 똑같습니다. 전차와 비행기 안의 공기는 대중 목욕탕처럼 공유물이라는 거죠. 자신의 형편에 따라 그것을 더럽히는 것은 용서할 수 없을 겁니다."

"그러니 밖에서 피워라?"

"그렇죠. 아니면 흡연자들만 타는 차에서 피우란 겁니다. 여기에선 곤란해요. 보세요. 나는 발작에 대비해서 언제나 산소를 들고 다닙니다. 가방 안에도 들어 있으며 이처럼 좌석 아래에도."

"다시 말해 당신들은 흡연권을 부정하지 않는다는 말씀인가요?"

"그렇죠. 바로 그겁니다. 우리는 흡연자들이 폐암으로 죽을 권리까지 침해하지 않습니다. 다만 타인을 끌어들이지 않았으면 좋겠다고 말하는 것입니다. 지극히 당연한 주장이죠."

"그렇군요, 분명히 일리가 있는 말입니다."

"허, 그 고귀하신 의견을 우리 아들에게도 꼭 들려주고 싶군요. 아들도 주위에서 알아주는 골초죠. 예전부터 당신들의 운동에 반감을 품고 있어요. 내 입으로 말하긴 뭐하지만 외곬으로 생각하는 아이죠. 파시즘은 용서할 수 없다고 씩씩거려요."
"뭣하면 아드님과 이야기해도 좋습니다. 대환영이에요."
"유감스럽게도 아들은 먼 곳으로 갔어요."
"외국으로요?"
"아닙니다. 저세상, 이라는 곳으로 갔어요."
"저런, 세상을 떴군요."
"네, 죽었어요. 반년 전에. 멋진 녀석이었는데……."
"젊은 나이에…… 병이 있었나요?"
"폐암이라고 하면 분명 기뻐하실 테죠."
"말도 안 돼요, 무슨 그런 말씀을."
"병으로 죽은 게 아닙니다."
"그럼 사고였나요?"
"사고라 해도 될지 어떨지, 실은 살해당했어요."
"세상에! 뜻밖의 변을 당했군요. 어찌 그런 일을……."
"모르겠어요. 아직 범인도 잡지 못했어요. 처참하게 죽었죠. 전신에 둔기로 맞은 흔적이 있고, 돌 같은 것에 부딪친 흔적도 있었어요. 검시관 말로는 많은 사람에게 봉 같은 것으로 맞고 돌도 맞고, 고통을 당하다가 죽은 것 같다고 하더군요. 괜찮습니까?"
"네? 뭐가?"

"얼굴색이 안 좋은 것 같은데 이런 이야기가 신경에 거슬리나요?"
"아뇨, 괜찮습니다."
"그래요? 아들의 사체는 강에 버려져 있었습니다. 물론 살해 현장은 다른 곳이죠. 그런데 유감스럽게도 그곳이 어디인지 알 수가 없어요. 단서가 제로예요."
"대체 아드님은 왜 그런 변을 당한 걸까요?"
"모르겠어요. 원한을 살 만한 애가 아닌데 말이에요."
"경찰에선 어떻게 보고 있죠?"
"그게 문젭니다. 경찰은 살해방법을 보고 학생운동 과격파 내부의 폭력살인이 아닐까, 추정하더군요."
"아드님이 학생운동을?"
"네, 분명 약간 관련된 적도 있었던 것 같아요. 하지만 이내 발을 뺐죠. 아들은 위선자를 제일 싫어했는데 학생단체란 건 위선자들의 모임이라고 말했어요."
"그렇게 솔직하게 말하고 다녀서…… 죄송합니다. 그래서 살해당한 것이 아닐까요? 광신적인 사람들도 많다고 하던데요."
"네, 경찰도 그 선에서 조사하고 있는 것 같아요."
"역시 전문가 견해에 따라야 하는 것이 아닐까요?"
"난 그렇게 생각하지 않아요."
"그야, 부모로서 무리도 아니지만……."
"아니, 그런 것이 아닙니다."
"……"
"나는 누가 내 아들을 죽였는지 이제야 겨우 알 것 같아요. 물론 독자적인 추리지만요."

"허, 그래요?"

"한번 말해볼까요? 아니면 이런 이야기엔 흥미가 없으신가요?"

"아뇨, 말씀하세요."

"다행이군요. 난 말이죠, 아들이 자신의 의지를 관철시키려다가 살해당했다고 생각해요."

"어떤 의지 말인가요?"

"왜 그러시죠?"

"네?"

"목소리가 잠겼어요."

"……"

"역시 실내 공기가 너무 탁하군요. 창문을 열까요?"

"아뇨, 됐습니다. 이야기를 계속하시죠."

"아들은 외곬으로만 생각하고 의지가 강한 면이 있다고 했는데, 최근 그 아이는 어느 운동에 대해 반감을 품고 있었어요. 이상한 반감이라고 해도 좋을 것 같은데 뭘 것 같습니까?"

"글쎄요, 짐작도 안 가는걸요."

"이거 의외군요. 금방 알 거라고 생각했는데…… 금연운동이에요. 당신들이 추진하고 있는 운동 말입니다. 아들은 그것에 대한 저항을 시험해보고 싶었던 것이 아니었을까, 나는 그렇게 생각합니다."

"저항이라니, 어떤 것이죠?"

"글쎄요, 정확히는 모르겠지만 한 가지 짐작 가는 것이 있습니다. 뭔가 알겠습니까?"

"아뇨."

"아들은 살해당한 날, 그 건물에 갔던 것이 아닐까 합니다."

"건물이라면?"

"모르시겠어요? 그 건물 말입니다. 하라주쿠 번화가에 있는 7층짜리 벽돌색 건물."

"그건 우리 본부인데요."

"그래요. 금연클럽 본부 건물. 그런 곳에 건물을 짓다니 굉장해요. 땅값도 비싼데."

"여러 유력한 분들의 기부도 있고 해서요."

"더욱 발전하시길 빕니다."

"고맙습니다."

"그 건물에는 여러 가지 우수한 설비가 갖춰져 있는 것 같더군요. 홀이며 회의실, 게다가 회원제 헬스장 등등 뭐든 지하 1층에 있다고 하잖아요. 분명 사회적 지위가 있는 분들이 그곳 회원일 거예요."

"글쎄요. 자세히는 모르겠습니다."

"이상하군."

"……"

"선생은 그 클럽의 유력한 회원이실 텐데요."

"어떻게 그걸 당신이 알고 있죠?"

"아니, 그저 단순한 추측입니다, 추측. 금연클럽 회원이고 건강에 관심 있는 분이라면 유력한 회원이라 해도 이상할 것 없다고 생각했죠."

"그렇습니까?"

"그래요, 추측일 뿐이에요. 아, 또 한 가지 추측을 말할까요? 난 말이죠, 아들이 그날, 다시 말해 살해당한 날 그 헬스장에 잠입했던 게 아닐까 생각합니다."

"잠입?"

"네, 잠입이요."

"무엇 때문에?"

"저항이죠. 아니, 짓궂은 행동이란 쪽이 정확할지도 모르겠군요. 다시 말해 흡연이 엄하게 금지되어 있는 금연클럽 건물 안에서 당당하게 담배를 피워주자. 그런 심술궂은 생각을 했던 게 아닐까 싶어요. 그렇게 생각하면 목적지는 그 건물 안에서도 헬스장뿐이죠."

"어떻게 그렇게 말할 수 있죠?"

"그날 홀에서는 모임이 없었어요. 물론 총재실이나 사무국으로 가는 방법도 있었겠죠. 하지만 그곳만으론 재미가 없어요. 더욱 많은 사람이 모여 있는 장소, 건강 제일주의인 금연클럽의 지체 높은 분들이 모여 있는 곳이라면 그 헬스장밖에 없지 않겠습니까? 아들은 그런 장소에서, 히스테릭한 금연운동을 하는 회원들 앞에서 당당하게 담배를 피워 그들이 놀라는 꼴을 즐기려 했던 게 아닐까 싶습니다."

"하지만 그곳은 회원제입니다. 외부 사람은 들어갈 수 없어요."

"트레이너로 변장하는 방법이 있죠."

"……."

"채용 조건은 그다지 까다롭지 않은 것 같더군요. 그저 절대로 담배를 피우지 않는다, 라는 것이 조건이죠. 담배를 피우는 사람은 그 자리에서 해고당하죠. 하지만 최근에는 당신들의 활약에도 불구하고 운동부 학생도 꽤 담배를 피웁니다. 체력에 자신이 있으니 스트레스 해소용일 텐데, 결국 견디지 못하고 그만두는 사람도 있고 아르바이트를 고용하거나 해서 트레이너는 거의 고정되어 있지 않죠."

"무얼 말하고 싶은 거죠?"

"간단합니다. 따라서 트레이너 제복을 손에 넣는 것도 어렵지 않을뿐더러 그것을 입고 있으면 새로운 얼굴이라고 생각해 출입구 체크도 감쪽같이 넘어갈 수 있다는 겁니다. 다시 말해 잠입은 가능했다는 거죠."

"그래서?"

"이제 얼버무리는 것은 적당히 하시죠. 아들은 그날 헬스장에 잠입했어요."

"……"

"그리고 헬스장 안에서 담배를 피우려 했죠. 그런데 당신들, 그 히스테릭한 금연주의자들은 그것을 용서하지 않았어요. 그래서 아들을 여럿이서 때려 죽인 겁니다."

"농담으로 말씀하시는 거죠?"

"아뇨, 진심입니다."

"그렇다면 경찰서에서 말씀하시죠. 선생의 그릇된 추측이 사실이라면 즉각 받아들여줄 겁니다."

"아뇨, 경찰은 믿을 수 없어요. 내 추리를 그냥 웃어넘겼어요."

"그렇죠, 그럴 겁니다. 워낙 황당무계한 이야기라."

"어디가 말인가요?"

"지적해도 되겠습니까?"

"물론입니다."

"아무리 우리가 금연주의자라고 해도 눈앞에서 담배를 피우려 한다는 정도로 사람을 죽일 거라고 생각합니까? 그런 어리석은 짓은 하지 않아요. 불법침입이니 경찰에 넘겨도 되고 쫓아내도 됩니다. 그곳에는 경비원이 배치되어 있어요."

"그곳에서 담배를 피우려는 행동을 도저히 참을 수 없어 말리려 했는데 힘에 부쳐 죽여버렸다면?"

"하하하, 아드님은 분명 린치당한 거잖습니까. 봉 같은 것으로 맞고 돌 같은 것에 부딪혔다고 말씀하셨잖아요. 헬스장 안에 그런 것은 없습니다."

"운동용 목검이 있죠."

"……"

"팔 힘을 기르기 위한 철구와 철로 된 작은 아령도 있잖아요. 그것이라면 충분히 흉기가 될 수 있어요."

"그렇다 치더라도 여럿이서 때려 죽였다는데, 우리는 그런 야만인이 아니에요."

"원칙 같은 것은 더 이상 듣고 싶지 않아요. 가르쳐줘요. 아들을 죽인 진짜 이유를. 역시 내 추리가 맞죠?"

"이거 참 곤란하군. 뭐라고 대답할 수가 없군요. 나는 당사자도 아닐뿐더러."

"그건 거짓말이에요…… 반년이 걸렸어요. 아무래도 범행 현장은 헬스장 안의 작은 방, 특별실이라고 부르는 곳인 것 같아요. 아들은 그곳이 제일 높은 사람들이 모이는 곳이라고 생각했겠죠. 당일 그곳에는 여섯 명의 회원이 있었어요. 당신을 포함해서 여섯 명이죠…… 더 이상 시치미 떼지 마세요. 나는 진상을 알고 싶어요. 왜 아들을 죽여야만 했는지를. 단지 담배를 피우려 했다는 이유만으로 죽인 건가요? 당신도 자식을 둔 부모라면 진상을 알고 싶을 겁니다."

"범인이라면 분명히 진상을 알고 있을 테지만 나는 몰라요."

"당신이 그 범인 가운데 한 명이란 확증을 잡고 있어요. 틀림없는 확증을 말이오."

"그렇다면 그것을 경찰에게 제출하시죠. 틀림없는 확증이라면 그것으로 모든 것이 풀릴 텐데요."

"……."

"아니, 어떻게 된 거죠? 내가 아픈 곳을 찌른 것 같군요."

"당신이 범인이란 건 틀림없는 사실이오."

"그렇군, 이제 알겠어요. 역시 그랬군요."

"무얼 말이오?"

"그를 죽인 것이 당신이군요."

"누굴 말이오?"

"시치미 떼지 말자고 한 것은 당신이에요. 내 친구, 같은 클럽의 회원, 그날 같은 방에 있었죠. 3주 전에 이 앞 절벽에서 핸들 조작 실수로 떨어져 죽었죠."

"그게 내가 한 짓이라고?"

"그는 예전에 랠리 선수였어요. 타고 있던 차도 페라리여서 아무래도 이상하다고 생각했는데 역시 그랬군. 오늘과 같은 방법으로 그의 차에 탔죠?"

"그렇다고 하면 어떻게 할 거죠?"

"당신의 그 확증이란 것은 결국 그를 추궁하여 얻어낸 고백이군요. 그것을 테이프에 녹음한 걸 테죠. 그래서 확증은 있지만 경찰에 제출할 수는 없다. 만약 제출하면 그를 죽인 것이 탄로 나고 말죠."

"명 추리군요."

"그런데 이상하네요."

"무엇이?"

"그를 추궁했다면 당신의 아들이 왜 죽어야만 했는지 그 이유도 알았을 텐데."

"그것도 물을 생각이었는데 화가 치밀어 아들을 죽인 범인을…… 변명 따윈 듣고 싶지 않아, 그런 기분이었죠. 정신을 차려보니 이미 죽어 있었죠."

"그렇군. 그런데 3주가 지나고 조금은 냉정해졌다는 건가요?"

"그렇소. 오늘은 꼭 알아낼 거요. 자, 어서 말해. 왜 아들을 죽였는지."

"말하면 살려줄 건가요?"

"그럴 수 없지. 아들의 원수니 죽여야지."

"나머지 네 명은?"

"모두 죽일 거야. 예외는 없다. 괜히 재미없는 짓 하지 마. 급브레이크를 밟는다든지 핸들조작으로 도망가려 해도 소용없어. 이렇게 안전벨트를 단단히 매고 있으니 앞 유리에 머리를 박거나 하진 않아. 그리고 또 한 가지 덧붙여둘 것이 있다."

"뭐죠?"

"나는 가라테* 5단, 유도 합기도 모두 3단이다. 마음만 먹으면 당신을 일격에 죽일 수도 있지."

"충고 감사합니다. 그런데 허가를 얻고 싶은 것이 있는데 차를 세워도 될까요? 사고는 일으키고 싶지 않아요."

"도망치려 해도 소용없어."

---

* 무기 없이 신체 각 부위로 상대방과 겨루는 대표적인 일본 무술.

"알고 있어요. 여기까지 와서 그럴 생각 없어요."

"그럼 저 옆길로 빠져. 사람 눈에 띄지 않는 곳에 차를 멈춰."

"유감이군, 그 안전벨트는 풀어지지 않을 거요. 실은 우리 회사 제품인데 그건 특별제야."

"도망칠 생각인가?"

"그럴 생각은 없어. 이렇게 차 밖에 서 있잖아. 부드럽게 이야기하려는 것뿐이야. 당신의 아들이 왜 죽어야만 했는지 이야기해주지. 들을 생각이 있나?"

"어서 말해."

"마음가짐이 됐군. 불행한 사태였다고밖에 말할 수 없어. 당신의 추측대로 그날 아들은 트레이너로 변장해 우리 방에 들어왔지. 그러고선 아주 의기양양한 태도로 천천히 라이터를 꺼내 담배에 불을 붙이려고 했어. 우리는 비명을 질렀어."

"시시한 녀석들 같으니."

"그런 게 아니야. 당신의 아들도 포함해 우리는 말 그대로 생명의 위험에 처했던 거지."

"뭐라고?"

"산소였소. 그 특별실은 산소 농도가 아주 높은 곳이었지. 당신도 알고 있는 대로 고농도 산소 속에서는 철도 타버리지. 그때 만약 라이터를 켰다면 우리 전원은 물론 당신의 아들까지 다 타 죽었을 거야."

"그럼 못 하게 하면 됐을 거 아냐."

"그렇지. 못 하게 하려고 했지. 그런데 하지 말라고 해도 우리 말을 전혀 듣지 않는 거야. 그건 당신도 알 거야. 이유를 설명하고 있을 여유도 없었어. 그래서 마침 목검을 들고 있던 회원이 그의 팔을 내리쳐 라이터를 떨어뜨렸지. 그러자 아들은 벌컥 화를 냈어. 꼭 당신처럼 말이야. 바닥에 떨어진 라이터를 집어 올리더니 불을 붙이려고 했어. 그는 자신이 폭탄 스위치를 누르려 한다는 걸 알지 못했지. 일 분, 아니 삼십 초라도 좋았을 거야. 그가 우리 말에 귀 기울일 여지가 있었다면 불행한 사태는 일어나지 않았을 거야. 결국 우리는 철구를 던지고 목검으로 때려 그의 행동을 저지할 수밖에 없었지. 정신을 차려보자 그는 이미 싸늘하게 식어 있었어. 이것은 분명한 정당방위야."

"그럼 왜 경찰에 알리지 않았지? 그것이 정당방위였다면 책임을 묻지 않을 텐데 말이야."

"그랬으면 됐을지도 모르지. 하지만…… 정직하게 말하면 우리에게도 잘못은 있었어. 건물 안에 그런 고농도 산소방을 만들려면 소방서의 허가가 있어야 하지. 반드시 갖춰야 할 방화 장비도 필요할 뿐더러. 그런데 우리는 그러질 못했어. 다시 말해 소방법 위반이지. 금연클럽 회원 가운데 담배를 피우는 사람은 한 명도 없으니까. 그래서 절대 안전하다고 생각했어."

"결국 경찰에 알리면 책임을 묻게 된다는 건가?"

"그렇지. 회원 가운데는 딸 결혼을 앞둔 사람도 있었지. 그래서 입 다물고 있게 되었던 거야. 그런 사정이었지. 납득이 가시오?"

"아니, 납득 따윈 하지 않아."

"가능하다면 당신과 흥정하고 싶은데."

"흥정?"

"그렇소. 나는 친구의 죽음에 대해 모른 척할 것이오. 보험금도 무사히 탈 것 같고, 지금 새삼 살인이었다고 말해서 유족을 슬프게 하고 싶진 않아. 그 대신 당신도 더 이상 우리 회원을 죽이지 말아 줬으면 해. 쌍방 한 명씩 죽은 걸로 일을 끝냅시다."
"미안하지만 그렇게는 못 하겠어. 당신은 어디까지나 내 아들의 원수야."
"그래? 마음을 바꿀 생각은 없나?"
"없다고 하면 어떻게 할 생각인가?"
"유감스럽지만 당신을 죽이는 수밖에 없지."
"죽여? 네가 나를? 조금 전 이야기를 듣지 못한 모양이군. 나는 가라테……."
"알고 있어. 그러니까 당신과 격투할 생각은 조금도 없어. 그 대신 철저하게 준비를 해왔지."
"준비?"
"경찰에는 이렇게 말할 생각이야. 미안합니다. 내 실수예요. 천식 발작 때문에 산소를 마셨을 때 봄베의 밸브를 꽉 잠그지 않았나 봐요. 차 내에 산소가 가득 차 있다고는 생각지도 못했어요. 그래도 다행인 것은 내가 밖에서 소변을 보고 있을 때 그가 라이터를 켠 것이죠. 아니었다면 나도 타 죽었을 겁니다."
"이봐, 기다려. 하지 마."
"오늘은 라이터를 갖고 있어. 이것 봐 여기. 라이터를 켜는 게 몇 년 만이더라. 자, 그럼 잘 가게. 원망은 하지 마."

범죄 옴니버스

도로시 리 세이어즈 Dorothy Leigh Sayers, 1893~1957

20세기를 대표하는 추리소설가이자 저술가, 번역가, 신학자. 1920년 옥스퍼드 대학 문학석사 학위를 받았는데, 당시 옥스퍼드의 학위를 취득한 최초의 여성이었다. 1923년 첫 소설 『시체는 누구?』 이후 15년간 피터 윔지 경 시리즈를 발표해, 고전 추리소설의 미덕을 가장 잘 갖춘 동시에 문학적 가치도 높아 애거서 크리스티에 견줄 만한 작가라는 평을 받았다.

사람들은 아주 오래전부터 스스로 공포와 고민거리를 찾아다녔고, 그것은 문학의 역사와 함께 계속되어왔다. 인간은 괴로운 인생과 우주의 수수께끼를 깊이 생각하며 정신적인 혼동과 불행을 맛보는 것으로는 만족하지 않고 틈만 있으면 퍼즐과 무서운 이야기에 열중한다. 신문과 잡지를 펴보면 크로스워드, 수학 놀이, 그림 찾기, 수수께끼, 글자 퀴즈, 또는 추리소설 즉 '강렬한'(사실은 불쾌한 의미지만) 소설과 무서워서 잠들 수 없는 괴기 공포소설 등이 넘쳐난다.

사람들은 그런 것으로 자신의 불안과 호기심을 정화하고 있는지도 모른다. 풀고 나면 쓸데없어지는 수수께끼와 작가가 만들어낸 이야기일 뿐인 공포를 통해 인생이란 죽음에 의해 해결되는 수수께끼이고 그 공포도 이야기가 끝나듯 곧 지나가는 것이라고 교묘하게 납득당하는 것이다. 아니면 단순한 공포와 호기심이 변함없는 일상생활에서 벗어난 활동을 찾는 것이거나, 혹은 그저 개인의 취향일지도 모른다.

어쨌든 헌책방에 가보면 미스터리 종류가 가장 적을 것이다. 신학, 철학, 고전화폐학 책이며 연애소설, 전기 등은 마치 사용한 면도날처럼 간단히 버린다. 그런데 셜록 홈즈와 윌키 콜린스의 책은 소중히 하며 읽고 또 읽어 결국은 표지가 벗어지고 책장이 찢어질 때까지 옆에서 떼어놓지 않는다.

순수 추리소설과 순수 공포소설의 기원은 아주 오래되었다. 민담과 전설에는 틀림없이 유령 이야기가 나오고, 『경외서經外書』, 헤로도토스의 『역사』, 로마 최대의 시성詩聖 베르길리우스의 『아이네이스』 등에서도 추리소설의 모티프를 찾을 수 있다. 원래 공포소설은 사실상 여러 시대와 나라를 거쳐 발전해왔는데, 추리소설은 산발적인 역사를 갖고 있어, 실험적인 소품과 에피소드의 형태로 가끔 나타났다가 사라지는 가운데, 드디어 19세기 중반이 되어서 갑자기 폭발적으로 멋진 꽃을 피우게 되었다.

추리소설의 초기

1840년부터 1845년까지 고집스러운 천재 에드거 앨런 포(괴기소설의 거장이기도 했다)는 단편소설을 5편 썼다. 그 가운데 그는 언제나 통용되는 추리소설의 일반적 원리를 만들었다. 「모르그 가의 살인」과 「네가 범인이다」로 전혀 다른 장르에 속하는 두 가지를 융합시켜 순수한 추리물도 공포물도 아닌, 즉 미스터리 소설로 불러야 할 것을 창조했다. 이 융합으로 태어난 새로운 장르의 소설을 읽고 독자는 먼저 기괴하고 일견 불가해한 살인과 전조에 오싹하게 된다. 다음에 탐정이 나타나 수수께끼를 풀고 살인자를 벌하는 것이다.

포 이후 이 세 개의 가지, 즉 추리detection, 수수께끼mystery, 괴기horror에는 모두 잎이 무성하게 자랐다. 괴기감이 조금도 없는 코난 도일의 「신랑의 정체」 같은 쇼크와 공포가 없는 즐거운 퍼즐도 있고, 코난 도일의 「새넉스 부인 사건」*(1893)과 마리온 크로포드(1854~1909, 이탈리아 출생의 미국 작가)의 초자연적인 「상단 침대」** 같은 피와 공포의 환상소설도 있다. 하지만 아마 가장 만족스러운 것은 융합형인 「얼룩 끈」과 「신의 망치」로 괴기 요소는 나오지만 결국 쫓겨나야 할 운명이다.

추리소설의 본격적인 대표선수가 출현할 때까지 이렇게 시간이 걸린 것은 정말 이상한 일이다. 좋은 스타트를 끊었으면서 왜 더 일찍 발달하지 않았을까? 동양인들도 지적으로 뛰어나니 당연히 더 빨리 전개시켰을 것이다. 싹은 이미 나왔었다. "너는 왜 나에게 인사하러 오지 않나?" 하고 이솝 이야기의 사자는 여우에게 묻는다. "황송하지만 폐하." 여우가 대답한다. "폐하에게 간 동물들의 발자국을 보니, 안으로 들어간 발자국은 많이 있는데 나온 발자국은 하나도 없습니다. 동굴에 들어간 동물들이 나올 때까지 저는 밖에 있겠습니다." 셜록 홈즈도 이 이상 명쾌한 추리는 하지 못했을 것이다.

주목해야 할 것에 『아이네이스』에 나오는 강도 캐커스는 분명히 가짜 발자국을 만들어 추적자를 속이는 것을 생각한 최초의 범죄자이다. 그의 원시적인 방법은 소 발굽 모양의 말편자를 이용한 코난 도일의 「프라이어리 스쿨」로 발전되었다. 캐커스를 쫓는 헤라클레스의 수사방법도 조잡하고 졸속하다. 읽어보면 알 수 있듯이 이

---

* 코난 도일, 『붉은 등 주위에서(Round the Red Lamp)』.
** 마리온 크로포드, 『신비한 이야기(Uncanny Tales)』.

옛날 탐정도 의뢰인들로부터 신처럼 존경받는다.

유대인은 도덕적 관심이 강한 인종으로, 『경외서』에서 가져온 두 이야기에서 알 수 있듯이 추리소설roman policier*** 을 쓰는 데 적당하다. 로마인은 법률 만들기에 열중한 이론가들이라 이 방면에서도 무언가 남겼을 것 같은데, 실제는 그렇지 않았다. 독일에서는 그림 형제가 수집한 민담에 남자로 변장한 12명의 여자들이 콩을 뿌려놓은 바닥을 걷는 이야기가 있다. 중심을 잡지 못하고 비틀거리면 여자인 것이 밝혀지는 것인데, 여자들은 단호하게 지나가 탐정을 당황하게 만든다. 또 인도 민담에 같은 계략이 사용되고 있는데, 이것은 성공한다. 여기에서는 구혼자의 한 사람이 여자로 변장한 것을 현명한 공주가 많은 여자들 가운데서 찾아낸다. 공주는 한 사람씩 불러서, 레몬을 던져 받게 한다. 그러면 진짜 여자는 스커트로 받으려고 다리를 벌리지만, 여장한 남자는 본능적으로 무릎을 모으며 받기 때문에 곧바로 밝혀지는 것이다. 훨씬 내려와 유럽 중세문학에 오면 「벨과 용」의, 바닥에 뿌린 재의 모티프가 재현된다. 즉 트리스탄과 이졸데의 이야기로 왕의 스파이가 트리스탄의 침대와 이졸데의 침대 사이에 가루를 뿌려둔다. 트리스탄은 침대 사이를 뛰어넘어 이 계략을 좌절시킨다. 18세기에는 적어도 하나 눈에 띄는 견본이 있다. 볼테르의 『자디그』(1748)에 있는 유명한 추리 장면이다.

E. M. 롱이 그의 뛰어난 논문 「범죄와 탐정」에서 "증거의 법칙이 제대로 지켜지지 않고, 사람들이 증거가 무언인가를 잘 모르고, 형

*** 「벨과 용」에서는 스코틀랜드 야드(런던 경찰국) 식의 물증에 기초한 수사가 행해지고 아주 단순한 표현으로 묘사되는 한편, 「수산나 이야기」는 증인들을 대결시켜 진상을 끌어내는 프랑스 식 방법의 선구라고 할 수 있다. 두 작품 모두 『경외서』의 에피소드이다.

사소송 수속이 체포, 고문, 자백, 사형이라는 것이 상식이 되어 있는 한 탐정이 등장할 무대는 없었다"라고 했듯이 초창기에는 그랬을 것이다. 더 말하면 범죄소설은 번영할 여지가 있었고 분명히 번영했지만, 순수 추리소설은 대중이 방향을 바꾸어 법과 질서에 공감하는 시대가 올 때까지는 번영하지 않았다고 생각할 수도 있다. 어쨌든 초기 범죄문학의 전반적 경향은 범인의 간계와 기민을 찬양하는 것이었다고 해도 좋다.* 법이 전횡적이고 압도적으로 잔혹하게 행사되었던 시대에는 그런 것이 당연했다.

추리소설이 꽃을 활짝 피운 것은 현재도 앵글로색슨 민족 나라들이라는 사실은 주목할 가치가 있다. 영국의 군중은 소동이 일어났을 때 경관의 편을 드는 것으로 유명하다. 영국의 법전은 '스포츠맨십'과 '범죄자에 대한 페어플레이'를 전통으로 하고, 범인에게 여유를 주어 쫓고 쫓기는 다채로운 삽화로 가득 찬 범인 잡기를 전개해 가는 것으로, 추리소설을 쓰는 데도 다른 것보다 형편이 좋다. 프랑스에서도 거리의 경관은 영국만큼 존경받지 못하지만 수사진은 훌륭한 조직을 갖고 많은 존경을 받는다. 그래서 프랑스에서는 영국과 미국에 비하면 상당히 조금이지만 추리소설은 발표되고 있다. 유럽 남부의 나라에서는 경찰은 그만큼 사랑받지 못하고 추리소설도 적다. 하지만 여기에서는 이 부분에 대해 더 이상 다루지 않기로 한다.

독일의 리온 포이히트방거**가 1927년 런던을 방문했을 때 라디오

---

* 헤로도토스의 『램프니시투스 이야기』의 「야곱과 에사오」(구약 창세기), 『여우 이야기(중세 프랑스의 운문 이야기)』, 『로빈 후드』 등.
** 1884~1958, 독일 소설가. 평화주의 주창자로 사회적 역사소설을 주로 발표했다. 작품에 『유

방송에서 이 문제에 대해 새로운 빛을 던졌다. 포이히트방거는 영국 프랑스 독일 국민의 기호를 비교해보고, 영국인은 사람과 사물의 외견상의 자세한 점에 많은 주의를 하는 것이 독특하다고 했다. 영국인은 책을 읽어도 물질적인 정확함을 사랑한다고 한다. 그리고 독일인과 프랑스인은 정도의 차이는 있지만 심리적 진실성을 존중한다는 것이다. 그렇다면 발자국, 혈흔, 날짜, 시간과 장소를 중요시하고, 또는 성격 묘사보다도 대담하고 평판적인 윤곽 묘사에 힘을 쏟는 추리소설을 프랑스인과 독일인보다도 앵글로색슨 민족이 애호하는 사실은 조금도 놀라운 것이 아니다.

이 두 가지 요인을 생각하면 앵글로색슨 국가에서 효과적인 경찰 조직이 확립될 때까지 추리소설이 나타나지 않았던 원인을 잘 알 수 있다. 경찰 조직이 확립된 것은 (적어도 영국에서는) 19세기*** 초기이고, 중기에는 지금 알려진 것과 같은 형태의 추리소설의 뛰어난 견본이 처음 나타났다.****

이상의 이론에 추가할 것이 있다. 19세기에는 지구상의 광대한 미답 지역이 과거에 볼 수 없었던 놀라운 속도로 줄어들었다. 전신망

대인 쥐스(Süss)』『대합실』『고야(Goya)』 등이 있다.
*** 1862년 2월 18일 W. 손베리에게 쓴 편지에서 찰스 디킨스는 다음과 같이 말했다. "새로운 경찰이 출현하자 바로 지금까지의 도둑잡이들은 모습을 감추었다. 그들을 잘 기억하고 있다. (……) 그들은 도둑과 악당들을 잘 알고 있어서 현직 형사보다 더 많은 활동을 했다. 그들이 경찰에게 얼마나 받았는지 모르지만, 받아야 할 것은 틀림없이 소매 밑으로 손에 넣었을 것이 틀림없다. 제도는 이름뿐으로, 본부도 보 스트리트 경찰서 앞에 있는 '경찰관(peelers)'이라는, 평판이 좋지 않은 술집에 있었다.
**** 발자국을 중시하는 것이나 알리바이 조사에 과학적 방법을 사용할 필요가 있다는 것은 상당히 빨리 이해하고 있었는데, 유력한 수사경찰이 확립되지 않았기 때문에 수사는 검시관의 지휘로 일반인이 하는 것이 일반적이었다. 그런 사건 가운데 주목할 만한 것은 R. V. 손턴 사건(1818)으로 크로프츠의 작품 같은 맛이 있다.

이 지구를 일주하고, 철도가 멀리 떨어진 마을에 문명의 영향을 가져다주고, 사진은 집에 앉아서도 외국의 풍경, 의상, 동물 등의 경이로움을 알게 해주었고, 과학은 기적을 해명해서 기계적인 경이로 환원해서 보여주고, 보통교육과 경찰제도의 개선은 도시와 시골 민중의 생활을 안전하게 해주었다. 모험가와 무예수업을 하는 기사 대신 의사와 과학자와 경찰관이 구세주 혹은 수호자로서 민중의 인기를 얻는 존재가 되었다. 그러나 이제 괴수 만티코라 사냥은 없어도 살인범 찾기의 스릴은 남아 있다. 무장 호위의 필요는 줄어들었지만 독살자의 간계를 좌절시킬 분석가는 필요했다. 이 관점에서 보면, 탐정은 약한 사람의 보호자라는 정당한 지위를 차지한 것이다. 그들이야말로 현대의 대중적 영웅이고, 롤랑(프랑스 최고 서사시 「롤랑의 노래」에서의 대장)과 랜슬롯(아서왕 전설의 원탁의 기사)의 진짜 후계자이다.

에드거 앨런 포 – 탐정의 진화

추리소설의 역사를 쓰기 전에 이 분야의 발전을 많이 예견한 포의 소설 5편을 조금 더 검토해보자. 아마 그 가운데 우리를 가장 놀라게 하는 것은 그가 그 다섯 편만으로 추리소설 형식의 윤곽을 보였고, 그 후의 추리소설 작법 대부분이 여기에 의지한다는 사실이다. 뒤팽 탐정이 등장하는 세 작품에는 변함없이 재기가 뛰어난 사립탐정이 있고, 그를 찬양하는 머리 둔한 친구가 그의 언행을 기록한다는 형식으로 만들어졌다. 뒤팽과 이름 없는 기록자라는 선에서 그 후 오랫동안 유명한 탐정과 친구가 창조되었다. 즉, 셜록 홈즈와 왓슨, 마틴 휴이트와 브레트, 래플즈와 버니, 손다이크 박사와 자댕, 앤스티, 저비스, 기타 이들 역할의 조수들, 아노와 리카르도, 포아로와 헤스팅스, 파일로 반스와 반 다인. 이 형식이 이렇게 널리 이용된 것은 놀라울 뿐이다. 분명히 작자에게 아주 편리한 형식이다. 예를 들어, 작가 자신이 탐정을 칭찬하면 자화자찬이 되기 때문에 작중 인물인 숭배자가 찬사를 늘어놓는 것이다. 또 독자를 R. L. 스티븐슨이 말한 "결국 작가보다 훨씬 뛰어난 두뇌의 소유자"라고는 말할 수 없지만, 왓슨보다는 대개 머리가 좋기 때문에 왓슨이 부딪친 벽보다도 조금 앞을 내다보고, 탐정이 만든 신비한 연막도 어느 정도는 볼 수 있다. 그래서 혼잣말을 한다. "아, 보통 독자는 왓슨보다 앞을 못 보는 것 같군. 도일 선생, 내가 있다고는 생각하지 못했나? 내가 한 수 위군." 그런데 독자는 속은 것이다. 즉 독자에게 아첨해서 계속 보기를 원하는 작가의 방법이다. 독자는 연기에 가리는 것도 좋아하지만 "말한 대로다. 확실히 알고 있었다"라고 말하는 것도 좋아한다. 그리고 '홈즈=왓슨' 형식의 제3의 커다란 이점도 이런 사정에 유래한다. 즉 왓슨의 둔한 눈, 멍청한 머리에 비칠 뿐인 단서를 쓰는 것으로, 그들 단서의 해석의 열쇠가 되는 특별한 지식은 숨겨두면서, 있는 대로 정직하게 쓰는 것처럼 가장하는 것이 가능하다. 이것은 추리소설의 예술적 윤리에 관련된 아주 중요한 문제이지만, 이 문제는 나중에 언급하기로 하고, 잠시 포의 작품에 처음 나타난 흥미 있는 몇 가지 타입과 형식을 생각해보자.

뒤팽의 개성은 특별한데, 그 후 이 분야에서는 특별한 개성을 가진 탐정이 상당히 유행했다. 뒤팽은 덧문을 닫고, "아주 기분 나쁘고 약한 빛을 발하며, 강한 냄새를 내는 두 개의 촛불"을 켜놓은 방에 살고 있다. 밤이 되면 이 성채에서 나와 거리를 산책하면서, 조용한 관찰을 해서 얻은 '무한의 정신적 흥분'을 즐기고 있다. 그에게는 또 상대의 사고과정을 분석해서 친구들을 놀라게 하는 버릇이 있고, 경찰의 수사방법에는 뿌리 깊은 경멸을 하고 있다.

셜록 홈즈는 촛불을 코카인으로 바꾸고, 독한 담배를 피우고, 바이올린을 켠다고 하는데, 많은 면에서 뒤팽을 모델로 하고 있다. 뒤팽보다 인간적이고 사랑스러운 인물로 문학이 줄 수 있는 최고의 명예를 얻었다. 종교로 말하면 성인의 반열에 들어선 것이다. 그의 이름은 언어가 되고, 그 독특한 전통, 즉 매부리코의 날카로운 얼굴이라는 전통의 시조가 되어 추리소설계를 오랫동안 지배했다.

이 지배가 너무나 강해서, 그의 뒤를 잇는 특이한 형태의 탐정들은 주로 그의 타입을 벗어나는 것으로 특이함을 발휘한다. 예를 들어 "OO탐정만큼 전통적인 탐정의 틀을 벗어난 사람은 없다"라는 비평이 나오기도 한다. 배러니스 오르치(1865~1947, 헝가리 태생의 영국 여류작가)의 '구석의 노인'처럼 계속 끈을 묶는 이상한 버릇이 있는 노인이거나, 브라운 신부와 포아로처럼 둥글둥글하고 천진한 얼굴이 등장하기도 한다. 색스 로머의 모리스 클로*는 학자처럼 이마가 벗어졌다. 이 남자는 두뇌의 영감 작용 증진을 위해 버베나 향수를 뿌리고 '완벽하게 소독'한 쿠션을 갖고 다닌다. 그리고 위대한 손다이크 박사는 아마 소설 속 탐정 중에서 가장 풍채가 좋고, 외견은 온후하게 보이지만 내심은 초연하다. 그의 상징은 소형 현미경과 과학기구를 넣은 녹색 연구 가방이다. 맥스 캐러도스의 특이

---

* 색스 로머, 『The Dream Detective』.

성은 시각장애인이라는 점이고, 올드 에비(E. 엔트위슬 탐정의 별명)는 토끼가죽 조끼를 입고 있다. (이름을 말해서 실례일지도 모르지만) 피터 웜지 경은 고판본 구입에 열중이고, 포도주와 장식물에도 상당히 조예가 깊다. 전통의 수레바퀴는 완전히 한 바퀴 돌아서, 지금은 평범한 것이 특징인 탐정을 등장시키는 경향이 강해졌다. 예를 들어 A. A. 밀른의 안소니 질링검 같은 점잖은 신사, 가스통 르루의 를루타뷰 같은 저널리스트, 또는 프리먼 윌츠 크로프츠의 프렌치 경감, 건전하고 잘 구성된 A. J. 리스의 작품 주인공처럼 경찰관까지 나타났다.

또 여성 탐정도 몇 명 나타났는데 그다지 성공하지는 못했다. 그들은 화가 날 정도로 직관적이 되어서 우리가 추리소설에서 찾는 논리의 조용한 즐거움을 파괴했다. 그렇지 않으면 지독히 행동적이고 용감해서 몸의 위험을 가리지 않고 현장에 뛰어들거나, 직무에서 남자들을 방해하지 않으면 성에 차지 않는 인물이었다.

결혼도 그들 인생에서 커다란 문제인데 놀랄 일은 아니다. 그들은 모두 젊고 미인이기 때문이다. 그런데 남자 탐정들은 대개 30대나 40대가 될 때까지 전문가로서 활약할 날을 점잖게 기다리는 반면, 어떻게 이 미인들은 스물 초반 나이에 난해한 사건에 달려들 수 있는 것일까? 이해하기 어려운 점이다. 그들은 도대체 어디에서 세상의 지식을 익힌 것일까? 눈처럼 깨끗하고 결백한 그녀들인 만큼, 설마 자신들이 직접 체험한 것은 아닐 것이다. 아마 그것도 모두 직관에서 오는 것일까?

탐정의 일이 완전히 아마추어, 즉 가족의 일원이나 초대모임에 온 손님이라는, 본직이 사립탐정이 아닌 사람에 의해 행해지는 작품에서 여성은 더 능숙하게 사용되고 있다. 이블린 험블손 등은 이 종류의 탐정이고 『브루클린의 살인사건』(1923)의 존 쿠퍼 등도 그렇다. 하지만 정말 뛰어난 여탐정은 아직 나타나지 않았다.

이 문제에 관련해서 『섹스턴 블레이크의 모험』과 기타 유사한 연작들을 만들어낸 기묘하고 흥미 있는 추리소설의 전개를 잊어서는 안 된다. 이것은 홈즈 형식을 초등학생용으로 다시 만들면서, 버팔로 빌 형식의 모험을 더한 것이다. 이들 작품은 일단의 작가가 공동으로 쓰는 것으로 중심인물인 섹스턴 블레이크와 소년 조수 팅커, 거기에 익살스러운 집주인 바델 부인과 두 사람이 기르는 불도그 페드로 외에는 합작하는 작가들이 창작한 인물을 등장시키는 것이다. 당연히 예상할 수 있듯이 작품의 질과 사용된 수사방법이 각 작가에 따라 다르게 된다. 뛰어난 것은 아주 교묘한 창의가 발휘되어 구성도 삽화도 박력과 상상력이 실로 풍부하다. 그러면서도 중심인물들의 성격은 시리즈를 통해서 상당히 일관성을 유지하고 있다. 블레이크와 팅커는 홈즈만큼 직관적은 아니지만, 그들의 주소가 베이커 가인 것에서도 알 수 있듯이 홈즈의 직계이다. 그들의 방법은 조심성이 없고 분별이 없다. 홈즈보다도 개인적 영웅주의와 완력 행사를 좋아하고, 감정은 단순해서 인간적이다. 그들에 관해 정말로 흥미 있는 사실은 그것이 국민적 전설의 현대판에 가장 가까운 형태를 보이고 있고, 아서왕 전설처럼 연결된 전설들을 위해 중심을 제공하고 있다는 점이다. 그것이 대중문학과 교육에 대해서 가진 의의는 충분히 학문적 연구 가치가 있다.

에드거 앨런 포 – 플롯의 진화

플롯에서도 포는 그 후의 추리소설 발전을 위해 튼튼한 토대를 남겼다. 그는 탐정심리의 영역에까지 발을 들여놓았다. 그것은 후계자들이 현재에 이르기까지 그 영향을 받고 있는 것을 추적할 수 있을 정도로 교훈적이었다. 그런데 그가 작품 속에 넘치게 한 오싹한 분위기까지 고려하지 않는다면 우리처럼 추리소설 작법을 연구하는 예민한 사람의 눈에 그의 플롯은 안이 들여다보일 정도로 얇다는 것을 알 수 있다. 그러나 포의 시대에는 그래도 새로운 기법의 표본이었다. 실제, 미스터리 작가의 가방 안에 트릭이 대여섯 개밖에 없고, 포는 그 트릭을, 적어도 그 씨앗을 거의 전부 갖고 있었다는 것을 알 수 있다.

우선 뒤팽이 나오는 3편을 살펴보자. 「모르그 가의 살인」에서 노부인과 그의 딸이 밀폐된(밀폐된 것처럼 보이는) 방에서 잔인하게 살해되어 있는 것이 발견된다. 경찰은 무실한 남자를 체포한다. 뒤팽은 경찰이 그 방으로 들어가는 방법을 하나 빠뜨린 것을 증명하고, 많은 관찰 결과에서 '살인'은 한 마리 커다란 원숭이의 짓이라고 추리한다. 여기에는 세 개의 전형적인 모티프가 조합되어 있다. 첫째, 경찰의 실수로 의심받은 남자라는 모티프로, 모든 외면적 증거가(동기나 접근할 기회가 있었다는 등) 그를 가리키고 있다. 둘째는 밀폐된 죽음의 방이라는 모티프(이것은 현재도 애용되는 테마다), 그리고 셋째는 '의외의 방법에 의한 해결'이다. 그리고 뒤팽은 목격자의 증언에서 경찰이 알아내지 못한 추리를 끌어내(추론의 우선), 고정관념에 사로잡힌 경찰이 찾을 생각도 하지 않았던 단서를 발견한다(추론에 기초한 관찰 우선). 또 이 작품에서는 탐정 과학의 2대 금언이 처음 선언되었다. 하나는 불가능한 것 모든 것을 제외했을 때 뒤에 남는 것이, 설령 그것이 도저히 '불가능한 일'이어도 '진상'이라는 것. 또 하나는 기이하게 보이는 사건일수록 해결이 쉽다는 것이다. 이상을 종합하면 「모르그 가의 살인」은 그 자체가 탐정의 이론과 실제의 거의 완전한 안내서가 되어 있다.

「도둑맞은 편지」는 문서 도난 사건 스토리의 하나로 되찾지 않으면 고귀한 분의 마음이 편하지 않다는 편지가 도둑맞은 것이다. 이 일이 알려지면 전 유럽의 내각 사이에 일대 공황이 일어날 정도는 아니지만 어쨌든 상당히 중요한 편지이다. 경찰은 어느 장관의 짓이라고 판단하고 감시하고 있다. 그래서 장관의 저택을 빈틈없이 수색하지만 발견되지 않는다. 뒤팽은 그 장관의 성격에 대한 지식으로 치밀함에는 치밀함을 갖고 대결해야 한다고 결심한다. 그는 장관을 방문하고 그 편지를 발견한다. 안을 바깥으로 뒤집어서 누구의 눈에도 보이는 편지꽂이에 꽂아둔 것이다.

여기에서는 앞에서 말한 두 번째 금언이 반대 형식으로 반복되고 있는 외에 '심리학적 추리'와 '가장 명백한 장소' 형식의 해결법 두 가지를 볼 수 있다. 이 트릭은 물컵에 숨겨진 다이아몬드나, 전투 중의 살인이나, 체스터턴의 「투명인간」(우편집배원은 너무나 당연한 인물이기 때문에 아무도 그 존재에 신경 쓰지 않았다)이나, 그 밖에 일련의 비슷한 트릭의 선구가 되었다.

뒤팽이 나오는 세 번째 작품 「마리 로제 수수께끼」는 모방자가 적지만 전문가들이 보기에는 가장 재미있다. 이것은 전편이 어느 여점원의 실종과 살해에 관한 일련의 신문기사 스크랩과, 거기에 대한 뒤팽의 설명으로 이루어져 있다. 작품에서는 사건이 해결되지 않고 작품으로 완결되지도 않은(물론 충분한 이유가 있기 때문이다) 이 실종사건은 실화로, 사건의 주인공 이름은 메리 시실리어 로저스이고 사건 장소는 프랑스가 아닌 뉴욕이었다. 신문 스크랩도 필요한 것만 손에 넣은 진짜이다. 이 작품을 게재한 신문은 포의 결론을 공표할 용기가 없었다. 나중이 되어 그의 결론이 올바르다는 게 세상에 알려졌다. 그 주장은 분명히 나중에 도전을 받았다고 생각한다. 하지만 포는 자신의 추리력을 자신이 최초로 생각해내지 않은 문제에 의해 엄밀하게 테스트한 몇 안 되는 탐정작가의 대열에 추가될 것이다.

포의 다른 작품「네가 범인이다」는 테마가 약하고, 처리도 경박해서 재미없다. 한 남자가 살해된다. 굿펠로라고 하는 친절한 남자가, 어느 사람을 의심하고 범죄를 밝히는 데 열중한다. 이야기의 화자는 피해자의 시체를 보여서, 말하자면 불쾌한 느낌의 '깜작 상자'로 만들어 범인의 자백을 끌어낸다. 그 범인이 굿펠로이다. 물론 이 작품에서는 포 이후 초과근무가 필요할 정도로 크게 유행한 유력한 모티프가 두 개 창안되었다. 즉 범인이 만든 가짜 단서를 쫓는다는 테마와 '가장 의외의 인물' 형식에 의한 해결이라는 테마다.

다섯째는「황금벌레」이다. 이것은 한 남자가 암호를 손에 넣고, 그것으로 숨겨진 보물을 발견하는 이야기다. 암호는 간단하게 한 기호에 한 글자 형식으로 그 해답도 "그림자가 떨어지는 곳을 표시한 동쪽으로 세 걸음 가서 판다"라는 식이다. 기법의 점에서 이 작품은「마리 로제 수수께끼」와 정반대이다. 화자는 친구인 탐정의 기묘한 행동에 놀라고, 보물이 발견될 때까지 그가 무엇을 하고 있는지 전혀 알 수 없다. 발견 후에 처음 암호에 관한 말을 하고 비밀을 밝힌다. 포의 미스터리 중 「황금벌레」를 최고의 걸작이라고 생각하는 사람도 있다.

그러면 「황금벌레」를 한쪽 끝에, 「마리 로제 수수께끼」를 또 다른 쪽 끝에 두고, 다른 세 편을 그 중간에 두고, 포는 추리소설이 가야 할 기로에 서 있었다. 거기에서 나온 발전경로는 두 개로 나뉘었다. 하나는 낭만파, 또 하나는 고전파이다. 또는 그다지 오용되지 않은, 많이 닳지 않은 말을 사용하면 순수 센세이셔널파와 순수 지성파이다. 전자에서는 스릴에 스릴, 신비에 신비를 중복하고, 독자는 마지막 장까지 모든 것이 일시에 해명될 때까지 당혹과 혼미의 연속이다. 이 파는 드라마틱한 사건과 분위기가 특기로, 약점은 자주 혼란하거나 앞뒤가 안 맞는 경향이 있는 것으로, 최후의 해설이 충분한 설명을 하지 못하는 경우도 있다. 결코 지루하지는 않지만 때로는 넌센스가 되는 것이다. 후자인 지성파에서는 대개 주요한 사건이 제1장 부분에서 일어나고, 탐정은 조용히 단서를 찾아 수수께끼를 해명해나가고, 독자는 때때로 자료를 얻어 자신의 추리를 확인하면서 이 위대한 남자의 뒤를 따라서 수사를 같이하는 것이다. 이 파의 강점은 분석이 교묘한 점이고, 단점은 지루해지기 쉽다는 것, 아주 사소한 것을 상당히 강조하는 것, 움직임과 정서가 부족하다는 것이다.

두 발전 경로 – 지성파와 센세이셔널파

순수 센세이셔널파의 스릴러 작품은 결코 적지 않다. 예를 들어 윌리엄 르 큐(1864~1927, 영국 작가)와 에드거 월레스(1875~1932) 등

기타 작품에 견본이 많이 있다. 순수 지성파 작품은 상당히 드물다. 모든 증거를 독자 앞에 늘어놓는 것만으로, 가능하다면 독자에게 각자의 결론을 추리시킨다고 하는 '마리 로제' 형식에 충실하게 따르는 작가는 거의 없다.

M. P. 실(1865~1947, 영국 작가)은 '프린스 잘레스키' 시리즈로 그것을 시도한 작가이다. 그 기묘하고 정교한 아름다움이 아라비아 무늬처럼 문장에서, 포의 둘러 말하는 특징까지도 재현해 보이고 있다. '눈부신 왕좌를 더럽힐 수 없었던, 한없이 절박하고 한없이 불운한 사랑의 희생자' 프린스 잘레스키는 황폐한 탑 속에서 '한 면을 불에 달구어 착색해 무늬를 넣은 돔 천장 중앙에 걸린, 향로 모양 등불이 비치는 아주 희미한 녹색 어둠 속에서' 플랑드르의 신주 매장도구, 고대 북구문자를 새긴 명판, 세밀화, 날개 달린 소의 상, 옻칠한 탈리포트 야자 나뭇잎에 쓴 타미르어 경전, 보석을 장식한 중세의 성골 상자, 바라몬교의 신상, 이집트의 미라 등에 둘러싸여 '보이지 않는 뮤직 박스가 낮게 연주하는 낭랑한 음악의 가락'에 마음을 달래면서 혼자 앉아 있다. 셜록 홈즈와 마찬가지로 그는 마약(회교도들이 사용하는 '뱅'의 기본인 마취약 캔너비스 사티바)을 상용한다. 바깥 세계에서 친구 한 명이 탐정 문제를 갖고 온다. 그러면 그는 주어진 데이터만으로, 그것도(마지막 이야기를 제외하고) 침상에서 한걸음도 나오지 않고 해결한다. 그리고 그 해결에 곁들여 인류의 사회적 진보에 대한 철학적 담화를 언제나 애수를 품은 기품과 희미한 지적 모멸을 섞은 태도로 말한다. 추리는 엄밀하고 명쾌하지만 범죄의 내용은 너무나 기괴해서 믿기 어려운 것뿐이라고 한, G. K. 체스터턴과 공통된 결점을 갖고 있다.

'마리 로제' 형식을 다시 사용한 작가는 배러니스 오르치이다. 그녀의 '구석의 노인' 시리즈는 완전히 이 선에서 만들어졌다. 어느 작품의 프랑스 판에서는 설명이 일단 끝난 곳에서 "노인이 설명하는 해결을 읽기 전에 잠시 쉬면서 당신이 직접 해결할 수 있는지 생각해보십시오" 하고 독자에게 권유한다. 이 순수한 퍼즐 방식에는 분명히 나름대로의 한계가 있다. 현대의 추리소설가 중에 여기에 가장 가까운 이는 프리먼 윌츠 크로프츠이다. 크로프츠의 성실한 탐정과 수사진은 언제나 '페어플레이'를 중요시해서, 단서를 잡으면 바로 독자에게 제시한다. 아무리 지적 정신을 가진 독자라도 이 이상의 것을 원할 수 없다. 이 타입의 작가가 노리는 것은 독자에게 결말 부분에서 "뭐야, 이거라면 처음부터 알고 있었잖아!" 혹은 "쳇, 이런 말을 하다니, 무리 아닌가?"라는 말을 듣는 것이 아니라 "과연, 그렇군. 이것을 몰랐다니 나도 바보였어. 계속 눈앞에 있었는데"라는 말을 하게 하는 것이다. 이거야말로 귀중한 찬사이다. 이 말을 들으려고 얼마나 많은 작가들이 분투하는 걸까? 이 찬사를 받는 작가는 정말 드물다.

하지만 오늘날 많은 교양 있는 독자들이 작가의 페어플레이를 찾는 경향이고, 센세이셔널파와 지성파의 길은 점점 양쪽으로 나뉘는 경향이다.

이 중요한 문제에 대해 이야기를 진행하기 전에 19세기 중기를 한번 돌아보고, 뒤팽과 셜록 홈즈 사이의 공백이 어떻게 진행되었는지 검토해보자.

포는 얌전하지 못한 아이처럼 새로운 장난감으로 잠시 놀았지만 결국 어떤 이유로 그것에 질렸다. 그는 다른 것으로 주의를 향했고,

그의 공식은 거의 40년 동안 잊혀졌다. 그사이에 유럽에서 몇 개인가 다른 타입의 추리소설이 독자적으로 전개됐다. 1848년에 소설과 독창적인 것이라면 무엇이든 손을 댄 뒤마가 갑자기 로맨틱한 『블랑주론 자작 이야기』에서 순수 과학적 추리의 일절을 삽입했다. 이 일절은 '삼총사' 3부작의 어느 부분을 보아도 이것과 같은 종류의 것을 발견할 수 없는데, 뒤마가 품었던 범죄에 대한 강한 관심의 직접적 산물로 생각된다.*

그런데 일반적으로 인정되지 않은 일이지만 당시 추리소설가들에게 강력하게 작용했을 것이 틀림없는 문학적 영향력이 있었다. 1820년부터 1850년에 걸쳐 페니모어 쿠퍼(1789~1851, 미국 작가)의 소설이 엄청나게 인기를 모아 미국과 영국에서 널리 읽혀졌을 뿐만 아니라, 유럽의 거의 모든 나라 말로 번역되었다. 『개척자』(1823), 『사슴 사냥꾼』(1841), 『모히칸족의 최후』(1826) 같은 시리즈의 작품 중에서도 쿠퍼는 인디언이 끈기 있게 교묘히 발자국을 더듬어 사냥감에 접근하거나 부러진 가지, 이끼 낀 나뭇가지, 낙엽 한 잎을 조사하는 모습을 동서양 소년들 앞에 보여주어 기쁨을 선사했다. 소년의 공상은 불타올랐다. 소년들은 모두 웅커스 추장과 칭가치쿡이 되고 싶었다. 소설가들은 창작 면에서 쿠퍼를 추종하거나 모방하는 것에는 만족하지 못하고, 삼림지대의 추적자 이야기를 자신들 나라의 환경에 이식하는 것으로 보다 좋은 방법을 생각했다. 1860년대가 되면 소년 시대에 쿠퍼를 읽은 사람들이 작가로서, 독자로서 자신들 나라의 황야에서 범죄자의 발자국을 더듬게 되었다. 쿠퍼를 향한 열광

---

* 1839년부터 그는 유명한 범죄 기록을 많이 모아 출판했다(유명 범죄집 15권).

은 통신방법의 진보와 경찰제도의 개선이 가능하게 한 범죄와 수사에 관한 강한 관심에 훌륭하게 연결된 것이다. 프랑스에서 에밀 가보리오와 포르투네 두 보아고베가 단순하고 순수한 경찰소설에 힘을 기울이는 동안 아직 낭만주의 운동의 공포와 신비의 포로인 불워Bulwer와 에인즈워스Ainsworth의 '뉴게이트 소설'에도 강한 영향을 받은 영국의 추리작가들은 더욱 변화 있는 공상적인 장르를 창출했다. 거기에는 탐정 문제의 교묘함이 불쾌함과 초자연의 공포와 손을 잡은 것이다.

코난 도일이 등장하기 전

1860년대부터 70년대에 이 종류의 소설을 시도한 작가들 가운데 특히 이름을 들어야 할 사람은 다음 세 사람이다.

많은 작품을 쓴 헨리 우드 부인(1814~1887, 영국 작가)은 결국 순수 추리소설은 쓰지 않았다. 멜로드라마와 모험 방향으로 발전한 범죄소설을 발표한 작가라고 할 수 있다.『이스트 린 East Lynne』(1861)은 미숙하고 센티멘털한 작품이지만 이것으로 그녀는 센세이셔널 소설 작가들에게 많은 영향을 주었고, 최고의 작품에서는 플롯 구성에 뛰어난 기량을 보이고 있다. 다루는 사건은 유언장 분실, 상속인 실종, 살인, 가족에 걸린 저주 등이고, 이야기는 늘어짐 없이 전개된다. 신의 손을 빌려 우연이라는 검으로 줄거리를 맺는 일도양단한 점은 있지만, 그 비밀은 뛰어난 솜씨를 보여 조금의 모순도 없이, 남김없이 확실히 풀어나간다. 그녀는 자주 초자연적인 스릴을 사용한다. 때로는 이것이 훌륭히 해결된다. 살해된 남자가 마을 교회 묘지에 출몰하는 것을 누군가가 보았다. 그리고 결국 살해된 것이 아니라는 것이 판명된다. 또 때로는 초자연 현상이 초자연 현상인 채로 남는다. 예를 들어 『애슐리다이어트의 그림자』(1863)에서 관 모양의 유령이 그렇다. 그녀의 설교는 조금 괴롭지만 결코 유머 없는 작가는 아니고, 성격 묘사도 때로는 상당히 날카로움을 보인다.

다음에 셰리던 르 파뉴(1814~1873, 아일랜드 작가)는 멜로드라마틱하기는 하지만 진짜 문학적 재능을 가진 작가로, 아마 뛰어난 묘사는 견줄 작가가 없을 것이다. 포와 마찬가지로 가장 기계적인 플롯을 참기 어려울 정도의 공포 분위기로 감싸는 재능의 소유자이다. 예를 들어 『와일더의 손』(1864)에서 나이 든 론 백부(유령인지 광인인지 구분이 안 되는 인물)가 나타나 벽장식이 걸린 방에서 악당 레이크와 대결하는 다음의 장면을 읽어보기 바란다.

"마크 와일더는 지독한 꼴을 당했어." 그가 말했다.

"그렇습니까?" 레이크는 살짝 웃으면서 말했다. 그러나 내 눈에는 상당히 떠는 듯이 보였다. "하지만 아무것도 불평하지 않았습니다. 점점 기분이 좋아질 거라고 생각합니다."

"그가 어디에 있는지 알고 있나?" 론 백부가 물었다.

"네, 이탈리아입니다. 모두 알고 있습니다."

"이탈리아?" 노인은 생각에 잠기면서 말했다. 생각을 정리하는 것 같았다. "이탈리아? ……그것도 긴 여행을 하는 것이다. 결국 마지막이 가깝다. 끝나면 나처럼 '장로'가 될 것이다. 그는 보고 온 것이다. 자네도 언젠가는 보아야 할 곳이다."

"원하지 않는 일입니다. 특히 이탈리아는." 레이크가 말했다.

"그렇지." 론 백부는 손가락을 하나씩 굽혀가며 말했다. "먼저, 루크스 모르티스(죽음의 나라), 그리고 테라 테네브로사(어둠의 나라), 다음에 타르타루스(명부), 그다음이 테라 오블리비오니스(망각의 나라), 그리고 헤레부스(황천), 바라트룸(심연), 게헨나(지옥), 스타그눔 이그니스(불 연못)."

"그렇군요." 레이크는 추한 냉소를 띠우며 점잖게 끄덕였다.

"겁낼 건 없어…… 그는 살아 있어. 아마 미쳤을 거야. 무서운 일을 당했으니까. 두 천사가 밤에 발롬브로사에서 그를 생매장했지. 연꽃과 독당근 사이에 서 있는 그를 이 눈으로 보았지. 흑인 한 명이 내 옆에 와서 계속 함께 있었네. 눈만 하얀 흑인 성직자였지. 천사들은 마크를 가두었지. 그리고 귀를 강으로 향하게 해 사람 소리가 들릴 때까지 40일 낮과 밤을 그렇게 있으라고 명령했네. 그것이 끝나면 우리는 그들에게 축복을 보냈지. 그리고 성직자는 나와 둘이서 오랫동안 지상을 여기저기 걸으면서 지옥의 불가사의를 말해주었네."

"그러면 그는 지옥에서 편지를 쓴 것입니까?" 마을의 서기가 레이크에게 눈을 껌벅이면서 질문했다.

"그래그래, 상당히 기특한 일이지. 그리고 그의 머리카락은 언제나 공포 때문에 거꾸로 서 있네. 하지만 결국 천백열한 개의 검은 대리석 계단을 올라가 지상으로 돌아오는 것이지. 그렇게 되면 이번은 또 다른 남자의 차례지. 흑인 마술사가 그렇게 예언했네."

이 장에 계속되는 몇 장에서, 허리 굽은 라킨 검사가 완전히 실질적인 탐정 방법으로 마크 와일더의 편지가 확실히 '지옥'에서 보내온 것이라는 것을 발견한다. 사실 마크 와일더는 살해되었고, 편지는 레이크가 일당의 한 사람에게 이탈리아 각지에서 보낸 가짜였다. 독자는 이것을 알고 나서 다음을 기대하기 시작한다. 길링든의 블랙베리 계곡의 묘지에서 마크가 '결국 지상으로 돌아오는' 때의 기분 나쁜 순간을.

그동안 개들은 바로 옆에서 이유를 알 수 없이 계속 크게 짖어대고 있었다.
"도대체 어떻게 된 거야?" 월던이 말했다.
뭔가 있었지. 검은 나뭇가지 같은 것이 이탄 속에서 솟아나와 있어, 끝은 짧고 작게 부풀어 작은 가지 형태로 나뉘어 있었어. 그때는 그렇게 보였지. 개들은 그것을 보고 짖은 거야. 그것은 사람의 팔과 손이었어······.

이 작품에서는 탐정하는 사람들은 개인이고, 지방의 경찰은 마지막에 범인을 잡을 때 나타날 뿐이다. 이 점에서는 『체크메이트』(1870)도 마찬가지이다. 이것은 상당히 흥미 있는 작품으로, 플롯은 사실상 범인의 용모를 바꾸는 성형수술의 기적에 의존하고 있다. 1차 대전 후에는 얼굴 형태를 바꾸는 것은 흔한 일이 되었고, 무균 수술의 완성으로 르 파뉴의 시대보다는 훨씬 용이하게 되었는데도 이 종류의 작품이 그다지 나타나지 않는 것은 놀라운 일이다. 이 종류의 작품으로 지금 머리에 떠오르는 것은 다음 두 가지이다. 하나는 홉킨스 무어하우스의 『앨시스트의 시련』, 또 하나는 베클즈 윌슨의 단편 「재스퍼 비렐의 실패」*이다. 두 작품 모두 얼굴 모습을 바꿀 뿐만

---

*『스트랜드 매거진』 1909년 9월호.

아니라, 눈의 색을 파란색에서 갈색으로 바꾸기도 한다.

순수한 괴기감과 박력에서는 공포문학 중에서도 르 파뉴의 『묘지 옆의 집』(1863)의 개두 수술 장면에 비교할 것은 적다. 이것을 읽은 독자는 그 상처 입은 남자가 죽음의 혼취에 빠져 누워 있는 병실을 잊을 수 없을 것이다. 옆에는 겁먹은 부인과 친절하지만 바보 같은 시골 의사가 있다. (그때 현관 벨이 울린다. 결국 솜씨가 뛰어난 의사 딜런이 '약간 더러운 화려함을 몸에 감고, 낡고 커다란 가발을 쓰고, 앙상한 손에는 금장식 지팡이를 들고……위스키 펀치의 냄새를 뿌리면서 수술 가방을 안고' 수술에 들어간다.) 이 장면은 처음부터 끝까지 훌륭하다. 문 너머 들려오는 외과의사가 중얼거리는 전문용어, 발소리…… 결국 두개수술이 진행되는 동안의 침묵, 상처 입은 스터크의, 누구도 두 번 다시 들을 수 없다고 생각했던 소리가 마치 묘에서 중얼거리듯 살인자의 이름을 고발한다. 르 파뉴는 이 장을 쓴 것만으로도 신비와 공포의 대가라고 할 수 있다.

이 시기를 지나 가장 중요한 작가는 윌키 콜린스다. 콜린스는 지독히 기복이 심한 작가로 현재는 그 작품의 진가와 남긴 영향의 크기에 비해서 낮게 평가받고 있다.* 그는 이 방면에서 진지하게 성공을 원했는데 괴기소설에서는 르 파뉴에 이르지 못한다. 문체가 지나치게 건조해서 탄력이 없고, 머리도 너무나 법률가다웠다. 예를 들어 유명한 『아마데일의 꿈』(1866)이 있는데, 17개 부분으로 나뉘어 있어 그것이 하나하나, 다음에서 다음으로 실현되어가는 것을 지루할 정도로 상세하게 묘사한다. 『흰옷 입은 여자』(1860)의 기묘한 반 초자

---

* 대영박물관의 목록에는 이 영국의 유명한 추리소설가에 관한 평론이 두 편밖에 기재되어 있지 않다. 한 편은 미국인, 또 한 편은 독일인이 쓴 것이다.

연적 리듬에서도 분명히 그는 진짜 예술적 달성에 접근했지만, 전체적으로 보면 그의 괴기는 지나치게 늘어나 약해지고, 납득하기 어려운 것이 되었다. 그러나 유머와 성격 묘사에 보이는 악당들의 교활함이나, 또 독특한 플롯에서는 르 파뉴를 훨씬 상회하고 있다. 여러 점을 고려하면 『문스톤』(1868)은 아마 지금까지 발표된 추리소설 중에서도 가장 뛰어난 작품이다. 그 넓은 시야, 모든 것을 긴밀하게 조립한 완벽성, 정확하고 다양한 인물 묘사를 보면, 현재의 추리소설은 얄팍하고 기계적으로 보인다. 인간이 만든 것에 완벽한 것은 없지만 『문스톤』은 그 종류의 것이 접근할 수 있는 최대한까지 완벽하게 접근한 작품이다.

『문스톤』에서 콜린스는 여러 관계인물이 신상 이야기를 늘어놓아 이야기를 진행시키는 형식을 하고 있다. 현대의 리얼리즘은(외면적인 것과 지나치게 연결되어 있는 것이 많지만) 이 방법에 반대하는 편견을 가지고 있다. 분명히 예를 들어 베터리지가 기록한 신상 이야기는 집사가 사용하는 문장은 아니다. 하지만 그것은 공상상의 진실이다. 그가 도저히 쓸 수 없는 문장이라고 해도 내용은 그가 생각하고 느낀 것이 틀림없다. 거기에 이 신상 이야기를 겹치는 방식은 잠시 제쳐놓고, 인물의 성격이 정말 훌륭하게 묘사되어 있다. 편협한 성질, 비뚤어진 애착을 가진 로잔나 스피어먼의 애처로운 모습이 주목될 만한데, 아무런 감정도 보이지 않고 사물을 훌륭하게 그려내고 있다. 레이첼 베린더로 콜린스는 소설가에게 가장 곤란한 일 중 하나를 달성했다고 할 수 있다. 즉 정숙한 상류사회 소녀를 정말 흥미 있게, 조금의 과장도 없이 자연스럽고 진실된 느낌을 살려 묘사했다. 이 작품의 서문에 그가 쓴 것으로 보면 이 인물에게는 특별히 고심한 듯하고, 그것이 정말 성공했기 때문에 그는 모든 것을 이겨낼 수 있었다. 레이첼은 눈에 띄지 않는 존재이기에 우리는 그녀가 얼마나 훌륭하고 정확하게 묘사되었는지 지나쳐버린다.

이 작품의 탐정에 대한 부분도 충분히 주목할 가치가 있다. 커프 부장형사는 신중하고 냉정하게 묘사되어 있어서 홈즈와 손다이크와 캐러도스에 비교하면 어느 정도 색채가 부족하지만, 그러나 그는 살아 있는 인물상이다. 퇴직하고서 장미 재배에 성공했다는 이야기도 쉽게 믿음이 간다. 그의 장미 취미는 진짜인데 그 위대한 홈즈가 양봉에 진짜 애정이 있었다는 말을 들어도 우리는 실감이 나지 않는다. 커프 부장형사는 경찰관이라 직무상의 규정에 묶여 있다. 그는 레이첼에게 자유롭게 손을 내밀 수 없다. 그래서 그는 잘못된 결론에 도달한다. 그러나 로잔나와 더러운 나이트가운을 보고 조금 솜씨를 보이고, 빈틈없이 인간성을 아는 그와 서투르고 머리 나쁜 시그레이브 서장과 대비되는 장면은 마치 포의 작품을 읽는 재미가 있다.

물론 뒤팽 이야기는 『문스톤』보다 15년 정도 빨리 쓰여졌다. 그러나 뒤팽 이야기 가운데 커프 부장형사의 원형을 찾을 필요는 없다. 그의 원형은 실제 인생에서 가져온 것이고, 나이트가운 건도 모델이 있다. 어린 윌리엄 켄트를 열여섯 살 누나 콘스탄스가 죽인 1960년대 초의 유명한 사건을 모델로 해서 어느 정도 손을 본 것이다. 원형에 관심이 있는 사람은 테니슨 제시의 『살인과 동기』, 애틀리의 『19세기 명 재판집』 등의 '노상 살인'에 대한 기술을 참조하기 바란다. 커프 부장형사의 행동을 진짜 위처 형사의 그것과 비교해볼 일이다.

월키 콜린스 자신은 그의 플롯이 거의 전부 사실에 기초한 것이라고 주장한다. 이것은 그에게 있을 수 없는 이야기라고 비난했을 때 듣게 되는 언제나 변함없는 대답이었다.

"그런 것을 주장하기 전에." 그는 화를 내듯이 친구에게 소리쳤다. "자신이 쓰거나 말하는 것을 생각해보면 된다. 소설이 사실 가능성을 상회하는 예는 거의 없지 않은가? 내가 어디에서 플롯을 가져오는지 가르쳐주겠다. 파리에 갔을 때 찰스 디킨스와 둘이서 거리를 산책하면서 여러 가게를 둘러보며 즐기고 있었다. 그리고 어느 헌책방에서(가게인지 창고인지 알 수 없는 가게였는데) 그곳에서 나는 프랑스의 범죄를 기록한 너덜너덜해진 책과 문서를 발견했다. 즉 『뉴게이트 캘린더』의 프랑스 판이다. 나는 디킨스에게 말했다. '횡재했군.' 분명히 횡재한 물건이었다. 나의 가장 좋은 플롯의 몇 개는 그 책에서 얻은 것이다."*

자연의 절도를 한걸음도 벗어나지 않았다고 하는 콜린스의 주장이 완전히 부정직하다고는 말할 수 없다. 그의 놀라운 취향과 우연의 일치 등을 하나하나 나누어 생각해보면 비슷한 것을 실제 인생에서 발견할지도 모른다. 하지만 동시에 그런 있을 것 같지 않은 사건을 차례로 늘어놓아 이야기를 한 편 만들면서, 그는 결국 모든 믿음을 엉망으로 만들어버리는 일이 많다는 것도 사실이다. 다만 그렇다고 해도 그는 역시 달인이고, 그를 모방해서 이득을 본 최근의 추리작가도 적지 않을 것이다. 어떤 사건도 그는 쓸데없이 쓰

---

* 와이버트 리브, 「월키 콜린스의 추억」, 『체임버스 저널』 9권.

지 않았다. 꼬리가 잘린 채로 방치하지도 않았다. 아무리 자세한, 또 아무리 센세이셔널한 사건이라도 그는 단지 독자의 흥미와 센세이션만을 생각해 작품에 가져온 것은 아니다. 예를 들어 『노 네임』에서 '센세이션 장면'인 맥덜린이 아편팅크가 든 병을 들고, 지나가는 배의 숫자를 세면서 30분이나 앉아 있는 장면을 들어보자. "만약 그 사이에 짝수의 배가 지나간다면, 그것은 살라고 신호를 하는 것이라고 생각한다. 만약 홀수라면 마지막은 당연, 죽음이다." 이것은 순수한 센세이셔널리즘은 아닐까? 하고 말할지도 모른다. 분명히 독자의 가슴에서 눈물과 고통을 짜내려고 신중하게 연구된 장면이다. 하지만 여러분은 틀렸다. 아편팅크 병은 훨씬 뒤에 다시 한 번 필요하기 때문에 갖고 온 것이다. 조금 앞을 읽으면 병은 맥덜린의 화장 케이스에서 발견되고, 이것으로 그녀의 남편은 그녀가 자신을 죽이려고 할지도 모른다고 생각하게 해, 결국 그는 맥덜린을 유언장에서 삭제하고, 플롯에서 가장 중요한 요인이 하나가 되는 것이다.

　『문스톤』은 콜린스의 모든 작품 중 현대적 의미로 추리소설에 가장 가까운 것이지만, 그는 그 가운데서 '가장 그럴 것 같지 않은 인물' 형식과 '가장 의외의 방법' 형식을 연결시켜 커다란 효과를 올렸다. 이 사건에서는 아편이 그 수단이 되고 있다. 이 약의 효력에 대해 현재는 상당히 널리 알려져 있지만, 콜린스의 시대에는 『아편 상용자의 고백』(1822)을 쓴 드 퀸시의 존재가 있음에도 아직 잘 알려지지 않은 물질이었다. 이 『문스톤』 아편과 『체크메이트』의 성형수술은 멀리 현재까지 계속되는 일련의 의학적 과학적 미스터리의 원조가 되었다.

1870년대부터 80년대 초기에 걸쳐 이 경이적이고 신비한 긴 소설은 그 지위를 한걸음도 양보하지 않고 3권 분량의 길이를 통해 사건과 유연하게 묘사되는 여러 인물상을 늘어놓아 미로처럼 조립한 이야기를 천천히 독자 앞에 펼쳐놓은 것이다.*

셜록 홈즈와 그의 영향

1887년 『주홍색 연구』가 추리소설계에 폭탄처럼 던져지고, 계속해서 몇 년이 지나지 않아 놀랄 만한 셜록 홈즈의 단편 시리즈가 세상에 나타났다. 효과는 정말 전격적이었다. 코난 도일은 포의 형식을 이용해 생명을 불어넣고 대중성을 주었다. 그는 정성 들인 심리학적 도입부를 삭제했다. 또는 또렷또렷한 대화로 바꾸어 말했다. 그는 포가 가볍게 손을 댄 것(뒤마=쿠퍼=가보리오 식의 미세한 징후부터 놀랄 만한 결론에 이르는 추리)를 부조시켰다. 재기에 넘치고, 깜짝 놀라게 하고, 그러면서도 짧다. 그것은 경구적 표현(에피그램)의 승리였다.

홈즈 이야기와 뒤팽 이야기를 비교해보면 도일이 포에게 신세 진 것이 얼마나 많은지 확실히 알 수 있는데, 동시에 그가 포의 문체와 형식을 얼마나 수정했는지도 분명하게 된다. 예를 들어 「모르가의 살인」에서 뒤팽을 소개하는 최초의 부분과 『주홍색 연구』의 처음 장을 비교해보자. 또는 다음 두 작품의 인용문을 나란히 보는 것만

---

* 이 시대에 대해 말하면서 안나 캐서린 그린을 잊어서는 안 된다. 그녀는 1883년 『리븐워스 사건』 이후, 계속되는 긴 시리즈를 쓰고 있다. 좋은 추리소설도 있지만 문체와 처리가 무비판적이고 감상적이라 현대의 연구가가 읽기에는 괴롭다. 그러나 그 많은 분량과 미국의 다른 작가들에게 준 영향이라는 두 가지 점에서 중요한 작품이다.

으로도 좋다. 그리고 뒤팽과 그의 이름 없는 기록자 콤비를 홈즈와 왓슨 콤비와 비교해보자.

나는 그의 광범위한 독서에 깜짝 놀라기도 했는데, 무엇보다도 그의 신선하고 분방한 상상력은 나를 깊이 자극했다.

어떤 물건을 찾기 위해 파리에서 온 뒤팽 같은 사람과 교제를 하게 되니 기뻤고 나는 그런 마음을 그에게 털어놓았다. 마침내 우리는 내가 파리에 머무는 동안 같이 살기로 합의했다.

형편이 조금 나은 내가 집세를 내기로 하고 파리 근교의 포브르 생제르맹 한구석에 쓰러지기 직전의 모습으로 서 있는 저택을 빌렸다. 그 고색창연하고 기괴한 저택에는 오랫동안 아무도 살지 않았는데 우리는 환상적이고 우울한 우리 기질에 맞는 스타일로 집을 꾸몄다.

그 집에서 우리가 어떻게 살았는지 세상에 알려진다면 우리는 미치광이로 몰릴지도 모른다. 우리의 은둔은 완벽했다. 아무에게도 알리지 않았고 한 사람의 방문객도 받아들이지 않았다. 뒤팽은 이미 파리와 연을 끊고 산 지 몇 년이나 지난 뒤였다. 우리는 우리 둘만의 세계에서 살고 있었다.

내 친구는 밤을 좋아했다. 나 역시 친구의 성정에 익숙해져 있었다.

-「모르그 가의 살인」

내 친구 셜록 홈즈의 성격 중 어느 일면은 나를 자주 어이없게 만든다. 그의 사고는 누구와 비교할 수도 없을 정도로 치밀하고 체계적이며 차분하고, 복장에서도 단정함을 추구했지만, 개인적인 습관에서는 같이 있는 사람을 심란하게 만들 정도로 절도가 없다. 하기야 나도 예의 바른 남자는 아니다. 태어나면서 보헤미안 기질을 타고난 데다 아프가니스탄에서 거친 일을 했기 때문에, 나는 의사로서는 어울리지 않는 게으른 인간이 되었다.

그러나 나에게는 어느 정도 한도가 있다. 시가를 석탄 통에 넣거나, 페르시아 슬리퍼 코에 담배를 끼워 넣거나, 목조 맨틀피스 선반 가운데에 아직 답장을 하지 않은 편지를 잭나이프로 꽂아두는 홈즈에 비하면 나는 행실이 바른 편이다. 나는 사격 연습은 야외 스포츠라고 생각한다. 그런데 홈즈가 기분이 좋지 않을 때 헤어 트리거와 100발짜리 복서 카트리지를 꺼내, 맞은편 벽에 VR*이라는 애국적 문자를 총알 자국으로 장식하는 걸 보면, 방의 분위기나 외관이 나아지기는 글렀다는 생각이 강하게 든다.

― 「머스그레브 가의 의식」

왓슨의 완고한 자립정신이 홈즈의 이상야릇함에 얼마나 짜릿함과 향기를 주고 있는지, 그에 비해 뒤팽 친구의 영웅숭배와 자기포기가 얼마나 운치가 없는지 잘 알 수 있다. 또 베이커 가의 구체적인 일상생활이 작품을 공상의 세계에서 끌어와 견고한 현실감을 주는 것을 알 수 있다. 이 베이커 가의 일상다반사가 영국의 독자를 끌어들이는 유머러스한 일상 묘사의 특징인 것은 틀림없다.

또 다른 비슷한 구절이 「도둑맞은 편지」와 「해군조약」(『홈즈의 회상』) 사이에 보인다. 여기에서는 두 탐정이 극적인 분위기로 수수께끼를 풀어 보여 친구를 놀라게 한다. 「프라이어리 학교」에서는 홈

---

* Victoria Regina, 빅토리아 여왕.

즈가 고위층의 비리를 비난해서 평소보다 엄한 기분이 되고 있지만, 상황은 같다고 말할 수 있다.

게다가 홈즈와 뒤팽의 대화 스타일을 비교해보면 홈즈의 인기가 더 확실해진다. 홈즈의 기억해야 할 경구와 둘러 말하는 것이 영문학에 기여한 예는 한두 개가 아니다.

"내 방법을 알고 있겠지, 왓슨?"
"가능성이 없네, 왓슨…… 아주 없어."
"나는 담뱃재 114종에 대해 소논문을 쓴 적도 있네."
"이것은 매우 곤란하군, 왓슨."
"놀랍군요!" 액턴이 외쳤다. "그러나 이것은 아직 표면적인 것일 뿐입니다." 홈즈가 말했다.
"놀랍군." 내가 소리치자 "뭐, 초보적이지" 하고 홈즈가 말했다.
"탐정술에서 가장 중요한 것은 수많은 사실 중에서 어느 것이 우연의 산물이며 어느 것이 필연인지를 꿰뚫어보는 것입니다."
"물론 당신이 독신 변호사이고 프리메이슨 회원이란 점, 그리고 천식을 앓고 있다는 정도는 알고 있습니다만."
"어떤 어려운 문제도 자네가 설명하는 순간, 유치한 것이 되어버리는군."

또 로널드 녹스 신부가 멋지게 '셜록키스무스'라고 이름 붙인 그 유쾌한 형식을 잊어서는 안 된다.

"그날 밤 개의 이상한 행동입니다."

"그날 밤 개는 아무 짓도 하지 않았습니다."

"그것이 이상합니다." 셜록 홈즈가 말했다.

이렇게 해서 공은 구르기 시작했다. 40년 전에 에드거 앨런 포가 낳은 핵이 셜록 홈즈에 의해 결국 구르기 시작한 것이다. 굴러가면서 그것은 거대한 덩어리로 부풀어올라……길동무를 만들고……추리소설의 분류가 되고……급류가 되고……그리고 큰 눈사태가 되었다. 현재 나오는 모든 추리소설을 역사적으로 더듬어가는 것은 불가능하다. 단행본에 이어 단행본, 잡지에 이어 잡지가 살인, 절도, 방화, 사기, 음모, 문제, 수수께끼, 괴기, 스릴, 광인, 악당, 독살자, 위조범, 교살강도, 경찰, 스파이, 첩보기관원, 탐정 등등을 만재해 차례로 출판사에서 나와 결국은 세계의 절반이 다른 절반에게 풀어달라고 할 정도이다.

과학 탐정

붐은 1890년대에 시작되었다. 그때까지는 오히려 무시되었던 단편 추리소설이 셜록 홈즈라는 비단 깃발 아래에, 갑자기 전면에 나와 빠른 템포로 걸음을 시작했다. 그중에도 흥미 있는 존재는 L. T. 미드(1854~1914, 영국 여류작가)와 그의 합작자들이 발표한 여러 제목을 붙인 긴 시리즈이다. 이것은 하나의 방향을 제시했다. 새로운 방향이라고는 할 수 없고, 콜린스와 르 파뉴같이 케케묵었지만 과학 시대의 의학적 추리소설이라는 커다란 발전의 길을 열었다는 점에서 중요하다. 미드 부인은 1893년 『어느 의사의 일기에서』로 이 많은 광맥을 시작하고, 1902년 『스트랜드의 여마술사』*까지 거의 끊임없이 많은 잡지에 작품을 발표했다. 이들 이야기는 단순히 이상한 사건 기록에서 과학적, 의학적 기초에 근거한 해결을 하는 본격 추리소설에 이르기까지 다양한 분야에 걸쳤다. 그 소재로는 최면술, 강직증(당시 소설에서 자주 다루었던 병), 몽유병, 정신이상, X선과 청산가스를 사용한 살인, 그 밖에 다양한 의학적 과학적 지식과 연구를 이용한 것까지 다양하다.

더 확실히 홈즈 계열의 전통에 속하는 것은 아서 모리슨의 뛰어난 『마틴 휴이트』 연작이다. 존 옥스넘(1861~1941, 영국 작가) 맨빌 펜(1831~1909, 영국 작가)처럼 한번 추리소설에 손을 대고 다른 경향의 작품을 쓰게 된 작가도 많다. 또 그랜트 앨런(1848~99, 영국 작가)의 『아프리카의 백만장자』(1897) 시리즈처럼 모험과 악당을 다루면서 추리소설의 재미를 강하게 넣은 활극적인 소설도 많았다.

셜록 홈즈를 환영하는 열광적인 갈채 가운데 지금 추리소설은 한 방향으로 진행하는 조류에 흘러가는 형태이다. 포의 작품에 대해서 말했을 때 세 가지 타입, 즉 지적인 것(「마리 로제 수수께끼」), 센세이셔널한 것(「황금벌레」), 혼합형(「모르그 가의 살인」)을 들었다. 셜록 홈즈 이야기는 모두 혼합형에 속한다. 홈즈는 (애석한 일이지만) 독자에 대해 결국 페어플레이를 하고 있다고는 할 수 없다. 그는 무언가 '작은 물건'을 '집어들고', 또는 맹금이 '달려드는 듯이 잡아채고', 거기에서 재기에 가득 찬 추론을 하지만, 독자는 그 '작은 물건'이 무엇이었는지 모르기 때문에 독자가 아무리 머리가 뛰어나도 그 추론을 앞지를

---

* 로버트 유스터스(본명은 유스터스 바튼, 영국 의학자)와 합작. 이들 작품의 과학적 근거는 유스터스가 제공한 것으로 실제 집필은 거의가 미드 부인이 했다.

수는 없다. 물론 이것은 왓슨의 탓이다. 홈즈는 적어도 한 번은 왓슨의 서술방법이 비과학적이라고 말하며 그에게 불평을 했다.

이 '의외surprise'의 방식으로 누구보다도 솜씨를 보이는 것은 멜빌 데이비슨 포스트(1871~1930, 미국 작가)이다. 상당히 뛰어난 작품을 발표하고 착상도 정말 교묘하여, 우리는 한 번 읽고 그 방법이 순수하게 센세이셔널 형의 것임을 알지 못한다. 예를 들어 『엉클 애브너의 지혜』(1911)에서 「하느님의 섭리」를 살펴보자. 이 작품에서 애브너 백부는 어느 청각장애인이 쓴 것으로 되어 있는 편지에서 표음식 철자가 틀린 것을 이용해 이 편지가 사실은 그 청각장애인이 쓴 것이 아니라는 것을 증명한다. 만약 그 편지의 원문이 독자 앞에 제시되고, 독자도 직접 추리할 기회가 주어진다면 이 작품은 진짜 지적인 타입의 추리소설이라고 할 수 있다. 하지만 작가는 이 단서를 숨겨두고 갑자기 청천벽력처럼 탐정이 결론을 내게 하는 것이다.

현대의 페어플레이 방식

이 장르의 새로움과 홈즈의 너무나 커다란 위상에 눈이 가려 독자는 이미 오랫동안 이런 속임수에 장님이었다. 그러나 서서히 환혹에서 깨어난 독자 대중은 점차 엄하게 주문을 했다. 비판 없는 독자는 해명되어가는 즐거움이 없는 '스릴러'에 만족하고 있는데, '통달자'는 모든 단서와 발견한 물건에 대해 탐정과 같은 상황을 제공하는 작품을 요구하게 되었다.**

** 그런데 이 부당한 전통은 현재도 계속되고 있다. 예를 들어 V. L. 화이트처치(1868~1933, 영국 작가)는 『다이애나 풀의 범죄』(1927)에서 분명히 두 번이나 죄를 범했다. 이 점에서 모처럼

탐정과 동등한 기회의 요구와 동시에 작품의 어떤 미세한 부분이라도 기술적으로 엄밀하고 정확하지 않으면 안 된다고 하는 주장이 있어, 추리소설가의 작업은 결코 용이할 수 없다. 독자에게는 모든 단서를 주어야 한다. 그러나 물론, 너무 성급히 사건 해결을 예견시켜서는 안 되기 때문에 탐정의 추리를 전부 알려주어서는 안 된다. 더 나쁜 것으로, 탐정의 도움 없이 독자 스스로 모든 단서를 정확히 해석한다고 하면 의외는 도대체 어떻게 될까? 독자에게 모든 단서를 보이고 동시에 책망당하는 일 없이 그 의미를 흐리게 하는 것이 도대체 어떻게 하면 가능할까?

 이 어려운 문제를 극복하기 위해 여러 가지 연구가 이용되었다. 예를 들어, 탐정이 표면으로는 공연하게 단서를 보이면서도 독자가 모르는 특별한 지식을 지니는 수법이 많이 이용된다. 따라서 손다이크 박사는 자신이 발견한 것을 아낌없이 독자에게 보일 수 있다. 그러나 독자들은 어느 지방의 늪에 사는 동물의 특성이라든가 벨라돈나 독의 효과, 혈액의 물리학적 화학적 특성, 광학이나 열대병, 금속학, 상형문자, 기타 사소한 것들을 자세히 알지 못하는 한 손다이크 박사를 도저히 이길 수 없다. 독자를 속이는 하나의 방법은 탐정이 관찰하고 추리한 것을 남김없이 독자에게 보여주지만 그 관찰과 추리가 사실은 틀렸다는 것이 판명되고, 다시 주의 깊게 사건을 파헤치는 마지막 장의 깜짝 상자로 독자를 안내하는 방식이다.*

수작이 될 것을 엉망으로 만들었다. 그러나 이런 죄는 틀림없이 벌을 받는다. 현재의 독자는 페어가 아니면 바로 눈치채고, 실수한 이 작가에게 동정심은 있지만 결국 엄한 비난의 편지를 보내는 것이다.

* E. C. 벤틀리의 『트렌트 최후의 사건』(1913), 로드 고렐의 『In the Night』(1917), 조지 플레이들의 『더 웨어 케이스』 등의 예가 있다.

애거서 크리스티처럼 여전히 왓슨 형식을 지키는 작가도 있다. 이 이야기는 왓슨 역을 하는 인물의 입, 또는 적어도 그 눈을 통해 말해진다.** 또 A. A. 밀른의 『빨간 집의 비밀』(1922)처럼 혼합형을 사용한 작가도 있다. 밀른은 처음에 공평한 방관자의 위치에서 이야기를 시작한다. 나중이 되면 방향이 바뀌어 빌 베벌리(순진하지만 바보는 아닌 왓슨 역)의 입장에서 쓰여지고, 또 때로는 탐정 안소니 질링검의 눈을 통해 바라보기도 한다.

시점의 중요성

현대 추리소설가의 기량은 이런 여러 가지 시점을 이용해 어떤 효과를 나타내는가에 달려 있다고 볼 수 있다. 이 분야의 걸작에서 그 부분이 어떻게 되어 있는지 조사해보자. E. C. 벤틀리의 『트렌트 최후의 사건』의 한 페이지를 보면, 제1시점은 왓슨 시점이라고 부를 만한 것으로, 탐정의 외면적 행동만을 독자에게 알린다. 제2시점은 중간 시점으로 탐정이 무엇을 보는지를 알려주지만, 그가 거기에서 무엇을 관찰했는지는 알려주지 않는다. 제3시점은 탐정과 아주 친밀한 시점이다. 탐정이 본 모든 것을 알려주고, 동시에 탐정의 결론도 알려준다. 제2시점부터 보자.

** 왓슨 형식의 테마를 다룬 뛰어난 예는, 애거서 크리스티의 걸작 『애크로이드 살인사건』(1926)에서 볼 수 있다. 어떤 비평가들은 이 작품의 해결방법이 부당하다고 평한다. 하지만 이런 관점은 교묘하게 한방 먹었을 때 반사적으로 불쑥 화를 내게 되는 것과 같은 이치라고 할 수 있지 않을까. 사건을 해결하는 데 필요한 재료는 모두 제공해주었다. 똑똑한 독자라면 분명 범인을 맞힐 것이니 그 이상의 재료를 요구할 수는 없다. 결국 독자는 끊임없이 주의를 하고 탐정과 마찬가지로 여러 인물을 의심해보아야 한다.

제2시점

복도 맞은편에 침실 문이 두 개 보였다. 그는 바로 앞의 문을 열고 안으로 들어갔는데 정연하게 정리된 방이라고는 도저히 말할 수 없었다. 한쪽 구석에는 지팡이와 낚싯대들이 어지럽게 서 있고, 다른 한편에는 책이 산처럼 쌓여 있다. 화장대와 맨틀피스 위에 흩어져 있는 잡다한 물건, 파이프며, 펜나이프며, 연필, 열쇠, 골프공, 낡은 편지, 사진, 작은 상자들, 캔, 병 등등, 이런 무더기를 하녀의 손도 정돈하지 못한 것 같다. 벽에는 아름다운 에칭 그림 두 장과 수채화 몇 장이 걸려 있다. 또 의상 선반 끝에 판화 액자 몇 장이 걸려 있지 않고 세워져 있다.

첫 번째 이전, 제1시점

창 밑에 구두와 부츠가 일렬로 늘어서 있다. 트렌트는 방을 지나 그것을 열심히 조사했다. 그리고 줄자로 그중의 몇 켤레를 재고 낮게 휘파람을 불었다. 끝나자 이번에는 침대 가에 앉아 우울하게 방 안을 둘러보았다.

여기에서 우리는 트렌트가 걷고, 자로 재고, 휘파람을 부르고, 우울한 얼굴을 하는 것을 알게 된다. 그러나 그 구두에 어떤 이상한 점이 있는지 치수가 어떤지는 모르는 것이다. 트렌트의 성격에 대한 우리의 지식으로 그의 결론이 사랑스러운 용의자 말로에게 불리한 것이라고 추찰할 수는 있지만, 우리는 그들의 물적 증거를 손에 넣고 보는 것은 허락되지 않는다.

두 번째 이전, 원래의 제2시점으로

결국, 맨틀피스 선반 위의 사진이 그의 주의를 끌었다. 그가 일어나 다가가자 말로와 맨더슨의 말을 탄 사진을 조용히 보았다. 알프스의 유명한 산을 찍은 것이 두 장 있다. 또 세 젊은이가(그중 한 명은 틀림없이 파란 눈의 말로였다) 누추한 16세기 병사의 복장을 하고 찍은 색이 바랜 것이었다. 또 말로와 어딘가 닮은 당당한 노 귀부인의 인물 사진이 있다. 트렌트는 기계적인 몸놀림으로 맨틀피스 위의 뚜껑이 열린 상자에서 담배를 하나 꺼내 불을 붙이고 사진들을 계속 보았다.

여기에서 최초의 단락과 마찬가지로, 우리는 보다 혜택 받은 위치로 승진되었다. 여러 증거를 볼 수 있고, 트렌트와 함께 분장한 모습의 인물 사진이라는 의미 깊은 점을 들어 말로가 옥스퍼드 연극부에서 활약한 것, 따라서 추론에 의해 그가 다급해지면 배우 흉내마저 낼 수 있다는 것을 추리하는 균등한 기회가 주어지는 것이다.

세 번째 이전, 제3시점

다음에 그는 담배 상자 옆에 놓인 가죽 케이스로 주의를 옮겼다. 그것은 쉽게 열렸다. 나타난 것은 아름다운 장식을 한 소형 리볼버와 20발뿐인 낱개 실탄이었다. J. M.이라는 머리글자가 새겨 있었다.

피스톨이 들어 있는 케이스를 안에 두고 트렌트와 경감은 잠시 서로 마주 보았다. 트렌트가 먼저 입을 열었다. "이 수수께끼는 완전히 틀리군. 미쳤어. 광기의 징후가 확실히 보여. 지금 상황을 생각해보게."

이 장면의 나머지 부분을 통해서 우리는 트렌트의 확신으로 끝려간다. 리볼버가 묘사되고, 우리는 트렌트가 그것을 어떻게 생각하는가를 그 자신의 입으로 들어 알고 있다.

이렇게 해서 한 페이지에서 시점은 세 번 바뀌는데 그게 아주 미세한 변화이기 때문에 주의해서 찾지 않으면 알 수 없다.

훨씬 나중의 장이 되어 제4시점, 즉 탐정과 완전한 정신적 동일화 시점으로 마지막 전이를 한다.

맨더슨 부인은 말을 꺼냈는데, 트렌트가 지금까지 본 적이 없는 감정적인 기분이 되어 말했다. 말은 흐르듯이 입을 통해 나왔다. 목소리는 울리고, 며칠 동안 받은 쇼크와 자제로 지금까지는 둔하게 있던 그녀가 본래의 꾸밈 없는 표현을 한다고 트렌트는 생각했다.

여기에서는 "트렌트가 지금까지 본 적이 없는"이, 시점이 동일하다는 것을 결론짓고 있다. 이야기 전체를 통해 우리는 언제나 트렌트의 감정을 통해 맨더슨 부인을 보고 있다. 그리고 트렌트가 자신의 조사를 포기하고 말로와 커플즈로부터 진상 설명을 듣는 후반 부분은 제4의 시점에서 말해지는 것이다.

'페어플레이'*로 향하는 현대의 진화는 커다란 혁명이다. 그것은 홈즈의 영향을 벗어나 『문스톤』 시대로 복귀한다. 『문스톤』은 신비

---

* 말할 필요도 없지만 탐정에 대해서도 페어플레이가 이루어져야 한다. 일단 그들이 조사에 나서면 작가는 그들의 인식 범위 밖에 있는 사건을 묘사해서는 안 된다. 탐정의 눈에는 보이지 않는 범위에서 작가가 독자에게 무언가를 밝히는 것은 있을 수 없는 일이다. 『고어 대령의 추리』(린 브록)의 독자는 서두 부분에서 멜히시 부인과 배링턴 사이에 일어난 일을 목격한 인물이 세실 앤데일이라는 것을 알게 된다(고어는 모른다). 때문에 상당히 흥미가 약해진다. 독자가 이렇게 엿듣기하는 것에 의해 이야기의 줄거리가 자주 중단되는 작품은 추리소설이라기보다는 곧바로 멜로드라마로 전락해버릴 수 있다.

화해서 독자를 연기에 싸이게 하는 일은 결코 하지 않는다. 콜린스는 주도한 주의를 해서 단서를 썼기 때문에, 이상적 추론가라면 베터리지의 최초 수기의 처음 10장을 읽으면 이 이야기의 모든 윤곽을 맞힐 수 있을지도 모른다.**

추리소설의 예술적 위치

탐정은 어쩌면 잘못을 범하지 않는 절대불패의 존재라는 역할을 그만두고 우리와 마찬가지로 조금은 자각하는 인간이 되어가는데, 거기에 대해 추리소설의 엄격한 기법도 필연적으로 어느 정도 발전했다. 추리소설은 가장 엄밀한 형식으로 순수한 분석의 연습이고, 따라서 고도로 인공적인 틀 안에서 고도로 완성된 예술작품이 되는 것이다. 추리소설이 다른 여러 종류의 소설보다도 유리한 점이 적어도 하나 있다. 즉 아리스토텔레스가 말한 시작, 중간, 끝의 3요소를 완비하고 있다는 점이다. 명확한 단일 문제가 설정되고, 규명되고, 해결된다. 그 결론은 결혼과 죽음에 의해 변덕스럽게 좌우되는 일이 없다.*** 이 솜씨 좋은 원만한 완벽함(한계는 있다고 해도)은 유명한 프

** 포는 『버나비 럿지』 사건에서 비슷한 솜씨를 보였다. 연재물로 나온 이 디킨스 작품의 첫 회를 읽고 그는 그 후의 줄거리를 정확하게 맞혔다. 미완성 작품 『에드윈 드루드의 비밀』에도 같은 솜씨를 보여주었으면 했으나 불행하게도 사망했다. 디킨스는 나중이 될수록 플롯과 수수께끼를 강하게 원했다. 그는 이 분야에서 최초의 작품은 미숙하고 수수께끼도 드러나 보인다. 『에드윈 드루드의 비밀』에서 그는 "이 이야기가 마지막까지 알 수 없는 재미있는 작품이 되면 좋겠다"고 희망했다. 이 희망은 너무나 완전에 가득 차 있었다. 그와 콜린스의 친교는 그의 추리소설 분야에서의 활약을 크게 도왔다. 1867년 그는 『문스톤』이 콜린스의 작품에서 다른 무엇보다도 훨씬 뛰어나다고 단언했다.

*** 이런 시점에서 소설의 구조가 합리적이지 않은 것에 고민하고 있던 E. M. 포스터도 이 사실에는 흥미를 가질 것이다. 불행하게 그는 "지나치게 융통성이 없기" 때문에 추리소설은 즐길 수

랑스의 시 형식 트라이얼릿triolet과 비교할 수 있다. 순수한 분석에서 도망가려고 하면 할수록 그 예술적 통일은 곤란하게 된다.

추리소설은 문학적으로 최고의 레벨을 이루지 못했으며, 또 그러기도 불가능하다. 격노와 질투와 복수심의 가장 극단적인 결과를 다루면서 인간의 감정의 정점과 심연까지 다루기는 매우 어렵다. 단지 기정 사실을 독자에게 제시하고 죽음도 중상도 냉정한 눈으로 묘사할 뿐이다.

작가는 결코 독자 앞에 살인자 내면의 움직임을 보여주지 않는다. 아니, 보여서는 안 된다. 살인자의 정체는 최후까지 숨겨놓아야 하기 때문이다.* 또 피해자 역시 남편이나 아버지라기보다는 그저 해부대의 실험 재료로서 묘사될 뿐이다. 추리소설이 닦아온 메커니즘 중에 지나치게 강한 감정을 던지면 미묘한 균형이 깨어져 움직임이 엉망이 된다.

정말 성공한 작가들은 이야기의 처음부터 끝까지 똑같은 수준의 <u>감정을 유지한다</u>. 감정이 <u>과다한 것보다 부족한 방향으로 유지하</u>는 쪽이 좋다. 이런 점에서 경찰관을 주인공 탐정으로 하는 작가는 유리하다. 이런 종류의 탐정에는 초탈한 태도가 당연하고 외과의사 같은 비개인적인 태도를 자연스럽게 유지하기가 수월하다.

없다고 공언한다. 정말로 불운하다고 할 수 있다.
* 이자벨 오스트랜더(1885~1924, 미국 여류작가)의 『재에서 재로』(1919)는 쫓는 사람이 아닌 쫓기는 사람의 처지에서 쓰여진 거의 유일한 추리소설이다. 여기서 범인은 자신이 남긴 단서를 필사적으로 숨기려 하는데도 탐정이 하나하나 밝혀내는, 방관할 수 없는 스릴이 그려져 있다. 상당한 수작으로 조금 유명한 작가가 썼다면 훌륭한 걸작이 되었을 것이다. 이자벨 오스트랜더는 그 밖에 로버트 오어 치퍼필드, 데이비드 폭스, 더글러스 그랜트 등의 필명으로 작품을 썼는데 이야기 구성이 뛰어나다. 그녀의 주인공 탐정인 매커티라는 올곧은 형사로 근대적인 심리분석법에 의한 탐정도구를 신용하는 '과학적' 탐정 튜흔의 결론을 언제나 타파한다.

비인간적인 입장에서 인정미 있는 입장으로 이행하는 것은 추리작가의 작업 중에서도 가장 어려운 것 중 하나다. 배려와 인정 있는 인간으로 범인이 묘사되는 경우는 특히 어렵다. 그런 경우는 진짜 인간을 사형대에 보내는 것과 같은 심정으로 가볍게 묘사하게 된다. G. K. 체스터턴은 이 문제에 직면하는 것을 거부하는 쪽에 있다. 그의 브라운 신부(종교적 관점에서 죄악과 범죄를 본다)는 체포의 손이 오기 전에 몸을 피해 이 문제를 피해버린다. 그에게는 죄의 고백만으로 충분하다. 지저분한 세부는 모두 '무대 밖에서' 일어난다.

또 작가에 따라서는 마음에 든 범인에게 자살을 시키기도 한다. A. A. 밀른의 안소니 질링검은 그 한 예로, 처음에는 경박한 태도로 나오지만 뒤에는 오히려 감상적이 되어 범인 케일리에게 체포가 가까워졌다는 것을 알려준다.

케일리는 수기를 남기고 피스톨 자살을 하게 된다. 극악무도한 범인이라면 물론 양심의 가책도 없이 비참한 최후를 맞기도 하지만, 근래는 그런 괴물들을 좋아하지 않는 경향이 있다. 때문에 오늘날 추리소설은 범인의 성격에 선량한 점이 많아지고, 탐정 또한 기계처럼 냉정하고 유능한 면만 보이기보다 인간적인 감정을 좀 더 많이 보여주고 있다.

연애의 흥미

추리소설이 좀처럼 벗어나지 못하는 습성이 하나 있다. 바로 '연애'에 대한 흥미다. 지금 출판사도 편집자도 모두 소설에는 훌륭한 남녀가 등장해서 마지막 장에서 맺어져야 한다는 망상에 사로잡혀 있다. 그 결과 뛰어난 추리소설 가운데서도 이야기 줄거리와 융합되지 않는 구태의연한 사랑 이야기가 작품의 가치를 떨어뜨리는 예가 있다. 이 나쁜 버릇의 가장 해가 적은 형태는 오스틴 프리먼의 여러 작품에서 볼 수 있다. 그의 조연들은 애처로울 정도로 사랑에 빠지고, 각각의 조건에 따라 정해진 틀에 박힌 익살을 연기하지만 줄거리의 진행을 방해하는 일은 없다. 때문에 읽고 싶지 않으면 연애 부분만 건너뛰어도 될 정도다. 이에 비해, 탐정의 임무에 전념해야 할 때 젊은 여자를 따라다니는 주인공 탐정들은 훨씬 괘씸한 존재다. 범인을 잡는 함정이 장치되는 아슬아슬한 순간에 탐정은 연인이 유괴된 것을 알게 된다. 조심성 없이 그는 모든 것을 집어던지고, 어디로 간다는 말도 남기지 않고 차이나타운이나 늪지대의 외딴 곳으로 달려가 버린다. 곧바로 모래주머니를 매달게 되고, 함정에 빠지거나 기타 여러 가지로 우롱당하고, 이야기는 진행을 방해받아 논리적인 전개가 되지 않는다.

사랑 이야기가 플롯의 불가분한 요소를 갖고 있는 예는 극히 적다. 『문스톤』은 극히 적은 그 작품들 중 하나다. 이 작품에서는 플롯 전체가 프랭클린 블레이크에 대한 두 여자의 사랑에 걸려 있다. 레이첼 베린더도 로잔나 스피어먼도 그가 다이아몬드를 훔친 것을 알고 있고, 수수께끼는 이 두 사람이 열심히 그를 비호하려고 하기 때문에 일어난다. 그들의 행동은 모두 자연스럽고 올바르고 성격도 훌륭하게 구성되어 완전히 납득할 만하다. 한편, E. C. 벤틀리의 『트렌트 최후의 사건』은 사랑하는 탐정이라는 더 어려운 문제를 다루어 성공한 작품이다. 트렌트의 맨더슨 부인에 대한 사랑은 플롯 중에 정당한 지위를 주고 있고, 사랑이 그의 앞에 나타난 증거에서 올바른 추론을 끌어내는 것을 방해하는 일은 없지만, 한편 그 결론에 따라 행동하는 것을 방해해, 그것이 사실은 오히려 진짜 해결의 길을 준비하게 된다. 덧붙여 말하면 사랑 이야기도 예술적으로 설득력 있는 감정을 갖고 교묘하게 처리된 것이다.

『독화살의 집』(1924)과 더 인상적인 『다른 호랑이는 없다』(1927)에서 A. E. W. 메이슨은 강한 추리적 흥미의 이야기를 만들었는데, 동시에 그들은 심리적으로 정확한 성격소설의 구조를 갖고 있다. 성격이 일반 소설가가 묘사하듯이 로맨틱하게 묘사되어 있는 것은 확실하다. 그러나 흔한 추리소설의 인물들을 피가 통하지 않는 박물관의 진열품으로 만들어버리는, 분류와 설명에 관한 현저한 고집이 그에게는 조금도 보이지 않는다.

이런 이례적인 경우를 제외하면 추리소설에는 연애는 적으면 적을수록 좋다. 라시느(1639~99, 프랑스의 고전극 시인)는 "연극에서 사랑은 부차적일 수 없다"고 말했는데, 추리소설에서는 우발적이고 피상적인 사랑 얘기는 없는 것이 훨씬 좋다. 때문에 미스터리를 우선 제일주의로 다루어야 하는 이상 연애는 버리는 쪽이 좋다.

린 브록의 『고어 대령의 추리』가 이 주장을 보여주는 좋은 예이다. 고어는 한 여성에게 사심을 버린 헌신적인 마음으로 그녀의 명예에 관계된 편지를 되찾아주려고 하는데, 그런 가운데 복잡한 살인 계획을 해명해간다. 이야기가 진행됨에 따라 사랑스러운 여성에 대한 그의 마음은 점차 차갑고 표면적인 것이 된다. 작가가 흥미를 잃었을 뿐만 아니라 고어 대령도 그렇게 된 것이다. 드디어 작가가 이것을 알고 다음과 같은 문장으로 사정을 설명한다.

고어는 자신의 생각이 부당하게 냉정하다는 것을 알고 때로는 자신을 책망한 일이 있다. 아니, 오히려 자신을 책망해야 한다고 느꼈는지도 모른다. 이것은 정말 무서운 사건이다. 쇼크를 받는 것은 당연했다. 옛 친구가 세 명이나 이 사건에 관계되었기 때문에.

하지만 진실은 다르다. 그리고 이래서는 안 된다는 마음도 점차 약해졌다. 그는 완전히 사건에 열중했고 어느 인물도 퍼즐의 한 조각처럼 보일 뿐이었다.

추리소설에 진짜 인간다운 인간을 등장시키기 어려운 점이 여기에 있다. 때에 따라서 인간적 감정이 추리적 흥미를 혼란시키거나 추리적 흥미가 인간의 감정을 밀어내 그것을 모조품으로 만들어버릴 수가 있다. 물론 우리가 모두 신문의 '재미있는 살인사건'에 냉담한 태도를 보이는 것은 사실이다. 『문스톤』의 베터리지처럼 즉 '탐정 열병'에 걸려 범인을 쫓는 재미에 빠져 결국 피해자를 잊어버린다. 이런 이유에서 처음부터 감정의 상태를 너무 높게 하지 않는 것은 좋다. 나중에 낮게 해야만 할 때 위화감이 들 수 있기 때문이다.

장래의 발전, 유행과 형식

그런 이유로 오늘날 추리소설의 유행은 거짓이 없는 살아 있는 인물을 그리는 것이다. 유형적인 인물이 아닌, 그렇다고 해서 심각하게 주물러대는 인물도 아닌, 즉 『펀치』의 애독자 정도의 감정 수준을 가진 인물이다. 이전과 비교해서 조금은 심리적으로 복잡한 인물도 받아들이게 되었고, 악당도 여러 점에서 보아도 악당이 아니고, 여자 주인공이 등장해도 순진무구한 형이 아니다. 잘못 고발된 피의자도 사람의 동정을 사는 성격이 아니어도 좋다.* 자동인형 같은 캐릭터(눈물을 흘리는 금발의 미소녀, 체격이 우람하고 어리석지만 남자다운 젊은이, 눈으로 최면술을 거는 극악한 과학자 같은)나 선과 악의 화신 같은 인물은 지성파의 작품에서 모습을 감추고 더욱 인간적인 성격의 소유자에게 자리를 물려주었다.

이런 경향의 흥미 있는 징후는 실제로 일어난 살인사건을 소설 형식을 빌려 다시 쓴 많은 장편 단편의 출현이다. 벨록 라운즈 부인(1868~1947, 영국 작가)과 빅터 리커드 부인은 모두 브라보 독살사건을 다루고 있고, 안소니 버클리는 메이브릭 사건을 썼고, E. W. H. 마이어스타인(1889~1952, 영국 작가)은 세던 독살사건을 모델로 희곡을 발표했다. 또 올더스 헉슬리(1894~1963)의 단편 「지오콘다의 미소」는 최근 일어난 유명한 사건에 그의 독특한 해석을 더한 것이다.**

그래서 우리는 다음과 같이 현대인이 좋아하는 의문에 대해 생각해야 할 시점에 온 것이다. 즉, 지금부터 어떻게 될 것인가? 추리소설은 어디로 갈 것인가? 그 장래성은 어떤가? 현재의 붐은 언제까지 계속될 것인가?

---

* 예를 들어 J. J. 코닝턴(1880~1947, 영국 작가)의 『레이븐즈소프의 비극』에 등장하는 광장공포증 환자 모리스는 주위에서 서성거리면 곤란한 인물이다.
** 벨록 라운즈 부인의 『사건의 진상』, 빅토리아 리커드 부인의 『증거불충분』, 『레이튼 코트 사건』의 작가가 쓴 『위치포드 독살극』, E. W. H. 마이어스타인의 『헤던』(1921), 올더스 헉슬리의 『모탈 코일즈』(1922).

가장 의외의 인물

초기의 추리소설에서 문제는 대개 누가 죄를 범했는가, 라는 점이었다. 아직 독자가 순진했을 초기에는 '가장 의외의 인물'이라는 공식이 크게 유행했다. 하지만 독자는 얼마 지나지 않아 그것을 알게 되었다. 만약 이야기 중에 그 범죄와 아무런 동기도 없어 보이고 거의 마지막 장까지 아무런 의심도 받지 않고 태연하게 걸어다니는 인물이 있다면 남녀를 불문하고 그 인물을 주의해야 한다. "이 남자는 아무것도 말하지 않았기 때문에 그가 범인이 틀림없다고 생각해" 하고 빈틈없는 독자는 말할 것이다. 이렇게 해서 새로운 원칙이 생겨났다. 그 창조자는 G. K. 체스터턴이다. 『뉴 스테이츠먼』에 기고한 글에서 그는 '범인은 이야기 진행 중에 적어도 한 번은 의심을 받아야 한다'고 말했다. 한 번 의심을 받고 그 의심에서 풀려나면(일견 그렇게 보이면) 그다음에는 의심받을 걱정이 없는 것이다. 이것은 또 프리먼 윌츠 크로프츠의 난공불락의 알리바이 뒤에 숨겨진 원칙이기도 하다. 물론 그 알리바이는 마지막에는 근면한 수사에 의해 무너지지만. 아마 추리소설 가운데서도 독자를 가장 당황하게 하는 것은 역시 혐의가 많은 후보자에게 균등하게 나누어지고 마지막에 그 가운데 한 사람이 범인으로 판명되는 형식이다.

'가장 의외의 인물' 형식은 그 밖에도 여러 가지 전개를 보인다. 예를 들어 범인이 법정의 배심원*이거나 탐정 자신이거나** 검찰관이거

---

* 로버트 오어 치퍼필드, 『배심석의 남자』.
** 버나드 케이브즈, 『해골열쇠』. 가스통 르루, 『노란 방의 비밀』.

나,*** 아니면 결국 이야기의 화자가 범인이라는 의외성을 추구한 작품까지 나타났다.****

의외의 수단

그러면서도 이 형식의 가능성도 점점 바닥이 보이기 시작하자 최근에는 의외의 수단에 의한 해결법의 탐구가 많아졌다. 최근 의학과 화학의 새로운 발견이 많아짐에 따라 이 분야에서의 수확은 상당해졌고, 새로운 살인방법의 공급이라는 점에서 특별해졌다. 현재 인간이 태어나는 방법은 하나밖에 없지만 죽는 방법은 무한히 있다는 것이 추리소설가에게 정말 다행이다. 무덤으로 가는 쉬운 지름길을 몇 가지 들어보자. 독을 넣은 치과 충전재, 독을 바른 우표를 핥는 것, 무서운 병균이 묻은 면도 브러시, 독을 넣어 삶은 계란(멋진 생각이다), 독가스, 발톱에 독을 바른 고양이, 독이 든 방석, 천장에서 떨어지는 나이프, 뾰족한 고드름으로 찔러 죽이기, 전화기로 감전시키기, 페스트 걸린 쥐나 티푸스 균을 가진 기생충에 물리기, 녹은 납을 귀에 흘려 넣기(『햄릿』의 귀에 넣는 독액보다는 훨씬 효과적일 것이다), 동맥에 주사한 기포, 거대한 유리구슬 '루퍼트 왕자'의 폭발, 쇼크사, 거꾸로 매달기, 액체 공기로 결빙시킨 후 분쇄하기, 공기총으로 피하주사, 의식이 없을 때 추위로 얼어붙게 하기, 카메라 속에 숨긴 총, 실내 온도 상승에 따른 폭발 점화장치 온도계 등등.

형편이 곤란한 시체 처리 방법도 여러 가지로 바뀌었다. 가짜 증

*** G. K. 체스터턴, 「치안판사의 거울」, 『브라운 신부의 동심』.
**** 애거서 크리스티, 『애크로이드 살인사건』.

명서(입수방법도 많다)에 의한 매장, 시체를 다른 것과 바꾸기(실생활에서는 드물지만 소설에서는 많다), 미라로 만들기, 태워서 뼈와 재로 만들기, 전기 도금법, 방화, 그리고 R. L. 스티븐슨에 의해 유명해진 '심기planting(교회 묘지에 심는 것이 아니라 무실한 사람들 사이에)* 등이다. 이처럼 '누가' '어떻게' '왜?'의 셋 중에 현재 '어떻게'가 의외와 교묘함에 최대의 활동범위를 주고, 작품 전체의 흥미를 지탱해가는 힘이 된다. 물론 이 세 개가 조합되면 즐거움은 최대가 되겠지만.**

추리소설가에게 가장 어려운 것은 의외와 차례로 변화를 주는 것이다. "내 방법을 알겠지, 왓슨" 하고 탐정이 말하지만 그것은 너무도 가슴 아픈 사실이다. 왓슨의 미덕은 그가 30년이나 홈즈를 알고도 아직 홈즈의 방법을 모른다는 점에 있다는 것은 말할 필요도 없다. 그러나 보통 독자는 더 머리가 좋다. 독자는 뒤팽식 심리분석법***을 습득하고 있고, 한 작가의 작품을 여섯 편이나 읽으면 그 작가의 눈으로 사물을 보게 된다. 만약 오스틴 프리먼이 물뱀이 사는 연못에서 누군가를 익사시키면 그 물뱀과 관련해서 무언가 달라지는 그 지방의 특성이 있음을 간파하게 되고, 크로프츠의 등장인물 중에 확고한 알리바이를 가진 사람이 있다면 그 알리바이에 구멍이 있다는 것이 판명될 거라고 눈치채버린다. 또 독자는 녹스 신부의 작품에서 가톨릭 신자가 의심받는 일이 있더라도 틀림없이 그 의심이

---

* 『틀린 상자』(1889).
** 오스틴 프리먼은 이 세 개를 전부 거부한 추리소설이라는 새로운 분야를 개척했다. 먼저 범죄 이야기를 쓰고, 그 후의 흥미는 조사자의 교묘한 방법에 따라가는 것에서 오는 즐거움에 의지한다. 『노래하는 백골』(1912)에는 이 타입의 단편이 몇 개 나온다. 프리먼의 뒤를 잇는 작가는 없고, 또 이 공식을 프리먼 자신이 포기한 것은 조금 안타깝다.
*** 「도둑맞은 편지」에 간단히 나와 있다.

잘못되었다는 것이 밝혀지는 것을 알고 있다. 범인을 심각하게 찾는 대신 독자는 작가를 상대로 추리하는 것이다. 대부분 작가의 후기 작품이 초기 작품에 비해 '따라가지도 못한다'는 인상을 주는 원인은 여기에 있다. 독자가 작가의 작풍을 너무 잘 알아버려서 신비감이 깨져버린 것이다.

독자가 여러 가지 트릭을 모두 알게 되어 추리소설이 어느 날인가 종말을 맞이할 가능성은 분명히 생각할 수 있다. 하지만 그런 일은 몇 년 후에 일어날지 알 수 없고, 그때까지 아마 새롭고 더 융통적인 형식이 개발되어 추리소설은 더 밀접하게 풍속소설과 연결되고, 모험소설에서 더욱 벗어날 것이 틀림없다. 모험소설은 인류가 존재하는 한 계속될 것이고, 범죄가 사라지지 않는 한 범죄 스릴러는 그 영역을 지킬 것이다. 절멸할 공포는 언제나 있지만 보다 고급스런 형식으로 전개될 것이다.

이 글을 쓰고 있는 현재(1928년) 정적인 타입의 소설에 대한 반대가 추리소설에 이익을 가져다주고 있는 것이다. E. M. 포스터 등은 유감스럽게, "그래, 오! 그래…… 분명히 소설은 이야기를 말하지" 하고 중얼거리면서 떠났지만, 대다수 독자는 승리의 소리와 함께 그 사실을 재발견한다. 변태성욕은 현재 슬럼프 기미를 보인다. 사랑의 정열을 그린 소설은 특히 여성들 사이에서 변함없이 수위를 차지하고 있지만, 여성도 단순한 사랑 이야기에는 질리기 시작했다. 아마 현대인의 마음에는 웨딩벨 소리와 함께 끝나는 감상적인 소설보다 추리소설의 밝은 냉소가 더 적합할 것이다. 왜냐하면 추리소설은 표현의 문학이 아니라 도피의 문학이기 때문이다. 우리가 가정의 불행한 이야기를 읽는 것은 그것이 우리에게도 일어날 수 있는 사건이기 때문이지만, 그런 것이 너무나 고통스러우면 우리는 미스터리와 모험소설로 도피하게 된다. 그렇게 되면 우리의 몸에는 우선 일어날 걱정이 없기 때문이다. 필립 게달라(1889~1944, 영국 역사가)는 "추리소설은 고상한 정신의 정상적인 레크레이션이다"라고 말했다. 작가든 독자든 지성이 발달한 사람에게 고급스런 형식의 추리소설이 얼마나 강한 매력이 있는 것인지 놀라울 정도다. 현재는 평균적인 추리소설이라도 정말 잘 쓰여져 있고, 또 오늘날 위대한 작가치고 추리소설에 손을 댄 일이 없는 작가는 거의 없다.*

---

* 다른 방면의 유명한 작가로 추리소설에 관심을 두었던 작가로는 A. E. W. 메이슨, 이든 필포츠(1862~1960), 린 브록(어느 유명한 작가의 가명이다), 서머싯 몸(1874~1965), 러디어드 키플링(1865~1936), A. A. 밀른, 로널드 녹스 신부, J. D. 베레스포드(1873~1947) 등을 들 수 있다. 영국이 다른 나라에 비해 예술적으로 훨씬 높은 수준의 추리소설을 갖고 있는 것은 이런 작가들이 있기 때문이다. 어느 작품이나 뛰어난 문체, 형식과 구성의 아름다움에 대한 배려 등이 숙달된 소설가의 손에서 나왔음을 보여준다.

먹이
Food

토마스 테서 Thomas Tessier, 1947~

영국 소설가로 코네티컷 주 워터베리 출생이다. 영국 밀링톤 북스의 임원을 지낸 뒤, 미국으로 돌아와 전업작가가 되었다. 주로 장편소설을 썼으며 작품으로는 『쇼크웨이브 Shockwaves』 『유령 Phantom』 등이 있다. 단편소설은 잘 쓰지 않지만, 한번 썼다 하면 독자들의 뇌리에 강한 인상을 남긴다. 대표작으로 「먹이」 「블랑카 Blanca」 등이 있다.

"이젠 끝난 거나 마찬가지예요."
미스 로우는 혼잣말처럼 중얼거렸다. 그녀의 시선은 먼 곳에 있었으나 희미한 미소를 띠고 있었고 목소리는 기대에 들떠 있었다.
"하지만 걱정 마세요. 전 괜찮으니까요."
끝난 것이나 마찬가지라고? 도대체 무슨 얘기야? 할 수만 있다면 생각하고 싶지도 않았다.
휘트먼에게 오늘은 전형적인 여름날의 토요일이었다.
8월의 열기는 약간 누그러지고 향기로운 산들바람이 불기 시작했다. 다른 사람들이라면 수영을 하거나 쇼핑을 하거나 야구 시합 구경이라도 가기에 알맞은 날씨였지만, 휘트먼과 미스 로우에게는 평상시 토요일 오후와 다름없는 날이었다. 그 밖에 다른 방식으로 시간을 보낸다는 것은 생각만 해도 두려웠다.
"그렇지만 넌 건강하잖아." 휘트먼은 덧붙이지 않을 수 없었다. "지금도 넌 괴로워하고 있어. 아마 엄청난 고통일 거야. 보면 알 수 있지."

"그렇지 않아요." 미스 로우는 그다지 자신 없는 어조로 말했다. "나는 내가 무엇을 느끼고 있는지 정도는 알아요. 고통 같은 건 없어요. 조금도."

그녀는 그 얘기를 떨쳐버리기라도 하려는 듯 몸을 약간 떨더니, 매트리스 위에서 자세를 바꾸고 화제를 돌렸다.

"그런데 오늘은 뭘 가져왔죠?"

휘트먼은 그 말을 무시했다.

"의사를 불러야 해. 입원을 하게 될지도 모르지만 어쨌든 진찰만이라도 받아야 해."

"절대로 안 돼요. 만약 그런 일을 벌인다면 두 번 다시 얘기 상대가 되지 않을 거예요."

단호한 말투는 아니었지만 미스 로우의 얼굴에는 불쾌한 기분이 여실히 드러났다. 그녀가 하고 싶은 대로 내버려둘 수밖에 없었다. 의무감이 느껴지기도 했지만 그것보다도 그에겐 두 사람 사이의 우정이 깨질지도 모른다는 두려움이 더 컸다.

휘트먼은 조심스럽게 잡다한 물건들 사이로 방을 가로질러서 활짝 열린 프렌치 도어 앞에 잠시 멈춰 섰다. 그곳에서는 산들바람을 즐길 수 있었으나 뒤뜰의 광경에는 우울해질 수밖에 없었다. 잔디는 벌써 몇 주 동안이나 깎지 않은 채였다. 그때 마치 신호라도 받은 것처럼 어딘가 멀리서 잔디 깎는 기계가 작동하고 쉼없는 기계 소리가 들려왔다. 뒤뜰 구석에 있던 화단은 자취마저 없어졌다. 휘트먼이 그곳을 말끔히 정리한 뒤 당근과 토마토를 심을 작정으로 일구어 이랑까지 만들어놓았지만, 결국 실행에 옮기지는 못했던 것이다. 파헤쳐진 검은 흙 위에는 잡초가 약간 자라 있었다. "그동안 무척 바빠서 어쩔 수 없었어. 올여름은 미스 로우 때문에 여유가 없었잖아." 휘트먼은 중얼거렸다.

"오늘은 뭘 가져왔죠?" 미스 로우가 다시 한 번 물었다.

"아, 발자크를 가져왔지."

휘트먼은 관심 없다는 듯 대답했다. 그는 한 손에 들고 있는 책에 관해서도 잊고 있었다. 매주 토요일 오후, 휘트먼은 미스 로우에게 소설을 읽어주었다. 발자크는 미스 로우와 휘트먼이 특히 좋아하는 작가로 오늘은 『악인 케인』을 읽어줄 예정이었다. 처음부터 끝까지 외고 있을 정도지만 그 소설은 언제나 깊은 감동을 주었다.

미스 로우의 얼굴은 기쁨이 넘쳤지만 그녀는 말을 할 수 있는 상태가 아니었다. 두툼한 이탈리안 빵을 입에다 한창 집어넣는 중이었기 때문이다. 그 광경을 참을 수 없어 휘트먼은 발자크의 책으로 눈을 돌리고 책장을 펄럭펄럭 넘겼다. 문제는 빵이 아니었다. 층층으로 쌓인 화려한 브랜디 파테*와 그것을 감싸고 있는 크림치즈도 아니었다. 음식, 그것이야말로 그 복잡한 문제의 본질이었다. 미스 로우는 먹는 일 자체에 사로잡혀 있었다. 그녀는 눈 뜨고 있는 시간의 대부분을 먹는 데다 바쳤다. 나이는 휘트먼의 절반가량이지만 체중은 에누리해서 봐도 그의 세 배는 되었다.

두 사람의 기묘한 교우관계가 시작된 것은 휘트먼이 그녀의 이웃으로 이사 온 여섯 달 전이었다. 휘트먼과 미스 로우는 둘 다 세상으로부터 등을 돌린 사람들로, 카이로 교외의 빅토리아 양식 집을 개조한 아파트 1층에 이웃해 함께 살게 된 것이다. 이집트의 카이로

---

* 간 고기를 양념하여 도우 빵과 함께 만든 요리.

가 아니다.

카이로는 코네티컷 주 동부의 중앙에 위치한 시골 마을이었다. 그 근처 일대에는 웨스트민스터, 브루클린, 베르사유 등 대단한 이름을 가진 마을들이 많이 있었다.

휘트먼은 결혼한 적은 없지만 오랜 기간 열심히 저축하고 현명하게 투자해둔 덕분에 쉰 살 무렵에는 맨해튼의 편집 일에서 물러나 도시를 떠날 수 있었다. 오래전부터 염원이었던 희귀본 매매를 자유로이 할 수 있게 된 것이다. 책이라면 무조건 다 좋았지만, 그의 전문은 범죄를 다룬 소설과 논픽션이었다. 그는 마을에 빌려놓은 두 칸짜리 점포에 훌륭한 장서들을 소장하고 있었다. 또한 은행 금고에는 희귀본 중에서도 희귀본 10권을 맡겨두었다. 그러나 수익 면에서는 별로 신통치 않았는데, 그 이유 중 하나는 휘트먼이 어느 책도 팔고 싶지 않은 마음에 너무나 비싼 가격을 매기는 경향이 있기 때문이었다. 돈은 그에게 생활의 중요한 요소가 아니었다. 하루에 몇 시간을 가게에서 자신의 소장품에 둘러싸여 지내고, FM 방송에 귀 기울이면서 극히 소수의 통신판매를 하는 것만으로도 충분히 만족스러웠다. 그는 지나가는 사람들이 들어오지 못하도록 문을 잠그고 셔터도 내렸다. 요즘 그는 소장품 목록을 작성 중인데, 그것도 유유자적 한가롭게 처리하고 있었다. 목록을 옆으로 밀치고 책에 몰두해 독서삼매경에 빠져 있는 시간이 더 많을 정도였다. 휘트먼은 일생 동안 읽고 싶은 책을 모두 독파하기란 불가능하다는 걸 알고 있었다.

휘트먼에게 미스 로우는 수수께끼였다. 그녀는 자신에 대한 말은 별로 하지 않았지만 그래도 몇 가지 실마리를 던져주고는 있었다.

그것은, 친척이라고 할 만한 사람은 서해안에 사는 두 명의 사촌밖에 없다는 것, 카이로로 이사 오기 전에는 보스턴에 있었고, 일 년 전에 그곳에서 무언가 확실치 않은 사건이 일어나 인생이 형편없이 망가져버린 것 같다는 정도였다.

'사고였을까? 누군가에게 폭행을 당했을까? 마음에 상처를 입었을까?'

휘트먼은 짐작도 가지 않았다. 어쨌든 미스 로우는 전혀 일을 하지도 않았고, 오로지…… 먹기 위한 돈만을 지니고 카이로로 이사 온 거였다.

처음 만났을 때는 미스 로우도 조금씩은 문밖을 걸어다녔다. 마음이 내킬 때는 물건을 사기 위해 외출도 하고 야산에서 드라이브를 즐기기도 했다. 그러나 그녀의 지금 상태로는 방에서 나가는 일이 아무리 생각해도 불가능했다. 지난 몇 개월 동안 그녀의 체중은 위험할 정도의 증가율을 보였다. 240킬로그램에 육박한다는 것은 보기에도 명백했고, 어쩌면 그 이상일지도 몰랐다. 그러나 근처 식료품 가게에 말을 해놓은 탓에 매일 신선한 식료품이 배달되고 있었다.

미스 로우의 방은 경탄할 만큼 낭비의 중심지로 전락했다. 그녀에게 무엇보다도 중요한 것들을 늘어놓기 위해 가구는 글자 그대로 구석에 처박혀 있었다. 매일 오후, 1년 내내 멍한 표정을 짓고 있는 학생이 와서 미스 로우가 만들어낸 쓰레기 더미를 치웠다. 그러는 동안 미스 로우는 두 개를 나란히 놓고 이층으로 쌓아올린 킹사이즈 매트리스와 그 위에 죽 늘어놓은 베개에 느긋하게 몸을 맡기고 있었다. 화젯거리가 되고도 남을 거구는 시트로 휘감고 있어서 밖에서 보이는 것이라고는 머리와 얼굴과 팔뿐이었다.

주위의 손이 닿는 범위에는 병원의 집중 치료실에 원을 그리며 놓여 있는 정밀기기를 방불케 하는 광경이 펼쳐져 있었다. 전자레인지와 핫플레이트, 소형 냉장고 세 대, 토스터, 믹서, 게다가 많은 종이 접시와 플라스틱 컵, 포크와 스푼과 나이프가 들어 있는 책장이 놓여 있었던 것이다. 그 밖에는 쓰레기 봉투와 식료품이 있었다.

휘트먼은 미스 로우의 특이한 생활방식이 기가 막히면서도 호기심에 그 방을 뻔질나게 드나드는 사이에 그 광경에도 익숙해졌다. 처음에는 그녀의 생활방식에 대해 충고하기도 했고 때로는 큰소리가 오가기도 했다. 무엇보다도 우선 다이어트를 시작해서 현재의 생활방식을 고쳐야 한다. 어떤 것이라도 좋다. 잠시도 쉬지 않고 음식을 입으로 집어넣는 것을 멈추게 할 수 있는 방법이라면, 그는 그렇게 말했다. 그러나 미스 로우에게는 마이동풍이었다. 그녀는 자신의 식생활에 만족할 뿐만 아니라 자신이 적극적으로 긍정하는 사람들을 다룬 책이나 기사를 그에게 읽게 했다. 그러나 미스 로우는, 자신은 먹은 것을 토한 적도 없고, 설사약을 사용한 적도 없으며, 어떠한 죄악감이나 우울증도 느낀 적이 없다고 지적하며 멋지게 그를 논박했다. 결국 자신은 과식증이 아니라는 것이었다.

다만 먹는 것이 즐거울 뿐.

휘트먼은 그런 생활이 미스 로우 자신의 심장이나 건강에 얼마나 위험과 장애를 초래하는지를 입이 닳도록 설명했다. 그러나 미스 로우는 생긋 웃으며 그의 경고를 받아들이지 않았다.

"몸이 말하는 것에 귀를 기울여보는 거예요."

그녀는 또 향료가 첨가된 애플링 병을 열고 태연하게 내용물을 입속으로 운반하기 시작했다.

"대부분의 사람들은 자신의 몸이 말하는 것에 귀 기울이려 하지 않죠. 그렇지만 전 달라요. 정말이에요. 몸이 먹으라고 할 때는 먹죠. 그리고 이제 그만 됐다고 하면 먹기를 중단할 거예요."

아무래도 미스 로우의 몸은 끊임없이 먹으라고 명령하는 모양이었다.

휘트먼은 다른 수단을 강구하기로 했다. 이제까지 그가 유럽과 아시아를 여행한 체험담과 멕시코와 카리브 해에서 보낸 휴가에 대해 그녀에게 들려주었다. 여행지에서 본 것들과 우연히 만난 사람들에 대해 거침없는 말투로 자세히 이야기해주었다. 그러나 미스 로우는 여행에 대해 아무런 흥미도 느끼지 못하는 모양이었다. 그래서 휘트먼은 지푸라기라도 잡는 심정으로 외국 음식에 관해 들려주었다. 그런 얘기는 정말 하고 싶지 않았다. 그러나 그는 미스 로우가 이야기에 몰두해준다면 이국의 요리를 맛보러 여행하고 싶다는 기분이 들 수도 있을 거라고 자신을 이해시켰다. 어떤 여행이든 막상 떠나려고 한다면 다이어트를 실행하지 않을 수 없을 터였다. 그런데 그 시도도 실패로 끝났다. 미스 로우는 음식을 사랑하기는 하지만, 아무래도 그 애정은 무차별급인 것 같았다. 영국의 튀김옷을 입힌 고기 요리도, 코코방도, 아놀드 베네트 풀 오믈렛도, 새우 빈달도, 크리올 식 가재 요리도, 파이브 스네이크 수프도 미스 로우의 흥미를 자극하지 못했다. 그녀는 슈퍼마켓의 냉동식품과 코너에서 막 배달되어 온 치킨 포토파이 서너 개를 한꺼번에 렌지로 데워, 청어절임과 핫도그 몇 개, 거기에다 1리터짜리 애플소스를 다 같이 입속으로 집어넣으면 그것으로 행복에 젖는 것이었다. 고급 요리를 싫어하는 것이 아니라 다만 그녀에게는 여분의 노력을 투자할 틈이 없을 뿐이었다.

걱정하는 마음이 옅어지는 것은 아니었지만(그러기는커녕 점점 더해만 갔다) 그로부터 한 달 정도 지나자 휘트먼은 그 갈등 상태에서 슬슬 몸을 빼내기 시작했다. 어떤 결론에도 이르지 못하므로 그녀와 아무리 토론해봤자 소용없었다. 미스 로우는 철벽 같은 자신감과 초특급 식욕의 소유자였다. 휘트먼은 자신이 잔소리꾼 아빠처럼 변해가고 있다는 사실을 느꼈고, 둘 사이의 그런 관계 설정은 바람직하지 않다는 것을 알았다. 그리고 그 젊은 여자에게 웬일인지 마음이 끌려 그런 류의 토론은 피하고 싶은 기분이 들기 시작했다. 그는 때로는 다짐을 하고 때로는 으름장을 놓는 방식으로 어떻게든 미스 로우를 납득시키려는 시도를 계속하긴 했지만, 한편으로는 있는 그대로의 미스 로우를 받아들이는 심경이 되기도 했다. 또한 그 자신은 확실히 인식하지는 못했지만 그는 그녀가 무척 사랑스럽다고 느끼게끔 되었다. 그녀는 사실상 휘트먼의 생활에 있어서 유일한 타인이었다.

도로 끝 어딘가에서 계속 잔디 깎는 기계 소리가 들려왔고, 산들바람은 더 이상 불지 않았다. 휘트먼은 방 안에 놓여 있는 단 하나의 의자에 앉아 책의 해당 부분을 찾았다.

"당시 내가 살던 곳의 작은 골목길 따위에 대해 당신은 알 리가 없겠지……."

미스 로우는 눈을 감고 흡족한 표정을 지으며 경청했다. 그녀가 지금 마시멜로를 먹는 것은 먹을 때 소리가 나지 않기 때문이다. 미스 로우는 책에는 전혀 관심이 없었지만, 휘트먼이 읽어주는 것을 듣기는 좋아했다. 그는 낭독의 명수로서 읽는 도중에 우물거리지도 않았고, 과장된 음향효과 따위 없어도 충분히 박진감을 전달할 줄 알았다. 어린 시절이나 지금이나 아무도 그녀에게 책을 읽어준 적이 없었지만, 그녀는 휘트먼이 낭독의 달인이라는 것을 알 수 있었다.

"지금부터 당신에게 들려주려는 이 이야기를 도대체 왜 이제까지 비밀로 하고 있었는지, 나 자신에게도 매우 불가사의한……."

발자크의 책을 다 읽자 휘트먼은 담배에 불을 붙였다. 처음 미스 로우와 이야기를 주고받을 때 그는 담배를 하루 열 개비로 제한했다고 말했다. 그것을 모범으로 그녀가 자신의 생활방식에 적용시킬지도 모른다고 기대했기 때문이다. 과연 미스 로우는 휘트먼의 강한 자제력엔 감탄했지만 그의 의도를 헤아리지는 못했다. 그리고 지금 이렇게 소설과 그 작가에 관해 이런저런 대화를 하는 중에(사실 말을 하는 쪽은 휘트먼뿐이었지만) 미스 로우는 『악인 케인』은 아름답지만 쓸쓸한 이야기라고 말한 뒤 이렇게 덧붙였다. "그런데 발자크는 하룻밤에 커피를 몇 잔이나 마셨을까요?" 휘트먼은 가까스로 이제 그만 일어서야겠다고 생각했다.

"오늘 밤 또 오시겠어요?"

그가 일어서자 미스 로우가 말했다.

"좋고말고. 있다가 또 들르도록 하지."

일단 약속을 한 뒤 휘트먼은 불현듯 미스 로우의 말투에 묘한 구석이 있다는 느낌이 들었다. 어딘지 모르게 초조한 듯한 울림이 전해졌다.

"무슨 일이 있나?"

"아니, 아무 일도 없어요." 미스 로우는 그렇게 대답했지만, 그것은 말뿐이었다. "당신을 또 만나고 싶을 뿐이에요. 오늘 밤에."

"아, 알았어." 휘트먼은 방을 나가려고 했다.

"무언가 일어나고 있어요." 미스 로우는 빠르게 속삭이며 휘트먼을 조금 더 그곳에 붙잡아두려 했다.

"무슨 일이 일어나고 있다고?" 휘트먼은 물었다. 그는 가슴이 두근거리기 시작했다.

"모르겠어요. 다만 느낌뿐…… 이상한 느낌이 들 뿐이에요. 내 속에서 무언가 변해가고 있다는 느낌이 들어요. 그런데 기분이 나쁘진 않아요." 미스 로우는 급히 덧붙였다. "우습죠, 기분은 아주 좋아요."

"그런 식으로 자기 마음대로 판단해선 안 돼." 휘트먼은 단호히 말했다. "난 정말로 너에게는 의사의 진단이 필요하다고 생각해. 틀림없이 심장이야. 네가 우습다고 느끼는 것은 전혀 우습지 않은 일이 가까이 다가오고 있다는 징조야."

"아니, 아니에요." 미스 로우는 필사적으로 자신을 억제한 후 딱딱한 목소리로 말했다. "괴물 취급 받으며 여기저기 만지고, 바늘로 찌르고, 검사하는 것 따위는 절대로 싫어요. 만약 그렇게 되면 다음 날에는 『내셔널 인콰이어러』*에 실릴 거라고요. 혹시 배달하는 남자애가 내 얘기를 퍼뜨려서 기자나 카메라맨, 아니면 호기심 많은 구경꾼이나 잘난 체하는 의사들이 대거 이곳으로 몰려오지는 않을까, 밤낮없이 걱정된단 말이에요. 만약 그런 일을 당한다면 참을 수 없을 거예요."

미스 로우는 잠시 머뭇거리더니 다시 밝은 표정을 지었다.

"어쨌든 전 분명히 말했어요. 상쾌하고, 병이 든 것 같은 기분은

---

* 미국의 가십 주간지.

아니라고요. 병이 들기는커녕 이렇게 좋은 기분은 처음이라니까요. 마치 몸 전체가 기분 좋게 달아오르는 것 같아요."

휘트먼은 한숨을 쉬었다. 만약 그것이 그녀가 위험에 처한 상황이 아니라고 한다면 그녀의 말은 처음부터 끝까지 모두 어리석을 뿐이라고 말해주고 싶을 지경이었다. 몸 전체가 달아오르는 것 같다고? 휘트먼은 그 말이 미스 로우의 몸에 있어 어떤 의미를 지니는지 도무지 알 수 없었다. 그리고 그 '무언가 일어나고 있다'는 말도. 미스 로우가 연극조의 언동을 자주 하고, 변화 없는 하루하루의 생활을 의미 있는 것처럼 보이려고 끊임없이 노력하고 있다는 것은 알고 있었다. 지금 그녀가 한 말도 그런 노력의 일환일 뿐이라고 휘트먼은 애써 생각했다. 그러나 미스 로우는 정말 평소와 다르게 보였다. 안색은 평소보다 다소 좋아 보였고, 기분은 약간 들떠 있는 듯했다. 하루 종일 실내에서만 지내는 탓에 언제나 창백했던 볼에 오늘은 붉은 기운이 감돌고 있었다.

휘트먼과 미스 로우가 서로의 몸에 접촉하는 일은 별로 없었다. 무언가를 건네줄 때 손과 손이 맞닿는 정도였다. 그러나 상황이 이 정도에 이르고 보면 그런 불문율은 깨뜨릴 수밖에 없었다. 그는 매트리스 가장자리에 앉아 미스 로우의 이마에 손등을 대보았다.

"체온은 재봤어?"

휘트먼은 자신의 의도를 분명히 하기 위해 말했다.

"아니요."

"흐음."

입 밖에 낼 수는 없었지만 휘트먼은 미스 로우의 피부에 감탄했다. 머리 크기는 비치볼 정도는 아니었지만, 보기에 비치볼을 연상시켰다. 그토록 살이 쪘으니 피부가 틀림없이 물렁물렁할 거라 생각했는데 그녀의 피부는 놀랄 만큼 팽팽했다. 턱은 몇 겹인지도 모르게 살이 늘어져 있지만 이마는 매끈매끈하고 탄탄했다. 손에 닿는 감촉이 마치 비단결 같았다. 휘트먼은 자신이 그녀의 이마에서 손을 떼고 싶어 하지 않는다는 걸 느꼈다.

"조금 열이 있는 것 같은데." 확신은 없었지만 휘트먼은 일단 그렇게 말했다.

"지나친 걱정 아니에요?" 미스 로우는 소녀 같은 미소를 지었다. "그래도 걱정해주시니 기뻐요. 만약 당신이 없었다면 저 혼자 어떻게 했을까요?"

오로지 먹기만 할 뿐이면서……. 휘트먼은 울적한 기분으로 그렇게 생각했다. 그러나 속으로 이 젊은 아가씨에게 호감을 느끼며 자기도 그녀에게 미소를 지어주었다.

"그렇게 심각하게 생각할 필요는 없어." 그는 조언했다. "전부터 늘 말했잖아. 과일과 야채를 좀 더 많이 먹고 냉동식품 같은 즉석 음식은 삼가는 게 좋겠어."

같은 말을 셀 수도 없을 정도로 했는데…….

"어머, 충분히 먹고 있단 말이에요. 오늘 아침에 월도프 샐러드를 만들었다는 얘기를 하지 않았나요? 전부 혼자서 그럴듯하게 만들었어요."

"그거 잘됐군."

휘트먼은 억지로 미소를 지으면서 대답했다. 아주 간단한 요리 하나를 만들었을 뿐인데 저렇게 자랑스러운 표정을 짓다니……. 월도프는 건강에 바람직한 음식이기는 했지만, 그녀는 단지 음식 메뉴의 폭을 넓히고 있을 뿐이라는 걸 휘트먼은 굳이 지적하지 않았다.
"맛있는 샐러드가 아침식사로 안성맞춤이라는 걸 모르는 사람들이 많다니, 놀라운 일이죠?"
"맞아." 휘트먼이 말했다.
그는 작별인사를 하고 그녀의 집을 나왔다. 그러지 않았다면 그곳에서 꼼짝없이 샐러드와 아침식사, 나아가서는 음식 전반에 관해 장황할 뿐 내용은 없는 랩소디를 듣는 처지가 되었을 것이다. 그는 그 길로 자신의 가게에 가서, 토요일 저녁과 일요일 오후에 읽을 작정으로 루퍼스 킹의 『작은 안틸즈 사건』과 커비 윌리엄스의 『CVC 살인사건』을 골랐다.
휘트먼은 집으로 돌아와서 필즈너 글라스에 차가운 맥주를 가득 따르고, 가게로 온 우편물 몇 통을 훑어보았다. 센터폴의 딜러에게서 온 카탈로그 이외에는 별반 흥미로운 게 없었다. 잠시 후 그는 카탈로그를 옆으로 밀어놓고 담배에 불을 붙였다.
그는 미스 로우가 마음에 걸렸다. 만약 그녀의 몸에 무슨 이상이 있다면, 갑자기 심장이 멈춰버리거나 한다면 자신에게는 도의상의 책임이 있었다.
의료기관에서 진찰을 받게 하지 않았다는 이유로, 법률적으로 불리한 입장에 처해지는 것은 아닐까? 이러한 상황에 관해 법이 어떻게 규정하고 있는지는 전혀 모른다. 과실죄가 되는 것일까? 혹시 과실치사죄에 적용되는 것은 아닐까? 아무리 생각해봐도 그건 말이 안 돼. 미스 로우는 한 사람의 어엿한 성인이므로 자신에 관한 일은 자신이 책임져야 해. 약간의 강박관념이 있기는 하지만, 정신적으로 장애가 있는 것도 아니잖아. 친구로서 있는 그대로의 그녀를 받아

들여야만 할까? 아니면 그녀의 건강에 신경을 써야 할까? 일반적인 경우라면 이 두 가지가 양립할 수 있지만, 그녀의 경우는 양자택일의 길밖에 없다. 어쨌든 조만간 의사와 상담을 해야 할 것 같다. 또는 변호사와. 하지만 나름대로 지침을 얻을 수 있을 때까지는 이름이나 구체적 신상에 관해서는 덮어두기로 하자. 어쨌든 분명히 해놓을 필요가 있는 문제다.

그 후 해는 졌지만 아직 어둠의 장막이 채 내리기 전, 휘트먼은 미스 로우의 아파트 문을 노크한 뒤 안으로 들어갔다. 불이 꺼져 있어서 거의 아무것도 보이지 않았지만, 시트가 스치는 소리를 통해 미스 로우가 몸을 움직이고 있다는 것을 알 수 있었다. 아마도 그녀는 꾸벅꾸벅 졸고 있었던 것 같았다.

"스탠드를 켜세요."

휘트먼은 스위치를 켜고 의자에 앉았다. 그녀의 눈가는 평소보다 부석부석하게 부어 있었고, 얼굴은 오후보다 더 붉어진 느낌이 들었다.

"좀 더 가까이 오세요." 그녀가 말했다.

휘트먼은 의자를 침대 가까이 끌어당기고, 냉장고와 종이 접시가 들어 있는 선반 사이로 몸을 밀어넣었다.

"아니, 거기가 아니라 침대 위 내 옆에 앉으세요. 부탁이에요. 왠지 기분이 안 좋거든요."

휘트먼은 조심스럽게 침대 가장자리에 앉았다. 지금까지 미스 로우가 더욱 빈번하게 우울증에 빠지지 않은 것이 오히려 놀라웠다. 20대 여성이 그렇게 쓸쓸하게 외톨이로 지낸다는 것 자체가 비정상적인 것이었다. 그리고 아무리 본인이 강하게 부정한다 해도 끊임없는 과식은 심리적 경종으로 받아들일 수밖에 없었다. 강인한 그녀도 마침내 힘이 빠지기 시작한 것일까?

"당신은, 무척 친절한 사람이군요."

미스 로우는 휘트먼의 손을 잡더니 꽉 쥐고 놓으려 하지 않았다. 그녀의 손은 따뜻했고, 묘하게 사람의 마음을 끌어당기는 무엇이 있었다.

"어떻게든 이 감사의 마음을 전할 수 있다면 좋을 텐데……."

"쓸데없는 소리." 휘트먼은 신경질적인 미소를 지었다. "그런데 정말 이상한 기분이 드는군. 바로 5분 전까지만 해도 당신은 나를 너무도 소홀히 생각했을 텐데……."

"그렇지 않아요. 그 정반대라고요. 당신이야말로 나에게 필요한 사람이에요. 당신과 만나지 않았다면 지금쯤 어떻게 되었을지……. 어쨌든 당신이 있어준 덕분에 정말로 모든 것이 변했어요."

미스 로우는 휘트먼의 손을 다시 한 번 꼭 쥐었다.

'이상하군, 이건 마치 거꾸로 내가 위로받고 있는 것 같잖아.'

"틀림없이 전 추한 여자로 보일 거예요." 미스 로우는 말을 이었다. "이미 오랫동안 거울을 보지 않았어요. 저…… 보기 흉해요?"

"설마, 그렇지 않아."

그녀가 찬사를 해달라고 조르고 있는 것은 아니었지만, 될 수 있는 한 상처를 줄 만한 말은 피하고 싶었다.

"그런데, 조금 피곤해 보이는군. 전에도 말했다시피, 음식의 종류를 약간 바꿀 필요도 있고."

"전 변하고 있어요."

미스 로우가 그의 말을 가로막았다. 그녀는 휘트먼을 바라보고 있지는 않았지만, 그의 손을 여전히 세게 쥐고 있었다.

"전 지금 변하고 있다고요."

"잘됐군, 그거 잘됐어."

미스 로우의 진의를 확실히 알 수 없었으므로, 휘트먼은 그렇게 말할 수밖에 없었다. 다만 그녀가 그를, 어떤 목표를 향해 조금씩 유도하고 있다는 것만은 막연하게나마 알 수 있었다.

"무슨 일이 있었는지 말해주지 않겠어? 마음이 내킨다면 말이야."

"언제 일이요?"

"보스턴에 있었을 때."

"그때 일이요?"

미스 로우는 그를 바라보며 미소 지었다.

"제가 말한다고 해서 뭐가 달라지겠어요. 만약 제가 누군가를 살해했다고 한다면 당신은 뭐라고 말할까요? 예를 들어 가족을 죽였다든가 한다면."

"말도 안 돼." 휘트먼이 말했다. 어처구니없는 이야기에도 정도가 있다.

"그것 보세요. 아무 소용 없잖아요."

"그래도 무슨 일인가 있었던 것만은 확실하잖아." 그는 쉽게 물러서지 않았다. "말해야만 해, 프랜시스. 신뢰할 수 있는 친구와 그 일에 관해 얘기를 나눈다면 너도 훨씬 나아질 거야."

그들이 서로의 이름을 부르는 일은 좀처럼 없었다. 그 호칭이 미스 로우를 감동시킨 모양이었다. 그러나 그녀는 어깨를 으쓱거리며 휘트먼에게 수수께끼 같은 미소를 지어 보일 뿐이었다.

"그것뿐이에요." 미스 로우는 조용히 말했다. "그 밖엔 아무 일도 없었어요."
 도저히 믿을 수 없었지만 그녀의 말투에 거짓말을 한다거나 회피하고 있다는 느낌은 없었다. 거짓말은 고사하고 그 말 속에는 엄숙한 진실의 울림마저 전해졌다.
 "너에 관해 누군가와 상의하려고 해." 휘트먼은 마침내 말을 꺼냈다. "기분이 나쁘다면 미안해. 하지만 나에게는 그럴 의무가 있어. 이번에는 정말이야."
 의외로 미스 로우는 반발하지 않았다. 알았다는 듯이 천천히 고개를 끄덕이고는 그의 손을 자신의 몸 쪽으로 끌어당기기조차 했다.
 "하지만 오늘 밤은 안 돼요. 오늘 밤은 더 이상 아무것도 하지 마세요."
 "아, 알았어."
 그는 양보했다. 애당초 오늘은 주말이고 하니 의사나 변호사에게 연락을 취하려고 한들 성공할 가능성이 희박했다.
 "그러면 월요일 아침 일찍 연락하도록 하지."
 "좋아요."
 일이 너무나 쉽게 풀리는 듯한 기분이 들어 휘트먼은 순간, 자신의 생각을 제대로 전달했는지, 미스 로우가 그것을 이해했는지 불안해졌다. 그러나 그런 것은 문제가 되지 않는다고 그는 애써 생각을 돌렸다. 월요일 아침에 무엇을 해야 할지는 이미 알고 있었기에 그 건에 관해 그는 이미 마음이 홀가분해지기 시작했다.
 "로렌스."
 "응?"
 그는 목이 답답해 침을 한 번 꿀꺽 삼켰다.

"왜?"

"제 옆에 눕지 않겠어요?"

그녀의 목소리는 가냘팠고, 어딘지 모르게 형식적이면서 애처로운 느낌이 들었다.

"아주 잠깐이라도 곁에 누워 당신에게 안겨 있고 싶어요."

휘트먼은 아무 말도 할 수 없었지만, 북받치는 감정으로 온몸이 떨리기 시작하고 볼이 빨개지는 것이 느껴졌다. 그는 로퍼를 벗었다. 미스 로우는 마음 깊은 곳에서부터 쓸쓸한 것이 틀림없다고 그는 생각했다. 마음의 안식을 위해 그녀는 사람 몸의 온기를 약간 필요로 하고 있는 것이었다. 휘트먼은 매트리스 위에 자신의 몸을 눕힌 다음 거대한 몸 쪽으로 어색하게 다가갔다. 그러자 미스 로우가 그의 몸을 더욱 끌어당겨, 결국 두 사람의 몸은 빈틈없이 밀착되었다. 그녀는 휘트먼의 몸을 인형처럼 쉽사리 움직여 그의 팔은 자신의 허리를 감게 하고, 그의 머리는 자신의 가슴 위에 올려놓았다. 그 작업을 끝마치자 그녀는 한숨을 쉬며 몸의 움직임을 멈추고, 그로부터 잠시 동안 두 사람은 그 자세 그대로 있었다.

휘트먼은, 미스 로우는 시트 밑에 있고 자신은 그렇지 않다는 것에 일단 안심했다. 머리가 높은 곳에 올려진 듯한 자세이긴 했지만, 그가 성적 흥분 상태에 있다는 것은 부정할 수 없었다. 필시 그도 역시 사람 몸의 온기를 필요로 하고 있었는지도 몰랐다.

'몸을 밀착시키는 것만으로도 이렇게 가슴이 뛰는 것은, 이것이 본질적으로는 순진무구한 접촉이기 때문이야.'

그는 생각을 중단하고 비몽사몽의 상태 속으로 부유해 들어가 그 접촉을 즐기고 있었다. 그러다가 휘트먼은 문득 정신이 들었고,

벌써 상당히 오랫동안 그렇게 누워 있었다는 사실을 깨달았다.

꽤 서늘해져 있었다. 프렌치 도어는 열려진 채였고, 밖은 어둠에 싸여 있었다. 미스 로우는 약간 답답한 듯하면서도 고른 숨소리를 내고 있었다. 휘트먼이 몸의 자세를 바꾸자 그녀의 팔이 그의 몸 위에서 미끄러지며 떨어졌다. 그녀는 깊이 잠들어 있었다. 휘트먼은 살며시 몸을 움직여 구두를 집어들고 스탠드 불을 끈 후 자신의 집으로 돌아왔다.

그는 맥주를 한 병 더 마시고 담배를 피웠다. 안정이 되지 않았다. 마음이 두근거리며 설렜고, 우선 자신의 감정을 알 수가 없었다.

'그녀를 사랑하는 것일까? 사랑하고 있다.'

그러나 그것은 연인에 대한 애정은 아니었다. 그렇다고 해도 거기에 방해물인 육체적 요소가 새롭게 침입했다는 사실을 그는 인정할 수밖에 없었다. 미스 로우의 몸과 손의 감촉이 마치 촉각에도 잔광이 있는 것처럼 그의 몸에 착 달라붙어 있었다. 만약 목욕탕 거울에 자신을 비춰본다면 자신의 손과 볼에서 빛나는 광선과 영기靈光가 보이지는 않을지, 반쯤 심각하게 생각했을 정도였다.

문득 충격적인 생각이 가슴속에서 치밀어올랐다.

'그녀는 아름답다. 미스 로우는, 프랜시스는, 240킬로그램이 넘는 그 여자는 비할 데 없이 아름답다. 그 거대함이야말로 아름다움의 원천이다.'

전에는 그를 겁나게 하고, 게다가 불쾌하게까지 만들었던 그녀의 특질이 지금은 기적 그 자체가 되어 그를 감동시켰다.

'분명히 그녀는 위험하기 짝이 없는 강박관념에 시달리고 있는지도 모르지만, 혹시 그것도 그녀의 강인함과 용기의 증표이며 미덕과

개성의 표시가 아닐까?'

휘트먼은 맥주 세 병을 더 비웠고, 담배 개비 수 세는 것은 그만 둬버렸다. 그의 마음속에는 꼬리에 꼬리를 물고 갖가지 상념이 설쳐대고 있었다. 그리고 그 상념들은 지금까지 불안밖에 머물지 못했던 곳에 새롭게 빛이 깃들어 있음을 발견하고 있었다.

'그렇고말고, 나는 그녀를 사랑하고 있다. 몸과 마음을 다 바쳐. 이제부터는 지금까지보다 더 헌신적으로 그녀를 보살펴주자. 그리고 더 이상 그녀를 변화시키려고 하지 말고, 생기발랄하고 건강하게 살 수 있도록 해주자. 방법은 있을 것이다. 애정이 가득 찬 훈련과 더 나은 식생활. 틀림없이 잘되겠지. 미스 로우를 굴복시키기 위해서는, 어떤 의미에서는 내가 먼저 굴복하지 않으면 안 된다.'

휘트먼은 시계를 보았다. 밤 11시가 넘었지만 그에게는 전혀 상관이 없었다.

'또 만나고 싶다. 만나서 얘기를 하고 싶다. 그녀와 함께 있고 싶다. 모든 것을 감싸버리는 그 포옹의 따스함과 평온함을 느끼고 싶다……'

미스 로우의 아파트 문 앞에서 휘트먼은 마지막으로 한 번 더 자문해보았다.

'이건 마치 비장한 중년의 피에로를 연기하고 있는 것 같잖아? 술에 취해 갈피를 잡지 못한 채 이성을 잃은 것이 아닐까?'

아니, 그렇지 않다고 그는 생각했다. 그리고 어느 쪽이든 더 이상 마음에 걸리지도 않았다.

문 앞에서 귀를 기울이자 무언가 움직이는 듯한 소리가 들려왔다. 노크를 해도 응답이 없어서 이번에는 약간 힘을 주어 문을 두

드렸다. 그러나 들려오는 것은 기묘하고 우물거리는 듯한, 이제까지 들어본 적이 없는 소리뿐이었다. 그는 문손잡이를 돌리고 방 안으로 들어갔다. 실내는 어두웠지만 열린 프렌치 도어로 들어오는 달빛으로 조금이나마 사물의 윤곽을 확인할 수 있었다. 그의 눈은 점점 어둠에 익숙해졌다.

미스 로우는 임시변통으로 만든 침대 위에서 엄청난 악몽이라도 꾸고 있는 듯 몹시 뒤척거리고 있었다. 언뜻 보면 자고 있는 것 같았지만 반쯤 뜬 눈꺼풀 사이로 초점 없는 멍한 눈이 보였을 때 휘트먼은 전신에 소름이 끼쳤다. 그녀는 목이 막힌 듯한 소리를 내고 있었다. 발열, 아니면 경련 상태였다. 가공할 사태가 벌어지고 있다는 것은 의심의 여지가 없었다. 휘트먼은 냉장고에 무릎을 심하게 부딪치고 치즈 크래커 상자를 짓밟으면서 침대로 다가갔지만, 미스 로우는 그가 온 것조차 알아차리지 못한 모양이었다. 손발을 휘저으며 사지를 버둥거리는 그녀의 움직임은 점차 세차고 난폭해졌다.

미스 로우의 이마에 손을 대본 휘트먼은 열은 고사하고 비정상적으로 차가워서 몹시 놀랐다. 그녀의 살갗은 축축했고 머리카락은 머리에 착 달라붙어 있었다. 살갗이 너무 차가워서 오싹 소름이 끼칠 정도였다. 세상에 이런 일이 있을 수 있을까. 놀라운 것은 그뿐만이 아니었다. 살갗의 감촉 자체에 기묘한 점이 있었다. 딱딱한…… 어쩐지…… 비늘과 같은 감촉이었다.

그때 미스 로우가 고개를 돌렸다. 희미한 달빛이 그녀의 얼굴을 비춰주었다. 휘트먼은 그녀의 눈이 변형되어 있다는 것을 알았다. 눈꺼풀은 감겨 있고 그 주위는 부어올라, 코 양쪽에 있는 가느다란 골을 찾아내기란 거의 불가능했다. 코도 으깨어져 얼굴 속으로 함몰된 것처럼 납작하게 찌부러져 있었다. 그녀는 여전히 세차게 버둥거리고 있었지만, 이제는 마치 머리끝에서부터 발끝까지 묶여 있는 사람처럼 팔이 겨드랑이에 착 붙고 다리는 쭉 펴져 있었다.

목에서 새어나오는 소리는 점점 더 고조되었다. 미스 로우가 발버둥치며 시트에서 빠져나오자 이중 삼중이던 그녀의 턱도 변형되어 있음을 알 수 있었다. 목 부분이 전혀 없는 것처럼 그것은 그대로 어깨에 연결되어 있었다. 그 주위 피부도 얼굴과 마찬가지로 창백했으며, 빛이 나는 듯 눈부신 흰색을 띠고 있었고 딱딱해 보였다.

휘트먼의 몸은 공포로 떨렸고 그 자리에서 한 발짝도 움직일 수 없었다. 그는 그녀의 어깨(라기보다는 예전에는 어깨였던) 완만한 경사면에 손을 대어보았다. 그곳에서 느껴지는 한기에 다시 한 번 충격을 받았다.

'어떻게든 손을 써야 한다.' 그렇게 생각했지만 머릿속에서만 맴도는 비현실적인 생각일 뿐이었다. 그때 미스 로우는 시트에서 완전히 빠져나왔다. 알몸이었다. 휘트먼은 얼이 빠져서 바라보았다. 전라였다. 그러나 그녀의 몸에는 가슴이나 허리의 잘록한 부분, 엉덩이 등의, 인간이라고 할 만한 특징이 손톱만큼도 없었다. 다만 그 몸은 판판하고 밋밋한 원통형의 생명체로 전락해 있었다. 그것은 더 이상 미스 로우가 아니었다. 인간 이상의 것, 아니면 인간 이하의 것이었다. 그때 휘트먼의 미쳐버릴 것 같은 머릿속에 떠오르는 것은 '애벌레'라는 단어였다.

그녀는 그곳에서 도망이라도 가려는 것처럼 몸을 부풀려 굴곡이 생기게 한 다음 침대 위에서 몸부림치고 있었다. 그녀가 자신으로부터 멀어지려 한다는 것을 알아차리고 휘트먼은 침대 위로 기어 올라

먹이

갔다. 그는 그녀를 그쯤에서 멈추게 하고, 전문가의 도움을 받는 것이 중요하다고 생각했다. 그녀를 사로잡고 있는 그 공포스러운 병이 무엇이든 간에 극복할 방법은 그것밖에 없었다. 그러나 미스 로우는 잠시도 가만히 있지 않았다. 데굴데굴 구르고 거세게 몸을 버둥거리며 침대 끝을 향해 가려 했다. 거대했다. 휘트먼은 자신을 향해 몸부림치며 다가오고 있는 그녀의 거대함에 순간적으로 몸이 얼어붙는 듯했다.

'사랑해.'

휘트먼은 그 말을 떠올리며 어찌할 바를 모르고 있었다. 그러나 다음 순간 그는 두 팔을 벌리고 있는 힘을 다해 발로 버티고 서서 미스 로우에게 달라붙었다. 그녀를 부둥켜안고 설득해서, 억지로라도 그냥 침대에 있게 할 생각이었다. 둘의 몸이 서로 부딪쳤고, 마침내 한 덩어리가 되었다. 휘트먼은 이전에 미스 로우였던 생명체를 꼭 붙잡고 매달렸다.

"프랜시스."

휘트먼은 애정과 공포로 어지럼증을 느끼면서 숨을 헐떡였다.

"프랜시스."

그런 상태로 있었던 순간은 단지 1, 2초였지만 휘트먼에게는 긴 시간처럼 느껴졌다. 그에게는 단말마의 순간이었다. 상대는 체온을 통해 휘트먼의 존재를 감지한 것이 틀림없었다. 적어도 물리학적인 존재만은. 그 순간 미스 로우를 지배하고 있는, 알지 못할 어떤 힘이 저항할 수도 없을 만큼 엄청난 힘으로 그녀의 몸을 전진시켜 휘트먼은 그 밑에 깔려버렸다. 미스 로우가 미끌미끌한 몸을 밀어내며 앞으로 전진하자 휘트먼의 몸은 잡초처럼 꺾였다. 침대 주위에 있는 기구와 식료품, 상자와 선반이 가짜로 만든 무대 소도구들처럼 그 몸에 부딪치고는 튕겨져 날아갔다. 미스 로우는 속도를 더욱 빨리 하여 밤의 어둠 속으로 모습을 감추었다.

다음 날 아침, 배달하러 온 소년이 열린 채로 있는 프렌치 도어를 발견했다. 뒤뜰 잔디 위에는 끈적끈적한 액체의 흔적이 남아 있었다. 그 흔적은 잡초 속을 구부러지며 계속 이어져, 오랫동안 사람의 손길이 닿지 않았던 채소밭 쪽으로 향해 있었다. 거기에는 진흙이 높다랗게 쌓여 있는 곳이 있었다. 마치 소화과정을 거친 흙처럼 거칠고 둥근 형태의 진흙이었다.

휘트먼의 모습은 그림자조차 보이지 않았다.

이콜 Y의 비극
-イコールYの悲劇

노리즈키 린타로 法月綸太郎, 1964~

일본 추리작가 겸 평론가. 1988년 『밀폐교실』이 에도가와 란포 상 후보에 오른 후 시마다 소지의 추천을 받아 작가로 데뷔한다. 작품 수는 많지 않지만 추리소설의 존재 의의나 밀실 구성에 대한 논문을 발표하는 등 '고민하는 작가'로 알려져 있다. 엘러리 퀸에 심취한 것으로도 유명한데, 특히 『눈 밀실』에서는 탐정 역으로 자신과 동명인 추리소설가 노리즈키 린타로, 그 부친인 노리즈키 경시를 등장시켜 퀸의 작품과 같은 설정을 했다.

프롤로그 _ 파티 후에

엘러리 퀸은 반 다인이 만든 패턴에서 한 걸음 더 나아가 이상적인 퍼즐러에 접근한 작가인데 『그린 살인사건』이 걸작이라는 데에 불만을 느낀 것 같다. 자신이라면 이렇게 하겠는데 하고 쓴 것이 『Y의 비극』이라고 나는 생각한다. 『그린 살인사건』과 『Y의 비극』을 서로 비교하면서 읽어 보라. 그 골조가 똑같다는 것을 알게 될 것이다. 『그린 살인사건』의 편집광적인 토대 위에 필연성을 가진 정밀한 논리를 구축하고 애크로배틱한 취향을 더하면 『Y의 비극』이 만들어진다.

— 쓰즈키 미치오, 『노란 방은 어떻게 개장되었나』

시바 공원의 호텔에서 열린 피로연은 4시 30분에 시작되었다. 도고 유카리는 같은 테이블을 둘러싸고 앉은 친구들과 나중에 로비에서 만날 약속을 하고, 부피가 큰 피로연 선물 봉투를 들고 일단 호텔의 자기 방으로 돌아왔다.

4월 29일, 황금연휴 첫날의 결혼식이었다. 신부는 유카리가 전에 근무했던 회사의 1년 후배로, 친구로서 초대받은 전 회사 동료들과 만나는 것도 자신의 송별회 이후 처음이었다.

유카리는 정리 해고를 당해 퇴사한 것은 아니었다. 도쿄의 여대를 졸업하고 도내 부동산 회사에 취직해 4년간 사무원으로 일하고 있었는데, 고향의 어머니가 병으로 쓰러지는 바람에 가업을 돕기 위해 나고야로 돌아간 것이었다. 그 후 맞선 이야기도 몇 번 있었지만 아직 이렇다 할 인연은 만나지 못했다. 8년 동안의 도쿄 생활로 유카리의 눈이 너무 높아진 이유도 있겠지만 부모가 데릴사위를 강하게 희망한 탓도 컸다.

유카리는 오늘 아침 신칸센을 타고 1박 2일 일정으로 상경했다. 내일 저녁에는 나고야로 돌아갈 예정이었다. 가업인 주점은 주변 편의점과 경쟁이 극심해서 황금연휴라고 해서 마음 놓고 쉴 수도 없었다. 어머니가 반쯤 은퇴한 상태라 무남독녀인 유카리는 가게 영업에 빠질 수 없는 귀중한 몫을 담당하고 있었다. 아버지는 유카리가 출발하기 직전까지 되도록이면 오늘 안에 돌아올 수 있겠냐는 말을 반복했지만, 때때로 숨 돌릴 시간도 필요하다는 어머니의 한마디 덕분에 오늘 하룻밤을 도쿄에서 보내게 된 것이다.

예약한 호텔방은 창에서 도쿄 타워가 보였다. 술을 별로 많이 마시진 않았는데 유카리는 얼굴이 약간 달아오른 것을 느꼈다. 선물 봉투를 열어보니 예상대로 식기 세트가 들어 있었다. 어차피 카탈로그에서 선택할 수 있는 상품권으로 주었으면 좋았을 텐데. 유카리는 한숨을 쉬고 오늘을 위해 새로 맞춘 드레스에 주름이 생기지 않도록 조심스럽게 침대에 걸터앉았다. 결국 구두도 벗고 잠시 쉬기로 했다. 신부는 예뻤고 처음 본 신랑도 정직하고 성실해 보이니 그다지 나쁘지 않은 결혼식이었어. 그러나 피로연이라는 것은 왜 이렇게 피곤한 걸까?

6시부터는 롯폰기*의 가게를 빌려서 왁자지껄한 2차 모임이 예정되어 있었다. 유카리는 기억에 남을 정도로 흥겹게 보낼 생각이었다. 오랜만에 상경해서 기분이 들떠 있는 것을 자신도 알았다. 아버지가 그렇게 오늘 돌아오라고 당부했던 것은 딸에게 도쿄를 그리워하는 기분이 되살아날 것이 걱정됐기 때문이리라. 아버지는 정말 아무것도 모른다니깐!

아버지에 비한다면 차라리 어머니 생각은 이해된다. 모처럼 한숨 돌리는 것인 만큼 편하게 쉬고 싶었다. 사실 날마다 숨 쉴 틈 없었던 것은 도쿄에서 혼자 살던 때가 훨씬 더했다. 뭐라고 해도 몸의 편안함은 한 번 밖에 나와 생활해보지 않으면 좀처럼 실감할 수 없다.

그런 생각을 하다가 전화를 한 통 걸어야 한다는 것이 생각났다. 2차 모임에 가기 전에 미도리에게 연락해서 내일 약속을 미리 해야 한다. 아다치 미도리는 대학 친구로 지금은 결혼해서 사카자키로 성이 바뀌고 세타가야 규덴의 맨션에 살고 있다. 남편은 여섯 살 연상의 여행사 직원이고, 아직 아이는 없었다. 미도리가 결혼한 뒤에도 유카리가 도쿄에 살 땐 자주 만났지만 나고야의 집으로 돌아간 뒤로는 만나기는커녕 전화통화할 기회마저 줄어들었다. 모처럼 도쿄에 왔으니 오랜만에 함께 식사라도 하면서 그동안의 일을 천천히 이야기하고 싶었다. 하룻밤을 묵게 된 것도 그것이 가장 큰 이유였다.

갑자기 전화해서 도쿄에 왔다고 말하면 미도리는 깜짝 놀랄 것

---

* 도쿄 미나토 구에 있는, 일본의 대표적인 유흥가.

이다. 사실은 더 빨리 알려주고 싶었지만 출발 직전까지 일정이 확실하지 않아 결국 나중에 연락하기로 한 것이 후회되었다. 먼저 내일 일정이 꽉 차 있지 않아야 할 텐데. 가방에서 휴대전화기를 꺼내 연락처 목록에 등록해놓은 미도리의 집 전화번호를 찾았다.

그대로 전화를 걸려다 유카리는 잠깐 손을 멈추었다. 침대 옆 객실 전화가 눈에 들어왔다. 호텔 숙박비는 신부 측이 지불하는 것으로 그 안에는 전화비도 포함되어 있을 것이다. 가게의 장부 정리를 맡고 있어서 유카리는 그런 계산에 민감했다. 특별히 나고야에서 왔고 결혼식 축의금까지 냈으니 확실히 절약해야 할 것 같은 기분이 들었다.

유카리는 객실 전화의 수화기를 들고 휴대전화 화면을 보면서 미도리의 집 번호를 눌렀다. 신호음이 세 번 울린 후 전화에서 들리는 목소리.

"네, 사카자키입니다."

"여보세요. 미도리? 나 유카리야. 지금 도쿄에 와 있어."

"……죄송합니다. 언니는 지금 외출 중이거든요. 어디라고 전해드릴까요?"

서먹서먹한 목소리가 망설이듯이 대답했다. 유카리는 깜짝 놀라 숨을 들이마시고 자신의 입을 가렸다. 미도리의 동생이라면 유카리도 알고 있다. 이름도 기억하고 있다. 유카리가 바로 마음을 가다듬고 말했다.

"그럼, 아카네? 미안해요. 언니하고 정말 목소리가 똑같네요. 나는 도고 유카리인데 기억해요? 전에 만난 적도 있는데."

"유카리 씨라면 언니의 대학 친구? 물론 기억하죠. 분명 나고야로 갔다고 했는데."

"그래요. 이번에 아는 사람 결혼식 때문에 올라왔어요. 내일 오랜만에 만나려고 했는데 미도리는 없나 보네."

"예. 오후부터 일이 있다고 나갔거든요. 저에게 집을 봐달라고 하고. 마침 형부가 출장으로 집에 안 계셔서 어제부터 제가 여기 와서 지내고 있어요."

"일이 있다면, 쇼핑이라도 하러 간 건가요?"

"글쎄……" 하고 아카네는 중얼거렸다. "밤에나 돌아온다고 했어요. 돌아오면 전화하라고 전해드릴까요?"

유카리는 잠시 생각했다. 2차 파티가 있기 때문에 언제 걸려올지도 모르는 전화를 기다릴 수는 없다. 그때쯤이면 아마 술에 취해 있을지도 모른다. 미도리가 내일 다른 일이 있는지 확인한 다음 약속을 해두는 쪽이 복잡하지 않고 확실하지 않을까?

"음, 그럴 필요는 없어요. 그것보다도 언니가 혹시 내일 다른 일정이 있다고 했나요? 나는 저녁때까지 시간이 있어서."

"아뇨. 특별히 아무것도요. 형부는 밤이 되어야 돌아오고……."

"그럼 내일은 다른 일이 없겠죠? 그렇다면 전화 걸라고 하지 말고 제 말만 미도리에게 전해주겠어요? 모처럼 도쿄에 왔으니 식사라도 함께 하자고요. 만날 시간과 장소는……."

"아, 잠깐 기다리세요."

"……됐어요? 시간은 오후 1시. 장소는 역시 거기가 좋겠어요. 카자미도리*."

---

* 風見鷄. '닭 모양의 풍향계'라는 뜻이 있다.

"카자미도리라면 지붕에 붙어 있는 거 말이에요?"
"예. 학생 때 자주 가던 찻집이에요. 그렇게 말하면 알 거예요."
"아, 그 가게라면 들은 적이 있어요. '카자미도리'라는 찻집에서 내일 오후 1시. 알겠습니다. 언니가 돌아오면 그렇게 전할게요."
"만약 여의치 않으면 제 휴대전화로 전화해달라고 해주세요. 번호는 알고 있을 거예요. 그럼 잘 부탁해요, 아카네."

유카리는 객실 전화의 수화기를 내려놓았다. 사이드보드의 시계를 보니 오후 5시 4분이었다.

'큰일 났네!'

사용하지 않은 휴대전화를 가방에 넣다가 유카리는 혀를 찼다. 미도리에게 가르쳐준 전화번호는 이전에 사용했던 번호다. 나고야에 돌아가서 다시 만나, 최근까지 사귄 고등학교 동창이 헤어진 뒤에도 자꾸 전화를 걸어와서 어쩔 수 없이 얼마 전 새로 휴대전화를 사면서 번호가 바뀐 것이다. 이전 번호로 걸어도 새 번호로 연결되지 않도록 해놓았다. 스스로도 덜렁댔다고 생각했지만 다시 전화를 걸기는 내키지 않고, 역시 모양새가 나쁘다.

괜찮겠지. 내일 미도리가 오지 않는다고는 하지 않을 거야. 그렇게 혼자서 단정하고 다시 전화를 걸지 않기로 했다. 이미 마음은 2차 모임에 가 있었다.

유카리는 가방을 들고 욕실로 들어갔다. 피로연 때부터 신랑 친구 자리의 몇 명과 눈이 마주쳤다. 2차 모임에 가기 전에 화장을 조금 고치고 드레스를 점검해야 한다.

제1막

엘러리 퀸이 처음에 이상적인 작품을 발표하다가 점점 그 틀에서 벗어난 이유를 알 수 없다. 작품의 내용에서 다잉 메시지 테마를 다루면서 이상해진 것 같다. 다잉 메시지 테마는 모두 알고 있겠지만 피해자가 숨을 거두기 전에 범인을 알리려고 말, 문자, 도형 등으로 메시지를 남기는 것이다. 하지만 그 메시지를 완전하게 표현하지 않거나, 범인이 눈치챌까 봐 아주 조심하느라 수사관도 바로 알 수 없는 수수께끼의 말이 되고, 문자가 되고, 도형이 된다는 패턴이다.

— 쓰즈키 미치오, 『노란 방은 어떻게 개장되었나』

노리즈키 경시가 세타가야 구 규덴의 범행 현장에 도착한 것은 같은 날 오후 9시경이었다. 경시1과의 인간은 황금연휴라 해도 마음 놓고 쉴 수 없었다. 살인사건 달력에 연휴는 없기 때문이다. 시체가 발견된 것은 '벨코포 규덴'이라는 가족용 맨션으로, 지도로 보면 세타가야 구의 북서부, 고슈 가도와 기치조지 거리가 교차하는 곳에 위치한다. 게이오센의 치토세가라스야마 역에서 도보로 10분 정도에, 미타카와 초후, 두 시市와의 경계가 바로 코앞이다.

도착한 곳은 지은 지 10년 정도 된 저층 맨션으로 자동 잠금장치 등의 방범 설비는 없었다. 밤에 보아도 부자들이 거주하는 고급 맨션으로는 보이지 않았다. 지난 몇 주 동안 인접한 두 시市를 중심으로 외국인으로 추정되는 강도단에 의한 피해가 속출해서 부근 지역에 특별 경계가 발령되었다. 사상자도 나왔지만 지금까지 습격당한 것은 편의점과 점포 사무소 등으로 개인주택에 침입한 사건은 없었다. 시간대도 심야 위주로 초저녁 범행은 전혀 없었다. 이번 사건과의 관련성은 희박했다.

현관에 서서 지키고 있던 정복 차림의 세이초 서 경관이 경례하며 경시를 맞았다. 신분을 알리자 "수고 많으십니다. 현장은 206호실로 2층의 가장 안쪽 방입니다" 하고 응대했다. 경시는 수고하라고 말한 뒤 우편함에서 거주자 이름을 확인했다.

사카자키 요스케·미도리

아이는 없는 젊은 부부 같았다. 살해된 사람은 아내 사카자키 미도리일까? 경시가 들은 것은 젊은 여성의 자살刺殺* 시체가 발견되었다는 보고뿐으로, 피해자 이름은 아직 듣지 못했다.

206호실에는 한발 먼저 도착한 구노 경부가 현장 지휘를 맡고 있었다. 감식과 팀이 증거 보존과 채취 작업을 하는 중이라 실내는 발 디딜 틈도 없을 정도로 어질러져 있었다. 경시는 작업에 방해되지 않게 조심하며 안으로 들어갔다.

실내는 평균적인 3LDK** 타입으로 피해자 여성은 바닥에 쓰러져 있었다. 전화를 놓아둔 사이드보드가 바로 얼굴 앞이었다. 옷은 운동복 상의에 청바지 차림이었다. 운동복 상의의 견갑골 부근에 칼자루가 튀어나와 있는 것이 보였다. 감찰의가 보이지 않는 것은 도착이 늦어지기 때문일 것이다. 경시는 구노 경부를 불러서 현재까지의 수사 상황을 물었다.

"베란다의 새시 창이 열려 있고, 실내는 물건을 뒤진 흔적이 있지만 프로의 솜씨는 아닙니다. 무사시노 강도단과는 전혀 방법이 다릅니다. 그들의 범행으로 보이게 하기 위해 초보자가 방을 뒤진 듯

---

* 칼 따위로 사람을 찔러 죽임.
** 방 세 개에 거실 하나와 주방 하나의 구조를 말한다.

어질러놓은 것처럼 보입니다."

"강도 가능성은 희박하군. 피해자는?"

"아다치 아카네. 24세. 기치조지의 미니코미 잡지 편집 담당자 같습니다."

구노는 거실 가운데 있는 테이블에 시선을 돌리며 말했다. 테이블 위에는 워드프로세서로 인쇄한 원고가 쌓여 있었다. 원고에는 빨간색 볼펜으로 교정이 되어 있었다. 노리즈키 경시는 아들 방에서 이와 비슷한 것을 자주 보았다. 피해자는 습격당하기 직전까지, 인터뷰한 테이프를 들으며 기사 정리에 몰두했던 것 같다.

"그런데 이 방 거주자와 이름이 다르군. 누구지?"

즉시 의문을 말하자 구노는 알았다는 얼굴로 말했다.

"이 집에 사는 부부 중 부인의 여동생입니다. 오늘은 언니 부탁으로 집을 보고 있었던 것 같습니다. 남편 사카자키 요스케는 회사 출장으로 어제부터 집을 비우고 있었고요."

"그랬군. 그렇다면 이 집의 부인으로 잘못 알았을 가능성도 있겠군. 첫 발견자는 누군가?"

"사카자키 미도리. 지금 말한 피해자의 언니입니다. 외출했다가 8시 반에 돌아와서 바로."

"부인이었군. 부인이 경찰에 신고했나?"

"아뇨. 110번으로 신고한 사람은 츠부라야 아케미円谷朱美라는 여성으로 이웃 205호 거주자입니다. 전화도 여기가 아니라 옆집에서 걸려온 것입니다. 정확한 신고 시각은 오후 8시 35분입니다."

"가장 먼저 이웃으로 달려가 도움을 요청한 건가? 그럼 사카자키 미도리는 지금도 205호실에 있나?"

"예. 빈혈을 일으켜 침실에 누워 있는 상태입니다. 여기에서 쉬게 할 수도 없고, 지금부터 그녀와 신고한 츠부라야 아케미의 사정청취를 할 건데 경시님도 같이 가시겠습니까? 사카자키 미도리가 질문에 대답할 수 있는 상태인지 모르지만요."

"같이 가지. 그런데 시신의 상태도 신경 쓰이는군. 감찰의는 아직 오지 않았나?"

경시는 투덜거리며 바닥의 시체 쪽으로 턱을 치켜들었다. 구노는 어깨를 으쓱하고 말했다.

"아까 조금 늦는다고 연락이 왔습니다. 연휴라서 일손이 많이 부족한 모양이더군요. 어쨌든 이곳은 감식반에게 맡기고 먼저 저쪽 사정청취를 해야 할 것 같습니다. 감찰의가 도착하면 곧바로 알려달라고 해놓겠습니다."

205호실 거주자는 30대 후반 부부와 초등학생 아들까지 3인 가족이었다. 내부 구조는 이웃집과 완전히 똑같았다. 두 사람은 거실로 들어갔다. 구청에 근무하는 남편 츠부라야 다카시는 휴일 밤이 엉망이 되었다고 불만인 것 같았다. 무뚝뚝하게 침묵하며 거의 말을 하지 않았는데, 반면에 부인 아케미는 벽 하나 너머 이웃의 참극에 흥미진진한 모양이었다. 구노 경부가 사카자키 미도리의 상태를 묻자 그녀가 말했다.

"조금 더 누워 있는 것이 좋지 않을까요? 상당히 안색이 나쁘거든요. 나오야, 너는 이제 잘 시간이야. 어른들 이야기니까 네 방으로 가라. 그런데 형사님, 이곳도 위험한가요? 방을 완전히 뒤집어놓았잖아요. 그 외국인 강도단, 그들 짓인가요? 지난번 도지사도 그런 이야기를 했지만 무섭네요. 조금만 운이 나빴다면 우리 집이 당했을지도 모르잖아요?"

아케미는 고개를 약간 갸웃거리고 말을 이었다.

"그런데 이상하네요. 우리는 오늘 아침부터 유원지에 가서 밤까지 집이 비어 있었거든요. 이웃집은 여동생이 집을 지키고 있었는데. 그렇다면 왜 우리 집이 아니라 굳이 이웃집에 들어갔을까요?"

경시는 자연스럽게 고개를 저었다. 그 문제는 아직 건드리지 말라고 구노에게 보낸 신호였는데, 말하지 않는 것이 좋을 것이다. 구노는 천천히 수첩을 열고 질문을 시작했다.

"오늘 외출했다고 했는데 어느 유원지였습니까?"

"요미우리 랜드였어요. 게이오센으로 한 번에 갈 수 있어서요. 사람이 엄청나게 많았죠."

"귀가하신 것은 몇 시경입니까?"

"레스토랑에서 일찍 저녁을 먹고 7시 30분쯤에 돌아왔어요. 돌아오자마자 옆집 초인종을 눌렀는데 대답이 없어서, 그때는 집에 없는 줄로만 알았죠. 지금 생각해보니 그때 이미 그런 상태였지 않았나 싶네요. 불쌍하게도."

"돌아오자마자 초인종을? 뭔가 이상한 낌새라도 있었습니까?"

"아뇨. 외출했을 때 택배가 올 게 있었는데 우편함에 연락표가 들어 있었어요. 206호실에 물건을 맡겼다는 메모가 있어서 물건을 가지러 갔을 뿐이에요."

구노는 의아한 표정을 지었다. 불평이나 어떤 문제의 소지가 있어서 최근에는 어느 택배회사도 물건을 이웃에 맡기지 않는다. 아케미의 대답은 어이없는 것이었다.

"그렇습니까? 하지만 사카자키 씨와 친하게 지내서 이런 일은 전에도 몇 번 있었어요. 집을 자주 비우니까요. 별로 문제도 없었고, 경우에 따라 다르지 않을까요? 계량기 박스에 두고 가는 것보다는 이쪽이 안심되죠. 만약 의심스럽다면 연락표를 보여드리지요."

아케미가 가지고 온 것은 택배업계 1위인 야마네코 운송의 부재자 연락표였다. 고양이 얼굴이 트레이드마크인 잘 알려진 회사다. 연락표의 서명은 '벨코포 규덴 205호실 츠부라야 님'. 내용을 보니 볼펜으로 "29일 17시 42분에 물건을 배달했습니다. 부재중이어서 206호실 사카자키 씨에게 맡겨놓았습니다"라고 적혀 있었다. 담당자 이름은 이시와타리였다. 노리즈키 경시는 연락표를 구노 경부에게 돌려주고 206호실의 세부 상황을 떠올리며 귀엣말을 했다.

"주방 싱크대 앞에 종이 상자가 놓여 있지 않았나?"

"있었습니다. 부인, 잠시 이것을 빌릴 수 있습니까? 영업소에 문의해서 확인할 필요가 있습니다."

"그러세요. 그 대신 우리 물건은 확실히 돌려주셔야 해요. 아직 이웃집에 그대로 있어요. 그 후 두 번째 가지러 갔을 때는 이미 사카자키 씨도 나도 상자 따위는 문제가 아니었지요. 증거품 압수라고 하나요? 그런 것과 함께 우리 상자까지 가져가면……."

"잠깐."

구노는 손을 들어 아케미의 말을 가로막았다.

"두 번째 가지러 갔을 때라니요?"

"그러니까 사카자키 부인이 막 돌아왔을 때였어요. 8시 반이었어요. 바깥 통로에서 발소리가 들리기에 제가 밖으로 나가 부인을 불렀어요. 연락표를 보여주고는 배달된 물건을 맡아 갖고 있다는 것,

7시 반에 한 번 초인종을 울렸지만 아무도 나오지 않았다는 말을 하자, 부인은 '이상하네요? 동생에게 집을 봐달라고 부탁했는데요' 라면서 고개를 갸웃거렸어요."

"그리고?"

아케미는 뺨에 손을 대고 생각을 정리했다.

"사카자키 부인은 현관이 잠겨 있는 것을 확인하고 초인종을 누르며 동생 이름을 불렀어요. 그래도 대답이 없자 '아카네가 말도 없이 갔나?'라고 투덜대면서 가방에서 열쇠를 꺼내 문을 열었어요."

"그때 방의 불은 켜져 있었나요?"

"아뇨. 부인이 켰어요. 동생 구두가 있는 것을 보고 조금 놀란 듯했어요. '얘가 불도 켜지 않고 자고 있나 보네. 동생이 번거롭게 해드려 죄송해요. 짐은 바로 가져다 드릴게요.' 그런 식으로 말하며 사과하고 일단 문을 닫고 안으로 들어갔어요. 밖에서 기다리는 동안 동생 이름을 부르는 소리가 들렸는데 갑자기 그게 비명으로 바뀌고 사카자키 부인이 맨발로 뛰쳐나왔어요. 저도 깜짝 놀라서."

"그럼 동생의 시체를 발견한 사카자키 부인이 이 댁에 도움을 요청하러 온 것이 아니었군요. 당신도 방 안에 들어갔나요?"

"예. 안 되는 거였나요? 하지만 사카자키 부인이 '동생이, 동생이' 하고 반복하며 방 안을 가리키기만 해서, 제가 뭐가 어떻게 된 건지 알 수 없잖아요. 보통때는 항상 똑 부러지는 성격이었는데 그대로 두어서는 안 될 것 같았어요. 그래서 할 수 없이 사카자키 부인을 복도에 남겨둔 채 제가 안을 살펴보기로 했어요. 그랬더니 사람이 거실 바닥에 쓰러져 있는 거 아니겠어요! 칼에 찔렸다는 걸 바로 알았어요. 무서워하면서 몸에 손을 대보았지만 그때는 이미……."

그러고 나서 아케미는 입을 다물고 눈도 깜박하지 않은 채 고개를 흔들었다. 구노 경부는 잠시 사이를 두고 확인하는 말투로 물었다.

"피해자 몸에 손을 댄 것 말고는 뭐 다른 물건을 움직이거나 만진 것이 있습니까?"

"아뇨. 그때는 이미 제정신이 아니었어요. 물건도 완전히 잊어버리고 구두도 신지 않고 방을 나왔어요. 밖에 있던 사카자키 부인을 끌어당겨서 눈 깜짝할 사이에 우리 집으로 데리고 왔죠. 사카자키 부인은 쇼크로 지금도 누워 있고, 제 남편과 아이가 도대체 무슨 일이냐고 묻는 것도 무시한 채 110번을 눌렀어요. 그 뒤는 경찰이 올 때까지 이 방에서 한 걸음도 나가지 않았어요."

"그렇군요. 그보다 앞이 되는데 7시 30분에 외출에서 돌아와서 8시 30분에 사카자키 부인이 귀가할 때까지 옆집에서 사람 목소리나 싸우는 소리 같은 것이 들렸나요?"

"아뇨. 배달된 물건 때문에 계속 신경을 쓰고 있었기 때문에 무슨 일이 있었다면 곧바로 눈치챘을 거예요."

남편에게도 같은 질문을 하자 다카시는 말없이 고개를 저었다. 역시 어쩔 수 없다. 구노는 알았다고 끄덕이고, 경시 쪽으로 고개를 돌려 뭔가 더 질문할 것이 있냐고 물었다. 경시는 잠시 생각하고 아케미에게 물었다.

"살해당한 사카자키 부인의 동생을 전부터 알고 있었습니까?"

"네. 얼굴은 알고 있었어요. 자주 놀러 왔기 때문에 몇 번인가 복도에서 인사한 정도였어요. 이야기할 정도로 친한 사이는 아니었고요."

"사카자키 씨는요? 어제부터 출장 중이라고 들었는데 어떤 일을 하고 있습니까?"

"신주쿠의 여행사에 근무하고 있어요. 그래서 출장이 잦은데 언제나 집에 있는 부인에 비하면 사카자키 씨와는 친하게 말을 할 정도는 아니에요."

"그렇습니까. 그런데 사카자키 씨 부부 주변에 최근 뭔가 이상한 일이 있었습니까? 누군가에게 감시당하고 있었다든가, 가까운 곳에서 수상한 사람을 보았다든가."

"스토커 같은 것 말인가요? 강도가 아니었나요? 아니요, 특별히 생각나는 것은 없어요. 아, 그렇게 말씀하시니."

"뭔가 생각나는 것이라도?"

"아니요. 지금 말씀하신 것과는 조금 다른 이야기예요."

아케미는 고개를 가로젓고 입을 다물었는데 눈빛이 달라져 있었다. 사카자키 미도리가 쉬는 침실 문을 한 번 쳐다본 그녀가 갑자기 목소리를 낮추었다.

"최근 사카자키 부인은 남편과 별로 사이가 좋지 않은 눈치더라고요. 바람이라도 피우나, 하고 중얼거리는 것을 들은 적이 있어요."

"안 돼, 아케미. 여기서 그런 이야기 하면. 사카자키 부인이 듣기라도 하면 어쩔 셈이야?"

츠부라야 다카시가 아내를 나무랐다. 아케미는 남편의 얼굴과 침실 쪽을 번갈아 바라보고 "하지만"이라고 웅얼거리더니 금세 고개를 숙이고 입을 다물었다. 침실에서는 아무 반응도 없다. 거실에 불쾌한 분위기가 감돌았다.

침묵을 깬 것은 초인종 소리였다. 천만다행이라는 표정을 지으며 아케미가 벌떡 일어나 현관문을 열러 갔다. 곧 그녀의 목소리가 들려왔다.
"저, 형사님! 지금 감찰의가 도착했다고 하네요."

당번인 감찰의는 얼굴은 익히 알고 있는 나카지마라는 남자였다. 아들과 같은 나이로 노리즈키 경시가 보기에는 아직 애송이 부류지만 소질은 나쁘지 않다. 그는 도착이 늦은 사유를 잠깐 보고한 뒤 곧바로 시체 검안에 들어갔다.
"등의 찔린 상처에서 출혈은 별로 없습니다. 그 대신 입에서 많은 피를 토한 흔적이 보입니다. 칼끝이 폐에 상처를 낸 것 같군요. 칼이 일종의 다리 역할을 해서 폐 속의 혈액이 역류해 호흡 곤란으로 질식한 것 같습니다. 그것이 직접 사인입니다."
"즉사했나?"
구노가 상투적인 질문을 했다. 나카지마는 고개를 저었다.
"아뇨. 찔리고 잠시 의식이 있었을 겁니다. 왼손으로 입을 누르고 있습니다. 그리고 바닥을 기어서 이동한 흔적도 있고요. 몸 아래 숨겨져 있지만, 자 보십시오. 카펫에 핏자국이 있습니다."
경시는 나카지마가 가리킨 피의 얼룩을 바라보았다.
"그럼 찔린 장소는 어디라고 생각하나?"
"테이블 앞에 앉아 뭔가 쓰고 있던 중 뒤에서 갑자기 습격당했을 가능성이 높습니다. 불시에 찔렸다고 할까요. 다른 외상이 없고, 찔리기 전에 피해자가 저항한 흔적도 보이지 않기 때문이죠. 칼의 각도와 시체의 자세 등을 고려하면 그렇게 단정해도 틀림없다고 생각합니다."

"역시나."

감찰의의 설명이 자신의 추정과 일치한 것에 경시는 만족스러워했다.

"사이드보드에 전화가 있지. 바닥을 기어서 이동해 전화기에 손을 뻗어보았지만 너무 높았던 거군. 피해자는 전화로 구조를 요청하려 했지만 수화기에 손이 닿기 전에 힘이 빠진 것 아닐까?"

"그렇습니다. 아니, 잠깐 기다려주시기 바랍니다. 손에 뭔가 쥐고 있습니다."

나카지마는 위를 보도록 뒤집은 시체의 오른손을 들어올렸다.

"볼펜 같습니다. 상당히 강하게 쥐고 있네요. 손을 조금 벌려보겠습니다."

"신중히." 구노가 말했다.

나카지마는 감촉을 확인하듯이 시체의 오른손 손가락을 하나씩 펴면서 솜씨 좋은 미용사가 손님을 설득하는 말투로 "사후강직이 시작됐습니다. 체온 강하로 보면 손가락이 굳을 정도의 시간은 경과하지 않았는데 왼쪽 팔은 아직 탄력이 있으니 이쪽은 강경성強硬性인지도 모릅니다"라고 말했다.

"강경성?"

"절명하는 순간에 강하게 펜을 잡은 탓으로 오른손의 신경말단부에서 아세틸콜린이 다량 분비되어 근육의 수축이 지속됩니다. 통상의 강직은 아래턱에서 목에 걸쳐 나타납니다. 이 느낌은 사후 약 세 시간 정도의 것입니다."

경시는 손목시계를 보았다. 오후 9시 반을 가리키고 있었다.

"그럼 사망 추정 시각은 6시 반인가?"

"전후 30분 정도 오차를 둔다면 6시에서 7시 사이가 아닐까 합니다. 사법해부를 마칠 때까지 확답할 순 없지만 어쨌든 그 정도일 겁니다. 이건 그쪽에서 맡아주십시오. 시신은 이제 운반해도 좋습니다."

피해자가 쥐고 있었던 것은 노크식 2색 볼펜이었다. 색은 빨강과 검정. 검은 쪽 노커가 눌러져 있었고 끝의 볼 홀더가 밖으로 나와 있는 상태였다. 경시는 웅크린 채 구노와 얼굴을 마주 보았다.

"뭔가 써서 남기려 한 것은 아닐까? 범인의 이름이나."

"그럴지도 모르죠."

퉁기듯이 일어나서 경시는 시체 주위를 조사했다. 가장 먼저 눈에 들어온 것은 사이드보드의 전화 옆에 있는 메모패드와 펜 거치대 세트. 펜 거치대에는 뚜껑을 덮은 검은 사인펜이 꽂혀 있었다.

메모패드의 맨 위 종이는 새하얀 백지였다…….

경시는 낙담의 한숨을 토해냈다. 그러나 곧 메모패드 오른쪽 상단에 찢긴 메모지의 일부가 남아 있다는 것을 알았다. 누군가 바로 위의 한 장을 급하게 찢어낸 것 같았다. 경시는 주머니에서 돋보기를 꺼내어 메모패드를 불빛에 비추어 자세히 보고는 순간 자신의 눈을 의심했다. 메모지 한 가운데에 뭔가 눌러 쓴 것 같은 자국이 남아 있었다.

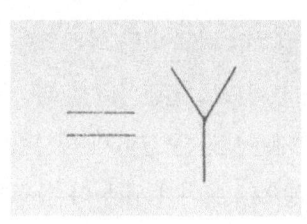

제2막

공들인 다잉 메시지라는 것은 거의 있을 수 없다. 갑자기 죽임을 당하며 공포와 혼란의 와중에 범인을 벌하기 위한 단서를 남기려고 마지막 안간힘을 다한다는 건 이해할 수 있지만, 그때 아주 복잡한 암시를 떠올린다는 건 이상하다. 아무도 모르는 복잡한 메시지를 남기면 의미를 알 수 없기 때문에 피해자는 가능한 한 심플한 형태를 선택할 것이다.

— 쓰즈키 미치오 『노란 방은 어떻게 개장되었나』

경시는 미소를 지으며 메모패드를 구노에게 건네주었다. 구노는 상사와 똑같이 눈을 집중하며 메모패드를 몇 번이나 돌려 보았다.

"볼펜 자국으로 눌러 쓴 자국이네요. '이콜 Y'라고 읽을 수 있겠군요."

"글쎄. 다잉 메시지라는 놈이군. 우리 아들이 들으면 기뻐서 펄쩍 뛰어오를지도 모를 단서야."

"그럼 피해자가 숨이 끊어지기 직전에 써서 남긴 게 틀림없습니까?"

"그렇겠지."

돋보기를 접어서 주머니에 넣으며 경시는 자신에 찬 목소리로 설명했다.

"피해자는 전화 수화기가 아닌 메모패드에 손을 뻗으려고 했어. 그리고 습격당하기 전부터 쥐고 있던 볼펜으로 간신히 범인을 가리키는 메시지를 남겼지. 아마도 찔린 직후에 범인의 얼굴을 보았을 거야. 한편, 피해자를 찌른 범인은 그녀가 즉사했다고 생각하고 거실을 나가 강도의 범행으로 보이기 위해 다른 방을 뒤집어놓았지. 때문에 메모패드의 메시지를 눈치챈 것은 위장 공작을 끝내고 이곳에 돌아왔을 때야. 메모패드는 피해자 바로 옆 바닥에 떨어져 있었을 거야. 범인은 그것을 집어들고 메시지가 기록되어 있는 메모지를 뜯어낸 뒤 사이드보드의 원래 위치에 올려놓았겠지. 그것으로 증거를 인멸했다고 생각했겠지만 볼펜 글자가 아래 종이에 자국을 남긴 것까지는 생각지 못했을 거네. 이 설명에 뭔가 이상한 점이 있나?"

"딱 하나 이해되지 않는 것이 있습니다."

잠깐 생각하고서 구노가 말했다. 경시는 한쪽 어깨를 으쓱하며 "뭔가?"라고 물었다.

"감찰의 판단으로는 피해자는 테이블에서 문서 작성을 하던 도중에 습격당했을 가능성이 높다고 했습니다. 그렇다면 칼에 찔렸을 때도 눈앞에는 원고 다발이 있었겠죠. 그 자리에서 바로 손만 뻗으면 얼마든지 종이가 있는데 굳이 사이드보드까지 이동해서 전화용 메모패드에 메시지를 남기려 한 게 이상하지 않습니까?"

"좋은 지적이군. 그러나 그 의문도 간단히 설명할 수 있네. 피해자는 등을 찔린 바람에 볼펜을 손에서 떨어트린 것이 아닐까? 그 볼펜이 테이블 위를 굴러 사이드보드 앞에 떨어졌다면?"

"그렇군요. 테이블 주위에 다른 필기도구가 보이지 않는군요. 볼펜을 주우러 피해자는 사이드보드까지 기어갔지만 그것을 잡았을 때는 이미 이동할 체력이 남아 있지 않았다. 그래서 가장 가까운 곳에 있는 메모패드에 손을 뻗을 수밖에 없었다는 말씀이군요."

"이해가 빠르군. 내 상상대로라면 범인은 단독범일세. 공범이 있었다면 피해자가 메시지를 남길 기회가 없었겠지. 그리고 메모패드의 찢다가 남은 조각이 오른쪽 상단에 있는 것으로 보면 범인은 오른손잡이일 가능성이 커. 글쎄, 이것은 억측일지 모르지만, 감식반에 메모패드와 볼펜을 중점적으로 조사해달라고 요청하는 것이 좋겠네. 지문이 나올 거라고 기대하지 않지만, 뭔가 다른 것이 밝혀질지도 모르지."

"그렇게 지시하겠습니다. 하지만 가장 중요한 메시지가 이것만이라면 어떻게 해볼 수도 없겠군요. 이런 수수께끼 같은 기호가 아니라 한눈에 알아볼 수 있도록 써주었더라면 좋았을 텐데요."

"쓰는 도중에 힘이 빠진 것이 아닐까? 아니면 우리만 모르고, 피해자와 가까운 사람들은 이것으로 알 수 있을지도 모르지. 피해자의 언니에게 보여주는 것이 급선무네. 시체를 운반해가고 방이 정리되면 사카자키 미도리를 이곳으로 불러주게."

구노는 힘차게 고개를 끄떡였다. 그리고 갑자기 생각이 떠오른 듯 말했다.

"아까 아케미 씨의 증언을 경시님은 어떻게 생각하십니까?"

"남편의 외도에 대한 증언 말인가? 확실히 조금 신경이 쓰이네. 남편 사카자키 요스케가 출장으로 집을 비웠다는 타이밍도 어쩐지 마음에 걸려. 부인을 조금 흔들어볼 필요가 있겠어."

사카자키 미도리는 곧 206호실에 나타났다. 외출복을 입은 채 누워 있던 탓에 술 취해 아침에 돌아온 듯한 분위기였다. 그래도 한 시간 전에 받았던 쇼크에서는 회복한 듯, 부재중에 맡아두었던 배달된 물건을 매우 신경 쓰고 있었다.

"물건은 부엌 싱크대 앞에 있습니다. 범인이 손을 댄 흔적도 없고 운송장의 기재도 문제는 없는 것 같고요. 야마네코 운송 영업소에 문의해서 담당자의 확인을 받으면 츠부라야 씨에게 건네드릴 것이니 그 점은 걱정하지 마세요. 괜찮으시면 동생의 시신을 발견했을 때의 상황을 들려주셨으면 합니다."

구노의 말에 미도리는 두 손을 허리 위에 겹쳐놓고 무표정하게 고개를 끄덕였다. 질문에 대답하는 동안에는 한 번도 이성을 잃지 않았지만 그녀의 진술은 앞서 이야기했던 츠부라야 아케미의 증언과 거의 같은 내용이었다. 증언의 증명은 얻었어도 특별히 새로운 수확은 없었다. 흉기로 사용된 칼도 본 기억이 없다고 했다. 구노는 생전 피해자의 행동에 대해 물어보았다.

"동생은 언제부터 댁에 계신 거죠?"

"어젯밤부터요. 남편이 출장 가서 없는 동안엔 전부터 자주 놀러 오곤 했어요. 생활비를 굉장히 절약하는 것 같았고, 식사도 제대로 하지 않는 것 같아서 되도록 우리 집으로 불러 먹이고 싶기도 했고요. 몇 년 전에 부모님이 돌아가신 뒤부터는 제가 부모 노릇을 할 생각이었어요."

"동생에게 집을 맡기고 외출한 것은 몇 시경이었습니까?"

"2시 조금 지나서였어요."

"외출은 어디로?"

미도리는 순간 입을 다무는 것처럼 보였다. 망설이는 시선을 옆으로 향했다.

"게이오센을 타고 신주쿠까지 물건을 사러 갔어요. 여러 가지 필요한 것이 있어서요."

구노의 표정이 순간 험악해졌다. 물건을 사러 갔다 왔다면서 쇼핑한 물건이 집에 보이지 않는다. 집에 돌아오자마자 동생의 시체를 발견한 미도리는 물건을 정리할 틈도 없었을 것이다. 그러나 그 점은 건드리지 않고 구노는 질문을 계속했다.

"외출할 때 동생과 같이 가자고 하지는 않았습니까?"

"인터뷰를 정리하는 일거리를 갖고 왔어요. 밤까지 끝내고 싶다고 해서, 그러면 세탁물과 시트가 마르면 정리해달라고 했지요. '늦어질지도 모르니 하룻밤 더 자고 가도 괜찮아'라고 했더니 '처음부터 그럴 생각이었어'라고 하더군요. 아카네는 의외로 외출을 싫어하는 아이여서 휴일도 집에서 보내는 것을 좋아했는데, 이런 일이 있을 줄 알았다면 무리를 해서라도 데리고 나갔을 텐데."

"어젯밤부터 오늘에 걸쳐 동생에게 평소와 다른 점은 없었습니까?"

"글쎄요. 평소와 같았다고 생각해요."

"최근 동생에게 일 관계 또는 남녀관계 등의 문제로 누군가에게 원한을 샀다는 이야기를 들은 적이 있습니까?"

"아뇨, 아무것도 생각나는 게 없네요. 특별히 사귀는 남자가 있는 것 같지도 않았고."

"그렇다면 사카자키 부인, 부인은 어떻습니까? 혹시 누군가에게 원한을 사거나 생명을 위협받을 만한 이유가 있습니까?"

미도리는 의아해하는 표정을 했다.

"저 말인가요? 대체 왜요?"

"동생은 부인 대신에 살해당했을 가능성이 있기 때문입니다. 이 사건은 우연한 강도의 범행으로는 생각되지 않습니다. 동생은 이 방에서 혼자서 집을 보던 중에 뒤에서 습격당했습니다. 즉 당신을 노렸던 범인이 착각해서 동생을 죽였을 가능성이 높다는 말입니다. 아니면 동생이 온다는 것을 누군가에게 말했습니까?"

미도리는 입을 손으로 누르며 무서운 듯이 고개를 흔들었다.

"아뇨. 남편이 출장을 떠난 뒤에 동생에게 전화해서 물어보니 집을 봐주러 오겠다고 했어요."

"그렇다면 동생이 오늘 여기 있는 것은 아무도 모르지요? 스토커 같은 인물이 동생의 집에서부터 여기까지 미행했다면 얘기는 다르지만, 만약 그런 사람이 있다면 동생은 부모 같은 당신에게 상담했을 것입니다. 그렇지 않습니까?"

미도리는 어색하게 끄덕였다. 그러나 끄덕이던 얼굴을 갑자기 들고, 격렬하게 목을 좌우로 흔들었다. 뭔가 불길한 일을 생각하고 그 생각을 머리에서 떨치듯이.

"아뇨. 아니에요! 그런 일은 없어요! 아무래도 그 사람이, 나를 죽이려는 것은……."

"그 사람이라면?"

구노가 묻자 미도리는 실수했다는 표정으로 얼어붙고 침묵에 빠져들었다. 그러나 그 침묵은 한번 떠오른 의문을 불식시키지 못하고 복잡한 생각을 끌어들이고 있었다. 구노가 바통 터치의 신호를 하자 노리즈키 경시가 질문을 이어나갔다.

"남편은 신주쿠의 여행사에 근무하신다고요. 이번 출장지는 어디입니까?"

"교토예요. 거래처 회사의 위로여행인가 뭐라고 했어요. 원래 가이드는 다른 사람이지만, 저쪽의 희망도 있어서 서포트로 동행한 거예요. 어제 아침 집을 나가면서 내일 저녁에 돌아온다고 했는데."

억양 없이 책을 읽는 말투로 간신히 거기까지 말하고 미도리는 다시 입을 다물었다. 남편이 머무는 교토의 숙소를 물어도 고개를 혼들 뿐 대답하지 않았다. 시치미를 떼려는 것이 아니라 목까지 나온 말을 내뱉을 용기가 없는 것 같았다. 한 번 더 밀어붙여야겠군, 하고 경시는 속으로 중얼거렸다.

"그런데 부인께 잠깐 보여드리고 싶은 것이 있습니다."

그렇게 말하며 아까의 메모패드를 미도리 앞에 놓았다.

"동생은 숨지기 직전에 이 메모패드에 메시지를 남겼습니다. 메모의 원본은 범인이 가져갔지만, 다행히 아래 종이에 볼펜 자국이 남아 있었습니다. 이콜 Y라고 쓰여 있는 것 같습니다. 범인을 가리키는 단서 같은데, 이 기호가 무엇을 의미하는지 아시겠습니까?"

메모패드를 본 미도리는 처음에는 숨을 멈추고 망연자실했는데, 서서히 그 안색에 변화가 나타났다. 집요하게 볼펜 자국을 바라보던 그녀가 참았던 숨을 한 번에 뱉어내고 말했다.

"저, 잠깐만 기다려주세요. 그것을 거꾸로 볼 수 있을까요?"

"이렇게 말입니까?" 경시는 메모패드를 거꾸로 놓았다.

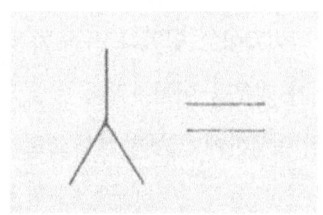

"그래, 역시. 형사님. 이거, 인仁이라는 한자로 보이지 않으세요?"

"인? 그래, '인술仁術'의 '인'이군. 음, 확실히 그렇게 읽을 수도 있겠군요. 이것을 그렇게 읽는다면 어떤 의미가 있습니까?"

미도리는 눈을 빛내며 우쭐대듯 고개를 끄덕였다.

"니시나 마유미仁科眞弓라는 여자를 알고 있어요!"
"어떤 분이죠?"
"남편 회사의 부하 직원이에요."
"남편 회사의? 그분이 왜?"
미도리는 뭔가 개운한 듯 체면 불고한 말투로 내뱉었다.
"이유는 이미 알고 계실 텐데요. 아까 츠부라야 부인이 말했지요. 남편이 바람을 피우고 있다고."
"그렇다면 역시 듣고 계셨군요. 그나저나 말씀하신 대로라면……."
"그래요. 니시나 마유미는 남편 애인의 이름입니다."

메모를 본 것을 계기로 사카자키 미도리는 태도를 바꾸어 그때까지의 애매한 진술을 뒤집었다. 오후 외출의 목적은 물건을 사러 나간 것이 아니고(물론 그것이 거짓말이라는 것은 처음부터 알고 있었지만) 게이오센을 타고 신주쿠로 가서, JR사이쿄센으로 갈아타고 도다 역에서 내렸다고 했다.
"도다 역이요? 사이타마의? 왜 그런 곳에 갔습니까?"
"니시나 마유미가 살고 있는 맨션을 감시하려고요."
미도리가 남편에게 다른 여자의 그림자를 느낀 것은 작년 말경이었다. 사소했지만 그냥 지나칠 수 없는 일이 잦아졌고, 마침내 요스케의 불륜을 확신한 것은 한 달 전의 일이다. 우연히 부부가 같이 외출한 날, "계장님" 하고 거리에서 말을 걸어온 젊은 여자, 그녀가 니시나 마유미였다. 그때는 거리에서 짧은 인사를 나누었을 뿐이지만, 남편의 당황하는 반응을 보고 미도리는 두 사람의 관계를 직감했다. 저 여자는 우연히 만난 것으로 가장했지만, 요스케의 아내인 나에게 자신의 존재를 알리고 싶었던 것이 틀림없다고.

그런 일이 있었기 때문에 미도리는 이번의 교토 출장도 의심의 눈으로 볼 수밖에 없었다. 계장이 되고 나서 요스케가 국내 여행에 동행하는 일은 거의 없었고, 출발 전부터 거동이 수상했기 때문이기도 했다. 2박 3일 일정이라고 했는데 교토에 가는 것은 아내에게 알리바이를 만들기 위한 구실이고, 사실은 하루 일찍 귀경해서 그 여자와 불륜의 하룻밤을 보내는 것이 아닐까? 미도리는 가슴이 답답해지는 의문을 놀러 온 동생에게 털어놓을 수밖에 없었다.

"그렇게 마음에 걸리면 그 여자 집에 가서 직접 확인하는 것이 어때?"라고 동생 아카네가 말했다. 미도리가 말리는 것도 듣지 않고 남편 서재에 들어간 아카네는 니시나 마유미가 보낸 연하장을 찾아 주소를 알아냈다. 미도리는 조금 망설였는데 아카네가 기를 쓰며 자기도 같이 가겠다는 말을 꺼냈다. "만약 형부가 그곳에 있다면 내가 언니 몫까지 맛을 보여줄게"라고 말하는 동생에게 "아냐. 이건 우리 부부 문제니 아무래도 내 힘으로 해결해야겠어"라고 말한 미도리는 집을 봐달라고 부탁한 뒤 혼자 그 여자의 맨션으로 갔던 것이다.

"그 연하장을 보여주시겠습니까?"

경시가 요청하자 미도리는 자신의 가방에 손을 뻗어 연하장을 꺼냈다. 겉과 안 모두 워드프로세서로 인쇄된 무미건조한 문장이었다. 보낸 사람의 주소는 도다 시내의 '니조 그랜드하이츠'라는 맨션 512호실. 경시는 연하장을 구노 경부에게 건네주며 턱을 치켜들었다. 구노는 방구석으로 가서 휴대전화로 본부에 연락했다. 니시나 마유미의 주소로 수사관을 파견하도록 요청하기 위해서였다. 경시는 미도리의 얼굴을 보고 이야기를 재촉했다.

"동생 앞에서는 자신 있게 말하고 혼자서 나섰지만, 솔직히 말해서 나는 그곳에 가서 구체적으로 뭘 어떻게 할 생각은 없었어요. 우선 그 여자가 살고 있는 곳을 찾아가고, 다음 일은 그때 고민해보자는 생각이었죠. 내가 의심한 일인데도 마음 한구석에서는 틀림없이 남편은 없을 것이다 하고 헛걸음이 되기를 바랐어요."

미도리가 도다 역에 내린 것은 오후 3시 지나서였다. 낯선 곳을 헤맨 끝에 연하장의 주소를 보고 니시나 마유미의 맨션을 찾았을 때는 4시가 가까웠다. 그런데 니조 그랜드하이츠는 현관이 오토록이어서 외부 사람 출입이 불가능했다. 미도리가 몇 번이나 인터폰을 눌러보았지만 마유미는 집에 없는지 512호실에서는 아무런 응답이 없었다.

왠지 모르게 안심이 되어서 한번은 그대로 돌아갈까 생각도 했지만, 요스케와 마유미가 어딘가 밖에서 만나 같이 돌아올 가능성을 생각하고 잠시 맨션 앞에서 기다리기로 했다. 마침 1층 상가에 찻집이 있어서 미도리는 그 찻집의 창가 자리에 앉았다. '찰스턴'이라는 한가한 가게로 손님은 그녀밖에 없었다.

마유미가 돌아온 것은 오후 5시 30분경이었다. 요스케와 함께는 아니었고, 혼자서 쇼핑하고 돌아오는 것 같았다. 미도리는 찻집 창 너머로 마유미가 맨션 현관에 들어가는 모습을 지켜보았다.

노리즈키 경시는 거기서 미도리의 이야기를 멈추고 5시 30분경이라는 시간이 틀림없는지 확인했다. "틀림없어요. 몇 번이나 시계를 봤는걸요"라고 미도리가 대답했다. 경시는 곤혹스러운 얼굴을 숨기며 태연한 말투로 물었다.

"혹시 사람을 잘못 보았을 가능성은 없습니까? 니시나 마유미와 길에서 단 한 번 인사를 나누었을 뿐입니다. 확실히 같은 여성이라고 자신 있게 말할 수 있습니까?"

"물론이에요." 미도리는 왜 그런 당연한 것을 묻느냐는 표정으로 단호히 말했다. "단 한 번 보았지만 그 여자 얼굴을 잊을 리 없잖아요. 그리고 목소리도요. 잠시 기다렸다가 저는 찻집을 나왔어요."

"니시나 마유미의 뒤를 따라갔습니까?"

"예."

찻집을 나온 미도리는 니조 그랜드하이츠의 현관으로 들어가 다시 512호실 인터폰 벨을 눌렀다. 마유미의 목소리가 들려 재빨리 화장품 판매원을 가장해서 마이크를 향해 적당한 말을 둘러댔는데 물론 상대해줄 리가 없었다. "곧 손님이 오니 돌아가세요"라고 말하며 마유미는 인터폰을 끊었다.

손님이 온다고 한 것은 방문판매를 쫓아내기 위한 방편이었을까? 그렇지 않을지도 모른다고 생각한 미도리는 조금 더 지켜보기로 했다. 하지만 아까의 찻집으로 들어가면 주인이 수상하게 여길 것 같아 마음이 내키지 않았다. 머물 곳을 찾아 길을 따라 걸어가자 바로 버스가 다니는 길이 나왔다. 맨션 앞까지 한눈에 볼 수 있는 안성맞춤인 곳에 버스 정류장 표시가 서 있었다. 버스를 기다리는 척하며 미도리는 벤치에 앉았다.

오후 6시 5분경, 역 쪽에서 남편과 닮은 남자가 여행가방을 들고 걸어오는 것이 보였다. 미도리는 재빨리 얼굴을 가리고 석양빛에 비친 남자의 얼굴을 보았다. 남편이 아니길 빌면서. 하지만 틀림없는 남편 요스케였다. 사람의 시선에 신경 쓰는 듯 조용한 걸음으로 니조 그랜드하이츠에 들어갔다.

남편을 보았지만 잠시 버스 정류장 벤치에서 일어날 수 없었다. 제정신을 차렸을 때는 완전히 해가 저문 상태였다고 했다. 두려워했던 것이 현실이 되었는데, 미도리는 거기에 대한 마음의 준비가 되어 있지 않았다. 머릿속은 하얗게 되어 이제부터 어떻게 하는 것이 좋을까 생각하는 것조차 막연했다. 역시 아카네와 같이 왔더라면 좋았을걸 하고 후회하면서 그래도 그녀의 발은 니조 그랜드하이츠 쪽으로 향했다.

"무엇을 하겠다는 목적도 없이, 앞의 길을 서성거리며 그 사이에도 계속, 어쩌면 헤어지자는 말을 하러 여자 집을 찾아온 것은 아닐까, 5분만 기다리면 밝은 얼굴로 맨션에서 나오는 남편을 볼 수 있지 않을까, 그런 것만 생각했어요."

그런 생각이 통했는지 요스케는 잠시 후 밖으로 나왔는데 향하는 곳은 돌아가는 길 반대 방향이었다. 가까운 편의점의 자판기가 있는 곳까지 담배를 사러 나온 것이었다. 자신의 담배뿐만 아니라 여성용 담배까지 사는 모습이 보였다. 전부터 담배 피우는 여자는 싫다고 말했었는데. 맨션으로 돌아가는 남편의 등을 숨어서 지켜보면서 미도리는 처음으로 배신당했다는 것을 실감했다. 후회의 눈물이 주르르 흘러내렸다.

그로부터 30, 40분 정도 미도리는 땅거미에 싸여 멍하니 자리에서 일어선 것 같았다. 이렇게 말하는 것은 그녀가 전후의 시간 경과를 확실히 기억하지 못한 탓이었다. 아무것도 보지 않은 것으로 하고 그곳에서 떠나려고 몇 번이나 생각했는지 모른다. 하지만 묶인 것처럼 발이 움직이지 않았다. 넋을 잃은 미도리가 기억하는 것은 피자 배달 오토바이가 맨션 현관 앞에 서 있었던 것 정도였다.
"그 피자 배달, 어떤 피자인지 기억하고 계십니까?"
경시가 묻자 미도리는 고개를 갸우뚱했다.
"글쎄, 어디였더라? 얼굴을 보이는 것이 싫어서 바로 어두운 곳에 몸을 숨겼거든요."
"그럼 저희가 조사하겠습니다. 주변 가게에 물어보면 배달시간도 알 수 있을 것입니다. 그러면 부인은 그 이후에 뭘 했습니까?"
"언제까지 계속 기다려도 아무것도 해결되지 않는다는 것을 겨우 깨달았죠. 깨닫는 것이 너무 늦었지요. 여기까지 온 이상 그 여자 방에 들어가 남편의 불륜 현장을 덮칠 수밖에 없다. 늦긴 했지만 그렇게 결심하고 다시 맨션 현관으로 갔어요."
용기를 내어 512호실 인터폰을 누르고 미도리는 마유미가 응답하기도 전에 소리쳤다. "사카자키 요스케의 아내입니다. 남편을 내보내 주세요." 상대는 놀라서 숨을 죽이는 눈치였다. 하지만 순순히 인정할 리가 없다. "남편은 없어요" 하고 마이크를 통해 시치미를 뗐다. 남편이 맨션에 들어가는 것을 보았다고 말해도 "잘못 본 거예요"라고 끝까지 우기며 상대하려 하지 않았다. 있다, 없다는 문답을 계속하다가 "아까 화장품 판매원도 당신 짓이었군요"라는 말을 끝으로 마유미는 회선을 끊어버렸다. 그 뒤에도 계속 인터폰을 눌러보았지만 두 번 다시 응답하지 않았다.
"남편이 거기에 있다는 것을 알았지만 아무것도 할 수 없었어요. 너무 분해서 그 집 우편함에 들어 있던 뒷면이 흰 광고지를 꺼내 그 여자에 대한 것을 거기 썼어요. 그리고 아까의 편의점에 가서 복사를 한 다음 맨션에 돌아와 그 복사한 것을 닥치는 대로 우편함에 넣었어요. 니시나 마유미가 어떤 여자인지 그곳 주민들 모두에게 알려주려고요."

"그 복사한 것은 가지고 있습니까?"

미도리는 자랑스럽게 끄덕이고, 가방에서 반으로 접힌 복사지를 꺼냈다. 경시가 펼치자 종이 가득 크레용으로 갈겨 쓴 글자가 나타났다. 립스틱으로 쓴 것 같았다. 문구는 이러했다. "니조 그랜드하이츠 주민 여러분께. 512호실의 니시나 마유미는 직장 상사와 불륜을 저지르고 있습니다! 오늘 밤도 불륜 상대를 방으로 끌어들여 부정한 행위를 저지르고 있습니다! 그런 발정난 돼지 같은 색정광이 이곳에 살고 있는데 여러분은 괜찮으신가요?"

너무 노골적인 내용이었다. 경시는 눈썹을 치켜올리며 한숨을 내쉬었다. 그러나 미도리는 이 정도로는 부족한 것 같았다.

"이 정도로는 부족해요! 그 여자는 더욱 더 심한 짓을 했습니다. 512호실의 니시나 마유미는 피도 눈물도 없는 살인자라고, 그때 쓰는 것이 좋았을 텐데!"

"부인, 기분은 알겠지만."

"아니요."

달래는 경시를 미도리는 날카롭게 노려보았다. 얼굴은 아직 창백했지만 질투와 분노가 섞인 혼합 연료로 당장에라도 불타오를 것 같은 눈초리였다.

"5시 30분에 그 여자가 돌아오는 것을 보았을 때 나는 쇼핑하고 돌아온 것이라고 생각하고 깊이 생각하지 않았어요. 그러나 그런 것이 아니었어요. 그 여자 니시나 마유미는 나와 엇갈려서 우리 집에 와서 나를 죽일 생각으로 아카네를 살해한 거예요. 그리고 태연한 얼굴로 집으로 돌아와서, 방금 사람을 찔러 죽인 그 손으로 이번에는 내 남편을 방으로 끌어들였어요. 정말 무서운 여자예요! 하지만 니시나 마유미의 정체를 알게 되면 틀림없이 남편도 나에게 돌아오겠죠. 그러니 형사님, 제발 한시라도 빨리 그 여자를 체포해서 남편의 잘못을 깨우쳐주세요!"

사카자키 미도리의 사정청취를 끝냈을 때는 오후 11시가 가까웠다. 경시는 뒤끝이 찜찜한 피로감이 느껴져 잠시 자리에서 일어날 생각이 들지 않았다. 구노 경부도 팔짱을 낀 채 생각에 잠긴 애매한 얼굴을 했는데, 서서히 고개를 흔들며 말을 꺼냈다.

"처음에는 이것으로 단번에 체포할 수 있겠다고 생각했는데, 아무래도 약한 것 같네요."

"그래, 알리바이 말인가? 미도리의 진술대로 니시나 마유미가 5시 30분에 도다 시의 맨션에 돌아왔고, 그 뒤에 계속 집에 있었다면 아다치 아카네를 살해하는 것은 불가능하지. 사망추정시각은 6시부터 7시 사이니까."

경시는 괴로운 표정으로 인정했다. 그 일이 머리에 남아서 미도리에게 몇 번이나 목격 증언을 확인했다. 구노는 별로 내키지 않는 말투로 물었다.

"감찰의의 판단이 잘못되었을 가능성도 있지 않습니까?"

"사법해부 결과가 나올 때까지는 속단할 수 없지만 그럴 가능성은 적을 걸세. 감찰의 나카지마는 저렇게 젊어 보여도 실력은 있어.

사망 추정 시각의 폭이 약간 넓어질 수 있어도 그렇게까지 큰 차이는 없을 거야. 세타가야와 사이타마의 거리는 택시를 타도 왕복 한 시간은 걸리지. 니시나 마유미의 범행으로 보기에는 무리가 있어."

"그렇습니다. 같은 이론이 남편 사카자키 요스케에게도 해당되지요. 미도리는 처음에는 남편이 범인이라고 의심한 것 같은데……."

"그래. 입이 무거웠던 것은 그것 때문이라고 생각하네. 그러나 6시 15분에 마유미의 맨션을 방문했다는 미도리의 목격증언이 사실이라면 사카자키의 경우도 범행 당시의 알리바이가 성립하지. 그것으로 부인에게 빚을 졌으니 운이 좋은 건지 나쁜 건지 모르겠군."

"만약 남편이 범인이라면 아내와 착각해서 동생을 살해하지는 않았겠지요."

"그것도 그렇군. 미도리가 말했듯이, 사카자키가 출장 일정을 속였다면 조금 수상한 점도 있어. 아니면 우연히 사건과 겹쳤을 뿐일까?"

"글쎄요. 사카자키가 몇 시의 신칸센으로 교토를 출발했는지 알아볼 필요가 있습니다. 도쿄 역에서 도다 시의 마유미의 맨션까지 직행했다면 그게 좋겠죠. 만약 중간에 비는 시간이 있다면."

휴대전화 착신음이 대화에 끼어들었다. "잠깐 실례"라고 말하며 구노가 전화를 받았다. 마유미의 맨션에 파견한 수사관의 연락이었다. 미리 중요 참고인의 신병 확보에 나서게 한 것인데, 도중에 이런 맥 빠진 전개가 되리라고는 생각도 못 했다. 구노는 잠시 부하의 보고에 귀를 기울인 후 오늘 밤은 일단 철수할 것을 지시하고 통화를 끝냈다.

"그쪽은 어떻게 되고 있나?"

경시가 묻자 구노는 일단 보고 내용에 만족하는 투로 말했다.

"니시나 마유미의 진술은 사카자키 미도리의 진술과 대체로 일치하는 것 같습니다. 부인이 맨션에 찾아와서 인터폰을 눌러 문답이 오간 것도 인정하고 있습니다. 그 대신 회사의 상사가 방에 왔다는 것은 부정하는 것 같습니다."

"뭐? 그렇다면 사카자키는 마유미의 방에 없었단 건가?"

"네. 사실 이상합니다. 보고에 따르면 니조 그랜드하이츠에는 자동 잠금 현관과는 별도로, 안에서 잠그는 비상구가 있는데 수사관이 현장에 도착했을 때에는 그곳이 열려 있었다고 합니다. 인터폰으로 용건을 말하는 사이에 512호실에서 나와 비상구로 달아났을 가능성이 있습니다. 마유미의 방 테이블에는 2인용 피자 박스가 비어 있었다고 합니다. 마유미는 배가 고파서 2인분을 먹었다고 주장하고 있지만요."

"그렇다면 넋이 나간 상태의 미도리가 목격한 것은 니시나 마유미가 주문했던 피자 배달원이란 말인가? 그 배달 시간은?"

"6시 40분에 주문 전화를 했고, 피자가 도착한 것은 7시 조금 전. 사카자키 미도리가 인터폰을 눌러 남편을 보내달라고 떠들기 시작한 것은 그때부터 20분 정도 뒤로 보입니다."

"시간표의 공백이 대충 채워지는군. 오후의 외출에 대해서 마유미는 뭐라고 하던가?"

"역 앞 영화관에서 혼자 영화를 보았다고 합니다. 집으로 돌아온 것은 5시 30분경, 그 직후에 화장품 판매원이라는 여자와 인터폰으로 대화를 나눈 것도 기억하고 있었습니다. 이것도 미도리의 진술대로입니다. 그리고 또 하나, 수사관의 보고에 따르면 니조 그랜드하이츠의 현관 우편함에 니시나 마유미를 모략하는 유인물이 들어 있었다고 합니다."

"흠, 마유미의 맨션은 도다 역에서 걸어서 몇 분 정도 걸리나?"

"걸어서 5분 거리라고 합니다."

"그렇다면 미도리가 복사한 유인물을 돌리고 마유미의 맨션을 떠난 것이 7시 30분 전후이고, 도다 역에 도착한 것이 7시 35분. JR 사이쿄센에서 게이오센으로 갈아타고 치도세가라스야마 역까지의 소요시간은 갈아타는 시간을 포함해서 45분 정도. 역에서 여기까지 걸어오는 데 10분 정도 걸릴 테니 귀가 시간은 8시 30분으로 딱 맞아떨어지는군. 아직 남편 행동에 관한 부분이 남아 있지만 미도리의 진술은 대체로 확실하다고 보아도 좋겠군."

"사카자키가 여자 방에서 도망간 것에 대해서는 어떻게 생각하십니까?"

구노가 이마에 주름을 잡으면서 물었다. 이에 경시는 흥 하고 콧방귀를 뀌며 답했다.

"사정을 모르면 그것이 당연한 반응 아니겠나? 반대로 자기 집에서 살인이 일어났다는 것을 알았다면 모처럼의 알리바이를 자신이 망치는 행동을 할 리가 없겠지. 역시 사카자키는 범인이 아니야. 일부러 수배하지 않아도 사건에 대해 들으면 창백해져서 내일이라도 출두할 것이 분명해."

구노는 떠름한 표정으로 고개를 끄떡이고 낙담한 듯이 한숨을 쉬었다.

"사카자키 부부 주위에는 현재 범인에 해당하는 인물이 없습니다. 그렇다고 강도의 범행이라고도 생각되지 않고…… 니시나(仁科)의 니시(仁)가 아니라면 저 이콜 Y라는 다잉 메시지는 뭘 의미하는 걸까요?"

"글쎄. 아들의 지혜를 빌리는 쪽이 좋을지도 모르겠군. 오늘 오후 이 방을 방문한 인물 중에 남은 사람은 이시와타리라고 하는 야마네코 운송 배달원밖에 없군."

"야마네코 운송이라." 구노가 또 팔짱을 끼면서 중얼거렸다.

짧은 침묵 뒤에 경시는 갑자기 구노의 얼굴을 보았다. 구노도 눈을 크게 뜨고 경시의 얼굴을 보았다. 두 사람은 거의 동시에 같은 것을 생각한 것이었다.

"아까의 부재 연락표는?" 경시가 말했다.

205호실의 츠부라야 아케미에게 받은 연락표를 꺼내면서 구노도 흥분한 투로 말했다.

"이겁니다. 이 메시지는 문자나 기호는 아니라, 피해자가 고양이의 얼굴을 그리려고 한쪽 수염과 입을 그리던 도중에 힘이 빠졌는지도 모릅니다. 이시와타리라는 인물이 배달을 왔다가 혼자 사는 젊은 여성을 칼로 위협하고 난폭한 짓을 하는 정신이상자라면……."

경시는 연락표를 보았다. 회사 이름과 같이 고양이의 얼굴을 그린 야마네코 운송의 트레이드마크가 인쇄되어 있었다. 그것은 이렇게 생긴 도안이었다.

제3막

다잉 메시지의 의미를 알 수 없게 되는 것은 대개 세 가지 경우로 한정된다. 첫째는 도중에 체력이 떨어져 어중간한 형태로 만들어진 경우. 둘째는 피해자가 단순명쾌하게 상황을 설명했어도 해석하는 사람이 지식 부족으로 알아먹지 못하는 경우다. 셋째는 범인이 피해자가 죽는 순간을 지켜보고 있어서, 범인은 알지 못하고 수사관은 알 수 있도록 피해자가 머리를 쥐어짜내 남긴 경우. 가장 많이 공을 들이고, 공들인 대신 실패하기도 쉬운 것은 세 번째 경우다.

― 쓰즈키 미치오, 『노란 방은 어떻게 개장되었나』

다음 날 4월 30일은 연휴 이틀째로 일요일이었는데 노리즈키 경시에게는 아침부터 평일과 다를 바 없는 분주한 하루였다. 그러나 벨코포 규덴의 살인사건 수사는 사건 발생 이틀째이지만 해결이 어려울 것 같은 분위기였다.

세이초 서에서 열린 첫 수사회의에는 무사시노 강도단 담당 수사관의 얼굴도 보였지만, 그들의 반응은 냉담했다. 수사본부의 통일된 견해도 경시의 생각과 같이 범행 단서로 보아 다른 사건이라는 결론에 도달했다.

일요일 이른 아침에 있었던 사법해부 결과는 감찰의인 나카지마의 소견을 뒷받침하는 것으로, 사망 추정 시각은 전날 오후 6시에서 7시 사이였다. 또, 살해에 사용된 칼은 슈퍼마켓 등에서 대량으로 판매되는 것이어서 흉기 입수 경로를 밝히는 데는 많은 어려움이 있을 것으로 예상되었다. 피해자가 남긴 다잉 메시지에 관해서 회의 석상에서 약간의 질문이 나왔을 뿐 특별한 발언은 없었다. 현재 수상한 사람을 목격했다는 정보도 접수되지 않았다. 우선 방침으로 사카자키 요스케와 미도리 부부를 둘러싼 치정이나 원한 관계, 그리고 피해자 아다치 아카네의 교우관계 양쪽에서 수사를 진행해나갈 것이 결정되었을 뿐이었다.

한편 오전에 야마네코 운송의 가라스야마 영업소에 조사를 갔던 구노 경부는 실망한 얼굴로 돌아와 말했다.

"야마네코 운송 배달원이 범행을 저질렀을 가능성은 없습니다."

어제저녁, 벨코포 규덴에 물건을 배달한 이시와타리 마모루는 서른 살의 운전기사로 그 역시 황금연휴와는 관계없는 생활을 하는 사람이었다. 구노는 운 좋게도 아침 배달에서 돌아와 영업소에서 잠깐 쉬고 있던 이시와타리 본인을 만날 수 있었다고 했다.

츠부라야 아케미에게 받은 부재자 연락표를 보이자 이시와타리는 아무런 망설임 없이 자신이 썼다는 것을 인정했다. 아케미가 이야기한 것과 같이 전에도 205호실에 배달할 물건을 206호실 사카자키 부인에게 맡긴 일이 있다고 했다. 물론 양쪽 집 모두 그 일로 불평한 일은 없었다.

"운송장 용지에 '부재시 이웃집에 맡김'이라고 적혀 있었습니다. 어디서나 허용되는 것은 아니고 고객과 짐의 종류에 따라 가능한 것이지만요. 그런데 어제는 평소의 사카자키 부인과는 다른 분이었습니다. 아, 동생이었습니까. 예? 살해당했다고요? 정말입니까? 내가 갔을 때는 아무런 이상도 없었고 건강했는데, 믿을 수 없군요. 아니, 집 안에 다른 손님은 없었다고 생각합니다. 배달시간이요? 거기 쓰여 있는 대로 오후 5시 32분이 틀림없습니다. 업무일지를 보시겠습니까?"

업무일지는 글자 그대로 분 단위의 스케줄로 가득 적혀 있었고, 범행에 필요한 시간을 속일 만한 의심스러운 기록은 보이지 않았다. 이시와타리는 싹싹한 인상을 주는 인물로 영업소 내의 평판도 좋았다. 배달처의 고객과 문제도 없었고 모범사원으로 회사 표창을 받았다고 했다. 말할 필요도 없이 구노가 생각한 범인상에는 전혀 맞지 않는 인물이었다.

오후에도 수사 팀의 탐문 보고가 이어졌는데, 처음부터 헛수고로 끝날 것 같은 느낌이었다. 갑작스러운 죽음을 알게 된 아다치 아카네의 친구들은 이구동성으로 그녀가 살해당할 이유를 전혀 알 수 없다고 대답할 뿐이었다. 이콜 Y라고 하는 다잉 메시지를 보여주어도 뾰족한 반응은 얻을 수 없었다. 생전 남자관계에 대해서도 이렇다 할 유력한 정보는 없었다. 아직 가능성이 있다면, 아카네가 아르바이트했던 미니코미 잡지의 편집을 둘러싼 문제에 대한 가능성이 있었지만 그것도 희박해 보였다.

도다 시의 니시나 마유미의 맨션 주변 탐문조사는 착실히 성과를 올렸다. 니조 그랜드하이츠 1층에서 찻집 '찰스턴'을 운영하는 주인은 어제 오후 4시 지나서 5시 30분까지, 커피 한 잔을 시켜놓고 계속 앉아 있던 여자 손님을 기억하고 있었다. 창가 자리에 앉아 계속 밖을 보다가 갑자기 서둘러 가게를 나가서 이상하게 생각했다고 한다. 마유미의 맨션에서 가까운 거리에 있는 편의점 점원도 미도리의 얼굴을 기억하고 있었다. 어제 오후 7시 30분경, 전에는 본 적 없는 여자 손님이 와서 가게의 동전 투입식 복사기로 손으로 쓴 유인물을 대량 복사했다고 말했다. 직접 계산대 쪽을 쳐다보지 않았지만 뒷모습만 보아도 '왠지 위험한 느낌'이었다고 했다.

마유미 방에 피자를 배달한 배달원은 맨션 앞에 있었던 미도리를 보지 못한 것 같았다. 그 대신 512호실에 피자를 가지고 올라갔을 때 입구에 서 있던 마유미의 어깨 너머로 방에 남자가 있는 것을 슬쩍 보았다고 했다. 배달시간은 6시 55분경. 가게의 전표에 따르면, 주문 전화가 걸려온 것은 6시 40분이고 품목은 스몰 사이즈 피자 두 판과 사이드 메뉴 2인분. 전화는 마유미의 방에서 했고, 주문자는 여자 목소리였다고 했다. 모두가 미도리의 진술과 일치했다. 하지만 노리즈키 경시의 머리가 아픈 것은 미도리의 진술 진위를 확인하는 것만으로는 수사의 실마리는커녕, 남편 요스케와 마유미의 알리바이를 다시 확인하는 작업에 지나지 않았기 때문이었다.

사카자키 요스케가 세이초 서의 수사본부에 스스로 출두한 것은 그날 오후 3시가 지나서였다. 경시의 예상대로라면 좀 더 빨리 나타나도 이상하지 않았다. 그것을 예상하고 세이초 서에서 대기하고 있었기 때문이다.

사정청취는 구노가 담당했고, 경시도 그 자리에 동석했다. 사카자키는 럭비선수 같은 체격과 그에 어울리지 않는 동안童顔의 소유자로, 말끝마다 자기중심적이며 빈틈 없는 성격이 엿보였다. 회사에서는 그런대로 실적을 올릴 것이다. 슈트케이스를 들고 온 것을 보면 어젯밤은 자택에 돌아가지 않고 어디선가 외박을 한 것 같았다.

"신주쿠의 비즈니스호텔에서 일박했습니다. 일 관계로 자주 가는 곳이라 아주 싼 요금으로 자유롭게 이용할 수 있거든요. 저녁까지 그 근처에서 시간을 보내다가 집에 돌아갈 생각이었는데 TV 뉴스를 보고 어제 사건을 알게 되었습니다."

"부인한테서는 아무런 연락도 받지 못하셨습니까?"

"예. 휴대전화기 전원을 계속 꺼놓아서요."

"그렇습니까. 사실은 어제 밤 니조 그랜드하이츠에 사는 니시나 마유미 씨에게 연락해서 이 사건에 대해서 들은 게 아닌가요?"

구노가 추궁하자 사카자키는 순간 난처한 얼굴을 했다. 하지만 이곳에 오기 전부터 불륜사실을 밝힐 각오를 한 것 같았다. 의외로 순순히 고개를 끄덕이고 그 사실을 인정했다.

"어제 오후의 제 행동은 아내가 모두 말해서 이미 알고 계시리라 생각합니다. 미도리는 저에 대해 뭐라고 말했습니까?"

구노는 싸늘하게 고개를 저었다.

"확실히 부인이 당신에 관한 이야기를 했지만 그것을 여기서 말할 수는 없습니다. 집에 돌아가서 직접 부인에게 듣는 것이 어떻습니까? 그것보다도 당신이 직접 다시 자세한 사정을 말해주셨으면 합니다."

사카자키 요스케가 직장 부하인 니시나 마유미와 친밀한 관계가 된 것은 작년 여름부터였다. 처음에는 단순한 불장난으로 생각했는데, 점점 관계가 깊어져서 돌이킬 수 없게 되었다고 했다. 물론 도다시의 마유미의 맨션에 드나든 것도 어젯밤이 처음은 아니었다. 한 달 전에 거리에서 마유미와 뜻밖에 마주친 것을 계기로 의심의 눈초리로 자신을 바라보는 아내를 어렴풋이 눈치챘지만, 요스케는 거듭되는 애인의 유혹을 거부할 수 없었다.

"마침 연휴 첫날 거래처 회사의 위로여행에 교토까지 동행하게 되어서, 이틀째 낮까지 따라다니다 나만 먼저 귀경할 수 있도록 출장

일정을 짰습니다. 물론 회사에는 그렇게 이야기 했지만 아내에게는 2박 3일이라고 거짓 일정을 말했습니다. 하루를 마유미의 집에서 보내기 위해서였습니다. 동행했던 부하 직원에게 뒷일을 맡기고, 어제 오후 신칸센으로 도쿄로 돌아와 그 길로 도다 시로 갔습니다."

"교토를 떠난 것은 몇 시의 신칸센이었습니까?"

"15시 10분 발 노조미18호로 도쿄 도착은 17시 24분입니다. 2시 반까지 여행 손님들과 함께 있었기 때문에 그것보다 빠른 열차를 타는 것은 불가능했습니다."

사카자키는 술술 발착 시각을 말했다. 직업 특성상이라기보다 태연하게 알리바이를 강조하기 위해 확인해두었을 것이다. 도쿄 역에 도착하자 사카자키는 주오센과 사이쿄센을 갈아타고 도다 역에 내렸다. 마유미의 맨션에 도착한 것은 6시 15분. 5시 반에 도쿄 역을 나왔다면 다른 곳에 들를 시간 여유는 없었다. 그때의 모습을 아내가 버스 정류장에서 목격한 사실을 아직 본인은 모르는 것 같았다. 사카자키의 표정을 냉정하게 관찰하면서 경시는 그렇게 생각했다.

"니시나 씨 집에 도착한 이후 밖에 나간 적은 없습니까?"

"담배가 떨어져서 가까운 자판기까지 사러 갔습니다. 마유미의 집에 도착한 뒤 15분 정도 뒤였던 것 같네요."

"6시 30분쯤이라는 말씀이시군요. 그때 니시나 씨의 담배도 샀습니까?"

"어떻게 그걸 아시죠? 그렇구나! 미도리가 보고 있었던 거야! 이 여자가 정말."

사카자키는 분한 듯이 혀를 찼다. 구노는 시치미를 뗀 얼굴로 사정청취를 계속했다. 마유미가 전화로 주문한 피자가 배달된 것이 7

시 직전, 미도리가 인터폰을 눌러 마유미와 문답을 시작한 것은 두 사람이 피자를 먹고 있을 때였다고 했다. 요스케는 깜짝 놀랐지만 절대로 자신이 왔다고 말하지 말고 집으로 들어오지 못하도록 마유미에게 명령했다. 인터폰을 끊은 뒤에도 계속 벨이 울렸고, 벨이 멈추자 두 사람 모두 가슴을 쓸어내렸다고 했다.

하지만 그 시점에서 사카자키는 니조 그랜드하이츠를 떠날 생각은 없었다. 집으로 돌아가는 것은 분명히 부자연스럽고, 만일 미도리가 맨션 밖에서 기다리고 있다면 더 이상 변명할 여지가 없었다. 마유미의 방에서 하룻밤을 자고 내일 저녁에 태연한 얼굴로 귀가해서 시치미를 떼면, 바람 피운 증거는 없는 것과 같다고 대수롭지 않게 생각한 것 같다. 그런데 밤이 깊어지자 갑자기 경찰이 와서 사카자키는 마유미의 맨션에서 도망 나올 수밖에 없었다.

"그때 우리 집에서 그런 사건이 일어났다는 것은 알지 못했습니다. 미도리가 골탕을 먹이기 위해 경찰에 장난처럼 신고한 것이 틀림없다고, 처음엔 그렇게 생각하고 부랴부랴 도망간 것입니다. 마유미가 인터폰으로 경찰과 대화하는 틈에 방을 나와 맨션 비상구를 통해 살짝 밖으로 나왔죠. 집에 돌아갈 이유도 없어서 신주쿠까지 가서 아까 말한 비즈니스호텔에 묵었는데 불륜 현장을 들키는 게 싫었을 뿐이지 경찰에게 켕기는 게 있는 건 아니었습니다."

사카자키는 보기에 괴로울 정도로 마지막 말을 강조했다. 진술이 일단락되자 경시는 천천히 입을 열었다. 이 남자에게는 한마디해 주고 싶은 말이 있다.

"그런데 사카자키 씨, 부인이 니조 그랜드하이츠의 현관 우편함에 니시나 마유미 씨를 모략하는 유인물을 뿌린 것은 알고 있습니까?"

"예. 마유미에게 잠깐 들었습니다. 구체적인 내용은 가르쳐주지 않았지만요."

"그럼, 보세요. 이것이 그 유인물입니다."

경시는 미도리가 써서 복사한 것을 들이밀었다. 사카자키는 순식간에 얼굴이 굳어지며, "그 여자가 이런 노골적인 글을 쓰다니" 하고 중얼거렸다. 경시는 엄한 목소리로 말했다.

"부인은 어젯밤, 니시나 씨가 동생을 살해한 범인이라고 지목했습니다. 자신을 죽이려 했는데 사람을 잘못 보고 아카네 씨를 찔렀다는 것이죠. 하지만 처음에는 당신도 의심한 것 같습니다. 만약 부인의 진술에 의해 알리바이가 성립되지 않았다면, 우리는 당신이나 니시나 씨 중 한 명을 살인범으로 단정했을 겁니다. 당신들 두 사람이 자유의 몸으로 있는 것은 미도리 씨 덕분임을 잊지 마세요. 부인은 이번 일을 계기로 당신이 정신을 차리고 자신에게 돌아올 것이라고 확신하고 있습니다."

사카자키는 칠칠치 못하게 입을 벌린 채 표현하기 어려운 눈빛으로 경시를 보았다. 경시가 고개를 흔들고 내뱉듯이 말했다.

"오늘은 이 정도로 마치겠습니다. 돌아가셔도 됩니다."

사카자키 요스케를 돌려보내자 할 일이 없이 따분해졌다. 노리즈키 경시는 평소보다 빨리 일을 마치고, 일단 경시청으로 가기로 했다. 돌아가는 차에서 운전석에 앉은 구노 경부는 거의 말이 없었다. 미간을 잔뜩 찌푸린 채 운전이 아닌 다른 것에 골몰하고 있었다.

"사카자키의 진술에서 마음에 걸리는 게 있는데요."

경시청 집무실의 데스크에 앉아 경시가 담배에 불을 붙이자 예상대로 구노가 그런 말을 꺼냈다.

"니시나 마유미의 알리바이에는 구멍이 있지 않습니까?"

"왜 그렇지?"

"마유미는 5시 30분에 집으로 돌아온 후 계속 맨션의 자기 방에 있었다고 말했지만 7시 전에 피자를 배달한 배달원의 증언을 제외하면, 오후 6시대의 알리바이를 받쳐주는 것은 방에서 같이 있었다고 말하는 사카자키의 진술뿐입니다. 그러나 사카자키와 마유미가 공모해서 미리 말을 맞추어놓았다면 어떨까요? 마유미는 5시 30분에 일단 귀가해서, 화장품 판매원을 가장한 사카자키 미도리를 현관에서 쫓아버린 후 그녀에게 들키지 않게 비상구를 통해 맨션을 빠져나와 벨코포 규덴으로 갑니다. 한편 교토에서 신칸센으로 도쿄에 돌아온 사카자키는 6시 15분에 니조 그랜드하이츠를 방문해서 스페어 키로 오토록의 현관문을 열고 아무도 없는 512호실에서 마유미가 돌아오기를 기다립니다. 한 시간 반의 공백이 있으면 니시나 마유미가 차로 세타가야의 규덴까지 왕복해서 7시 직전에 니조 그랜드하이츠의 자기 집으로 돌아오는 것은 결코 불가능하지 않다고 생각합니다."

"아니, 6시 40분에 피자 주문을 한 것이 여자 목소리였다는 증언을 잊어서는 안 돼. 게다가 연휴 행락객으로 꽉 차 있을 시간대인데 범행과 현장의 위장공작에 필요한 시간을 더한다면, 한 시간에 도다 시에서 세타가야까지 왕복하는 것은 조금 어렵지 않을까?"

"전화 목소리 정도는 얼마든지 속일 방법이 있을 겁니다."

즉시 구노가 말하자 경시는 쓴쓴하게 웃으며 말했다.

"왠지 우리 아들 말버릇 같구먼. 하지만 두 사람의 공모설에는 큰 문제가 있어. 마유미의 알리바이를 받치고 있는 것은 사카자키의 증언만은 아니야. 아까 사카자키에게도 말했지만, 아내의 목격증언이 없었다면 두 사람이 아무리 입을 맞추어도 아무런 의미가 없지. 어제 오후 미도리가 마유미의 맨션을 감시하러 간 것은 우연히 남편의 출장 일정에 의문을 품고, 그 의문을 집에 놀러 온 동생에게 털어놓은 것이 계기였지. 만약 미도리가 동생의 충고를 무시했다면 두 사람의 알리바이는 더 불확실한 것이 되었을 뿐이고, 그 정도 알리바이로는 경찰의 추궁을 피할 수 없다는 것을 두 사람도 알고 있었을 거야. 사카자키와 마유미가 그런 위험한 다리를 건넌다는 것은 아무래도 생각하기 힘들군."

"그렇기 때문에 그것이 포인트가 아닐까요? 반대로 생각해보면 어떻습니까? 사카자키가 아내의 성격을 고려하여 그렇게 행동할 것을 충분히 예상하고 이번 범행 계획을 세웠다면? 미도리가 남편의 바람기를 눈치채고 출장 일정에 의심을 품은 것도 사실은 사카자키가 그의 생각대로 움직이도록 미리 포석을 깔아놓은 것은 아닐까요? 서재의 잘 보이는 장소에 마유미의 연하장을 방치해놓은 것도 범행 당일 오후에 미도리를 도다 시의 니조 그랜드하이츠로 불러내기 위해서였죠. 사카자키는 아내의 감시를 눈치채지 못한 척했지만 사실은 그렇지 않았고, 처음부터 그녀를 알리바이의 증인으로 만들 생각이었다면? 6시 30분에 본인과 여자의 담배를 사러 나온 것도 밖에서 감시하는 미도리에게 마유미가 방에 있다고 오해하도록 일부러 그런 행동을 한 것이 아닐까요?"

"공교롭게도 그 추리는 근본적으로 완전히 앞뒤가 뒤바뀌었군."

경시는 담배 연기를 뿜어내며 냉정하게 말했다.

"왜냐하면 범행 당일 오후, 아내를 알리바이의 증인으로서 도다시로 유인할 것을 사카자키가 계획했다면, 같은 시각에 벨코포 규덴 206호실에 미도리가 없다는 것을 처음부터 알고 있기 때문이지. 당연히 공범자 마유미가 미도리를 죽이러 갈 리가 없지. 사카자키와 마유미 두 사람에게 미도리가 아니라 동생 아카네를 살해할 동기가 있다고 한다면 이야기는 다르지만, 아무리 생각해도 그런 가능성은 생각하기 힘들군. 남편과 아내, 그리고 애인의 증언에 얽매여 진상을 놓치지 않도록 주의하는 것이 좋아."

구노는 자신의 실수를 지적받고 눈을 깜박였다. 경시는 구노를 위로하고 담뱃불을 끄고 돋보기를 쓰고, 부재 중 책상 위에 쌓인 서류 더미로 눈을 돌렸다. 도내에서 새로 발생한 살인사건 보고가 한 건. 오늘 오후 세타가야 구 다이시도 공원에서 20대 후반의 여성 교살사체가 발견되었다고 한다. 세타가야 서에서는 노상강도의 범행으로 보고 수사본부 설치를 요청했다.

황금연휴 이틀째지만 일이 많은 수사1과의 인원을 나누어 그쪽에도 보내야 한다. 관리직으로서는 머리가 아픈 부분이었다. 한바탕 회람 도장을 찍고서 다음 서류를 보았다.

벨코포 규덴의 범행 현장에서 압수한 증거 물건에 관해 감식에서 분석보고가 와 있었다. '이콜 Y'라는 다잉 메시지가 남은 메모패드와 피해자가 오른손에 쥐고 있던 2색 볼펜의 자세한 검사 결과를 읽던 도중 경시는 고개를 갸웃할 수밖에 없는 기묘한 부분에 부딪쳤다.

"응? 이건 도대체 무슨 의미지?"

보고서를 보여주자 구노도 고개를 갸웃했다. 경시는 곧바로 내선 버튼을 눌러 감식 담당관을 호출했다. 보고서에 기재된 것을 질문하자 "검사 결과는 틀림없습니다"라는 확신에 찬 대답이 돌아왔다.

보고서를 사이에 두고 경시와 구노는 얼굴을 마주 보았다. 두 사람 모두 여우에 홀린 듯한 얼굴을 하고 있었다. 그 검사 결과가 무엇을 의미하는지 도무지 알 수 없는 표정이었다. 마침내 구노가 말했다.

"완전히 두 손 들었습니다. 역시 아드님에게 지혜를 빌릴 수밖에 없네요."

그날 밤, 집으로 돌아온 노리즈키 경시는 철저히 시간을 들여 벨코포 규덴의 살인에 관한 조사 상황을 모두 아들에게 말했다. 린타로는 황금연휴 다음 날 원고 마감이 있다며 처음에는 그다지 사건에 뛰어들 생각이 없는 것 같았는데, 화제가 이콜 Y라고 하는 다잉 메시지 대목에 이르자 눈을 빛내며 강한 호기심을 보였다. 경시가 마음속으로 미소 지은 것은 두말할 필요도 없었다.

"이것이 지금까지 알고 있는 사실인데, 너는 어떻게 생각하니?"

대강 사건의 개요를 설명한 뒤 경시가 물었다. 린타로는 다잉 메시지의 사진(편광 렌즈로 자국이 떠오르도록 촬영한 것)을 꼼꼼히 살펴보았다.

"음, 이것을 니시나 마유미의 니시라고 읽는 것은 억지로 갖다 붙인 인상을 지울 수 없군요. 사카자키 미도리가 그렇게 주장하고 싶어 하는 마음은 알겠는데, 그렇다고 해도 한 가지 이해할 수 없는 점이 있습니다. 살해당한 아다치 아카네는 마유미와 전혀 면식이 없었겠지요. 언니에게 형부의 애인 이름을 들었다고 해도 갑자기 습격당한 아카네가 얼굴도 알지 못하는 상대를 마유미라고 특정한다는 건 무리가 아닐까요?"

"네 말대로다. 범인이 스스로 이름을 말했다면 모르지만, 그런 연극 같은 짓을 할 필요는 없었겠지."

"그리고 택배 배달원이 범인이라는 것을 나타내려고 야마네코 운송의 트레이드마크를 그려서 남겼다고 하는 것은 확실히 재미있는 아이디어라고 생각합니다만, 유감스럽게도 얼굴 그림을 그리는 순서가 틀립니다. 그림의 위 아래가 반대로 되는 경우는 있을 수 있지만, 귀와 눈부터 먼저 그리는 것이 일반적인 순서가 아닐까요? 물론 이것만이 부정하는 충분한 이유가 아니지만요."

린타로가 싱글싱글 웃으며 말하자 경시는 얼굴을 붉히며 머리를 긁었다.

"그 건에 대해서는 눈 감아줘라. 죽은 아이의 나이를 세는 것 같은 말을 해도 어쩔 수 없는 법이다. 말끝을 잡지 말고 너의 의견을 들려줄 순 없겠니?"

"그렇군요. 몇 가지 생각나는 것이 있는데…… 아버지는 이 다잉 메시지가 위조되었을 가능성은 생각해보셨나요? 예를 들어 처음 발견자인 사카자키 미도리가 남편의 애인에게 죄를 뒤집어씌우기 위해서요."

"미도리가 범인이라는 말이냐? 그렇지만 그 여자에겐 확실한 알리바이가 있어."

경시가 말하자 린타로는 고개를 가로저었다.

"그렇지는 않습니다. 동생의 시체를 발견했을 때 미도리는 가장 먼저 남편의 범행이 아닌가 의심했을 것입니다. 남편을 감싸고 그 의심을 불륜 상대인 니시나 마유미에게 향하게 하기 위해 그 장소에서 순간적으로 가짜 다잉 메시지를 만들었을 가능성이 있죠. 집에 돌아온 미도리가 거실에서 시체를 발견하고, 밖에서 기다리고 있던 츠부라야 아케미가 있는 곳으로 돌아가는 동안 아주 잠깐이지만 틈이 있었겠죠. 그동안에 아카네의 볼펜으로 전화용 메모패드에 니시ㄴ, 즉 니시나 마유미를 가리키는 메시지를 쓴 뒤 볼펜을 피해자의 오른손에 쥐여주었다면? 다만 그것만으로는 너무나 일부러 만든 티가 나기 때문에 메모패드의 첫 장을 찢어낸 후 범인이 가져간 것으로 위장합니다. 물론 아래 종이에 볼펜 자국이 남는 것을 계산하고요."

"흠, 가설로서는 꽤 흥미 있지만 실제로는 무리야. 피해자의 손가락에는 강경성 사후강직이 있었지. 미도리가 시체를 발견한 8시 30분쯤에도 이미 그 징후가 나타나서 시체의 오른손에 볼펜을 쥐여주는 것은 불가능했을 거다. 아카네가 죽을 때부터 볼펜을 쥐고 있었다고 해도 시체의 오른손을 들어서 메모패드에 볼펜을 눌러서 메모를 썼다면 감찰의가 뭔가 이상한 점을 눈치챘을 거야. 한 가지 말하지 않은 것이 있는데, 이 건에 이상한 점이 있다. 감식 보고서에 이해되지 않는 기술記述이 있는데 그 문제가 계속 머리를 떠나지 않는구나."

경시는 의미 있는 목소리로 말했다. 아들의 주의를 끌기 위해 가장 맛있는 먹이를 최후까지 남겨놓았던 것이었다. 예상대로 린타로의 눈빛이 달라졌다.

"이해되지 않는 기술이라고요?"

"피해자가 쥐고 있던 빨강과 검정 2색 볼펜을 자세히 조사한 결과, 검은 볼펜의 볼 홀더는 잉크가 떨어져 얼마 전부터 전혀 쓸 수 없는 상태였다는 거다."

"검은 쪽이 쓸 수 없는 상태요? 하지만 아버지가 현장에서 조사했을 때에는 검은 쪽 노커가 눌려져 있었다고 했잖아요?"

"그렇다. 게다가 보고서의 기술은 아직 끝나지 않았다. 메모패드에 남아 있던 이콜 Y의 흔적은 잉크가 나오지 않는 볼펜의 끝으로 직접 쓴 것은 아니라고 하더라. 글씨를 눌러 쓴 상태와 메모지의 표면 상태로 볼 때 한 장 위의 종이에 적은 글자 자국이 눌러서 남은 것이 틀림없다더구나. 나는 그게 도대체 어떻게 된 것인지 확실히 이해할 수 없었다."

"검은색은 쓸 수 없는 상태였다지만 빨간색은요?"

"그것은 쓸 수 있는 상태라고 했다. 실제로 아카네는 습격당하기 직전까지 미니코미 잡지 인터뷰 원고에 빨간 볼펜으로 교정을 보고 있었지. 그렇지만 그게 도대체……."

"잠깐 기다리세요."

린타로는 갑자기 얼굴 앞에 손을 모아 경시의 말을 막았다. 얼마간 말없이 고개를 숙이고 있더니 다잉 메시지의 사진을 세워놓고 팔짱을 끼었다 풀었다 하며 방 안을 서성거렸다. 동물원 우리 속의 곰처럼.

이윽고 흥분 상태가 가라앉은 뒤 린타로는 경시를 보고 앉아 명랑한 목소리로 말했다.

"빨강과 검정 2색 볼펜. 과연, 재미있군요."

"감식의 검사 결과에서 뭔가 알아낸 것이 있냐?"

경시가 상체를 앞으로 내밀며 묻자 린타로는 싱긋 미소를 지으며 말했다.

"많이 있습니다. 우선 이 다잉 메시지가 범인 또는 관계자 누군가가 고의로 날조한 가짜 단서가 아니라는 것을 알았어요."

"사카자키 미도리의 일인가? 하지만 그건 아까 들었다."

"아뇨. 그것도 있지만 오히려 아다치 아카네를 찔러 살해한 범인이 범행 직후에 다잉 메시지를 위조했을 가능성이 없다는 것이 중요합니다. 아시겠습니까? 이콜 Y의 해석은 일단 제쳐두고, 그것을 작성한 상황에 대해 생각해보죠. 이 메시지가 가짜 단서라면 그것은 어떠한 수순을 거쳐 남은 것이겠습니까? 아까도 말했지만 위조한 메시지를 그대로 메모패드에 쓰는 것은 너무 작위적으로 부자연스럽죠. 그래서 범인은 메모패드 맨 위의 종이에 볼펜으로 이콜 Y라고 쓴 뒤 그 종이를 찢어 가져갔다, 라고 가정할 수 있습니다. 메모를 가져간 것은 거기에 기록되어 있는 단서가 범인에게 불리한 내용의 증거이기 때문입니다. 그렇게 함으로써 메시지를 진짜처럼 보이게 하는 것은 말할 것도 없습니다. 물론 범인은 바로 아래의 메모지에 눌린 볼펜 자국이 남는 것을 예상하고 그와 같은 행동을 한 것이지만요."

경시는 턱을 쓰다듬으며 알 수 없다는 표정을 지었다.

"확실히 나는 현장 상황을 보고 네가 말한 대로 생각했었다. 그래서?"

"그 경우 범인은 메모패드에 메시지를 쓴 뒤 절명한 직후의 피해자의 손에 2색 볼펜을 쥐여주었을 것입니다. 아까 사카자키 미도리의 위조설과 다른 것은 이 점뿐이지만, 그것보다 더 중요한 것은 이 경우에는 범인이 실제로 그 2색 볼펜을 사용했다는 점입니다. 한편 시체 발견시에 피해자가 쥐고 있던 볼펜, 검은 쪽 노커가 눌려진 상태였다는 사실은 범인이 검은색으로 위조 메시지를 쓰려고 한 것을 나타냅니다. 시체에 볼펜을 쥐여주기 전과 후에 볼펜 색을 바꾸는 것은 의미가 없을 뿐 아니라 수사관의 의심을 사고 메시지의 진실성이 사라질 뿐입니다. 그러나 범인이 검은색으로 위조 메시지를 쓰려고 했다면, 그 시점에서 볼펜의 검은 잉크가 떨어져 있어 쓸 수 없다는 것을 알았을 겁니다."

"흠, 그건 네가 말한 대로지."

"그렇다면 범인은 빨간 노커를 눌러 빨간 글씨로 메시지를 쓰면 됩니다. 빨간색은 쓸 수 있었으니 그것이 가장 자연스럽고 이치에 맞습니다. 그리고 빨간색 볼 홀더를 나오게 한 상태로 볼펜을 피해자에게 쥐여주었다면 아무런 문제도 없었을 것입니다. 그런데 실제로는 그렇지 않았죠. 이것은 확실히 모순입니다. 따라서 이 가설의 전제 자체가 잘못되었다는 것입니다. 바꿔 말하면, 이콜 Y라는 기호는 범인이 고의로 날조한 가짜 단서가 아니라 피해자 본인이 써 남긴 진짜 다잉 메시지라는 것입니다."

경시는 머리의 혈액순환을 돕기 위해 담배에 불을 붙였다. 아들의 말재주에 넘어간 기분도 들었지만 지금까지의 논증에 굳이 이견을 내놓을 것도 없었다. 연기를 가늘게 내뿜으며 이야기를 계속하도록 재촉했다.

"그런데 다음에 생각해야 할 것은 아다치 아카네가 2색 볼펜의 어느 색을 사용해서 메시지를 남겼는가 하는 문제입니다. 우선 검은색부터 검토해보죠. 물론 피해자는 자기가 사용하는 볼펜이기 때문에 검은 잉크가 떨어져서 쓸 수 없다는 것 정도는 알고 있었을 테죠. 그럼에도 구태여 검은 노커를 눌러 메모패드에 메시지를 남겼다면 그 이유는 하나밖에 생각할 수 없습니다. 그 이유를 아시겠습니까, 아버지?"

"그래, 그 정도는 알겠다. 뒤에서 범인이 돌아올 경우에 대비해서, 언뜻 보아서는 아무것도 쓰여 있지 않은 상태로 보이는 자국만 있는 백지 메시지를 써서 남기려고 한 거지. 그렇게 해서 범인을 속이려고 했겠지."

"명답! 역시 아버지는 날카롭군요." 린타로는 장난스러운 표정을 지어 보였다. "하지만 그래도 이 경우에는 들어맞지 않습니다. 왜냐하면 감식 결과로 밝혀졌듯이 메모패드에 남겨진 메시지는 잉크가 없는 볼펜 끝으로 직접 쓴 자국이 아니라, 바로 위에 있는 종이에 쓴 글자가 밑의 종이에 자국이 남았다는 것 때문이죠. 그렇다면 위의 종이에 쓰인 오리지널 메시지는 아버지가 생각한 대로 범인이 찢어서 가져갔다고밖에는 생각할 수 없습니다. 즉 피해자가 보이지 않는 백지 메시지로 범인을 속이려고 했지만 범인은 그 흔적을 눈치챈 거겠죠. 그러나 아버지, 조금 생각해보세요. 잉크가 나오지 않는 볼펜으로 쓴 백지 메시지의 존재를 알고 그것을 찢어서 가져갈 정도로 주의 깊은 범인이 메모패드 바로 한 장 아래에 있는 종이에 남은 볼펜 자국을 그냥 지나치는 일이 과연 있을 수 있을까요?"

경시는 감탄하고 신음 소리를 냈다. 아들이야말로 상당히 날카롭다.

"역시. 확실히 그런 실수는 하지 않겠지. 그러면 그 가능성도 아니라는 것이겠군. 그렇다면 남은 가능성은 단 하나. 아카네는 빨간색 볼펜으로 메시지를 써서 남겼다는 것이 되는데, 그래도 역시 중요한 의문은 풀리지 않지. 피해자가 쥐고 있던 볼펜의 글자색이 바뀐 것은 왜일까, 라는 의문."

"예, 그게 문제입니다."

린타로는 대답하고 이야기를 계속해서 말라버린 입술을 핥았다.

"우선 피해자 본인이 메시지를 남긴 직후 검은 노커를 눌러 볼펜 색을 바꾸었을 가능성은 없겠죠. 일부러 그런 일을 할 이유도 없고, 그녀는 그때 거의 숨이 넘어가서 메시지를 남기는 일에 온 힘을 다하고 있었을 테니까요. 따라서 볼펜 색을 바꿀 여유는 없다고 보아도 좋겠죠. 또 그녀가 숨진 직후에 근육의 반사적인 운동이나 또는 무언가의 작용으로 우연히 검은 노커가 눌려졌다는 것도 생각하기 어렵고요. 그와 같은 우발적인 일이 일어날 가능성은 제로라고는 할 수 없어도 한없이 낮을 것입니다. 이 두 가지가 아니라면 검은색 노커를 눌러 볼펜 색을 바꾼 것은 그녀를 살해한 범인의 소행이라고밖에는 생각되지 않습니다."

"하지만 그것은 논리적으로 모순이 아니냐? 너는 아까 수사관의 의심을 살 위험이 있기 때문에 범인이 볼펜 색을 바꾸는 것은 있을 수 없다고 말했을 텐데."

경시가 묻자 린타로는 사려 깊은 표정으로 답했다.

"아뇨. 그것이 있을 수 없다고 한 것은 범인이 검은색 볼펜으로 쓸 수 없다는 것을 알고 있는 경우에 한합니다. 그러나 실제로 범인은 그 사실을 몰랐습니다. 게다가 범인은 피해자가 빨간색으로 쓴 메모지를 찢어서 갖고 갔습니다. 때문에 볼펜 색이 바뀐 것을 범인이 모를 거라고 생각했을 겁니다."

"알겠다. 그렇다면 왜 범인은 그런 짓을 했지?"

린타로는 휴우 한숨을 쉬고 말했다.

"이제부터는 약간의 추측이 들어갑니다. ……범인이 볼펜 색을 바꾼 것은 빨간 잉크로 기록된 피해자의 다잉 메시지를 메모패드에서 찢어 가져간 것과 같은 이유에 근거한다고 생각합니다. 가능하다면 피해자의 손에서 볼펜을 빼고 메시지가 남은 흔적 자체를 없애려고 하지 않았을까요? 그러나 그때는 어떤 사정으로, 그것은 나중에 설명하겠습니다만, 그렇게 할 수 없었던 거죠. 때문에 범인은 차선책으로 볼펜의 글자 색을 바꾸기로 했습니다."

"기다려. 범인이 메모패드의 메시지를 찢어서 갖고, 볼펜도 가져가고 싶어 했다는 것은 심리적으로 납득할 수 있다. 그러나 차선책으로 볼펜 색을 바꾼다고 하는 점은 이해되지 않는구나. 왜 그게 차선책이지?"

"메모패드에 남겨진 메시지의 내용에 관계없이 처음부터 범인은 다잉 메시지가 빨간 잉크로 쓰였다는 것 자체를 알리고 싶지 않았기 때문이 아닐까요? 물론 피해자가 그렇게 한 것은 그것 외에는 뭔가 쓸 수 있는 방법이 없었기 때문인데, 범인은 그것까지 생각하지 못했죠. 빨간 볼펜으로 기록된 메시지를 발견했을 때 글자 색의 선택에도 피해자의 의도가 반영되어 있다고 생각했습니다. 그래서 범인은 메모패드의 메시지를 찢는 것만 아니라, 피해자가 쥐고 있던 볼펜에도 손을 댄 것이라고 생각합니다."

"그렇다면 검은색으로 바꾸지 않고 빨간색 볼 홀더를 안으로 넣는 것만으로 충분하지 않겠냐?"

"상식적으로 생각하면 아버지 말씀대로입니다. 그러나 범인은 구태여 그렇게 하지 않았고 볼펜 색을 검은색으로 바꾸었습니다. 바꿔 말한다면, 그만큼 빨간색으로 쓰였다는 것을 알리고 싶어 하지 않았다는 뜻이 아닐까요? 간단히 볼 홀더를 안에 넣는 것만으로는 어떤 색이 사용되었는지 가능성이 반반이기 때문이죠. 범인은 검은 노커를 눌러놓아서 피해자가 빨간색으로 메시지를 기록했다는 사실을 완전히 없애려고 했습니다. 아마 순간적 판단으로 그렇게 했다고 생각합니다."

"흠, 하지만 범인이 그 정도로 빨간 글자를 싫어한 것은 왜냐?"

경시가 문자 린타로의 눈이 더욱더 날카로워졌다.

"그렇죠. 거기서 저는 생각했습니다. 범인이 빨간색 메시지를 싫어한 이유는 어쩌면 잉크색 자체가 범인을 나타내는 단서가 아니었을까 하고요. 예를 들어 범인 이름 일부에 아카赤(빨강) 혹은 붉은색 계통의 색을 표시하는 문자가 포함되어 있다면 어떨까요? 이 경우 범인이 아주 예민하게 반응하게 되었다고 해도 이상하지 않습니다. 확실히 사건 관계자 중에 그런 이름을 가진 사람이 있지요."

"붉은색 계통이라고 한다면 아카네의 이름뿐이지만 그녀는 피해자이니 해당하는 인물은 아니지. 어? 잠깐. 네가 말하려는 건 붉은색의 주朱, 205호실 츠부라야 아케미円谷朱美냐?"

린타로는 고개를 끄덕였다. 경시는 너무 놀라서 눈을 크게 떴다.

"그렇지만 그건 너무 터무니없다. 첫째, 그 정도 증거로……"

"그런데 근거는 이것뿐만이 아닙니다. 츠부라야 아케미의 일을 염두에 두고 다시 한 번 이 이콜 Y라는 메시지에 주목하세요. 됐습니까? 아버지는 지금까지 이 두 개의 기호, 또는 문자의 위치 관계에 대해 그다지 깊이 생각해보지 않았습니다. 그러나 잊으면 안 되는 것이 하나 있습니다. 이 이콜 Y라고 하는 메시지는 피해자가 직접 종이 위에 기록한 오리지널 필적이 아니라 메모패드 아래 종이에 복사된 흔적에 지나지 않습니다. 그렇다면 복사가 되는 과정에서 복사가 다르게 될 가능성도 있지요."

복사가 다르게? 경시는 고개를 갸웃했다.

"겹쳐진 메모지 위에 쓴 글자가 아래에 남았을 뿐인데? 복사가 다르게 될 리가…… 그런가! 요컨대 메시지를 쓰는 도중 아래 종이가 움직였을 가능성이 있다는 말이군."

"그렇습니다. 그런 메모패드는 사용한 종이를 찢어낼 때 사용하지 않은 종이까지 반 정도 중심에서 벗어나는 일이 자주 있습니다. 피해자가 오리지널 메시지를 기록했던 메모지도 그런 상태가 되었는지도 모릅니다. 빨간 볼펜으로 메시지를 쓰는 도중에 그 종이가 움직였다고 해도 이상하지 않습니다. 그 결과로 이 이콜(=)과 Y라고 하는 두 기호의 위치관계가 위의 종이와 다르게 아래 종이에 남은 것입니다."

경시는 새삼스럽게 다잉 메시지의 사진을 보았다. 잠시 뒤 그 입에서부터 깜짝 놀란 외침이 터져나왔다.

"이콜 Y가 아니라 ¥인가? 엔円, 즉 츠부라야円쑝라는 것이군."

"예. 그리고 그 기호는 빨간 볼펜으로 쓰여 있었습니다. 츠부라야 아케미라는 이름을 나타내는 것은 불 보듯 분명하죠. 피해자는 택배 운송장을 보고 그녀의 풀네임도 알고 있습니다. 제 생각에는 아케미가 이 메시지를 눈치챈 것은 범행 직후가 아니라 사카자키 미도리가 귀가해서 동생 시체를 발견한 뒤 같습니다. 미도리가 바깥 통로로 뛰쳐나오고 아케미가 혼자서 범행 현장으로 들어갔습니다. 그때 빨간색으로 ¥라는 메시지가 기록된 메모패드를 발견한 아케미는 자신의 범행을 나타내는 단서라는 걸 알고 급히 메모지를 찢었습니다. 그리고 아케미는 시체의 손에서 볼펜을 빼내려고 했지만, 이미 사후강직이 시작돼 있어서 그럴 수가 없었지요. 미도리가 밖에 있었기 때문에 꾸물거릴 새도 없었을 겁니다."

"흠, 아까 말했던 어떤 사정이란 이 말이군."

"그렇습니다. 그래도 아케미는 피해자가 빨간 볼펜으로 메시지를 남겼던 것에 주의를 쏠리게 하고 싶지 않았겠죠. 그래서 차선책으로 피해자의 손에서 튀어나온 검은 노커를 눌러놓았습니다. 검은색 볼펜이 나오지 않는다는 것도 모르고 말이죠. 그때 지문을 남기지 않으려고 손톱 끝으로 노커를 누른 것은 말할 필요도 없고요."

앞을 가로막고 있던 의문이 사라지는 것을 느끼면서도 경시는 아직 반신반의했다. 머릿속을 맴돌고 있는 의문을 린타로에게 던져보았다.

"확실히 다잉 메시지에 관해서는 그것으로 논리가 선다. 그러나 츠부라야 아케미가 범인이라면 살인 동기는 뭐지? 동생 아카네와 얼굴 정도는 안다고 했으니, 언니 미도리로 잘못알고 죽였다고는 생각할 수 없다. 그렇다고 특별히 친하지도 않은 동생을 죽일 이유가 있었을까?"

"이것은 어디까지나 상상이지만, 범행은 발작적인 것이었다고 생각합니다. 어제저녁 택배 물건 때문에 아케미와 아카네 사이에 뭔가 다툼이 있었던 것은 아닐까요? 전에 이웃에 맡긴 짐들은 문제가 없었다고 했지만 어제는 전례가 깨진 것이죠. 205호실 물건을 받아놓은 것은, 친한 이웃인 사카자키 미도리가 아니라 동생 아카네였기 때문입니다. 부재 연락표를 보고 짐을 찾으러 간 아케미는 뭔가 사소한 일로 현관에서 아카네와 말다툼을 했겠지요. 머리에 피가 치솟은 아케미는 일단 빈손으로 집으로 돌아와 칼을 찾아 숨긴 채 다시 206호실을 방문했을 겁니다. 사과하는 척하며 안으로 들어갔겠죠. 그리고 방심하고 있던 아카네의 등을 갑자기 칼로 찔렀습니다. 그리고 강도의 소행으로 보이도록 공작한 후에 현관문을 잠그고 베란다를 통해 자기 집으로 돌아가면 됩니다. 미도리가 귀가했을 때 아케미가 태연한 얼굴로 206호실에 나타난 것은 배달된 물건을 이웃에 맡겨놓은 것과 마찬가지로 택배 물건 때문에 아카네와 말다툼한 일을 숨기기 위한 위장 행위였다고 생각합니다. 츠부라야 아케미의 어제저녁 알리바이를 확인했습니까?"

아들에게 지적당할 때까지 왜 그 가능성을 눈치채지 못했을까? 경시는 자신의 실수를 통감하면서 고개를 저었다.

"아니, 사카자키 부부에게 완전히 신경을 집중해서 그쪽은 나중에 하기로 했다. 가족과 유원지에 갔다 와서 레스토랑에서 이른 저녁을 먹고 7시 30분에 귀가했다고 했는데 의심이 가는군. 좋아, 내일 아침 아케미의 알리바이를 조사하겠다."

그러나 사건이 해결될 것이라는 기대는 깨끗이 빗나갔다. 다음 날 수사관의 탐문수사로 츠부라야 아케미의 오후 6시대 알리바이가 입증되었기 때문이었다.

범행 당일 오후 6시부터 6시 50분까지, 아케미와 가족 세 명은 요미우리 랜드 근처 패밀리 레스토랑에서 저녁을 먹었다. 레스토랑 점원이 츠부라야 가족의 테이블을 기억하고 있었고, 결제 전표의 기록과 일치해서 아케미의 진술이 사실이라는 게 확인됐다. 의심스러운 부분은 조금도 없었다.

츠부라야 아케미는 아다치 아카네를 살해한 범인이 아니다. 믿고 의지했던 린타로의 추리도 틀렸던 것이다.

에필로그 _ 무대 뒤에서

엘러리 퀸이 다잉 메시지 테마에 집중하고부터 필연성과 추리를 등한히 한 것은 확실하지만 다른 테마의 작품도 그렇다고 할 수 있다. 대개 『하트 4 The Four of Hearts』(1938)부터 이상하게 되었다. 추리를 중점으로 하는 장편을 계속 쓰는 것은 힘든 일인지도 모르겠다. 또는 독자의 기호가 바뀌어 에도가와 란포가 일본의 독자를 한탄했듯이 미국 독자도 논리의 흥미를 잃은 것은 아닐까? 두 명의 퀸 씨에게 무례하지만 이 창작 태도 변화의 연유를 날카롭게 물어보고 싶다.

- 쓰즈키 미치오, 『노란 방은 어떻게 개장되었나』

꽉 막힌 느낌을 부정할 수 없었던 수사선상에 생각지도 못한 돌파구가 열린 것은 아다치 아카네가 살해된 뒤 닷새가 지난 5월 3일, 헌법기념일의 일이었다.

그날 아침 세이초 서의 수사본부에 얼굴을 내민 노리즈키 경시는 수사관 한 명으로부터 기묘한 보고를 들었다. 세타가야 서 관내에서 발생한 살인사건 수사와 관련하여 어제 세타가야 서에서 사카자키 부부에 관련된 문의가 있었다는 것이다.

"세타가야 서 관내에서 일어난 살인사건이라면 4월 30일 낮, 다이시도 공원에서 나고야에 사는 여성이 강도에게 습격당해 죽은 사건 말인가?"

"그렇습니다. 확실히 모르지만 그 여성이 살해당하기 전날 벨코포 규덴의 206호실에 전화를 걸었던 것 같습니다."

"사카자키 부부 집에 전화를?"

여성이 살해당하기 전날이라면 아다치 아카네가 살해당한 4월 29일이다. 연속해서 일어난 두 사건이 어떤 관련이 있을까?

경시는 지푸라기라도 잡고 싶은 심정이었다. 부랴부랴 세타가야 서에 연락하여, 30일에 일어난 강도 살인사건에 관한 수사 정보를 이쪽으로 보내도록 수배했다. 그리고 잠시 생각한 뒤 집에 전화를 걸어 자고 있는 아들을 깨워서 다짜고짜 말했다.

"지금 바로 세이초 서로 와라. 아주 급한 일이다."

그는 아들의 대답도 듣지 않고 전화를 끊었다. 아주 급한 일이라고 말한 것은 엉뚱한 계기로 사건이 단숨에 해결될 것 같은 예감이 들었기 때문이다. 글을 쓰는 아들을 관할 수사본부로 부르는 것은 아무리 해도 정공법이라고는 할 수 없지만 가끔 바깥 공기를 쐬는 편이 아들의 생각을 날카롭게 할 것이다.

수사회의를 소집하기보다 아들의 조언을 들으려는 자신을 생각하고 경시는 자신도 모르게 씁쓸하게 웃었다. 아무래도 세타가야 서의 수사본부도 손을 놓고 있는 것 같았다. 곧바로 수사 자료를 복사해 갖고 데스크 담당 경부가 특별히 찾아왔기 때문이다.

4월 30일 오후 2시 30분경, 다이시도 공원 화장실에서 20대 후반의 여성이 쓰러져 있는 것을 발견했다. 발견한 사람은 근처에 사는 주부로, 목에 나일론 끈이 감겨 있었다고 했다. 누군가 목을 졸라 살해한 것이 명백했다.

사망 추정 시각은 그날 오후 1시 30분 전후. 대낮 범행임에도 유력한 목격정보는 없었다. 시체에 난폭한 짓을 한 흔적은 보이지 않았고, 지갑 등의 소지품이 없어진 것으로 보아 처음에는 노상강도의 범행이라고 생각했다.

소지품이 사라졌기 때문에 피해자의 신원을 바로 확인할 수 없었지만, 공원 쓰레기통에서 시바 공원의 호텔 이름이 적힌 봉투가 발견되었고, 지문 등으로 피해자가 소지했던 물건으로 판명되었다. 종이 봉투의 내용물은 결혼식 답례품으로 부피가 커서 범인이 버린 것 같았다. 곧바로 호텔에 문의한 결과 살해당한 여성의 신원이 밝혀졌다.

피해자는 나고야 시에 거주하는 도고 유카리라고 하는 28세 여성(가업 도움)으로, 4월 29일 아침 친구 결혼식에 참석하기 위해 신칸센으로 상경했다고 한다. 그날 밤은 피로연이 열린 시바 공원의 호텔에서 1박을 하고, 살해 당일 오전 11시에 호텔에서 체크아웃했다. 부모의 말에 따르면 유카리는 도쿄의 대학을 졸업하고 잠시 도내 회사에서 근무하다가 2년 전에 나고야로 돌아왔다. 30일은 도쿄에서 대학시절 친구와 만나고 밤에 나고야의 집으로 돌아올 예정이었다.

살해당하기 직전 피해자의 발자취를 파악할 수 있었던 것은 옷 주머니에서 새 성냥을 발견했기 때문이었다. 그 성냥에는 범행 현장에서 300미터 정도 떨어진 상가에 있는 찻집의 이름과 전화번호가 인쇄되어 있었다.

그 찻집 카자미도리의 주인은 피해자를 잘 기억하고 있었다. 도고 유카리는 대학시절부터 가게의 단골로 졸업 후에도 자주 가게에 왔다고 했다. 그러나 얼마 동안 보이지 않았는데, 30일 오후 유카리가 오랜만에 가게에 나타났다. 시곗바늘이 1시를 가리키기 조금 전이었다.

"친구 결혼식에 왔다가 들른 것 같았습니다. 대학 친구를 기다린다고 했는데……."

그런데 약속시간이 지나도 기다리는 상대는 오지 않았고 유카리가 안절부절못하고 있을 때 가게에 남자 목소리로 전화가 걸려와서 "그곳에 도고 유카리라는 여자 손님이 계십니까?" 하고 물었다. 시각은 1시 10분경. 주인은 유카리에게 전화를 바꿔주었는데, 전화를 건 남자는 이름을 밝히지 않았다.

전화를 받은 유카리는 잠시 상대와 이야기했다. 이윽고 이야기가 끝나자 만나기로 한 상대는 오지 않는다고 가게 주인에게 말하고 서둘러 계산을 했다. 그때 '담배는 피우지 않지만 모처럼 가게에 온 기념으로'라고 말하며 계산대에 놓여 있던 가게 이름이 들어간 성냥을 주머니에 넣었다고 했다.

노리즈키 경시가 세타가야 서의 데스크 담당과 회의를 하는 장소에 린타로가 시간에 맞춰 나타났다. 경찰서의 한 방을 빌려서 다이시도 공원의 사건 개요를 요약해서 아들에게 설명했다.

린타로는 잠버릇 탓에 헝클어진 머리를 쓸어 넘기며 초조한 듯이 말했다.

"사건 내용은 대강 알겠는데 그것이 벨코포 규덴 사건과 도대체 어떤 관계가 있죠?"

"그렇게 재촉하지 마라. 도고 유카리가 숙박한 호텔 프런트에서 조사한 결과, 객실에서 건 전화 기록이 남아 있다고 하더구나. 유카리가 전화를 건 것은 29일 오후 5시 2분부터 4분까지 한 번뿐이었다. 건 곳의 전화번호를 확인했는데, 그것이 세타가야 구 규덴의 맨션, 벨코포 규덴 206호실이라는 것을 알았다."

경시가 말하자 린타로는 눈을 휘둥그레 떴다.

"사카자키 부부의 집에요?"

"그렇다. 아직 본인에게 확인하지 않았지만 도고 유카리와 사카자키 미도리는 옛날 대학 동창생 같다. 때문에 30일 오후 유카리가 다이시도의 찻집에서 기다렸던 상대는 사카자키 미도리였을 가능성이 높다는 것이지. 네가 오기 전에 구노 경부가 찻집 주인을 만나러 갔다. 대학시절의 미도리 얼굴을 기억하고 있는지 어떤지 사진을 보이며 물어보고 있을 거다. 바로 연락이 오겠지."

"29일 오후 6시 도고 유카리의 알리바이는? 혹시 그 다잉 메시지는 도고*와 Y를 조합했는지도."

경시는 쓴 웃음을 지으며 고개를 가로저었다.

"그건 아니다. 유카리는 친구 결혼식의 피로연에 참석한 뒤 오후 6시부터 롯폰기의 가게에서 열린 2차 모임에 참석하고, 그날 밤은 밤새도록 술을 마셨다고 한다. 함께 있었던 회사 친구들의 증언이 있으니 알리바이는 확실하지. 따라서 도고 유카리가 벨코포 규덴의 사건에 직접 관여한다는 것은 불가능하지."

경시는 거기까지 말하고 어깨를 으쓱했다. 린타로는 이마에 손을 대고 천장을 바라보았다.

"1시 지나서 찻집에 전화를 걸어온 남자가 마음에 걸리는군요."

---

* '등호(=)'의 일본어 발음은 '도고'이다.

"그래, 아마 그 남자가 유카리를 살해한 범인일 거야. 뭔가 구실을 만들어 유카리를 가까운 공원까지 유인하고 그 자리에서 목 졸라 죽였지. 분명히 계획적인 범행이야. 지나가던 강도 짓은 아니야. 소지품을 가져간 것은 강도당한 것처럼 보이게 하기 위한 위장일 뿐이지."

"그렇습니다. 그러나 우발적인 범행이 아니라면 범인은 어떻게 유카리가 그 찻집에 있다는 것을 알았을까요? 카자미도리라고 했죠? 가게 이름은."

"그렇다."

"어? 잠깐 기다리세요."

린타로는 눈을 감더니 카자미도리, 카자미도리라고 몇 번이나 중얼거리다가 갑자기 등을 곧게 펴고 번쩍 눈을 떴다.

"그렇군. 그 다잉 메시지는 그런 뜻이었어!"

"뭔가 알아낸 거야?"

경시가 조심조심 묻자 린타로는 싱긋 웃고 고개를 끄덕였다. 츠부라야 아케미 범인설이 맥없이 부정된 것에 대한 후유증은 없는 듯했다.

"예. 이번에는 틀림없습니다. 같은 실패는 반복하지 않겠습니다. 조금 정리해보죠. 도고 유카리는 29일 오후 5시 지나 벨코포 규덴 206호실에 전화를 걸었습니다. 아마 유카리는 친구 사카자키 미도리와 이야기할 생각이었겠지만, 미도리는 그때 남편 애인의 맨션을 감시하고 있어서 집에 없었죠. 전화를 받은 사람은 집을 지키고 있던 동생 아카네였습니다. 말할 것도 없이 아카네는 아직 살아 있을 때라 전화를 받을 수 있었죠. 유카리의 용건은 무엇이었다고 생각하세요?"

"앞뒤 상황으로 생각하면 다음 날 밖에서 만날 약속을 하려 했겠지. 또는 전에 약속을 했는데 그 확인 전화였는지도 모르고. 시간과 만날 장소 같은 거."

"저도 그렇게 생각합니다. 그리고 그 뒤에 전화를 다시 건 흔적이 없는 이상 유카리는 집을 지키고 있던 동생 아카네에게, 언니에게 메시지를 전해달라고 부탁한 것이 자연스럽겠죠?"

"흠, 그래서?"

"다음 날 유카리의 발자취에서 메시지의 구체적 내용을 추정할 수 있습니다. '도고 유카리 씨로부터 전화. 다이시도의 카자미도리 찻집에서 오후 1시에 만나자.' 최소한 이 정도의 정보를 아카네에게 전한 것은 확실합니다. 그리고 다음은, 유카리에게 전화를 받은 아카네의 입장이 되어 생각해보죠. 그녀는 확실히 메시지를 전하려고 전화 옆에 있던 메모패드에 지금 말한 내용을 기록했던 것입니다. 거실의 사이드보드 위에 메모용 필기도구가 있었나요?"

린타로의 물음에 경시는 범행 현장의 모습을 떠올리며 대답했다.

"그래. 그렇게 말하니 검은 사인펜이 있었다."

"검은 사인펜. 그것이라면 더할 나위 없습니다. 아카네는 유카리의 목소리를 들으면서 만날 장소와 시간의 메모를 적었습니다. 그런데 '카자미도리風見鷄'라는 이름이나 '찻집喫茶店'이라는 단어는 한자 획수가 많아 메모하기가 귀찮죠. 전화를 받는 중이었기 때문에 분명히 미도리는 히라가나나 가타가나로 생략한 메모를 남긴 것이 분명합니다. 종이와 펜을 빌려주시겠습니까? 그러니까 이런 식으로……."

キッサ　　　　　　　　　깃사
カザミドリ　　　　　　 카자미도리

"아카네가 살해당할 때까지 이 메모는 메모패드 맨 위에 있었을 겁니다. 즉 그녀가 누군가에게 등을 찔려 빈사 상태에서 범인을 가리키는 단서를 남기려고 했을 때도 메모패드 위에 이 문자열이 있었던 것이죠. 그럼에도 불구하고 우리가 그 가능성을 놓쳤던 것은 아카네가 전언 메시지를 적은 메모를 사인펜으로 흘려 썼기 때문에 아래 종이에 자국이 남지 않아서입니다."

"그런가. 그 다잉 메시지는 새 메모지에 써서 남긴 것이라고 생각하고 다른 글자가 적혀 있었을 가능성은 생각하지 못했군. 완전한 내 실수야. 그렇다면 피해자는 사인펜으로 쓴 메시지 메모 위에 빨간 볼펜으로 이콜 Y라고 겹쳐서 썼군."

"그렇습니다. 이런 식으로."

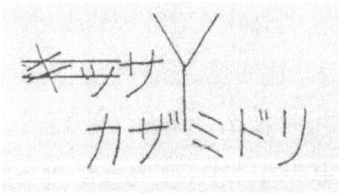

깃사 Y
카자미도리

"아카네는 범인에게 습격당하기 직전까지 빨간 볼펜으로 미니코미 잡지 인터뷰 원고를 교정하고 있었습니다. 때문에 최후의 체력과 기력을 짜내어 다잉 메시지를 남기려고 했을 때도 편집자의 발상으로 생각했던 것이 분명합니다. 그렇다면 = 표시는 이콜이 아니라 문자열을 삭제하는 이중선이고, Y는 부족한 글자를 보충하는 삽입 기호라고 보는 것이 자연스럽습니다. 그런데 그녀는 메시지를 쓰던 도중에 힘이 빠져서 삽입해야 할 문자를 써넣지는 못했죠. 메시지를 완성하기 전에 숨이 끊어진 것입니다. 그러나 설령 미완성이라도 이 문자열을 보면 그녀가 추가로 써넣고 싶었던 문자가 무엇인지는 일목요연합니다. 다름 아닌……."

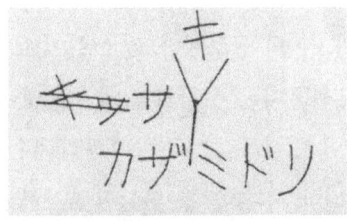

깃사 키
카자미도리

"사카자키 미도리인가? 하지만 미도리는 확실한 알리바이가 있지. 전에도 그렇게 말했을 텐데?"

경시의 말에 린타로는 고개를 저었다.

"저도 조금 전까지 그렇게 생각했습니다. 하지만 정말 그럴까요? 미도리의 진술을 다시 한 번 검토해보세요. 사건 관계자가 사카자키 미도리의 모습이나 목소리를 실제로 확인한 것은 오후 5시 30분 이전과 7시 20분 이후로 한정되는데, 그사이에는 두 시간 가까운 공백이 있습니다. 그 정도 시간적 여유가 있다면 전차를 갈아타고 세타가야의 규덴까지 왕복하고 동생 아카네를 살해하는 것은 불가능하지 않습니다."

"그렇다면 분명 미도리의 알리바이는 없는 거나 마찬가지지. 그러나 그 두 시간 동안 미도리가 계속 남편과 그 애인의 행동을 감시했다는 것을 잊으면 안 돼. 특히 6시경의 미도리의 진술은 모두 남편의 행동과 일치하지. 만약 그때 미도리가 니시나 마유미의 맨션에서 떨어져 있었다면 어떻게 남편의 행동을 감시할 수 있었지?"

"간단한 일입니다. 너무나 간단해서 오히려 맹점에 빠진 것이죠. 미도리가 남편과 공모해서 미리 그날의 행동에 관해 입을 맞춰놓았다고 한다면 어떻습니까?"

경시는 순간 자신의 귀를 의심했다.

"뭐라고? 미도리가 사카자키와 공모했다고? 그런 바보 같은!"

"그게 바보 같은 일입니까? 다른 사람의 눈에 어떻게 보일지 모르지만, 따져보면 두 사람은 침식을 같이하는 부부입니다. 공동운명체라는 것이죠. 사전에 세밀한 시나리오를 만들어 세세한 곳까지 입을 맞출 시간이라면 얼마든지 있었겠죠. 범행 당일 사카자키가 그 시나리오대로 행동하면 마유미의 맨션을 감시하지 않아도 미도리는 그사이의 움직임을 손에 잡듯이 알 수 있을 것입니다. 그다음에는 사람들 앞에서 두 사람의 부부 사이가 위험해 보이도록 연기만 하면 되지요."

"잠깐. 그럼 배달 피자에 대한 건 어떻게 된 거냐? 미도리는 7시 조금 전에 피자 배달원이 마유미의 맨션에 온 것을 알고 있었다. 하지만 그 일은 그 자리에 없었다면 알 수 없는 일 아니냐?"

"아뇨. 그것도 틀립니다. 미리 배달시간이 7시 전후가 되도록 사카자키가 타이밍을 맞춰서 피자를 주문하도록 마유미에게 시키면 되지요. 마침 그 전후의 미도리의 진술은 시간의 기억이 애매하지 않았습니까? 그리고 피자 배달원은 미도리를 보지 못했고요."

"그렇다면 구노 경부가 생각했던 사카자키와 마유미의 공모설과 반대로, 니시나 마유미는 간접적인 알리바이 증인으로서 사카자키 부부에게 이용당했을 뿐이란 말이냐?"

"아마도 그렇겠죠."

"사카자키 부부의 계획이 교묘한 점은 니시나 마유미의 알리바이가 성립되는 것처럼 시간표를 만들어놓고 미도리의 입으로 그녀가 범인이라고 고발하게 한 점입니다. 물론 그들은 마유미에게 아카네 살인을 뒤집어씌울 생각은 없었죠. 마유미의 알리바이가 성립한다는 것을 경찰에게 확인시킴으로써 반대로 마유미와 사카자키의 행동을 감시했다고 하는 미도리의 알리바이를 보강하는 것이 진짜 목적이었습니다. 제3자인 마유미를 끌어들여서 부부 사이가 나쁜 것처럼 보이게 하기 위해서였습니다."

경시는 깊은 한숨을 내쉬었다. 드디어 이 사건의 전모가 드러난 것을 느꼈다. 린타로는 고개를 숙이며 사려 깊은 목소리로 계속했다.

"이야기를 처음으로 되돌려보지요. 미도리가 이 다잉 메시지를 눈치챈 것은 범행 직후가 아니라 8시 30분에 집에 돌아와서 시체 발견자를 가장했을 때라고 생각합니다. 미도리는 메모패드를 보고 자기 이름이 거의 적혀 있는 것에 깜짝 놀라 메모지를 찢어서 숨겼습니다. 그때 바로 아래 종이에 볼펜 자국이 남아 있는 것까지는 눈치채지 못한 건 말할 필요도 없겠죠."

"흠, 그렇다면 어젯밤, 네가 츠부라야 아케미에 관해서 세웠던 가설은 거의 그대로 사카자키 미도리에게도 적용되겠군. 그러나 미도리가 범인이라면 2색 볼펜 색을 검은색으로 바꾸어놓은 것은 왜지?

검은색 잉크가 나오지 않는다는 것을 몰랐다고 해도 그녀가 빨간색을 싫어할 이유라도 있나?"

"네. 사소한 것이지만 이유는 확실합니다."

"어떤 것이지?"

"미도리가 남긴 단서는 단적으로 말한다면 '빨간색으로 교정한다'는 뜻이기 때문이죠. 다시 한 번 범행 현장의 상황을 떠올려보세요. 거실 테이블 위에는 아카네가 교정하고 있던 인터뷰 원고가 방치되어 있었습니다. 메모패드의 메시지와 동시에 그것을 본 미도리는 '교정한다'는 말을 연상하고 당연히 그것을 피하려고 서둘러 볼펜 색을 바꾸지 않을 수 없었죠."

경시는 고개를 갸웃하고 불만의 뜻을 표명했다.

"그러나 미도리는 그렇게까지 신경질이 될 필요가 있었을까? 메모지를 찢어버리면 '깃사카자미도리'라고 하는 원래의 문자열도 사라지니 교정을 하든 뭘 하든 아무것도 신경 쓸 필요는 없어진 것 아니냐?"

"아뇨, 아버지. 잊으면 안 되는 것은 그 시점에는 그 메모를 남긴 도고 유카리가 아직 살아 있어서, 어떤 계기로 아카네가 남긴 메모의 내용이 밝혀질 가능성이 있었습니다. 그것을 두려워해서 미도리는 주의에 주의를 거듭해, 아카네의 메시지가 글자 그대로 '교정한다'는 것을 숨기려 했던 것이죠. 아마 미도리가 집에 없었을 때 유카리가 전화를 건 것 자체가 미도리에게는 정말로 예상 외의 일이어서, 그 시점에는 아직 그녀의 입을 막는 것까지는 생각하지 못했을 겁니다."

"역시나."

"미도리가 당황하고 급해진 것은 사정청취를 받는 도중에 이콜 Y라고 하는 볼펜 자국이 메모패드 종이에 남아 있는 것을 알게 된 때라고 생각합니다. 망연자실한 미도리는 간신히 그 형태가 니시나 마유미의 니시는 라는 글자와 닮았다는 것을 떠올리고 겨우 그 자리를 빠져나왔지만, 유카리를 살해할 결의를 굳힌 것은 그 순간이 분명합니다. 유카리의 입에서 카자미도리라는 찻집 이름이 나오면 자신의 범행이 들통나기 때문이지요."

경시는 그때의 일을 떠올렸다. 확실히 린타로의 말대로였다. 메모패드를 보인 순간 미도리가 숨을 멈췄던 것을 똑똑히 기억하고 있다. 하지만 경시는 그녀의 반응이 의미하는 것을 완전히 잘못 이해했던 것이다.

경시가 기분을 바꾸어 계속 이야기를 하려고 할 때 휴대전화가 울렸다.

다이시도의 찻집에 탐문수사를 간 구노 경부의 전화였다. 카자미도리의 주인은 사카자키 미도리의 얼굴을 기억하고 있다고 한다. 최근에는 완전히 발길이 끊어졌는데 몇 년 전까지는 도고 유카리와 함께 자주 가게에 왔다고 했다.

"그렇군. 최근에는 오지 않았군."

구노 경부의 보고를 린타로에게 전하고 경시는 서서히 담배에 불을 붙였다.

"네 말대로 사카자키 부부가 공모했다면 도고 유카리를 살해한 것은 미도리가 아니라 남편 사카자키의 짓일 가능성이 높겠군. 사카자키가 세이초 서에 출두한 것은 30일 오후 3시 지나서였다. 유카리의 사망 추정 시각은 오후 1시 30분경. 다이시도 공원에서 그녀를 살해한 뒤 흔적을 없애고 태연한 얼굴로 세이초 서에 나타날 여유는 충분히 있었겠군."

"그렇습니다. 카자미도리에 걸려온 전화도 남자 목소리였고…… 아마 사카자키 부부는 사람들 앞에서는 부부 사이가 안 좋은 것처럼 연기를 했지만, 실제로는 비밀리에 연락을 주고받은 것이 분명합니다. 범행에 대비해 연락용 휴대전화를 준비했는지도 모르죠. 미도리는 메모패드에 남겨진 메시지에서 도고 유카리가 30일 오후 1시에 다이시도의 찻집에 나타난다는 것을 알고, 남편에게 사정을 이야기하고 선수를 쳐서 유카리의 입을 막으라고 명령한 것이 분명합니다."

"그런데 동기는 뭐지? 사카자키 부부가 이런 수단을 동원해서 연극을 꾸미면서까지 동생 아카네를 살해해야 했던 동기는?"

린타로는 싱긋 웃으며 어깨를 으쓱했다.

"아버지. 그것을 밝혀내는 것이 아버지의 일 아닌가요?"

세이초 서에 임의출두를 명령받은 사카자키 요스케가 범행을 인정하는 진술을 한 것은 그로부터 일주일 후였다. 힘없이 어깨를 늘어뜨린 사카자키의 입에서 사건의 전모와 아다치 아카네 살해 동기가 밝혀졌다.

아다치 아카네를 죽인 범인과 부부의 공모에 의한 알리바이 공작 방법에 관해서는 린타로의 추측이 적중했다. 게다가 사카자키는 도고 유카리를 다이시도 공원으로 불러내 그 자리에서 살해한 사실을 인정했다. 동기는 입을 막기 위해서 29일 심야, 신주쿠의 비즈니스호텔에 묵고 있던 남편에게 휴대전화로 미도리가 범행을 지시했다고 말했다. 사카자키는 30일 오후 1시 지나 카자미도리에 전화를 걸어 "아내가 급한 병으로 갈 수 없게 되었다. 대신 내가 약속한 가게에 가려는데 장소를 몰라 곤란하다. 가까운 공원에 있으니 찾아오면 좋겠다"라고 유카리에게 전하고 범행 현장에 미리 갔다. 사카자키는 몇 번이나 아내와 함께 도고 유카리를 만난 적이 있었기에 피해자는 공원에 와서도 전혀 의심을 품지 않았다. 준비한 나일론 끈으로 목을 조를 때에도 저항다운 저항은 거의 없었다.

유카리의 가방을 가져간 것은 강도의 범행으로 보이려는 것이 아니라 그녀의 휴대전화를 처분하기 위해서였다. 휴대전화 발신 기록에서 유카리가 벨코포 규덴에 전화한 것이 발견되면 애써 입을 막은 의미가 없어지기 때문이다. 그런데 어떻게 전화한 사실이 밝혀졌을까? 사카자키는 계속 머리를 갸웃했는데, 유카리가 자신의 휴대전화가 아닌 호텔 객실 전화로 걸었다는 사실을 알고는 완전히 허탈 상태가 되었다.

물론 사카자키는 도고 유카리를 죽인 것이 결국 실패한 범행으로 끝났다는 것을 자각하고 그것을 후회하기도 했다. 그러나 그것은 쫓기는 상황에서 어쩔 수 없는 선택이었다고 했다. 유카리가 집으로 전화를 걸어온 것은 예상치 못한 사고였다. 아카네가 남긴 다잉 메시지의 의미를 알지 못하도록, 유카리가 아카네의 죽음을 알기 전에 입을 막아야만 했던 것이다.

메모패드의 메모를 본 미도리는 유카리가 휴대전화로 전화했다고 생각하고 상황을 확인하기 위해 그녀에게 전화를 걸어보았지만 그 휴대전화 번호는 이미 결번이라고 했다. 새로운 휴대전화 번호를 몰라서 유카리와 접촉할 기회는 카자미도리에서 만나는 것 외에는 방법이 없었다. 그러나 경찰의 눈을 피해 미도리 본인이 다시도에 가는 것은 긁어 부스럼을 만들 가능성이 높았다. 유카리를 죽이도록 남편에게 지시한 것은 그 때문이었는데, 어쨌든 사카자키 부부에게 두 번째 살인은 처음부터 불리한 조건이 겹쳐 있었다.

사카자키의 자백에 의하면 아내 미도리가 동생 아카네를 살해하게 된 근본적인 원인은 사카자키가 니시나 마유미와 불륜관계에 빠졌기 때문이라고 했다.

"마유미는 돈 씀씀이가 헤픈 여자로, 내가 아무리 돈을 쏟아부어도 바닥이 없는 늪과 같아서 계속 돈을 요구했습니다. 빨리 헤어졌으면 좋았을 텐데 여자의 기분을 계속 맞추려는 마음에 나도 모르게 우발적으로 회사 돈을 유용했습니다. 그런데 그게 들통 나지 않자 유용하는 것에 맛들여 회사 장부를 조작해서 백만 단위의 돈을 횡령하기까지는 3개월도 걸리지 않았습니다."

그런데 그가 회사 돈을 유용한다는 소문이 사내에 퍼지자 6월 결산을 앞두고 사카자키는 자신의 목을 지키기 위해 조급히 장부의 구멍을 메워야 하는 궁지에 몰렸다. 그렇지만 그만한 돈을 쉽사리 융통하기는 불가능했다. 사카자키는 고민 끝에 아내 미도리에게 모든 것을 털어놓고 이 궁지를 벗어나기 위한 방법을 의논했다.

"이것을 기회로 니시나 마유미와 완전히 손을 끊겠다고 약속하면 당신을 도울 방법이 있을지도 몰라요." 미도리가 말했다. 몇 년 전, 미도리의 부모가 차례로 돌아가신 직후 두 자매가 서로 의지하기 위해 동생 아카네와 같이 서로 수령인으로 하는 생명보험에 가입했다. 조금이지만 상속한 유산이 있어 그것을 매달 보험료로 냈다고 했다. 아카네를 살해해서 사망보험금을 받으면 회사 장부의 구멍을 메울 수 있지 않을까?

사카자키는 처음에 아내가 진심으로 그런 말을 한다고는 믿을 수 없었다. 하지만 사카자키 이상으로 미도리는 진지했다. 그 진지함에 이끌려서 곧바로 사카자키도 아카네를 살해할 결심을 했다.

아내가 왜 그런 상식 밖의 생각을 할 수 있었는지 사카자키도 짐작되는 게 있었다. 미도리와 결혼하고 얼마 지났을 때 대수롭지 않은 불장난으로 처제 아카네와 관계를 가진 적이 있었다. 서로 거북해서 관계가 지속되지는 않았지만 미도리는 그 사실을 희미하게 눈치챈 것 같았다. 자신이 출장으로 집을 비울 때만 동생을 집으로 부르는 것은 두 사람의 관계를 의심했기 때문이 아닐까? 그렇게 생각할 때가 종종 있었다. 남이 보기에는 보살펴주는 좋은 언니로만 보이는 미도리지만, 사카자키가 전혀 알 수 없는 혼란한 감정을 단 한 명인 동생에게 계속 품고 있었는지도 모른다.

아카네를 죽이려고 한 달 전부터 시간을 들여 철저히 계획을 세우고 준비했다. 니시나 마유미를 알리바이 증인으로 세우자고 말한 것은 말할 필요도 없이 미도리였다. 아니, 그것만 아니라 모든 것에 주도권을 쥔 것은 아내였다. 범행 날이 다가오자 사카자키는 이렇게 생각하게 되었다고 했다. "아내의 진짜 동기는 보험금이나 나를 도우려 한 것도 아니고, 물론 동생에 대한 질투 때문도 아니었던 것 같습니다. 남편인 나를 조종해서 함께 범죄를 저질러서 내 약점을 잡고 영원히 자기 손에서 내가 도망칠 수 없도록 속박하는 것, 미도리는 단지 그것만을 목적으로 이번 범행 계획을 세운 게 아닐까 합니다."

"그것은 당신이 부인에게 책임을 전가하려는 것 아닌가?"

"그렇게 질문하면 나는 할 말이 없습니다. 하지만 형사님. 29일 밤, 유카리를 죽이라고 나에게 명령했을 때 아내의 목소리는 어쩐지 묘하게 젊어지고 들뜬 것처럼 들렸습니다. 마치 신혼 때처럼."

한편, 아내 미도리는 범행을 부인, 의연하게 침묵을 지켰다.

그녀들의 쇼핑

쓰쓰이 야스타카 筒井康隆, 1934~

일본 추리소설가이자 배우. 초등학교 때 아이큐 178라는 결과를 받았지만 학업보다 만화, 연극, 소설에 흥미가 있었다. 1960년 SF 동인지 『NULL』을 창간하여 고마쓰 사쿄 등 많은 SF작가를 발굴했다. 1961년부터 전업작가로 활동하기 시작, 1970년대부터 SF뿐만 아니라 순수문학 작품도 발표한다. 주요 작품으로 『부호 형사』 『로트레크 저택 살인사건』 『시간을 달리는 소녀』 등이 있다.

아침 8시, 남편과 큰아들이 나간 방 두 칸짜리 집에는 언제나처럼 아키코 혼자 남았다. 식탁을 치운 뒤 아키코는 장롱을 열었다.
"뭘 입고 가지?"
정말 입을 게 없었다. 재작년, 돈이 아까워 벌벌 떨며 샀던, 신분에 어울리지 않는 이브생로랑 정장은 이미 몇 번이나 입고 나간 옷이라 선뜻 손이 가지 않았다. 남편의 박봉과 큰아들의 학비가 갑자기 원망스러웠다. 인플레라고 특히 요즘 들어 한층 비싸진 식료품이나 옷 가격 또한 원망스러웠다. 교양도 없는 주제에 경기가 좋아 돈 걱정 없이 사는 장사치 주부들이 그녀는 부러웠다.
3개월 전 백화점 세일 때 산 정장을 입은 아키코는 오전 10시에 아파트 단지를 나왔다. 역까지는 걸어서 35분 거리였다. 역 앞 상가 대부분의 가게에는 살 만한 게 별로 없었다. 많이 사놓고 숨겨놓고 있을 거라고 아키코는 생각했다.
'딕'이라는 커피숍에 들어갔다. 세 명의 주부가 구석에 앉아 이야기를 나누고 있었다. 모두 아키코와 같은 아파트 단지에 사는 봉급쟁이 남편을 둔 주부들이었다. 나이가 제일 어린 가타오카 부인과 가장 많은 이세 부인, 그리고 그 중간쯤 되는 스루가 부인. 그녀들 셋은 하나같이 미인이었다. 값싼 옷을 입고 있지만 그녀들의 말투나 행동은 비교적 교양 있어 보였다. 아키코는 언뜻 보면 부잣집 부인으로 보이는 그녀들이 늘 부러웠다.

"정말 불공평하다고 생각해요." 스루가 부인이 불만을 털어놓았다. "우리처럼 대학 나온 부부의 자녀가 유명 사립대나 의과대같이 학비 비싼 대학에는 입학할 수조차 없다니! 고등학교도 나오지 않은 장사치 자녀들은 기부금 얹어주면서 척척 좋은 대학 들어가는데 말이에요."

"정말 화가 나요. 의대에 입학할 수 있는 학생들은 부모가 의사 아니면 안 돼요. 아무리 성적이 좋아도 그 비싼 등록금을 마련하려면 어쩔 수 없다고요." 이세 부인이 거들었다.

"도대체 진료비가 왜 그리 비싼 거예요? 잠깐 진찰을 받았을 뿐인데도 내는 돈은 적지 않으니……." 가타오카 부인이 말했다.

기다리는 동안 사가타 부인, 와타나베 부인이 도착했다. 사가타 부인은 왠지 안색이 좋지 않았다.

"남편이 퇴직할지도 모르겠어요. 회사가 인원 감축을 하나 봐요."

아키코가 깜짝 놀라 반문했다.

"어머! 남편분이 도쿄 대학을 나오셨잖아요?"

"과장이나 부장에게 갖다 바치지 않아서 그런 것 같대요. 요즘에는 회사에서 살아남는 것도 돈이 있어야 가능하니, 정말 큰일이에요."

"아이들 장래가 걱정이에요."

와타나베 부인이 한숨을 푹 내쉬며 말했다.

"이러니 부모가 아무리 고생해서 좋은 대학 졸업시켜도 결국 아무것도 아니잖아요."

뭉글뭉글 피어오르는 불만을 다 발산하지 못한 채 이야기를 나누는 동안 마지막으로 우라베 부인과 우스이 부인이 도착했다.

"모두 다 오셨네요."

아키코가 말하며 자리에서 일어났다.

"그럼 슬슬 갈까요."

사람들이 자리에서 일어나며 자기가 마신 커피 값을 테이블 위에 올려놓았다. 그녀들에겐 사실 커피 값도 만만찮은 돈이었다. 마지막으로 온 우라베 부인과 우스이 부인은 커피를 싫어했다. 그래서 그녀들은 일부러 약속시간보다 늦게 온 것이다. 다른 사람들도 그것을 알고 있었지만 묵인하고 있는 처지였다.

여덟 명의 부인은 커피숍을 나와 역에서 전차를 탔다. 러시아워가 지나서인지 전차는 텅텅 비어 있었다. 전차는 곧 지방도시 중심부를 벗어나 푸릇푸릇 초록이 보이는 교외 주택지로 들어갔다. 지은 지 얼마 안 된 택지는 붉고 푸른 지붕을 얹은 아담한 주택들이 나란히 들어서 있었다. 여덟 명의 여자는 차창 밖으로 시선을 던져 지금으로서는 자신들에게 아주 먼 이야기인 단독주택을 복잡한 표정으로 바라보았다.

그녀들은 네 번째 역에서 내렸다.

개찰구를 나가 상점 몇 개가 있는 큰길로 나섰다. 전차와 나란히 달리고 있는 국도를 넘어 완만한 경사가 진 길을 따라가니 호화로운 고급 주택단지가 나타났다. 주부들은 계속하여 비탈길을 10분 정도 올라가 벽으로 둘러싸인 큰 저택의 작은 나무 문 앞에 섰다. 문 기둥에 음각한 명패에는 하도리라고 적혀 있었다.

"여기예요." 아키코가 말했다.

"어머, 큰 저택이네." 가타오카 부인이 가쁜 숨을 후 하고 내쉬었다.

명패 바로 아래에 달려 있는 인터폰 버튼을 누르자 교양 없고 거만하게 느껴지는 젊은 여자의 목소리가 들려왔다.

"누구세요?"

큰 저택에서 일한다고 가정부까지 거만한 건가, 하고 아키코는 생각했다.

"갑자기 찾아와서 죄송합니다. 긴레이 초등학교 학부모회에서 왔는데요."

긴레이 초등학교는 이 집 아이들이 다니는 일류 사립초등학교다.

"부인 계십니까. 좀 부탁드릴 일이 있어서 우리 간부 여덟 명이 왔습니다."

"네. 잠시 기다리세요."

아키코의 우아한 말투에 갑자기 목소리를 바꾼 가정부 여자는 이삼 분 뒤에 다시 인터폰으로 말했다.

"사모님이 만나신다고 하십니다. 잠시만 기다리세요."

아이의 학교 학부모회 임원이 여덟 명이나 왔다는데 쫓아낼 수는 없을 것이다. 만나는 것은 당연하다. 기다리는 동안 여자들은 그 일대의 으리으리한 저택들을 눈으로 살폈다. 집들은 하나같이 거대한 나무 문이 가로막고 있어서 내부를 엿볼 수 없었다. 그러나 몇 미터 아래 비탈진 곳에 위치한 집은 다른 집과 달리 안쪽이 들여다보이는 문이었다. 그 집 정원은 잘 가꾸어져 있었고, 바깥을 향한 한쪽 벽은 통유리로 되어 있었다. 여덟 명의 여자가 문 앞에 우두커니 서 있는 동안 지나가는 사람 하나 없었다. 주변은 조용했고 언덕 아래쪽에서 가끔 클랙슨 소리가 들려올 뿐이었다.

"개는 없겠죠."

개를 아주 싫어하는 이세 부인이 작은 소리로 아키코에게 물었다. 아키코가 고개를 끄덕였다.

"걱정하지 마요. 개 짖는 소리가 들리지 않잖아요."

잠시 후 대문 옆 작은 문이 열리더니 화려한 색깔의 원피스를 차려입은 가정부가 얼굴을 내밀었다. 고등학생쯤 되어 보이는 나이로 피부색은 검었다.

"오래 기다리게 해서 죄송합니다. 이쪽으로 들어오세요."

스타일이 유행에 뒤처진 것으로 보아 하도리 부인의 옷을 물려입은 모양이었다.

가정부에게 안내를 받아 여덟 명의 부인은 넓은 정원으로 들어섰다. 정원에는 나무와 정원석이 많아 마치 조그만 산을 보는 것 같았다. 그러나 지붕은 서양식으로 현관이 무척 넓었다. 현관 로비는 2층까지 뚫려 있어 계단 밑 평평한 곳 정면에는 큰 학 그림이 걸려 있고, 호화로운 샹들리에가 천장에 매달려 있었다. 아키코 일행은 현관 바로 옆 응접실로 안내되었다. 응접실은 열 평 이상 되는 넓이로 벽면은 판자를 둘러댄 하부, 하얗게 꾸민 중앙부, 나무에 조각이 된 상부로 구분되어 있었다. 바닥에는 푸른색 계통의 페르시아 카펫이 깔려 있고, 검은 가죽으로 된 응접세트가 두 개나 마련되어 있었다. 그 밖에 그랜드 피아노와 이탈리아산 양주 진열장이 눈에 띄었다. 여자들이 실내를 둘러보고 있는데, 하도리 부인이 모습을 드러냈다.

"안녕하세요, 많이 기다리셨죠. 정말 수고 많으십니다."

그녀는 대리석 벽난로 장식을 뒤로하고 팔걸이의자에 앉았다.

서른둘 정도? 피부가 무척 하얗고 굉장한 미인이었다. 더구나 그녀는 지적인 분위기였다. 행동이나 말투는 결코 거만하지 않았으며 오히려 양가의 부인 같은 위엄이 자연스럽게 배어나왔다. 손가락에는 2캐럿 정도의 다이아몬드가 빛을 내고 있었다. 여자들은 하도리 부인에게 압도당했는지 한동안 말을 잇지 못했다.

"그런데 무슨 일이십니까?"

하도리 부인의 말에 아키코가 대표해서 대답했다.

"저, 거짓말을 해서 정말 죄송합니다…… 사실 우리는 긴레이 초등학교 학부모회의 임원이 아닙니다."

"네?" 하도리 부인이 약간 눈썹을 찌푸렸다.

"죄송합니다." 아키코가 다시 한 번 사과했다.

"아니, 그럼 왜……?"

"자녀분 둘이 긴레이 초등학교에 다닌다고 해서, 그렇게 말하면 우리를 만나줄 것 같아서요."

"약간 놀랍군요."

눈을 동그랗게 뜬 하도리 부인이 천천히 여덟 명의 여자를 둘러보았다. 그녀는 못내 의심스러운 듯 고개를 갸우뚱거렸다.

"도대체 제게 무슨 용건이신가요? 기부금을 모으고 계시다면 상황에 따라 조금 낼 수도 있는데요."

아키코의 품위 있는 말투나 여덟 명 주부들의 수수하지만 센스 있는 옷차림, 교양 있는 태도를 보고 하도리 부인은 다소 경계심을 푼 것 같았다.

아키코가 조금 머뭇거리며 말했다.

"말씀드리기 어렵지만, 저희들은…… 도둑입니다."

깜짝 놀랐는지 팔걸이에 올려놓았던 하도리 부인의 한쪽 팔이 미끄러지며 상체가 비틀거렸다.

"뭐라고요? ……농담이겠죠."

"아니에요, 농담이 아닙니다. 정말입니다."

아키코가 눈짓을 했다. 그제야 사가타 부인과 와타나베 부인이 일어나 하도리 부인 양옆으로 다가갔다. 두 사람은 그녀의 어깨를 누르고 부드럽게 팔을 비틀어 올렸다. 우라베 부인과 우스이 부인이 쇼핑백 안에서 흰 모시 끈을 꺼냈다.

"이게 무슨 짓이에요!" 경악한 얼굴로 하도리 부인이 소리쳤다.

우라베 부인이 부드럽게 말했다.

"손발이 좀 부자유스럽겠지만 참아요, 좀. 되도록 아프지 않게 할 테니까요."

"당신들, 당신들…… 어머! 이게 무슨 짓이에요! 장난이죠, 그렇죠?" 하도리 부인은 아직 믿을 수 없다는 목소리였다. "당신들같이 교양 있는 부인들이 왜 이런 짓을……."

"그러게 말이에요. 하여튼 놀라게 해드려서 죄송합니다. 이런 짓 정말 하고 싶지 않아요. 정말입니다."

우스이 부인이 사과하면서 하도리 부인의 손목을 묶었다. 발목은 우라베 부인이 묶었다. 결국 고급 정장을 차려입은 하도리 부인은 팔걸이의자에 꽁꽁 묶이는 몸이 되었다.

"여기, 부탁해요."

아키코가 사가타 부인에게 뒤를 부탁하고 다른 세 명을 데리고 응접실로 갔다. 젊은 가정부를 묶어두어야 했기 때문이다. 가정부는 손님에게 낼 차를 준비하기 위해 부엌에 있을 것이다. 현관 로비에서 안쪽으로 이어져 있는 복도를 네 명의 여자가 조심조심 걸어갔다. 복도 양쪽에 문이 있는데 오른쪽은 서재, 왼쪽은 침실이었다. 부엌은 복도 끝 왼쪽에 있었다.

홍차를 만들고 있던 가정부가 인기척을 듣고 깜짝 놀라 뒤를 돌아보았다.

"어머, 이곳엔 왜……?"

가정부의 얼굴에 진득한 의문이 묻어났다. 가정부는 아직 어린 나이였고 막 자란 듯하여 일단 성질을 부리면 수습하는 데 꽤 고생을 할 것 같았다. 생글생글 웃으며 여자들이 가정부에게 다가갔다.

"귀찮게 해서 정말 미안해요. 도와줄게요."

"어머, 괜찮아요."

가정부는 뜨거운 물이 든 주전자를 얼른 식탁 위에 놓았다.

그때를 놓치지 않고 아키코와 가타오카 부인, 이세 부인이 그녀를 의자에 눌러 앉혔다. 스루가 부인이 준비한 끈으로 가정부의 손을 돌려 손목을 묶었다.

"뭐 하는 거예요!" 예상대로 가정부는 다리를 버둥거리며 소리를 질러댔다. "당신들, 뭐야! 놔, 이거 놓으라니까!"

"어머, 목소리 크네." 더욱 단단하게 가정부를 묶으면서 스루가 부인이 장난치듯 말했다. "조용히 해요. 과격하게 행동하면 안 돼요. 스커트가 찢어지면 어떻게 하려고 그래요."

그러나 스커트가 찢어지는 것 따위는 괘념치 않고, 가정부는 다리를 뻗어 차며, 몸을 비틀며 점점 더 광분 상태로 변해갔다.

"도둑이야? 당신들 지금 뭐 하는 거야? 당신들 도둑이지! 이거 풀어, 풀라니까!"

"자, 여자답게 얌전히 있어." 아키코가 말해도 소용 없었다.

"도둑이야! 도둑!"

"이런! 귀찮은 아가씨잖아." 가타오카 부인이 한숨을 내쉬었다. "조용히 시키는 게 좋지 않을까?"

"할 수 없네요." 이세 부인이 동의했다.

두 여자가 끈으로 원을 만들어 가정부의 목에 걸려고 했다. 가정부가 흑, 하고 숨을 들이켜며 눈을 동그랗게 떴다. 무슨 일이 일어나고 있는지를 비로소 깨달았는지 그녀가 고개를 격렬하게 흔들었다.

"그, 그만둬, 그만!" 공포에 목소리가 갈라졌다. "죽이지 마! 살려줘!"

"곧 끝나요." 가정부의 발을 누르면서 안타까운 듯 스루가 부인이 말했다. "눈 깜짝할 사이니까, 조금만 참아."

"싫어! 난 죽기 싫어!"

가정부가 찢어지는 듯한 소리를 내며 울음을 터뜨렸다. 젊은 여자의 숨이 끊어질 듯한 소리에 부인들이 미소를 띠며 서로의 얼굴을 바라보았다. 이윽고 끈을 가정부의 목에 감자 가정부가 큰 입을 벌려 더욱더 세게 소리 질렀다. 벌레 먹은 충치가 그대로 다 보였다.

"무서워, 무서워요!"

"조금도 무서울 거 없어요." 불교 신자인 가타오카 부인이 말했다. "자비롭고 자비로운 관세음보살님 곁으로 갈 거예요."

"전 아직 가고 싶지 않아요! 아직 전 어리잖아요!" 가정부는 계속

울었다. "죽으면 아무것도 없어."

너무나 추악하게 얼굴을 일그러뜨리며 우는 얼굴에 아키코가 고개를 돌리며 주의를 주었다.

"자, 이제 죽을 거니까, 여자답게 좀 우아하게 몸가짐을 해."

"전…… 살고 싶어요!" 눈물로 범벅이 된 얼굴로 가정부가 애원을 했다.

"포기하지 못하는 것 같네요." 아키코는 할 수 없이 가타오카 부인과 이세 부인에게 고개를 끄덕였다. "부탁해요."

가타오카와 이세 부인이 끈의 양 끝을 잡고서 힘주어 당겼다. 가정부의 얼굴이 울혈이 되어 검붉은 풍선처럼 부풀어오르기 시작했다. 입에서 핑크빛 혀가 돌연 튀어나왔다. 잠시 후 가정부의 고개가 뒤로 젖혀졌다. 그래도 부인들은 계속하여 끈을 당겼다. 가정부는 엄청난 소리로 방귀를 뀌다가 결국 옷에 묽은 변을 내쏟고 말았다. 가정부의 고개가 한순간 푹 꺾여졌다. 재빨리 네 부인은 주위를 둘러보기 시작했다.

"어머, 고기가 이렇게 많이 있다니! 최상품 로스 고기예요."

반짝반짝 눈을 빛내며 가타오카 부인이 냉장고에서 고기를 꺼냈다.

모두 고기를 바라보았다.

"500그램은 되겠는걸."

"이거 얼마나 나갈까요?"

"그래봤자 8인분으로 나누면 조금밖에 안 돼."

"꽝꽝 얼었네. 일단 레인지로 해동시켜서 8등분해요."

"아, 저는 고기는 사양할래요. 대신 이걸 가질게요."

이세 부인이 냉장고를 들여다보더니 새우를 꺼냈다.

"와, 새우가 정말 크네요!"

"여섯 마리나 되네."

"그럼 저는 이걸로 할래요."

"저는 고기만으로 괜찮습니다. 다른 분들도 오라고 하는 게 좋겠어요."

아키코가 응접실 쪽으로 되돌아가, 하도리 부인을 감시하고 있는 네 명에게 말했다.

"여기는 저 혼자 충분하니까 여러분은 부엌으로 가세요. 지금 고기와 새우를 나누고 있으니까요."

"어머, 고기라고요?"

"멋져요."

네 명의 부인이 서둘러서 부엌으로 갔다.

"왜 이런 짓을 하시는 거예요." 하도리가 슬픈 눈으로 아키코를 올려다보며 물었다.

"실례되는 말씀이지만 말씀을 드려도 역시 이해가 안 갈 거예요." 아키코가 탄식하듯 말했다. "이렇게 좋은 생활을 하고 계시다니 정말 부러워요."

"우리 집을 선택한 이유가 뭐죠?" 하도리 부인이 의아한 표정으로 물었다.

"우연이었어요. 이 댁 남편이 외과 병원 원장님이고 자녀들이 긴레이 초등학교에 다닌다는 사실을 알게 되었어요. 그래서 모두 의논을 했고, 이곳으로 정해진 것뿐이에요. 그뿐이에요. 악의는 없습니다. 이렇게 말씀드리면 좀 이상하지만, 결코 이 집에 원한 같은 건 없어요."

하도리 부인에게 다가간 아키코가 그녀의 아름다운 얼굴을 가만히 내려다보았다. 향수 냄새가 좋았다.

"사실 현금을 조금 가져가고 싶은데 어디 있죠?"

"침실 거울 위 서랍에 조금 있습니다. 거실에 에르메스 핸드백이 있는데, 그 안에도 좀 있고요."

머뭇거리지 않고 하도리 부인이 위치를 가르쳐주었다.

아키코가 정중하게 고개를 숙였다.

"정말 고맙습니다. 빈말이 아니라, 정말로 좋으신 분이네요. 저희들은 현금 외에는 극히 적은 것만 받아갈 테니 너무 염려 마세요."

부엌에서는 일곱 명의 부인이 이쪽저쪽 찬장을 열어 저장식품과 야채 등을 꺼내고 있었다.

"와, 통조림이 굉장히 많아."

"어머, 참치 통조림은 좋지 않아요. 수은이 무서운걸요."

"맞아요. 여러분, 여기 다른 것도 많이 있으니까 와서 고르세요. 소고기 통조림하고, 게 통조림……."

"저는 이것을 가질래요." 스루가 부인이 선반 서랍을 열고 말했다. "대단해! 순은 나이프, 포크, 스푼…… 전부 은 세트예요."

"안 돼요. 나중에 증거물로 남거나 다른 사람이 볼 우려가 있는 건 받지 않기로 했잖아요." 우스이 부인이 말렸다.

"아깝네요." 스루가 부인이 유감스러운 듯 입술을 깨물었다.

"어머, 파가 이렇게 많아."

"부인, 그건 심곡파라고 해서 아주 달고 맛있는 파예요. 소포로 포장되어 있으니까 분명 현지에서 직송되어 온 것일 거예요."

"그럼, 가모이 부인 것도 가져다 드려야겠네요."
여자들은 식당 테이블 위에 쌓인 식료품을 즐겁게 8등분하였다.
"어머, 무슨 냄새 안 나요?" 사가타 부인이 코를 킁킁거렸다.
"아, 저 가정부가 아까 숨을 거두기 전에 변을 보았어요."
가타오카 부인이 피식 웃었다.
"꽤나 이 세상에 미련이 있었나 보군요."
여자들이 킥킥 웃으며 경멸의 눈초리로 가정부의 시신을 바라보았다. 그때 우라베 부인이 응접실로 걸어왔다.
"남편이나 자녀분의 속옷을 좀 얻어갈 수 있을까요? 속옷은 어디에 보관하고 계시죠?" 아키코가 하도리 부인에게 물었다.
"새것은 세탁실 정리함에 들어 있습니다. 제 속옷은 침실에 있는 서랍 속에…… 제대로 된 게 없어서 창피하지만……."
"미안하지만 우라베 부인, 좀 교대해주시겠어요?"
"네, 그러죠."
하도리 부인 옆에 우라베 부인을 남기고 아키코가 부엌으로 들어갔다.
"그럼 여러분, 속옷을 받아가죠. 이쪽입니다."
세탁실은 복도 끝으로 탈의실 겸용인 여섯 평 정도 크기였다. 여자들은 정리함 앞으로 몰려가 신품 속옷들을 하나하나 만져보았다.
"와, 따뜻하겠다!"
"우리 남편은 비만인데 이게 맞을까요?"
"이 집 큰아들이 5학년이지요? 그럼 이거 우리 아이들에게도 맞겠네요."
"어머, 낙타 내복이에요. 이 집 남편은 추위를 많이 타시나 봐요."

"아, 그거 필요하지 않으시면 저 주세요. 우리 남편이 아직 나이도 젊은데 추위를 많이 타요."

"여러분!" 아키코가 말했다. "눈에 띄는 모양의 말은 삼가셔야 해요. 꼬리가 잡히니까요."

"꼬리가 잡힌대요."

모두 킥킥 웃었다.

속옷 종류에다 그 옆에 있던 세제와 두루마리 휴지까지 나누어 쌓아놓고 여자들은 차례로 침실로 몰려갔다.

호화로운 부부 침실을 보며 여자들은 저마다 탄성을 자아냈다. 방 두 개가 고작이고, 게다가 시부모와 아이들이 함께 사느라 부부 생활마저 자유롭지 못한 여자들 입장에서는 당연했다.

아키코가 화장대 서랍에서 현금을 꺼냈다.

"12만 엔이네요. 좀 더 있을 줄 알았는데……."

여자들이 얼굴을 마주 보았다.

"여덟 명에서 나누면 1만 5천 엔씩이네요."

"잠깐만 기다려 보세요."

아키코는 침실을 나왔다.

여자들은 함에서 하도리 부인의 속옷을 꺼냈다.

"어머, 예뻐라!"

"아니, 프랑스제예요. 이것도요, 전부 다네요."

"그 팬티 아마 2만 엔은 할걸요."

"어머, 이 서랍 속에 있는 건 다 스위스제예요."

"부인, 이 슬립이 제게 맞을까요?"

"아주 잘 맞을 거예요."

"유감이에요. 이런 걸 가져갈 수 없다니!"

"정말이에요. 이 옷장 좀 보세요. 열지 말 걸 그랬어요."

모두들 맞춤 옷장 안에 들어 있는 고급 옷들을 바라보며 한숨을 내쉬었다.

"이건 밍크네요."

"이건 표범이에요."

아키코가 거실에서 하도리 부인의 핸드백을 가지고 돌아왔다.

"여러분, 여기에 6만 엔이 더 있어요. 다른 건 신용카드하고 수표라서 도움이 안 돼요. 그리고 쇼핑백 안에 가정부 지갑이 있었는데, 2만 5천 엔이 들어 있더군요."

"가정부 주제에 2만 5천 엔이나 가지고 다녔어? 어쩜."

"여러분, 여기에 좋은 것이 있어요." 와타나베 부인이 소리쳤다. 그녀가 옷장 선반 아래쪽에서 고급 양장점 이름이 인쇄된 쇼핑백들을 꺼냈다. "받은 것을 여기에 넣어서 갑시다."

"그것도 너무 눈에 띄는 디자인은 사용하지 않도록 하세요." 아키코가 다짐을 주었다.

여덟 명의 여자가 각자 집에서 가지고 온 쇼핑백과, 옷장에 있던 쇼핑백에 전리품을 정신없이 집어넣고는 다시 응접실에 모였다.

"정말 시끄럽게 해드려서 죄송합니다." 아키코가 일동을 대표해서 정중하게 하도리 부인에게 사과했다. "이것으로 받아갈 것은 다 받았습니다."

"당신들 이런 짓 처음이 아니지요?" 조금도 도둑 같지 않지만, 놀랍게도 솜씨만큼은 좋은 여덟 명의 여자를 바라보며 하도리 부인이 물었다.

"어머!" 아키코가 조금 놀란 얼굴로 하도리 부인의 얼굴을 물끄러미 바라보았다. "이런 으리으리한 저택 사모님들은 신문 같은 건 보시지 않나 봐요? 요즘 세상을 떠들썩하게 하고 있는 강도가 사실은 우리랍니다."

"네? …… 그, 그건 알고 있습니다."

순간, 하도리 부인의 얼굴색이 하얗게 질렸다.

"사모님께서 알고 계시다니 훨씬 마음이 편하네요. 뭐라 말씀드리면 좋을까 망설이고 있었는데……."

아키코가 짐을 카펫 위에 내려놓으며 정장 주머니에서 이 저택의 세면대에서 발견한 면도날을 꺼냈다.

"너무도 좋은 물건을 받아가는 이상 목숨 또한 받아가지 않으면 안 되기 때문에 정말 말씀드리기 곤란했거든요."

하도리 부인의 안색이 백짓장처럼 변했다. 갑자기 그녀가 온몸을 부들부들 떨기 시작했다.

"그럼, 저는, 여기서, 주, 죽는 건가요?"

"사모님처럼 아름다운 분의 목숨을 뺏는 것은 진심으로 가슴 아픈 일이지만 그래도 저희들의 정체를 누구도 알아서는 안 되잖아요. 걱정 마세요. 고통이 길지는 않을 거예요."

하도리 부인이 울기 시작했다.

"몇 십만 엔이라는 돈과 얼마 안 되는 식품과 속옷, 단지 그것 때문에 사람을 죽이는 건가요? 이러실 순 없습니다…… 흑흑."

"사모님, 제발 체통을 지켜주세요. 방금 전 죽은 댁의 가정부와 달리 사모님은 그리 길게 가지 않을 거예요. 약속해요."

아키코의 말에 하도리 부인의 울음이 뚝 그쳤다.

"그럼…… 그 아이, 벌써 죽었어요?"

"네, 그래요."

"……!"

하도리 부인의 허벅지 사이가 젖어들었다. 여덟 명의 여자가 눈살을 찌푸렸다.

"제가 그만 실례를 범했군요. 너무 무서워서……."

"무리는 아니시죠." 아키코가 안쓰러운 듯 말했다.

"부탁인데…… 제가 죽은 후에 속옷을 갈아입혀 주시겠습니까?"

하도리 부인의 침착한 말에 여덟 명의 여자는 감동했다. 그러나 모두들 고개를 가로저었다.

"……?"

아키코가 순간 하도리 부인 오른쪽으로 다가가더니 왼손으로 그녀의 검은 머리를 난폭하게 움켜잡았다. 하도리 부인의 희고 우아한 인후부를 아키코의 면도날이 단숨에 한 일자로 그었다. 피가 솟구쳤다. 여자들은 저마다 아키코의 솜씨에 혀를 내둘렀다.

"대단하네요!"

"솜씨가 더 느는 것 같아요."

"덕분에…… 요즘은 피가 옷에 튀지 않아 좋아요."

아키코는 조금 수줍어하는 얼굴이었다.

"이분 훌륭한 부인이었지요."

"네, 근데 조금 이상한 부인이었어요."

"아니에요, 역시 훌륭하고 멋있는 부인이었어요."

부인들은 눈에 띄지 않도록 조심하며 사이를 두고 집 밖으로 나갔다. 가장 마지막에 혼자 남은 사람은 아키코였다. 그녀는 하도리 부인의 두 눈을 감겨주었고, 팬티도 갈아입혀 주었다. 그런 다음 증거로 남은 것이 있는지 꼼꼼하게 살폈다. 하도리 부인의 손가락에 껴 있는 다이아몬드 반지가 문득 그녀의 시선에 잡혔다. 그녀의 아버지와 같이 역시 월급쟁이 아버지를 둔 그녀의 남편에게서는 결혼반지 이외의 장신구는 하나도 받은 적이 없었다. 그러나 아키코는 한숨과 함께 고개를 절레절레 흔들었다.

그녀는 집을 나왔다.

오늘 밤 그녀는 남편과의 섹스에 열을 올릴 것이다. 남편의 속옷을 새것으로 갈아입혀주며 이렇게 말할 것이다. 오랜만에 쇼핑을 좀 했어요.

살의 殺意

다카기 아키미쓰 高木彬光, 1920~1995
1948년 에도가와 란포의 추천으로 『문신 살인사건』을 발표하며 데뷔했다. 1949년 『가면 살인사건』으로 탐정작가클럽상(현, 일본추리작가협회상)을 받았다. 1960년 발표한 『백주의 대낮』은 도서추리법의 대표작이자 경제 미스터리의 시초로 평가받는다. 그 밖의 작품으로 법정추리의 명작 『파계재판』을 비롯하여 『인형은 왜 살해되는가』 『불꽃 같은 여자』 등이 있다.

타누마 변호사가 이 지역의 장래성에 눈을 돌려 많은 땅을 사들이고 몇 채의 집을 지은 건 지금으로부터 20여 년 전이다. 물론 당시에는 개인 철도가 겨우 지나갔을 뿐으로, 밤이 되면 전차 소리에 섞여 여우 울음소리도 들려오는 한적한 도쿄 교외의 마을에 지나지 않았다.

사람들은 미친 짓이라고 비웃었지만, 지금 생각해보면 그것도 선견지명이 있었다고 말할 수 있다. 전쟁 때도 다행히 이곳은 습격당하지 않아 사는 데는 문제가 없었다. 전후 인플레 시대에도 토지나 집을 조금씩 팔면서 어떻게든 극복할 수 있었다.

"여보, 쌀값이 너무 올랐어요. 정말 살기 힘든 세상이 되었어요."

지금도 가끔 사무실에서 퇴근해 오는 남편을 향해 '도쿄에는 비가 왔나요?'라고 묻는 노부인에게는 이러한 시대 격변이 아무래도 이해할 수 없는 모양이었다.

두 사람 사이에는 아이가 없었다. 한 번 양자를 들였었는데 전쟁 때 그만 잃고 말았다. 그것은 노후를 조용히 살려고 하는 부부에게 무엇보다 가슴 아픈 일이었음에 틀림없다.

예전에는 대부분 그의 소유였던 이 부근의 집에 살았던 사람들은 회사원이 많았다. T은행 대출과장, N증권 조사과장, S전기 엔지니어, 학생에게 하숙을 주어 하숙비로 생활하는 전쟁 미망인, 누구 하나 뛰어나게 출세한 사람도 없었지만 크게 실패한 사람도 없었다.

이곳도 평화롭게 되었군.

변호사는 매일 사무실로 나가면서 길 오른쪽에 있는 가게 옆 공터를 보며 생각하곤 했다. 이만큼이나 집들이 들어섰는데 백 평 넘는 이곳만 빠끔히 이가 빠진 빗자루처럼 아이들 놀이터로 이용되고 있었다. 사려는 사람이 때때로 나타났지만 이곳의 역사를 들으면 대개 무서워하며 꽁무니를 빼기 일쑤였다.

20년 전 이곳에서 살인이 일어났다. 오빠와 여동생이 그렇고 그런 관계가 되어 동생이 임신을 하자, 오빠가 임신 4개월의 동생을 죽여 현관 밑에 시체를 묻었다.

그때 타누마 변호사는 이웃의 정분으로 그 불쌍한 남자의 변호를 맡았다. 최선을 다했지만 결국 그는 사형을 면하지 못했다. 살인사건으로 이웃의 변호를 맡았던 것은 그것이 처음으로, 그 후 20년이 지난 최근에 또다시 살인사건이 일어났다.

"두 번이 가능하면 세 번도 가능한 거잖아? 정말이지 이제 그런 나쁜 일은 또다시 일어나지 않았으면 싶어."

아무튼 아내로부터 준코가 살인을 저질렀다는 이야기를 들었을 때 변호사는 몹시 안타까워했었다.

"그렇게 얌전하고 기품 있는 부인이 어떻게 그런 끔찍한 짓을 저질렀지?"

"여자란 발끈하면 무슨 일을 저지를지 몰라요. 당신도 어지간히 나를 애먹였었죠."

기억해보면 변호사의 과거에도 그와 같은 경험이 몇 번 있었다. 변호사가 고집스럽게 딱 잡아뗐으니 망정이지 그렇지 않고 아내가 조그마한 증거라도 확보했더라면 당시 성격이 급했던 아내 역시 무슨 짓을 저질렀을지 알 수 없었다.

그렇기에 이번 사건만 해도 타누마 변호사는 이마노 부부 두 사람 모두를 동정했다. 부인 준코는 변호사 부인이 자기 자식같이 여겼고, 남편 하루유키는 변호사가 몹시 아끼고 있었다.

고향이 같고 같은 중학교 후배인 하루유키가 신인 삽화가로서 이제 막 유명해지기 시작했는데, 그 앞길에 방해되지 않도록 하고 싶다는 부모 같은 마음에 변호사는 준코의 변호를 기꺼이 자처했었다. 혼신의 힘을 다한 덕분인지 살인범 준코는 징역 3년, 집행유예 5년이라는 관대한 판결을 받아낼 수 있었다.

출옥하여 집에 돌아온 준코는 사람들의 눈을 피해 좀처럼 밖으로 나오지 않았지만, 이마노 부부 사이에 평화가 찾아왔다는 것을 변호사는 느낄 수 있었다.

평화…… 폭풍 후의 조용함, 전쟁이 끝난 후의 불길할 정도의 침묵!

현관에서 부르는 소리가 들렸다. 안경을 벗고 밖으로 나간 부인이 웃는 얼굴로 다가왔다.

"여보, 하루유키 씨예요."

"그래? 아주 잘 왔군. 마침 장기 상대가 필요했는데……."

늦은 저녁식사 후 무료해하던 변호사에게는 썩 잘된 일이었다.

"이쪽으로 오라고 해요."

"그런데, 여보. 오늘 밤에는 장기를 두지 않겠다고 하는걸요. 당신에게 꼭 하고 싶은 얘기가 있다고 해요."

"나에게? 사건으로?"

이런 일이 일어나지는 않을까, 변호사로서 전혀 예감하지 못한 것은 아니었다. 변호사는 실내복 차림 그대로 슬리퍼를 끌고 현관으로 나갔다.

"여어, 어서 오게."

변호사는 반갑게 맞았지만 상대의 얼굴은 창백하고 차갑게 굳어 있었다. 밤에 이웃집을 방문하면서 하얀 양복에 넥타이까지 매고 있었다.

"잠시 선생님께 여쭙고 싶은 일이 있어 찾아왔습니다."

"어쨌든 올라오게. 거기는 밖이니까."

변호사는 현관 옆 응접실로 그를 안내했다. 책상 앞 회전의자에 앉아 담배에 불을 붙이면서 일부러 농담처럼 물었다.

"무슨 일인가? 잡지사에서 돈을 주지 않아 민사소송이라도 걸 생각인가?"

"그런 일은 아닙니다."

"그럼 무슨?"

"선생님, 언젠가 이런 말씀을 하셨지요? 법률, 특히 사형법에는 개정할 점이 많다면서 살인죄 처벌도 그중 하나라고요."

그의 지론에 지나지 않았지만, 갑자기 이 젊은이가 어째서 그런 말을 꺼내는지 변호사는 이해할 수가 없었다.

형법에 의하면 강도살인과 강간살인은 사형 또는 무기징역의 형에 처하지만, 단순 살인죄의 경우 그 형벌은 사형 또는 무기징역, 또는 3년 이상의 유기징역이라고 되어 있다. 하지만 거기에는 큰 차이가 있었다. 최저형인 3년은 집행유예의 가능성도 있기 때문이었다. 그러나 법의 맹점이랄까? 외국 법률에서 볼 수 있는 것처럼, 계획살인과 충동살인에 대한 구별이 조문에 명시되어 있지 않다. 그 문제는 이제까지 관례처럼 재판관의 개별적 판단에 맡겨지고 있었다.

타누마 변호사의 주장은 형법을 개정하여 계획살인과 충동살인을 구별해야 한다는 것이었다. 이것은 여러 해 전부터 주장해오던 그의 지론으로, 나이가 더 들어갈수록 그 경향도 감정적으로 완고해져갔다.

"그랬지. 그런데 새삼스럽게 무슨……?"

여자같이 부드러운 하루유키의 얼굴에 음울한 고통의 그림자가 드리워졌다. 무겁게 입을 열어 그가 말하기 시작했다.

"제가 여쭙고 싶은 것은 발끈해서 격정을 이기지 못해 사람을 죽인 후 바로 자수하러 갔을 경우, 형이 가벼워지는지 어떤지에 대한 것입니다."

"그렇지. 물론 본인에게 잘못을 뉘우치는 마음이 있는지, 전과의 유무, 동기 및 그 당시의 상황 등에 따라 형량이 많이 바뀌지. 동양에는 예로부터 법 3장이라고 해서 조문은 되도록 간략하게 말의 뜻을 읽으라는 사상이 있어서 말이야."

그렇게 대답은 했지만, 변호사는 이 젊은이가 무슨 말을 하려는 건지 좀처럼 예상할 수 없었다. 다만, 부인이 질투에 눈이 멀어 자신의 정부를 죽인 그 사건에 대해 나의 주의를 돌리려고 하는 것일까? 그럼 안 되는데……. 아직 제대로 아물지 않은 상처에 다시 칼을 들이대서 어쩌려고 그러지.

문득, 변호사의 뇌리에 부인 준코의 살인사건이 떠올랐다. 지금 이렇게 자신의 눈앞에 앉아 있는 하루유키도 그 사건의 불쌍한 희생자 중 한 사람이었다.

이곳으로 이마노 부부가 이사를 온 것은 2년 전 연말이었다. 이전에는 좁은 2층을 전세로 빌려 살았는데, 이제 조금 생활이 편해져서인지 젊은 준코 부인은 무척 행복한 얼굴이었다.
"이번에 이사 온 이마노 부인, 얼마나 귀엽고 예쁜지 몰라요."
아내의 말을 듣고 변호사는 웃었다.
"장사를 하고 있으니 그야 심미안도 발달했겠지. 더군다나 그림 그리는 사람의 부인인데 어련하겠어."
종종 집으로 놀러 오는 이 젊은 부부를 변호사는 특별히 신경 써서 맞이하곤 하였다. 스물을 갓 넘긴 것 같은 준코는 수정같이 맑고 청결한 느낌을 주는 여자였다. 여학교 시절에는 프랑스 인형이라고 불렸다고 하는데, 크고 검은 눈에는 집시 같은 분방한 정열이 숨어 있는 것 같았다.
그러나 여성으로서는 보기 드문 매부리코를 가지고 있었다. 얼음처럼 차가운 판단력과 의지력, 계산력이 그녀의 코에서 느껴졌다고나 할까. 변호사는 부모의 전혀 다른 피가 그녀의 몸속에서 대립한 증거라고 생각했다. 오랜 법정 생활을 하는 동안 어느 틈에 이렇게 사람의 인상을 자세히 관찰하는 습관이 몸에 밴 것이다.
몇 달이 지난 후 아내가 그에게 말했다.
"최근에 눈에 띄게 수입이 늘었대요. 이마노 씨 집에 드나드는 손님 수가 그만큼 많아져서 준코 부인이 무척 좋아하더라고요."
 그런데 그중 한 사람, 매일 이마노의 집 화실에 와서 몇 시간을 보내는 젊은 여자가 있었다.
 "모델이래요. 매일 데생인가 뭔가를 하느라고 몇 시간씩 저렇게 부른다고 하던걸요."
 처음에 아내는 그 여자를 그렇게 말했었다. 하지만 시간이 지나감에 따라 점차 그 말투가 바뀌기 시작했다.
 "그 사람은 이마노 씨 부인의 친구래요. 그 부인을 이마노 씨에게 소개해준 사람도 그 여자였대요. 이름이…… 가토 게이코라죠?"
 "그뿐이야?"
 아내의 말에 무언가 감정이 담겨 있다는 걸 느낀 변호사가 물었다.
 "아무래도 그것만은 아닌 것 같아요. 매일 젊은 남자와 둘만 있는 공간에서 저렇게 옷을 벗고 있는데 그게 어째……."
 "아무려면 어때. 다 일 때문인데. 도시생활의 좋은 점은 서로 타인의 생활을 간섭하지 않는 점이야."
 "과연 그럴까요? 친구에게 결혼 상대로 소개해준 사람을 다시 되찾으려고 한다면요? 그래도 당신은 괜찮아요? 물건이라면 또 모르지만."
 "아무리 물건이라도 그건 용서할 수 없지. 아이가 다른 애에게 과자를 줬다가, 먹는 모습을 보니 맛있어 보인다며 다시 달라는 것과 같은 이치잖아."
 은연중에 타누마 변호사는 아내의 말을 인정한 꼴이 되었다. 이런 정보의 출처 역시 준코임에 틀림없었다.
 본인이 전에 상상했던 대로 준코는 계산적인 머리가 매우 뛰어나,

최근에는 외교관들도 더러 집에 드나들고 있었다. 그 관계로 아내도 그 무렵에 준코와 함께 주식을 시작하게 된 모양이었다.

그 여자, 가토 게이코를 변호사가 본 것은 그다음 일요일 아침이었다. 골격이 크고 몸집이 큰 여자였는데, 옷 입는 센스라든가 태도에 품위가 없었다. 어딘지 모르게 외로워 보였으며 낯을 가리는 여자였다.

그 여자로군, 타누마 변호사는 생각했다. 언뜻 보기에는 준코보다 뒤떨어지는 여자 같았지만, 여자에 대한 남자의 취향은 제3자는 모르는 일이었다. 하지만 이 여자가 이마노 부부의 집을 방문한 것도 그날이 마지막이 아니었을까 한다.

"그 여자 보셨어요?"

그날 밤 부인이 변호사에게 물었다.

"응, 봤어."

"어때요? 준코 부인과 비교하면 형편없지 않아요? 그런 훌륭한 부인을 두고 어떻게 그런 여자에게 열을 올릴 수 있는지, 정말 남자들 마음을 모르겠어요."

"이마노만 탓할 것도 아니야. 그런 여자도 때로는 있는 법이거든. 잠깐 봤을 때는 아무런 매력도 없어 보이는 것 같아도, 일단 사귀어 보면 이상하게 남자 마음을 사로잡아 도저히 떠날 수 없게 만드는 그런 여자 말이야."

이 말은 자신의 얘기와도 비슷했지만 부인은 거기까진 눈치채지 못하는 것 같았다.

"그런데 이제 괜찮을지도 몰라요. 그 여자가 고향으로 돌아가겠다고 했대요."

"글쎄, 그럴까? 꽤 미심쩍은 구석이 있는데?"

"그렇죠."

아내도 자신의 의혹을 다시 확인하고 싶은 마음인 것 같았다.

그 살인사건이 일어난 것은 그로부터 반년이 지나지 않아서였다. 혼자서 게이코의 아파트로 찾아간 준코가 옆에 있던 재봉용 송곳으로 게이코의 가슴을 찔러 살해한 것이다. 아파트에 왔던 사실조차 아무도 모르는데, 준코는 경찰서에 자수했다.

젊고 유명한 신인 삽화가를 둘러싼 치정에서 비롯된 비극이었기에 세상의 평판은 대단했다.

변호사가 예상했던 대로 게이코가 고향으로 돌아가겠다는 얘기는 구실에 지나지 않았다. 다카다노바바 근처에 아파트를 얻어 둘의 관계는 계속 이어졌다.

준코와 게이코는 여학교 시절 당시에는 둘도 없는 단짝이었던 모양이다. 게이코가 한발 앞서 어떤 해군장교와 결혼했고, 그녀가 남편의 먼 친척인 하루유키를 준코에게 소개해주었다. "내가 보기에는 대단하게 생각되지 않지만, 그 방면 사람들 말로는 재능이 있다고 하니까, 혹시 아니? 나중에 유명해질지." 이런 식의 관심 없는 말투로 권했다고 한다. 장래가 불투명한 가난한 그림쟁이보다 자신이 택한 남편 쪽에 우월감과 자부심을 느끼면서 그녀는 말했을 것이다.

하지만 지고 있는 말馬에 걸었던 결과는 금방 나타났다. 게이코의 남편은 얼마 지나지 않아 남해에서 죽었다. 술과 방탕과 호언장담의 그늘에 숨어 있던 하루유키의 재능은 전쟁이 끝나면서 표면으로 드러나기 시작했다.

해군 미망인 게이코가 초조함과 앞날에 대해 불안을 느낀 것도 무리는 아닐 것이다. 그리고 나중에 밝혀진 사실이지만, 하루유키 역시 게이코에게 구혼한 적이 있었다고 한다. 그러니까, 따지자면 두 사람은 꽤 오래된 관계였던 셈이다.

법률적으로 간결하게 적은 조서의 문맥만으로는, 그 이상의 미묘한 사람들의 심리는 전해오지 않는다. 하지만 구치소로 준코를 찾아간 타누마 변호사는 수척해진 부인의 입을 통해 보다 자세한 사정 얘기를 들을 수 있었다.

"남편과 그 애의 사이가 뭔가 예사롭지 않다는 것은 알고 있었어요. 전부터 말이죠. 이렇게 되기 전에 선생님에게라도 상의를 드렸더라면 좋았을 걸 그랬어요. 저는 몇 번이고 남편을 추궁했어요. 하지만 그 사람, 항상 문제를 교묘하게 얼버무리고는, '너는 차가워, 얼음 같은 여자야!'라는 한마디로 이야기를 끝내버리곤 했어요. 저는 최후의 결심을 했죠. 우리 둘이서 다시 한 번 잘 얘기하면 옛날의 우정이 되살아나지 않을까 하는 생각으로 게이코에게 갔던 거예요. 방에 들어가니 그 애는 짧은 바지에 가슴에는 손에 걸리는 대로 아무 천이나 두른 듯한 모습을 하고 있었어요. 제 얼굴을 보고도 의외라든가 부끄럽다든가 하는 생각은 하지 않았어요. 욕이 나올 정도로 화가 치밀었지만 억지로 감정을 진정시키고 남편에게서 손을 떼어 달라고 부탁했어요. 그런데 대답이라고 하는 게……."

준코가 흐르는 눈물을 손으로 닦아냈다. 잠시 끊겼던 이야기가 금세 이어졌다.

"……하루유키와 나는 서로 사랑하고 있어. 함께라면 언제 죽어도 좋다고 그 사람이 말했어. 네가 너무 차갑기 때문에 이렇게 된 거야. 애정 문제는 우리 둘이서 해결할 일이지 제 삼자가 간섭할 일이 아니야, 라고 말하는 거였어요. 마치 그 애가 본부인이고, 오히려 제가 첩이 된 듯한 말투였어요. 저는 발끈했어요. 마침 손이 닿는 곳에 반짇고리가 있었는데, 송곳이 들어 있었어요. 그래서…… 정신을 차리고 보니 이미 그 애는 숨져 있었어요. 나도 모르게 저는 그 애의 입을 한 손으로 틀어막고 있었는지도 몰라요. 그렇게 사람이 쉽게 맥없이 허무하게 죽으리라고는 상상도 못 했어요. 이제 와서 미안하다고, 내가 잘못했다고 말할 수도 없잖아요. 이런 결과가 될 줄 알았더라면 아예 제 쪽에서 물러났더라면 좋았을 걸 그랬어요. 그랬다면 남편도 이렇게 고생시키지 않고 끝났을지도 모르죠. 세 사람 중 적어도 두 사람은 행복해졌을 테니까요."

이렇게 지적이고 예쁜 여자도 격정에 휘말리면 결국 보통 여자가 되고 마는구나. 타누마 변호사는 그런 생각이 들었다.

다행히 세상의 동정은 이 아름다운 피고에게 동정적이었다. 주부 모임의 타다가키 여사는 '이 여성을 보라'라는 논설을 T신문에 발표하여, 한 가정을 파괴하고자 하는 비정한 여자에 대한, 아내로서의 정당방위라고 역설하여 상당한 반향을 불러일으켰다.

공판일이 되었다. 죄의식에 눌린 듯한 피고의 모습은 사람들의 동정을 샀다. 검사조차도 사정이 어찌 되었든 한 사람의 생명을 빼앗은 죄는 용서하기 어렵다고 단언하면서도, 피고가 죄를 뉘우치고 있다는 것은 인정되므로 법률로 정해진 형의 최저형인 징역 3년이 지당하다고 생각한다며, 은연중에 판사의 집행유예를 부추기는 발언을 했다.

증인대에 선 하루유키도 자신의 책임을 충분히 통감하고 있는 듯했다. 만약 가까운 장래에 피고가 자유의 몸이 된다면 증인은 다시 피고를 아내로 받아들이겠는가, 라는 재판관의 질문에 그는 침통한 어조로 대답했다. "아내의 죄는 저의 죄라고 생각합니다. 아내가 이런 무서운 살인을 저지른 것도 그 책임은 모두 저에게 있습니다. 어떻게 이제 와서 버릴 수 있겠습니까."

타누마 변호사는 집행유예를 확신했다. 이웃으로서 평소의 준코의 성격을 말하고 마침 그날이 생리일이었던 것을 강조하며, 이와 같은 충동 살인사건, 그것도 감정이 격해져서 이성을 잃은 상태의 범죄에는 가장 관대한 조치가 취해져야 한다고 역설했다.

판정은 예상대로 5년 집행유예였다.

잠시 주저하던 하루유키가 무겁게 입을 열었다.

"선생님, 저는 이런 얘길 들은 적이 있습니다. 예를 들면 단도로 사람을 찔러 살해한 경우에 칼날이 위로 향해 있었는지, 아래로 향해 있었는지에 따라 형이 다르다는 말, 그 말이 맞습니까?"

"그렇고말고. 그것은 살의에 관계된 문제이기 때문이야. 칼날을 위로 해서 찔렀다면 사의가 있다고 인정되어 죄가 무겁지. 이 경우는 야쿠자들의 싸움에서 많이 발생하지."

"그것이 송곳의 경우라면 날이 동그랗기 때문에 어디가 위고 아래인지 모르지 않습니까?"

"응. 그런데 그게 무슨 뜻이지?"

"선생님, 정말로 저는 그 당시에 아내와 헤어질 결심이었습니다. 저는 보잘것없는 삽화가이긴 하지만 예술가라는 자부심은 대단합니다. 보헤미안과 여자 은행가가 결혼해서 잘 산다면 이것은 기적이라고 말할 수 있을 겁니다."

"그렇지만 부인은 자네를 사랑하고 있어."

"과연 그럴까요?"

"의심하면 안 되네. 부인이 그 여자를 살해했다는 것은 결국 자네를 사랑한다는 증거라고 생각해."

"과연 그럴까요? 질투는 애정의 또 다른 모습이라고 사람들은 말합니다. 하지만 저는 혹시 증오의 또 다른 모습은 아닐까, 하는 생각을 합니다."

변호사의 머릿속이 갑자기 혼란스러워졌다.

"잊어버리게. 부인에게는 다음에 기회를 봐서 내가 잘 얘기하겠네. 그렇게 부인이 형을 적게 받은 것도 자네가 보여준 관대함이 한몫했으니까."

"과연 그럴까요?"

하루유키는 세 번이나 같은 말을 반복했다. 그것이 변호사의 신경을 바늘같이 자극했다.

"좀 전의 이야기지만, 송곳에는 위아래가 없다는 것은 무슨 뜻인가?"

"흉기로 판단될 경우에 집사람에게 살해 의도가 있었는지 어떤지는 알 수 없다는 얘기를 하고 싶었습니다."

변호사는 왠지 가슴이 철렁 내려앉았다.

"확실히 사람을 죽이기에는 어울리지 않는 흉기였습니다. 그렇지 않습니까?"

"바로 그것이 부인에게 살의가 없었다는 증거 아니겠나. 너무 흥분한 나머지 발끈해져서 손에 잡히는 대로 그곳에 있던 것을 붙잡았다. 그것이 흉기 대용이 될 수 있다는 것을 부인은 생각하지 못했다는 거야."

"어째서입니까? 생각하지 못했다는 증거가 어디 있습니까?"

"자네는 부인의 말을 믿을 수 없다는 건가?"

"믿습니다. 믿기 때문에 이렇게 선생님을 찾아온 겁니다."

그가 크게 숨을 내쉬었다.

"저는 처음부터 아내를 의심했었습니다. 게이코처럼 게으른 여자가, 구멍난 옷 하나 직접 꿰매려고 하지 않는 그 여자가 새로 산 송곳을 반짇고리에 넣어두고 있었다니!"

"아무리 그래도 여자는 여자야. 송곳 같은 것을 사올 수도 있겠지."

"선생님은 그렇게 말씀하시지만, 게이코의 성격은 누구보다 제가 잘 압니다. 그런 것 하나 사면 보통 여자는 7년 정도는 그대로 사용합니다. 그런데 두 개나! 그것도 같은 것을 갖고 있을 여자가 어디 있겠습니까? 더욱이 게이코처럼 게으른 여자가."

"자네는 대체……?"

"선생님은, 아니 검사도 판사도, 아니 세상 사람 모두가 속은 겁니다. 송곳은 처음에 그 방에 없었던 겁니다."

하루유키의 얼굴이 보기 흉하게 일그러졌다. 그는 당장이라도 울 것 같았다.

"선생님, 우연히 그 장소에 있었던 것이라면 그것은 흉기라고 할 수 없는 것이겠지요. 하지만 준코가 처음부터 그것으로 살해할 작정으로 준비해 갔다면 그것은 이미 완전한 흉기가 되는 거 아닙니까?"

변호사는 머리를 크게 흔들었다.

"만약 정말로 부인이 처음부터 살해할 의도였다면 좀 더 다른 것을 준비해 갔겠지."

"선생님은 집사람의 성격을 모르세요!" 갑자기 하루유키가 소리쳤다. "집사람이 좋아하는 것을 아십니까? 주식, 가장 합리적인 도박이죠. 손해를 볼 때의 냉정함과 돈이 된다 싶을 때 파는 민첩함, 그리고 손을 대고 뗄 때의 그 정확한 타이밍에 저는 혀를 내둘렀습니다."

"주식과 이번 살인사건이 무슨 관계가 있나?"

"하나를 보면 열을 안다고 했습니다. 고생이 많았던 집사람에게 돈은 생명 다음으로 소중한 것입니다. 돈에 대해 그런 모험을 할 수 있는 여자라면 자신의 생명을 걸고 운명과의 도박도 가능하다는 얘기입니다."

"모르겠네. 나는 이해가 안 되는데?"

"아직도 모르시겠습니까? 집사람은 처음부터 살해할 의도를 갖고 그 아파트로 간 겁니다. 선물을 들고 흉기도 들고요!"

"……!"

"단도를 준비했다거나 청산가리를 준비해 갔다면 누구라도 집사람의 의도를 눈치채게 될 겁니다. 하지만 흉기가 어디에나 있을 법한 물건으로, 흉기로 생각되지 않는 것이라면 아무도 집사람의 의도를 알아채지 못하겠지요."

"그런 엉터리 같은……."

"선생님까지 그렇게 말씀하시다니…… 하지만 남편인 제가 보기에, 그런 이중인격자는 세상에 둘도 없습니다. 누구에게나 생글생글 애교 섞인 웃음을 보여주는 여자죠. 마치 천사같이. 그리고 누구에게나 사랑을 받지요. 누구 하나 그 가면 아래에 숨어 있는 얼굴을 본 사람이 없을 겁니다. 그러나 단 한 사람, 저는 알고 있죠."

"······?"

"계산, 계산! 모두가 계산! 10분의 1까지 모든 가능성을 계산하고 그 나머지는 운명에 맡긴다. 이것이 도박의 극치 아닌가요? 우리들 인생이 바로 그런 것 아닐까요? 집사람은 일부러 생리일을 택한 겁니다. 범행을 마치자 자수하는 것도 잊지 않았고, 또한 일부러 죄를 뉘우치는 모습도 충분히 보였습니다."

"그것은······ 그것은 무엇 때문이지?"

"계산입니다. 계획살인과 충동살인의 차이는 거기에 나타납니다. 아무리 완전범죄를 생각해도, 추리소설에 나올 듯한 어떠한 트릭을 이용한다 해도, 자신의 범죄가 발각되지 않을 거라는 자신이 집사람에게는 없었던 겁니다. 완전무결한 가장! 이것으로 법의 허점을 이용할 수 있다면, 실형을 받지 않고 끝날 수 있다면, 사실 집사람으로서는 죄가 발각되지 않은 것과 마찬가지 효과가 아니겠습니까?"

"자네는 어떻게 그것을 눈치챘지?"

변호사의 목소리가 떨렸다.

"오늘 밤, 집사람이 제게 직접 말했습니다."

두 사람은 잠시 침묵했다. 서로 상대의 눈 속에서 무슨 비밀을 읽으려는 것처럼 뜨거운 시선이 교환되었다.

"믿을 수 없군. 나는 그것을 믿을 수 없어. 하지만 그럴 가능성이 없다고는 말할 수 없어. 우리 모두가 속았을 수도 있어. 계산······ 그저 목적을 달성할 수 있으면 된다! 하지만 본인이 그 때문에 치러야 할 희생은 최소한이어야 한다! 마치 경제학의 근본적인 사고방식

같군. 하지만 이 경우에 그것이 꼭 맞는다고는 난 생각할 수 없어."

변호사가 신음하듯 말을 이었다.

"하지만 모든 것은 끝난 일이야. 이미 끝난 사건을 다시 한 번 파헤칠 수는 없어!"

변호사가 일어나 젊은이의 어깨에 손을 얹었다.

"이해하네. 자네의 기분은 잘 알겠어. 하지만 변호사로서 나는 지금 들은 고백의 비밀을 지킬 수밖에 없네. 부인을 고발하는 것, 나로서는 불가능해."

"선생님, 그것을 부탁드리러 온 것이 아닙니다."

"그럼……?"

이 젊은이가 방문했을 때의 최초의 예감이 변호사의 가슴에 엄습했다. 격양되는 감정을 진정시키고 상냥한 목소리로 말했다.

"알았네. 자네는 부인과 원만하게 이혼하고 싶은 거로군. 부인을 미결에서 구해냈으니 자네의 책임, 자네의 과실에 대한 보상은 이미 끝난 것과 마찬가지네. 가능한 한 자네의 희망대로 되도록 노력해 보겠네."

"그게 아닙니다. 오늘 밤에 제가 온 이유는 그 부탁 때문이 아닙니다."

"아니라고?"

"저는 게이코에게 반해 있었습니다. 지금도 그녀를 잊을 수가 없습니다. 저는 지금, 아내를 죽이고 오는 길입니다. 발끈해져서 이 손으로 목을 졸라 죽이고 왔습니다."

"발끈해져서?"

"그렇습니다. 이 사건의 진상을 알고 발끈해져서, 격정을 이기지 못하고……."
 하루유키가 조용히 자리에서 일어났다. 그의 입가에 묘한 미소가 그려졌다.
 "지금부터 저는 자수하러 갈 생각입니다. 선생님께서 다시 한 번 변호를 부탁드립니다."
 타누마 변호사는 오랜 법률가 생활을 하면서 이 순간처럼 오싹한 공포를 느낀 적이 없었다.

과학적 연구와 탐정소설

고사카이 후보쿠 小酒井不木, 1890~1929

일본 추리문학의 선구자이며 의학박사이기도 하다. 유럽으로 유학을 떠났다가 폐결핵에 걸려 병상에 누워 있는 동안 많은 추리소설을 읽었고 귀국 후에는 집필활동에 몰두했다. 외국 추리소설 번역에도 힘썼으며, 1921년 일본 최초의 본격 추리소설로 꼽히는 『의문의 검은 벚나무』를 발표했다. 지병 끝에 39세라는 젊은 나이로 작고했으며, 대표작으로 『연애곡선』 등이 있다.

나는 어린 시절부터 탐정소설을 좋아해서 지금도 여전히 탐독하고 있다. 언제 읽어도 재미있다. 포나, 도일이나, 가보리오의 탐정소설은 항상 근처에 두고 있다. 몇 번 되풀이해 읽어도 재미있다. 뉴욕 유학 시절에는 주간 탐정소설 잡지를 사서 매일 밤 잠자리에 들어 심야까지 읽었다.

어느 날 허드슨 강 근처에 있는 저지 시에 살인사건이 일어났다. 범인은 오랫동안 검거되지 않았다. 그러자 어느 날 『뉴욕 타임스』지 논설란에, 관헌의 느림을 비난하는 한편 포의 탐정소설 「마리 로제 수수께끼」을 인용하고 있었다. 사건의 성질이 닮아 있었기 때문이다.

이 소설은 포가 필라델피아에서 신문기자를 하고 있을 때, 뉴욕 변두리 소문난 미인이 허드슨 강가에서 죽은 채 발견된 사건을 당시의 빈약한 신문기사를 바탕으로 하여 프랑스 파리에서 일어난 사건으로 이야기를 구성한 것이다.

이 소설은 포가 뒤팽이라는 명탐정으로 하여금 훌륭하게 사건의 진상을 알아내게 함으로써 지극히 유명해졌다. 『타임스』지는 지금 포가 살아 있으면 저렇게 가난하지 않고, 명탐정으로서 마천루의 한곳에 틀림없이 훌륭한 사무소를 마련했을 것이며, 왜 제2의 포가 나오지 않는 것인지 의문을 나타내며 결론을 맺었다.

나는 유학 시절, 허드슨 강변을 산보할 때마다 시체가 떠 있었던 것은 이 근처였을 것이다, 하면서 포의 소설을 상기했다. 또한 영국으로 건너가고 나서는 예의 셜록 홈즈가 살고 있었다고 하는 베이커 거리 등을 산보하면서 과거의 그리운 상상에 열중하곤 했다.

한번은 소설 속 홈즈가 사는 212번지B(정확하게는 221B)가 어디에 있을까 하여 조사해보니 물론 없었다. 그러나 작가 코난 도일은 어쩌면 한때 이 근처에 살았을지도 모른다고 생각하기도 했다. 인간의 즐거움은 공상하는 데 있는 것이라고 나는 생각한다.

탐정소설을 읽은 덕분에 어디에 가도 재미있다. 내가 스티븐슨은 아니지만 역마차를 보아도 일종의 로맨스를 찾아내기도 한다. 런던 탑이나 세인트 폴스 사원을 방문하면 에인즈워스의 소설을 상기하지 않을 수 없었다.

파리로 옮겨 살게 돼서는 가보리오의 탐정소설에 나오는 곳을 산보하고, 그 시대의 파리 모습을 떠올리고, 명탐정 르콕이 활동하는 모습 등을 마음속에 그려보았다. 물론 실존 인물은 아니지만, 실존한 사람이나 가공인 사람을 한데 섞어서 상상하는 것에는 더할 나위 없는 즐거움이 있다.

소설, 그중에서도 탐정소설은 나의 외국 유학 중 엄청난 즐거움을 주었을 뿐만 아니라 나의 전공인 과학 연구에도 엄청난 힘을 주었다. 과학적 연구에 가장 필요한 것은 관찰력과 상상력이다. 탐정소설은 어떻게 사물을 관찰하고 어떻게 상상을 활용해야 하는지를 가르쳐주었다. 실제로 옛날부터 뛰어난 과학자는 관찰력과 상상력이 잘 발달한 사람들이었다.

예를 들면 뉴턴은 사과가 떨어진 것을 보고 이것은 지구가 잡아당기는 것이 아닐까라고 상상했다. 그리고 이 당기는 힘은 얼마나 큰지 알고 싶어 여러 가지로 궁리했다. 인력은 지구 중심에 있는 것이 틀림없다. 그러므로 지표에서의 물체의 무게는 지구의 중심에서 4천 마일 떨어진 곳에 있어서의 무게다.

그러면 다음으로 지구 중심에서 더 떨어진 곳에 있어서 물체를 헤아려보아야만 한다. 기구를 이용해보아도 상승할 수 있는 거리는 4천 마일에 비해서 너무나 작다. 그렇다면 어떻게 하면 좋을까? 그의 상상력은 정말로 달에 이르렀다. 달은 지구로부터 24만 마일, 즉 지구 반경의 60배 거리에 있다. 거기에서 그는 달의 무게를 재어보았다. 그리고 달을 지표로 가지고 온다면 계산한 무게의 3600분의 1임을 알았다.

결국 이것이 기초가 되어 만유인력은 거리의 제곱에 반비례한다는 법칙이 발견된 것이다. 사과에서 달까지 생각해내는 이 힘이야말로 과학적 연구에 없어서는 안 되는 것으로, 뉴턴이 만약 탐정이었다면 훌륭한 이름을 남겼을지도 모른다. 나는 실험실에서 밖으로 나갈 때마다 연구 사항에 대해서 모든 상상을 해본다. 그리고 동시에 선학先學의 상상력의 사용방법을 배우고, 탐정소설 읽는 것을 게을리하지 않는다.

코난 도일은 의사다. 셜록 홈즈는 도일의 스승이었던 내과 의사를 모델로 삼은 것인데, 그것은 탐정소설 『주홍색 연구』(처음으로 셜록 홈즈의 이름이 세상에 나온 작품)의 서문에 쓰여져 있다.

이 서문에는 또한 그 스승의 서문도 덧붙여져 있다. 이 사람은 대단히 관찰력이 좋아서 환자를 한 번 보고 그 직업을 알아맞혔을 정도였다. 도일 자신도 관찰력이 좋지 않으면 그 소설은 쓸 수 없었을 것이다. 훌륭한 의사가 되기 위해서는 반드시 탐정소설에서 배워야만 한다. 단지 의사뿐만 아니라 모든 사람에게도 필요하다. 비스마르크 공이 가보리오의 탐정소설을 열심히 읽었다는 것도 이유가 없는 것은 아닐 것이다.

과학자는 그 누구보다도 탐정소설에 의해 이익을 얻는 것은 말할 필요도 없지만, 의사는 더욱 탐정소설과 인연이 깊다. 그중에서도 범죄의 심리를 연구하는 정신병학이나 범죄를 감정하는 법의학이 그러하다. 탐정소설은 이쪽 방면을 잘 연구해야 한다.

프리먼의 탐정소설은 손다이크 박사라는 법의학자가 중심이 되고 있다. 이 박사는 범죄를 조사할 때 언제나 현미경을 응용하고 있다. 초과학적인 것을 가미한 탐정소설은 나는 사실 좋아하지 않는 것이다. 내용은 어디까지나 과학적이었으면 싶다. 르 큐* 등의 소설에는 때때로 아직 알려지지 않는 무서운 세균 이야기가 쓰여져 있는데, 세균을 모르는 독자는 사실로 믿고 재미있게 읽겠지만, 그런 소설은 정말로 흥미를 깎을 우려가 있다. 차라리 과학이 발달하지 않는 시대였다면 그러려니 하고 읽을 수 있어서 재미있을 것이다.

오카모토 기도 씨의 『한시치 체포록』 같은 소설을 나는 좋아한다. 현대의 소설은 어디까지나 현대 과학에 입각해주었으면 하는 것

---

* 영국과 프랑스 등지에서 활약한 저널리스트 겸 작가. 세계대전 이전 영국의 취약점을 경고하기도 했으며 추리소설 외에 2백 권이 넘는 저서를 남겼다.

이다. 나는 문예에 관해서는 문외한이지만, 이것이 문외한인 나의 탐정소설에 대한 주문이다. 생물학이나 화학 등을 조금 연구했다면, 탐정소설의 제재가 되는 것은 얼마든지 있을 것이라고 생각된다. 탐정소설가도 졸라나 플로베르가 소설을 쓰는 태도를 취해주었으면 한다. 그렇게 해서 탐정소설이 고급 읽을거리로 만들어졌으면 싶다.

실제로 우리가 생각하지 못한 곳에도 탐정이라면 소위 유력한 증거라 할 수 있는 것이 존재한다. 좀 더 일반 사람들이 탐정소설을 즐기고 평소에 잘 유념하고 있다면, 범죄자의 검거도 용이해질지도 모른다. 나는 예전에 법의학 교실에서 근무한 적이 있지만, 현재 법의학이 취급하는 것은 사체의 해부뿐이며 필요 이외의 범죄 현장 감식은 하지 않는다.

법의학이란 범죄의 모든 것을 감정하는 것이기 때문에 의도에 어떤 제한은 없지만, 법의학적 감정을 요구하는 진정한 목적, 즉 범죄의 감식이라는 점에서 현장 연구야말로 가장 긴요한 것이다. 그러나 많은 경우, 사람들의 무지에 의해 현장은 완전히 변화되고 황폐하게 되어버린다.

예를 들면 죽임을 당한 시신의 이마에 상처가 있는데 그곳에서 피가 흘러나왔다고 가정하자. 그 피가 이마에서부터 눈의 방향으로 흘렀는가, 또는 옆머리 방향으로 흘러나왔는가에 의해, 일어서 있던 위치에서 만들어진 상처인지 또는 누운 위치에서 만들어진 상처인지 알 수 있다. 이러한 위치가 범죄의 사실을 연구하는 유력한 단서가 될 것이다. 그러나 만약 무언가의 이유로 그 피가 닦여버린다면 아무것도 되지 않는다. 이러한 일은 실제로도 자주 있는 듯하다. 그러므로 탐정소설은 여러 사람이 연구해두어야 할 것이다.

프리먼의 소설에서는 범죄의 광경을 처음에 묘사하고, 그 후 탐정이 순차적으로 활동하는 모습이 씌어져 있다. 작가 자신은 이러한 서술 방식이 독자에게 더욱 재미있을 것이라고 말한다. 그러나 나는 이 방식이 너무나 과학적인 것이라고 생각한다.

소설, 즉 예술적 작품인 이상 최후에 이르러 모든 비밀이 폭로되는 쪽이 재미있다. 탐정소설은 과학 서적이 아니다. 1에서부터 2, 3을 거쳐 순서대로 10에 이른다는 과학자의 방식보다 1에서부터 8, 8에서부터 2라는 식으로 우여곡절을 거쳐 10에 이르는 쪽이 소설로서 더욱 흥미로운 것 같다. 참된 과학자는 과학서적을 읽는 것으로 충분할지 몰라도 탐정소설을 읽는 데 흥미가 있지 않으면 안 된다.

르블랑의 이야기는 재미있지만, 범죄 쪽이 주류가 되고 탐정 쪽이 실패하기 때문에 마음에 들지 않는다. 범죄소설이건 탐정소설이건 최근 계속 간행되면서 사람들은 신기한 것만 처음부터 끝까지 요구하고, 르블랑이나 르 큐의 작품은 이제 별것 아니라지만, 나 같은 입장에서는 옛것, 즉 탐정소설의 고전이라고 해야 할 가보리오나 포의 이야기도 여전히 재미있으니, 성실하게 연구할 것이라면 마냥 새 것만 요구할 필요는 없다. 사건의 내용은 계속 바뀌어도 탐정의 방식, 즉 관찰력이나 상상력을 발휘하는 것에는 큰 변화가 없을 것이기 때문이다.

현재의 일본 탐정소설계는 무엇보다도 번역물의 전성시대다. 가끔 창작이 있어도 번안물이 많은 것 같다. 무엇 때문에 일본에는 명 탐정소설가가 나오지 않는 것인가? 일본인은 자고로 독창성이 모자란 국민이라고 불린다. 그것도 한 이유일 것이다. 또 소위 과학적 연구가 얕기 때문일 것이다. 그러나 그 외에도 일본인의 생활이나 사회

현실이 탐정소설 내용이 되기에는 매우 빈약하기 때문일 것이다.

　탐정소설은 극단적인, 오히려 병적인 사회 현실을 배경으로 한다. 만약 일본에 명 탐정소설가가 나온다면 그 소설은 확실히 서구사회가 배경이 될 것이라 생각된다. 서구의 사회 상태 연구는 무슨 일이 있어도 서구 사람에게 미치지 못한다. 따라서 역시 번역하는 편이 낫다는 결론이 나온 것은 아닐까? 물론 천재는 종래의 형식을 깨는 것이기 때문에, 일본에 그런 천재가 나온다면, 어쩌면 평범한 일본을 배경으로 해서 의표를 찌르는 훌륭한 작품이 나올지도 모른다.

　그러나 만약 그러한 천재가 나와도 역시 사물의 과학적 연구에 입각할 것이 틀림없다. 과학은 보편성을 가지고 있기 때문이다. 문학에 있어서 과학만능 시대의 소위 시대파에서 상징파(상징파는 별로 과학을 무시하지 않지만)로 옮겨진 것처럼 탐정소설도 신비적 초인적인 것이 어쩌면 환영을 받을지도 모른다. 그렇지만 앞에서도 말한 것처럼 그러한 이야기는 정말로 나 개인에게는 흥미가 적은 것이 사실이다.

　내 전공이 위생학인 관계로 서구 유학 시절에는 주로 대도시에 체류했다. 다시 말해 뉴욕, 런던, 파리에 있었다. 이곳 대도시 생활은 과학적인 만큼 범죄를 저지르기에도 아무래도 편리하다는 생각이 들었다.

　어느 탐정소설에는 '뉴욕은 전 세계에서 가장 안전하게 숨을 수 있는 장소다'라고 씌어져 있었다. 런던에서는 스티븐슨이 쓴 『뉴 아라비안나이트』의 이야기도 무리가 아닐지도 모른다. 반면에 도쿄에서는 정말로 기괴한, 큰 범죄가 실제로 있을 것처럼 생각되지 않고, 또 도쿄를 배경으로 소설을 써도 그다지 재미있을 것 같지 않다.

이야기가 옆길로 빠졌는데, 본론으로 돌아가자. 통상의 과학적 연구와 탐정 기술과의 차이를 말하자면, 과학 연구에서는 모든 현상을 모조리 포괄해서 결론을 내려야만 하고, 탐정이라면 여러 현상에 우연히 마주치더라도 그중에서 필요한 현상만을 선택해나가야 한다는 것이다. 똑같이 과학적 태도를 취하는 것이라도 후자는 특별한 기량을 필요로 하므로 위대한 과학자라고 할지라도 그것만으로 명탐정이 될 수는 없을 것이다.

법의학은 응용의학인 만큼 역시 하나의 계통으로 모아져야만 하는 것처럼, 탐정의 배움도 모든 자연과학 및 정신과학의 응용이지만 역시 하나의 계통에 모아져야만 한다. 즉 탐정학이란 것이 만들어지고 연구되어야 할 것이다.

현재 특별한 부분에 관한 서적, 예컨대 지문 연구서 등은 나와 있지만 탐정학 전체에 걸쳐 집약된 책은 아직 없는 것 같다. 이러한 학문은 조만간에 출현할 것이 틀림없으며 우리들에게 있어서 대단히 흥미진진할 것이다.

셜록 홈즈는 그의 친구 왓슨에게 런던의 먼지 연구나 담뱃재 연구를 했다고 이야기한다. 이러한 방면의 지식을 소유한 사람은 경찰에 있을지도 모르지만, 아직 훌륭한 서적으로서는 저술되지 않은 것 같다. 마찬가지로 혈흔 감정에 대해서도 엄밀히 말하면 법의학적 방법과 탐정학적 방법에 차이가 있는 게 마땅한 것으로, 현장의 범죄 수색에 관해서 이러쿵저러쿵 비난하는 것보다 우선 이것들의 예비 지식을 갖추어야 한다. 그러나 당분간 훌륭한 탐정 학자가 나타나지 않는 동안은 탐정소설에 의해 그러한 빠진 부분을 보충할 수 있을 것이다.

이상은 탐정소설의 과학적 이용에 대해서 말한 것인데, 탐정소설의 목적이 탐정학을 보급하는 데 의미가 있다는 뜻으로 해석한다면 큰 잘못이다. 탐정소설이 존재해야 할 이유는 따로 있을 것이다. 그러나 그것은 문외한인 나 자신이 설명할 범위가 아니다. 단지 과학자로서 탐정소설에서 얻을 수 있는 여러 가지 교훈과 이익에 대해 말했을 뿐이므로, 탐정소설 쪽에서 본다면 어쩌면 일종의 모욕을 느낄지도 모른다.

과학은 몇 사람이 종사해서 그 진보를 촉진시킬 수는 없다. 역시 위인이 나와서 인도함으로써 그에 따른 진보가 있게 마련이며, 탐정학에 있어서도 마찬가지다. 사실 탐정학이 진보했다고 해서 훌륭한 탐정소설이 나오는 것은 아니다. 오히려 그 방면의 천재가 나타나 사람들이 생각하지 못한 부분을 보여줌으로써 그에 따라 탐정학도 진보하리라 생각한다. 이것이 훌륭한 탐정소설의 출현을 바라는 까닭이다.

물론 예술적 작품인 이상 지식의 보급 등은 제2의 문제이며 문학적 효과의 크고 작음 및 인생 묘사의 수준에 따라 그 가치는 정해질 것이다.

탐정소설도 인생이 있는 특수한 방면의 묘사를 목적으로 하는 만큼 다른 고급 예술과 조금도 우열의 차이가 없다. 따라서 가끔 등장하는 '예술적 탐정소설'이라는 말은 마땅히 철폐해야 한다. 하지만 그런 말이 나온 이유는 종래의 탐정소설이 가끔 저속했기 때문이라는 걸 인정하지 않을 수 없다. 나는 오로지 고급예술이라는 말이 입에 오르내리지 않는 날이 오기를 기대한다.

마지막으로 한마디 덧붙여두고 싶은 것은, 나는 요즘 일본의 탐정소설 잡지를 읽지 않아서 모르겠지만, 그런 잡지에 탐정에 관계된 문제를 실어서 독자들이 깊이 생각할 수 있도록 하고 싶다. 뉴욕의 주간 탐정소설지에서는 매호 이러한 종류의 흥미 있는 문제, 예를 들면 암호 등을 내걸어서 독자들로 하여금 궁리하게 하고 그 해답을 다음호에 보여주곤 했다. 거창한 상품이 있는 것은 아니었지만, 나는 큰 흥미를 가지고 궁리하는 것을 습관으로 했다.

그런 잡지가 있다면 독자들은 탐정소설과 함께 흥미롭게 탐정학에 대해 살펴볼 수 있을 것이다. 탐정학에 흥미가 있는 독자라면 나는 포의 논문 「암호에 대해서」를 반드시 권하고 싶다. 암호를 푸는 방법에 대해 기술한 이 논문을 보면 알 수 있듯이, 포가 그렇게 재미 있는 탐정소설을 쓸 수 있었던 것은 그의 과학적인 두뇌가 크게 기여한 것이라고 생각한다.

아버지
Fatherhood

토마스 H. 쿡 Thomas H. cook. 1947~

아름다운 문체와 묵직한 주제의식이 담긴 작품을 쓰는 미국 작가로, 평론가들에게도 대단한 찬사를 받는다. 주로 미국 남부 지역 소도시에서 일어나는 범죄와 그에 따른 죄의식을 그리며 가족의 비극도 중요한 주제로 삼고 있다. 장편소설 『붉은 낙엽』은 2006년 주요 추리문학상 후보에 올라 배리상 Barry Award을 받았다.

슬픔에 잠긴 그녀의 몸이 앞뒤로 흔들거리는 모습과 생명을 잃은 녀석의 몸을 끌어안은 그녀의 팔을 조금 떨어진 곳에서 지켜보면서 나는 얼음장같이 차가운 만족감 외에는 아무것도 느낄 수 없었다. 마침내 두 사람 모두 마땅히 당해야 할 일을 당했다는 사실을 즐기면서. 녀석은 죽음을, 그녀는 영원한 비탄을.

그녀는 이런 자리에 어울리는 짙은 색 가운을 입고 있었고, 얼굴은 깊은 두건 속에 파묻혀 있었다. 녀석을 내려다보며 피로 흠뻑 젖은 머리칼을 쓰다듬는 그녀의 얼굴은 절망으로 섬뜩할 만큼 일그러져 있어서 그녀가 한때라도 젊고 아름다웠다고, 한때라도 어떤 것에든 즐거움을 느꼈으리라고 보기는 불가능했다.

그 무렵에는 세월이 우리를 너무나 멀리 갈라놓았고 나를 몹시 비참하게 만들었기에 더 이상 그녀가, 내가 한때 사랑했던 누군가라고 생각할 수 없었다. 그렇지만 나는 그녀를 '사랑했었다'. 그리고 그 모든 것에도 불구하고 그녀와 함께 누렸던 찬란한 행복의 순간을 아직도 떠올릴 수 있는 때가 있었다.

우리가 처음 만났을 때 그녀는 아직 소녀였으며 마을 제일의 미인이었다. 사실상 마을이 소유한 유일한 아름다움이었다. 마을은 사막 한가운데 자리 잡은 작고 생기 없는 곳이었다. 그런 곳에서 아름다운 무언가를 발견한다는 것은 거의 기적에 가까웠다.

물론 동네 녀석들이 이미 그녀를 쫓아다니고 있었다. 그들은 그녀의 검은 머리칼과 동그스름한 진한 눈, 멋진 올리브 빛을 발하는 피부에 매혹되었다. 나는 그들만큼 열렬히 그녀를 갈망했다. 그러나 나는 늘 일정한 거리를 두었다.

나는 가게 창밖을 내다보다가 그녀가 커다란 바구니를 팔에 끼고 길을 가로질러 시장으로 걸어가는 모습을 종종 보곤 했다. 돌아올 때는 바구니가 과일과 채소로 가득 차 있었고 그녀는 때때로 이마의 한 줄기 땀을 훔치기 위해 멈춰 섰다. 그녀의 눈길이 언뜻 내가 그녀를 훔쳐보고 서 있는 창문을 스칠 때면 나는 재빨리 물러나기 일쑤였다.

사실은 그녀는 나를 두렵게 했다. 자기를 훔쳐보는 나의 모습을 보았을 때 그 눈에 떠오를 표정이 두려웠다. 눈에 떠오른 동정심, 어쩌면 경멸일지도 모를 그 눈이 두려웠다. 뚱뚱한 중년의 독신남, 지저분한 가게에서 일하고 곰팡내 나는 단칸방에서 혼자 살며, 미래에 대한 전망도 전혀 없고 그녀와 같이 활기찬 아가씨에게 줄 것이라곤 아무것도 없는 남자에 대한.

그리하여 나는 어떤 식으로든 그녀에게 말을 걸거나 다가서리라는 기대는 전혀 하지 않았다. 설령 그녀가 나를 안다 할지라도 시장 가는 길에 가끔 보는 이름 없는 존재, 발밑에 밟히는 오래된 돌처럼 단조롭고 특징 없는, 전혀 중요하지도 눈에 띄지도 않는 사람으로밖에 기억되지 않으리라는 것은 불 보듯 뻔했다. 나의 운명은 언제까지나 그녀를 조용히 지켜보는 것, 그녀의 삶이 펼쳐지는 모습을 가게 창문 뒤에서 목격하는 것일지니. 처음에는 시장을 향해 걸음을 재촉하는 아가씨로서, 그다음에는 신랑과 팔짱을 끼고 산책하는 신부로서, 마지막에는 자신을 졸졸 따라다니는 아이들 엄마로서 그녀의 아름다움은 세월이 흐를수록 깊어지고 충만해지는 반면, 나는 창문에 말뚝처럼 못 박혀 선 채 늙고 쇠약하고 유령 같고 머리가 희끗희끗지는 존재, 결국 인생에 막막하고 결실 없는 그리움 외에는 아무것도 더해지지 않을 그런 존재가 되리라.

그런데 그 일이 일어났다. 삶의 영원한 수수께끼를 만들어내는 그런 사건 하나가, 하찮은 존재에게 축복을 내리며 받아야 할 상과 벌을 선고하는, 자연 만물에 변덕스럽고 잔인하며 무정한 여왕의 모습을 부여하는 그런 사건이.

손님 하나가 내 가게 바깥 기둥에 말 한 마리를 묶어놓았다. 윤기가 흐르고 아름다운 말이었는데, 시장에서 돌아오던 내 꿈의 소녀가 멈춰 서서 그 말을 보고 찬탄하는 것이었다. 처음에는 말의 잔등을 쓰다듬었다. 다음에는 씰룩거리는 옆구리로 옮겨가더니 녀석의 촉촉하고 검은 콧잔등을 두드렸다. 마지막으로 그녀는 발치에 놓아두었던, 가득 차 쏟아질 것 같은 바구니에서 옥수수 하나를 꺼내 말에게 먹였다.

"저 말, 당신 건가요?"

그녀가 내게 물었다. 나는 작업에 쓸 나무를 한 아름 안고 문밖으로 나온 참이었다.

나는 우뚝 멈춰 섰다. 그녀가 나를 응시하고 있다는 것에 놀랐고 그녀가 정말로 나에게 질문을 던졌다는 것이 믿기지 않았다.

"아뇨, 손님 말이에요."

그녀는 다시 말을 바라보았다. 말의 목덜미를 손으로 쓰다듬었고 긴 갈색 갈기 속에 손가락을 넣어 털을 비비 꼬았다.

"이런 말을 갖고 있다니 그분 대단한 부자인가 봐요." 그녀는 여전히 내 품에 있는 목재를 바라보았다. "그 손님을 위해 무슨 일을 해주세요?"

"물건을 만들어요. 탁자, 의자 등 원하는 건 뭐든지요."

그녀는 살짝 미소를 짓고 한 번 더 말을 쓰다듬고 나서는 길바닥의 바구니를 주워올리고 천천히 걸어갔다. 오후의 햇빛 속에서 자신의 갈색 팔을 소녀다운 몸짓으로 휘두르면서. 그녀의 몸짓은 무척이나 자연스럽고 경쾌했다. 어느 순간 내 입에서 한 줄기 숨이 터져나왔다. 그제야 나는 멀어져가는 그녀의 모습을 지켜보는 동안 내가 한 번도 숨을 쉬지 않았음을 깨달았다.

이전과 마찬가지로 종종 길에서 그녀를 보았지만 나는 거의 석 달 동안 그녀와 이야기하지 않았다. 요즘은 때때로 웬 젊은 남자가 그녀와 동행하였다. 그녀와 마찬가지로 아름답게 그을렸으며 구불구불한 검은색 머리카락을 지닌 사람이었다. 키가 크고 늘씬하고 발걸음은 굳건하고 확신에 차 있었다. 어떤 것도 간절히 바란 적 없는 남자, 잘생긴 외모를 물려받았고 물려받을 많은 재산이 있는 남자, 밝은 미래가 전적으로 보장된 그런 남자의 걸음이었다.

그 남자가 그녀와 결혼하리라고 나는 생각했다. 그는 아름다웠고, 확실하게 그녀를 매혹시킬 만한 능력이 있어 보였으니까. 며칠 동안 나는 젊은 연인들이 흔히 그러듯 두 사람이 손잡고 함께 시장을 오가는 모습을 지켜보았다. 반면 나는 홀로 서서 오그라들고 텅 빈 껍데기가 되어 아주 가냘픈 산들바람에도 먼지투성이 거리로 휙 날아가 버릴 것만 같았다.

그리고 갑자기, 남자가 사라졌다. 그녀는 다시 혼자 남았다. 다른 변화도 있었다. 그녀의 걸음은 예전보다 덜 생기 있게 느껴졌으며, 한 번도 이런 모습은 본 적이 없는데 고개를 살짝 숙이고 시선을 길바닥의 포석 위에 내려뜨리고 있었다.

그 어떤 사람이라도, 아무리 막돼먹은 돈 많은 녀석이라도 그녀 같은 여자를 매정하게 버린다는 것은 나로서는 상상조차 할 수 없었다. 그리하여 난 그가 죽었거나 어떤 이유로 멀리 쫓겨난 것이고, 그녀는 그를 잃었다는 상실의 베일 아래로 떨어져 영원히 그 그림자 속에서 살도록 운명지어진 것이라고 상상했다. 그토록 젊고 아름다운 여인의 운명은 내게 헤아릴 수 없이 절망적인 것으로 느껴졌다.

그래서 나는 행동했다. 내 가게 밖 작은 나무 벤치에 앉아 몇 시간이고 며칠이고 그녀를 기다리다가, 마침내 아른거리는 검은 날개처럼 어깨를 덮는 머리칼을 지닌 그녀가 다시 나타났을 때였다.

"안녕하세요." 내가 말했다.

그녀는 발을 멈추고 나를 향해 돌아섰다.

"안녕하세요."

"드릴 게 있어요."

그녀는 기묘한 표정으로 나를 보았지만, 내가 다가갔을 때 뒤로 물러서지 않았다.

"당신을 위해 이걸 만들었어요."

나는 그 물건을 건네주며 말했다. 내가 올리브 나뭇가지를 깎아 만든 말이었다.

"예뻐요. 고마워요." 그녀는 조용히 미소 지었다.

"뭘요."

나는 이렇게 말했을 뿐, 진정으로 사랑을 하는 사람답게 아무런 보답도 요구하지 않았다.

우리는 그 일 이후 종종 만났다. 그녀는 가끔 내 가게로 왔고 나는 그녀에게 만드는 법, 고치는 법, 목재의 결과 특성을 인지하는 법을 가르쳐주었다. 그녀는 수공작업을 잘 해냈고 나는 장인匠人이자 선생이라는 새로운 역할을 즐겼다. 그렇지만 진정한 보상은 그녀의 존재에 있었다. 목소리에 깃든 부드러움, 눈 속에 담긴 빛, 머리카락 내음, 그런 것은 그녀가 마을 반대편에 있는 집에 돌아간 뒤에도 얼마나 오랫동안 사라지지 않았던가.

곧 우리는 함께 길거리를 걷게 되었고, 그다음에는 교외를 걸어다녔다. 얼마 동안 그녀는 행복해 보였기에 그동안 빠져 있던 우울에서 그녀를 건져내는 데 성공했다는 생각이 들었다.

그런데 다소 갑작스럽게 또다시 우울이 그녀를 사로잡았다. 그녀는 도로 어두워졌으며 점점 더 말이 없어지고 자기 안에 틀어박혔다. 예전의 근심이 그녀를 엄습했거나, 아니면 내가 예견치 못한 새로운 근심거리가 나타났는데 그녀가 그것을 숨기려 한다는 걸 알 수 있었다. 마침내 어느 늦은 오후 마을 외곽의 언덕에 있을 때 내가 단도직입적으로 물어보았다.

"문제가 무엇입니까?"

그녀는 고개를 가로저으며 아무 말도 하지 않았다.

"무척 근심스러워 보여요. 그렇게 많은 걱정거리를 갖기에는 당신은 너무 젊어요."

그녀는 내게서 눈길을 돌려 멀리 펼쳐진 들판에 시선을 고정시켰다. 땅거미가 지고 있었다. 오래지 않아 밤이 올 것이다.

"어떤 이들은 특별한 짐을 짊어지도록 선택된답니다." 그녀가 말했다.

"모든 이들이 자기가 지고 있는 짐을 짊어지도록 선택되었다고 생각하죠."

"하지만 선택되었다고 여기는 사람들은요, 그러니까 제 말은, 어떤 특별한 고통을 겪도록 선택되었다는 뜻이에요. 당신은 그 사람들이 어째서 자기여야 하는지, 어째서 다른 사람이 아닌 자기인지 의심이나 한다고 생각하세요?"

"당연히 모든 사람이 의심하죠."

"당신의 짐은 뭐라고 생각하세요?"

'절대로 당신에게 사랑받을 수 없다는 것.' 나는 생각했다. 그리고 말했다.

"내가 특별히 무슨 짐을 지고 있다고는 생각하지 않아요." 나는 어깨를 으쓱했다. "그저, 살아가는 것. 그게 다죠."

그녀는 이 주제에 대해 더 이상 이야기하지 않았다. 그녀는 잠시 침묵했으나 눈동자는 침착하지 못하게 이리저리 움직였다. 많은 생각이 그녀의 머릿속에 오고 있음이 분명했다.

마침내 그녀가 어떤 결론에 이른 것처럼 보였다. 그녀의 얼굴이 나를 향했다.

"나랑 결혼할래요?"

마치 온 세상이 내 목을 꽉 조여오는 것만 같았다. 나는 그저 그녀를 말없이 지켜볼 수밖에 없었다. 드디어 한 마디 말이 내게서 터져나왔다. "네." 나는 거기서 멈췄어야 했다. 그러나 어느새 더듬거리며 말하기 시작했다. "하지만 그럴 수는…… 난 그런 사람이 못 되고…… 그러니 당신은……."

그녀는 손가락 하나를 내 입술에 갖다 대고 지그시 눌렀다.

"그만." 그녀가 말했다. 그리고 곧 뒤로 물러서서 자기 몸의 무게를 대지 위에 실었다. 팔은 나를 향해 벌린 채 어서 오라 하고 있었다.

여느 남자라면 누구든 그런 기회에 냉큼 달려들었으리라. 그러나 나는 두려움에 사로잡혀 움직일 수 없었다.

"무슨 일이죠?" 그녀가 물었다.

"두려워요."

"뭐가요?"

"내가 할 수 없을까 봐……."

그녀가 이해했다는 걸, 나를 무력하게 만드는 혼란의 근원을 눈치챘다는 걸 알 수 있었다. 직설적으로 말하지 않는 것이 별 의미가 없어 보였다.

"전 숫총각이에요." 그녀에게 말했다.

그녀는 손을 뻗어 나를 끌어당겼다.

"저도 그래요."

나는 그것이 어떤 느낌인지 알지 못했다. 그러나 잠시 후 그녀는 너무나 따뜻하고 촉촉해졌으며, 서로의 요구와 수락에 따라 나의 쾌감은 점점 솟아오르고 깊어져 마침내 나의 온몸이 그녀 속에서 풀려나가는 것을 느꼈다. 그녀가 나를 더욱 꽉 끌어안자 몸이 와들 와들 떨렸다. 나는 그런 행복을 전혀 알지 못했고 앞으로도 모를 것이다. 사랑하는 사람과 사랑을 나누는 일은 이 세상에서 가장 큰 기쁨이니까.

우리는 잠시 함께 누워 있었다. 그녀는 내 밑에서 조용히 숨을 내쉬었고 얼굴 한쪽이 내 얼굴에 짓눌려 있었다.

나는 "사랑해요"라고 말한 뒤 그녀의 얼굴을 볼 수 있도록 몸을 일으켜 세웠다.

그녀는 나를 보고 있지 않았고 심지어 내 쪽을 보고 있지도 않았다. 그녀의 눈은 우리 머리 위에 걸려 있는 하늘과 환한 동전 같은 달과 드문드문한 별에 못 박혀 있었으며, 저 너머 위쪽을 흘깃 볼 때 눈물이 반짝였다. 그곳은 그녀의 생각이 날아가 버린 곳이었다. 내게서 멀리, 멀리, 아주 멀리. 그녀가 진정 사랑했고 아직도 그리워하는 남자, 자기 자신만큼 아름다웠던 젊은이에게로. 나는 천박하고 무가치한 대체물에 불과했다.

그래도 나는 그녀를 사랑했고 그녀와 결혼했으며, 그다음에는 커져가는 놀라움 속에서 그녀의 배가 불러오는 것을 우리 아들이 태어나기까지 하루하루 지켜보았다.

우리 아들. 마을 사람들은 그렇게 불렀다. 그녀도 그렇게 불렀고 나 역시 그렇게 불렀다. 그렇지만 나는 그 애가 내 아들이 아님을 알고 있었다. 아이의 피부색은 나와 달랐고 머릿결도 달랐다. 아이는 키가 크고 허리가 잘록했지만 나는 키가 작고 땅딸막했다. 그 애가 내가 아닌 다른 남자의 자식임은 의심할 여지가 없었다. 내 아이는 절대로 아니었다. 그녀가 함께 거리를 걸어다니던 그 잘생긴 젊은 남자의 아들이었다. 죽음에 의한 것이든, 도주에 의한 것이든 그의 실종이 그녀에게 완전히 버림받은 느낌과 절망감을 주었기에 나는 말 공예품으로 기운을 북돋아주려고 했었다. 그녀와 함께 길거리와 오솔길을 걸었고, 그녀를 달래고 위로했으며, 멀리 떨어진 언덕에 함께 앉았으며, 심지어 그곳에서 그녀와 살을 섞기도 했다. 그리고 나중에는 그녀와 결혼했다. 이 모든 것의 결과로 이제 나는 확실히 내 자식이 아닌 한 아이의 아버지이자 부양자가 되고 말았다.

아이는 우리가 사랑을 나눈 밤 이후 단지 6개월 만에 태어났다. 튼실하고 건강한 데다 풍성한 검은 머리를 지니고. 그 애가 수태기간을 완전히 채우고 세상에 나왔다는 건 의심할 여지가 없었다.

처음부터 그녀는 아이를 애지중지했으며 자기 눈동자처럼 사랑했다. 아이에게 책을 읽어주고 노래를 불러주고 더러워진 얼굴과 발과 엉덩이를 닦아주었다. 아이는 그녀의 '강아지'였고, 그녀의 '사랑'이었으며, 그녀의 '보물'이었다.

그러나 녀석은 내게 그 어떤 것도 아니었다. 녀석을 볼 때마다 녀석의 아버지도 보였다. 내 아내의 사랑을 훔쳐간 그 홀쭉하고 무책임한 젊은이. 너무나 어린 나이에 그런 일을 당했기에 아내는 다시는 사랑을 되찾을 수 없었고, 내게 줄 수도 없었다. 그는 그녀가 다른 곳에서 더 잘 이룰 수도 있었던 사랑을 앗아가 버렸고, 우리 두 사람을 황폐하게 만들었다. 나는 그를 증오했으며 복수를 갈망했다. 그러나 그가 아무도 모르는 곳으로 달아나 버렸으므로 내겐 조를 수 있는 목이 없었고 베어버릴 몸뚱이가 없었다. 그 대신 내게는 그의 아들이 있을 뿐이었다. 그래서 아이에게 나의 복수심을 배출하였다. 세월이 흐르면서 더더욱 자신의 젊은 아빠를 닮아가며 그와 똑같이 유연한 걸음걸이와 섬세한 성격을 가진 아이에게. 내 공방에서는 거의 쓸모가 없고 내 일에는 관심도 갖지 않으며, 마을 광장을 서성거리는 걸 더 좋아하고 그곳에 모인 늙은이와 한가롭게 이야기 나누거나, 내가 자기 엄마와 사랑을 나눈 언덕에서 책을 읽으며 시간을 보내는 아이에게. 내가 그녀 몸에 나 자신을 쏟아냈을 때조차도 녀석은 그녀의 몸속 깊이 따뜻한 곳에 잠들어 있었던 것이다.

나는 종종 그 사실을 생각했다. 그날 밤 그녀의 몸속에 내 '아들'이 들어 있었다는 사실을, 나 자신의 씨는 이미 단단하게 닫힌 자궁에 도달하기 위해 애를 썼던 것이라는 사실을. 때로 나는 그런 지독한 억측에 빠져 아이에게 주먹을 휘두르고 칼날처럼 내 혀를 내둘렀으며 불덩어리 같은 눈초리를 던졌다.

"당신은 어째서 그 애를 그렇게 싫어하죠?" 처음에는 아내가 몇 번이고 물었다. "그 애는 당신을 사랑하기를 원해요. 하지만 당신은 그 마음을 허락하지 않아요."

내 대답은 한결같았다. 얼음장 같은 침묵. 그리고 어깨를 으쓱할 뿐이었다.

그렇게 세월이 흘렀다. 나는 여전히 집에서 이방인으로 살아갔고, 더욱 차갑고 무뚝뚝해졌다. 저녁이면 불가에 앉아, 나를 기만한 아내와 내 자식이 아닌 아들이 함께 게임이나 독서를 하고 비밀스러운 농담을 하고, 내겐 전혀 흥미 없는 데다 그 내용과 의미에 있어 의도적으로 나를 소외시키는 것 같은 주제로 이야기하는 광경을 지켜보았다.

그들이 하는 모든 행동은 나의 고독한 분노를 높여줄 뿐이었다. 그들의 웃음소리는 내 귀를 후비는 칼날 같았으며, 그들이 방 반대편 구석에서 대화할 때는 그 속삭임이 마치 독사의 쉿쉿 소리처럼 다가왔다.

이러는 동안 아내와 나는 끔찍하게 싸웠다. 한번은 방에서 나가려고 하는데 아내가 내 팔을 움켜잡고 뒤로 홱 돌려세웠다.

"당신은 그 애를 집에서 몰아내고 있어요." 그녀가 말했다. "당신이 계속 그러면 그 애는 길거리에서 일생을 마칠 거라고요. 그게 당신이 바라는 건가요?"

"그렇소. 난 더 이상 녀석이 여기서 살지 않았으면 좋겠소." 이번만은 진심으로 대답했다.

그녀는 나를 쳐다보았다. 완전히 충격을 받았는데 단순히 내 말 때문이 아니라 말을 할 때 드러난 원념 때문이었다.

"당신은 그 애가 어디서 살면 좋겠어요?"

나는 물러서지 않고 맞섰다.

"녀석이 어디서 살든 상관없소. 혼자 힘으로 살 만큼 나이도 먹었는데." 짧은 침묵 후 내가 수년간 애써 억눌러왔던 말이 터져나왔다. "혼자서 살 수 없다면 잠시라도 녀석의 진짜 아버지한테 보살펴달라고 하든지."

그리고 나는 아내의 눈에서 눈물이 넘쳐나고 그녀가 급히 뒤돌아 나가는 것을 지켜보았다.

그러나 그 일이 있고서도 아내는 떠나지 않았다. 그녀의 아들도 마찬가지였다. 그래서 결국 나는 그들과 같은 집에서 지낼 수밖에 없었다. 속에서 부글부글 끓는 침묵의 삶을 살아야 했다.

1년 뒤 녀석은 열다섯 살이 되었다. 녀석은 그 무렵의 나보다 30센티미터가량 컸다. 또 녀석은 일종의 학자로서의 명성 비슷한 걸

얻어 자기 어머니를 기쁘게 했지만, 그만큼이나 내게는 혐오감을 주었다. 이 녀석 삶의 중요한 진실이 숨겨진 채 남아 있는데 학문이란 게 도대체 무슨 소용이란 말인가? 자기 아버지가 누군지, 자신의 검은 곱슬머리와 날씬한 체격이 어디서 온 건지 모르는 판에 철학과 이론에 대한 그 모든 말이 무슨 쓸모가 있는가? 심지어 설령 녀석이 나를 진짜 아버지로 생각한다고 해도 그 정신의 명민함이야말로 가장 설명할 수 없는 일로 느껴져야 했다는 사실조차 모르는데.

그러나 정신과 외모의 커다란 차이에도 불구하고 녀석은 내가 진짜 아버지인지 여부를 조금도 의심하지 않는 모양이었다. 녀석은 친척들에 대해서나, 자기 출생에 관한 어떤 이야기에 대해서도 묻지 않았다. 내가 녀석을 불러 잡일을 시키면 녀석은 대답했다. "네, 아버지." 그리고 내 허락을 구할 때면 언제나 "이거 해도 돼요, 아버지?" "저거 해도 돼요, 아버지?"라고 물었다. 실제로 녀석은 그 단어를 사용하는 걸 즐기는 것처럼 보였다, 무척이나. 마침내 나는 기회가 될 때마다 나를 '아버지'라고 부르는 것이 날 엿 먹이는 방법이라고 결론 내렸다. 녀석이, 내가 자기 아버지가 아니라는 사실을 알고 있거나, 아니면 아니기를 바라는 마음을 강조하려는 것 외에 다른 이유는 없었다.

15년 동안 나는 나에 대한 녀석의 모욕과 아내의 교활함, 처녀라고 했던 거짓말, 녀석이 태어난 순간부터 시작된 무언극을 지속해야 한다는 사실을 견뎌왔다. 나 자신이나 내 이웃 아무도 순수한 것이라고 믿지 않는 부성애를 표방하면서. 쉬운 일은 아니었지만 어쨌든 나는 참아냈다. 그러나 이놈의 효성스러운 순종과 헌신의 과장된 쇼, 그리고 끊임없이 "아버지, 이거요" "아버지, 저거요"를 반복하며 나를 우습게 만들려는 녀석의 끈질긴 노력에 마침내 내 자제력의 등허리는 부러지고 말았다.

그래서 나는 녀석에게 나가라고 했다. 더 이상 너는 내 집에서 환영받지 못한다고, 더는 줄 밥도 없고 재워줄 침대도 없으며, 몸을 덥혀줄 불도 없고 입혀줄 옷도 없다고 말했다.

우리는 뒷마당에 서 있었다. 녀석은 내가 이 모든 말을 하는 동안 조용히 나를 바라볼 뿐이었다. 요 몇 주 동안 녀석은 수염을 길렀고 머리칼은 어깨까지 내려왔으며 맨발로 다니는 습관이 있었다. "알겠습니다, 아버지." 내가 말을 마쳤을 때 녀석이 한 유일한 말이었다. 녀석은 곧 돌아서서 집 안으로 들어가서는 몇 가지 소지품을 소박한 배낭에 넣고 나와 거리를 따라 내려갔다. 자기 어머니에게는 짧은 쪽지만 남겨놓은 채로. 경멸적이고 아이러니컬한 이 메시지는 명백히 내게 최후의 상처를 가하려는 의도였다.

"아버지께 제가 사랑한다고 전해주세요. 그리고 언제나 사랑할 거라고."

나는 18년간 녀석을 보지 못했다. 그러나 아내가 꾸준히 녀석과 접촉하고 있으며 때로는 녀석이 지나가는 마을을 방문하기 위해 긴 여행을 다녀온다는 사실까지 알고 있었다. 그녀는 매우 지쳐서 돌아오곤 했는데, 특히 요 몇 년간 그랬다. 이제 그녀의 머리는 회색빛이 되었고 한때 빛나던 살결은 하도 쉽게 멍이 들어서 아주 부드럽게 눌러도 자국이 남았다.

나는 그녀의 여행에 대해 절대로 묻지 않았고, 그녀의 아들이 어떻게 지내는지 한 번도 묻지 않았다. 나는 끝까지 녀석을 그리워하지 않았다. 그러나 녀석이 없어진 후에도 내가 기대했던 안식은 없었다. 단순히 집에서 쫓아낸 것만으로는 충분하지 않은 것 같았다. 나는 그런 행위가 내게 굴욕적이고 뻔한 거짓 삶을 살도록 강요함으로써 내 인생을 망친 것에 대해 녀석의 친부와 친모에게 앙갚음하려는 내 바람을 충족시킬 거라고 생각했었다.

복수란 놈은 내가 생각했던 것보다 더 굶주린 짐승이었던 것이다. 어떤 것도 그놈을 만족시킬 수 없는 것처럼 보였다. 내 '아들'에 대해 생각할수록 녀석의 다양한 여행과 성취에 대한 소식을 더 많이 들었고, 그저 이리저리 떠돌아다니며 다른 사람의 관대함에 빌붙어 사는 녀석의 태평한 삶에 대해 들었다. 더욱더 녀석에게 다시 일격을 가하고 싶어졌다. 이번에는 더욱 잔인하게.

녀석은 그 무렵 적어도 이 근방에서는 상당히 유명해졌다. 사람들 말로는, 녀석이 일종의 유람 마술쇼 극단 같은 걸 조직해서 속임수와 함께 쓰는 재미있는 주문을 만들었다고 한다. 그렇지만 사람들이 녀석이 하는 말을 설명하려 할 때면 녀석이 말하는 그 '메시지'란 것이 이 시대의 전형적인 이야기로 보였다. 녀석은 자기가 성취할 수 있는 비밀을 발견했다고 믿고, 또한 자신의 사명이 애처로운 군중에게 그 비밀을 밝히는 거라고 믿는, 수많은 다른 녀석들과 전혀 다를 바가 없었다.

당연히 나는 더 잘 알고 있었다. 나는 손에 넣을 수 있는 행복이란 오직 삶이 제공하는 것이 얼마나 적은지를 인정하는 데서 온다는 걸 알았다. 그러나 무언가를 안다는 것과 그것에 따라 살아갈 수 있느냐는 별개 문제였다. 나는 내가 잘못 살아왔다는 것을 알았고 그것을 받아들일 수밖에 없다는 것을 알았다. 그렇지만 난 그것을 절대로 잊을 수가 없었다. 그리고 아내가 내게 한 거짓말, 바로 그 존재 자체만으로 그 거짓말이 내 머릿속에서 미친 듯이 휘젓게 만드는 가짜 아들에 대해 누군가가 대가를 치러야 한다는 생각을 떨쳐버릴 수 없었다. 그것이 내가 녀석을 다시 찾게 된 이유라고 생각한다. 오로지 나는 복수하지 않고는 살 수 없으며, 더욱 무거운 벌을 다른 이에게 요구하지 않고는 살 수 없었다.

녀석을 파멸시키기까지 3년이 걸렸지만, 결국 그럴 만한 가치가 있었다.

그녀는 내가 그 배후에 있다는 사실을 전혀 몰랐다. 3년 동안 나는 은밀하게 녀석에 대한 반대운동을 수행하여 익명의 편지를 썼다. 여러 관청에다 녀석이 감시와 조사를 받아야 하며, 녀석이 폭력적인 발언을 했으며 사람들을 폭력적으로 선동하고, 우리가 소중하게 간직하는 모든 것을 파괴하기로 서약한 비밀조직의 리더라고 경고했던 것이다. 아내에게서 얻어낸 조각조각의 정보를 종합하여 그들에게 녀석의 일거수일투족을 제보했기 때문에 정보를 수집하기 위해 정보원들이 파견되었다. 녀석은 오만하고 독선적이었다. 그리고 자기 진짜 아버지처럼 어떤 것도 물리칠 수 있다는 자신감을 갖고 있었다. 나는 녀석이 체포될 만한 말을 하거나 행동하는 것이 시간 문제라는 걸 알았다.

나는 그 모든 일을 했다. 그러나 그녀는 알지 못했다. 내가 녀석의 파멸을 지휘하고 있다는 낌새조차 눈치채지 못했다. 나는 내가 얼마나 철저하게 그녀를 속였는지를 그들이 마침내 녀석의 시신을 그녀에게서 떼어내어, 매장할 곳으로 옮겨가고 나서 얼마 안 되어 깨달았다. 그들이 녀석을 매단 장소에서 벗어나 아내와 나는 함께 언덕 아래로 걸어 내려갔다. 아내는 얼마나 끔찍한 일이었는지, 군중이 얼마나 거칠게 녀석을 조롱하고 욕했는지에 대해 중얼거리고 있었다. 그런 사람들은 언제나 우리 아들 같은 사람을 반대하도록 선동될 수 있을 거예요. 그녀는 말했다. 그녀는 녀석을 이렇게 불렀는데, 즉 '진정한 몽상가'는 그들에게 대항할 기회도 갖지 못했다.

나는 날카롭게 말했다. "녀석은 사기꾼이었소." "녀석은 어떤 것에 대해서도 답을 갖고 있지 않았지."

그녀는 고개를 젓고 멈춰 서더니 언덕을 향해 돌아섰다. 그곳은 사람들이 녀석을 처형한 장소일 뿐 아니라 우리가 처음으로 사랑을 나눈 장소이기도 했다. 나는 달콤한 아이러니를 발견했다. 사람들이 녀석을 처형장으로 끌고 갔을 때 녀석의 눈은 불안정하고 혼란스러웠다. 마치 자기에게 그런 끔찍한 일이 닥치리라고는 전혀 예상도 못 했다는 것처럼. 마치 자기가 진짜 아버지처럼 부유하고 무책임하며, 평범한 사람의 운명을 초월해 있거나 한 것처럼.

악의적인 신랄함이 밀물처럼 밀려왔다. "녀석은 당할 만한 일을 당한 거요." 무심결에 말이 튀어나왔다.

그녀는 내 말을 거의 듣지 못한 것 같았다. 그녀의 눈은 여전히 언덕에 못 박혀 있었다. 마치 녀석의 운명의 비밀이 돌투성이 비탈에 적혀 있기라고 한 듯.

"이렇게 되리라고 아무도 말해주지 않았어요. 이런 식으로 그 애를 잃게 되리라고는." 그녀가 중얼거렸다.

나는 그녀의 팔을 잡고 언덕 아래로 끌고 내려왔다.

"어머니는 자기 자식에게 일어나는 일에 대비할 수 없는 거요. 당신은 그냥 받아들여야 하오. 그게 전부요."

그녀는 천천히 고개를 끄덕였다. 내 말을 받아들이는 모양이었다. 우리는 함께 언덕 아래로 내려갔다. 집에 도착하자마자 그녀는 침대에 누웠다. 옆방에서 숨죽여 흐느끼는 소리가 들려왔지만 나는 더 이상 할 말이 없었기에 그녀가 그냥 슬퍼하도록 내버려두었다.

밤이 찾아오기 시작했다. 그날 밤 일찌감치 이날을 휩쓸었던 폭풍은 지나갔고, 그것이 지나간 자리에 청명하고 푸르스름한 황혼이 남겨졌다. 나는 창문으로 걸어가 밖을 내다보았다. 멀리, 마침내 녀석이 파멸해버린 언덕이 보였다. 최후의 순간조차 녀석은 딱 한 번 더 나를 놀리려고 했다는 생각이 번개같이 스쳤다. 기억 속에서 녀석이 나를 거만하게 내려다보고 있는 모습을 볼 수 있었다. 예전에 내가 집에서 자기를 쫓아냈을 때와 똑같은 방식으로 나를 자극하며. 떠나면서 내게 던진 말처럼 '아버지'라는 단어를 강조하면서 말이다. 녀석은 그것이 내게 말을 할 수 있는 마지막이라는 것을 잘 알고 있었던 것이다. 그래서 그 녀석은 그런 말을 했던 것이다. 똑바로 내 눈을 응시하면서 누구나 확실하게 들을 수 있도록 군중들의 소음 너머로 목소리를 높여서. 녀석은 자기의 반항심, 빈정거림, 나에 대한 혐오감의 깊이를 드러내기로 결심한 것이다. 그러면서도 녀석은 영리하게도 자기가 신경 쓰는 것이 군중인 척 꾸몄다. 그러나 나는 녀석의 의도가 마지막으로 나를 똑바로 '아버지'라고 부름으로써 나를 조롱하는 것이었음을 알고 있었다. 녀석은 그 밉살맞은 목소리로 말했다.

"아버지, 저들을 용서하소서. 저들은 자기가 하는 일을 모르고 있습니다."

무대 뒤의 살인
Murder Offstage

에드워드 D. 호크 Edward D. Hoch, 1930~2008

미국 추리소설가. 1950년대부터 왕성한 작품 활동을 시작하여, 2001년 미국추리작가협회 '그랜드 마스터'에 선정됐다. 2008년 사망 직전까지 무려 950여 편의 작품을 썼으며 캡틴 레오폴드, 닥터 샘 호손, 닐 벨벳 등의 시리즈가 유명하며, 본격 미스터리를 비롯하여 매우 광범위한 소재로 이야기를 전개했다는 평가를 받는다.

Whodunnit _ 무대 뒤의 살인 Murder offstage

"다른 방법은 없어." 게리슨 스미스가 말했다. 처음으로 그 사실을 입 밖에 낸 것이다. "우리 중에 한 사람은 그를 죽여야 해."

폴 드레이어는 다른 사람들에게 눈을 돌리고 그 말의 반응을 살폈다. 그가 예상했듯이 클리프 콘트렐은 이미 동의의 뜻으로 고개를 끄덕이고 있었다. 그런데 정말 놀라운 것은 애스터 마틴이 아무 반대도 하지 않는다는 것이었다. 그녀는 일종의 오만한 무관심으로 테이블 끄트머리에 앉아 있었다. 마치 그들의 결정이 자기와 아무 관계도 없다는 듯, 마치 그들이 자신들의 평판을 지키기 위해 살인을 꾀하고 있는 게 아니라는 듯.

"어떻게 생각하지, 애스터?" 깊이 들어간 눈을 그녀에게 고정시키며 폴이 물었다. 그는 그녀가 말해주기를 바랐다. 그녀 평생에 단 한 번 확고한 입장을 취해주기를.

"달리 할 수 있는 일이 없다고 봐요." 그녀는 계산된 효과를 노리고 대답했다. "당신들 모두 나와 한 배를 타고 있어요. 우리가 이야기하고 있는 문제는 단지 내 명성만이 아니라고요."

"그럼 결정됐군." 게리슨 스미스가 읊조렸다. 그는 언제나 연출자 역할을 맡았다. 설령 살인을 연출하게 될 경우라도. "우리 중 누가 할까?"

클리프 콘트렐이 헛기침했다.

"약속시간이 언제지?"

스미스가 자기 앞 테이블에 놓인, 손으로 쓴 메모를 들여다보았다.

"콘트렐이 2시, 드레이어가 2시 반, 그리고 내가 3시 반이군. 그는 우리 각각에게 1만 2500달러의 현금을 원하고 있어. 사진 원판의 대가로."

"내가 처음이군." 콘트렐이 말했다. "그러니 내가 해야겠군." 그는 언제나 모든 작품에서 주연이었다. 그래서 지금도 자신의 위치를 포기할 수 없었다.

그러나 폴이 불쑥 주의를 주었다.

"그가 자기 사무실에 그 원판을 갖고 있는지조차 알 수 없잖아. 아무 소득 없이 그를 죽이게 될지도 모르는데 그러면 우리는 어떻게 될까? 애스터는 어떻게 돼?"

"이 나라 모든 신문 1면에 나가겠지." 애스터가 대답했다. 농담을 하는 게 아니었다. "개인적으로, 당신들 중 누구도 그를 죽일 배짱이 있다고 생각하지 않지만, 해야 하는 일이죠. 당신들 세 명이 언제까지나 협박을 받아 돈을 낼 수는 없잖아요."

"좋아, 좋아!" 게리슨 스미스가 다시 연출을 맡아 나섰다. "이건 어때? 콘트렐이 오늘 오후 2시에 그의 사무실에 나타나서 1만 2500

달러를 지불하는 거야. 그러고 나서 폴이 그를 밖에서 만나 원판이 정말 사무실에 있는지 확인해. 만약 있다면 2시 반에 위층으로 올라가서 우리의 협박자 친구를 죽이고 원판과 콘트렐의 돈 양쪽을 회수하는 거지."

몇 분 동안 토의를 거친 후 그 제안이 가결되었다.

"나는요?" 애스터 마틴이 물었다.

"여기서 기다려. 당신은 이미 우리를 충분히 괴롭혔어." 스미스가 말했다.

레오나르도 플러드는 여러 사람에게 갖가지 모습으로 비춰졌다. 나이 먹어가는 인기 남자 배우, 가십 칼럼니스트의 총아, 과거 제트 셋*의 제왕, 그리고 영리한 협박자였다. 폴 드레이어와 다른 이들이 그에 대해 가장 잘 알고 있는 면은 바로 이 마지막 역할이었다. 〈아침 5시〉가 브로드웨이에서 개봉되어 애스터 마틴이 하룻밤에 스타덤으로 막 급부상했을 때 그들은 모두 너무나 바빠서 그 사진에 대해 미처 생각하지 못했다. 그 사진은 금방 잊혀진, 무해한 경솔함의 결과물이었다. 바꿔 말해, 레오나르도 플러드를 제외한 모든 사람에게 잊혀졌다는 말이다.

그는 원판을 손에 넣었고(실제로는 훔친 거지만) 관련된 세 남자에게 전화했다. 그것이 바로 〈아침 5시〉의 연출자 게리슨 스미스, 남자 주연배우 클리프 콘트렐, 작가 폴 드레이어였다. 그의 이야기는 아주 간단했다. 그들이 각각 자기에게 1만 2500달러씩 지불하면 원판

---

* 제트기를 타고 놀러 다니는 부유층.

을 돌려받을 거라는 것이다. 그러지 않으면 브로드웨이의 최신 스타가 상당히 천박한 인물이라는 사실이 칼럼니스트들에게 폭로될 것이란다.

어쨌든 간에 폴과 다른 두 사람은 애스터 마틴에 대해 성실하게 행동했다.

물론 연극에 대해서도 마찬가지였다. 이제 작은 22구경 자동권총을 주머니에 넣고 폴 드레이어는 2시 30분 약속에 맞춰 플러드의 음침한 사무실로 가기 위해 엘리베이터를 탔다. 후텁지근한 맨해튼의 여름 중에서도 가장 뜨거운 날이었고, 이미 폴의 이마에 촉촉이 맺힌 물기는 낡은 건물에 에어컨이 없다는 증거였다.

그는 노크도 하지 않고 레오나르도 플러드의 방으로 걸어 들어가 잿빛 머리의 남자가 소박한 책상 너머 나무 의자에 앉아 있는 것을 보았다. 방구석에 파일 캐비닛이 하나 있고, 그 옆에 외닫이창이 하나 있었으며, 선풍기가 캐비닛 위에서 천천히 요동치고 있었다. 이것들을 빼면 방은 건물 자체와 똑같이 휑뎅그렁하고 생기 없는 곳이었다.

"아!" 늙어가는 배우가 그를 반겼다. "애스터 마틴 팬클럽의 두 번째 멤버로군! 당신이 시간을 잘 지켜주어서 기쁘네. 난 정확한 시간에 순서대로 손님 맞는 걸 좋아하거든."

"난 다른 원판들을 받으려고 왔소, 플러드." 폴이 말했다.

"물론! 가격은 당신들 각각 1만 2500달러지." 배우가 미소 지으며 지저분한 넥타이를 매만졌다. "어떤 여자들은 누드 사진을 출간하기 위해 그만큼의 돈을 내려고 들 거야. 하지만 우리의 애스터는 그런 식의 출간은 필요하지 않지. 이제 스타니까."

폴은 그에게 총을 겨눴다.

"원판을 내놓으시오. 나머지 전부. 속임수는 안 돼. 수상한 짓 하면 죽을 거야. 그리고 콘트렐의 돈도 가져가야겠어."

레오나르도 플러드는 여전히 웃고 있었다.

"팬클럽이 사랑스러운 애스터를 위해 나를 죽일 거라는 말인가? 그렇게까지?"

"원판!"

"여기 없다고 한다면?"

"아래층에서 콘트렐을 봤어. 그의 말로는 당신이 자기를 홀에서 기다리게 하고는 한 개를 꺼내다 주었다더군. 원판들이 이 방에 있는 걸 알아. 그걸 가져가겠다고."

"날 죽여봐야 좋을 게 없을걸. 원판은 절대로 찾지 못할 거야."

"모르지."

폴은 소형 권총을 플러드의 관자놀이를 향해 휘둘렀다. 배우는 일격을 맞아 정신을 잃고 때 묻은 마룻바닥에 쓰러졌다.

이제 그는 신속하게 일을 처리해야 했다. 원판들은 3.5밀리미터 필름이었다. 숨기기도 쉽지만 찾기도 그리 어렵지 않다. 우선 몸을 수색했다. 몸을 샅샅이 뒤지고 옷을 뒤졌지만 콘트렐의 돈 외에는 아무것도 없었다. 폴은 플러드의 넥타이와 구두 밑창, 그 밖에 모든 곳을 검사했다. 솔기 하나하나까지 두 번씩 조사했으나 아무런 성과도 없었다.

다음으로 그는 책상에 달려들었다. 서랍을 뒤집어엎고 혹시 비밀 칸막이가 없는지 책상 다리와 옆면과 뒷부분을 찔러보았다. 의자 다리와 바닥까지 검사했다. 파일 캐비닛의 얼마 안 되는 내용물도 뒤져보았다. 심지어 밑바닥을 살펴보느라 빙글빙글 도는 검은 선풍기를 조심스럽게 들어올리기까지 했다. 그러다 창문을 열고 창턱과 가장자리를 더듬어보았다. 또 뭐가 있지? 전화기도, 벽장도, 심지어 옷걸이조차도 없었다. 플러드는 분명히 사무실을 자주 쓰지 않았다.

20분 뒤 폴은 포기했다. 플러드는 의식이 돌아오고 있었다. 여기서 더 이상 얻을 수 있는 것은 없었다. 아무리 극단적인 상황에 처했더라도, 또 애스터 마틴을 위한 일이라 해도 살인까지 할 생각은 없었다.

그는 밖으로 나와 문을 닫았다.

거리는 뜨겁고 후텁지근하여 견딜 수가 없었다. 폴은 한 블록을 걸어가서 모퉁이에 있는 가게로 들어가 시원한 음료수를 마셨다. 자신의 시계로 3시 10분이 되면 스미스에게 전화해서 실패했음을 알리기로 결심했다. 그러나 전화 부스에서는 아무런 다이얼 신호음도 들리지 않았다.

"무슨 문제가 있습니까?" 그는 카운터의 남자에게 물었다.

"전화들이 불통이에요. 지금 막 전기 문제가 생겨서 전 지역이 맛이 갔어요. 이게 다 망할 놈의 에어컨 때문이지!"

폴은 한숨을 쉬고 앉아서 기다렸다. 15분 뒤 가게 형광등이 깜박이더니 오후의 작은 정전 사태가 종료되었다. 전화가 정상으로 돌아오자 그는 스미스의 사무실에 전화를 걸었다. 아무도 받지 않았다. 스미스가 플러드와의 3시 30분 약속을 위해 나간 것이 틀림없다.

폴은 시내를 가로질러 차를 몰고 돌아와 극장 옆 주차장에 주차했다. 애스터 마틴과 클리프 콘트렐이 연출자 사무실에서 기다리고 있었다. 그러나 아직 게리슨 스미스가 돌아온 흔적은 보이지 않았다.
"원판을 찾았어요?" 애스터가 물었다.
"아니, 그 빌어먹을 사무실을 뒤집어봤지만 찾을 수가 없었어." 그는 익숙한 의자에 몸을 눕히고 담배를 꺼냈다.
"하지만 분명히 그자가 갖고 있다고!" 콘트렐이 주장했다.
"자네 돈 여기 있네. 최소한 이건 찾았지."
그는 두꺼운 지폐 다발을 테이블에 올려놓았다. 바로 그때 게리슨 스미스가 들어왔다. 스미스는 엷은 미소를 짓고 있었다.
"잘 해치웠어, 폴. 그럴 만한 배짱이 있는 줄 몰랐는데."
"무슨 소린가?" 뱃속 깊은 곳에서 공포가 올라왔다.
"물론 플러드가 죽었단 말이지. 미간을 정확히 쏘았더군."
폴 드레이어는 믿을 수 없다는 눈으로 스미스를 응시했다.
"난 죽이지 않았어." 마침내 그가 말했다. "난 그자를 기절시키고 그 장소를 뒤졌지만 아무것도 찾지 못했어. 내가 떠날 때 그자는 아직 살아 있었다고."
"글쎄, 지금은 죽었네." 스미스가 말했다. 어느 누구도 그의 말을 의심하지 않았다.
"그렇다면 다른 누군가가 죽인 거야. 우리 중 하나가."
"그게 중요한가? 어쨌든 우리 모두 이 일에 관련되어 있잖아." 게리슨 스미스가 어깨를 으쓱했다.
"어쩌면 중요하겠지." 폴이 말했다. "어쩌면 아주 많이 중요할 수 있어. 우리 중 하나가 플러드를 죽였다는 건 우리 중 하나가 원판을 갖고 있다는 거야. 그 사람이 자기 비밀을 숨기고 있는 한 그는 협박을 계속할 수 있다는 거지. 피해자 중 한 명인 척하면서."

"만약 내가 죽였다고 생각한다면……." 스미스가 말했다.

그때 클리프 콘트렐이 신경질적으로 기침하더니 말했다.

"그건 확실히 내가 아니야, 폴. 내가 그 사무실에서 나왔을 때 그자가 살아 있었다는 걸 알잖아."

"그런 건 무의미해요." 애스터 마틴이 눈가에 늘어진 머리카락을 넘기며 끼어들었다. "당신이 원판을 찾지 못했다면 어떻게 살인자가 원판을 찾을 수 있죠, 폴?"

"모르겠어." 폴은 느릿한 어조로 동의했다. 그의 뇌리에 무언가가 있었다. 무언가가 떠오르고 있었다……. "난 3시 직전에 아직 살아 있는 플러드의 사무실을 나왔어. 스미스와의 약속은 3시 반에 있었지. 그렇다면 반시간이 고스란히 설명되지 않은 채 남는 거야. 만약……." 폴은 돌연 말을 멈췄다. 조각들이 제자리를 찾아 들어간 것이다.

"그래서?" 스미스가 재촉했다.

"이거 봐, 레오나르도 플러드와 같이 질서정연한 사고방식을 가진 사람이 세 사람에게 각각 1만 2500달러를 내놓으라고 협박해서 총 3만 7500달러를 손에 넣으려고 할까? 협박 요구로는 이상한 금액이지. 네 번째 피해자가 있었고, 따라서 총 5만 달러라는 거금을 요구한 거라고 하는 편이 더 그럴듯하지 않나? 깨끗하게 맞아떨어지는 숫자지…… 그 네 번째 피해자는 당신밖에 있을 수 없어, 애스터."

"나라고요!" 그녀의 숨소리가 거칠어졌다.

폴이 고개를 끄덕였다. 이제 그는 확신하고 있었다.

"당신은 우리가 알게 하고 싶지 않았어. 첫째는 자존심 때문이고, 둘째는 어쩌면 우리는 당신이 5만 달러를 다 내기를 바랄지도 몰랐기 때문이야. 당신은 이 일에 있어서 철저하게 결백하기를 원했어. 특히 살인까지 간다면. 그렇지만 당신도 역시 오늘 오후 레오나르도 플러드와 약속이 있었던 거야."

"3시 정각에." 콘트렐이 숨을 내쉬었다.

"맞아." 폴이 말했다. "생각해봐야 했어. 왜 플러드는 자기 스케줄에서 30분이 비었고 우리 네 명이 연관되었는지. 실제로, 플러드는 내게 자기는 방문자를 정확한 시간에 순서대로 받는 것을 좋아한다고 분명히 말했어. 무슨 순서일까? 물론 알파벳 순서야. 콘트렐Contrell을 2시에, 드레이어Drayer를 2시 반에, 애스터 마틴Martin을 3시에, 스미스Smith를 3시 반에. 당신은 여기서 기다리기로 했었어, 애스터. 하지만 내가 3시 20분에 전화했을 때 아무도 전화를 받지 않았어. 당신은 협박에 지불할 돈을 가지고 플러드의 사무실로 갔던 거야."

그녀는 테이블 건너편에서 그에게 미소를 지어 보였다. 여전히 여주인공다운 태도를 취하면서.

"좋아요, 내가 거기 갔다고 생각하는군요. 난 당신이 그를 죽일 만한 배짱이 없다는 걸 알았어요. 그래서 돈을 지불하러 갔죠. 그게 내가 그를 죽였다는 증거는 되지 않아요."

"된다고 봐, 애스터." 그가 부드럽게 말했다. "플러드는 언제나 우리를 당신 팬클럽fan club이라고 불렀어. 그러니 난 오래전에 힌트를 눈치챘어야 했어. 원판은 그의 선풍기 날개fan에 테이프로 붙여져 있었어. 언뜻 보면 너무 빨리 회전해서 볼 수가 없지. 당신은 3시에 사무실에 있었고 그때쯤 그 지역에 정전사고가 났어. 선풍기가 멈춘 덕분에 당신은 눈앞에서 원판을 발견한 거야. 당신은 플러드를 쏘고 원판을 가져왔어. 당연히 당신은 우리에게 그 사실을 말하지 않았지. 우리는 이미 죄를 뒤집어쓰도록 되어 있었거든."

"좋아요." 마침내 혀로 입술을 축이며 그녀가 말했다. "경찰에 알릴 건가요?"

폴 드레이어는 다른 두 남자에게 눈길을 던졌다가 다시 애스터를 보았다. 그는 엷은 미소를 짓고 있었다.

"애스터, 만약 우리가 입 다물고 있는다면 그게 당신에게 얼마만큼의 값어치가 있는 일일까?"

Howdunnit _ 다섯 번째 사람마다 Every Fifth Man

당신은 아마도 그 모든 일이 일어난 후에도 어째서 내가 여전히 살아 있는지 의문을 느낄 것이다. 정말이지 굉장한 이야기라고 생각한다. 나는 미수에 그친 쿠데타가 일어나기 두 해 전부터 추방자들과 생활하며 훈련을 해왔다. 실패했을 때 받을 형벌은 모두 잘 알고 있었다. 거사의 날에 대비해 만발의 준비를 하고자 몇 달을 육박전과 낙하 훈련에 폭발물 훈련까지 받았다. 그날이 오자 우리는 코스타네라로 향했다.

나는 내 생의 25년을 코스타네라의 도시와 읍과 숲에서 살았다. 코스타네라는 나의 조국이었다. 돌멩이 하나까지도 싸워 지킬 가치가 있었다. 우리는 디암 장군의 등장과 함께 그 땅을 떠났지만 이제 돌아갈 것이었다. 우리는 어둠을 틈타 공중에서 낙하하여 반反 디암 군부와 합류한 뒤 수도로 대망의 입성을 하려고 했다.

그럴 계획이었다. 하지만 일은 순조롭게 이뤄지지 않았다. 군부는 마음을 바꿔먹었고 우리는 디암 장군의 군대가 쏟아대는 압도적인 십자포화 속으로 뛰어내리게 된 것이다. 우리 해방군 65명 중에서 절반 이상이 땅을 밟기도 전에 전사했고 나머지는 순식간에 궤멸했다. 해질 무렵 우리는 아줄 만(灣)을 굽어보는 거대하고 오래된 요새에 포로로 잡혀 있었다.

그날 포로는 23명이었다. 그리고 한 사람, 토마는 옆구리에 심한 부상을 입었다. 우리는 요새의 커다란 감방 한 칸에 갇힌 채 운명을 기다리는 처지가 되었다. 그곳은 더웠고 몸뚱이에서 풍기는 땀내와 공기 중에 떠다니는 곰팡내가 목구멍을 파고들어서 질식해 거의 죽을 지경이었다. 나는 검정 베레모와 셔츠를 벗고 딱딱한 돌바닥에 팔다리를 뻗고 눕고 싶었지만 그러지는 않았다. 그저 다른 이들과 마찬가지로 말없이 참고 기다렸다.

이 나라에는 한 가지 특별한 법이 있었다. 수백 년에 걸쳐 반란이 일어났을 때마다 따르던 관례였다. 패잔병을 처리하는 문제에 부딪힐 때면 정부는 늘 그래왔듯 전통적으로 명령을 하달했다. "다섯 번째 사람every fifth man마다 죽이고 나머지는 석방하라." 이것은 반란을 억제하는 데 상당한 효력이 있었다. 물론 석방된 80퍼센트는 다시 결속하여 또 반란을 일으키기도 했지만, 그들 앞에 놓인 위협은 때때로 그들의 활동을 진정시키기에 충분했다.

이것이 바로 그때 우리를 기다리고 있던 운명이었다. 어느 만(灣)의 푸른 바닷가 음울한 요새에 갇힌 23명의 죄수들. 우리는 희망을 가질 만한 근거가 있었다. 우리 중 상당수는 살아서 나갈 가망이 있었으니까. 허나 우리는 디암 장군의 냉혹한 셈법을 미처 헤아리지 못하고 있었다. 그 명령은 이튿날 아침 일찍 내려왔고 감옥 창살 너머로 우리에게 전달되었다. 기대한 대로였다. "다섯 번째 사람마다 즉각 처형한다. 남은 죄수는 24시간 이내에 석방한다."

그러나 예기치 못한 무시무시한 일이 벌어졌다. 담당관이 계속해서 명령서를 읽었다. 똑같은 지시를 네 번 더 읽었다. 디암 장군은 같은 명령을 다섯 개 하달한 것이다. 아무도 살아남을 수 없게 되었다.

나는 무슨 짓이든 해야 한다는 것을 깨달았다. 그것도 신속하게. 경비병이 감옥 문을 열자 나는 담당관에게 다가갔다. 최대한 침착하고 낮은 목소리로 그를 설득하려 했다.

"우리 23명 모두를 처형할 수는 없소. 그건 명령에 위배되는 일이오."

그는 경멸에 가까운 눈빛으로 나를 내려다보았다.

"용감해져봐, 꼬마야. 군인답게 죽으라고!"

"하지만 명령서에 따르면 다섯 번째 사람마다 즉각 처형해야 한다고 했소. 글자 그대로요. 두 번째 명령을 내리기 전에 집행해야 하오."

담당관은 한숨을 쉬었다.

"그게 무슨 차이가 있지? 낮에는 아주 더울 거야. 누가 대낮 뙤약볕 아래에서 죽고 싶겠나? 지금은 적어도 바람이라도 불잖아."

"명령에 따라야 하오." 나는 고집을 부렸다. "각 명령은 따로따로 집행되어야 한단 말이오."

여러분은 물론 내가 고집을 부린 이유를 눈치챘을 것이다. 만일 다섯 개의 집행 명령을 묶어서 한꺼번에 수행한다면(디암 장군은 틀림없이 이렇게 될 것을 의도했겠지만) 우리 23명은 모두 총살될 것이었다. 그러나 만일 명령을 따로따로 집행한다면 우리 가운데 9명은 살아남게 된다. 나는 수학을 잘했다. 내 계산은 이러했다. 23명에서 다섯 번째 사람마다 처형하고 나면 4명이 빠지고 19명이 남는다. 이 과정이 또 반복된다. 그러면 3명이 죽고 16명이 남는다. 세 번째 집행에서는 3명이 죽고 13명이 남는다. 그다음에는 2명이 총살되고 11명이 남는다. 마지막에는 2명이 총살되고 살아남은 9명은 바람처럼 자유의 몸이 되어 요새를 걸어 나가게 될 것이다.

그래도 여전히 내게 불리하다고? 전혀 그렇지 않다. 만약 담당관이 내 주장에 동의한다면 난 확실하게 살 수 있다. 왜냐고? 생각해 보라. 다섯 번째 사람을 매번 어떻게 선정할 것인가? 제비뽑기로 하진 않을 것이다. 여기는 군대니까. 우리는 일렬종대로 정렬하여 번호가 불릴 것이다. 그렇다면 어떤 순서로 정렬할까. 알파벳 순으로? 그러지는 않을 것이다. 저들은 우리 이름조차 모르므로 아마도 오랜 군대식 관습에 따를 것이다. 키 순서.

나는 감옥에서 지내면서 내가 23명 죄수 가운데 가장 작다는 사실을 이미 확인했다!

만일 저들이 작은 순으로 번호를 붙인다면(가능성은 별로 없지만) 나는 늘 1번이므로 안전이 확보된다. 좀 더 확률이 큰 쪽으로 생각하면, 키 큰 순서로 번호를 부를 테고 그렇게 되면 다섯 번의 호명에서 나는 언제나 마지막이 될 것이다. 23번, 19번, 16번, 13번, 11번, 9번. 절대로 5배수가 되지 않는다. 즉 나는 절대로 처형당하지 않는다!

담당관은 영원처럼 느껴지는 시간 동안 나를 물끄러미 내려다보았다. 마침내 그는 다시 한 번 손에 든 명령서를 훑어보더니 결정을 내렸다.

"좋다, 첫 번째 명령부터 집행하지."

우리는 앞마당에 정렬했다. 키 순으로. 두 사람이 부상당한 토마를 부축했고 호명이 시작되었다. 우리 23명 가운데 4명이 안벽(岸壁)으로 걸어나가 총살되었다. 남은 자들은 그 광경을 애서 외면하려 했다.

또다시 3명이 불려나가 벽 앞에서 처형되었다. 남은 16명 중 누군가 울부짖기 시작했다. 자기의 순서를 헤아려본 것이다.

담당관은 격식을 갖추어 세 번째 명령서를 읽었고 3명이 또 앞으로 나갔다. 나는 여전히 줄 맨 끝에 있었다.

네 번째 명령서를 읽은 후 13명 중 2명이 죽음을 향해 걸어갔다. 사수들마저도 덥고 지친 듯이 보였다. 태양은 벌써 우리 머리 꼭대기에 있었다. 자, 한 번의 집행만 끝나면 우리 중 9명은 자유를 얻을 것이다.

"잠깐!" 다시 번호를 부르기 시작했을 때 담당관이 외쳤다. 나는 공포에 사로잡힌 채 고개를 돌렸다. 토마가 대열에서 벗어나 쓰러져 있었고 옆구리에서는 피가 솟구치고 있었다. 죽은 것이다. 그러자 11번이 돌연 10번이 되어버렸다.

마지막 번호 선정에서 나는 10번이 되었다!

다섯 번째 사람이 대열에서 나왔다. 그리고 여섯, 일곱, 여덟, 아홉, 열. 나는 꼼짝하지 않았다.

"꼬마, 나와라. 드디어 네 차례다." 담당관이 말했다.

여러분은 내가 어떻게 여기 앉아 있는지 의아할 것이다. 그토록 처형될 것이 확실했는데, 내 신중한 계산이 허사가 되었는데 말이다. 나는 그 순간 죽음을 떠올리며 서 있었다. 그리고 전날 밤 또 아침 내내 억누르고 있던 행동을 실행에 옮겼다. 나는 담당관이 디암 장군의 명령, 즉 다섯 번째 남자마다 every fifth man 처형하라는 지시에 글자 그대로 따를 것임을 알고 있었다. 그리고 그 명령이 나를 살렸다. 나는 베레모를 벗고 긴 머리칼을 늘어뜨려 보여주었다.

Whydunnit _ 나일 고양이 The Nile Cat

부턴 교수는 이전에 한 번도 사람을 죽인 적이 없었다. 또 헨리 야들리의 박살난 머리에서 뿜어져 나온 피에 대해 전혀 준비한 바도 없었다. 그는 여전히 둔기에 맞아 죽은 시신을 내려다보며 서 있었다. 자신의 옷에서 피를 씻어낼 방법을 궁리하면서. 그때 야간 경비원이 이집트 전시실에 들어와 그를 발견했다. 일이 이렇게 되자 부인할 여지마저 사라지고 말았다.

프리츠라는 이름의 형사반장은 침착한 사람이었고 프로였지만 눈에는 피로가 역력했다. 그는 부턴 교수와 테이블을 사이에 두고 마주 앉아 마치 이런 살인사건은 매일 일어나는 것인 양 차분히 말을 꺼냈다.

"당신이 헨리 야들리를 죽였음을 인정합니까?"

그는 속기사가 준비되었는지 확인한 다음 교수를 바라보았다.

"아, 네. 인정합니다. 그게 그 가엾은 사람의 이름이라면."

"이름을 몰랐습니까?"

"그 사람 자체를 몰랐습니다. 전에 만난 적도 없습니다."

프리츠 반장은 멍한 표정을 지었지만 그것은 잠깐뿐이었다.

"피해자 이름은 헨리 야들리, 대학원생이었습니다. 고고학 석사학위를 받으려고 공부하고 있었지요. 이러면 생각이 날까요?"

"말씀드렸지만, 그 사람을 알지도 만난 적도 없습니다."

프리츠는 연필을 집어 들고 만지작거렸다.

"계속 원점이군요. 부턴 교수님, 당신은 범행을 시인했습니다. 이쯤하고 살해 동기를 털어놓으시죠. 말다툼이나 몸싸움이 있었나요?"

"아뇨, 우리는 말을 섞은 적도 없습니다."

"살인사건의 동기는 보통 몇 가지로 국한됩니다. 증오, 두려움, 복수……."

"그런 것과는 전혀 상관없습니다."

"이득……."

"아닙니다. 반장님이 생각하는 그런 이득은 아니에요."

"피해자가 동성애자라든가, 뭐 그런 사람이었나요?"

"모르겠습니다. 그는 아무 짓도 안 했어요. 과거에 제게 무슨 짓을 한 적도 없고요. 말씀드렸듯이 본 적도 없고 이름조차 알지 못하는 사람이었습니다."

형사는 연필을 내려놓고 한숨을 쉬었다.

"그렇다면 그저 전시실로 들어왔을 뿐인 그를 죽였단 말이군요?"

"바로 그겁니다."

"당신은 미쳤군요!"

부턴 교수는 비록 희미하게나마 미소를 지을 수 있었다.

"아마도 모든 살인자가 제정신이 아니겠죠. 저 역시 다를 바 없습니다."

"죽여야 할 이유가 있었습니까? 그리고 들키지 않으리라고 기대했나요?"

"있었습니다. 그래요, 그리고 어떻게든 해치울 수 있으리라 생각했습니다. 허나 살인 그 자체 말고 다른 계획은 없었다고 봐야겠지요."

"사전에 계획한 일입니까?"

"네, 그 말의 법적인 의미에서는. 실행에 옮기기 전에 몇 분 생각했지요. 어차피 체포되었으니 달라질 건 없습니다. 어쩌면 일이 이렇게 된 게 실질적으로 나을 수도 있겠군요."

"누구에게 낫다는 겁니까? 여자가 관련되어 있나요?"

부턴 교수는 또다시 미소를 지었다.

"아마도 처음부터 모든 이야기를 말씀드려야겠지요. 그러면 반장님도 조금은 납득하실 겁니다……."

제 이름, 정식 이름은 패트릭 J. 부턴입니다. 지난 20년을 대학에 몸담아왔습니다. 최근에는 중동문화 전공 교수로 있었지요. 대학 박물관의 이집트 전시실 큐레이터 일도 제 담당이었는데, 이쪽 업무 비중이 점차 커졌어요. 이곳은 미라와 석관이 즐비하고 전시실도 여럿 있는 대영 박물관하고는 거리가 멀지만 꽤 괜찮은 수집품이 몇 가지 있습니다. 주로 작은 조각상들이고 콥트 십자가나 정말 훌륭한 스카라베*도 몇 개 소장하고 있답니다.

그중 으뜸은 단연 '나일Nile 고양이'입니다. 저희 박물관에서는 물론이고 전 세계에서도 명성을 얻을 만한 미술품이지요. 이것은 기쁨의 여신 바스테트**의 몇 가지 조각상 중 하나입니다. 이 신의 신전은 삼각주 지역의 부바스티스에 있었죠. 조각상은 1920년대 나일강

---

* 고대 이집트에서 신성시한 풍뎅이 조각을 의미한다.
** 이집트의 여신으로 태양신 라의 딸이자 가정의 수호신 또는 고양이의 수호신으로 알려져 있다. 고양이 머리를 하고 있다고 묘사되었다.

기슭에서 발견되었고 유명한 투자 은행가 카드무스 베른이 주인으로, 말하자면 대여 전시품입니다.

나일 고양이는 30센티미터 높이에 커다란 루비 눈이 깊이 박혀 있는 아름다운 청동 조각상입니다. 몇몇 미술 비평가는 일찍이 발견된 초기 이집트 미술 중에서도 가장 중요하게 다뤄야 할 작품이라고 평했지요. 소유주는 25만 달러짜리 보험을 들었습니다. 그 정도 값어치는 충분히 나가는 물건입니다.

저희 모든 수집품들(제 감독 하에 구한 작품들)은 나일 고양이를 둘러싼 형태로 배치되어 있습니다. '고양이'는 이집트 전시실에서 가장 큰 전시용 케이스를 독점하고 있지요. 그러니 2주 전 그 일이 제게 얼마나 큰 충격이었을지 반장님도 상상하실 수 있을 겁니다. 카드무스 베른은 한평생 그 조각상을 저희 박물관에 대여해왔습니다. 상속자들이 '고양이'를 소유하는 동안은 이 합의를 유지한다는 단서 조항을 달아서요. 몇 달 전 베른이 여든한 살의 나이로 세상을 떠났을 때 마음은 아팠지만 크게 슬퍼하진 않았습니다. 그 양반은 인생을 오롯이 보람 있게 영위했으니까요.

2주 전, 그 소식을 듣기 전까지는 아무런 문제도 없었습니다. 이집트학에는 조금도 관심 없는 중년 부인, 그러니까 베른의 딸이 저를 찾아오기 전까지는 말이죠.

"콘스탄스 클라크라고 해요." 그녀가 말했지요. "카드무스 베른이 제 아버지고요. 아, 그래요, 그 조각상, 나일 고양이에 관한 일인데요. 저는 제 남편과 그걸 돌려받아서 팔기로 결정했어요."

"판다고요?" 틀림없이 제 얼굴은 그 말에 낭패감을 드러냈겠지요. "누구한테 팔려고요? 어디다가요?"

"프랑스 정부가 25만 불을 주겠다고 제의해왔어요. 그쪽에서는 다음 달에 새로 개관하는 프랑스 박물관에 메인 전시품으로 전시하기를 원하고 있어요."

"다음 달! 그렇다면 부인은?"

"몇 주 안으로 그쪽에다 조각상을 팔 생각이에요."

부인의 결정에는 재고의 여지도 없어 보였어요. 협상하자고 시간을 끌 수도 없었지요. 왜냐하면 새 프랑스 박물관은 국립 박물관에서 네페르티티*의 두상을 가져오는 것도 고려하고 있었거든요. 만일 나일 고양이를 다음 달 개관에 맞춰 전시하지 못하면 클라크 부인에게 한 제안을 취소하고 대신 네페르티티의 두상을 구입할 겁니다.

부인은 그런 사실을 알리고 가버렸어요. 저 홀로 생각에 잠기도록 남겨둔 채 말입니다. 반장님은 그게 무얼 의미하는지 아셔야 합니다. 일 외에 세상 어떤 것에도 흥미를 갖지 않는 저에게 말입니다. 아내는 수년 전에 세상을 떠났고 자식도 없습니다. 취미 같은 것도 없지만, 있다고 친다면 그마지도 이 박물관과 전시품이 그 대상일 테지요. 박물관을 짓고, 박물관을 대학의 주요 부서로 일구느라 수년의 세월을 보냈는데, 느닷없이 최고의 전시품을 잃게 될 위기에 처하고 만 겁니다.

싸워보지도 않고 굴복하진 않겠다고 저는 결심했습니다. 베른의 유언장에 따르면, 조각상은 팔리지 않는다면 우리에게 남아 있어야 합니다. 그리고 저는 그런 제안이 일생에 한 번 있을까 말까 한 일이라는 걸 알고 있었습니다. 나일 고양이는 제게도 프랑스 박물관

---

* 이집트 제18왕조의 왕 아크나톤의 왕비. 두상과 흉상이 발견되었다.

에도 귀한 물건이지만 그 가격을 지불하면서까지 사려는 이는 거의 없었습니다. 그럴 필요가 없었죠. 큰 박물관들은 자기들 고유의 보물을 소장하고 있으니까요.

한 주 전에 저는 결국 프랑스 박물관의 대리인을 뉴욕에서 만났습니다. 아무리 사정해도 소용이 없더군요. 조각상은 클라크 부인의 손을 거쳐 개관식에 맞춰 파리로 공수될 터였어요. 저는 비참한 마음으로 발길을 돌릴 수밖에 없었습니다.

제 생각에 클라크 부인을 살해하기로 결심한 것은 그때였던 것 같습니다.

네, 살인입니다. 그런 마음은 아주 온화한 사람에게도 찾아오더군요. 자극이 충분하기만 하다면요. 저는 부인을 죽이고 내 귀한 조각상을 지키기로 했습니다.

그렇지만 일은 생각처럼 쉽지 않았습니다. 우선, 부인은 서부 어딘가로 여행을 떠난 상태였습니다. 그리고 무엇보다 부인의 죽음으로 해결될 문제가 아니었습니다. 조각상은 부인의 남편이, 아니면 부인의 가족이 팔아도 그만이니까요. 25만 달러는 아주 큰돈이지요.

저는 두 번째 계획을 짜냈습니다. 여러 가지로 첫 번째 계획보다 훨씬 멋진 것이었지요. 제 연봉 1만 2천 달러를 담보로 돈을 융통해서 제가 직접 조각상을 구입하는 겁니다. 허나 은행은 그저 코웃음만 칩니다. 제가 정년퇴임까지 6년밖에 남지 않았거든요. 은행에서 묻더군요. 6년 뒤에는 돈을 어떻게 갚겠느냐고요. 더구나 이자까지 해서 말입니다.

그러니 제 심정이 어땠겠습니까. 어젯밤 이집트 전시실에 가서 한참 동안 나일 고양이를 바라보았습니다. 훔칠까 생각했습니다. 훔쳐서, 프랑스가 제안을 철회할 때까지 어딘가에 숨길까 하고요. 하지만 그렇게 되면 결국 조각상은 자기가 속해 있어야 할 제 박물관에 존재하지 못하게 됩니다. 그리고 다시 돌려놓을 수나 있을까요? 클라크 부인은 보험금을 받을 테고, 제 고민은 더 커지는 꼴이 됩니다. 더구나 부인은 당장에 저를 범인으로 지목하고 집을 수색하라고 경찰을 보내겠지요. 조각상을 부술 용기도 제게는 없습니다. 조각상을 숨길 은밀한 장소를 찾아낼 기술도 없어요. 저는 범죄자의 두뇌는 갖고 있지 않거든요.

부인이 오늘 웨스트코스트에서 제게 연락해서는 내일 아침에 사람들이 조각상을 가지러 올 거라고 했습니다. 오늘이 제 박물관에서 이 아름다운 나일 고양이와 함께 있을 수 있는 마지막 밤이었던 셈이지요. 저는 재차 항의했지만 아무 소용이 없었어요. 나일 고양이를 지키기 위해 할 수 있는 일은 아무것도 없었어요. 아무것도.

저는 오랫동안 생각했습니다. 카드무스 베른과 그의 중년의 딸에 대해 생각했습니다. 지구 반대편에 있는 프랑스 박물관에 대해서 생각했습니다. 무엇보다 '고양이'에 대해서, 그리고 그것을 이곳에 보존할 방법에 대해서 생각했습니다.

그러자 그때 그 '생각'이 떠올랐던 것 같습니다. 오늘 밤, 바로 조금 전에. 저는 이집트 전시실에 들어갔습니다. 오로지 한 사람, 바로 야들리가 눈에 들어왔습니다. 저는 전시용 케이스 쪽으로 다가가서 그 문을 열고 나일 고양이를 꺼내 그의 머리를 강타했습니다······.

"이제 제가 왜 그런 짓을 저질렀는지 아시겠죠?"

부턴 교수는 손으로 향해 있던 시선을 들고 물었다.

"알 것 같군요." 형사가 매우 부드럽게 대답했다.

"사랑하는 나일 고양이는 이제 살인 흉기입니다. 증거자료로 제출되고, 수사는 수주일 동안 공표되지 않을 테지요. 이제 반장님이 저를 체포해서 재판에 회부하면 조각상이 이 박물관으로 돌아오는 데 몇 달이 걸릴 겁니다. 클라크 부인이 조각상을 손에 넣을 때쯤이면 이미 프랑스와의 거래가 결렬된 다음이겠지요. 결국 나일 고양이는 제 박물관에서 영원히 안식을 취하게 되는 겁니다."

"그래요." 형사가 말했다. 그는 속기사에게 몸짓으로 신호를 보내고 책상 위의 버저를 눌렀다.

"그리고 비록 제가 자백하긴 했지만 이 주(州)의 법률은 일급 살인사건에 있어 무죄 청원을 요구하지요. 저는 몇 달에 걸쳐 재판에 회부될 테고, 아마도 판결에 대해 항소할 수도 있을 겁니다. 나일 고양이가 부인의 품으로 돌아가기까지는 수년이 걸릴 수도 있겠죠, 수년이……."

오번 가문의 비극
The Race of Orven

매슈 핍스 실 Matthew Phipps Shiel, 1865~1947

서인도제도의 몬트세랫 섬에서 태어난 영국 작가로 교사와 번역가로 활동하는 한편 「라자의 사파이어」 등 여러 단편을 잡지에 발표했다. 대표작으로 『진홍 구름』, 『차가운 강철』, 『황화』 등이 있으며, 1948년에 『실의 대표 단편선 The Best Short Stories of M.P. Shiel』이 출간되었다.

프린스 잘레스키의 운명에 대해 떠올리면 늘 슬퍼진다. 눈부신 왕좌를 더럽힐 수 없었던, 한없이 절박하고 한없이 불운한 사랑의 희생자. 그는 조국에서 쫓겨났으며 스스로 타인을 피해 숨어 살았다! 그는 창백하고 불가사의한 별똥별처럼 세상과 단절한 채 살았으므로 세상도 곧 그에게서 눈을 돌렸다. 나는 누구보다도 그의 공명정대하고 열정적인 마음을 잘 알지만 사는 게 바빠서 그를 잠시 잊고 지냈다.

하지만 사람들의 뇌리를 뒤흔든 '패렁스의 미궁' 사건이 터졌을 때 새삼 그가 떠올랐다. 세상이 사건을 잊은 화창한 봄날이었지만 어두운 사건의 결말이 무의식중에 스치기라도 한 듯 내 발은 그의 은둔지로 향하고 있었다.

저녁 무렵 친구의 우울한 거처에 도착했다. 숲속 깊숙한 곳에 덩그러니 솟은 전 세기의 커다란 저택이 희미한 빛과 함께 포플러나무와 삼나무 가로수 길을 따라 가까워졌다. 지나면서 버려진 마구간이 있나 둘러보다가(발견한 곳은 손도 댈 수 없을 정도로 낡았다), 결국은 오래된 성 도미니코 교회의 영락한 성구실에 마차를 세우고 밤이 되면 영지 뒤 목초지에 넣어둘 생각으로 말을 매놓았다.

현관문을 열고 안으로 들어가자, 우울한 생각만으로 하루를 보내려는 고집스러움과 음침한 기운에 놀라지 않을 수 없었다. 마치 모든 재능과 문화와 화려함과 권력이 잠들어 있는 마우솔로스의 무덤 같았다! 홀은 로마 정원 양식으로 만들어졌고, 물이 가득 찬 중앙의 네모난 풀에서는 뚱뚱하고 둔한 쥐의 희미한 비명이 들려오는 듯했다. 깨진 대리석 계단을 올라 객실을 둘러싼 복도에 다다른 후 여기저기에 있는 계단과 복도를 따라 늘어선 방들(모두 최고급이다)을 지나 미로 같은 통로를 빠져나갔다. 카펫도 깔려 있지 않은 바닥에서 먼지가 일었다. 억제되지 않는 메아리가 어둠 속에서 발소리와 함께 사방에서 울리며 한층 숨통을 죄어왔다. 가구도 없고, 사람이 살았던 흔적도 없었다.

간신히 외딴 탑 꼭대기 부근의 융단 깔린 복도에 도착했다. 천장에서는 모자이크 램프가 보라, 주홍, 창백한 장밋빛을 떨어뜨리고 있었다. 비단뱀 가죽 태피스트리로 장식한 문 양쪽으로는 침묵의 문지기처럼 우두커니 서 있는 두 그림자가 보였다. 하나는 흰 대리석으로 된 크니도스의 아프로디테를 복제한 것, 또 하나는 덩치가 큰 흑인 햄이었다. 프린스 잘레스키의 오직 하나뿐인 하수인. 다가가자 용맹스럽고 훌륭한 칠흑빛 얼굴에 지적인 표정이 번졌다. 나는 말없이 고개를 끄덕인 뒤 잘레스키의 방으로 들어갔다.

방은 넓지 않았지만 높았다. 채색된 반구형 천장이 보이고 그 정중앙 아래로 향로 모양의 수수한 금속 램프가 놓여 있었는데, 거기서 새어나오는 희미한 초록빛 속에서조차 전혀 조화롭지 못한 호화찬란한 가구에 놀라움을 감출 수 없었다. 방 안은 램프가 내뿜는 향내와 졸음을 불러오는 대마(이슬람교도가 쓰는 인도 대마) 연기로 가득 차 있었다. 이것은 마음을 치유하는 그의 방식이었다. 커튼은 와인색 벨벳으로, 묵직한 금색 술과 너쉬다바드 자수로 장식되어 있었다. 프린스 잘레스키는 아마추어라지만 학자나 사상가에 뒤지지 않을 만큼 통달한 친구였다. 하지만 나는 주위를 메우고 있는 무수한 골동품에 먼저 압도되었다. 구석기 시대의 도구, 중국의 '현자', 그노시스파의 보석, 그리스-에트루리아의 암포라 항아리가 줄지어 있었다. 전체적으로 환상적인 빛과 어둠이 뒤섞여 있는 느낌인데 어쩐지 기분 나쁜 인상을 주었다. 플랑드르식 무덤 장식은 기묘하게도 룬 명판과 세밀화, 날개 달린 황소, 타밀어 경전이 적힌 야자수 잎, 화려한 보석이 장식된 중세의 성물함, 바라문 신과 함께 있었다. 벽면 하나는 오르간 차지였다. 이 방에 오르간 소리가 울려 퍼지면 낡은 시대의 유물들이 꿈같은 발소리를 낼 것만 같았다. 어디선가 들려오는 오르골의 낮고 맑은 울림이 공기를 흔들었다. 잘레스키는 긴 안락의자에 몸을 기대고 있었는데, 은사로 짠 가운 한 자락이 마루에 늘어져 있었다. 옆에는 놋쇠 버팀대가 받치고 있는 뚜껑 열린 석관이 있고 그 너머로 누워 있는 고대 멤피스의 미라가 보였다. 빛바랜 수의가 썩은 것인지 찢어진 것인지, 히죽 웃는 듯이 보이는 섬뜩한 얼굴이 드러나 있었다.

잘레스키는 보석 달린 파이프와 아나크레온의 옛 시집 복각판을 내던지며 자신의 '도락'을 방해한 나의 '예상치 못한' 방문에 투덜거리면서도 서둘러 일어나 따뜻하게 맞아주었다. 그리고 옆방에 잠자리를 마련해두라고 햄에게 지시했다. 그날 밤은 대부분 프린스 잘레스키 특유의 화술로 기분 좋고 신비로운 이야기를 즐기면서 보냈다. 그러는 와중에도 그는 여러 차례 그가 직접 섞어 만든 하시시와 비슷한 무해한 인도 마약을 권했다.

이튿날 간단하게 아침식사를 마치고 이곳을 찾아온 이유를 화제에 올렸다. 잘레스키는 터키 자수가 새겨진 긴 안락의자에 누워 처음에는 손가락을 꼬며 조금 지친 듯 이야기를 듣고 있었다. 고대의 은자나 점성가를 연상케 하는 푸른 눈빛이, 그 달빛에 가까운 초록빛이 창백한 얼굴을 밝히고 있었다.

"패링스 경을 알고 있나?"

"'바깥 세상'에 있을 때 만난 적이 있지. 아들인 랜돌프 경도 페테르호프 궁전에서 한 번, 차르의 겨울 궁전에서 한 번 본 일이 있어. 키가 크고 머리숱이 많고 귀 모양이 독특했지. 그리고 꽤 담대한 성격이었어. 그 둘은 무척 닮았더군."

나는 챙겨온 낡은 신문 다발을 비교하면서 이야기를 이어갔다. 눈앞에 사건 기사를 내민 것이다.

"아버지 쪽은 알다시피 전前 정부 고관으로 정계 거물이었어. 몇몇 학회에서 회장직도 맡았고, 현대 윤리학 저서도 썼어. 아들은 빠른 속도로 외교단에서 출세했고, 최근에는, 엄밀하게 말하면 집안이 다르지만 모르겐-외피겐의 왕녀 샬롯 마리아나 나탈리아와 약혼했어. 혼동할 리는 없겠지만 호엔졸레른 가문의 피를 이어받은 집안이지. 오번 가문은 유서는 깊지만 얼마 전까지만 해도 부유함과는 거리가 멀었어. 그런데 랜돌프가 왕녀와 약혼한 직후, 아버지가 영국과 미국 여러 곳에 들어둔 막대한 생명보험 덕에 가문은 불명예스러운 궁핍함에서도 벗어났다네. 6개월 전에 부자는 함께 퇴직했지. 물론 지금 이야기는 자네가 아직 신문을 읽지 않는다고 가정하고 하는 것일세."

"요즘 신문은 도저히 못 읽어주겠더군. 처음 듣는 이야기야."

"알겠네. 패링스 경은 이야기한 대로 한창때의 지위를 버리고 저택에 칩거했어. 몇 년 전의 일이지만, 그와 그의 아들 랜돌프는 집안 특유의 고집 때문에 사소한 일로 크게 다툰 뒤로 대화가 끊긴 상태였지. 그렇지만 패링스 경은 은퇴하고 얼마 후 인도에 있던 아들에게 전갈을 보냈네. 자존심이 강하고 이기적인 두 사람이 화해하는 계기가 될 듯한, 매우 인상적인 메시지였지. 전보에는 이렇게 쓰여 있었어. '돌아와라. 끝날 때가 됐다.' 랜돌프는 그길로 귀국했고, 그러고 3개월 후에 패링스 경은 작고했다네."

"살해당한 건가?"

확신으로 가득 찬 잘레스키의 말에 나는 당황했다. 단정인지 질문인지 판단하기 어려웠다. 나의 곤혹스러운 마음이 얼굴에 그대로 드러났음이 틀림없다. 곧바로 잘레스키가 말을 이었다.

"자네 태도에서 간단하게 추리할 수 있어. 몇 년 전에 예언할 수 있었을지도 모르지."

"뭘 예언한다는 거지? 패링스 경은 살해되지 않을 것이라고?"

"뭐 그런 이야기지." 그는 웃으면서 대답했다. "어쨌든 계속하게나. 자네가 아는 사실을 말해주게."

잘레스키는 이러한 수수께끼 같은 말을 자주 한다. 나는 이야기를 이어나갔다.

"두 사람은 다시 만나 화해했어. 그렇지만 진심도 애정도 없는 화해였어. 마치 울타리를 사이에 두고 하는 악수라고나 할까……

악수는 겉치레일 뿐이었지. 차가운 인사 한마디조차 주고받지 않았으니까. 그들의 모습을 볼 기회는 좀처럼 없었어. 아들이 오번 저택에 도착하자마자 패렁스 경은 완전한 은둔생활에 들어갔다네. 저택은 3층 건물인데 맨 위층에는 침실과 서재, 응접실이 있지. 1층에는 식당하고 평소 사용하는 방 그리고 서재가 하나 더 있어. 서재 발코니로 나오면 저택의 측면을 바라볼 수 있고, 뒤돌아서면 화단이 보여. 1층의 작은 서재는 책을 빼내고 그곳을 패렁스 경 자신의 침실로 바꿨지. 그 방으로 옮긴 뒤 그는 거의 밖으로 나오지 않게 되었다네. 랜돌프는 서재 위쪽 방을 썼지. 하인들은 거의 해고되었고 남은 하인들은 무슨 영문인지 몰라서 매우 불안해했어. 저택에서 소리를 내는 것도 금지되었다네. 작은 소리에도 패렁스 경은 굉장히 민감하게 반응했어. 한번은 하인이 그의 방과 정반대 쪽에 있는 식당에서 저녁을 들고 있는데, 패렁스 경이 슬리퍼에 실내복 차림으로 문 앞에 나타나 얼굴을 붉으락푸르락하며 나이프와 포크 소리를 줄이지 않으면 당장에 모두 내쫓겠다고 위협한 일이 있었대. 하도 예민하게 나와서 그의 목소리만 들려도 모두 겁을 먹었지. 주목해야 할 점이 있네. 경은 원래 식성이 무던한 사람이었는데, 외부 생활을 하지 않은 탓으로 여겨지지만 언제부턴가 빼어난 요리를 요구하면서 까다롭게 굴기 시작했어. 이런 사소한 일까지 이야기하는 것은, 물론 더 세세한 부분도 이야기할 생각이지만, 그 후에 일어난 비극과 전부 관련이 있어서는 아닐세. 알고 있는 걸 모두 이야기하라고 자네가 말했기 때문이라네."

"아." 잘레스키는 대꾸했다. "자네 말이 맞아. 필요한 것이 일부라도 모든 걸 듣고 싶어."

"아들은 적어도 하루에 한 번은 아버지 방에 얼굴을 비췄던 것 같아. 은퇴하고 그러고 살았으니 친구들 대부분은 랜돌프가 아직 인도에 있는 줄로만 알았다고 해. 그런데 결정적으로 그런 생활을 깬 사건이 있었다네. 그 가문으로 말할 것 같으면 완고하고 보수적이기 그지없어. 아마 보수주의 전통을 자랑하는 영국 가문 중에서도 손에 꼽힐 거야. 그런데 믿을 수 있겠나? 그런 랜돌프가 오번 지역의 혁신파가 되어 현직 의원의 대립 후보로 나선 거야. 시민 집회에서 세 차례 연설했고, 지방 신문이 전하는 바로 정치적 변절을 공식으로 인정했다고 해. 그 후 침례파 교회를 건설하는 일에 앞장서고, 감리파 차 모임을 주최하고, 농부들의 낮은 교육 수준에도 관심을 돌려서 오번 저택 맨 위층 방에서 한 주에 이틀 밤 주민들을 모아놓고 기초 역학을 가르치기 시작했지."

"역학이라고!" 갑자기 몸을 일으키며 잘레스키가 소리쳤다. "농민에게 역학이라니! 왜 화학의 기초가 아닐까? 왜 식물학은 아니지? 왜 하필 역학일까?"

이야기에 흥미를 느꼈다는 게 이것으로 드디어 명확해졌다. 기뻤지만 질문에 대답하지는 않았다.

"그 점은 중요하지 않아. 이 사람의 기행에는 설명이 필요 없어. 운동과 힘이라는 간단한 법칙에 무지한 젊은이들을 일깨우고 싶었겠지. 그보다 이야기의 핵심이 될 만한 새로운 인물이 등장하네. 어느 날, 오번 저택에 한 여자가 찾아와 주인을 만나고 싶다고 해. 말투에 강한 프랑스어 억양이 묻어났고, 중년이지만 검은 눈동자에 피부가 하얀 미인이었지. 하지만 점잖음과는 거리가 멀어 보였어. 싸구려로 보이는 요란한 옷차림에 머리칼은 흐트러졌고 말과 행동도 거칠었지. 하인은 출입을 거부하고 패렁스 경이 외출 중이라고 전했어. 여자는 포기하지 않고 하인을 물고 늘어지며 밀치기까지 해서 강제로 내쫓을 수밖에 없었지. 그러자 눈이 벌게져서 소리를 지르더래. 길에서 욕설을 퍼붓고 과장된 몸짓으로 패렁스 경과 세상에 복수하겠다면서 말일세. 그녀가 리$_{Lee}$라는 이웃 마을에 머무르고 있다는 사실은 나중에 알려졌지.

이 인물의 이름은 모드 시브라였어. 그러고도 세 번 더 저택을 찾아왔지만 그때마다 거절당했어. 하인은 그런 사실을 랜돌프에게 알렸고, 랜돌프는 다시 찾아오면 만날 수도 있다는 뜻을 비쳤지. 바로 이튿날, 두 사람은 제법 긴 시간 은밀하게 대화를 나눴어. 하녀인 헤스터 다이엣에 의하면, 여자의 목소리는 화가 나서 따지는 듯했고 랜돌프의 낮은 소리는 달래는 듯이 들렸다고 해. 프랑스 말로 이야기를 나눠서 내용은 전혀 알 수가 없었지. 대화를 마치고 나오면서 머리를 꼿꼿이 세우고 일전에 출입을 거부한 하인을 향해 우쭐거리듯 천박한 웃음을 지어 보이더래. 그런 뒤로는 저택에 찾아오는 일은 없었어.

하지만 그 여자와 저택 사람들과의 관계는 끝난 것이 아니었다네. 이번에도 헤스터의 진술인데, 어느 날 밤늦게 공원을 지나 귀가하다가 나무 그늘 아래 벤치에서 두 사람이 이야기하고 있는 모습을 봤다더군. 뒤편으로 가서 살며시 관찰하니 상대는 수수께끼의 여자와 랜돌프였어. 다른 곳에서 또 만난 것과 편지함에서 모드 시브라에게 보내는 랜돌프의 편지를 목격한 사실을 이 하녀가 증언했지. 편지 몇 통은 나중에 실제로 발견되었네. 랜돌프는 그 여자와의 교제에 열중했던 게 분명했고, 그 바람에 정책 전환에 관련된 혁신적인 활동에는 소홀했던 것 같아. 밀회는 항상 어둠 속에서 몰래 이루어졌지만 약빠른 헤스터는 눈치를 챘지. 과학 강의와 자주 겹쳐서 강의가 연기될 때가 많았거든. 점차 강의 횟수가 줄더니 마침내 흐지부지 중단된 상태가 되었어."

"이야기가 갑자기 흥미진진해지는군. 그런데 발견된 그 편지의 내용은?"

나는 소리 내어 읽었다.

시브라 양,

아버지의 마음을 바꾸려고 최대한 손쓰고 있습니다. 그렇지만 아직 생각을 바꿀 기색은 안 보입니다. 당신을 만나게 하고 싶을 뿐인데! 아버지는 아시다시피 완고한 분이십니다. 당신을 위해서 성심껏 노력하고 있음을 알아주십시오. 또한 상황이 미묘하다는 것도 이해해주십시오. 당대 패렁스 경의 유언이면 걱정할 필요 없습니다. 허나 아버지는 네댓새 안으로, 아니 당장에라도 고쳐 쓸 기세입니다. 당신이 영국에 나타났을 때 아버지가 보인 분노를 생각하면 새로운 유언 아래에서는 당신은 한 푼도 받지 못하게 될 겁니다. 하지만 그렇게 되기 전에 무언가 좋은 일이 일어나길 기대하고 있습니다. 그사이에 당신의 분노가 이성의 한계를 넘지 않기를 바랍니다.

당신의 진실한 랜돌프

"마음에 들어!" 잘레스키가 외쳤다. "남자다운 솔직한 마음을 전했군. 그런데 현실은? 진상은? 패렁스 경은 아들이 원하는 대로 유언장을 새로 만들었나?"

"아니. 그전에 세상을 떠났다네."
"옛 유언에 따르면, 시브라에게도 재산이 돌아가나?"
"그렇지, 최소한 그렇게는 되어 있었네."
고통의 그림자가 잘레스키의 얼굴을 스쳤다.
"그리고 바야흐로 종막이 가까워지고 있어. 한 영국 귀족에게 살인자의 손이 뻗친 거야. 지금 읽은 편지는 1월 5일에 모드 시브라 앞으로 쓴 것이지. 다음 일이 생긴 건 6일이야. 기술공이 방을 수리해야 해서 패렁스 경은 하루 동안 방을 비워줘야 했어. 그가 방을 나설 때 무슨 공사인지 헤스터가 물어본 바에 따르면, 패렁스 경 본인이 발코니 쪽 창을 특별히 주문했던 모양이야. 방범 때문인 듯한데, 당시에 근처에서 강도 사건이 여러 차례 발생했었거든. 하지만 비극이 일어나기 얼마 전에 그 기술공이 갑자기 죽었기 때문에 그의 증언은 들을 수 없었어. 다음 날, 그러니까 7일이지, 헤스터가 저녁식사를 가지고 패렁스 경의 방에 갔을 때, 등을 돌리고 난로 옆 흔들의자에 앉아 있는 주인의 모습을 보고 왜 그랬는지 모르겠지만 '만취 상태'라고 지레짐작하고 말을 걸지 않았다고 해.
그리고 8일, 중대한 일이 일어났지. 패렁스 경이 결국 모드 시브라를 만나기로 결심했어. 오전 내내 자기 의사를 알리는 편지를 썼고, 랜돌프가 그걸 심부름꾼에게 건넸지. 이 편지도 공개되었어. 읽어보겠네."

모드 시브라,
오늘 밤 어두워진 다음 여기로 와라. 저택 남쪽으로 난 발코니로 올라와서 열려 있는 창을 통해 방으로 들어오면 돼. 다만 명심하도록. 아무엇도 기대하지 말 것. 오늘 밤을 마지막으로 너라는 오점을 영원히 지워버릴 생각이다. 네 이야기가 터무니없다는 것은 이미 알고 있지만 들어주긴 하겠다. 이 편지는 없애버려.

패렁스

이야기가 진행되면서 프린스 잘레스키의 얼굴에 독특한 표정이 떠오르기 시작했다. 병적인 탐구심이라고밖에 표현할 수 없는 그 표정 탓에 작고 날카로운 얼굴이 일그러졌다. 성급하고 거만하고 강한 호기심. 그의 눈동자는 수축되어 불타는 광채의 중심에서 점이 되었다. 날카로운 이를 악물었다. 예전에 한 번, 이렇게 흥분한 모습을 본 적이 있다. 상형문자가 흐릿하게 남아 있는 고대 석판을 움켜쥐고(하도 꽉 쥐어서 손가락이 밀랍처럼 보일 지경이었다) 탐구심에 불타는 눈동자로 열심히 조사하고 있었다. 마침내 마술적인 천재처럼 또 다른 숨겨진 눈으로 비밀을 해독한 모양이었다. 몸과 마음 다 바쳐 승리를 거두었지만 창백했고 지친 듯이 보였다.

패렁스 경의 편지 내용을 들은 뒤 그는 내 손에서 신문을 빼앗아 들고 기사를 훑었다.

"말해주게, 결말을."

"모드 시브라는 이처럼 경의 초대를 받았지만 약속한 시간에는 나타나지 않았네. 아침 일찍 마을 숙소를 나온 그녀는 무슨 용무가 있었는지 바스 마을로 갔지. 랜돌프도 같은 날 정반대 방향인 플리머스로 갔고. 그는 이튿날인 9일 아침에 돌아오자마자 걸어서 리까지 가서 시브라가 머물던 숙소 관리인과 이야기를 나눴어. 방에 있는지, 나간다는 말을 했는지 물었지. 짐을 가지고 나갔다는 말을 들었고, 영국을 떠나고 싶다는 말을 했다는 것도 알게 되었어. 랜돌프는 곧장 저택으로 돌아왔네. 이날, 하녀 헤스터는 패링스 경의 방에 많은 보석이 있다는 것을 눈치챘어. 그중에는 패링스 부인이 생전에 지니고 다녔던 고대 브라질의 티아라도 있었지. 랜돌프가, 패링스 경이 가보를 정리하려고 방에 둔 것이라고 말했기 때문에, 그때는 집에 있었고, 그래서 더욱 헤스터의 주의를 끌게 되었어. 의심스러운 사람이 발견될 것에 대비해 헤스터는 그 사실을 다른 하인에게도 알렸다네.

10일, 아버지와 아들은 종일 방에 틀어박혀 있었어. 다만 아들은 식사하러 내려가긴 했네. 그때도 방에 자물쇠를 채웠고, 식사를 아버지 방에 나르기도 했지. 아버지는 중요한 서류를 작성하고 있으므로 하인들이 들락거리면 정신이 산만해질 수 있다는 이유에서였지. 오전에는 랜돌프의 방에서 요란한 소리가 들렸어. 가구를 옮기는 듯한 소리였어. 헤스터는 문을 두드리며 그럴듯한 구실을 찾았지만 두 번 다시 방해하지 말라는 소리만 들었어. 다음 날 런던으로 여행을 떠나기 때문에 옷을 챙기느라 바쁘다고도 했다더군. 그 후의 행적을 보면 분명하지만, 랜돌프가 자신의 옷을 챙기는 생소한 행동에 헤스터의 호기심은 정점까지 끓어올랐어. 오후에는 마을 소년이 8시에 과학 강의가 있으니 동료를 모으라는 지시를 받았지. 이렇게 해서 파란의 날은 계속되네.

드디어 1월 10일 오후 8시에 도달했군. 그날 밤은 어둡고 바람도 강했어. 눈발이 흩날렸지만 그 시간에는 거의 그친 상태였어. 위층 방에서는 랜돌프가 다이너마이트 성분에 대해 열심히 설명하고 있었어. 그 아래쪽 방에 헤스터가 있었는데, 헤스터는 랜돌프의 방 열쇠를 어떻게든 손에 넣어 그가 없는 틈에 들여다보려고 하고 있었지. 아래층에 있던 패럴스 경은 틀림없이 잠들었을 테고. 헤스터는 두려움과 흥분으로 떨면서도 한 손에 양초를 들고 다른 한 손으로 조심스럽게 빛을 감쌌어. 바람이 강해서 삐걱거리는 낡은 창문 틈으로 바람이 새어 들었으니까. 깜박이는 그림자가 교수대에 매달린 사형수의 그것처럼 흔들리자 그녀는 온몸이 부들부들 떨렸어. 방 안에 펼쳐진 큰 파란과 마주한 순간 강한 바람이 빛을 집어삼켰고, 금지된 방에 몰래 들어온 그녀로서는 그 상황이 수렁 같은 공포였을 것이 틀림없어. 그때 바로 발밑에서 날카로운 총성이 한 발 울렸네. 당연히 돌처럼 굳어서 움직일 수가 없었겠지. 모든 신경은 마비되었지만 틀림없이 느꼈다고 하네. 방 안에서 무언가가 움직이는 것을. 마치 의지가 있는 생명체처럼 말일세. 분명 자연의 법칙에 거스르는 듯한 움직임이었겠지. 그녀는 유령이라고 생각했다더군. 이상한 무언가가 움직였다네. 흰 공 모양을 하고 있었어. '엄청난 크기의 솜 덩어리처럼 보였다'고 증언했는데 그것이 마룻바닥에서 솟아올라 천천히 위로 향했지. 보이지 않는 힘이 조종하고 있는 것처럼 말이야. 헤스터는 초자연적인 현상에 충격을 받아 이성을 잃었어. 팔을 휘젓고 날카로운 비명을 지르면서 문으로 달려갔지. 하지만 가지 못했어. 도중에 무언가에 걸려 넘어졌는데, 그 이후의 일은 전혀 기억하지 못하더군. 한 시간 후에 랜돌프에게 안겨 방 밖으로 옮겨졌는데, 오른쪽 다리에서 피가 흐르고 있었지.

한편 위층 방에서도 총성과 여자의 비명을 들었어. 일제히 시선이 랜돌프에게 집중되었어. 설명용 기계 장치 아래서 장치를 지탱하려고 몸을 내밀고 있었지. 얼굴 근육을 움직여 소리를 내려고 했지만 목소리가 나오지 않았어. 잠시 숨만 헐떡일 수밖에 없었지. '무슨 소리가 들리지 않았는가, 아래에서?'라고 묻자 학생들이 일제히 대답했지. '들렸습니다.' 그들 중 한 사람이 양초를 들고 앞장섰고 그 뒤를 랜돌프가 따라갔어. 겁을 먹은 하인이 뭔가 무서운 일이 터졌음을 직감하고 당황해서 달려왔어. 그들이 계단을 딛고 아래로 향하던 도중에 열린 창으로 바람이 불어와 촛불이 꺼져버렸어. 다른 등을 가져올 때까지 잠시 기다리다가 곧 다시 아래층으로 향했지. 패렁스 경의 방 앞에 겨우 도착했지만 문이 잠겨 있어서 랜턴을 가진 랜돌프가 그들을 이끌고 현관을 지나 정원으로 나왔네. 그런데 발코니 근처에 있던 일행 중 하나가 눈 위에서 작은 여자의 발자국을 발견했네. 움직이지 말라고 명령한 랜돌프는 눈 속에 묻혀가는 또 다른 발자국을 찾아냈는데, 잡목림 근처에서 발코니까지 닿아 있어서 처음 여자의 발자국과 교차하고 있었지. 그 발자국은 큼지막하고 묵직한 인부의 장화 자국이었어. 랜턴으로 화단을 비추자 밟아 뭉갠 흔적이 보였네. 누군가 인부가 흘린 것으로 보이는 흔해빠진 머플러를 찾아냈어. 도망친 도둑이 떨어뜨리고 간 반지와 목걸이도 눈 속에 파묻히기 시작한 것을 랜돌프가 찾아냈네. 자, 문제의 창일세. 랜돌프는 뒤쪽으로 들어가자고 했어. 사람들은 창이 닫혀 있어서 무리라고 답했네. 이 말을 듣고 놀라움과 두려움에 랜돌프는 지배당한 것 같았지. 그가 중얼거리는 소리를 누군가 우연히 들었어. '맙소사! 지금 무슨 일이 벌어진 건가?' 더구나 어떤 청년이 불쾌한 전리품을 주워 오자 그의 공포는 더욱 부풀어 올랐어. 창 바로 아래에서 찾아낸 그것은 사람의 손가락 앞마디 세 개였어. 그는 다시 한 번 괴롭게 신음했지. '세상에!' 이윽고 동요를 누르고 창으로 다가가자 창의 이음쇠가 힘으로 비틀려 끊어져 있었어. 살며시 밀자 창이 열렸고 그렇게 해서 안으로 들어갔지.

　방은 어두웠지만 창문 근처에 시브라가 의식을 잃고 쓰러져 있는 것이 보였어. 의식은 없지만 살아 있었네. 오른손은 피 묻은 사냥칼 자루 근처에 있었고 왼손 손가락은 잘리고 없었어. 보석은 모두 방에서 사라졌다네. 패렁스 경은 침대에 누워 있었는데 심장을 한 번 찔린 상태였어. 나중에 머리에 총알을 맞았다는 사실도 알게 되었지. 여기서 확실하게 짚고 넘어가겠네. 창틀에 설치해놓은 날카로운 칼날이 시브라의 손가락을 잘라놓은 것은 분명해. 아까 언급했던 기술공이 며칠 전 설치한 것일세. 창틀 가장 낮은 곳 안쪽에 비밀 용수철이 장치되어 있어서 뭔가를 누르면 창이 내려가게 되어 있지. 비밀을 모르는 사람은 용수철에 손을 대지 않고는 밖으로 나올 수 없어. 무장한 창틀이 꺼림칙한 손에 느닷없는 죽음을 선고하는 셈이지.

　물론 재판이 있었다네. 죽음의 공포에 떨던 피고는 배심원들이 '유죄' 판결을 내리기 전에 절규하듯 살인을 고백했어. 다만 패렁스 경을 사살한 점은 부인했고, 보석을 훔친 일도 인정하지 않았어. 실제로 권총이나 보석은 어디에서도 발견되지 않았지. 이것 말고도 이상한 점은 많았네. 도둑은 비극 속에서 어떤 역할을 한 것일까? 시브라와 공범일까? 오번 저택의 외아들이 보인 기묘한 행동에는 어떤 의미가 숨어 있을까? 무책임한 추측이 나라 안에 퍼졌고 가설도 여럿 나왔지. 허나 전체를 설명할 만한 가설은 없었어. 혼란은 곧 가라앉았네. 내일 아침, 모드 시브라는 교수대에서 인생을 마치게 될 거야."

　이것으로 나의 이야기는 끝났다.

잘레스키는 말없이 긴 의자에서 일어나 오르간으로 다가갔다. 주인의 변덕을 잘 아는 햄의 도움을 받아 끝없는 감정을 들리브의 〈라크메〉에 담아 연주하기 시작했다. 앉아서 머리를 깊숙이 숙이고 환상적인 선율을 노래했다. 마침내 그가 일어났을 때 그의 넓은 이마는 환했고 입가에는 미소가 감돌았지만 무거운 엄숙함이 느껴졌다. 그는 상아로 만든 책상에 앉아 무언가를 종이에 써서 햄에게 건네더니, 내 마차를 타고 전보국까지 서둘러 가서 메시지를 전하도록 지시했다.

"그 전언은."

그는 다시 긴 의자에 앉으면서 말했다.

"이 비극의 결론일세. 경위의 종막에 변화를 가져올 것은 틀림없어. 쉴, 여기 앉아서 함께 이 문제를 상의해보세. 자네의 설명에 따르면 문제점은 분명해. 사실의 전체상을 하나의 기초에서 파악하지 않았어. 원인과 결과를 있는 그대로 파악하지 않았단 말이지. 혼란 속에서 절차나 일관성을 찾아낼 수 있는지 시험해보세. 악을 행하면 사회는 그걸 선명히 하거나 관계를 분명히 하거나 벌을 주려 하지. 하지만 그래서? 세상은 임기응변만으로는 안 돼. 결국 애매한 것을 한결 애매하게 만들 뿐 범죄를 인간답게 판단할 수는 없다네. 처벌할 수도 없어. 자네도 인정할 걸세. 무엇이 되었건 불행한 실수였던 거야. 불행이라 함은 본질적인 것이 아니라 그 의미에 국한되겠지만. 뚜렷한 원인이 있는 거야. 그것은 전 세계적인 원인, 즉 교양의 결여가 아닐까? 하지만 오해하지 말게나. 나는 특수한 의견을 보편적인 지식이라고 우길 생각은 없네. 행여 그런 의견이 보편적이라 하더라도 자네는 의심하지 않겠지. 나는 가끔 생각한다네. 문명이 시작되었을 때, 뭔가 시작된 그날 전 인류는 쉽게 속아 넘어가는 것을 그만두었고, 인간다운 나라들은 만년 후의 교양을 이끄는 선도자가 되겠지. 하지만 인류가 지상에 태어난 지 고작 수백 년 동안에는 시간도 부족하고 그런 징조가 나타날 기미조차 없어. 개인적으로야 있었지. 그리스의 플라톤, 영국의 밀턴이나 버클리 주교. 그렇지만 인류 전체는 아니야. 국가적으로도 이 두 나라 외에는 없는 것 같군. 문명이 막 시작된 무렵과 비교하면 이성도 어떻게 될 정도로 어리석지는 않아. 물론 완전한 인류사회 창조에는 교양문화 체제가 필수 조건인데, 아마 석탄층이 만들어지기까지보다 더 긴 세월이 걸릴 것이 틀림없어. 수다스러운 사람은, 어쨌든 새로운 것이 없는 소설은 없을 테니, 그런 사람도 당신이 좋아하는 '소설가'라 할 수 있겠지. 자신이 사는 시대는 물론이고 아우구스투스나 페리클레스에 비할 수 있는 위대한 문화시대에 산다고 하더라도 제대로 생각하지 못할 것은 확실해. 그 사람의 두개골을 인류학적 흥미로 냉철하게 관찰한다면 그 가엾은 친구는 말도 하지 못하고 당황해서 도망가겠지. 신은 악하지도 않고 실수도 없을 테니 우리 시대가 대체로 페리클레스의 시대보다 위대하다는 것을 깨닫지 못한 것일까? 3천 년에 걸친 인류의 사상은 사라지지 않았지만 전체가 일부보다 위대하고, 번데기보다는 나비라는 것을 모르는 것일까? 그러니 어쨌거나 이론만을 보자면 크게 놀라고 경멸할수록 위대하다고 가정할 수 있어. 문화에 의미가 있다면 음악적인 인간에 의한 창조에 한정되겠지. 말하자면 팬파이프 연주나 열광적인 전승 행진곡의 굉음과 함께 사는 사람 말일세. 어떤 상투구든 '누워서 만끽하는 예술'처럼 정의되어버리면 너무나 원시적이고, 너무나 서사시적이고, 백인의 입에 미소 짓게 하는 것 말고는 전혀 도움이 되지 않아. 도처에서 이러한 정의가 아무런 의심 없이 받아들여지고 있다는 사실은 암시일지도 모르지. 이 상황이 결국 받아들이는 진리는, 공통 개념이 있는 곳에서는 훨씬 시간적으로도 공간적으로도 아득하게 멀다네.

산다고 하는 큰 문제를 안은 원시시대 이래 인류는 해결에 근접한 적조차 없고, 하물며 함께 살 만큼 섬세하고 복잡하지도 않아. 그런데 자네들의 공동체로 오면 지금도 벼룩과 같은 범죄자를 낳을뿐더러, 아직껏 진정한 동물도 되지 못한 원시 생물이 많아. 그사이 우리는 부담을 갖게 되네. 누구나 몸이 떨어져나갈 듯한 아픔이 있어. 사람들은 재능, 권력, 분위기와 다투면서 숨 막히는 곳에서 빠져나오려 노력하지. 지구는 태양에서 벗어날 수 없고, 사람은 우주를 사로잡은 전능한 힘에서 놓여날 수 없듯이 영적인 끌림에서 도망칠 수 없어. 무심코 부드러운 날개를 사용한 사람은 곧 숨이 거북해지는 것을 느낄 거야. '유일무이'를 깨닫지 못한 일순간의 비극이지. 무언가를 이루기 위해서는 미래를 향해 고개를 돌려야 하지만 그의 손발은 원시적 존재가 짊어진 십자가에 묶인 채 깊은 절망이라는 영액靈液을 흘리고 있어. 불쾌한 혈통이지! 아득히 먼 곳에서 밤을 선동하는 별을 볼 때 머리를 부딪칠 걱정은 없어. 지구가 배라고 하면, 게다가 우리 배라면 아무렇게나 키를 잡아도 모든 방위를 잘 알고 있거든. 하지만 무거운 원죄의 저주라는 중력, 중력이 있어! 바로 적의敵意일세. 알려진 대로, 규칙적으로 만물의 근원인 별이 고상한 궤도를 공전하고 있는 사이에 우리도 따라서 돌고 있지. 이카로스의 '지혜'를 손에 넣어도 헛수고야. 아득한 것에 닿는 인간이란 없다, 단지 희망에 손을 뻗을 뿐이다, 라고 확신한 사람은 괴테가 아니었던가? 자네도 알다시피 많지는 않지만 하나 있어. 폴란드가 침략당했을 때 영국이 무사할 것이라고 생각하면 어리석어. 파리가 문화의 여명기에서 멀리 떨어져 있다면 툴루즈나 시카고가 미개한 곳이지. 흔한 일은 아니지만 이런 곳에 은거하고 있는 햄과 나조차 고독하지 않아. 지금도 초대하지 않은 망령에 시달리고 있잖은가. 이렇게 해서 산 정상에 서 있고 견고한 토대가 뿌리 깊게 아래를 구성하고 있어. 하지만 고맙게도 괴테도 맞았다고 할 수는 없었어. 그것도 스스로 증명한 셈이었지. 좋을까, 쉴? 메리 스튜어트 여왕이 던리를 살해했는지 안 했는지는 명백해. 분명하고 틀림없이 베어트리체 첸치가 결백했던 것처럼 명백하다네. 최근 발견된 자료가 '증명'하기 때문에 '유죄'인 것이 아닐세. 셸리의 작품이 비록 억측으로 쓴 것일지라도 그것은 진실이야. 어떻게 생각하느냐에 따라 능력을 1큐빗 혹은 1핸드나 1닥틸로 펼칠 수 있고, 반드시 능력을 높일 수 있어. 그저 얼마 안 되더라도 대중을 이끌고 함께 죽는 걸세. 하지만 그것은 이 힘이 인구에게 회자할 때뿐이지, 그 밖에 어떤 조건이 결여되건 말건 마침내 문화적 시대가 도래했을 때 힘의 기능은 누구에게나 쉽게 알려지게 되겠지. 예언, 일곱 빛깔, 강령, 은밀한 흉계, 악마의 묵시에 입을 여는 것은 한 줌뿐인 영적인 지도자는 아닐지도 몰라.

　이해해주겠지만, 이것은 모두 나나 자네 그리고 자네가 가져온 자그마한 문제에 해당되는 의문점에 대한 변명 같은 걸세. 해결하는 것이 어렵다고는 절대로 생각되지 않는 문제라네. 모든 사실을 보더라도 빼놓을 수 없는 점은 랜돌프에게 아버지의 죽음을 바라는 강한 동기가 있었다는 거야. 서로 적대적이라고 인정하고 있어. 아들은 왕녀와 약혼했지만 남편이 되기에는 너무 궁핍해. 하지만 부친이 죽으면 돈이 생기지. 겉으로 보이는 것은 그 정도야. 그런데 우리, 당신과 나는 그를 알고 있어. 집안도 좋고 예의도 바르고 지위도 높아. 그런 인간이 모살을 꾀하리라 보기는 어렵고, 어떤 이유에서 살의가 생겼더라도 그것을 묵인할 리는 없어. 확실한 증거 유무에 관계없이 그런 일은 믿기 어렵지. 사실 백작 아들의 대부분은 살인을 하지 않아. 하지만 강하고 설득력 있는 절대적인 동기, 즉 목숨보다도 소중한 무언가가 발견된다면 달라질지도 모르지. 공정해지기 위해 그를 마음에서 지우기로 하세.

그가 의심스러운 행동을 한 것은 사실이네. 만나던 상대가 자백한 용의자인 데다가 오래전부터 알던 사이도 아니야. 그는 밤마다 만나며 편지도 주고받았어. 이 여자는 누구일까? 가극에 등장하는 내용처럼 패렁스 경의 옛 애인이라고 봐도 문제없겠지. 오랫동안 사귀어왔지만 불명예스러운 소문을 듣고 송금을 중단한 거야. 하지만 어떻게 되었는가 보세. 격하고 법으로 막을 수 없는 정열적인 여자, 시브라에게 편지를 건네고 얼마 후 랜돌프는 아버지의 유언에서 그 여자가 제외된다는 사실을 밝혔어. 그러자 시브라는 머지않아 아버지의 가슴을 칼로 찌르지. 편리한 구성이지만 실제로 이 사건을 일으킬 의도로 편지를 보냈는지는 알 수 없어. 그녀에게 건네진 패렁스 경의 편지가 사건을 일으킬 가능성은 높아. 랜돌프가 의식했건 안 했건 품고 있던 악의를 실행으로 옮길 수 있는 좋은 기회인 셈이지. 송금도 희망도 끊긴다고 하면 시브라는 한층 더 격분할 테니까. 지극히 자연스럽게 생각해보세. 패렁스 경에게 그런 의도는 없었어. 아들의 경우를 똑같이 생각해보게. 하지만 시브라는 패렁스 경의 편지를 받지 않았어. 그날 아침, 두 가지 목적이 있어 바스 마을로 갔기 때문이지. 흉기를 사들이는 것, 나라를 떠났다고 여기게 하는 것. 그렇다면 그녀가 패링스 경의 방 위치를 어떻게 알았을까? 저택은 변두리에 있고, 하인들과는 안면이 없고, 길도 잘 몰라. 랜돌프가 가르쳐주었을까? 그 경우도 역시 패링스 경이 편지에서 알려주고 있음을 기억하게나. 게다가 아들 측에 악의가 없었던 가능성도 염두에 두게. 처음부터 행동 하나하나가 이상하고 의심스러웠다는 점을 지적해두겠네. 패링스 경이 예측하고 있었다면 의심은 줄어들지만 그래도 여전히 이상해. 발코니 창에 달린 잔인한 함정에 대해 평범한 사람이라면 이렇게 말하겠지. '랜돌프가 아버지를 죽이자고 모드 시브라에게 제안한 것이다. 5일과 6일. 순조롭게 수리한 창이 있다. 예상대로 행동하고, 방에서 나오려는 것도 알 수 있었다. 랜돌프는 무서운 범행 현장을 목격하면서 의혹의 그림자에서 벗어나게 된다.' 그런데 창문 개수는 패링스 경이 동의했다기보다 결정했다는 점이야. 그걸 위해 자신의 방을 종일 개방했으니까. 그렇게 해서 8일에 시브라에게 편지를 보냈어. 보낸 것은 랜돌프지만, 쓴 것은 패링스 경이지. 9일에는 이웃에서 도둑 소동이 있었지만 방으로 보석을 가지고 왔어. 랜돌프는 시브라가 나라를 떠난 것으로 보고 목적이 실패로 끝났다고 판단했어. 이렇게 보석을 꺼내 하인에게 말하는 것만으로 정보가 퍼져서 도둑의 귀에 들어가고, 그래서 부친이 목숨을 잃을 것이라고? 결국은 실제로 도둑이 든 증거가 있는 것처럼 보이네. 그것을 생각하면 의혹도 불합리한 것은 아니지. 그런데 역시 반증이 있어. 보석을 근처에 두기로 '결정한' 것은 패링스 경 본인이기 때문이야. 랜돌프가 하인에게 이야기한 바 있었으니까.

최소한 이 자그마한 정치적 희극만큼은 아들이 혼자서 행동한 것 같네. 하지만 열성적인 연설과 입후보, 그리고 나머지가 엉성하게 돌아가면서 강의 준비가 시작되었다는 인상은 지울 수 없겠지. 전망을 살피기 위한 자연스러운 결과처럼 보이기도 해. 하지만 어쨌든 강의에 관해서 패렁스 경이 묵인했으며 혹은 협력도 아끼지 않았어. 무슨 이유로 집안에서 벌어진 극비 음모라는 설명도 있어. 문이 조용하게 소리를 내고 접시가 떨어지면 집안에 폭풍이 몰아치지. 하지만 농부가 계단을 오르는 나막신이나 장화 소리가 들리지 않았을까? 요란한 소리가 났을 거야. 머리 위에서 행진하는 것 같고 아마 큰 이야기 소리도 더해지면 참을 수 없었겠지. 하지만 패렁스 경은 반대하지 않았던 것 같네. 그의 신조를 뒤집은 강의가 시작되었지만 불만은 없었어. 운명의 날에도 '런던 행'을 준비한다면서 바로 위에 있는 랜돌프의 방에서 상당한 소음이 들리며 거리낌 없이 집의 정적을 깨고 있었지. 하지만 주인에게서는 평소 같은 격렬한 항의는 없었네. 패렁스 경이 아들의 행동을 묵인했다는 점이 얼마나 중요하고 본질적인 의혹의 절반을 차지하고 있는지 이해할 수 있겠나?

성급한 사람이라면 의문을 품고 랜돌프가 무언가, 악의를 품어 죄를 저질렀다는 결론을 내리겠지. 하지만 좀 더 신중한 사람은 주저할 걸세. 아버지와 관계가 있었다면, 아무 의도도 없었다면, 그렇다면 어쩌면 아들의 짓일지도 모른다는 생각을 하게 되겠지. 이것이 공식 견해일 것이고, 공상보다 훨씬 논리적일 걸세. 하지만 하나의 행동을 선택해보세. 분명히 랜돌프의 악의에 의한 것이다. 부친은 전혀 관계없다. 그렇다면 다음은? 성급한 사람의 사고방식으로 돌아와 다른 일련의 행동도 악의에 의한 것이라고 결론지어보세. 여기까지 오면 아버지의 마음에도 같은 동기가 잠복하고 있었다는 결론에는 거역할 수 없을 걸세. 논리적인 가능성으로부터 마음을 멀리하는 성급한 사람처럼 이러한 형태뿐, 불가능한 상황에 영향을 받을 일도 없어. 그러므로 추론을 진행시켜보세.

그런데 조사해본다면 랜돌프 측의 어긋난 주장이 밝혀지고, 부친이 교사한 것이 아닌 것도 확신할 수 있어. 살인이 있던 밤 8시는 어두웠네. 내리던 눈도 그쳤고, 얼마나 전에 멈췄는지는 알 수 없지만 눈치채기에는 충분히 긴 시간이지. 정원으로 나간 일행은 교차된 두 개의 발자국을 우연히 발견했네. 하나는 여성의 작은 발자국으로 알려졌을 뿐 그 이상은 알 수 없다네. 다른 한쪽은 넓이가 커진 장화이고, 덮인 눈 속으로 사라지듯 찍혀 있었지. 두 개인 것이 분명해. 다른 방향에서, 그것도 다른 시간대에 온 인물이 있다. 이것만으로도 시브라가 '도둑'과 공범이었는가 하는 의문에 대답하기에는 충분해. 하지만 랜돌프는 이 발자국을 보고 어떻게 행동했나? 랜턴을 손에 들었지만, 청년이 찾아낸 첫 번째 '여성'의 발자국을 알아채고 아연실색했지. 하지만 눈에 파묻힌 두 번째 발자국을 보고는 도둑이 낸 자국이라고 설명했어. 하지만 창이 닫혀 있다고 듣자 놀라고 겁을 먹었지. 여자의 손가락이 피투성이가 된 것을 보았을 때도 중얼거리지 않을 수 없었다네. '맙소사! 지금 무슨 일이 벌어진 건가?' 그런데 왜 '지금'이지? 아버지의 죽음을 뜻하는 말이라고 생각할 수는 없지만, 총성을 듣고 미리 알았을까, 아니면 예상한 것일까? 아니 차라리, 계획이 운명에 농락당한 인간의 절규는 아닐까? 게다가 창이 닫혀 있는 것은 예상할 수 있었을 것이다. 그 이외에 창문의 비밀을 알고 있던 것은 이미 죽어 있는 패렁스 경과 기사뿐이야. 즉 방에 들어가 도둑질을 한 강도 중 하나는 밖으로 나오려다가 창문 덮에 걸려 우리가 알고 있는 결과를 맞이했어. 다른 한 사람은 창을 깨고 도망갔을까, 저택 안쪽으로 숨어서 나갔을까, 아니면 갇힌 채로 있었을까. 그러므로 눈 위에서 도둑의 발자국을 찾아내고 놀란다는 것은 너무 비논리적이지. 하지만 특히 도둑이 침입했다면 그 사이에 패렁스 경이 점잖게만 있었을까? 틀림없이 총을 쏘아 죽인 것은 아니네. 총성이 들린 것은 눈이 그친 뒤였기 때문이지. 떠난 뒤 꽤 한참 뒤까지 눈이 내렸기 때문에 발자국이 사라진 것일세. 도둑은 찔러 죽인 것도 아니야. 이것은 시브라가 자백했기 때문이네. 그럼 왜 재갈을 물린 것도 아니고 살아 있었는데 침입자가 들어온 기색이 없었을까? 그날 밤, 오번 저택에 도둑은 없었기 때문이네."

"그렇지만 발자국이! 눈 속에 보석도 있었고…… 머플러도!"

잘레스키는 미소를 지었다.

"찾아낸 보석의 가치를 알고 있는 솔직하고 정직한 도둑일까? 눈에 보석을 떨어뜨리는 것 같은 단순한 생각을 할 정도로 올바른 가치를 알고, 추운 밤에 머플러를 버릴 만큼 나약한 사람이라면 동료들과 다툼이 벌어질 걸세. 일련의 도둑질은 당사자에 의한 시시하고 서투른 속임수지. 어슴푸레한 랜턴에 의지해 파묻힌 보석을 찾아낸 랜돌프의 재주는 불가능을 두려워하지 않는 우수한 경찰에게는 훌륭한 교육이 되었을 거야. 가공의 도둑에게 혐의를 씌우기 위해 보석이 놓여 있었던 것이지. 창의 잠금쇠가 비틀어 끊어져 있었던 것도, 창을 일부러 열어둔 것도, 발자국을 만든 것도, 귀중품이 패렁스 경의 방에서 나온 것도 같은 목적이야. 모두 누군가에 의해 고의로 행해진 거지. 누구의 소행인지 즉시 답한다면 너무 경솔할까?

의혹은 완전히 사라지고 절대 확실한 방향으로 가기 시작했네. 헤스터 다이엣의 증언을 확인해보세. 공판 당시의 증언이 의문시되어 있던 것은 잘 알아. 가난한 사람, 심성 나쁜 하인, 염탐꾼, 히스테리 여인의 표본이니까. 정식으로 기록된 증언이더라도 신용은 없어. 신용한다고 해도 말을 절반 정도밖에 믿을 수 없지. 거기서 무엇을 추측하진 않을 걸세. 하지만 나로서는 증언을 믿으려고 생각할 때 찾고 있는 것은 사실 그런 것이야. 이런 종류의 머리 회전을 마음에 그려보세. 정보에 굶주려 있지만, 만족할 만한 정보란 사실 그것일 뿐 허구에는 흥미가 없어. 정체불명의 호기심을 일으키는 것에는 참고 견딜 수 없지. 역사의 여신 클리오가 수호신이야. 그들의 욕망은 구멍 너머의 정보 수집, 재능은 엿보는 것이지만 상상력이 없기 때문에 거짓말은 못 해. 현실에 결여된 정열에 있어서 역사나 신성함을 왜곡하는 것은 모독이야. 확실하고 명백하게 돌진하지. 그렇기 때문에 플라우투스의 페니큘스나 에르가실스 쪽이 더글러스 윌럼 제럴드의 희극 「폴 프라이Paul Pry」의 등장인물보다 훨씬 본질을 찌르고 있어. 예를 들면 헤스터 다이엣의 증언은 공식적으로 완전하게 허위로 보여. 흰 구체가 방에서 솟아오르는 것을 보았다지. 하지만 그 밤은 어두워서 양초가 꺼졌다면 칠흑 같은 어둠 속에 서 있었을 거야. 그럼 어떻게 보았을까? 검토한 결과, 증언은 거짓말이거나 혹은 몽유 상태와 같은 흥분한 환각의 결과라고 인정했지.

하지만 이처럼 신경질적이고 과민한 사람에게는 환각을 볼 정도의 상상력이 없다고 할 수 있어. 따라서 이 증언은 진실하다고 생각해. 자, 그 결과네. 종합적으로 볼 때 방은 밝았다고 여겨져. 헤스터도 눈치채지 못할 정도의 희미한 빛이 퍼지고 있었던 거야. 그렇다면 사방이나 아래나 혹은 위에서 빛이 들어왔겠지. 그 밖에 선택할 수는 없어. 사방으로는 밤의 어둠만 있어. 아래쪽도 어두웠겠지. 그렇다면 빛은 머리 위 역학교실의 것이야. 하지만 위층의 빛이 아래 방까지 퍼질 가능성은 하나밖에 없어. 천장의 판자에 구멍이 있어야만 하네. 이와 같이 위층 방에 무슨 구멍이 있다고밖에 생각할 수 없어. 이것으로 위로 향해 '솟아오른' 흰 구체의 수수께끼도 풀리게 되지. 곧바로 의문이 생기네. 가늘어서 어둠 속에서는 보이지 않는 끈을 사용해 구멍 너머 위로 끌어올린 것인가? 확실히 위로 끌어올려졌어. 천장에 구멍이 마련되어 있었다는 증거가 있으면 밑바닥에도 있다고 의심하는 것은 불합리한가? 그러나 거기에도 증거가 있어. 헤스터는 문으로 달려들다가 넘어져 기절했고, 정강이를 다쳤지. 바로 그걸세. 무언가에 걸렸더라면 다른 데가 부러졌을지도 몰라. 정강이인 이유는 무심코 구멍에 발이 빠졌는데 몸은 급격하게 움직였기 때문이겠지. 그러나 이것으로 바닥 구멍의 대체적인 크기를 알았네. 적어도 발이 들어갈 만큼의 크기, 증언에 나온 '엄청난 크기의 솜 덩어리'가 들어갈 만큼의 크기라네. 바닥 구멍으로 천장 구멍의 크기도 추측할 수 있어. 그러나 어째서 이 구멍은 증언의 어디에서도 언급되지 않았을까? 아무도 보지 못했기 때문이라는 이유 외에는 없네. 그러나 방은 경찰이 조사했기 때문에 구멍이 있으면 발견되었을 거야. 따라서 구멍은 이미 사라진 걸세. 즉 바닥에서 제거된 조각이 그때쯤에는 빈틈없이 원래대로 채워진 다음, 운명의 날 랜돌프의 방에서 법석을 떨며 움직인 융단으로 덮여 있었겠지. 헤스터 다이엣은 그걸 알아챌 수도 있었고 적어도 구멍 하나에 대해서 증언할 수도 있었겠지만, 자기가 넘어진 이유를 깨닫기도 전에 기절한 데다가 자네도 알다시피 한 시간 후에 랜돌프 자신이 방에서 내보냈지. 그럼 천장의 구멍은 학생들이 못 봤을까?

  그 장소는 틀림없이 방 한복판에 있어야겠지. 그러나 들통 나면 안 되니까 한복판이 아니라 다른 장소에 있었던 걸세. 실험용 장치의 뒤라네. 이 장치는 또 강의나 연설, 입후보할 때도 중요한 것이었어. 커튼과 칸막이 역할을 하는 거지. 그러나 이외의 용도는? 확신을 갖고 추측하기에는 역부족이지만, 이름과 종류를 알면 대답할 수 있을 거야. 단순한 역학 설명에 사용되는 것 같은 장치라면 나사, 쐐기, 저울, 지레, 바퀴와 축, 앳우드의 기계. 앞의 다섯 개를 사용해 어떤 수학적 원리를 증명하더라도 이곳 수준의 학생에게는 이해가 가지 않겠지만, 적어도 마지막 장치를 이용하면 지극히 보통으로 가르칠 수 있을 걸세. 총성이 들렸을 때 랜돌프가 '기계'의 그림자 밑에서 버티듯 몸을 내밀고 있었던 것을 연결시켜 생각하면 이 선택은 옳다고 말할 수 있겠지. 다른 것은 지나치게 작아서 그다지 큰 그림자가 없어. 하나, 바퀴와 축은 예외지만 이것은 키 큰 사람이 선 채로 버티기에는 무리라네. 따라서 앳우드의 기계라고 할 수 있겠지. 이름대로 이것의 구조는 수직으로 두 기둥이 있고, 가로대에는 도르래와 끈이 붙어 일정한 힘, 즉 중력의 아래에서 운동하는 물체의 움직임을 나타내는 것이지. 그렇다면 훌륭한 이용법이라고 짐작하지 않을 수 없어. 사실은 그 도르래가 두 개의 구멍을 통해 '솜덩어리'를 눈치채지 못하게 오르내리게 했고, 추를 붙인 다른 끈은 학생들의 무딘 눈앞에 매달려 있었던 거야. 일행이 방을 나갈 때 랜돌프가 마지막이었던 이유를 추측하는 것도 이젠 어려운 일은 아니겠지.

그렇다면 무슨 죄가 있을까? 우선 눈 위의 발자국에 따라 백작이 죽은 원인을 숨길 준비를 하고 있었지. 즉 적어도 죽음을 예상하고 기다리던 중이었던 걸세. 그러니 우리는 '예측했던 죄'를 입증할 수 있어. 게다가 연역법칙에 의해서 어떤 일이 일어나길 기대하고 있었는지도 밝힐 수 있지. 모드 시브라의 손에 의해 사건이 벌어진다는 것을 예측하지 않았던 것은 분명해. 이곳을 떠났다는 정보가 있었고, 창이 닫혀 있는 것을 보고 놀란 것은 진심이었으며, 무엇보다도 시브라가 행동을 일으킨다고 예상할 수 있었던 그날, 플리머스에 가는 것으로 확실한 알리바이를 만들려고 했기 때문일세. 8일, 백작이 초대한 날이야. 운명의 밤에도 확실한 알리바이를 만들려고 열심히 계획하고 있었어. 어쨌든 위층 방에서 증인들에게 둘러싸여 있었으니까. 하지만 분명 플리머스에 갔던 것과 비교하면 완벽하진 못하지. 죽음을 예측하고 있었다면 왜 여행하러 간다고 속이지 않았던 걸까? 이번 경우에는 랜돌프 자신의 존재가 불가결했기 때문이지. 여기에 시브라를 부추기던 사이 강의가 중지되었고, 그녀가 갑자기 떠나자마자 재개되었다는 사실을 다시 생각하면 예상하고 있던 패렁스 경의 죽음은 정치 연설, 입후보, 강의, 기계장치와 더불어 랜돌프 개인에 의한 것이라는 결론에 도달하게 돼.

그러나 예측하고 있었다든가 아버지의 죽음과 무슨 관계가 있었다고 비난한들 직접 했다는 단서도, 그러한 의도를 가지고 있던 것조차도 찾아낼 수 없어. 증거도 공범의 증거, 그뿐이야. 강하게 설득력이 있는 완전무결한 동기를 발견하지 못하는 한 이것은 무죄 방면이라는 결론이 나오지. 어디선가 논의를 잘못한 것이고, 일반적인 인간의 기초 행동 원리 지식과는 어긋나는 결론에 이끌렸다는 것을 인정해야만 하겠지. 결국은 그러한 동기를 찾자는 것 아닌가. 인간의 적의보다 깊고 야심보다 강하고, 생명의 존엄 이상의 것을! 이 사건이 벌어졌을 때 오번 가문에 대해 완전히 조사해보았나?"

"아니, 모르네. 신문에는 백작의 약력이 실려 있었지만, 아는 것은 그것뿐이야."

"과거가 알려지지 않아서 무시된 것뿐일세. 나는 오랫동안 종종 역사에 대해서 생각해왔어. 에레보스나 검은 옷 닉스의 음울함처럼 어두운 운명을 내포한 무서운 비밀이 몇 세기 동안 불행한 사람들에게 숨겨져 있었지. 나는 마침내 알았네. 피와 공포로 어두운, 암담하고 새빨간 역사를. 피로 물든 아트레우스가 에우메니데스의 갈고리 손톱에 쫓겨 절규하며 우왕좌왕 도망치면서 아들들의 시대에 조용한 복도를 내려오는 걸세. 초대 백작은 1535년에 헨리 8세에게서 작위를 받았네. '왕당'으로 알려져 있음에도 2년 후에는 주군에 항거해 은총의 순례에 참가했다가 다시 경 및 다른 제후들과 함께 처형되었어. 그때의 나이는 50세였네. 아들은 노포크 공 지휘하의 군대에 있었지. 그런데 그 가문에는 여성이 적고 예외 없이 외아들이었음을 주목하게나. 에드워드 6세 시대에 2대 백작은 갑자기 시민권을 버리고 군대에 들어가 1547년 핑키 전투에서 40세에 죽었네. 아들이 있었지만, 이 3대는 1557년 메리 여왕 치하에서 신앙을 바꾸지 않고 격렬하게 고집하다가 40세 때 극형에 처해졌네. 4대 백작은 자연사했지만, 50세 때인 1566년 겨울에 돌연 사망했지. 같은 날 심야에 아들에 의해 무덤에 묻혔다네. 이 아들은 1591년 오번 저택의 높은 발코니에서 추락했는데, 그의 아들이 목격했지. 대낮에 몽유병자처럼 헤매고 있었던 거야. 그리고 당분간은 아무 일도 일어나지 않았어.

하지만 1651년, 8대 백작이 45세로 아리송한 죽음을 맞이했지. 방에 불이 나서 불길을 피하려고 창에서 뛰어내렸던 걸세. 그로 인해 팔다리가 부러졌지만 다행히도 회복되었는데, 회복 직후 죽음을 맞이했어. 인디카 아코니티를 마신 것을 알아냈지만, 이것은 당시 유럽에서는 전문가 말고는 알 수 없었던 아라비아의 희귀한 독물로, 바로 몇 개월 전 아코스타Acosta가 저술한 바 있지. 간호인이 고발당해 재판이 열렸지만 무죄가 되었네. 후계자 아들은 신설된 왕립 학술원의 특별회원이고, 이제는 잊혀진 독물학 저서가 있었으므로 읽어보았지. 물론 의심스러운 점은 없었어."

회고에 열중하는 잘레스키를 바라보며 유럽의 명문 일족에 대해 어떻게 그토록 자세히 알 수 있는지 신기하게 여겨졌다. 그는 흡사 오번 가문의 역사를 연구하는 데 일생을 바친 것 같았다.

"이처럼 지난날부터 현재까지 일족의 연대기를 자세하게 조사했네. 그러자 어느 시대에 있어서도 비극의 발단이 되는 같은 요소가 새겨져 있었던 거야. 어느 비극에 있어서도 변함없이 크고 사악한 무언가가, 의미를 찾으려고 해도 찾을 수 없는 무언가가 존재했음을 충분히 설명했다고 생각하네. 이미 찾지 않더라도 좋아. 당대의 오번 백작은 가문의 무서운 비밀을 계속 감춰야 할 운명뿐이었어. 신의 의지다! 진상을 누설하고 있었던 것이야. '돌아와라. 끝날 때가 됐다'라고 쓰고 있어. '끝'이라는 것은 뭘까? 랜돌프는 잘 알고 있었기 때문에 설명이 필요 없었겠지. 옛날로 거슬러 올라가면 초대 백작은 왕에게 반항하면서도 여전히 충성을 맹세하고 있었어. 혹은 소중한 신앙을 버리면서도 더욱 독실했으며, 심지어는 저택에 불을 지르기도 했어. 자네는 현재의 자손 두 명을 '자존심이 강하고 이기적'

이라고 했지. 두 사람은 자존심이 강하고 이기적이지만, 자네는 그 이기적인 모습이 개인적이라고 오해하고 있어. 차라리 일반적인 면에서는 놀라울 정도로 자기를 감추고 있어. 가문의 자존심과 이기심이었던 걸세. 가문 이외의 어떤 이유가 있어서 랜돌프 경은 마땅히 부끄럽게 여겨야 할 혁신파로 전향한다는 것일까?

확실히 부끄럽게 여기고 있었기 때문이지. 단순한 개인적 사정이었다면 차라리 죽는 편이 낫다고 생각했을 거야. 하지만 그럴 수는 없었어. 왜? 집에서 무서운 통보를 받았기 때문이지. '끝'이 날마다 가까워졌고 그것을 직접 볼 준비가 되어 있었기 때문일세. 패렁스 경의 정신은 심각한 상태가 되고 있었어. 집 반대편에서 하인이 나이프 소리를 낸 것만으로도 분노에 불이 붙을 정도였고, 과민한 미각은 세심한 요리밖에 견딜 수 없었을 걸세. 헤스터 다이엣이 만취해 있다고 생각했을 정도로 그가 이상하게 앉아 있었던 이유는 결국 의사가 '정신이상성 전신마비'라고 부르는 무서운 병이 가까워지고 있었기 때문이야. 방금 전, 시브라 앞으로 보낸 백작의 편지가 실린 신문을 강제로 빼앗은 것은 나 자신의 눈으로 읽고 확인하기 위해서였네. 내 생각이 옳았지. 편지에는 세 군데 정도 철자법 실수가 있어. 'here(여기)'가 'hear'로, 'pass(들어오라)'가 'pas'로, 'room(방)'이 'rume'으로 인쇄되어 있네. 인쇄공의 실수일까? 아니야. 하나라면 그럴 수 있어. 짧은 문장에 두 개의 실수는 있기 어렵지. 세 개의 실수는 있을 수 없어. 신문 전체를 조사해보게. 그 밖에는 발견할 수 없어. 확률을 중시하자는 것 아닌가? 이건 쓴 사람의 실수지, 인쇄공의 실수가 아니야. 이 편지에 의해 정신이상성 마비임을 알 수 있어. 이것은 중년이 되면, 역대 오번 가문에 죽음이 찾아온 연령이지만, 희생자에게 덤벼든다! 가문의 저주받은 혈통, 미치광이의 피에 습격당한 것을 눈치챈 백작은 인도에 있던 아들을 불렀어. 스스로 죽음의 선고를 내렸던 거야. 아버지에서 아들에게 대대로 전해져온 가문의 풍습, 비밀의 맹세. 하지만 도움되는 것도 있었어. 최근에는 사람에게 알려지지 않고 자살하는 것도 어려워졌지. 광기는 불명예스럽지만, 자살도 마찬가지일세. 게다가 집안은 생명보험으로 윤택해지며 왕가와 맺어진다, 그러므로 랜돌프는 귀국해 인기 후보가 된다!

그런데 모드 시브라가 등장하는 바람에 처음 계획은 포기했겠지. 그는 시브라가 백작을 죽여주길 바랐지만 실패하는 바람에 유감스럽게도 다시 계획을 짜야 했는데, 서둘러야만 했지. 그것은 패링스 경의 용태가 어떤 사람의 눈으로 보더라도 급속히 악화되고 있음이 분명했기 때문이지. 그래서 막판에는 하인이 방에 들어가는 것을 허락하지 않은 걸세. 시브라는 이 비극에 불가결한 요소라고 할 수는 없고, 단순히 첨가된 이질적 요소라고 간주해야 하겠지. 권총을 가지고 있지 않았기 때문에 백작을 쏜 것도 아니야. 랜돌프도 마찬가지지. 사망자의 침대에서 떨어진 채 증인에게 둘러싸여 있었으니까. 게다가 가공의 도둑도 아니야. 즉 백작은 자살한 걸세. 이것을 닮은 작고 둥근 은제 권총으로.”

잘레스키가 옆의 서랍에서 손잡이가 조각된 베네치아제 무기를 꺼냈다.

“흥분한 헤스터가 어둠 속에서 '솜 덩어리'로 본 것은 앳우드 기계에 의해 끌어올려진 것이지. 하지만 심장을 찔린 후에는 자살을 할 수는 없어. 따라서 모드 시브라는 이미 죽은 사람을 찌른 거야.

방에 잠입할 시간은 충분히 있었을 것이고, 총을 쏜 뒤에 들어왔겠지. 일행이 발코니 창에 도착하기까지는 틈이 있었어. 계단에서 다른 등불을 가져오는 데도 시간이 걸렸기 때문이지. 게다가 방 입구에서 발자국도 발견했어. 하지만 사망자를 찔렀기 때문에 시브라가 살인죄를 범한 것은 아니야. 방금 전 햄에게 맡긴 전언은 내무대신 앞으로 보낸 거라네. 내일 시브라를 처형해서는 안 된다고 써두었네. 내 이름을 잘 알고 있고, 무의미한 말을 쓰지 않을 수 없을 정도로 어리석진 않겠지. 증명하는 것은 너무나 간단해. 조각이 제거되어 예전대로 된 마루를 찾아보면 자취가 발견될 것이니까. 권총은 아직 랜돌프의 방에 있다고 여겨지는데, 패렁스 경의 머리에서 발견된 탄환과 총의 구경을 비교할 수 있을 거야. 게다가 '도둑'이 훔쳐간 보석은 새로운 백작의 캐비닛에 아직 들어 있을 테니 쉽게 찾아낼 수 있겠지. 내 생각에 이 사건은 결말이 달라질 걸세."

사건은 다른 결말을 맞이했고, 잘레스키의 예측은 완전히 일치했다. 마무리된 이 사건에 더 이상 덧붙일 말은 없다.

불도그 앤드류
The Dog Andrew

아서 체니 트레인 Arthur Cheney Train, 1875~1945

하버드 대학 로스쿨을 거쳐 뉴욕 지방검사 사무실에서 근무하던 중 1904년 단편 「맥시밀리언 다이아몬드」를 발표하며 작품 활동을 시작했다. 1919년부터 노련한 변호사 캐릭터인 에프라임 터트를 주인공으로 내세워 법의 불공정성을 꼬집는 작품을 쓰기 시작했다. 1922년부터 전업작가로 나섰다.

"모든 개에게는 사람을 물 권리가 있다."
_뉴욕 최고재판소 상소부의 비공개 견해

"이봐!"

보트 창고에서 나온 애플보이가 외쳤다. 아침에 낚은 농어를 손질하고 있는데 이웃의 터니게이트가 울타리를 비집고 들어와 해변으로 이어진 애플보이의 잔디밭을 가로지르고 있었다.

"이봐, 터니게이트, 우리 마당을 가로질러 다니지 말라니까! 열두 번은 말했을 텐데! 이젠 울타리에 틈새까지 만들어놓았군! 어째서 길을 놔두고 이리 다니는 거야?"

평상시엔 온화했던 그의 얼굴에 분노가 가득 차고 땀이 솟았다. 터니게이트에 대한 노여움은 이제 임계점에 이르고 있었다. 터니게이트는 도움이 되지 않는 친구로, 애플보이에게는 커다란 수난이었다. 전부터 두 사람은 친밀한 관계였지만 그것은 살찐 남자들 특유의 과묵한 교제였다. 어쩌면 신성한 고기 덩어리를 지니고 있다는 점에서 서로 동질감을 느끼게 된 것으로 비만에 의한 물리적 결과라고도 할 수 있다. 그래서 애플보이와 터니게이트는 각각의 세력권에서 헤엄치다가 운명의 장난 혹은 신비로운 최면에 끌려서 아이작 월튼에 의해 신성화된 최면성 스포츠*의 즐거움에 중독된 상태였다. 그들은 트록스 넥으로 알려진 롱아일랜드 해협의 가장 큰 도시 해안으로 가곤 했다.

더운 여름 동안 아침마다 애플보이가 터니게이트를 깨우거나 터니게이트가 애플보이를 깨우거나 하면서 어업적 예술을 하기에 가장 적합한 지점까지 각자 흔들리는 작은 배를 저어가곤 했다. 두 사람은 흰 코끼리의 등에 올라탄 고대 인도의 살찐 왕처럼 녹색 우산 아래에 엄숙하게 앉아 헤엄치는 양놀래기와 떠도는 농어, 때로는 농탕 치는 뱀장어를 한가로이 기다리고 있었다. 두 사람은 좀처럼 말하지 않았고, 이야기할 때에도 바벨탑의 대화처럼 짧은 음절의 몇 마디뿐이었다.

"허! 아무것도 물지 않는군!"

"허!"

"허!"

40분간 조용했다.

"허! 물었나?"

"아니!"

"허!"

이것이 평상시 대화의 전부였다. 하지만 두 사람의 마음은 공명

---

* '낚시'를 의미한다.

하고 있었기에 그것으로 충분했다. 말로는 표현할 수 없는 의미, 선각자와도 같은 철학, 새의 노랫소리, 황혼, 시가, 둘만의 속삭임, 황홀한 사랑에 대한 난해한 화음 등이 포함되어 있었던 것이다.

"허!"

"허!"

그런데 이 에덴의 평온도 태초에 뼈가 적출된 아담에게 생겼던 일처럼 여성이 나타나자마자 더는 지속되지 않았다. 분위기가 소란스러워졌다. 애플보이와 터니게이트는 같은 달에 신부를 맞이했다. 그들과 꼭 닮은 아내였다!

한동안은 모두 잘 지냈다. 부인들이 서로의 약점을 간파하는 데 몇 주일 걸렸기 때문이다. 그런데 터니게이트 부인이, 독자 여러분의 문학적 기호에 맡기지만, 뱀의 송곳니 혹은 살무사의 혀 아니면 악마의 발굽을 갑자기 드러내기 시작했다. 이유는 전혀 알 수 없지만 애플보이 부인을 격렬하게 미워하게 되었고, 그 증오의 대상을 이해하는 것도 단호하게 부정하여 미움은 더 커졌다. 하지만 애플보이 부인을 교전 상태로 끌어들이기는 어려울 거란 걸 깨닫자 터니게이트 부인은 즉시 애플보이의 인생을 괴롭힌다는, 좀 더 보람 있는 일에 힘을 쏟기로 했다.

급기야는 정말 권모술수적인 책략에 몰두해 갖가지 모욕, 도발, 불쾌함을 궁리하면서 말레이의 주술사 같은 독창적이고 악마적인 욕설을 연마했다. 이상하게도 애플보이 집의 화분이 모두 베란다에 떨어져 있거나, 노의 핀이 사라지거나, 우유병이 없어지거나, 애플보이의 낚싯줄이 철조망에 뒤얽혀 있거나, 대합이 상해 있곤 했다. 그래도 이 정도는 악의의 정점에 다다른 것이 아니었으니 참을 만했다.

그런데 자기 자식이라도 되는 듯 애정을 쏟고 가꾸는 애플보이 씨네 소중한 잔디밭에 터니게이트 씨네가 침입하는 짓을 범한 것이다.

사방 6미터에 불과했지만 낡은 쥐똥나무 울타리가 쳐진 초록색 잔디밭에 침입한다는 것은 누가 보아도 터니게이트 부인의 악마적인 계획이라는 걸 알 것이다. 그곳에는 이미 구멍이 뻥 뚫려 있었다. 애플보이 부부가 땀 흘려 키운 자연의 결정인 잔디밭을 말려 죽이도록 아내에게 지시받은 터니게이트의 소행이었다. 애플보이 씨 집이 해변 앞까지 소유한 것은 아니라는 교활한 생각을 터니게이트 부인이 하게 된 것은 작은 물뿌리개로 끈기 있게 잔디를 돌보던 애플보이 부인의 모습 탓이었다. 그 공간이 사실 애플보이 부부네 소유는 아니었다. 그렇게 보일 뿐이었다. 대부분의 집처럼 부부는 경계선 상에 울타리를 세웠는데 터니게이트 부인이 그것을 따졌으므로 부부는 그들의 소유가 아닌 것에 권리를 주장하게 된 셈이었다. 이렇게 해서, 아내에게 복종하는 터니게이트는 해변으로 갈 때마다 울타리를 빠져나갔기 때문에 애플보이 부부의 분노는 절망에 이를 만큼 커지고 있었다.

한때 친구였던 그들은 지금 작은 배로 낚시를 하면서 서로 멸시하듯 무시했으며, 한쪽이 "흐흥!" 하면 화난 짐승이 신음 소리를 내듯 "흥!" 하고 되받았다. 최악의 상황은 애플보이 부부가 무엇 하나 정당한 일을 할 수 없다는 것이었다. 터니게이트 부인이 비웃으며 지적한 것처럼, 울타리를 빠져나가 잔디밭을 짓밟고 가는 것은 법률상 전적으로 옳은 행동이며, 부인은 애플보이 씨네가 그 공간에 대해 어떤 권리를 가지는 것도 허락하지 않았던 것이다. 무엇 하나도!

이러한 까닭으로, 이 이야기의 첫머리에서 애플보이가 터니게이트에게 말을 걸었을 때 터니게이트는 상대가 격노할 만한 거만한 말, 태도, 내용으로 대답해주었다. 게다가 그는, 애플보이 부인이 자식같이 애지중지 키운 잔디밭의 파헤쳐진 흙 위에서, 그 밖에도 의심스러운 땅이 있지 않느냐는 암시적인 말을 하는 것이었다. 애플보이는 안달하며 외쳤다.

"아하!" 모든 감정을 한꺼번에 표현하려다 뒤엉켜버린 말이었다. "옳거니, 그랬었군!"

애플보이는 깨달았다. 신기한 일이지만, 확실히 들어맞았다. 터니게이트가 말한 것은, 혹은 말하지 않았던 것은 살찐 하마 같은 그의 아내를 따라 한 것이었다.

애플보이는 덧붙여 말했다. 별다른 생각 없이, 앞일에 대한 분명한 생각도 없이 단지 터니게이트를 넌지시 위협해서 겁주기 위해서.

"두 번 다시 울타리를 넘어 다니지 말라고! 알겠지? 경고했어! 또 그러면 결과에 책임지지 않겠어!"

사실 진심은 아니었으며, 그것은 터니게이트도 알고 있었다.

"흥! 자네가!" 그는 비웃듯 대꾸했다.

애플보이는 오두막에 들어가 문을 닫았다. 부인은 부엌에서 감자 껍질을 벗기고 있었다.

"못 참겠어!" 그는 우는 소리를 냈다. "돌아버릴 것 같아!"

"가엾게도!" 부인은 감자 껍질을 끊어지지 않게 벗기면서 그를 달랬다. "멋있지요? 이봐요, 당신의 팔만큼 길어요."

그녀는 감자 껍질을 엄지와 집게 손가락으로 들어올렸다. 그리고 신음하면서 남편의 발밑에 껍질을 떨어뜨리고 한숨을 쉬었다.

"왜 괴로워하는지 잘 알아요, 여보!"

갑자기 두 사람은 바닥의 껍질에 최면술이라도 걸린 듯 놀란 눈초리로 고개를 숙였다.

하필이면 껍질은 묘하게도 'DOG'라는 모양을 하고 있었다. 두 사람은 의미심장한 눈빛을 교환했다.

"이건 계시예요!" 부인이 경외심으로 속삭였다.

"어쨌든 좋은 생각이 났소!" 남편도 외쳤다. "기르고 있는 사람 있잖소? 그러니까 내 말은 그……."

"무슨 이야기인지 알아요." 그녀가 맞장구쳤다. "지금까지 그 생각을 못 한 게 신기할 정도예요! 그렇지만 우린 개가 없잖아요!"

"원 세상에!" 남편도 동의했다. "우린 개가 필요하오!"

"이제야 알았어요!"

"어쨌거나." 이마를 문지르며 그는 말했다. "저들은 골치 아픈 짓을 하고 있어. 딱 어울리는 품종을 손에 넣기는 어려울 텐데."

"아, 한 마리 있어요! 리보니아의 엘리자 아주머니가 기르고 있어요. 문제가 많아 처분하라는 명령을 받았대요. 행정위원에게서요. 하지만 아줌마는 시키는 대로 하는 척만 했을 거예요. 사실은 죽이지 않았겠죠. 아마 아직 기르고 있을 거예요."

"옳거니!" 애플보이는 긴장된 목소리로 말했다. "어떤 품종이지?"

"불도그! 크고 흰 얼굴을 하고 있어요."

"바로 그거야! 이름이 뭐지?" 그는 흥분했다.

"앤드류예요."

"개 이름치고는 별나군. 그렇지만 이름이 무슨 상관이야, 용도에 맞으면 그만이지! 오늘 밤 엘리자 아주머니에게 편지 좀 써주겠소?"

"어쩌면 앤드류는 죽었을지도 몰라요." 그녀가 불안한 듯 말했다. "개는 죽으니까요."

"아, 앤드류는 죽지 않았을 거요!" 남편은 희망을 담아 말했다. "이런 야생적인 품종은 오래 산다니까. 엘리자 아주머니에게는 뭐라고 얘기할 거요?"

애플보이 부인은 화장대로 다가가 선반에서 편지지와 펜을 꺼내 들었다.

"어…… 이렇게 써야겠죠."

그녀는 무릎 위에 받침을 얹고 편지를 쓰면서 대답했다.

엘리자 아주머니,

잘 지내고 계시죠? 해안의 생활은 외롭고, 못된 사람이 있습니다. 저희는 벗이 되고 집을 지켜줄 개를 찾고 있습니다. 건강한 개라면 저희에게 도움이 될 테고, 개에게도 좋을 것이라고 생각합니다.

조만간 뵙고 싶네요.

조카 배쉬매스 올림

"앤드류를 보내주셨으면 좋겠는데." 애플보이는 간절한 마음으로 말했다.

"잘 될 거예요!" 배쉬매스가 달랬다.

"저 팻말은 도대체 뭐예요?" 일주일 정도 지난 아침, 부엌 창으로 애플보이의 집 잔디밭을 바라보던 터니게이트 부인이 분노에 찬 목소리로 물었다. "읽을 수 있어요, 허먼?"

허먼은 옷을 차려입다 말고 베란다로 나왔다.

"개…… 뭐라고 쓰여 있는데."

"개라고요! 저 사람들은 개가 없어요!"

"글쎄, 팻말에 '개 조심!'이라고 쓰여 있는걸. 그리고 또 뭐라고 쓰여 있는데…… 어? 출입금지, 들어오지 마시오."

"뻔뻔스럽게!" 부인이 말했다. "저런 사람들이 어딨어요! 자기네 소유도 아닌 땅을 차지하려고 하더니, 이번에는 개를 기른다고 거짓말까지 하네요. 그 사람들 어디 있어요?"

"오늘 아침에는 못 봤는데. 아마 일찍 나가면서, 우리가 들어가지 못하게 팻말을 세웠겠지. 저것으로 발을 묶어놓을 생각인가 봐!"

"그럼 다른 방법을 생각해봐요! 저기 가서 몽땅 갈기갈기 찢어버려요!" 부인은 화가 나서 말했다.

"울타리를 뽑아버릴까?" 그가 기다렸다는 듯 맞장구쳤다. "좋은 기회야!"

수줍은 새색시를 기쁘게 하기에도, 파괴적 심성을 지닌 원시시대 조상에게 이어받은 사악한 본능을 만족시키기에도 확실히 최고의 기회였다(설마 조상은 원한을 갖고 어쩌고 할 리가 없었겠지만, 이처럼 우리는 조상에 대해 오해하고 있다). 터니게이트는 바지 멜빵을 어깨에 걸치고 악마와 같은 기쁨을 눈에 빛내며 살금살금 베란다에서 내려와 울타리에 구멍을 뚫으러 갔다. 수백 미터 떨어진 해변에서 대합을 찾는 맨발의 두 사람과 1킬로미터쯤 떨어진 밭에서 일하고 있는 사람을 제외하면 아무도 보이지 않았다. 타는 듯한 8월의 햇빛으로 해안은 반짝였고, 먼 숲에서는 매미 울음소리가 맴맴 들려왔다. 트록스 넥은 조용히 빛나고 있었으며, 애플보이의 집에서는 어떤 소리도 들려오지 않았다.

　허세를 부리기는 했지만 심장 박동이 조금 빨라진 터니게이트는 울타리를 헤치고 들어가 애플보이의 집 잔디밭을 경멸하듯 바라보았다. 몹시 거친 격정이 혈관에 넘쳤다. 잔디밭! 이 말할 수 없는 뻔뻔스러움! 이 생색 내기 좋아하는 사람은 다른 사람도 만족스러워야 할 완벽한 해변에 무슨 짓을 하려는 것인가? 그는 잠시 바라보다가 잔디밭 쪽으로 발을 디뎠다. 갑자기 애플보이의 집 부엌문이 열렸다.

　"경고했어!"

　이상하게 침착해 보이는 애플보이가 소리쳤지만, 그의 말을 의심한다면 누구라도 후려갈길 듯한 암시도 보이는 것 같았다.

　"흥!" 터니게이트는 놀랐지만, 그는 애써 무심함을 가장했다. "자네가!"

　"어." 애플보이가 대답했다. "내가 아무 말 하지 않았다고 하지 말라고!"

　"쳇!" 터니게이트는 경멸하듯 내뱉었다.

　미리 신중하게 계획하고 의심할 여지 없이 악의에 차 있었던 그는 근처 잔디를 한 덩어리 발로 차올렸다. 기운 좋게 다리를 올렸기 때문에 균형이 조금 흐트러졌다. 바로 그때 베란다 아래로부터 휜 섬광이 튀어나와 빨갛게 달아오른 부지깽이처럼 그의 몸에서 제일 약한 부분을 향해 힘차게 꽂혔다.

　"아얏! 우− 와− 아!" 그가 고통의 비명을 질렀다 "아악!"

　"이리 온, 앤드류!" 애플보이 부인이 부드럽게 불렀다. "귀여운 강아지야, 이리 온!"

하지만 앤드류는 주인을 쳐다보지도 않고, 떨어질 생각이 전혀 없는 듯 터니게이트의 몸에 꼭 들러붙어 있었다. 개는 적당히 기회를 가늠하며 경험에서 얻은 확신과 숙련된 모습으로 맴돌고 있었다.

"와아! 아이쿠!" 터니게이트는 앤드류에게 쫓기면서 격렬하게 구르며 울타리에 매달렸다. "우아! 아얏!"

터니게이트 부인은 흰 물체에게 포위당한 채 해변으로 달아나는 남편을 보고 문에서 뛰쳐나왔다.

"왜 그래요?"

부인은 곧 상황을 알아챘다. 애플보이 부부가 잔디밭에 서서 무관심을 가장한 채 그들을 지켜보고 있었다.

터니게이트가 해변으로 도망치면서 절규는 서서히 작아졌다. 대합을 잡던 두 사람이 진기한 장면을 보듯 그를 바라보았지만 도움이 필요하다는 생각은 하지 못했다. 들판의 남자는 괭이에 기대서서 즐거운 듯 지켜보았다. 터니게이트는 이미 모래사장 멀리 흐릿한 존재에 지나지 않았다. 고통스러운 절규는 사라지고 있었다.

"우아-아-우!"

"우린 경고했어!"

애플보이는 배쉬매스에게 미소 지었지만 희미한 불안함도 깔려 있었다.

"물론 그랬죠!" 그녀는 잠시 후 약간 걱정스러운 듯 덧붙였다. "앤드류에게 무슨 일이 생기지 않았으면 좋겠는데!"

터니게이트는 돌아오지 않았다. 앤드류도 돌아오지 않았다. 부엌에 앉아 있던 애플보이 부부는 자동차 소리를 듣고는 터니게이트 부인이 중대한 의식을 준비하듯 흥분한 모습을 문틈으로 보았다.

낚시 미끼를 준비하고 있던 애플보이는 4시쯤 다른 자동차가 모래 언덕을 넘어오는 것을 보았다. 좌석에 철망이 달려 있고 NYPD*라는 문자가 찍혀 있었다. 앞좌석에는 제복 경관이 두 명 앉아 있었다. 애플보이는 자신을 부르러 왔다는 것을 직감적으로 깨닫고 기분이 순식간에 가라앉았다. 그는 울타리 밖에 멈춰 있는 웨건 쪽으로 천천히 다가갔다.

"이봐요!" 운전하던 사람이 불렀다. "당신이 애플보이 씨?"

애플보이는 고개를 끄덕였다.

"옷을 챙겨 입으시고 같이 갑시다. 영장이오." 다른 사람이 말했다.

"영장?" 애플보이는 현기증을 느끼고 우물거렸다.

"무슨 말이에요?" 배쉬매스가 문을 열고 나왔다. "무슨 영장?"

경관은 천천히 차에서 내리면서 애플보이에게 서류를 전했다.

"폭행이오. 이유는 알고 있을 텐데요!"

"우린 누구에게도 폭행 같은 건 하지 않았습니다." 애플보이 부인은 열 받은 듯 항의했다. "앤드류는……."

"재판에서 전부 설명할 수 있어요. 빨리빨리 옷을 입고 차에 타시오. 경찰서에서 밤을 보내고 싶지 않다면, 보석할 수 있도록 집문서라도 준비하는 것이 좋겠소이다."

"누구의 영장이죠?" 애플보이 부인이 물고 늘어졌다.

"이녹 애플보이의 영장이오. 글도 못 읽으시오?" 경관이 지긋지긋한 듯 말했다.

"이녹은 그런 짓을 하지 않았어요! 앤드류의 짓이에요!"

---

* New York City Police Department, 뉴욕 시 경찰청.

"앤드류가 누구요?" 경관은 의심스러운 듯 물었다.

"앤드류는 개예요." 부인이 대답했다.

"터트 씨." 판에 박은 듯한 서류를 손에 들고 공동 경영자의 사무실 문 테두리에 기대서서 터트가 말했다. "당신의 법률적 영혼에 불을 붙일 만한 사건이 날아 들어왔습니다."

"저런!" 나이 든 변호사가 말했다. "나는 지금껏 법률적 영혼과 나의 소유를 구별했던 적은 없어. 하지만 자네 말을 따져보니 우리가 맡았던 사건을 멍청하고 고풍스러운 것과 법률적으로 재미있었던 것으로 나눌 수 있단 말인가!"

"그렇게 분명한 것은 아니에요. 하지만 충분히 재미있다고 생각해요. 다만 분명한 것은 아니고, 이렇다 할 이유는 없지만 법률, 종교, 철학이 얽혀 있고, 역사의 매력이 충분히 있습니다." 터트는 말했다.

"좋았어!" 터트 씨는 싸구려 여송연을 집어들면서 외쳤다. "어떤 사건이지?"

"개 사건입니다!" 젊은 공동 경영자는 서류를 흔들었다. "개가 사람을 물었습니다."

"아하!" 터트 씨는 확실히 즐거워했다. "틀림없이 올리버 골드스미스**의 저명한 비가悲歌가 판례가 되겠군."

그 마을에서 개가 발견되었다.

모든 개들이

** Oliver Goldsmith, 18세기 영국 시인이자 소설가.

잡종도 강아지도 하룻강아지도 사냥개도
　　그리고 천한 들개까지

"그런데 이번에는, 남자의 물린 상처는 다 나았습니다만, 개가 죽는 것을 거부했습니다!" 터트가 설명했다.

"그렇다면 개를 기소하겠다는 건가? 그건 무리지. 몇 세기 동안 동물이 법정에 오른 적은 없었어."

"아니, 아니에요!" 터트가 끼어들었다. "그들은……."

"이런 사건이 있었지." 터트 씨는 추억에 잠기듯 말을 이었다. "그러니까, 소비니였던 것 같군. 1457년 무렵인데, 아이를 죽인 어미 돼지와 새끼 돼지 세 마리를 재판에 회부하려고 했지. 재판소는 어미 돼지에게 변호인을 지정했지만, 대부분의 고문 변호사들과 마찬가지로 돼지에게 도움될 수 있는 일은 전혀 없을 거라고 변호인은 생각했어. 하지만 새끼 돼지에 관해서는 살의가 없었다고 진술했지. 어미를 따라간 것뿐이라고 말이야. 그리고 무엇보다도, 새끼 돼지들은 미성년으로 책임 능력이 없다는 진술이었어. 하지만 재판소는 모두의 죄를 인정해 어미 돼지는 공식적으로 시장에 매달아 놓았지."

"새끼 돼지 세 마리는 어떻게 되었습니까?" 흥미가 생긴 터트가 물었다.

"너무 어리다는 이유로 사면되었지. 그리고 다시 자유의 몸이 되었어. 물론 엄중한 주의를 받았지만." 터트 씨가 말했다.

"마음에 드는군요!" 터트는 한숨 돌렸다. "실제로 있었던 사건인가요?"

"물론이지. 소비니의 기록에서 읽은 거야."

"혼란스러운데요." 터트가 외쳤다. "동물에게 개인적 책임이 인정된다는 것은 몰랐어요."

"아, 물론 인정을 받고말고! 왜 안 되겠어? 동물에게 영혼이 있다면, 행동에 책임이 있는 것은 당연한 것 아니야?"

"하지만 동물에게 영혼은 없어요!" 터트가 항의했다.

"그런가?" 나이 든 변호사는 말했다. "나는 주인보다 상당히 양심적인 말을 많이 봐왔지. 일반적으로 생각해도 지독하게 난폭하고 무책임하며 변덕스러운 주인에게 처벌을 맡기는 것보다, 사람을 상처 입힌 위험한 동물을 취급하는 법률이 있는 게 훨씬 공정하고 자비롭다고 생각하지 않나?"

"처벌하는 게 오히려…… 아, 그렇겠죠!"

"글쎄, 누가 알겠어?" 터트 씨는 골똘히 생각했다. "다소 유익한 점이 있을까? 하지만 자신의 행동에 대한 책임 능력이 그 사람의 지성 수준이라는 점에는 누구나 동의하겠지. 그 점에서 본다면 대부분의 친구들은 양¥보다도 책임 능력이 없어 보여."

"그렇지만 당신이 현명하게 지적하신 대로, 못된 짓을 했을 경우 그 가족을 처벌하기엔 이유가 부족하다는 것은 어떻습니까. 제 생각엔 사면이 악용될지도 모릅니다! 존 아저씨의 행동이 올바르다고 생각하지 않는 조카들이 아저씨를 습격해 몰매를 때리는 것이 용서될 테니까요."

"아, 물론 법률은 지금도 가정 내 징벌의 권리는 인정하고 있어. 법령 1054항 하에서는 아이나 하인을 법률에 준해서 징벌하는 중이라면 살인마저도 사면받을 수 있지."

"미개한 시대의 자취로군요! 하지만 아이는 곧바로 위험 지역을 벗어나 대등한 배심원에 의해 죄를 재판받을 권리가 주어집니다. 동물에게 그것이 없다니."

"아, 뭐 확실히 동물과 대등한 배심원에게는 재판받을 수 없겠지."

"인간이라기보다는 암놈 염소 같은 배심원도 있어요! 거위나 마멋 같은 배심원에게 재판받는 의뢰인도 보고 싶군요."

"범죄자의 책임 능력 영역이라는 것은 법률의 진공 지대야." 터트 씨는 골똘히 생각했다. "대충 말하자면 행동의 본질을 이해하기 위해서는 지적 능력이 시금석이지. 하지만 인간의 경우에는 그때그때 달라지고, 단순한 통과 지점에 지나지 않아. 사람은 실제의 지성과 관계없이 그 행동에 책임을 지고 있는 거야. 물론 이것은 논리적으로 애매하지. 높은 지성의 인간은 져야 할 책임도 높을 것이고, 친구도 그의 행동에 높은 질을 요구할 거야. 하지만 21세를 넘기면 미치광이가 아닌 이상 누구나가 평등하게 책임을 지는 것이야. 공정하다고는 말할 수 없어! 이론상 어떤 인간도 동물도 타인의 형편에 의해 처벌되는 권력에 지배되어서는 안 되지. 그것이 아버지나 주인이라도 말이야. 나는 사람이 동물에게 일을 시킬 수 있는 권리가 있을까, 생각할 때가 있어. 노예제도를 마치 범죄처럼 비난하고 있으면서도 동물을 노예로 속박하고 있잖아. 인간이 경매에 붙여지고 있는 것을 보면 소름 끼치겠지. 그런데 동물 가족을 갈라놓고, 평생 혹사시키고, 기회를 봐서 죽이지. 왜 그렇게 하냐고 물으면 동물의 지성은 한정되어 있고, 처분하는 것도 어떤 차별적 행동도 아니고, 항상 책임 능력이 없는 상태라서 어떤 권리도 가질 수 없다고 하는 거지. 하지만 인간보다 영리한 동물을 많이 봤고, 동물보다 지성이 부족한 인간도 많이 봤지."

"맞아요! 이를테면 스크랙스가 그렇죠. 그는 다람쥐보다도 책임 능력이 없어요."

"하지만 법률은 언제나 모순되어 있지. 지성의 정도에 관한 법률의 입장은 인간 사이에 구별을 인정하지 않는 것은 물론, 동물 사이에도 구별을 인정하지 않는 것이야. 법률은 모두 일괄적으로 재판하지. 큰 것이건 작은 것이건, 야생이건 가축이건, 포유류건 무척추동물이건……."

"잠깐만요!" 터트가 외쳤다. "저는 법률을 잘 모른다고 할 수도 있습니다만……."

"1120년부터 1740년 사이에 프랑스에서만도 92마리의 동물이 기소되었어. 마지막은 소였지."

"소는 그다지 지적(知的)이지 않은 것 같은데요."

"벼룩도 기소되었어."

"많이도 했군요!" 젊은 동업자가 의견을 내놓았다. "저는 벼룩 한 마리를 알지만, 그놈이……."

"소송 수속을 형식화했지." 벼룩 같은 이야기를 일찌감치 끝내려는 듯 터트 씨는 말을 이었다. "놀라울 정도로 전문적인 정확함이 지켜졌어. 동물을 한 마리 기소하려면 본인이나 대리인도 가능했고, 그 종을 기소한다면, 곤충이든 포유류든 한 무리째로 기소할 수 있었어. 예를 들면 거리에 쥐가 횡행할 경우에는 우선 고문 변호사를 임명했고, '옹호자'라고 불렀지. 피고에게는 공적으로 세 번 출두를 명할 수 있었어. 세 번째에도 모습을 나타내지 않으면 결석 재판을 하고, 유죄로 결정되면 파문 명령을 받아 즉시 마을을 떠나도록 명령을 받았지."

"파문이 결정되면 어떻게 되었습니까?" 흥미를 가진 터트가 물었다.

"악마의 힘에 의한 것이었다면 쓸 만한 일이었겠지." 연상의 변호사는 메마르게 답했다. "때로는 번식해서 새로운 파괴를 가져오기도 했고 때로는 즉석에서 멸종되기도 했어. 1451년 로잔에서 거머리가 기소되었지. 선택된 거머리의 대표자가 법정에 불려와 재판에 회부되었고, 죄를 선고받아 기한 내로 떠나도록 명령받았어. 어쩌면 자기들의 책무를 전혀 이해하지 못했을 수도 있고, 무시한 것인지도 모르지. 어쨌든 거머리는 떠나지 않아서 즉시 파문당했지. 그러자 모두 죽어갔고 이윽고 그 지역에는 한 마리도 없어졌어."

"쫓아버리고 싶은 쥐가 몇 마리 있어요." 터트가 신음했다.

"15세기의 오턴에서는 쥐가 승소했네."

"누가 도와줬습니까?"

"샤센세라는 사람이었지. 변호사로 임명된 옹호자였어. 쥐는 매우 귀찮은 존재였기 때문에 법정에 출두하도록 명령했어. 하지만 한 마리도 나타나지 않았어. 거기서 샤센세는 제의했지. 출두 불이행이라고 볼 수는 없다고 했으며, 모든 쥐에 출두 명령을 내렸으므로 그 중에는 어린 놈이나 변변찮은 놈도 있어서 시간이 걸린다고 주장했지. 그래서 재판소는 연기를 인정했네. 하지만 기한이 되어도 쥐는 나타나지 않았어. 이번에 변호사는 이렇게 주장했지. 피고는 신변의 위험을 느껴 나오지 못하고 있습니다. 거리의 고양이 탓입니다. 치안 유지를 위해 우선 고양이에게 법적 조치를 취해야 할 것입니다! 재판소는 이 제의의 타당성을 인정했지만, 시민들이 자기들 고양이에게 책임 지우는 것을 거부해서 재판관은 이 소송을 각하했지!"
"그래서 샤센세는 무엇을 얻었습니까?"
"누가 지불했는지, 혹은 무엇을 지불했는지는 기록에 없어."
"꽤 능력 있는 변호사네요. 새가 고소당한 적도 있습니까?"
"아, 있고말고! 1474년 바젤에서 수탉이 고소당했지. 알을 낳은 죄로."
"어째서 그게 범죄입니까? 그건 묘기 아닌가요?"
"그건 그렇지만, 수탉의 알에서는 코커트리스나 바실리스크*가 태어난다고 하네. 그 눈에 한 번이라도 비친 사람은 돌로 바뀌지. 그래서 수탉은 재판에 회부되고 유죄가 되어 알과 함께 화형에 처해졌어. 그리하여 수탉은 알을 낳지 않게 되었지."
"알게 돼서 기쁘군요. 동물을 고소하지 않게 된 것은 언제입니까?"
"200년 정도 전이로군. 하지만 그 후에도 사람에게 상처를 입힌 무생물을 고소하는 것은 계속됐어. 첫 번째 기차는 사람을 치는 바람에 고소당했고 속죄 봉납물로 왕에게 몰수되었다고 해."
"당신이 앤드류에 대한 고소를 저지할 수 없다면 이상하겠지요." 터트는 과감히 말했다. "속죄 봉납물로서 누군가에게 몰수되도록 선고될지도 모르는데요."
"속죄 봉납물이란 '신에게 바친다'는 의미라네."
"과연 신에게 앤드류를 바칠까요? 신이 바란다면요."

---

* 코커트리스 : 한 번 노려보기만 해도 사람이 죽는다는 전설상의 뱀.
바실리스크 : 전설상의 괴사(怪蛇). 이 뱀을 한 번 노려보거나 입김이라도 쐰 사람은 죽었다고 한다.

터트는 신앙심을 담아 감히 말해버렸다.
"대체 앤드류가 누구야?" 터트 씨가 물었다.
"앤드류는 개예요. 터니게이트 씨를 물었습니다. 당신은 긴 역사의 고찰을 통해 현재의 대배심은 개를 기소할 수 없다고 하는 것을 명확하게 했어요. 그렇지만 개 주인이 기소되었습니다. 이녹 애플보이 씨입니다."
"죄목은?"
"위험한 무기에 의한 제2급 상해."
"무기라는 게 뭔데?" 터트 씨는 간결하게 물었다.
"개입니다."
"무슨 소리야? 어이없는 이야기로군!"
"그렇습니다, 어이없는 이야기입니다! 그런데도 역시 고소할 수 있었습니다. 직접 읽어보세요!"
그는 터트 씨에게 기소장을 건네주었다.

이 기소장에 의해 뉴욕 주 대배심은 이하의 행동에 의한 제2급 상해죄로 이녹 애플보이를 고발한다.

상기인 이녹 애플보이는 브롱크스 구의 거주자로, 1915년 7월 21일, 전술한 지역에 거주하는 허먼 터니게이트에게 폭력을 사용해 폭행하여, 지역사회와 주민의 평화에 대해 죄를 범하는 한편 악의적으로, 고의로, 부당하게 상기 허먼 터니게이트의 신체에 상해를 입혔다. 그것은 위험한 무기, 즉 한 마리 개에 의한 것이며 형태, 종류, 품종은 '불도그'로 알려진 '앤드류'라는 이름의 개이다. 상기 이녹 애플보이의 부지 내에서 상기 이녹 애플보이가 상기의 앤드류라는 이름의 생물을 악의적으로, 고의로,

부당하게 선동, 자극, 조장해 상기 허먼 터니게이트를 물어뜯도록 하였다. 상기 이녹 애플보이는 상기 허먼 터니게이트에게 고의로 부당하게 자상, 열상, 타박상을 입히도록 상기의 개 앤드류를 고용해 전술과 같이 악의적으로, 고의로, 부당하게 상기 허먼 터니게이트에게 심각한 육체적 손상을 입혀 상기의 사건을 일으킨 것은 법령에 반하는 일이며 뉴욕 주 주민의 평화와 존엄에 반하는 일이다.

"이 문서는." 안경을 닦으면서 터트 씨는 말했다. "국회 도서관에 보존해두어야 해. 누가 썼나?"
"모릅니다. 그렇지만 누구이건 간에 유머가 있는 사람이군요!"
"쓸데없는 일이야. 고의라는 주장은 말도 안 되는 일 아닌가." 터트 씨는 단언했다.
"그렇습니까? 위험한 무기로 터니게이트 씨를 습격했다고 하는군요. 고의로 습격했다고 주장해도 위험한 무기임을 알고 있었다고 우길 필요는 없어요. 권총으로 습격한 피고가 자신이 한 짓을 알고 있었다고 고소할 필요도 없잖아요."
"하지만 개는 이야기가 다르지!" 터트 씨는 결론지었다. "개는 본질적으로 위험한 무기가 아니야. 개의 시체로 후려갈겼다는 의미가 아닌 이상, 전후관계를 보면 그런 짓은 하지 않은 것이 분명하지만, 그 기소장의 일부를 보기만 해도 지독할 정도로 전혀 의미가 없어. 개를 선동했다는 다른 부분도, 개가 악의에 찼고 애플보이도 그것을 알았다는 혐의, 즉 개가 고의적이었다는 혐의는 없네. 이렇게 쓰여 있어야 하겠지. 상기 이녹 애플보이는 상기의 개 앤드류의 위험성 및 그 사나운 짐승이 할 짓을 충분히 알고 있었다. 만일 선동, 자극,

조장해서 상기 허먼의 신체를 물어뜯게 한 것이라면, 즉 악의를 품고 고의로 부당하게 상기 앤드류를 선동, 자극, 조장한 것이다. 이 정도로."

"과연!" 터트는 열광적으로 외쳤다. "물론 고의라는 전제는 필요합니다! 바꾸어 말하면, 당신은 이 기소장이 불충분하다고 이의를 주장한 것이 되네요?"

터트 씨는 고개를 끄덕였다.

"이런 사건은 대배심의 앞에 나오기 전에 다른…… 더 어울리는 무언가를 찾아봐. 이런 건 재판에 회부해 때려눕히는 것이 좋아."

"네, 애플보이 부부는 당신을 만나고 싶다고 합니다. 지금 제 사무실에 있습니다. 보니 둔 씨가 지역 지도자에게서 사건을 받아들였죠. 그자는 고양이 애호가 협회 회원인데, 1년 넘게 퍼플 마운튼의 우두머리로 지냈습니다. 그사이 모든 것을 끌어들였습니다만, 개의 사건은 없었어요! 틀림없이 애플보이도 고양이 애호가 협회 회원이겠죠."

"만나겠네." 터트 씨는 동의했다. "하지만 사건 소송은 자네에게 맡길 생각이야. 나는 고문 자격 범위 안에서만 움직이겠네. 개 재판 같은 것은 내 취향이 아니야. 그런 것은 체면과 관계있지. 에프라임 터트로서는."

애플보이는 창백한 얼굴이었지만 의연하게 법정에 앉아 있었다. 근처에 있는 애플보이 부인 역시 창백했지만 더욱 의연히 앉아 있었다. 터트가 손을 쓰기도 전에 배심원은 결정되었지만, 고양이 애호가가 뒷줄에, 애완동물업자는 6번 배심원으로 자리해 있었다. 출석자 중에는 휴스턴 동부 거리의 식료품점 주인도 있었으며, 고무 제품 외판원과 배관공, 『베이비 월드』 편집자도 있었다. 배심원장은 애플보이만큼이나 뚱뚱했으며, 터니게이트와도 비슷한 체격이었다. 거기서 터트는 확신을 가지고 애플보이 부인에게 속삭였다. 쉽게 끌고 갈 만한 배심원이라고.

터트가 왜 손쉬운 배심원을 원했는지 애플보이 부인으로서는 이해할 수 없었지만, 이 속삭임에서 자신감을 얻어 용기를 북돋우듯 남편의 손을 힘 있게 잡았다. 어쨌든 애플보이는 겉보기의 침착함과는 달리 매우 겁을 먹었으며 느슨해진 조끼 밑 심장은 큰북을 치듯 둥둥 울리고 있었다. 제2급 상해의 벌칙은 10년 복역이었다. 비록 이웃에 터니게이트가 살았지만 배쉬매스와 함께했던 기억은 행복했다는 생각이 들었다. 여름의 태양, 지독하게 더운 여름 볕 아래에서 돌을 나르는 것, 그런 생각을 하면 겁이 났다. 10년! 절대로 살아남을 수 없다! 그렇지만 정장을 하고 법정 앞줄에 묵직하게 앉아 있는 터니게이트 부부를 보았을 때는 몇 번이라도 똑같이 해주겠다고 중얼거렸다.

'그렇게 해주고말고! 당연한 권리 때문에 싸웠을 뿐인데.'

터니게이트의 피는 자신의 머리(혹은 어딘가)에 있는 게 아닌가. 그런 생각과 함께 그는 배쉬매스의 손을 상냥하게 맞잡아 주었다.

메트로폴리탄 지구의 기다란 범죄 캘린더를 억제하기 위해 북부 어딘가에서 임명된 위더스푼 재판장은 제네시 카운티의 아내에게 편지를 쓴 다음 봉투를 봉하고 의자에 기대어 앉았다. 이 법정의 노병은 지금까지 온갖 종류의 소송을 취급해왔지만, 기소장을 대충 훑어보자마자 애써서 웃음을 참았다. 30년 전에도 그는 개 사례를 다룬 적이 있었다. 똑같이 불도그로 알려진 형태, 종류, 품종이었다.
"그럼 시작하시오, 지방검사!"

재판장이 말하자 법률학교를 이제 막 수료한 검찰국 최연소자인 페퍼릴이 작은 머리 양편의 끈적끈적한 머리카락을 어루만지며 고지식한 태도로 서 있다가 날카로운 관악기 같은 소리로 기소장을 읽어내렸다.

그에 따르면 어딘가 좀 색다른 전무후무한 사건이었다. 피고인 애플보이는 위험하고 사나운 개를 고의로 손에 넣고 아무 죄도 없는 원고가 가는 길에 풀어놓았으며, 그 결과 원고가 물려서 잘게 썰릴 지경이었다. 무섭고 비열하고 놀라울 정도로 잔인한 범죄이며, 원고는 배심원 여러분이 먼저 진술한 사항에 준해 그 본분을 관철하기를 기대하고 있다. 그들은 터니게이트 본인의 입으로 들어보기로 했다.

터니게이트는 다리를 질질 끌며 힘들여 증인석으로 간 다음 무게 있게 선서한 뒤 자리에 앉았다. 사실은 엉덩이 절반만 걸쳤다. 그리고 멍한 표정의 배심원을 외면한 채 분노로 헐떡이며 자신의 재난에 대해 설명했다.

"그때 착용하고 있던 바지를 가지고 있습니까?" 페퍼릴이 물었다.

터니게이트는 고지식하게 대답하면서 바닥에서 종이 꾸러미를 집어들고 끈을 풀어, 안에서 지금은 역사가 되어버린 상태의 옷을 꺼냈다.

"이것이 그것입니다." 그는 극적으로 대답했다.

"이것을 증거로 제출합니다." 페퍼릴은 선언했다. "배심원 여러분께서는 신중하게 조사해주셨으면 합니다."

배심원들은 그렇게 했다.

터트는 바지가 손에 손을 건너가 소유자에게 돌아올 때까지 기다리고 있었다. 그리고 여느 때처럼 낭랑하고 활기찬 새처럼, 단단한 그루터기를 마주한 딱따구리처럼 반대 신문을 시작했다.

"증인은 애플보이 씨의 친구였지요?"

터니게이트는 그 말을 인정했고, 터트는 다시 나무를 쿡쿡 찔렀다.

"나쁜 일을 한 적이 없습니까?"

"뭐 특별한 것은."

"뭡니까, 아무 일도 아닙니까?"

터니게이트는 주저했다.

"네, 네, 애플보이는 모두의 것인 공공의 해변에 울타리를 만들었습니다."

"그것은 증인에게 악의를 품고 한 일입니까?"

증인은 그렇다고 대답했다.

"가로지를 권리가 있는데, 우회시키려고 했습니다. 오!"

터트는 목을 기울이고 배심원을 보았다.

"몇 미터나 됩니까?"

"약 6미터입니다."

그리고 터트는 한층 더 격렬하게 쿡쿡 찔렀다.

"그저 몇 걸음만 더 걸으면 쉽게 해변으로 갈 수 있는데 왜 울타리에 구멍을 뚫고 잔디밭을 짓밟았습니까?"

"나는 위법한 장애물을 없애려 했을 뿐입니다!"

터니게이트는 분연하게 언성을 높였다.

"애플보이 씨가 들어가지 말아달라고 부탁하지 않았습니까?"

"예. 그렇습니다!"

"당신은 그걸 거절하고 고집을 부리며 또 잔디밭을 가로질렀습니까?"

이때 페퍼릴이 '고집을 부리며'에 이의를 주장해 삭제되었다.

"통과할 권리가 있는 장소에서 멀리 가고 싶지 않았습니다." 증인이 주장했다.

"개가 있다는 경고는 없었습니까?"

"이봐요!" 갑자기 터니게이트가 큰 소리를 질렀다. "모두 거만하게 굴었어요! 애플보이는 그전까지 개를 기르지 않았어요. 나에게 덤벼들게 하기 위해서 개를 길렀어요! '개조심'이라는 팻말을 세웠고, 그걸 내가 단순한 허세라고 생각한다는 것도 알았어요. 그건 함정, 함정이었던 거예요! 울타리에 들어가자마자 그 개가 나를 물어뜯으려고 다가왔습니다. 그것이 얼마나 몹쓸 짓인지 알 겁니다!" 그는 숨을 헐떡이며 앉았다.

터트는 만족스러운 듯 답례했다.

"증인의 말에 동의하기 어렵군요. 즉각 삭제해주셨으면 합니다. 첫째로, 대답이 되지 않았습니다. 두 번째로 무관하고 부적절해서 중요하지 않습니다. 세 번째로는 여론이나 소문에 따른 것입니다. 네 번째로는 그다지 어울린다고는 할 수 없는 욕설이었습니다."

"삭제하시오!" 위더스푼 재판장이 명했다.

터트는 터니게이트를 향해 물었다.

"증언의 요점은 피고가 개를 부추겼다는 것입니까? 증인은 이전까지 우호적인 관계였던 피고와 말다툼을 했어요. 개를 조심하라는 주의와 경고 팻말이 있었는데도 피고가 소유하고 있다고 주장하는 부지 안에 침입한 것입니다. 그리고 개가 증인을 습격해 물어뜯었다고요? 그것이 사실입니까?"

"네, 그렇습니다."

"그 개를 이전에 본 적은 있었습니까?"

"아니요, 없었습니다."

"피고가 어디에서 개를 손에 넣었는지 아십니까?"

"아내의 말로는……."

"부인의 말은 신경 쓰지 마세요. 증인은 알고 계십니까?"

"개를 어디에서 손에 넣었는지 그 사람은 몰라요, 재판장님!"

돌연 터니게이트 부인이 좌석에서 날카로운 소리로 외쳤다.

"하지만 저는 알고 있습니다!" 그녀는 표독스럽게 덧붙였다. "그 사람의 부인이……."

위더스푼이 감정 없는 재판장다운 눈길을 차갑게 부인 쪽으로 향했다.

"부디 조용히 계셔주시겠습니까, 부인? 바라시는 대로 충분히 증언할 기회는 드리겠습니다. 이상입니다. 터트 씨는 더 질문이 있습니까?"

터트는 무시하듯 그 증인에게 손을 흔들었다.

"네, 증언하고 싶습니다!"

터니게이트 부인은 완전무장한 듯 일어나 새된 목소리로 외쳤다.

"이쪽입니다, 부인."

직원이 배심석 뒤를 돌아 안내했다. 부인은 중장비 소형 범선처럼 묵직하게 앞바다로 밀려 들어와 증인석에 닻을 내리고, 거대한 항구에서 흔들리는 대형 배의 뱃머리처럼 물결치는 가슴 위에서 턱을 오르내리고 있었다.

개인의 특징이라는 것을 얼굴의 해부학적 구조나 신체적 구조 혹은 두개골 형상이라는 관련 없는 특성에 의해 다소나마 추론할 수 있는지 오늘날까지도 완전히 밝혀지지는 않았다. 확실하지 않을 수도 있지만, 사실 매우 희미한 점에서도 사람의 특징을 읽어낼 수 있다. 목소리 어조, 눈의 표정, 얼굴 윤곽선, 혹은 지각할 수 없는 분위기에서까지. 죄를 고발한 인물은 누구나 불리한 증인과 대치할 것이라는 견해에 대한 사법상의 현명한 예방 조치는 곧바로 밝혀졌다. 증인대에 선 터니게이트 부인이 단단하게 다문 입술로 한 마디 말도 뱉어내기 전에 배심원들은 일제히 부인을 보자마자 얼굴을 돌렸다. 여성 연구자도, 기혼의 모험가도, 배관공도, 애완조류 판매상도, 식료품점 주인도, 다른 누구라도 보자마자 눈치챘다. 여기 있는 사람은 확실히 악마 같은 여자다. 불평쟁이, 잔소리꾼, 소문쟁이, 타고난 악녀. 배심원들은 부들부들 떨면서 그녀가 터니게이트의 부인이며 그들의 가족이 아닌 것에 대해 신에게 감사했다. 모습이 정해지지 않은 이러한 감정을 나타내는 데는 알렉산더 포프*가 남긴 불후의 대구가 적격이었다.

오, 여자, 여자여! 그대의 마음이 사악해질 때면
어떤 더러운 악마도 지옥에는 없다.

부인은 아무 말도 하지 않았다. 재판장과 배심원들 사이에도 아무런 교환이 없었지만, 여성에 대해서라면 일치하는 남성들의 머릿속에서 알파선이라는 신비로운 통신수단을 통해, 그 생각은 즉시

---

* Alexander Pope, 18세기 영국 시인.

전해져 만장일치로 인정하고 있었다. 여기에 있는 것은 확실히 닳고 닳은 마녀다!

애플보이가 철면피처럼 위법으로 영토를 바란 것, 아내의 짜증, 남편의 폭력적 위협, 애플보이 부인이 개가 습격하기 며칠 전 수상한 편지를 보내러 간 것에 대해서 증언했지만, 배심원들에게는 무의미했다. 누구나 부인을 무시했다. 그런데도 터트가 증언의 신빙성을 공격하기 위해 적절한 질문으로 반대 심문을 하자 배심원들은 고발 속에서 진실함을 느꼈지만, 증언 규칙 아래에서는 그녀의 부인否認에 의해 굴레가 씌워지고 말았다.

쪼아대기 1: "증인은 애플보이 부인의 화분을 베란다에 떨어뜨리지 않았습니까?" 터트는 의미심장하게 물었다.

"아니에요! 그런 짓은 하지 않았습니다!" 부인은 격렬하게 부정했다.

하지만 배심원은 마음속으로 그녀가 했다고 생각했다.

쪼아대기 2: "증인은 우유병을 훔치지 않았습니까?"

"거짓말입니다! 절대로 거짓말입니다!"

그런데도 부인이 했다고 생각했다.

쪼아대기 3: "증인은 낚싯줄을 헝클어놓거나 노의 핀을 떼어낸 적이 있습니까?"

"아니요, 그런 적 없습니다! 숙녀에게 이런 질문을 하다니 부끄러운 줄 아세요!"

누구나 유죄를 확신했다.

"이의를 제기합니다, 재판장님."

증언의 결말에 대해서 터트는 쾌활하게 재잘거렸다.

재판장은 고개를 가로저었다.

"다른 것을 알고 싶소. 피고인이 주민에 대해서 개 조심이라는 팻말을 세웠다고 하는 사실은, 피고가 그 동물의 위험성을 이해하고 있었다는 증거로 쓰일지도 모르오. 이 증거가 쓰일지 설명하지 않는 이상 이 소송은 배심원에게 맡기게 될 것이오. 유의하시도록."

"알겠습니다, 재판장님." 터트는 배를 두드리며 수긍했다. "조언에 따라 피고인을 부릅시다. 애플보이 씨, 증인석으로 오십시오."

애플보이가 천천히 일어서자 살찐 배심원들은 누구나, 특히 뒷줄의 고양이 애호가는 그를 매우 동정했다. 증언을 기다릴 것도 없이 다시 한 번, 터니게이트 부인이 심술궂은 여자인 반면 애플보이는 상냥하고 온후한 인물이며 어딘가 대합을 닮은 것 같지만 위험은 전혀 없다는 것을 알 수 있었다. 게다가 그가 고생한 것, 그리고 지금도 괴로워하고 있는 것은 분명했기 때문에 모두가 그를 동정했다. 애플보이의 목소리는 떨리고 있었다. 터니게이트와의 예전 관계, 낚시 교제, 평범한 결혼생활, 트록스 넥 지역에 일어난 갑작스러운 변화, 마당에 대한 악질적 파괴 행위, 터니게이트의 불합리한 잔디밭 침입, 그러한 것을 열거하면서 그의 몸도 흔들리기 시작했다. 배심원들은 신용하고 이해했다.

그리고 다모클레스의 검처럼 페퍼릴의 강철 같은 목소리가 부드러운 분위기를 깼다.

"개를 어디서 손에 넣었습니까?"

애플보이는 힘없이 주변을 둘러보았다. 모두의 표정에 고통이 나타나 있었다.

"아내의 백모님에게서 빌렸습니다."

"어떻게 빌렸습니까?"

"배쉬매스가 편지를 써서 부탁했습니다."

"오! 개를 보내오기 전부터 그 개에 대해 무언가 알고 있었습니까?"

"당신이라면 저절로 그런 걸 알까요?" 터트가 날카롭게 말참견했다.

"어, 아니요!" 애플보이가 대답했다.

"위험한 동물로 알고 있지 않았습니까?" 페퍼릴이 날카롭게 따져 물었다.

"당신이라면 그런 걸 알겠습니까?" 터트가 다시 주의를 주었다.

"본 일도 없었습니다."

"부인은 개에 대해서 무슨 이야기를 했습니까?"

터트는 자리를 박차고 일어나 격렬하게 팔을 흔들었다.

"이의 있습니다. 이 문제에 관해 남편과 아내 사이에 무슨 대화를 했는지는 비밀에 속합니다."

"그것은 원칙이오." 재판장이 미소 지었다. "삭제해주시오."

페퍼릴은 어깨를 움츠렸다.

"질문이 하나 있습니다." 『베이비 월드』 편집자가 말을 꺼냈다.

"얼마든지요!" 터트는 크게 말했다.

그 편집자, 살찐 편집자는 수줍은 듯 일어섰다.

"애플보이 씨!"

"네!"

"분명하게 하고 싶은 것이 있습니다. 당신 부부는 터니게이트 부부와 말다툼했습니다. 터니게이트 씨는 앞마당 잔디를 쥐어뜯었습니다. 당신은 들어가지 말도록 경고했습니다. 그는 계속 침입했습니다. 당신은 개를 데려와서 팻말을 세우고 그가 그것을 무시하자 개에게 덤벼들도록 했습니다. 이게 맞습니까?"

편집자는 매우 우호적이었지만 머리가 약간 흐려져 있었다. 고양이 애호가는 편집자의 옷자락을 세게 잡아당겼다.

"앉아요." 그가 쉰 소리로 속삭였다. "당신이 모두 망치고 있어요."

"나는 앤드류를 부추기지 않았습니다!" 애플보이가 항의했다.

"하지만, 그렇다면 왜 덤벼들었습니까?" 편집자가 물었다. "누군가 부추겼을 겁니다!"

페퍼릴은 미친 것처럼 일어섰다.

"이의 있습니다! 이 배심원은 선입관을 가지고 있습니다. 완전히 부당합니다."

"제가 말입니까?" 살찐 편집자는 화가 나서 소리쳤다. "내가 말하고 싶었던 것은……."

"공정하고 싶다, 그것이지요?" 페퍼릴이 호소했다. "해변의 울타리에 대해서 애플보이의 집에는 아무 권리도 없음을 우리는 증명했습니다!"

"에헤!" 고양이 애호가도 일어나서 비웃었다. "그러면 어때서? 누가 신경 씁니까? 터니게이트는 당연히 돌려받은 거요!"

"정숙! 정숙!" 재판장이 엄격하게 외쳤다. "자리에 앉지 않으면 심리 무효를 선언할 것이오. 계속하시오, 터트 씨. 다음 증인을 부르시오."

"애플보이 부인, 부디 자리에 앉아주십시오." 터트가 호소했다.

마치 지방 덩어리가 어머니가 잘 만드는 파이를 만들러 온 것처럼 그의 아내는 침착하게 증인석으로 향했다.

"앤드류가 위험한 개임을 알고 있었습니까?" 터트는 물었다.

"아니요! 몰랐습니다." 애플보이 부인은 의연하게 대답했다.

오, 여인이여!

"이상입니다." 터트는 우쭐한 미소를 지었다.

"그러면." 페퍼릴이 날카롭게 물었다. "왜 개를 원했습니까?"

"외로웠습니다." 배쉬매스는 염치없이 대답했다.

"그 개가 리보니아에서 악명 높은, 사람을 무는 개임을 몰랐다고 그렇게 배심원 여러분에게 말하는 것이로군요?"

"그렇습니다! 엘리자 아주머니의 개라는 것밖에는 몰랐어요. 개에 대해서는 아무것도 몰랐습니다."

"편지에는 뭐라고 썼습니까?"

"외롭고, 집 지키는 개가 가지고 싶다고요."

"개가 터니게이트를 물어뜯길 원해서는 아닙니까?"

"설마요! 누구도 물어뜯기를 바라진 않았습니다."

여기서 식료품점 주인이 울퉁불퉁한 손으로 배관공을 쿡쿡 찌르자 두 사람은 만족한 듯한 미소를 교환했다.

페퍼릴은 싫은 것을 보는 듯한 시선을 돌리고 의자에 앉았다.

"이상입니다!" 힘없는 외침이었다.

"질문이 하나 있습니다, 부인." 재판장이 말했다. 그는 법정에 번지고 있는 킥킥거리는 웃음을 진정시키려고 헛기침을 했다. "그것은, 그러니까, 예, 좋습니다! 개를 손에 넣는다는 생각은 어떻게 떠올랐습니까?"

애플보이 부인은 보름달 같은 가정적인 얼굴을 법정으로 향했다.

"감자 껍질이 알려주었습니다." 부인이 시원스럽게 대답했다.

"어!" 고무 제품 외판원이 소리 질렀다.

"감자 껍질이 DOG라는 글자를 써주었거든요." 부인은 천진하게 반복했다.

"세상에!" 페퍼릴이 깊은 한숨을 내쉬었다. "이런 사건이 있다니! 맙소사!"

"그런데 터트 씨." 재판관이 말했다. "이 결과가 배심원에게 제출되어야 할지 어떨지 하는 문제에 대해 말하고 싶은 게 있소? 없다면 고발도 충분하고 판결로 옮기고 싶소."

터트는 우아하게 일어섰다.

"고발에 관한 재판장님의 판결에는 경의를 표합니다. 고의성에 관한 질문은 굳이 필요 없을 겁니다. 물론, 그것이 동물이라도 다른 동기 대상의 행동에 관한 범죄 책임을 두어 피고를 고발하는 부당성에 대해서 상술해도 괜찮겠지만, 필요하다면 항소재판을 위해서 소중히 간직해두겠습니다. 만약 이 사건으로 누군가가 기소된다면, 그것은 개 앤드류라고 생각합니다. 아뇨, 농담이 아닙니다! 그런 비판은 도움이 되지 않는다는 것은 재판장님 표정만 봐도 압니다."

"뭐, 그렇지만." 위더스푼은 대답했다. "계속하시오."

"알겠습니다." 터트는 계속했다. "이 사건에 관한 결정은 어떤 설명도 필요하지 않습니다. 모세의 시대부터 정해져 있었습니다."

"누구의 시대?" 위더스푼이 물었다. "마셜 재판장보다 거슬러 올라간다면 나와는 관계가 없는 것 같군."

터트는 고개를 숙였다.

"J. 다이크만이 반려나 방범 등의 용도로 애완동물을 기르는 것은 전적으로 옳은 일이라고 지적하기 이전에도 그것은 미국과 영국 법의 근본원칙이라 할 수 있습니다. '악의적인 성향은 주인의 지식과는 무관하게 나타난다'라는 1045년 뮬러와 매케슨손의 분쟁에 따르자면, 소유주가 애완동물의 행동에까지 법적 책임을 질 수는 없습니다. 이것이 항상 법이었습니다.

출애굽기 제21장 제28절에는 이와 같이 쓰여 있지요. '소가 남자나 여자를 받아서 죽이면 그 소는 반드시 돌로 쳐서 죽일 것이요, 그 고기는 먹지 말 것이며 임자는 형벌을 면하려니와, 소가 본래 받는 버릇이 있고 그 임자는 그로 말미암아 경고를 받았으되 단속하지 아니하여 남녀를 막론하고 받아 죽이면 그 소는 돌로 쳐 죽일 것이고 임자도 죽일 것이요.'

1264년 2월 모일, 영국에서 일어난 스미스와 페할의 사례에 대한 법정 판결은 다음과 같습니다. '과거에 사람을 물어뜯은 개가 있었는데, 그 사실을 주인이 알고 있으면서 그 개를 문 앞에 눌러 앉게 하는 등 가까이 두고 기를 경우, 물린 사람의 소송에 대해서 판결은 그것을 지지한다. 비록 개의 다리를 그 사람이 밟은 결과라 하더라도. 가장 먼저, 개를 묶지 않았던 것은 주인이기 때문이다. 왕의 부하의 안전은 위태로워서는 안 된다.' 아무리 생각해도 법률이 아닙니까. 그렇지만 똑같이 재미있는 법률이 있습니다. '어떤 동물의 사악한 성향을 충분히 알고 있는 사람이 그 동물을 함부로 흥분시키거나 그 앞에 자발적으로 몸을 내놓은 결과로 상처를 입었다는 결론에 이를 경우, 보상을 요구할 권리는 없다. 이러한 사건에서 소송의

가장 중요한 점으로, 동물을 기른 것이 바로 상해의 원인이라고는 법률적으로 단언할 수 없다.'

그런데 이번 재판에서는 우선 개 앤드류가 순하거나 점잖지 않다는 것을 피고인이 알고 있었는지, 혹은 의심하고 있었는지에 대한 증거가 없는 것은 분명합니다. 게다가 고의였는지 아니었는지 하는 증거도 없습니다. 사실 이번의 사례를 제외하면 앤드류가 사람을 물었던 일이 있다는 증거도 없습니다. 즉, 성서의 말을 빌리면 피고인 애플보이는 무고하며, 우리의 법정 용어로 말하면 무죄임이 틀림없습니다. 그리고 두 번째로, 원고는 경고를 받은 후에도 고의로 불도그 앤드류 앞에 발을 디뎠습니다. 배심원 여러분께는 무죄 평결을 부탁드립니다."

"동의를 인정합니다." 재판장은 수긍하면서 손수건에 코를 묻었다. "개에게는 모두 사람을 물 권리가 있다고 이해했소."

"배심원 여러분, 어떻습니까? 피고는 유죄입니까, 무죄입니까?" 법원 서기가 물었다.

"무죄입니다." 고양이 애호가, 『베이비 월드』 편집자 들에게 만족스러운 평결을 얻어낸 배심원장이 대답했다.

애플보이는 흥분한 나머지 터트의 손을 잡았다.

"폐정합니다!" 재판장이 명했다. 그리고 애플보이에게 손짓했다. "이쪽으로!"

주뼛주뼛 애플보이는 단상으로 다가왔다.

"두 번 다시 하지 않도록!" 재판장은 차갑게 말했다.

"네? 죄송합니다만, 뭐라고 하셨는지……."

"'두 번 다시 하지 않도록!'이라고 말했네."

재판장의 눈은 장난기로 반짝이고 있었다. 그가 한층 더 낮은 소리로 속삭였다.

"나는 리보니아 출신이오. 예전부터 앤드류를 알고 있었소."

터트는 애플보이 부부를 복도까지 안내했다. 거기서 일행은 터니게이트 부부와 우연히 만났다.

"흥!" 터니게이트가 콧방귀를 뀌었다.

"흥!" 애플보이도 대꾸했다.

탐정소설론

이노우에 요시오 井上良夫, 1908~1945

일본 소설가이자 번역가. 중학교 때부터 추리소설 동인지 『면영面影』을 만들며 활동했다. 1933년부터 '영미 추리소설의 프로필' '애거서 크리스티 연구' 등 구미 추리문학 평론과 고전명작 번역 활동을 하면서 전전戰前의 해외 번역물 동향에 큰 영향을 주었다.

이 글은 그동안 내가 읽은 탐정소설에 대한 감상을 이론과 형식을 갖춰 정리한 것이다. '탐정소설론'이라고 제목을 달았지만, 사실 탐정소설에 대해 내가 바라는 조건을 든 것에 지나지 않는다. 즉, 이것은 탐정소설 작가에게 탐정소설의 한 애호가가 제시하는 희망에 대한 글이다. 따라서 내가 탐정소설의 좋은 점과 잘못된 점을 따질 경우, 그것은 나의 희망 조건을 척도로 한 것이다. 그런 의미에서 이 글은 나의 탐정소설론이기도 하다.

현재의 탐정소설은 분명히 두 개의 형태로 나눌 수 있다. 지적智的 탐정소설과 선정적煽情的 탐정소설이다.

이 두 형태는 각각 독자적인 수법으로 보이지만, 탐정소설이라고 일컫는 작품은 이 두 형태의 수법을 적당히 겸비하면 좋을 것이다. 탐정소설의 기교에 대해 여기 적는 글은 이러한 견해에서 나왔음을 이해해주기 바란다.

1. 탐정소설의 재미

　탐정소설의 매력이라면 인간의 호기심 혹은 탐색 본능과 관련시키거나, 논리의 유희에 기인한다는 식으로 설명하지만, 사실 탐정소설의 재미는 '잘 짜인 수수께끼'에 대한 흥미임이 틀림없다. 따라서 탐정소설의 기교와 법칙은 모두 이 점에서 발생하는 것이다. 탐정소설가는 먼저 뛰어난 수수께끼를 만드는 데 부심하며, 탐정소설 애호가는 훌륭한 수수께끼와 마주치기를 희망한다. 그러니까 탐정소설의 근본적 이론은 물론 수많은 기교 연구는 모두 이 '수수께끼'의 문제를 무시하고 진행할 수 있는 성질의 것이 아니다. 반 다인은 그의 탐정소설론 첫머리에서 "탐정소설은 소설 형식을 빌린 복잡한 퍼즐이다"라고 말했다. 또, 탐정소설은 구성상의 기교가 완전히 십자말풀이의 그것과 동일하다고 논하면서, 문학적인 서술은 물론 정서적 감정의 개입을 엄하게 배격했는데, 이것이 반드시 극론(極論)이라고 할 수는 없다.

　탐정소설의 매력은 조립된 수수께끼로부터 발생한다. 그러므로 탐정소설 애호가에게 있어 우선 필요한 것은 '수수께끼'이지 결코 '범죄' 그 자체는 아니다. 고전 탐정소설의 수수께끼가 반드시 범죄를 골자로 만들어지는 것은 인간의 호기심과 탐색 본능을 가장 예민하게 자극하는 것이 타인의 비밀이나 범죄이기 때문에 일어나는 현상일 것이다.

　탐정소설의 근본적 흥미가 '수수께끼'에 있는 이상 탐정소설가의 고심은 우선 '어떻게 흥미 있는 수수께끼를 만들 수 있는가'여야 한다. 즉 이것은 탐정소설의 플롯을 만드는 문제이기도 하다.

2. 조립상의 문제

1) 발단

탐정소설은 인간의 호기심을 노린 것이다. 따라서 탐정소설가는 플롯을 조립할 때 독자의 호기심을 직접적으로, 또한 강하게 끌 수 있도록 궁리해야 한다. 이것은 명백한 것인데도 작가가 과연 이에 대한 중요성을 염두에 두고 썼는지 의심스러운 탐정소설은 놀라울 정도로 많다. 본격 탐정소설 중 걸작으로 꼽히는 A. E. 메이슨의 『독화살의 집 The House of the Arrow』(1924)은 이런 점에서 100퍼센트 효과를 거두었다고 할 수 없다. 후반부는 매우 흥미진진한 데 비해 전반부가 읽기 어려운 것은 작가가 이 중요성을 다소 등한시했기 때문이 아닐까. 탐정소설가가 아무리 교묘한 수수께끼를 만들었더라도 처음 몇 페이지에서 독자를 강하게 끌어당기지 못하면 그 작품은 중요한 첫 걸음에서 이미 실패한 것이다. 따라서 탐정소설 플롯에서의 고심은 어떻게 독자의 호기심을 직접적으로, 또한 강하게 끌어들이는가에 있을 것이다.

독자의 호기심을 끌기 위한 바람직한 수법은 대체로 다음 두 가지로 볼 수 있다.

① 수수께끼를 빨리 보여주는 것.
② 독자로 하여금 사건 전개 방향을 예측할 수 있도록 하는 것.

①의 방식을 선택한 대표적인 작가는 반 다인이나 엘러리 퀸 등 순수 본격파 작가이다. 그들은 전제를 가급적 생략하고 일찌감치

불가사의한 수수께끼를 던져놓는다. 이 수법의 첫 번째 조건은 작가가 내놓은 수수께끼가 결코 평범해서는 안 된다는 것이다. 그 수수께끼는 한눈에 봐서 해결이 불가능하다고 생각될 정도로 강력해야 한다. 이 점에서 가스통 르루의 『노란 방의 비밀』(1907)은 만점이다. 초반부터 '밀실살인'이라는 매력적인 수수께끼를 던져 독자의 호기심을 잡아놓는다. 근대 작품으로는 엘러리 퀸의 『네덜란드 구두의 수수께끼 The Dutch Shoe Mystery』(1931)를 꼽을 만하다. 더치 메모리얼 병원에서 백만장자인 미망인을 수술하려고 박사와 조수가 만반의 준비를 하고 있다. 그런데 옆방에서 조용히 옮겨진 수술대 위의 환자가 놀랍게도 누군가에게 살해되어 있다. 대단히 긴장된 수술실의 분위기에서 잠깐 사이에 벌어진 살인의 수수께끼는 금세 독자를 매혹 속으로 끌어들인다. 『네덜란드 구두의 수수께끼』는 그 수수께끼에 관한 한 근래 가장 뛰어난 작품이다. 그 외에 반 다인의 작품은 『벤슨 살인사건 The Benson Murder Case』(1926)에서부터 『케넬 살인사건 The Kennel Murder Case』(1933)에 이르기까지 이런 점에서 모두 성공적이다.

②의 방식은 작가가 분명한 수수께끼를 내놓을 때까지 등장인물의 상호관계나 상황을 묘사하면서 독자로 하여금 향후 일어날 사건 정황을 어렴풋하게 예측시켜, 그에 대해 불안이나 기대, 호기심 등을 불러일으키는 방법이다. 이 경우 독자가 그리는 예상은 작가의 의도와 반드시 일치할 필요는 없다. 요점은 줄거리의 발전 후에 탐정소설적인 기대를 갖게 만드는 것이다. 이 방식을 주로 쓰는 작가는 J. S. 플레처, 에드거 월러스 등의 스릴러 작가이며 본격 쪽 작가로는 애거서 크리스티나 S. A. 두제 등이 있다.

플레처의 작품 중 하나의 예로 『마자로프 사건 The Mazaroff Murder』

(1923)을 보자. 마자로프라는 인물이 여행 동반자로 한 청년을 고용해 영국 북부의 한적한 마을에 도착한다. 그는 숙소 입구에서 두 명의 여자와 만나는데, 마자로프는 그에 대해 숙소 주인에게 질문을 퍼부으면서 무슨 일이 벌어질 듯한 분위기가 된다. 그날 밤 그는 청년에게 아까 우연히 만난 두 명의 여자는 실은 자신의 아내와 딸이라고 말하며, 자신의 과거에 대한 기묘한 이야기를 들려준다. 다음 날 밤, 그는 잠깐 외출한다고 나간 뒤 돌아오지 않는다. 독자는 마자로프라는 인물이 비싼 보수를 지불하고 청년을 고용한 것이 수상하다 생각할 것이고 또 후미진 마을에서 마자로프가 보인 기괴한 거동에 의혹이 커질 것이다. 그와 이 마을, 또한 숙소 입구에서 우연히 만난 여자 사이에는 우연이 아닌 모종의 필연이 일찌감치 나타나며 큰 호기심을 갖게 한다. 이윽고 마자로프의 시체가 발견되면서 사건이 본론으로 접어드는데, 그 이전에 이미 충분한 흥미와 기대감을 갖게 된다.

애거서 크리스티의 『스타일즈 저택의 죽음The Mysterious Affair at Styles』(1920)에서는 사건의 막이 완전히 오르기 전에 관계된 인물들이 이리저리 등장한다. 독자는 그들을 둘러싼 미묘한 분위기를 느끼며 이미 장래의 살인사건을 예상하고, 경우에 따라서는 마음속으로 유력한 혐의자까지 헤아리게 된다. 이것은 사건이 시작되기 전에 이미 독자로 하여금 막연한 추측으로 잘못된 가상 범인을 만들게 하여 함정으로 끌어들이려는 작가의 의도이다. 이러한 발단이 독자에게 번잡함을 느끼게 하지 않고 흥미롭게 쓰였다면, 독자가 앞으로의 사건 전개를 예상하게 하는 수법 중 가장 탐정소설적인 방식이라고 말할 수 있다.

L. S. 비스턴의 중편소설 「두 장의 초상화」에서는 어떤 남자가 자기 아내의 마음을 빼앗은 남자에게 기발한 방법의 결투를 청하는 장면이 나온다. 그 방법이란 결투 당사자 두 명이 제3자의 입회하에 카드를 집어 적은 숫자를 고른 사람이 어느 지정된 집에서 지정된 물건을 훔쳐오는 것이다. 단, 훔치러 들어간 지 20분이 지나면 입회인이 경찰에 전화를 걸어 지정된 집에 도둑이 들었다고 신고를 한다는 조건이 추가된다. 도둑질을 하러 간 사람이 무사히 그 집을 빠져나오면 다행이지만 만약 현장에서 잡히면 결국 그는 사회적으로 매장되고 말 것이다. 그런 조건을 확인한 두 사람은 카드를 한 장씩 집는다. 결국 결투를 신청한 청년이 낮은 수의 카드를 고르게 되고 그날 밤 미리 지정해놓은 집으로 도둑질을 하러 갈 수밖에 없게 된다. 그런데 그 목표가 된 집은 어느 괴짜 미술품 수집가가 사는 곳으로 곳곳에 경보장치가 설치되어 있어 위험하기 그지없다. 청년은 주어진 여벌 열쇠를 가지고 비가 내리는 거리로 출발한다. 독자는 처음부터 결투 방법에 놀라고, 곧 이어질 난감한 사건의 발생을 예상해 사건 전개에 독특한 흥미와 불안을 느끼기 시작할 것이며, 청년이 유유히 목표한 집에 숨어 들어가 뜻밖의 사건을 맞이할 때까지 충분한 서스펜스를 즐길 수 있다. 교묘함이 극치에 이르는 발단이다.

사건 전개의 발전을 분명할 정도로 예측시켜 독자에게 강한 서스펜스를 안겨주는 뛰어난 작품으로 애니 헤인즈 여사의 『애비 코트의 살인』이 있다. 지위 있는 한 부인이 어느 날 그녀의 숨겨진 과거를 아는 남자와 우연히 만난다. 그 남자는 오늘 밤 부디 이곳으로 와달라고 말하며 '애비 코트 ○○번지'라는 주소가 적힌 쪽지를 건네준다. 그녀는 그날 밤 남편과 함께 어느 연회에 초대를 받았지만, 아프다고 속이고 방에 누워 있다가 남편의 권총을 꺼내들고 몰래 밖으로 나간다. 그런데 그녀의 남편은 아내의 행동에 의심을 품고 있다가 우연히 그녀가 잊어버리고 놓아둔 예의 주소를 발견하고 더욱 수상하게 여긴다. 한편 부인은 약속시간에 그 남자의 아파트로 가는데, 이윽고 둘 사이에 말다툼이 벌어지고 갑자기 전등이 꺼진다. 그녀는 어둠 속에서 방금 방 안으로 다른 한 사람이 들어온 기색을 느끼는데, 곧 총성이 울리고 털썩 사람이 쓰러지는 소리가 난다. 불을 켜보니 남자가 누군가가 쏜 총에 맞아 죽어 있고 방 안에는 그녀 혼자뿐이다. 그녀는 엉겁결에 도망치지만, 당황한 나머지 남편의 권총을 챙기지 못한다. 이 정도의 발단에서 독자는 곧 이 여인의 장래에 다가올 곤란한 상황과 마주치리라는 걸 알게 되고 남편의 행동에 커다란 불안과 흥미를 보이게 된다. 권두 몇 페이지만으로 이미 장래의 파란을 예상케 하고, 향후 줄거리의 발전에 절대적 기대를 걸게 하는, 더할 나위 없는 구성이다.

①의 '빨리 수수께끼를 보여주는 경우'의 필요조건으로 그 수수께끼의 성질이 평범하지 않고 독자의 호기심을 끌기에 충분해야 하는 것처럼, ②의 경우에는 서서히 수수께끼가 나오지만 본격적인 사건의 무대에 들어가기까지 독자의 호기심이 끊어지지 않도록 이야기를 전개해야 한다.

항상 ①의 방식으로 탁월한 수완을 보여주는 엘러리 퀸은 제6작 『미국 총의 수수께끼 The American Gun Mystery』(1933)에서 크리스티의 방식인 ②의 수법으로 사건 기술에 들어가지만, 그는 인물들 사이의 복잡한 관계 묘사에 집착하는 바람에 중요한 줄거리 발전의 예측에 충분히 성공했다고 보기 어렵다.

2) 발전

이상, 두 가지 방식에 의해 일어난 독자의 호기심을 어떻게 지속시킬 수 있을까?

물론 '이러이러한 수법이 있다'고 확실하게 제시하는 사람도 있겠지만, 보통 탐정소설의 성질로 볼 때 대개 다음 두 가지 방식으로 구분할 수 있을 것이다.

① 이야기 전개에 따라 작가가 제시하는 사실 암시에 근거해 작품 속 혐의자와는 별개로 독자가 가상 범인을 만들게 하는 것.
② 독자가 범인(혹은 혐의자)이 아니라고 생각할 만한 인물에게 점차 불리한 상황과 증거를 모아 그 인물을 궁지에 빠트려 독자의 생각을 흔들어놓거나, 혹은 독자가 어쩔 수 없이 그 인물을 의심하도록 만드는 것.

①의 경우에는 '범인은 누구?'라는 의문과 함께 '과연 내 추측이 맞을까?' 하는 점에서 끌려가고, ②의 경우에는 '그 인물의 결백이 어떻게 증명될 것인가?'라는 호기심으로 그 흥미를 이어갈 수 있다.

이 두 가지는 독자의 호기심을 이어갈 수 있는 분명한 하나의 수법이지만, 둘 중 어느 쪽이라도 능숙하게 쓸 수 없다면, 상당한 서스펜스가 없는 이상 그 탐정소설은 지루한 읽을거리가 되고 말 것이다. 즉, 이것은 탐정소설로서의 성공 여부가 결정되는 중요한 문제이기 때문에 이에 대해 좀 더 상세하게 설명해보려 한다.

우선 ①에 대해 살펴보겠다. 탐정소설에서 일찌감치 나타나는 혐의자는 진범이 아닌 경우가 많다. 따라서 독자가 범인으로 추측할 만한 의외의 인물을 만들지 않으면 뭔가 부족해 보인다. 또한 이 경우에 가장 중요하면서 한편으로 작가에게 어려운 것은 이 인물이 너무 쉽게 가상의 범인이라는 걸 간파당하지 않도록 하는 것이다. 만일 작가의 의도가 독자에게 간파당할 경우 그 인물은 더 이상 흥미 있는 인물이 아니기 때문이다.

독자의 의혹을 어느 인물로 향하도록 여러 가지 힌트, 증거를 눈에 띄지 않게 던져주어야 하는 것. 본격 탐정소설을 쓰기 어려운 이유의 절반은 아마도 여기에 있을 것이다.

예를 들어 로저 스칼렛의 『백베이 살인의 수수께끼Back Bay Murder Mystery』(1930)를 살펴보자. 이 작품은 잡지 『신청년』에 연재되며 범인 찾기 현상공모까지 했던 작품인 만큼 이런 기교에 관한 한 탁월한 교묘함을 보여준다. 이 작품에서는 아파트에서 살인사건이 발생하고 거주자 여덟 명이 혐의자가 된다. 그중에는 맹목盲目의 인물이 하나 있는데, 이 남자는 양 눈의 시력을 잃었다고 하지만 겉보기에는 보통 사람처럼 눈을 뜨고 있다. 살인이 있던 날, 이 맹인의 방에 친구가 한 명 찾아와 피아노 곡을 함께 듣고 있었다. 그런데 피아노가 연주되는 사이 그 옆방에 있던 남자가 누군가에게 살해된 것이다. 그렇다면 범인은 이 맹인의 방에 함께 있었던 친구가 틀림없다고 여겨진다. 그런데 그 친구가 아파트에 찾아올 때는 확실히 그 모습을 목격한 증인이 있지만, 돌아갈 때는 계단 중간까지 배웅을 했다는 맹인의 모습만 보였을 뿐이다. 따라서 그가 맹인과 함께 방 안에 있었다는 것과 그가 아파트를 떠났다는 것, 이 두 가지는 맹인의 증언에 불과할 뿐이다. 여기서 독자는 과연 그 인물이 맹인의 방에 있었는지, 실제로 맹인과 함께 방을 나왔는지, 심지어 그 의문의 인물과 맹인은 전혀 별개의 사람이 맞을까 등을 추리하게 된다. 나아가 결국 이 맹인이 진짜 맹인인지, 맹인인 척 가장하고 있는 것은 아닌지, 급기야 이 맹인이 범인은 아닐까 하는 의심을 하기에 이른다. 작가인 스칼렛은 독자로 하여금 의문의 인물과 맹인이 동일 인물은 아니었는지 의심하게 해서 맹인의 실명 상태를 수상히 여기게 만들고, 맹인 자신의 증언을 빌려 교묘하게 독자의 추리 방향을 어긋나게 만든다. 작가의 의도를 간파당하지 않고 독자에게 가상 범인을 만들도록 하는 기교가 훌륭하다.

독자에게 범인을 짐작하게 만드는 방법에는 의혹을 확실한 한 사람에게 집중시키는 것과 범인으로 의심할 수 있는 인물을 여럿 만들어 판단을 현혹시키는 두 가지가 있다. 어느 방식이 더 효과가 좋은지는 한 마디로 말할 수 없지만 한 명에게 독자의 의혹을 한정시키는 방법은 결코 용이한 기술이 아니다. 특히 장편에서는 다른 등장인물들이 쓸모없게 되기 때문에 단조롭고 지루하게 될 우려가 있다. 그렇다고 여러 인물을 충분히 의심스럽게 만드는 방법도 결코 용이한 기술이 아니다.

어느 쪽이나 마찬가지로 결말에서 작가가 밝히는 범인과 독자의 가상 범인이 다른 것이 독자에게는 흥미롭기 때문에 ①의 조건을 만족스럽게 갖추기는 어려운 일이다.

한 사람에게 독자의 의혹을 집중시켜가는 점에서 뛰어난 작품으로는 전술한 스칼렛의 『백베이 살인의 수수께끼』 이외에 같은 작가의 『비콘 힐의 살인 The Beacon Hill Murders』(1930), 이사벨 마이어스의 『살인은 아직 벌어지지 않았다Murder Yet to Come』(1930), A. A. 밀른의『붉은 집의 비밀』, 메이슨의『독화살의 집』, F. W. 크로프츠의『프렌치 경감과 스타벨의 비극Inspector French and the Starvel Tragedy』(1927) 및『해협의 비밀Mystery in the Channel』(1931),『프렌치 경감 최대 사건』등이 있다. 이 중에서 크로프츠의『프렌치 경감과 스타벨의 비극』은 가장 성공한 작품이라 할 수 있다.

몇 사람의 인물에게 차례차례 혐의를 짙게 만들어놓은 후 차츰 그 의혹의 범위를 좁히는 데 훌륭한 수완을 가진 작가로 애거서 크리스티 여사와 아서 리스를 꼽을 수 있다. 전자의『스타일즈 저택의 죽음』『골프장 살인사건』『푸른 열차의 비밀』『애크로이드 살인사건』과, 후자의『외치는 구멍』『햄스테드 사건』등은 추천할 만하다. 그 외에 윌리엄 스터웰의『마스톤 살해사건』, 반 다인의『주교 살인사건』『케넬 살인사건』, 도로시 세이어즈의『다섯 마리 청어The Five Red Herrings』(1931) 등도 뛰어난 작품이다.

다음으로 ②의 경우, 즉 독자가 범인 혹은 혐의자로 생각하고 싶지 않은 인물에게 불리한 증거를 쌓아가는 경우에 대해 이야기해 보자. 예전에도 쓴 바 있지만 탐정소설 속에서 공공연하게 혐의가 강한 인물은 대부분 범인이 아니라는 인식이 독자들의 머릿속에 틀어박혀 있기 때문에 대개 이런 용의자에 대한 독자의 흥미는 지극히 약하다. 그래서 ②의 방식이 필요하다. 즉, 독자는 가령 그 인물이 범인이 아니라고 생각하더라도, 다른 인물에게 호의를 가진 경우에는, 그 인물에게 점차 불리한 증거들이 모이면 어떻게 그의 결백이 증명될까 하며 관심 있게 지켜본다. (따라서 ①의 독자에게 가상 범인을 만들게 하는 경우 ②의 수법을 겸비하고 있으면 훨씬 그 효과가 커진다.)

②의 수법이 독자의 호기심을 이어갈 뿐만 아니라 어떤 효과가 있는지는 뤼팽이 활약하는 르블랑의 탐정소설이 증명하고 있다. 주인공 뤼팽이 살인 혐의를 받아 빠져나갈 수 없는 궁지에 빠지면 뤼팽을 숭배하는 사람들은 싫어도 초조해질 수밖에 없다. 뤼팽 시리즈는 이 점만으로도 뛰어나다고 할 수 있다.

플레처의 『라이체스터 파라다이스 The Wrychester Paradise』(1920)에서는 랜스포드라는 의사를 갑자기 찾아온 의문의 인물이 얼마 후 부근 수도원 꼭대기에서 누군가에게 밀려 떨어져 살해된다. 한편 랜스포드 의사에게 해고당한 청년 브라이스는 그 사건이 발견되기 직전 수도원에서 황급히 나가는 랜스포드 의사를 보고 수상하다고 생각한다. 독자는 의사의 결백을 믿으면서도 범인이라고 생각하지 않을 수 없는 여러 증거를 보게 된다. 더구나 가끔 이해할 수 없는 행동을 하는 의사를 보면서 독자는 차츰 반신반의 상태가 되어 빨리 진실을 알고 싶어 한다.

앞에서 사건 발단에 관해 예로 든 애니 헤인즈의 『애비 코트의 살인』을 한 번 더 인용하자면, 당황하여 애비 코트 아파트에서 빠져나오던 부인은 운 나쁘게도 아파트 출구에서 자신의 어두운 과거의 비밀을 아는 남자를 만난다. 그녀는 몇 마디 말을 나눈 후 도망치듯 헤어지지만 아무래도 그 남자는 살해당한 남자의 방으로 향한 것 같다. 그녀는 다음 날 신문에 '애비 코트의 살인'에 관한 보도를 불안한 마음으로 샅샅이 살펴보지만 놀랍게도 출구에서 우연히 만난 남자에 대한 이야기도 없고, 그녀가 현장에 남겨둔 남편의 권총 이야기도 전혀 없다. 이상하다고 생각하면서도 안도의 한숨을 쉬지만, 신문에는 그녀를 충분히 겁에 질리게 할 내용이 실려 있다. 그것은 시체를 발견한 아파트의 짐꾼이 그날 밤 두꺼운 베일로 얼굴을 숨긴 한 부인을 피해자의 방으로 안내했으며, 그녀의 복장 및 인상착의에 대해 경찰관에게 증언했을 뿐만 아니라, 시체 아래에서 그녀의 소지품인 여자용 부채가 발견되었다는 것이다. 그녀는 경찰 수사망이 자신에게 뻗치지 않을까 겁을 먹는다. 하지만 독자는 그녀가 저지른 실수를 잘 알고 있다. 게다가 그녀가 떨어뜨린 종잇조각을 보고 아내를 수상쩍게 생각해 애비 코트로 간 남편을 알고 있고, 남편에게 아파 눕는다고 말한 뒤 은밀하게 외출한 부인을 의심하는 하인을 알고 있다. 이로 인해 궁지에 몰린 부인의 입장을 느낄 수 있다. 이 작품은 이러한 독자의 심리 상태를 교묘하게 파악해갈 뿐만 아니라 뛰어난 구성을 보여주는 탐정소설의 모범으로 삼기에 충분한 작품이다.

아서 리스의 『고원의 비밀』에서는 고원에서 갑작스러운 폭풍우와 마주친 청년 머슬랜드가 어느 빈 농가를 찾아 들어간다. 그런데 그 집에는 머슬랜드보다 먼저 한 명의 젊은 여자가 와 있었는데, 두 사람은 뜻밖에 그 집 2층에서 남자의 시체를 발견한다. 사실 그 여자는 이 빈집에서 시신으로 발견된 남자를 몰래 만나러 왔는데, 그런 사실이 알려지면 곤란하기 때문에 머슬랜드에게 자신이 온 것을 제발 비밀로 해달라고 부탁한다. 머슬랜드는 너그러이 받아들이고 혼자서 경찰에 신고한다. 그런데 경찰관이 현장 수사를 하던 도중, 여자가 떨어뜨린 듯한 빗이 발견되어 머슬랜드를 놀라게 한다. 경찰은 결국 현장에 여자가 있었음을 확신하고 조사가 진행됨에 따라 여자는 물론 머슬랜드의 곤란한 입장이 점차 독자를 흥미롭게 한다.

교묘한 방식이다.

이외에 독자를 흥미롭게 만드는 점에서 최고로 꼽을 수 있는 작품은 알프레드 마셜의 『닫힌 고리』다. 정직한 일꾼으로서 마을의 평판이 높은 뱅상 피에로가 즐거운 결혼식을 하고 있는데 과거의 살인 혐의로 돌연 경찰에 포위당하자, 그는 신부에게 고백하지도 않고 전처와의 사이에 생긴 아이와 함께 도망치려고 한다. 이제 앞으로 5일만 지나면 그 죄도 시효가 끝난다는 조건이 있을 뿐만 아니라 아무래도 악인이라고는 생각되지 않는 남자와 아무것도 모르고 울어대는 아이에 대해 독자는 대개 동정하게 된다. 그리하여 독자들은 설령 그의 결백은 증명할 수 없더라도 어떻게든 5일간은 잡히지 않았으면 하는 심리를 갖게 된다.

①의 방법은 범인의 정체에 대한 흥미를 끌어들이는 방식이기 때문에 당연히 본격물 작가가 선택하는 길이지만, ②는 보다 센세이셔널한 방식이기 때문에 플레처나 월러스 등 많은 스릴러 작가가 선택했다. 또한 『애비 코트의 살인』이나 『고원의 비밀』 등이 보여주는 것처럼 본격물에 이런 요령을 이용한 경우 작품의 재미가 늘면 늘었지 결코 반감된 적은 없다.

크리스티의 『골프장 살인사건』, 비스톤의 「두 장의 초상화」, 이사벨 마이어스의 『살인은 아직 벌어지지 않았다』, 모리스 르블랑의 『호랑이 이빨』, 헤인즈의 『애비 코트의 살인』 등 내가 읽은 것들은 이상의 두 조건을 겸비한 흥미 있는 작품이었다. 그중에서 비스톤의 「두 장의 초상화」는 사건의 발단과 수수께끼가 제출되고 이후 줄거리의 구성과 진행이 흥미진진해 두말할 필요 없는 걸작이다. 즉 발단에서는 ①독자로 하여금 장래 사건의 진전에 절대적 불안과 기대를 걸게 하고 곧 수수께끼를 제시한 다음, ②독자에게 가상 범인을 만들게 하는 한편, ③독자가 범인으로 여기고 싶지 않은 인물에게 점차 불리한 증거를 쌓아가는 것과 동시에, ④독자가 진범이 아니라고 생각하는 인물의 입장을 점차 곤란하게 만들어가며 독자를 끌어들이는 것이다. 사건의 발단 및 발전에 걸쳐 내가 앞서 제시한 조건의 대부분을 완전히 갖추고 있다. 이 작품은 그 결말 역시 충분히 뛰어나기 때문에 탐정소설의 구성에 관심이 있는 사람들에게는 적잖이 흥미 있는 작품이다.

나는 앞에서 독자의 호기심을 끌고 가기 위한 두 가지 확실한 수법을 제시했다. 둘 중 어느 쪽을 택하더라도 탐정소설의 본질을 볼 때 다른 어떤 것보다 바람직하지만, 이것이 독자의 흥미를 끌고 가는 유일한 방식이 아님은 물론이며, 가령 이 두 조건을 동시에 겸비했더라도 그것이 반드시 뛰어난 탐정소설이라고는 할 수 없다. 반대로, 그 어느 쪽도 갖추지 않았더라도 훌륭한 탐정소설인 경우도 많다. 요점은 뛰어난 서스펜스를 독자에게 안겨주면 좋다는 것이다. 예를 들어 도일의 『바스커빌 가문의 개』는 독자를 궁금하게 만드는 혐의자들도 나오지 않고, 범인을 알아채는 데도 별로 골머리를 썩일 필요가 없다. 홈즈가 슬쩍 범인의 이름을 밝혀도 독자는 아쉬울 게 없다. 대신 한밤중 광막한 평원에서 무서운 분위기를 풍기는 정체불명의 무서운 외침 소리, 기분 나쁜 바스커빌 집안의 전설과 거기에 얽힌 불가사의한 살인사건, 그 수단과 동기 등은 진실을 알고 싶어 하는 독자의 호기심을 깊게 끌어당긴다. 이런 점에서 대단히 뛰어난 탐정소설이다. 또 프리먼 크로프츠의 『통The Cask』(1920)의 경우 범인은 곧 짐작할 수 있지만 독자의 흥미는 시종 그 인물의 유죄가 어떻게 증명되는가에 집중된다는 매력이 있다.

3) 수수께끼의 해결

탐정소설을 읽으면서 가장 실망을 느끼게 되는 경우의 대부분은 주로 그 결말이다. 탐정소설 본래의 흥미란 잘 짜인 수수께끼에 있기 때문에 그 수수께끼의 해결은 독자가 가장 기대를 거는 부분이다. 그런 만큼 독자 쪽 주문은 어렵고 작가 쪽 고심은 클 수밖에 없다.

탐정소설의 결말은 어떠해야 하는가? 이것은 앞에서 제시한 수수께끼의 성질에 의해 각각 달라지기 때문에 그 필요조건을 한 마디로 말하기는 어렵다. 다만 탐정소설에서 제일 보편적인 "범인은 누구인가?"라는 수수께끼의 결말에 관해 말하자면 다음의 세 가지 조건을 들 수 있다.

① 독자의 의표를 충분히 찌르는 것.
② 해결의 논리에 약간의 모순도 없는 것.
③ 범인을 찾기 위한 증거가 충분히 주어진 것. 즉, 독자에게 페어 플레이로 연결되는 것.

이들 조건 중 가령 어느 하나가 빠지면 그 해결은 독자에게 있어서 만족스러운 결말이 되기 어렵다. 예를 들면 마지막에 작가가 밝히는 범인이 독자의 눈앞에 한 번도 나타나지 않았던 인물일 경우, 충분히 독자의 의표를 찌르고 해결의 논리에 모순이 없더라도 범인을 찾기 위한 증거가 전혀 주어지지 않았기 때문에 낙제이다. 르블랑의 『호랑이 이빨』의 결말이 이렇고, 플레처의 『라이체스터 파라다이스』 역시 이에 가깝다. 이들 작품은 교묘한 수수께끼와 서스펜스가 뛰어나며 구성도 훌륭하지만, 결말에 이르러 아깝게도 큰 파탄을 초래하고 만다.

마지막에 등장하는 범인이 독자의 눈앞에 한 번도 모습을 나타내지 않았던 인물인 것은 우선 배격해야 하지만, 가령 자주 독자의 눈앞에 나타난 인물이더라도 진상을 밝힐 수 있는 증거가 조금도 주어지지 않는다면 전자와 같은 의미에서 낙제점을 받을 수밖에 없다.

앞의 세 가지 조건을 갖춘 해결은 마지막에 어떤 식으로라도 작가가 범인을 밝혔을 때 독자는 전혀 불만을 품을 리 없다.

근래(특히 반 다인의 출현 이래) 탐정소설의 페어플레이가 구성상 하나의 필요조건이 되었으므로, 독자에게 전혀 미지의 진범을 보여주는 등의 부당한 결말은 대부분 자취를 감추었다고 해도 과언이 아니다.

이상은 탐정소설의 수수께끼 해결에 대한 조건이다. 아울러 넓은 의미에서 탐정소설의 결말에 관해 덧붙이고 싶은 것이 있다. 작가가 끝까지 여러 가지 수수께끼를 쌓은 결과 결말에서 수수께끼를 해결하기 위한 설명이 수십 페이지에 걸쳐 길게 진술되는 소설이 많은데, 중심적 수수께끼와 부수적으로 발생하는 많은 수수께끼는 결말에 다다르기까지 조금씩 해결하면서 마지막에는 가능한 그 수를 줄여야 한다. 가장 적절한 위치에서 수수께끼를 해결해주는 것이 작가의 수완인데, 이런 점에서 플레처는 뛰어나며 두제, 르블랑도 능숙하다.

마지막에 도달할 때까지 모든 수수께끼의 해결을 남겨두는 것은 도일이나 프리먼 등 과거의 단편 작가가 남긴 수법을 그대로 답습

하는 것으로, 탐정소설의 페어플레이라는 점뿐만 아니라 독자가 받는 느낌을 생각해볼 때 결코 좋은 방식이 아니다. 『바스커빌 가문의 개』는 독자가 가장 흥미를 느끼는 수수께끼에 대해 수많은 설명이 길게 이어지고, 『그린 살인사건』은 뜻밖의 범인이 알려진 후 다양한 트릭의 술책 공개, 동기, 사정 설명이 세세하게 기록되어 있다. 이것은 모두 문제를 끝까지 너무 많이 남겨놓은 탓인데, 이로 인해 독자가 받은 감명과 흥분이 무너진다. 사건 진상의 대부분을 각각 중요한 곳에서 밝히는 것의 효과가 얼마나 큰지는 플레처의 작품 대부분과, 두제의 『밤의 모험Det nattliga aeventyret』(1914), 르블랑의 『813』(1910), 스칼렛의 『백베이 살인의 수수께끼』, 마이어스의 『살인은 아직 벌어지지 않았다』 등이 보여준다.

3. 또 하나의 기교

지금까지 탐정소설의 발단과 발전, 결말에 대해 이야기했다. 지금까지 거론된 모든 조건을 만족하게 갖추었다면, 먼저 본격적인 탐정소설로서의 뼈대가 완성되었다고 할 수 있다. 감히 나는 '뼈대'라고 한다. 그것이 뛰어난 탐정소설이 되기 위해서는 그 위에 장식이 덧붙여져야만 하기 때문이다.

여러 차례 거듭하지만, 탐정소설의 재미는 근본적으로 수수께끼가 가진 그것과 일치한다. 따라서 뛰어난 수수께끼를 가진 것은 뛰어난 탐정소설의 첫 번째 조건으로, 지금까지 언급한 기교는 모두 이 수수께끼의 흥미를 더하기 위한 기교이다. 또한 탐정소설이 소설의 형식을 빌린 수수께끼더라도 단지 수수께끼의 영역을 벗어나지 못하거나 시종 수수께끼의 흥미 이외의 것을 얻을 수 없다면 이 역시 뛰어난 탐정소설이라고 할 수 없다. 이러한 견해에서 나는 그 유명한 배러니스 오르치의 '구석의 노인' 이야기를 단지 수수께끼의 흥미밖에는 없는 지루한 탐정소설로 본다. 그 이야기는 탐정소설의 원조 앨런 포가 오늘날의 지적 탐정소설의 근원을 만든 「마리 로제 수수께끼」에서 보여준 수법을 충실히 답습한 대표적인 탐정소설이다. 그렇긴 하지만 너무나 '소설 형식을 빌린 수수께끼'이기 때문에 탐정소설에 필요한 다른 요소들을 대부분 빠뜨리고 있다. 더글러스 톰슨 씨는 탐정소설에 있어서 꼭 필요한 정서상 요소로 흥분excitement, 당혹bewilderment, 의외surprise의 세 가지를 제시한다. 과연 이것은 탐정소설로서는 무엇보다도 바람직한 요소인데, '구석의 노인'에서는 단지 수수께끼들이 가진 '당혹' 이외에 '흥분'이 없고, '의외'도 부족하다. 셜록 홈즈 이야기는 바로 이 세 가지 요소를 100퍼센트 충족시킴으로써 전형적이고 완전한 탐정소설이 되었다. 하지만 이 점에서는 포의 대표적인 탐정소설 세 편, 그중에서도 뛰어난 「모르그 가의 살인」도 한참 거리가 떨어져 있다.

홈즈 이야기가 탐정소설로서 뛰어난 점은 흥분, 당혹, 의외의 세 요소가 융합되어 교묘하게 작품에 녹아들어 있고, 아울러 '탐정소설적'이라고 할 수 있는 유쾌한 분위기가 전편에 퍼져 있다는 점이다. 나는 탐정소설의 매력은 그 작품이 가진 수수께끼의 재미에 있다기보다, 그 작품이 가지는 긴장과 흥분과 일종의 불안이 넘치는 탐정소설 특유의 분위기에 있다고 말하고 싶다. 적어도 우리가 탐정소설을 읽고 그 작품의 매력으로 머릿속에 남는 것은 이러한 탐정소설적 분위기에 의한 매력이 틀림없을 것이다. 섹스턴 블레이크 이야기 중 하나에서는 폭설이 내려 쌓인 어느 날 밤, 두 장소에서 각각 사람이 무언가에 머리를 맞고 살해당한다. 현장을 조사해보면 이상하게도 깨끗이 내리고 쌓인 눈 위에 가해자의 발자국으로 보이는 것이 하나도 없다. 이것은 탐정소설로서 충분히 매력적이고 재미있는 수수께끼이다. 그러나 '이 수수께끼를 블레이크 탐정이 해결해고 설명한다'라는 틀에 박힌 형태의 탐정소설이기 때문에 흥미가 줄어들고 그 감동이 미미하다.

반 다인의 작품으로 『딱정벌레 살인사건』은 착상과 구성 면에서 그의 다른 작품들보다 뒤떨어진다. 그런데도 나는 작품 전편에 깔린 탐정소설적 분위기 덕분에 적어도 수수께끼뿐인 『벤슨 살인사건』보다 훨씬 뛰어난 탐정소설이라고 생각한다.

이런 이유로 나는 수수께끼들의 재미에 의존하는 엘러리 퀸의 작품보다 반 다인의 작품을 더 높이 사는 것이고, 같은 의미에서 플롯 구성상 훨씬 뛰어난 스칼렛의 『백베이 살인의 수수께끼』보다 마이어스의 『살인은 아직 벌어지지 않았다』를 선호하며, 오스틴 프리먼의 손다이크 박사 이야기보다 토머스 핸쇼의 크리크 탐정 이야기를 훨씬 상위 작품으로 꼽는다. 또한 탐정소설과 인연이 먼 황당무계한 이야기까지 기꺼이 다루는 색스 로머도 『푸 만추 박사 The Mystery of Dr. Fu Manchu』(1913)의 작가로서가 아니라 단편집 『꿈꾸는 탐정 The Dream Detective』(1920)의 작가로서 깊은 경의를 표한다.

4. 맺음말

탐정소설의 근본적 재미는 수수께끼에 있다. 따라서 탐정소설의 기교로서 중요한 것은 어쨌든 흥미 있는 수수께끼를 만들어야 한다는 것이다. 진짜 뛰어난 탐정소설은 그것이 미스터리의 얇은 베일로 가려지기를 원하는 것이다.

아내의 외출
The Problem of the Green Eyed Monster

자크 푸트렐 Jacques Futrelle, 1875~1912

추리소설 사상 가장 박식한 탐정으로 평가받는 '반 도젠 교수'라는 탐정 캐릭터를 창조했다. 「수정 점술사」, 「완전한 알리바이」, 「정보 누설」 등 짧은 기간 동안 다수의 단편을 발표했으며, 국내에 발간된 책으로는 『미스터리 명탐정 사건파일』, 『사고 기계』 등이 있다. 1912년 타이타닉 호 침몰 시 37세라는 젊은 나이로 아내만 살리고, 자신은 미발표 원고 6편과 함께 바다 속으로 사라지는 비극적인 최후를 맞이했다.

한 손에 커피 잔을 우아하게 들고 선 링가드 반 새포드 부인이 식탁 맞은편에서 아침 신문에 몰두해 있는 남편을 향해 동경하는 듯한, 매혹하는 듯한 눈길을 보냈다.

"당신, 오늘 아침 나갈 거예요?" 그녀가 물었다.

반 새포드 씨는 분명치 않게 투덜거리듯 뭐라고 대답했다.

"그 특별한 불평의 소리가 집에 있겠다는 뜻인지, 나가겠다는 뜻인지 물어봐도 될까요?"

그녀는 조용히 말하면서 입가에 살짝 보조개를 지었다.

반 새포드 씨는 신문을 내려놓고 아내의 예쁜 얼굴을 흘낏 바라보았다. 그녀는 매력적인 미소를 지었다.

"정말 미안해. 잘못 들었어. 나는 외출할 생각은 거의 안 했어. 지금은 좀 멍한 기분이야. 그리고 또 편지를 몇 장 써야 해. 왜?"

"아, 특별한 이유는 없어요."

그녀는 마지막 한 모금 남은 커피를 마시고 무릎에 떨어진 작은 빵 부스러기를 털어내고 냅킨을 한쪽에 접어둔 다음 자리에서 일어났다. 그리고 잠깐 뒤를 돌아보았다. 반 새포드 씨는 다시 신문을 읽고 있었다.

잠시 후 그는 신문을 읽고 나서 써야 할 편지에 대해 생각하면서 길게 하품을 하며 창밖을 내다보고 서 있었다. 그의 아내가 들어와 자기 의자 옆에 떨어져 있는 손수건을 집었다. 그가 아무 생각 없이 돌아보았을 때 그녀는 외출하려는 옷차림이었다. 아내는 오직 젊고 아름다운 여성만이 이브닝드레스를 입을 수 있다고 선언하듯 청순하고 우아한 드레스를 입고 있었다.

"어디 가려는 거요? 여보." 그가 느릿하게 물었다.

"바깥이요!" 아내가 장난스럽게 대답했다.

그녀는 문을 나섰다. 그는 홀에서 아내의 발소리와 치마가 바스락거리는 소리를 들었다. 그다음 현관문이 열렸다 닫히는 소리도 들었다. 무슨 이유로 남편에게조차 분명한 이유를 말하지 않는 건지 그는 놀랐다. 예전엔 그런 적이 한 번도 없었다. 그는 창으로 다가가 밖을 내다보았다. 아내는 똑바로 거리를 내려가서 첫 번째 모퉁이를 돌아갔다.

잠시 후 그는 전에는 한 번도 느껴보지 못한 감정을 달래느라 서재를 왔다 갔다 했다. 그것은 호기심이었다.

아내는 점심때가 되어도 돌아오지 않았다. 반 새포드 씨는 식탁에 혼자 앉았다. 그는 한 시간 이상 끊임없이 집 주위를 왔다 갔다 하다가 마침내 시내로 갔다. 그 뒤 저녁식사를 하고 옷을 갈아입으러 시간에 맞추어 집에 돌아왔다.

"아내는 돌아왔는가?"

문을 열어주는 박스터에게 그가 물었다.

"예, 30분 전에요. 사모님께선 옷을 입고 계십니다." 박스터가 대답했다.

반 새포드 씨는 계단을 달려 올라가 자기 방으로 갔다. 저녁식사 때 그의 아내는 눈부시게 빛났다. 그녀의 장밋빛 볼은 아주 건강한 홍조를 띠었고 긴 눈썹 밑에서 반짝이는 눈망울이 빛났다. 그 얼굴이 남편을 보고 화사하게 미소 지었다. 그녀는 마치 인생에서 중요한 무언가를 잃어버려 외로워하다가 갑자기 그것을 되찾기라도 할 것처럼 보였다. 반 새포드 씨는 뭐라 말할 수 없는 감정들로 혼란스러웠고 아침에 그를 놀라게 했던 의혹이 다시 발동했으며 여러 가지 질문이 끊임없이 떠올랐다. 그러나 그는 그것들을 용감하게 억눌렀다. 그 노력은 즉시 그에게 충분한 보답을 주었다.

"오늘은 아주 즐겁게 지냈어요!" 수프를 먹은 뒤 아내가 말했다. "집에서 나가 바로 블랙록 부인을 불러 함께 온종일 쇼핑을 했어요. 시내에서 점심도 먹고요."

오, 그랬군! 반 새포드 씨는 막연한 안도감으로 아내 웃을 수 있었다. 그는 잔을 들어올려 아내를 위해 조용한 축배를 들었다. 잔을 비우고 손가락으로 잔의 목 부분을 잡으며 다시 웃었다. 그리고 술잔을 한쪽에 놓았다. 반 새포드 부인은 아주 기뻐하며 보조개를 지었다.

"오, 반, 당신 바보 같아요!"

그녀는 가볍게 꾸짖고 소금을 집으려 손을 뻗었다.

저녁식사를 마치고 얼마 있지 않아 반 새포드 씨는 평소처럼 클럽으로 출발했다. 아내는 예절 바르게 그를 문까지 배웅했다. 박스터가 눈을 크게 뜨고 있는 앞에서 그는 아내를 껴안고 성급하게 격렬한 키스를 했다. 그것은 본능의 갑작스러운 발동으로 여자가 자신이 사랑받고 있음을 알게 해주는 것이었다. 그녀는 그의 손길에 몸을 부르르 떨며 하얀 두 손을 애태우듯 앞으로 뻗었다. 그리고 문이 닫혔다. 그녀는 입가에 약간 우울한 빛을 띠우고 눈을 내리깔며 자신의 작은 구두 밑을 바라보고 서 있었다.

다음 날 아침 반 새포드 씨는 10시가 지나서 일어났다. 간밤에는 늦게, 2시가 넘어서야 클럽에서 돌아왔다. 그래서 느릿느릿 늦은 시간의 유산인 활기 없는 늘쩍지근함을 이겨내볼까 하는 참이었다. 11시 10분이 되어 그는 아침식사를 하러 내려왔다.

"부인은 내려오셨나?" 그가 하인에게 물었다.

"예, 주인님, 나가셨습니다." 하인이 대답했다.

반 새포드 씨는 눈썹을 치켜올렸다.

"사모님은 8시가 조금 지나 내려오셨지요. 그리고 서둘러 아침을 드셨어요."

"아무 말도 없었나?"

"없으셨습니다, 주인님."

"점심때 돌아올 건가?"

"아무 말씀 안 하시더군요, 주인님."

반 새포드 씨는 조용히 생각에 잠겨 아침을 끝냈다. 12시쯤 되어서 그도 역시 외출했다. 그가 시내에 가서 첫 번째로 만난 사람은 블랙록 부인이었다. 그녀는 손을 뻗으면서 그에게 달려왔다.

"만나봬서 정말 기뻐요."

블랙록 부인은 입에 거품을 물고 말했는데 그녀는 거품을 물고 있는 게 어울리는 드문 사람이었다.

"그런데 댁의 부인께선 어디 가셨나요? 몇 주일이나 보이지 않는군요!"

"몇 주일이나 보이지 않는다고요." 반 새포드 씨는 천천히 되풀이했다.

"그래요." 블랙록 부인은 확실하게 말했다. "대체 부인이 어디 숨었는지 상상할 수도 없군요."

반 새포드 씨는 한동안 당황하여 말없이 그녀를 쳐다보았다. 그리고 자신을 억제하려 애쓰는데도 입이 약간 굳어졌다. 그는 신중하게 말했다.

"나는 아내가 어제 부인을 만나서 같이 쇼핑한 것으로 알고 있는데요?"

"원, 세상에, 아니에요. 틀림없이 부인을 본 지 삼 주는 되었을 거예요."

반 새포드 씨의 손가락이 천천히, 격렬하게 쥐어졌다. 그러나 약간의 미소를 지어서 뒤섞여버린 몹시 거친 감정들을 감추며 얼굴을 조금 폈다.

"아내가 부인 이야기를 하더군요." 드디어 그가 평온한 태도로 이야기했다. "아마 부인에게 전화 걸 거라고 말한 것을 제가 잘못 알아들은 모양이군요."

반 새포드 씨는 아내와의 대화에서 그런 이야기가 있었는지 기억나지 않았다. 그러나 이 순간 그것은 중요하지 않았다. 사실 그는 아내의 말을 잘못 알아듣지 않았다. 그는 자신이 클럽에 와 있다는 것을 깨달았다. 거기에서도 그의 머릿속에서는 헛된 상상과 추측이 끊임없이 일어났다. 드디어 그는 단호히 일어섰다. 그리고 깊이 생

각했다. '나는 바보이리라. 그건 물론 아무 일도 아닐 것이다. 그러나…….'

그는 이 혼란스러운 생각에서 벗어나기 위해 당구를 한 게임 하려 했다. 그러나 너무나 터무니없는 플레이로 웃음거리만 되었다. 그는 큐를 내동댕이치고 성큼성큼 전화기로 걸어가 집에 전화를 했다.

"반 샌포드 부인 거기 계신가?" 박스터에게 물었다.

"안 계십니다, 주인님. 사모님께선 아직 안 돌아오셨습니다."

반 새포드 씨는 수화기를 쾅 내려놓았다. 6시에 그는 집으로 돌아왔다. 아내는 아직 외출 중이었다. 8시 30분에 그는 저녁 식탁에 혼자 앉았다. 하지만 식사를 즐길 수가 없었다. 사실 맛도 거의 모를 지경이었다. 그가 식사를 막 끝냈을 때 아내가 쾌활하게 웃으며 들어왔다. 그는 숨을 길게 들이쉬고 이를 꽉 물었다.

"불쌍한 당신, 외로우셨죠?" 그녀는 웃으면서 동정했다.

그는 뭔가 말을 꺼내기 시작했다.

그러나 부드러운 두 팔이 그의 목에 감기며 벨벳과 같은 그녀의 두 볼이 그의 얼굴에 와 닿자 그는 화를 내는 대신 아내에게 키스를 했다. 그는 전혀 그녀를 나무라지 않았다. 그녀는 행복하게 한숨을 쉬면서 모자와 장갑을 벗었다.

"더 빨리는 돌아올 수가 없었어요."

그녀는 남편의 비난하는 듯한 눈을 보자 토라지듯이 설명했다.

"나는 넬 블레익슬리와 그녀가 새로 산 커다란 승용차를 타고 나갔어요. 그런데 그 차가 고장나서 수리공을 부르러 가야 했죠. 그래서……."

그는 나머지 이야기는 듣지 않았다. 다만 아내의 눈을 계속 의문스럽게 응시했다. 거기에는 진실이 의기양양하게 빛나고 있었다. 그는 아내를 믿을 수밖에 없었다. 그러나, 그러나 다른 일이 있었다. 아내는 그에게 사실대로 말하지 않고 있었다. 그가 계속 그녀를 바라보자 아내의 얼굴에는 불안한 기색이 떠올랐다. 잠시 동안 침묵이 흘렀다.

"무슨 일이에요, 반? 안 좋아 보이는데요?"

아내는 걱정되는 듯이 물었다. 그는 움찔하고 정신을 차렸다. 아내가 식사를 할 때 그들은 잠시 동안 별로 중요하지 않은 일에 대해 잡담을 나누었다. 그는 아내가 디저트 접시를 옆으로 밀어놓을 때까지 그녀를 지켜보다가 무심히, 아주 무심히 말을 했다.

"당신이 내일 블랙록 부인에게 전화할 거라고 말했던가?"

아내는 재빨리 남편을 쳐다보았다.

"아, 아니에요. 어제 하루 종일 그녀와 쇼핑했는걸요. 저는 이미 그녀에게 전화를 했어요."

반 새포드 씨는 갑자기 일어나 잠시 동안 아내를 내려다보며 서 있었다. 그리고 돌연히 돌아서서 집을 나갔다. 무의식적으로 그녀는 일어났다가 다시 앉아 커피를 보며 부드럽게 흐느꼈다. 반 새포드 씨는 아주 분명한 목적이 있는 것처럼 보였다. 그는 클럽에 도착하자 곧바로 공중전화 부스로 가서 블레익슬리 양을 전화로 불렀다.

"내 아내가 뭔가를 말했는데, 뭔가를……." 그는 더듬거렸다. "내일 당신에게 전화하는 것에 대해 뭔가를. 집에 있을 겁니까?"

"그럼요. 저는 부인을 만나면 아주 기쁠 거예요. 전 여기 집에 갇혀 지내느라 지독히 싫증이 났어요. 전 정말 제 친구들이 모두 저를 버린 것이 아닐까 생각하고 있어요."

"집에 갇혀요? 어디 아프신 건가요?"

"그랬어요. 이제는 좀 나아졌어요. 그렇지만 앞으로도 일주일 이상 집에만 있어야 해요."

"저런!" 위로하듯 반 새포드 씨가 말했다. "정말 안됐군요. 곧 낫겠지요. 그러면 새로 산 당신의 커다란 승용차는 타보실 수 없었겠군요?"

"예? 저는 새로 산 차라곤 없어요. 나는 아무 차도 없어요. 어떻게 그런 말씀을 하시죠?"

반 새포드 씨는 그녀의 물음에 대답하지 않았다. 그는 거칠게 전화를 끊고 대리석같이 차가운 얼굴로 클럽을 나섰다. 그는 집 맞은편에 다다라 걸음을 멈췄다. 한 번도 본 적이 없는 곳에 온 듯이 잠시 자신을 바라보고 서 있다가 발길을 돌려 다시 클럽으로 돌아갔다. 그가 돌아섰을 때 그의 하얀 얼굴에는 공포스럽기까지 한 무언가가 서려 있었다.

반 새포드 씨는 그날 밤 잠을 자지 않았다. 그러므로 다음 날 아침 그의 아내가 8시경에 내려왔을 때 아침 식탁에서 남편을 발견한 것은 놀랄 일이 아니었다. 그녀는 미소를 지었다. 그는 무뚝뚝하게 아침 인사를 하고 아내를 바라보았다. 그러자 불길한 침묵이 흘렀다. 그녀는 아침식사를 마치고 일어나 한 마디 말도 없이 집을 나갔다. 그는 창문을 통해 아내가 네 채의 집 아래에 있는 모퉁이를 돌아 사라질 때까지 지켜보았다. 그리고 걱정과 의심, 감춰져 보이지 않는 가능성을 못 이기고 아내를 뒤쫓았다.

그가 모퉁이에 닿았을 때는 그의 아내가 사라진 지 30초도 채 안 되었다. 그러나 지금, 지금 그녀는 가버리고 없었다. 그는 길 양쪽을 둘러보고 앞뒤도 살펴보았지만 아내의 흔적은커녕 한 명의 여자도 눈에 띄지 않았다. 그는 아내가 바로 다음 거리까지 닿을 시간은 없었다는 것을 계산했다. 그러면 그 경우에는 두 가지 명백한 가능성이 있었다. 하나는 아내가 기다리고 있던 택시에 올라타 재빨리 떠나버린 것이고, 또 하나는 '가까이에 있는 어떤 집'으로 들어간 것이다. 그렇다면 어느 집인가? 이 거리에서 그녀가 알고 있는 사람은 누구인가? 그는 마음속으로 이 문제를 여러 번 생각해보다가 아내가 기다리고 있던 택시를 타고 급히 사라졌을 거라고 확신했다. 호기심으로 시작되었던 감정이 이제는 분노와 몹시 불쾌한 감정으로 발전했다.

다음 날 반 새포드 부인은 8시 15분에 아침식사를 들기 위해 식당으로 내려왔다. 그녀는 약간 피곤한 듯했고 눈가에는 눈물 자국이 있었다. 박스터는 주인 여자를 이상하게 바라보았다.

"반 새포드 씨는 아직 내려오지 않으셨니?"

"네, 사모님." 박스터가 대답했다.

"주인님은 어젯밤 들어오셨니?"

"예, 2시 반쯤에요. 제가 문을 열어드렸죠. 주인님은 열쇠를 잊으셨어요."

사실 이 특별한 시간에 반 새포드 씨는 길모퉁이 근처에 서 있었다. 네 채의 집을 지난 그 지점에서 아내를 기다리고 있었다. 아내가 나타나면 무얼 어떻게 할 작정인지 생각해두지는 못했지만, 어쨌든 무언가를 해야 할 것 같은 위기감이 들 만큼 상황은 심각해진 것이었다. 그래서 그는 셀 수 없이 많은 담배를 피우면서 참을성 있게 기다렸다. 두 시간이 지났다. 모퉁이를 둘러보았다. 보이는 사람은 아무도 없었다. 그는 다시 집으로 돌아가 홀에서 박스터를 만났다.

"부인은 내려왔었나?" 하인에게 물었다.

"예, 사모님께서는 외출하신 지 한 시간도 넘었어요."

마르타가 문을 열고 말했다.

"저, 선생님. 응접실에 발작을 일으키고 있는 젊은 신사가 와 계세요."

반 도젠 교수, 즉 '생각하는 기계'는 실험실 책상에서 곁눈질로 그녀를 돌아보았다. 하녀는 놀란 눈을 동그랗게 뜨고 주름진 손으로 앞치마를 비틀고 있었다.

"발작을 한다고?" 과학자가 닦아세우듯 물었다.

"네, 선생님." 그녀는 헐떡거리며 대답했다.

"어, 저런. 얼마나 성가실까!" 위대한 사람은 성급하게 말했다. "어떤 종류의 발작이지? 간질? 중풍? 아니면 단순한 웃음 발작?"

"아, 아! 선생님. 전 모릅니다. 그는 그냥 걷고, 말하고, 자기 머리를 잡아당기고 있어요." 마르타는 힘없이 고백했다.

"이름이 뭐지?"

"저, 저, 물어보는 것을 잊었어요, 선생님." 늙은 하녀가 고개를 떨구었다. "꿈틀거리는 모습을 보고 너무 놀라 깜박했어요. 경찰 본부에 있는 말로리 형사가 보내서 왔다고 하더군요."

그 저명한 논리학자는 손을 닦고 응접실로 향했다. 그는 문에서 잠깐 멈춰 서서 안을 들여다보았다. 손님이 어떤 발작을 하고 있는지 모르니 주의해야 했다. 그가 본 것은 놀랄 만한 것이 못 되었다. 단지 잘생긴 젊은 남자가 방 안을 빠르고 화난 듯한 큰 걸음으로 왔다 갔다 하고 있을 뿐이었다. 그의 눈은 이글이글 타고 있었고 얼굴은 화가 나서 붉어져 있었다. 그는 반 새포드였다.

커다란 노란 머리를 가진 생각하는 기계의 작은 모습을 보자 젊은 사람은 멈춰 섰다. 화가 나서 찡그렸던 얼굴이 무언가 자신에게 다가오고 있다는 사실에 놀라움을 보이며 펴졌다.

"자, 뭐죠?" 교수가 깐깐하게 물었다.

"용서하십시오. 전 좀 다른 사람을 만나리라 기대했습니다." 반 새포드 씨가 약간 놀라면서 이야기했다.

"아, 알아요. 검은 수염과 커다란 발을 가진 사람." 생각하는 기계가 기분이 언짢은 듯이 말했다.

반 새포드 씨는 공손한 태도로 자리에 앉았다. 그 까다로운 작은 과학자에게는 복종 외에 다른 태도는 소용없었다. 그는 자신을 괴롭히고 있는 그 이상한 일들에 대해 자세히 털어놓았다. 교수는 손가락 장난을 하면서 의자에 기대앉아 이야기를 끝까지 경청했다. 반 새포드 씨는 마지막으로 설명했다.

"내 정신 상태는 아내가 나에게 두 번이나 거짓말을 했다는 것을 알았을 때 그만 그녀를 목 졸라 죽이고 싶을 정도였습니다."

"그것은 좋은 일일 거요." 과학자는 심술궂게 말했다. "그러면 당신은 다른 뭐가 있을지도 모른다고 믿고 있군요."

"그렇게 말하지 마세요."

젊은 사람은 격렬하게 갑자기 폭발했다. 그는 일어났다. 그의 얼굴은 죽은 사람처럼 하얘졌다.

"그렇게 말하지 마세요." 그는 험악하게 되풀이했다.

생각하는 기계는 한동안 침묵을 지켰다. 그리고 그 이글거리는 눈을 보면서 침을 삼켜 목을 가다듬었다.
"전에는 아내가 그런 행동을 한 적이 없었소?"
"예, 전혀 없습니다."
"그녀는 투기를 한 적이 있소?"
"전혀. 아내는 주식이라곤 전혀 모를 겁니다." 그는 확실하게 대답했다.
"은행에 그녀의 구좌를 갖고 있소?"
"예, 거의 4만 달러가량 됩니다. 우리가 결혼할 때 장인한테서 받은 돈이지요. 그 돈은 아내 이름으로 저금되어 그대로 있습니다. 제 수입으로도 충분히 생활하고 남거든요."
"그렇다면 당신은 꽤 부자군요."
"제 아버지는 거의 200만 달러를 저에게 남겨주셨습니다. 그러나 이 모든 것은 문제가 아닙니다. 내가 원하는 것은……."
"잠깐 기다려요." 생각하는 기계는 퉁명스럽게 가로막았다. 그리고 긴 침묵이 흘렀다.
"두 분이 심하게 싸웠던 일은 없었소?"
"전혀, 말다툼 한 번 없었습니다."
"훌륭하오." 생각하는 기계가 애매하게 말했다. "결혼한 지는 얼마나 됐소?"
"2년 됐습니다. 작년 6월이죠."
"아주 좋아요." 과학자가 덧붙여 말했다. "당신은 몇 살이오?"
"서른 살이요."
"서른이 된 지 얼마나 됐소?"
"6개월이죠. 지난 5월부터요."

긴 침묵이 흘렀다. 반 새포드 씨는 솔직히 질문의 방향을 알 수가 없었다.

"부인은 몇 살이나 되오?" 과학자가 물었다.

"스물둘입니다. 1월부터죠."

"그녀는 무슨 정신적인 문제를 앓았던 적이 있소?"

"전혀요."

"당신에게 형제나 자매가 있소?"

"없어요."

"그녀는요?"

"없습니다."

생각하는 기계는 심술궂게 질문을 던졌고 반 새포드 씨는 간단히 대답했다. 또다시 침묵이 흘렀다. 젊은 사람은 신경이 곤두서 일어나 왔다 갔다 하였다. 때때로 그는 창백하고 여윈 과학자의 얼굴을 흘깃거렸다. 돔처럼 생긴 이마에 가는 주름이 여러 개 나타나 있었다. 그는 분명 다른 사람의 존재를 잊고 있는 것 같았다.

"상당히 파악하기 힘들고, 알 수 없는 일이군요."

드디어 그가 말을 꺼냈다. 그의 주름살은 더욱 깊어졌다.

"말하자면 그것은 어떤 한계가 없는 문제요. 아주 특별한 일이죠."

반 새포드 씨는 누군가 자신의 생각을 아주 정확하게 표현해주었다는 사실에 약간 안심이 되는 듯했다. 과학자는 계속했다.

"물론 당신은 거기에 어떤 범죄가 있다고 믿지는 않겠지요?"

"확실히 아닙니다." 젊은 사람은 험악한 얼굴로 버럭 화를 냈다.

"그러나 우리가 이것을 논리적인 결론으로 이끌어가려 한다면 부득이 유쾌하지 않은 뭔가를 들추어내야 할 것 같소."

반 새포드 씨의 얼굴은 완전히 하얗게 질렸다. 그는 절망적으로 두 손을 꽉 쥐었다. 그리고 자기가 사랑하는 여인에 대한 충성심이 가슴에 넘쳐흘렀다.

"그건 그런 종류의 일이 아닙니다." 그는 소리쳤다. 그러나 속으로는 이미 이 과학자의 생각을 용서하고 있었다. "제 아내는 세상에서 가장 사랑스럽고 고상하고 상냥한 여자입니다. 그러나……."

"그러나 당신은 그녀를 질투하고 있소. 당신이 그녀를 그렇게까지 믿고 있다면 왜 당신 문제로 나를 성가시게 하는 거죠?"

생각하는 기계가 가로막고 말했다. 아마 젊은 사람은 생각하는 기계가 의도했던 것보다 더 깊은 의미를 읽어냈을 것이다. 왜냐하면 그는 감정에 끌려가기 시작했기 때문이다. 교수는 습관적으로 곁눈질을 하면서 말을 계속했다. 그러나 자신의 입장을 바꾸지는 않았다.

"젊은 남자들은 모두 바보입니다." 그는 온후한 목소리로 말했다. "그리고 대부분 나이 든 남자들도 마찬가지라는 점을 덧붙이겠소. 하지만 일단 내 질문은 이렇소. 당신의 아내가 그렇게 행동하는 목적은 무엇이고, 자신의 행동에 대해 당신에게 거짓말을 하는 것은 또 무슨 목적일까요? 물론 우리는 그것을 알아내기 위해 그녀를 염탐해봐야 하오. 그리고 그 대답은 당신 미래의 행복을 망가뜨릴 수 있을지도 모르오. 나는 그럴지도 모른다고 말하는 거요. 나도 확실히 모르니까. 아직도 그 대답을 원하오?"

"알고 싶습니다. 알고 싶어요." 반 새포드 씨는 거칠게 말문을 터뜨렸다. "알지 않으면 미칠 것 같습니다."

생각하는 기계는 어렴풋한 동정의 눈빛으로 그를 계속 곁눈질했다. 그러나 예의 짜증스러운 목소리는 그가 상세하고 확실한 지시를 내리는 순간에도 역시 부드러워지지 않았다. 그는 명령했다.

"가서 당신 일을 계속 하시오. 이전처럼 평범하게 행동하도록 하시오. 아내와 싸우지는 말되 그녀에게 질문은 계속 하시오. 만약 당신이 질문을 하지 않으면 그녀는 당신이 의심을 하고 있는지 의심할 거요. 그녀의 행동에 어떤 변화가 있거든 나에게 보고하시오. 그것은 보통 문제가 아니오. 분명히 나는 그와 같은 문제를 겪어본 적이 없소."

생각하는 기계는 그를 문까지 배웅해주었다.

"사랑에 빠진 남자가 곤란에 빠지지 않는 경우를 본 적이 없단 말이야." 그는 깊은 생각에 잠기며 중얼거렸다.

이 철학적인 결론을 내리고 그는 전화기로 갔다. 30분 후 허친슨 해치 기자가 실험실로 들어왔다. 과학자는 단도직입적으로 말했다.

"해치 씨, 반 새포드 부부에 대해 들어본 적이 있소?"

"글쎄요, 조금은." 기자는 재빨리 흥미를 보이며 대답했다. "반 새포드 씨는 잘 알려진 클럽의 회원이며 백만장자이고 상류층 인사라는 것 등등이죠. 그리고 그의 아내는 내가 본 가장 아름다운 부인 중의 하나입니다. 그녀는 결혼 전에는 포터 양이었죠."

"당신들 기자들의 기억력은 대단해요. 당신은 그녀를 개인적으로도 알고 있소?"

해치는 머리를 저었다.

"당신은 지금부터 그녀를 잘 알고 있는 사람을 찾아야 하오." 생각하는 기계는 명령했다. "예를 들어 그녀와 터놓고 지내는 여자친구 말이오. 그 친구에게 가서 알아보시오. 반 새포드 부인이 왜 매일 아침 8시에 집을 나가고 나서 자기 남편에게는 자신이 만나지도 않은 누군가와 함께 있었다고 거짓말을 하는지 말이오. 반 새포드 부인은 그런 외출을 4일 동안 매일 했소. 이 사건에서 당신의 노력이 불행한 이혼을 막을 수 있을지도 모르오."

해치는 귀를 쫑긋 세웠다.

"그리고 넬 블레익슬리 양이 앓고 있는 병이 무엇인지도 알아내시오. 그게 전부요."

한 시간 후 허친슨 해치 기자는 글래디스 비크먼을 방문했다. 그녀는 반 새포드 부인이 결혼 전에 친하게 지냈던 젊은 사교계 여성이었다. 해치는 자신이 반 새포드 씨를 위해 왔노라고 그녀에게 말했다. 그녀는 미소를 짓기 시작했다. 그는 그녀에게 그 일을 명확하게, 열심히, 상세하게 설명했다. 그가 설명하면 할수록 그녀는 점점 더 유쾌하게 미소를 지었다. 그 미소는 그를 불안하게 했다. 그러나 그는 꾹 참고 끝까지 이야기했다.

"반 새포드 부인이 그랬다니 기뻐요. 그렇지만 나는 그녀가 그런 일을 했으리라곤 믿을 수가 없군요." 비크먼 양이 소리쳤다.

그러고 나서 갑자기 허친슨 해치 기자가 속고 있다는 느낌이 들도록 웃음을 터뜨렸다. 그 마음에서 우러나오는 물결치는 듯한 웃음은 거의 1분이나 계속됐다. 해치는 따라서 씩 웃었다. 실례한다는 말 한마디 없이 비크먼 양은 일어나 방을 나갔고, 저쪽 홀에서 새로운 웃음소리가 나더니 점점 멀어져갔다.

"음, 그녀를 즐겁게 해서 기쁘군." 그는 냉정하게 중얼거렸다.

그다음 그는 프랜시스 부인을 방문했다. 그녀도 반 새포드 부인과 우정을 나누고 있는 젊은 부인이었다. 그녀에게 그 일을 털어놓자 그녀도 웃었다. 이제 허친슨 해치 기자는 바보 같다는 기분이 들기 시작했다. 그 후 반 새포드 부인과 친한 사이라고 알려진 다른 여자 여덟 명을 방문했다. 그들 중 여섯은 그가 뻔뻔스럽고 주제넘게 꼬치꼬치 캐고 다니며 남의 일에 호기심 많은 사람이라 말했고, 나머지 둘은 웃었다. 해치는 멈춰 서서 열이 솟구치는 자기 이마를 한 대 쳤다.

"여기에는 누군가를 놀리려는 장난이 숨어 있어. 그 누군가가 혹시 나는 아닐까." 그는 중얼거렸다.

그 후 그는 그 문제를 갖고 반 도젠 교수에게 갔다. 그 탁월한 신사는 해치가 알아내지 못한 일에 대한 이야기를 측은함과 놀라움의 빛을 띠고 들었다.

"놀랍군!" 그는 안타깝게 말했다.

"네, 그것은 저에게 큰 충격이었습니다." 기자가 동의했다.

생각하는 기계는 긴 시간 동안 말이 없었다. 물빛처럼 푸른 눈은 위로 올라가고 여윈 하얀 손가락으로 장난을 하고 있었다. 드디어 그가 다음 단계를 위한 결심을 했다.

"할 일은 한 가지뿐인 듯하오. 당신에게 그 일을 부탁해도 되겠소?"

"뭔데요?" 기자가 물었다.

"반 새포드 부인을 지켜보고 있다가 그녀가 어디에 가는지 보는 거요."

"전에라면 그런 일을 하지 않았겠지만 이번에는 할 겁니다." 그는 바로 대답했다. 그의 마음속에 숨어 있던 강한 의욕이 솟아났다.

'나는 그 장난이 무엇인지 알아보고 싶다.'

해치가 보고를 하러 간 것은 다음 날 밤 10시였다. 그는 약간 지치고 아주 넌더리가 난 듯했다.

"저는 하루 종일 그녀 바로 뒤에 있었습니다. 오늘 아침 8시부터 밤 9시 20분, 그녀가 집에 도착할 때까지요. 그리고 주께서 저를 용서하신다면……."

"그녀가 무엇을 하던가요." 반 도젠 교수가 말을 막으며 성급하게 물었다.

"그것이 말입니다." 해치는 씩 웃으며 노트 하나를 꺼냈다. "그녀는 집에서 동쪽으로 걸어가 첫 번째 모퉁이를 돌아 다른 구획으로 걸어가서 버스를 타더군요. 그리고 곧장 공공 도서관으로 갔습니다. 그곳에서 1시 15분까지 헨리 제임스의 책을 읽고 나서 식당으로 점심을 먹으러 갔습니다. 저도 점심을 들었죠. 그다음 차를 타고 노스엔드까지 갔어요. 거기서 거의 오후 내내 정처 없이 그 근처를 돌아다니더군요. 4시 10분에 한 절름발이 소년에게 25센트짜리 은화를 하나 주었어요. 소년은 그게 진짜인지 물어뜯어 보고는 진짜임을 알자 그걸로 담배를 샀어요. 4시 30분에 그녀는 노스엔드를 떠나 커다란 상점으로 들어가더군요. 거기서 모든 물건의 값을 물어보았어요. 그녀가 값을 물어보지 않은 물건이 없을 정도였죠. 그러다 그녀는 구두끈을 한 쌍 샀어요. 상점이 6시에 문을 닫자 그녀는 다른 곳의 식당으로 가서 저녁을 먹었어요. 저도 저녁을 먹었죠. 우리는 7시 반에 식당에서 나와 공공 도서관으로 돌아갔어요. 그녀는 9시까지 책을 읽고 집으로 갔지요. 휴!"

그가 보고를 마쳤다.

생각하는 기계는 점점 분명한 실망의 빛을 띠면서 이야기를 들었다. 그가 그렇게 낙담하는 것을 보자 해치는 죄책감이 들기 시작했다.

"아시다시피 저도 어쩔 수 없었습니다. 그것이 그녀가 한 일들이에요."

"그녀는 누군가와 말을 하지 않았소?"

"종업원, 식당 웨이터, 도서관 직원 외에는 누구하고도 말하지 않았어요."

"그녀가 누구에게 쪽지를 주거나 받은 일도 없었소?"

"없었어요."

"그녀가 하는 행동이 어떤 목적을 가진 것처럼 보였소?"

"아니요, 제가 보기에 그녀는 시간을 보내고 있다는 느낌이 들었습니다."

반 도젠 교수는 몇 분 동안 말이 없었다.

"나는 아마……." 그가 말했다.

그러나 몇 가지를 더 알아오라는 명령뿐이었기에 그가 무슨 생각을 하고 있는지 해치는 알지 못했다. 다음 날 아침 해치는 다시 반 새포드 씨 집 앞에서 지키고 있었다. 8시 7분에 반 새포드 부인이 나와서 동쪽으로 빠르게 걸어갔다. 그녀는 첫 번째 모퉁이를 돌아 계속 빠르게 걸어 뒷골목의 구석 쪽으로 갔다. 거기서 멈춰 서서 급히 뒤돌아보더니 재빨리 안으로 들어갔다. 해치는 좀 떨어져 있었는데 그녀의 스커트 자락이 문으로 들어가는 것을 보자 바로 뛰어갔다.

"아, 어쨌든 여기에 뭔가가 있다." 해치는 만족하며 중얼거렸다.

그는 뒷골목으로 걸어 내려와 문 앞까지 갔다. 그 문은 집의 뒷

방 쪽으로 가는 다른 문들과 같았다. 어쩌면 배달 수레가 드나들 수 있도록 만들어진 문인지도 몰랐다. 문을 조사하면서 그는 턱을 상당히 긁혔다. 조결 결과 자신의 어리석은 기대에 완전히 당황하고 말았다. 문패를 보니 '반 새포드'라고 적혀 있었던 것이다. 그녀는 단지 앞문으로 나와 뒷문으로 들어간 것뿐이었다.

해치는 문을 두드려 몇 가지 물어보려다 생각을 바꾸고 앞문으로 다시 돌아와서 계단을 올라갔다.

"반 새포드 부인 계십니까?"

그는 문을 열어준 박스터에게 물었다.

"아니요, 부인은 몇 분 전에 나가셨습니다."

해치는 그를 잠시 냉랭하게 바라보다가 걸어 나왔다.

"이제 이것은 특별히 맛좋은 생선 요리와 같아." 그는 혼자 중얼거렸다. "그녀가 하인 몰래 집으로 다시 들어갔건, 하인이 뇌물을 받고 그랬건 간에 말이야."

그는 반 도젠 교수를 찾아가 이 일에 대해 이야기했다. 그 침착한 과학자가 끝까지 듣고 나더니 일어나 "오!"를 세 번이나 연발했다. 해치가 여기서 재미있었던 것은 끝이 보인다는 점이었다. 그러나 확실하지는 않았다. 그는 아직도 허둥대고 있었다.

생각하는 기계는 옆방으로 들어가려다 문득 돌아서서 물었다.

"그런데 참, 블레익슬리 양에게 무슨 일이 있는지 알아봤소?"

"아차, 그걸 잊었습니다." 기자는 비참하게 대답했다.

"걱정 마시오. 내가 알아볼 테니."

11시에 허친슨 해치와 생각하는 기계는 반 새포드의 집을 방문했다. 반 새포드 씨가 몸소 그들을 맞았다. 조그만 과학자를 보자 그의 얼굴에는 어렴풋한 희망의 빛이 떠올랐다. 해치를 소개하고 나서 과학자가 물었다.

"이 구역에 다른 반 새포드 씨 가족이 살고 있지는 않소?"

"이 도시에는 다른 가족은 하나도 없습니다. 왜요?"

"부인은 지금 안에 계시오?"

"아니요, 아내는 오늘도 아침에 나갔습니다."

"자, 반 새포드 씨, 나는 당신에게 이 일을 어떻게 끝낼 것인지, 그리고 동시에 그것을 어떻게 이해해야 할지를 말씀드리겠소. 지금 곧 위층 부인 방으로 올라가서, 아마 잠겨 있겠지요, 부인을 부르시오. 부인은 대답을 하지 않을 거요. 그러나 당신이 부르는 소리를 들을 거요. 그다음 부인에게 당신이 모든 것을 이해하며 미안하다고 말하시오. 그렇게 혼자 있는 것은 당신이 와주기를 기다리고 있었기 때문이므로 그녀는 말을 들을 거요. 부인이 나오면 아래층으로 데려오시오. 나를 믿으세요. 나는 아주 영리한 여인을 만나 기쁘오."

반 새포드 씨는 그가 제정신인지를 의심하는 듯이 바라보았다.

"정말 이게 무슨 어린애 같은 장난입니까?" 그가 소리쳤다.

"그것이 부인을 자기 방에서 나오게 설득하는 유일한 방법이오. 당신은 그걸 품위 있게 하는 것이 좋을 거요." 반 도젠 교수는 싸울 듯이 딱 잘라 말했다.

"정말입니까?"

"정말이오. 부인은 당신이 때때로 기억해야 할 교훈을 하나 가르치고 있어요. 부인은 당연히 요리사나 하녀가 모두 알고 있는 가운데 매일 단지 앞문으로 나갔다가 뒷문으로 들어오고 있었을 뿐이오. 당신이 부인을 뒤쫓아 갔는데 그녀가 사라졌던 날 그녀가 한 일이 바로 그것이오."
반 새포드 씨는 놀라워하면서 물었다.
"아내가 왜 그랬을까요?"
"왜냐고요? 신이 대답하게 하기 위해서지요. 저녁에 클럽에서 조금만 시간을 적게 보내고 이기적인 오락에 조금만 시간을 덜 쓰면 아름다운 여인에게 관심을 기울일 시간이 있을 거요. 당신의 아내는 결혼 전에는 끊임없는 관심에 아주 익숙했던 여인이란 말이오. 내 말대로 한다면 이 작은 가정의 문제를 풀 수 있을 거요. 당신은 수개월간 저녁마다 클럽에 갔고 부인은 아마 대부분의 저녁 시간을 여기서 홀로 보냈을 거요. 당신이 이기적이어서 부인 생각을 통 하지 않았던 거지요."

갑자기 반 새포드 씨는 돌아서서 응접실을 나갔다. 그들은 그가 한 번에 두 단씩 계단을 올라가는 소리를 들었다.

10분 후 반 새포드 부부는 응접실에 나타났다. 그녀의 예쁜 얼굴은 붉게 물들어 있었다. 그는 노골적으로 행복해했다. 서로 소개가 있었다.

"이 일에 신사분들을 끌어들인 것은 정말 엄청난 일이었어요. 정말 저 자신이 부끄럽군요." 반 새포드 부인은 매력적으로 사과했다.

"그건 중요하지 않습니다, 부인." 반 도젠 교수가 그녀를 안심시켰다. "그것은 제가 여성의 마음을 연구하는 첫 기회가 됐습니다. 그건 전혀 논리적이지가 않아요. 그러나 그건 매우 교훈적이었어요. 그리고 또 효과적이었고요."

그는 깊게 인사를 하고 돌아서서 모자를 집어들었다.
"아니, 교수님, 사례는요?" 반 새포드 씨가 물었다.

반 도젠 교수는 언짢은 듯이 그를 곁눈질했다.

"아, 예. 내 사례금." 그는 깊이 생각했다. "꼭 5천 달러가 되겠소."

"5천 달러요?" 반 새포드 씨가 외쳤다.

"5천 달러." 과학자가 되풀이해 말했다.

"아니, 이보십시오. 그건 당치 않아요……."

반 새포드 부인이 하얀 손을 남편의 팔에 놓았다. 그가 아내를 바라보자 그녀는 눈부시게 미소 지었다.

"내가 그만한 가치가 있다고 생각지 않으세요, 반?" 그녀는 장난꾸러기처럼 물었다.

그는 수표를 썼다. 교수는 조그만 손으로 수표 뒤에 자기 이름을 쓴 다음 해치에게 건넸다. 그리고 지시했다.

"자선기관에 보내주세요. 반 새포드 부인, 그것은 훌륭한 교훈이었습니다. 안녕히 계십시오."

과학자 반 도젠 교수와 허친슨 해치 기자는 아무 말 없이 두 블록을 나란히 걸어갔다. 기자가 그 침묵을 깼다.

"블레익슬리 양에게 무슨 일이 있었는지 왜 알고 싶어 하셨죠?"

"나는 그녀가 정말 아픈지 아니면 반 새포드 씨를 방황하게 하려고 한 것인지 알고 싶었소. 그녀는 감기에 걸렸어요. 내가 전화로 알아봤소. 나는 또한 클럽에서의 반 새포드 씨의 습관도 클럽에 전화를 걸어 알아냈다오."

"그리고 웃었던 그 여자들, 그건 무엇입니까?"

"그들이 웃었다는 사실로 나는 그 일이 심각한 것이 아니라는 것을 알았소. 그들은 분명히 그 부인이 자기 일을 의논하는 친한 친구들일 거요. 모든 종류의 가능성을 생각했지만 이 경우 그 사실들은 이미 논리가 전개되었기 때문에 있을 수 있는 일이었소. 나는 반새포드 부인이 하루 종일 여기저기 배회하고 다닌다는 당신의 말에 그 사건의 진상을 어렴풋이 떠올렸어요. 그리고 그녀가 자기 집 뒷문으로 들어갔다는 말을 들었을 때 해결책을 찾았지요. 왜냐하면……."

과학자는 멈춰 서서 기자의 얼굴 앞에 긴 손가락을 흔들었다.

"둘 더하기 둘은 늘 넷이 되기 때문이오. 때때로가 아니라 언제나."

A 분장실의 수수께끼
Problem of Dressing Room A

자크 푸트렐 Jacques Futrelle, 1875~1912

추리소설 사상 가장 박식한 탐정으로 평가받는 '반 도젠 교수'라는 탐정 캐릭터를 창조했다. 「수정 점술사」, 「완전한 알리바이」, 「정보 누설」 등 짧은 기간 동안 다수의 단편을 발표했으며, 국내에 발간된 책으로는 『미스터리 명탐정 사건파일』, 『사고 기계』 등이 있다. 1912년 타이타닉 호 침몰 시 37세라는 젊은 나이로 아내만 살리고, 자신은 미발표 원고 6편과 함께 바다 속으로 사라지는 비극적인 최후를 맞이했다.

그것은 절대로 불가능하다. 연례 선수권 대회에 출전하기 위해 세계 각지에서 보스턴으로 모여든 스물다섯 명의 체스 고수들은 모두 그것이 불가능하다고 선언했다. 긍정적인 의견이든 부정적인 의견이든 이들 체수 고수들이 만장일치로 뜻을 모은 것은 매우 이례적인 일이었다. 그것이 인간이 이루어낼 수 있는 범위 안의 일이라는 주장을 인정하는 사람은 아무도 없었다. 어떤 이는 얼굴을 붉혀가며 반대 주장을 폈고, 또 어떤 이는 고상한 미소와 함께 침묵을 지켰다. 그 문제는 말도 안 되는 엉터리라고 한마디로 잘라 버리는 사람도 있었다.

유명한 과학자이자 논리학자인 오거스터스 S. F. X. 반 도젠 교수가 내던진 평범한 한마디가 그런 논란을 불러일으킨 것이다. 그는 과거에도 우연한 일로 격렬한 논쟁을 불러일으킨 적이 있었다. 사실 그는 한때 학계에서 논란의 중심이 되었던 인물이었다. 그가 정통에서 벗어난 놀라운 가설을 조심스럽게 발표한 것이 그 원인이었다. 그 일로 인해 그는 명문대학 철학과장 자리를 권고사직당했는데, 나중에는 그가 그 대학 법학박사 학위를 수락하는 영광을 맞이하기도 했다.

그로부터 몇 년이 지난 지금 세계의 교육기관과 연구기관에서는 그에게 수많은 학위를 수여하여 재미를 보았다. 영국, 러시아, 독일, 이탈리아, 스웨덴, 스페인 등에서 받은, 그 자신도 발음하기 어려운 많은 학위에 그의 이름의 머리글자를 사용했다. 이런 학위들은 그가 학계의 최고 두뇌라는 걸 인정한다는 표현이었다. 그의 난해한 성격의 흔적은 다음 여섯 가지 이야기에 깊이 깔려 있다. 드디어 뜨거운 토론이 그의 결론을 기다리며 잠잠해지는 때가 왔다.

세계 체스의 고수들이 만장일치로 '아니다'라고 반대 의견을 내놓은 것은 반 도젠 교수가 세 명의 신사 앞에서 내뱉은 말 때문이었다. 신사 중 한 명인 찰스 앨버트 박사는 우연히 체스에 빠져든 사람이었다.

"체스는 두뇌 기능의 수치스러운 악용이오." 반 도젠 교수가 예의 짜증 섞인 목소리로 선언했다. "그것은 노력의 낭비요. 체스는 모든 추상적인 문제 중에서 가장 어려운 것일 수도 있기 때문이오. 물론 논리로 그것을 풀 수 있을 것이오. 논리는 어떤 문제도 풀 수 있소. '대부분'이 아니라 '어떤 문제'라도 말이오. 체스의 법칙을 완벽하게 이해한다면 누구라도 가장 어려운 체스 선수를 꺾을 것이오. 그것은 둘 더하기 둘이 넷이 되는 것을 막을 수 없는 것처럼 불가피한 것이오. 둘 더하기 둘이 넷이 되는 것은 때때로가 아니라 언제나 그렇소. 나는 체스를 둘 줄 모르오. 나는 쓸데없는 일은 절대 하지 않기 때문이오. 그러나 내가 몇 시간만 제대로 배운다면 체스에 일생을 바친 사람도 꺾을 수 있소. 그 사람은 체스의 논리에 밀려서 제

능력을 충분히 발휘할 수 없을 것이오. 나는 그렇지 않소. 나는 넓은 시야로 논리를 택하기 때문이오."

"그건 불가능한 일이오."

앨버트 박사가 강경하게 고개를 저으며 말했다.

"불가능한 일은 없소!" 과학자는 닦아세우듯 말했다. "인간의 정신은 무엇이든 할 수 있소. 그렇기 때문에 우리는 어떤 짐승보다 위에 설 수 있는 것이오. 부디 우리가 만물의 영장으로 남아 있었으면 좋겠소!"

강경하고 자기 중심적인 듯한 공격적인 어조가 앨버트 박사의 얼굴로 향했다.

"당신은 체스에서, 그 수많은 조합의 목적을 아시오?" 앨버트 박사가 물었다.

"아니오." 심술궂은 듯한 대답이었다. "나는 그 게임의 일반적인 방법밖에 모르오. 어떤 말을 어떤 방향으로 옮겨서 상대편 킹이 움직이지 못하도록 하는 것. 맞는 말이오?"

"그렇소." 앨버트 박사가 천천히 대답했다. "그런데 체스를 그런 식으로 설명하는 건 처음 들어보오."

"그렇다면, 그것이 옳다면 나는 논리의 순수한 기계적인 법칙으로 체스 전문가를 이길 수 있다고 계속 주장할 것이오. 몇 시간 동안 말의 움직임을 파악한 다음 당신을 이겨서 그 주장을 납득시켜주겠소."

반 도젠 교수는 앨버트 박사의 눈을 날카롭게 쳐다보았다.

"상대는 내가 아니오! 당신은 누구든지 상관없다고 말하지 않았소. 당신은 가장 뛰어난 체스 선수도 이길 수 있다고 말이오. 체스 게임을 익힌 다음 최고의 체스 선수를 한번 만나보시겠소?" 앨버트 박사가 말했다.

"물론이오. 나는 사람들을 납득시키느라 나 자신을 웃음거리로 만들어야 했던 일도 많았소." 과학자가 말했다.

이것이 매서운 논쟁의 시작이었다. 몇 년 동안 반 도젠 교수의 주장이라면 그 무엇도 쉽사리 반박할 수 없었는데, 급기야 그의 의견에 공개적으로 반대하는 일이 벌어졌다. 일은 선수권 대회가 끝나고 나서 반 도젠 교수가 우승자를 만나는 것으로 결정되었다. 우승자는 6년 동안 체스 챔피언을 차지한 러시아 사람 차이콥스키였다.

이미 예상했던 경기 결과가 나온 뒤 미국의 저명한 체스 고수 힐스베리는 비콘 힐에 있는 반 도젠 교수의 수수한 아파트에서 교수와 함께 아침나절을 보냈다. 떠날 때 그는 무척 알쏭달쏭하다는 표정이었다. 그날 오후 반 도젠 교수는 러시아인 우승자를 만났다. 신문들은 그 일에 대해 대서특필했고, 수백 명의 인파가 그 게임을 보려고 몰려들었다.

반 도젠 교수가 나타나자 곳곳에서 놀란 듯한 속삭임이 전해졌다. 그는 어린아이처럼 작았고 어깨는 거대한 머리의 무게를 지탱하지 못해 아래로 처진 것처럼 보였다. 머리에는 8호 사이즈 모자를 쓰고 있었다. 이마는 둥근 돔 모양을 이루었고 엉클어진 긴 금발머리 때문에 거의 괴물처럼 보였다. 두꺼운 안경 너머로 작게 찢어진 눈은 끊임없이 곁눈질하고 있었다. 깨끗하게 면도한 작은 얼굴은 창백할 정도로 하얬다. 입술은 완벽하게 일직선을 이루었고, 양손은 눈에 띌 만큼 유연하고 손가락이 길었다. 이 과학자의 50평생에 신체 발달에 대한 계획은 세우지 못했다는 걸 한눈으로 알 수 있었다.

러시아인은 미소 지으며 체스 테이블에 앉았다. 그는 자신이 그

괴짜의 비위를 맞추고 있는 것 같은 기분이 들었다. 다른 고수들이 가까이 몰려와 호기심 있게 기다렸다. 반 도젠 교수는 첫 번째 수로 퀸을 움직이면서 게임을 시작했다. 다섯 번째 수까지 조금도 주저 없이 두자 러시아인의 얼굴에서 웃음기가 사라졌다. 열 번째 수에서 체스의 고수는 긴장하기 시작했다. 이제 러시아인 챔피언은 자신의 명예를 걸고 게임에 임하고 있었다.

반 도젠 교수의 열네 번째 수는 여왕으로 왕의 성을 치는 것이었다.

"체크." 그가 선언했다.

판을 오랫동안 본 후 러시아인은 기사로 왕을 보호했다. 교수는 그것을 보고 손가락을 놀리며 의자에 기대앉았다. 그의 눈은 체스판을 떠나 꿈꾸듯 천장을 바라보았다. 적어도 15분 동안 아무 소리도, 아무 움직임도 없었다.

"열다섯 번째 수로 외통장군!" 그는 조용히 말했다.

놀라움으로, 숨이 막힐 지경이었다. 그것을 입증하는 데 고수들의 숙련된 눈으로도 몇 분이나 걸렸다. 그러나 러시아인 챔피언은 약간 질려서 얼떨떨한 표정으로 의자에 기대앉았다. 그가 놀란 것은 아니었다. 그는 이해할 수 없는 일이 벌어진 미로에서 무기력하게 당황하는 중이었다. 갑자기 그가 일어나 자신을 정복한 사람의 마른 손을 움켜쥐었다.

"당신은 전에 체스를 해본 적이 전혀 없습니까?"

"전혀."

"맙소사! 당신은 사람이 아니오. 당신은 어떤 두뇌, 어떤 기계, 생각하는 기계요!"

"어린아이 놀이일 뿐이오."

과학자는 무뚝뚝하게 말했다. 목소리에는 전혀 기뻐하는 기색이 없었다. 늘 그렇듯 짜증스럽고 무심한 목소리였다.

바로 이 사람이 반 도젠 교수다. 이것이 그가 '생각하는 기계'라고 세상에 널리 알려지게 된 계기다. 러시아인이 내뱉은 말은 신문기자 허친슨 해치에 의해 같은 제목으로 신문에 실렸다.

첫 번째 문제

아이린 월랙 양이 스프링필드 극장 분장실에서 의문의 증발을 한 것은 청중의 떠들썩한 박수 소리가 아직 그녀의 귀에 들려오던 순간이었다. '생각하는 기계'가 과학적인 문제가 아닌 일을 의뢰받은 것은 아마 유명 여배우 아이린 월랙 증발 사건이 처음일 것이다. 이 곤란한 사건에 그 과학자의 도움을 끌어들인 것은 기자인 허친슨 해치였다.

"나는 과학자이며 논리학자입니다." 생각하는 기계는 이렇게 이의를 제기했다. "범죄에 대해서는 아무것도 모릅니다."

"범죄가 일어났는지는 아무도 모릅니다." 해치 기자는 빠르게 말했다. "이 사건에는 보통의 사건 이상의 뭔가가 있어요. 한 여인이 없어졌어요, 증발했습니다. 친구들이 듣는 중에, 보는 중에 대기 중으로 말입니다. 경찰은 손을 쓰지 못하고 있어요. 이것은 경찰보다 더 위대한 정신이 해결해야 할 문제입니다."

반 도젠 교수는 손짓으로 신문기자에게 앉으라고 권하고 자신도 푹신한 쿠션 의자에 푹 파묻혔다. 의자에 앉은 그의 작은 모습은 더더욱 어린아이 같았다.

"그 이야기를 해보세요. 모조리 다." 그는 성급하게 말했다.

커다란 노란 머리를 의자 등받이에 받친 그는 푸른 사팔눈이 끊임없이 왔다 갔다 했고, 가느다란 손가락은 깍지를 끼고 있었다. 생각하는 기계는 시무룩해 보였다. 해치는 의기양양했다. 그는 이 기괴하고 이해할 수 없는 사건이 그의 흥미를 끌 거라는 흐릿한 희망을 품고 있었다.

"월랙 양은 서른 살에 미인입니다." 기자가 말을 시작했다. "그녀는 이 지방뿐만 아니라 전 영국에 잘 알려진 여배우입니다. 교수님도 신문에서 그녀에 관한 기사를 읽으셨는지 모르겠는데요, 만약……."

"나는 신문을 전혀 읽지 않아요." 과학자는 무뚝뚝하게 말을 잘랐다. "계속해요."

"그녀는 미혼인데, 알려진 바로는 지금의 생활을 변화시킬 의향이 전혀 없었습니다."

해치는 과학자의 마른 얼굴을 호기심 어린 눈으로 응시했다.

"저는 무대에 서는 아름다운 여인들이 대개 그렇듯 그녀에게도 숭배자가 있었다고 생각합니다. 그러나 그녀는 사생활이 완벽하게 깨끗했습니다. 교수님께서 그녀의 실종에 대한 단서를 찾는 데 제 얘기가 도움이 됐으면 좋겠군요."

기자는 말을 이었다.

"이제 그 사건이 일어난 실제적인 상황을 말씀드리겠습니다. 월랙 양은 셰익스피어 작품에 출연하고 있었습니다. 지난주 그녀는 스프링필드에 있었죠. 토요일 밤, 그날은 그 공연 계약이 끝나는 날이었는데 그녀는 〈뜻대로 하세요〉에서 로절린드로 분장하고 나타났습니다. 극장은 만원이었죠. 2막까지 그녀는 아주 열심히 연기했습니다. 가끔 두통으로 고생했는데 이번에도 두통이 아주 심했습니다. 2막이 끝나고 그녀는 자기 분장실로 돌아갔습니다. 3막이 올라가기 직전 무대감독이 그녀를 불렀죠. 그녀는 곧 나갈 거라고 대답했습니다. 그 대답이 그녀 목소리라는 것에는 전혀 의심할 바가 없는 것 같습니다.

로절린드는 커튼이 올라가고 6분이 지날 때까지 3막에 나타나지 않았습니다. 월랙 양의 차례가 왔지만 그녀는 대답이 없었습니다. 무대감독이 그녀 방으로 급히 달려가 불러보았지만 여전히 대답이 없었죠. 혹시 기절했을지도 모른다는 생각에 방에 들어가 보았습니다. 그녀는 거기 없었습니다. 서둘러 찾아봤지만 소용이 없었고 무대감독은 하는 수 없이 주연배우가 갑자기 병이 나서 공연을 끝낼 수밖에 없다고 관중에게 알렸습니다.

커튼이 내려지고 수색은 계속됐습니다. 무대 구석구석을 온통 뒤졌습니다. 무대 출입문 경비원인 윌리엄 미건은 아무도 나가는 것을 보지 못했습니다. 그와 경찰관 하나가 무대 출입문에 서서 적어도 20분은 이야기하고 있었습니다. 그러므로 월랙 양은 무대 출입문으로는 나가지 않았다는 결론입니다. 무대에서 나갈 수 있는 다른 길은 극장을 위로 넘어가는 것뿐이죠. 물론 그녀는 그 길로 가지 않았습니다. 아직 그녀의 흔적은 발견되지 않았습니다. 그녀는 어디 있을까요?"

"창문은?" 생각하는 기계가 물었다.

"무대는 길보다 낮습니다. 그녀의 분장실인 A호실 창문은 작고 쇠창살이 쳐져 있습니다. 창문은 3미터 높이가 되는 통풍구 쪽으로 열리며 화강암에 고정된 쇠창살로 덮여 있습니다. 그녀는 다른 단원들이나 무대 사람들 눈에 띄지 않고는 그 창문들에 접근할 수 없습니다."

"무대 아래는?" 과학자가 넌지시 물었다.

"아무것도 없습니다. 그곳은 시멘트로 된 커다란 지하실로 비어 있는데 거기도 찾아보았습니다. 월랙 양이 가끔 불안해질 때면 그곳에 내려가 걸어다녔을 수도 있기 때문이었죠. 무대 위쪽에 있는 대도구 조작부까지도 찾아보았습니다. 그곳은 커튼 기사가 배치된 곳이지요."

잠깐 침묵이 흘렀다. 생각하는 기계는 손가락을 위아래로 빙빙 돌리고 있었다. 그는 기자를 보고 있지 않았다. 이윽고 그가 침묵을 깼다.

"월랙 양이 사라졌을 당시 입고 있던 옷은 무엇이죠?"

"몸에 꼭 끼는 상의와 반바지입니다. 그녀는 2막에서부터 그 연극의 끝까지 그 의상을 입습니다."

"그녀 방에는 그녀가 밖에 나갈 때 입는 옷도 있었나요?"

"예, 모든 소품이 잠긴 의상 트렁크 주변에 널려 있었죠. 마치 그녀 차례가 되어 무대로 떠난 것처럼 말이죠. 테이블 위의 열린 초콜릿 크림 캔디 상자까지도요."

"싸운 흔적이나 어떤 소음을 들은 사람도 없었나요?"

"없었습니다."

"핏자국 같은 것도?"

"아무것도."

"하녀는? 그녀는 하녀가 있습니까?"

"아 참, 하녀 거트루드 매닝이 1막이 끝나고 나서 바로 집으로 돌아갔습니다. 갑자기 병이 났다더군요."

생각하는 기계가 처음으로 그의 사팔눈을 기자에게 돌렸다.

"병이라고? 어디가 아파서?"

"사실인지 아닌지는 모르겠습니다."

"그녀는 지금 어디 있나요?"

"모르겠습니다. 모두 윌랙 양 일로 흥분해서 그녀에 대해서는 잊고 있었어요."

"초콜릿은 어떤 종류였습니까?"

"유감스럽게도 그것 역시 모르겠습니다."

"그건 어디에서 샀습니까?"

기자는 어깨를 으쓱하였다. 역시 그가 알지 못하는 일이었다.

생각하는 기계는 불편하게 머뭇거리는 해치를 계속 노려보면서 공격적으로 질문을 쏘아댔다.

"그 초콜릿은 지금 어디 있나요?"

해치는 또 한 번 어깨를 으쓱했다.

"윌랙 양은 몸무게가 얼마나 나갑니까?"

이번에는 대답할 수 있었다. 그는 여러 번이나 그녀를 보았다.

"60킬로그램 안팎일 겁니다." 그는 과감하게 말했다.

"극단과 관계있는 최면술사가 혹시 있소?"

"모르겠습니다." 해치가 대답했다.

생각하는 기계는 깡마른 손을 흔들었다. 그는 화가 나 있었다.

"이건 불합리하오." 그가 훈계하듯 말했다. "이 정도 정보만 주면서 나에게 도움을 요청하다니. 내가 뭔가 시도해볼 수 있을 만큼 모든 사실을 알고 있다면 모르지만."

신문기자는 화가 났다. 그는 분별 있고 통찰력 있는 기자로 인정받는 사람이었다. 그런 그를 대하는 교수의 태도며 목소리, 하찮아 보이는 질문까지도 화가 났다.

"저는 교수님이 가능하다고 여기시는 것처럼 그 초콜릿에 독이 들어 있었다 할지라도 그것을 보지 못했어요. 또 월랙 양의 실종과 관련 있을지 모르는 최면술사도 못 봤어요. 그러나 분명히 그녀가 사라진 것은 독이나 최면술 때문이 아닐 겁니다."

"물론 당신은 못 봤겠지!" 생각하는 기계는 노골적으로 감정을 드러냈다. "당신이 봤다면 나에게 오지 않았을 거요. 그 일은 언제 일어났습니까?"

"말씀드린 대로 토요일 밤입니다." 기자는 약간 더 겸손하게 말했다. "스프링필드에서의 계약은 끝났습니다. 월랙 양은 오늘 밤 이곳 보스턴에 도착할 예정이었습니다."

"그녀는 언제, 그러니까 몇 시에 사라졌다는 거요?"

"예, 무대감독의 시간표로 보면 3막이 시작되어 커튼이 올라가는 시간은 9시 41분입니다. 그는 1분 전인 9시 40분에 그녀에게 말했다고 합니다. 3막에서 그녀는 막이 올라간 후 6분 뒤에 나갑니다. 그러니까……."

"정확히 7분 만에 60킬로그램 나가는 여자가 분명히 밖으로 나가기에는 적절치 못한 옷차림으로 분장실에서 감쪽같이 사라졌군요. 이 범죄는 몇 시간 안에 해결하리라고 봅니다."

"범죄요?" 해치는 다급히 물었다. "교수님은 범죄가 있었다고 생각하십니까?"

반 도젠 교수는 그 질문을 귀담아듣지 않았다. 다만 일어서서 뒷짐을 지고 눈을 내리깐 채 응접실을 대여섯 번 왔다 갔다 할 뿐이었다. 드디어 멈춰 선 그가 기자를 바라보았다. 기자도 일어서 있었다.

"그 짐을 가진 월랙 양 일행이 지금 보스턴에 있죠? 그 일행의 남자들을 모두 만나서 얘기해보고, 특히 그들의 눈을 잘 관찰해보십시오. 아무리 사소한 사람이라도 빼놓지 말고요. 그리고 초콜릿 상자가 어떻게 됐는지 알아보세요. 가능하다면 몇 개가 비었는지도. 그런 다음 나에게 오세요. 월랙 양의 안전은 당신이 얼마나 빨리 정확하게 일을 하는가에 달렸을지도 모릅니다."

"어떻게……" 해치는 솔직히 놀랐다.

"말은 그만하고 서두르세요! 나는 당신이 돌아올 때 택시를 대절해놓겠어요. 우리는 스프링필드에 가야 해요."

기자는 명령에 따라 달려나갔다. 그는 그 명령을 온전히 이해하기가 어려웠다. 남자들의 눈을 관찰하는 것은 적성에 맞지 않았으나 그럼에도 그는 복종했다.

한 시간 반 후 그가 돌아오자 생각하는 기계는 다짜고짜 그를 대기 중인 택시 안으로 밀어넣었다. 택시는 소리를 내며 남부역으로 달려갔다. 그곳에서 두 남자는 막 스프링필드를 향해 출발하려는 기차를 잡아탔다. 일단 자리를 잡고 앉자 과학자는 해치를 돌아봤다. 해치는 알아온 정보를 아직 뱉어내지 못해 숨이 막힐 지경이었다.

"어떻소?" 교수가 물었다.

"저는 많은 것을 알아냈습니다. 첫째, 월랙 양 상대역인 남자 배우 랭든 메이슨은 3년 동안 그녀와 사랑에 빠져 있었는데, 그가 토요일 저녁 극장에 가기 전에 스프링필드의 슈일러 과자점에서 그 초콜릿을 샀습니다. 그가 직접 내게 말해주더군요. 별로 말하고 싶어 하지 않은 것 같았지만, 그러나 제가, 제가 그의 입을 열었지요."

"아!" 생각하는 기계가 탄성을 올렸다. 아주 솔직한 감정이 담긴 소리였다. "초콜릿 상자는 몇 개나 비어 있던가요?"

"단 세 개요. 월랙 양의 물건들은 트렁크에 꾸려져 분장실에 보관되어 있었습니다. 거기에 초콜릿도 있었어요. 저는 단장을 설득했죠."

"좋아요, 좋아요, 좋아요." 생각하는 기계가 성급하게 끼어들었다. "메이슨의 눈은 어떤 눈이었습니까? 무슨 색깔이었소?"

"파란색이고, 솔직히 이상한 점은 전혀 없었습니다."

"다른 사람들은?"

"사실 눈을 관찰하라는 말이 무슨 뜻인지 잘 몰라서 사진을 찍어왔습니다. 이 사진들이 도움이 될지도 모르겠군요."

"훌륭해, 훌륭해요." 생각하는 기계가 칭찬했다. 그는 사진을 한 장씩 넘겨보다가 문득 눈을 멈추고 자세히 들여다보더니 뒤에 쓰여 있는 이름을 보았다.

"이 사람이 남자 주연배우인가요?"

드디어 사진 한 장을 해치에게 보이며 물었다.

"예."

반 도젠 교수는 더 이상 말하지 않았다. 기차는 9시 20분에 스프링필드에 닿았다. 해치는 교수를 따라 역을 나와 말없이 택시를 탔다.

"슈일러 과자점." 생각하는 기계가 명령했다. "서둘러주시오."

택시는 밤을 가르고 달려갔다. 10분 후 밝게 불이 켜진 과자점 앞에 섰다. 생각하는 기계는 안으로 들어가 초콜릿 카운터 뒤에 서 있는 소녀에게 다가갔다.

"이 남자의 얼굴을 알겠어요?"

그는 메이슨의 사진을 내밀며 물었다.

"아, 예. 기억해요. 배우예요."

"이 사람이 토요일 초저녁에 작은 초콜릿 한 상자를 사갔나요?" 이것이 다음 질문이었다.

"예, 좀 서두르는 모습을 보여서 기억에 남아요. 짐을 꾸리러 극장에 가야 한다고 말하더군요."

"그럼 이 남자가 여기서 초콜릿을 사간 적이 있나요?"

과학자는 다른 사진 한 장을 꺼내 보이며 물었다. 그녀는 사진을 잠깐 자세히 들여다보았다. 해치는 목을 길게 빼고 기웃거렸지만 허사였다.

"이 사람이 사간 적이 있는지는 기억이 안 나는데요." 소녀의 대답이었다.

생각하는 기계는 갑자기 몸을 돌려 공중전화 부스 안으로 사라졌다. 그곳에서 5분간 있다가 다시 택시로 달려갔다. 해치는 그를 바짝 쫓아갔다.

"시립병원!"

택시는 다시 달려나갔다. 해치는 잠자코 있었다. 아무 할 말도 없는 듯했다. 생각하는 기계는 평범하게 어떤 결정적인 탐구 방향을 따라가고 있었다. 기자는 그게 무엇인지 알 수 없었다. 사건은 끊임없이 변화하고 있었다. 이런 인상은 시립병원에서 외과의사 칼튼 박사와 생각하는 기계가 대화하는 옆에 서 있을 때 더욱 짙어졌다.

"여기에 거트루드 매닝이 있습니까?" 과학자의 첫 질문이었다.

"예, 토요일 밤 여기로 실려왔지요." 외과의사가 대답했다.

"스트리크닌 중독으로 알고 있습니다만." 상대방이 끼어들었다. "아마 거리에서 실려 왔을 거예요. 나는 내과의사입니다. 그녀가 회복됐다면 몇 가지 질문을 하고 싶습니다."

칼튼 박사가 동의했다. 반 도젠 교수 뒤에는 아직도 해치가 충직하게 따르고 있었다. 교수는 서둘러서 월랙의 하녀가 창백하게 누워 있는 병실로 들어갔다. 힘없는 그녀의 손목을 잡고 깡마른 손가락으로 1분간 맥박을 짚었다. 그러더니 만족한 듯 고개를 끄덕였다.

"매닝 양, 내 말을 알아듣겠어요?" 교수가 물었다.

소녀는 힘없이 고개를 끄덕였다.

"초콜릿을 몇 개나 먹었어요?"

"두 개요." 그녀는 멍청한 눈으로 위에 있는 얼굴을 바라보았다.

"아가씨가 극장을 떠날 때까지 월랙 양도 그걸 먹었나요?"

"아니요."

방금까지 생각하는 기계의 행동이 서두른 정도라면 지금은 질주하고 있었다. 해치는 충실하게 그의 뒤를 따라 계단을 내려와 택시를 탔다. 거기서 반 도젠 교수는 칼튼 박사에게 감사하다고 소리쳤다. 이번에 그들의 목적지는 월랙 양이 실종된 극장의 무대 출입문이었다.

기자의 머리는 뒤죽박죽이었다. 그는 초콜릿 세 조각이 상자에서 없어졌다는 것 말고는 분명히 아는 것이 하나도 없었다. 그 하녀가 그중 두 개를 먹었다. 그녀는 중독되었다. 그러므로 월랙 양이 세 번째 조각을 먹었다면 그녀 역시 중독되었다고 가정하는 것이 논리적일 듯했다. 그러나 중독이 그녀를 안 보이게 할 수는 없을 것이다. 이 부분에 이르자 기자는 머리를 절망적으로 흔들었다.

무대 경비원 윌리엄 미건은 쉽게 찾을 수 있었다.

"확인 좀 할 게 있는데요." 생각하는 기계가 말을 꺼냈다. "메이슨 씨가 토요일 밤에 월랙 양에게 줄 초콜릿 상자를 당신에게 맡기고 갔습니까?"

"예." 미건은 선선히 대답했다. 그는 이 작은 남자를 보고 재미있어했다. "월랙 양이 도착하지 않았어요. 메이슨 씨는 거의 매일 밤 그녀에게 초콜릿 상자를 가져다주는데 보통 여기에 두었어요. 나는 토요일 밤의 것을 여기에 두었지요."

"메이슨 씨는 토요일 밤에 다른 사람들보다 일찍 왔습니까, 아니면 나중에 왔습니까?"

"먼저였어요. 보통때보다 일찍 왔더군요. 아마 짐을 꾸리려고 그랬겠지요."

"그리고 일행 중 다른 사람들도 들어갈 때 여기서 편지를 가져가는 것 같은데?"

과학자는 선반 위의 우편함을 곁눈질했다.

"항상 그렇죠."

생각하는 기계는 길게 숨을 들이마셨다. 순간 그의 이마에 주름살이 나타났다가 없어졌다.

"자, 그럼 토요일 밤 9시에서 11시 사이에 무대에서 나온 짐이나 상자는 없었습니까?"

"없었어요." 미건은 순순히 말했다. "한밤중에 일행의 짐이 모두 없어질 때까지 아무것도 없었어요."

"월랙 양은 자기 분장실에 트렁크를 두 개 갖고 있나요?"

"예, 아주 큰 것으로 두 개요."

"어떻게 그걸 알죠?"

"그것을 들고 들어오고 나갈 때 제가 도와주거든요. 그런데 그게 당신과 무슨 상관입니까?" 미건은 날카롭게 물었다.

생각하는 기계는 갑자기 돌아서서 뒤에 바싹 붙어 있는 그의 그림자, 해치와 함께 택시로 달려나갔다.

"가장 가까운 장거리 전화 부스로 빨리 가주시오, 빨리." 과학자가 택시기사에게 말했다. "한 여자의 생명이 걸려 있소."

30분 후 반 도젠 교수와 허친슨 해치는 보스턴으로 돌아가는 기차에 타고 있었다. 생각하는 기계는 공중전화 부스에서 15분간 있었다. 그가 나왔을 때 해치는 여러 가지 질문을 했다. 과학자는 대답을 해주지 않았다. 스프링필드에서 출발한 지 30분쯤 지나서야 과학자는 말을 할 뜻을 내비쳤다. 그것도 마치 꼭 전에 하던 대화를 이어가는 것처럼 단도직입적으로 말했다.

"물론 월랙 양이 극장 무대를 떠나지 않았다면 그녀는 극장에 있소. 우리는 그녀가 보이지 않게 된 것이 아니라는 점을 인정해야 하지. 그러므로 문제는 그녀를 무대 위에서 발견하는 데 있소. 그녀에게 폭력이 사용되지 않았다는 사실은 여러 가지 이유에서 결정적으로 증명됩니다. 아무도 그녀의 비명을 못 들었고 싸움도 없었고 핏자국도 없소. 그러므로 처음부터 그녀는 실종됐을 것이라는 생각에 동의해야 한다고 추정하오. 그녀의 복장이 거리로 나가기에는 전혀 적합하지 않았다는 것을 기억하시오.

이제 모든 상황에 맞는 가설을 하나 세워봅시다. 월랙 양은 두통이 심했소. 최면으로 두통을 치료할 수도 있을 겁니다. 월랙 양이 따를 최면술사가 있나요? 있었다고 가정하시오. 그러면 그 최면술사는 그녀를 경직된 상태에서 자기 마음대로 옮길 수 있을 거요. 동기를 가정해보면 어떻소?

이 중요한 문제에서 모든 일이 뻗어나가는 겁니다. 우리는 모든 상황에 들어맞는 단 하나의 인물이 있다, 라는 가정이 옳다고 인정하고 나갈 겁니다. 분명히 최면술사는 그녀를 분장실에서 나오게 하려고는 하지 않았을 겁니다. 그러면 무엇이 남죠? 그녀 방에 있는 두 트렁크 중 하나요."

해치는 놀라서 숨이 막혔다.

"그렇다면 그녀가 최면에 걸려 두 번째 트렁크, 잠겨서 끈으로 묶여 있는 트렁크에 있을 수도 있다는 건가요?"

"그게, 일어날 수 있는 유일한 일이오." 생각하는 기계는 단호하게 말했다. "그러므로 결국 일어났던 일은 바로 이것이오."

"맙소사, 끔찍한 일이로군요!" 해치가 외쳤다. "살아 있는 여자가 48시간 동안 트렁크 속에? 그때 그녀가 살아 있었다 하더라도 지금은 죽었을 겁니다."

기자는 약간 몸을 떨었다. 그리고 옆 사람의 수수께끼 같은 얼굴을 진기한 듯이 응시하였다. 거기에는 동정도, 무서움도 없었다. 단지 머리가 돌아가는 모습뿐이었다.

"그녀가 죽는다는 일이 필연적으로 따라오지는 않아요. 그녀가 최면에 들기 전에 초콜릿을 먹었다면 아마 죽었을 거요. 그러나 경직된 상태가 되고 나서 초콜릿을 입에 넣었다면 죽지 않았을 수도 있어요. 초콜릿은 녹지 않았을 테고 따라서 그녀의 신체는 그 독을 흡수하지 못했을 거요."

"그러나 그녀는 질식했을 거예요. 그녀의 뼈는 트렁크를 함부로 다루어 부러졌을 거예요. 거기에는 수백 가지 가능성이 있어요." 기자가 이의를 제기했다.

"경직 상태에 있는 사람은 특별히 부상에는 둔감하오. 물론 질식할 가능성도 있지만, 트렁크에는 공기가 많이 들어가는 편이지요."

"초콜릿은요?" 해치가 물었다.

"음, 그 초콜릿. 우리는 초콜릿 두 조각으로 하녀가 거의 죽게 되었다는 것을 알고 있소. 그러나 메이슨 씨는 그것을 구입했다는 사실을 인정했소. 사실을 인정한다는 것은 이 독약이 든 초콜릿은 오히려 그가 산 것이 아니라는 것을 가리키고 있소. 메이슨 씨가 최면술사인가요? 아닙니다. 그는 그런 눈을 가지고 있지 않아요. 그의 사진이 말하고 있지요. 우리는 메이슨 씨가 월랙 양에게 여러 번 초콜릿을 사줬고 때때로 초콜릿을 무대 출입문의 경비원에게 맡겼다는 것도 알고 있소. 또 우리는 일행이 자기 편지를 찾아가려고 그곳에 머무르곤 한다는 사실도 알지요. 우리는 곧 어떤 사람이 그 상자를 가져가고 독이 든 초콜릿을 대신 놓아둘 가능성이 있다는 것을 알 수 있습니다.

이 모든 것의 이면에는 광기, 교활한 광기가 있어요. 그것은 월랙 양을 계획적으로 죽이려는 음모요. 아마 보답을 받을 수 없거나 희망이 없는 열정 때문이었을 겁니다. 그 음모는 독이 든 초콜릿으로 시작했어요. 그것이 실패하자 무대감독이 마지막으로 그녀에게 사인한 직후 바로 목표지점으로 갔어요. 최면술사는 아마 그때 그녀의 방에 있었을 겁니다."

"월랙 양은 아직 트렁크 안에 있습니까?" 해치가 드디어 물었다.

"아니요. 살았건 죽었건 지금은 나왔겠지."

"그러면 그 남자는요?"

"보스턴에 도착하면 나는 30분 안에 그를 경찰에 넘길 겁니다."

남부역에서 과학자와 해치는 곧바로 차를 타고 경찰본부로 갔다. 해치가 잘 아는 맬러리 형사가 그들을 맞이했다.

"우리는 스프링필드에서의 교수님 전화를 받았습니다." 그가 말을 꺼냈다.

"그녀는 죽었나요?" 과학자가 끼어들었다.

"아니요. 그녀를 트렁크에서 꺼냈을 때는 의식이 없었지만 뼈는 부러지지 않았어요. 그녀는 심하게 타박상을 입었죠. 의사는 그녀가 최면에 걸려 있다고 말합니다."

"그녀 입에서 초콜릿 조각을 꺼냈나요?"

"예, 한 조각이요. 그건 녹지 않았어요."

"몇 분 내에 이곳으로 돌아와서 그녀를 깨우겠어요." 생각하는 기계가 말했다. "지금 우리와 함께 가서 그 사람을 잡읍시다."

의아하게 여기면서 형사는 택시로 들어왔다. 셋은 좀 떨어져 있는 큰 호텔로 갔다. 들어가기 전에 생각하는 기계는 맬러리에게 사진 한 장을 건넸다. 그는 불빛 아래서 사진을 유심히 들여다보았다.

"그 사람은 여러 사람과 함께 위층에 있어요." 과학자가 설명했다. "우리가 그 방에 들어갈 때 그를 찾아내서 그의 뒤에 서도록 하세요. 그는 총을 쏘려고 할지도 모릅니다. 내가 지시할 때까지는 그에게 손대지 마십시오."

5층의 넓은 방에서 단장 스탠펠드가 일행을 소집하고 있었다. 그것은 생각하는 기계가 전화로 요청한 것이었다. 반 도젠 교수가 들어갔을 때 아무런 준비도 없었다. 교수는 곁눈으로 단장을 보고 곧바로 랭든 메이슨에게 가서 잠깐 그의 눈을 자세히 응시했다.

"3막에서 월랙 양이 나타나기 전에 당신은 무대에 있었습니까? 지난 토요일 밤의 연극에서 말입니다." 그가 물었다.

"네, 그렇죠. 적어도 3분간은." 메이슨은 대답했다.

"스탠펠드 씨, 그게 맞습니까?"

"그렇습니다." 단장이 대답했다.

긴장된 긴 침묵의 시간이 흘렀다. 맬러리가 그 방의 구석을 향해 걸어가는 발소리만이 그 정적을 깨뜨렸다. 그 질문들이 거의 힐난조였다는 것을 깨닫자 메이슨의 얼굴이 조금씩 붉어졌다. 그는 말하기 시작했다. 그러나 생각하는 기계의 확고하고 감정 없는 목소리가 그의 말을 중단시켰다.

"맬러리 씨, 범인을 잡으십시오."

순간, 격렬하고 대단한 싸움이 벌어졌다. 그곳에 있던 사람들은 맬러리 형사가 〈뜻대로 하세요〉에서 '우울한 자크' 역을 맡았던 스탠리 와이트먼을 커다란 팔로 꽉 붙잡는 것을 돌아보았다. 맬러리는 불시의 동작으로 와이트먼을 팽개쳐 그의 손에 수갑을 채웠다. 그러고는 자기 어깨 너머로 넘어진 사람의 눈을 자세히 들여다보는 생각하는 기계를 올려다보았다.

"그래요, 그는 최면술사입니다." 과학자는 마지막으로 스스로 만족하며 이야기했다. "그것은 항상 그 사람의 눈을 보면 알 수 있지요."

이것이 첫 번째 문제의 자초지종이다. 월랙 양은 회복되자 생각하는 기계가 한 것과 거의 일치되는 이야기를 했다. 그리고 석 달

후에는 순회공연을 계속했다. 그동안 그녀에 대한 절망적인 사랑으로 마음을 앓다가 미쳐버린 스탠리 와이트먼은 격리된 정신병동에서 헛소리하며 날뛰고 있었다. 정신과 전문의는 그가 불치라고 선고했다.

알리바바의 주문
The Adventurous Exploit of the Cave of Ali Baba

도로시 리 세이어즈 Dorothy Leigh Sayers, 1893~1957

20세기를 대표하는 추리소설가이자 저술가, 번역가, 신학자. 1920년 옥스퍼드 대학 문학석사 학위를 받았는데, 당시 옥스퍼드의 학위를 취득한 최초의 여성이었다. 1923년 첫 소설 『시체는 누구?』 이후 15년간 피터 윔지 경 시리즈를 발표해, 고전 추리소설의 미덕을 가장 잘 갖춘 동시에 문학적 가치도 높아 애거서 크리스티에 견줄 만한 작가라는 평을 받았다.

램베스 가, 어느 초라한 집의 한길 쪽으로 향한 방에서 한 사나이가 훈제 연어를 먹으며 모닝포스트 지를 보고 있었다. 작달막하고 여윈 사나이로 갈색 머리는 부자연스러울 만큼 단정하게 다듬었고, 턱수염 끝은 매끈히 손질되어 있었다. 짙은 감색 더블 재킷도, 양말도, 넥타이도, 손수건도 모두 잘 조화되어 있지만, 다소 사치스러운 것 같아서 점잖은 취미로서는 만점이랄 수 없었다. 구두도 갈색은 너무 야하다. 신사처럼 보이지는 않았고 그렇다고 해서 귀족의 종살이를 하는 사람 같지도 않았지만, 어딘가 상류가정 생활에 익숙한 사람의 분위기가 엿보인다. 자기 손으로 갖춰놓은 아침식사 테이블에도 양가良家의 하인들에게 필요한 세밀한 주의가 기울여져 있다. 작은 사이드 테이블에 다가가 작은 접시에 햄을 담아 놓는 모양도 우수한 집사執事의 품격이 충분했다. 그러나 은퇴한 집사치고는 나이가 너무 젊다. 아무튼 유산이라도 굴러 들어온 하인인지도 모른다.

사나이는 왕성한 식욕을 발휘해서 햄을 먹은 다음 커피를 마시면서 아까 보다가 만 기사를 유심히 들여다보았다.

피터 윔지 경의 유서, 공개되다
유산은 하인에게, 1만 파운드는 자선사업에

작년 11월 탕가니카에서 맹수를 사냥하던 중 우연한 사고로 죽은 그 피터 윔지 경의 유산은 어제 50만 파운드라고 발표되었다. 총액 1만 파운드에 달하는 금액은 다음과 같은 자선사업에 기증되기로 하였다(이하, 유산을 기부받는 사업체 명단이 이어졌다.)

경의 하인이었던 머빈 번터 씨에게는 500파운드의 연금과 피카딜리에 있는 고인의 저택 사용권이 주어졌다(그리고 수많은 개인 명단이 이어졌다). 나머지 유산은 피카딜리 110A번지 저택에 남아 있는 희귀서 및 회화 수집품을 포함하여 고인의 어머니 덴버 공작 부인의 소유로 돌아간다.

피터 윔지 경은 향년 37세. 경은 오늘날 영국 귀족 중에서 으뜸가는 재산가로 알려져 있는 당대當代 덴버 경의 동생이다. 생전의 경은 범죄학자로서 명성을 떨쳤고, 몇 가지 유명한 사건의 해명을 위해서도 활약한 바 있다. 경은 또한 저명한 서적 수집가이기도 했고. 사교계의 제일인자이기도 했다.

읽고 나자 사나이는 조용히 안도의 한숨을 쉬었다.
"분명히 그렇지. 사람들이란 돌아올 것 같으면 아무도 함부로 돈을 내놓진 않을 테니까. 그 사나이도 끝내 죽어버렸군. 이제는 나도 자유가 되었어."

사나이는 커피를 마시고 나서 식탁을 정리하고 그릇들을 씻은 다음 모자걸이에서 중산모를 집어들고 밖으로 나갔다.

버스는 그를 버몬 시까지 데려다주었다.

버스에서 내린 그는 어둠침침한 뒷골목으로 발길을 돌려 15분 남짓 걸어가서 초라한 술집 앞에 이르렀다. 사나이는 그 집에 들어가서 위스키 더블을 주문했다.

술집은 방금 문을 연 참이었지만 그걸 고대하고 있었던 것처럼 많은 사람들이 벌써 카운터 주위에 모여들고 있었다.

하인같이 보이는 이 사나이는 자기 글라스에 손을 내밀다가 체크무늬 양복에 어울리지 않는 넥타이를 맨 사나이의 팔꿈치에 부딪치고 말았다.

"이봐!" 발끈한 사나이가 훈계하듯 말했다. "어쩌자는 건가? 여긴 말이야, 너 같은 놈들이 올 데가 아니야. 썩 꺼져!" 그는 높은 소리로 호통을 치면서 상대방의 가슴을 떠밀었다.

"술집엔 누구나 와도 상관없는 곳 아닌가?" 상대방도 지지 않고 같이 떠밀었다.

"됐어요!" 웨이트리스가 말했다. "그만해요. 이분도 일부러 한 건 아니니까요, 주크스 씨."

"일부러 한 게 아니라구?" 주크스 씨라고 불린 사나이가 말했다. "난 농담으로 하는 말이 아니야."

"당신도 좀 창피한 줄 아세요." 웨이트리스가 머리를 흔들면서 응수했다. "우리 가게에서 제발 싸우지 마세요. 그것도 아침부터 말이에요."

"정말 모르고 그랬지." 램베스에서 온 사나이는 말했다. "난 누굴 성가시게 한 적도 없고 좋은 술집에 드나들기 때문에 싸움 같은 건 한 적이 없어. 하지만 어떤 신사라도 문젤 일으키길 바란다면……."

"알았어, 알았어." 주크스 씨는 좀 수그러들었다. "자네 얼굴에 상처 입히진 않을 거야. 가끔 코 모양이 달라지는 것도 나쁘지 않겠지만. 어쨌든 앞으로 조심하란 말이야. 자, 화해하는 뜻에서 내가 한턱 내지."

"아냐, 아닐세." 상대방은 사양했다. "이건 내가 한 턱 내야 하겠는걸. 밀어서 미안하게 되었네. 그렇지만 당신처럼 그렇게 다짜고짜로 덤벼든다면 좀 난처하지."

"이제 그 이야긴 그만 하자니까." 주크스 씨는 거드름을 피우며 말했다. "이건 내가 한 잔 내는 거야. 이봐, 아가씨! 위스키 더블 한 잔 더 가져오고. 또 그걸 말이야, 자, 이리로 오게나. 좀 조용한 데로. 그러잖으면 또 시비가 벌어질 거야."

그는 구석의 작은 탁자로 앞장서서 걸어갔다.

"됐어." 주크스 씨가 말했다. "훌륭한 솜씨야. 이 술집에선 염려할 것 없지만 아무튼 조심하는 것이 상책이지. 헌데 그 건은 어찌 되었나, 로저스? 우리들과 협력할 결심이 생겼나?"

"그래." 로저스라고 불린 사나이는 어깨 너머로 기웃거리며 대답했다. "그러기로 했어. 하지만 일체 위험은 없다는 걸 알고 난 다음이야. 내가 자진해서 골치 아픈 일에 휘말리고 싶지 않으니까 말일세. 정보를 제공한다는 것만이라면 좋지만 그것도 실제적인 일엔 일체 가담하지 않는다는 조건이 붙어야지. 그 점은 양해해주겠지?"

"설사 자네가 원한다 해도 실제 일엔 참가할 수 없어." 주크스 씨가 말했다. "알겠나. 자네는 모르겠지만 제1호는 전문적인 솜씨를 가진 사람들에게만 일을 시키는 걸세. 자네는 다만 물건이 어디 있고 어떻게 하면 손에 넣을 수 있는가, 그것만 가르쳐주면 되네. 그

뒷일은 협회가 해주네. 대단한 조직이야. 어떤 친구들이 하고 있는지, 어떤 방법으로 하는지조차 모를 걸세. 누구의 일도 알 수 없고, 또 다른 친구들도 자네 일은 아무도 몰라. 물론 제1호만은 다르지만. 제1호만은 전원을 알고 있지."

"그리고 자네." 로저스가 말했다.

"그렇지. 물론 나도 그렇지. 하지만 어차피 난 다른 지역으로 가게 될 걸세. 오늘로써 자네하고 만나는 것은 끝이야. 총회가 있긴 한데, 그때는 전원 복면을 쓰니까."

"정말인가?" 로저스는 도저히 믿을 수 없다는 듯이 말했다.

"정말이야. 자네는 우선 제1호 앞으로 가게 되지. 제1호는 자네를 볼 거야. 하지만 자넨 회장 얼굴을 볼 수 없어. 그런 다음 쓸모가 있을 것 같으면 자네는 정식으로 등록되고 비로소 보고할 연락처도 지정되네. 지구별 회합이 두 주일에 한 번, 그리고 3개월에 한 번씩은 총회가 있고 분배를 받게 되는 걸세. 각자는 모두 번호로만 불리며 자기 몫을 타게 되는 거야."

"그렇겠군. 하지만 두 사람이 함께 일하는 경우도 있겠지?"

"만일 낮에 일을 하는 경우엔 어미가 보더라도 모를 만큼 완전히 변장하는 걸세. 하지만 대체로 일은 밤에 하게 되니까."

"그럼 묻겠는데…… 만일 웬 놈이 따라다니다가 경찰에 밀고라도 할 성싶을 땐 어떻게 하면 되나?"

"할 도리가 없지, 물론. 다만 그 따위 건방진 수작을 하는 놈이 어리석을 따름이지. 얼마 전에도 그렇게 약은 짓을 한 친구가 있었네만 결국 로더하이드 근처 강물 위에 떠버렸어. 귀중한 보고를 일러바치기 전에 말일세. 제1호는 뭐든지 보고 있으니까."

"호오! 그런데 그 제1호라는 건 누군가?"

"얼마든지 돈을 낼 테니 그것을 가르쳐달라는 작자들이 수두룩하지."

"아무도 모르나?"

"아무도 몰라. 정말 놀라운 인물일세, 그 제1호라는 사나이는. 게다가 둘도 없는 멋들어진 신사라는 건 말해줄 수 있어. 그는 뒤통수에도 눈이 달려 있지. 그리고 여기서 오스트레일리아까지 닿을 만큼 긴 팔을 가지고 있네. 하지만 아무도 그의 일은 모르는 걸세. 제2호를 제외하고는. 그리고 그 제2호라는 여자가 또한 수수께끼의 인물이거든."

"거기 여자도 끼어 있단 말인가?"

"당연히 그렇지. 요즈음엔 여자 없인 일이 되질 않으니까. 하지만 걱정할 건 없어. 그 여자들은 안심할 수 있네. 그 친구들도 자네나 나처럼 감방 가는 것은 싫어하니까."

"그런데 이보게, 주크스, 돈 문제는 어떤가? 굉장히 위험한 다리를 건너는 거니까 그만한 보수는 있을 테지?"

"보수가 있냐고?"

주크스는 대리석으로 덮은 작은 탁자 너머로 몸을 내밀고 소곤거렸다.

"그런가?" 하고 로저스는 숨을 들이켰다. "그럼 수입 가운데서 내 몫은 얼마나 탈 수 있나?"

"공평하게 다른 친구들과 똑같이 타는 걸세. 자네 자신이 그 일에 직접 참가했건 말건. 전원은 50명이니까 50분의 1만큼은 타는 거야. 제1호나 나도 똑같네."

"정말인가? 농담은 아니지?"

"아, 직접 해보고 직접 보라니까!" 주크스는 웃었다. "어떤가? 그런 흉내를 낼 것 같은 사람이 달리 있을 성싶은가? 전대미문이란 이런 걸 두고 하는 말일세. 전례가 없는 큰 결단이지. 하여튼 훌륭한 사나이란 말이야. 제1호는."

"그런데 끝까지 성공한 사건은 많이 있는가?"

"많이 있냐고? 들어보게. 캐러더스 목걸이 도난사건이나 골스턴 은행 사건은 기억하고 있겠지? 그리고 페이버섐의 강도사건, 국립미술관에서의 루벤스 명화 분실사건, 프렌섐의 진주 사건! 죄다 우리 협회에서 한 일이야. 더구나 모두 오리무중인 채거든."

로저스는 입맛을 다셨다.

"하지만, 이보게." 그는 조심스럽게 말했다. "만일 내가, 이를테면 스파이란 말일세. 이대로 곧장 경찰에 가서 자네한테서 들은 이야길 죄다 일러바친다면……."

"아하!" 주크스가 말했다. "어떻게 되냐는 말이지? 그렇지. 만일 경찰서에까지 가는 도중에 별일이 생기지 않는다면, 그건 물론 보증할 수 없네만, 웬만큼 조심하지 않다간……."

"말하자면 계속 나를 보고 있다는 말인가?"

"자네의 신선한 목숨을 걸어도 좋아. 그렇지. 그러니까 가령 거기까지 무사히 간 다음에 경찰을 이 술집으로 데리고 오더라도……."

"오더라도?"

"나를 찾아낼 수는 없다는 걸세. 난 벌써 제5호한테로 가 있을 거니까."

"누가 제5호인데?"

"어허! 나도 모르지. 아무튼 잠시 기다리고 있는 동안 아주 얼굴을 고쳐주는 사람이지. 소위 성형수술이라는 거야. 게다가 지문마저 말일세. 우리 협회에선 만사를 최신식 방법으로 해나가거든."

로저스는 휘파람을 불었다.

"어떤가?" 주크스는 술잔 너머로 상대방을 바라보며 말했다.

"그건 그렇고…… 나한테 무던히 말해줬지만 만일 내가 '노'라고 말해도 무사할 수 있을까?"

"물론이지. 하기야 부질없는 짓을 해서 우리들에게 폐를 끼치지 않는다면 말이야."

"그렇겠지. 그럼 만일 '예스'라고 하면?"

"그러면 자네는 대번에 부자가 되는 걸세. 게다가 이렇다 할 만한 일도 할 필요가 없고, 호주머니에는 노상 돈이 듬뿍 들어차는 걸세. 그저 자네가 지금까지 종살이했던 저택의 형편을 가르쳐주기만 하면 돼. 협회를 위해서 도와주기만 하면 그야말로 저절로 돈이 생긴단 말이야."

로저스는 입을 다물고 잠시 생각했다.

"좋아, 해보겠어!" 결국 그가 대답했다.

"잘 생각했어. 여봐, 아가씨! 아까하고 같은 걸 또 하나 부탁하네. 자아, 축배를 드세, 로저스! 처음 봤을 때부터 자네라면 쓸모 있으리라고 생각했지. 그럼 저절로 생기는 돈을 위해서 축배하세! 제1호 만세! 헌데 제1호하고는 오늘 밤에라도 만나두는 게 좋겠네. 좋은 일은 서둘러야지."

"알았네. 어디로 가야 하지? 여기서?"

"아냐. 이 술집에선 이제 끝이야. 마음에 드는 곳인데 아쉽지만 할 수 없지. 알겠나, 이렇게 해주게. 오늘 밤 10시 정각에 램베스 다리를 북쪽으로 걸어가게(로저스는 그가 자신의 집을 알고 있다고 하는 것 같은 이 말에 얼굴을 찡그렸다). 그러면 한 대의 노란 택시가 멈춰서 운전사가 엔진 손질을 하고 있을 거야. '갈 수 있겠소?' 하고 말을 걸게. 상대방은 '목적지에 따라선 갈 수도 있죠'라고 대답할 걸세. 그러면 '런던 1번지로 가주시오'라고 말해야 하네. 그런 이름의 가게가 있긴 하지만 그리로 가는 건 아닐세. 자넨 어디로 가는 건지 알 수 없을 거야. 자동차 창문을 가려놓았으니까. 하지만 걱정할 건 없어. 처음 방문 때는 반드시 그런 절차를 밟아야 하는 규칙이거든. 어차피 자네가 정식으로 가입하면 장소도 가르쳐 줄 거야. 그리고 거기 가선 명령대로만 움직이고 절대로 거짓말을 해선 안 돼. 그렇지 않다간 제1호의 노여움을 사게 되니까. 알았나?"
"알았네."
"자네는 배짱이 좋은 편인가? 무섭진 않은가?"
"물론 무서울 건 없지."
"그럼 됐어! 이제 슬슬 가볼까. 앞으로 자네와 만나지 못할지도 몰라. 행운을 빌겠네!"
"잘 가게나."
두 사람은 문을 밀고 지저분한 골목으로 발을 내디뎠다.

이리하여 지난날의 하인 로저스가 도둑들의 협회에 가담한 이후로 2년 동안 수많은 명사의 저택이 습격당했다. 덴버 공작의 미망인 저택에서 커다란 다이아몬드 왕관이 도난당했는가 하면, 고 피터 윔지 경의 옛 저택에서는 총액 7천 파운드에 이르는 금은 식기류가 종적을 감췄다. 또 백만장자인 시어도어 윈스롭 씨의 별장에도 강도가 침입한 결과, 이 부자인 윈스롭 씨라는 사람이 실은 유명한 사교계의 협박꾼이란 사실이 밝혀져서 메이페어의 상류사회에 한때 소동이 벌어지는 일도 있었다. 그 밖에 딩글우드 후작 부인의 유명한 여덟 겹으로 된 진주 목걸이가, 코벤트 가든 극장에서 〈파우스트〉가 상연되는 중에 보석의 노래가 합창되는 장면이 나왔을 때 빼앗긴 사건도 있었다. 다행히 도난당한 진주는, 후작이 곤경에 처했을 때 부인이 진짜를 전당포에 맡겨두었기 때문에, 모조품이었음이 후일 알려졌지만, 아무튼 너무나 놀랍고 무서운 솜씨에 세상 사람들은 어안이 벙벙했다.

1월 어느 토요일 오후, 램베스 가의 자기 방에 앉아 있던 로저스는 현관문 어귀에서 달그락거리는 소리가 들린 것 같았다. 그는 벌떡 일어나 현관문을 활짝 열어보았다. 길에는 사람 그림자도 없었다. 그러나 방으로 돌아서다가 모자걸이에 놓여 있는 한 통의 봉투를 발견했다. 겉봉에는 '제21호'라고만 적혀 있었다. 통신을 보내오는 협회의 다소 연극조의 방법에는 이미 익숙해진 터라 그는 그저 어깨를 움츠렸을 뿐이다. 봉투를 뜯어보았다.

통신은 암호로 적혀 있었는데, 보통 문장으로 고치면 다음과 같은 내용이었다.

제21호

오늘 밤 11시 30분. 제1호 댁에서 임시총회가 있음.
결석하면 몸에 위험이 미친다는 것을 명심하라. 암호는 '완료'.

로저스는 잠시 그 자리에 우뚝 서서 생각에 잠겼다가 이윽고 안방으로 들어갔다. 그 방에는 벽에 달린 높다란 금고가 있었다. 그는 번호판을 돌리고 금고 안으로 들어갔다. 안은 상당히 넓어서 마치 작은 방 같았다. '통신'이라고 적힌 서랍을 열고 방금 받은 통신문을 넣어두었다.

얼마 후 금고에서 나온 그는 금고 문을 잠그고 자기 방으로 돌아왔다.

"완료라, 결국 그렇게 된 모양이군."

그는 전화기에 손을 댈까 하다가 그만두었다.

그는 계단을 올라가서 다락방으로 들어갔다. 허리를 굽히다시피 해서 제일 구석진 곳으로 가서 주의 깊게 기둥을 밀었다. 보이지 않는 비밀의 문이 덜컥 열렸다. 거기를 기어서 나간 그는 이웃집의 다락방으로 들어갔다. 구구구 하는 소리가 부드럽게 그를 맞이했다. 들창 아래에 새장이 세 개 있고, 그 속에는 전서구*가 들어 있었다.

그는 들창으로 조심스레 바깥을 두리번거렸다. 들창은 공장 같은 건물 뒤의 높다랗게 쌓아 올린 담장을 굽어보고 있었다. 그 어두컴컴한 작은 뒤뜰에는 사람의 그림자가 보이지 않았고 창문도 전혀 보이지 않았다. 그는 지갑에서 얇은 종잇조각을 한 장 꺼내어 몇 개의 글자와 숫자를 적었다. 그리고 첫 어귀의 새장에 다가가서 비둘기를 꺼내 통신문을 날개에 달고는 살그머니 문틀에 올려놓았다. 비둘기는 잠시 주춤거리더니 몇 번 분홍빛 다리를 들썩이고는 날개를 펴고 날아갔다. 그는 비둘기가 공장 지붕 위를 지나 이미 저녁놀

---

* 편지를 보내는 데 쓸 수 있게 훈련된 비둘기.

이 지기 시작한 하늘로 높이 솟아서 멀리 사라져가는 것을 바라보았다.

그는 회중시계를 꺼내 보고 아래층으로 내려갔다. 한 시간 후에는 두 번째 비둘기를 날려 보내고, 또 한 시간 후에는 세 번째 비둘기를 보냈다. 그는 의자에 앉아서 시간이 되기를 기다렸다. 9시 반이 되자 또 다락방으로 올라갔다. 어두웠지만 얼어붙을 것 같은 별이 몇 개 반짝이고 있었고, 열어젖힌 들창으로 차가운 밤바람이 불어 들었다. 무언가 희읍스름한 것이 마루 위에 비치고 있었다. 그는 그것을 주웠다. 따스한 깃털, 회답이 온 것이다.

그는 보드라운 깃털 속에서 종잇조각을 꺼냈다. 그것을 읽기 전에 비둘기에게 모이를 주고 새장 속에 넣었다. 그리고 새장 문을 닫으려다 말고 잠시 망설였다.

"만일 나한테 무슨 일이 생기더라도 네가 굶어 죽을 이유는 없지, 얘야."

그는 이렇게 말하고 들창을 좀 넓게 열어두고는 아래층으로 내려왔다. 손에 든 종잇조각에는 다만 한 마디, 'OK'라고 적혀 있었다. 급히 썼는지 왼쪽에는 잉크가 묻어 있었다. 그는 싱긋 웃으며 종잇조각을 난로 속에 던져버리고, 부엌에 가서 달걀과 새로 통조림을 딴 콘비프로 저녁식사를 지어 먹었다. 선반 위에 빵 한 덩어리가 있었지만 거들떠보지 않았다. 식사를 마치고는 수돗물로 식기를 닦고 한참 물이 나오는 대로 내버려두었다가 물을 마셨다. 그러나 그때도 마시기 전에 수도꼭지 안팎을 말끔히 닦았다.

식사를 마치자 잠가두었던 서랍에서 권총을 꺼내 이상이 없나 세밀히 살펴보고는 아직 뚜껑도 열지 않았던 상자에서 탄약을 꺼내 넣었다. 그리고 가만히 앉아서 시간이 되기를 기다렸다.

11시 15분 전에 그는 일어서서 밖으로 나갔다. 바람벽에서 떨어져 걸으면서 불빛이 밝은 한길로 나섰다. 거기서 버스를 탔고 오르내리는 승객들이 잘 보이는 차장 옆 자리에 앉았다. 여러 번 버스를 갈아탄 끝에 햄스테드의 고급 주택가에 닿았다. 버스에서 내려 여전히 담장에서 떨어져 걸으면서 히스 가 쪽으로 발길을 옮겨놓았다.

달이 없는 밤이었지만 아주 어둡지는 않았고, 히스 가의 인기척이 없는 한길을 건너갈 때 여러 방향에서 검은 그림자들이 그가 있는 방향으로 가까이 오는 것을 보았다. 그는 큰 나무그늘에서 발을 멈추고 이마에서 턱까지 가리는 검정 우단 복면을 얼굴에 썼다. 복면 아래에는 제21호라고 적은 글씨가 흰 실로 새겨져 있었다.

이윽고 내리막으로 접어들자 히스 가의 한적한 환경 속에 외롭게 서 있는 조촐한 별장 같은 건물이 떠올랐다. 하나의 창문에 불이 켜져 있었다. 그가 입구 쪽으로 가까이 가자 역시 복면을 한 다른 검은 그림자들도 다가와 그를 둘러쌌다. 그들은 모두 여섯 사람이었다.

맨 앞의 사람이 문을 노크했다. 얼마 후에 문이 살며시 조금 열렸다. 사나이가 그 틈에 머리를 들이밀고 뭐라고 수군거리자 문이 활짝 열렸다. 사나이는 그 안으로 들어갔고 문은 닫혔다.

세 사람이 들어가 버리자 다음은 로저스 차례였다. 그는 세 번은 거세게, 두 번은 가볍게 노크했다. 문은 조금만 열리고 그 문틈에 귀가 기웃거렸다. 로저스는 "완료"라고 속삭였다. 잠시 후 문이 열렸고 그는 안으로 들어갔다.

한 마디도 하지 않은 채 제21호는 왼쪽의 작은 방으로 들어갔다.

책상이 하나에 두 개의 의자와 금고가 놓여 있는 사무실 같은 방이다. 책상에는 야회복을 입은 큼직한 사나이가 장부를 앞에다 놓고 앉아 있었다. 제21호는 조용히 등 뒤의 문을 닫았다. 찰칵 하는 소리가 나면서 자동으로 문은 잠겼다. 책상 앞에 다가가서 "제21호입니다" 하고 보고하고는 공손히 명령이 내리기를 기다렸다. 큼직한 사나이는 얼굴을 들었다. 우단의 복면에 새긴 제1호라는 글자가 선명하게 보였다. 날카로운 파란 눈망울이 힐끔 로저스를 노려보았다. 제1호의 손짓으로 로저스는 복면을 벗었다. 본인이 틀림없다는 것을 확인하고 나서 회장은 "좋다, 제21호"라고 한마디하고는 장부에 기입했다. 그 눈길처럼 날카롭고 금속성 음성이었다. 조금도 움직이지 않는 검은 복면이 지긋이 노려보고 있는 바람에 불안을 느꼈던지, 로저스는 발을 고쳐 밟으며 시선을 마룻바닥에 떨어뜨렸다. 물러가라는 제1호의 손짓으로 로저스는 안도에 가까운 한숨을 내몰고 복면을 다시 쓰고는 방을 나갔다. 그가 나가자 곧 다음 사람이 들어왔다.

협회의 총회가 열리는 방은 2층의 방 둘을 터서 넓게 만든 홀인데 이 근처의 교외 주택답게 최신식 장식으로 단장되었고 불빛이 눈부셨다. 한구석에 놓인 축음기에서는 흥청거리는 재즈의 멜로디가 흘러 나왔고, 그 가락에 맞춰 열 쌍가량 되는 남녀가 춤을 추고 있었다. 야회복을 입은 사람도 있고 트위드나 점퍼 같은 평소의 옷차림을 한 사람도 있었다.

방 한 모퉁이에서는 미국식 바도 마련되어 있었다. 로저스는 바에 가서 복면을 쓴 담당자에게 위스키 더블을 주문하고 카운터에 기대서 천천히 마셨다. 홀에는 사람이 가득해졌다. 이윽고 누구인가 축음기 쪽으로 가서 레코드를 멈췄다. 로저스가 얼굴을 들어보니 제1호가 문 어귀에 나타나고 있었다. 검정 옷을 입은 키가 큰 여자가 그의 곁에 따르고 있다. 제2호라고 새긴 복면이 머리와 얼굴을 가리고 있다. 다만 그 의젓한 태도나 흰 팔과 가슴, 그리고 복면에서 엿보이는 까만 눈동자로 미루어보건대 웬만한 남자도 따라갈 수 없는 능력과 아름다운 매력을 갖춘 여자라고 짐작될 따름이었다.

"신사 숙녀 여러분."

제1호가 방 끝에 서서 말했다. 제2호는 그 옆에 앉아 있다. 눈을 내리깔고 있어서 감정의 움직임은 알 도리가 없었지만 두 손은 의자를 꽉 잡고 있어 몸 전체가 긴장하고 있는 듯했다.

"신사 숙녀 여러분, 오늘 밤 우리의 번호에는 둘이 부족합니다."

복면이 여기저기서 흔들리고 눈과 눈이 마주치면서 수효를 세어보았다.

"코트 윈들섬의 헬리콥터 설계도 탈취 계획이 비극적인 실패로 끝난 것은 새삼스럽게 말씀드릴 필요도 없을 것입니다. 우리의 용감하고 충실한 동지, 제15호와 제48호는 배신을 당함으로써 경찰에 체포되었습니다."

불안한 중얼거림이 방 안을 어수선하게 했다.

"혹시 여러분 중에서도 아무리 의지가 강한 그 두 사람일지라도 당국의 심문 앞에서는 실토하게 되는 게 아닐까 하고 불안한 분도 있을 것입니다. 그러나 그런 걱정은 절대로 필요 없습니다. 이미 적절한 명령을 내렸고 오늘 밤에 두 사람의 혀가 효과적으로 침묵하게 되었다는 보고를 받았습니다. 이들 용감한 두 사람의 동지가 협회의 명예를 욕되게 하려는 유혹에서 벗어났고, 공개적인 법정에 서게 되지도 않았으며, 오랜 복역의 고통에서 구출되었음을 여러분과 더불어 축복하고자 합니다."

보리밭을 지나는 바람처럼 숨을 삼키는 기색이 일동을 스쳤다.

"두 사람의 유족에 대해서는 관례에 따라 충분한 보상이 지불될 것입니다. 그 임무는 제12호와 제34호 두 분이 맡아주어야 하겠습니다. 상세한 의논은 폐회 후에 저의 집무실에서 하기로 합니다. 그럼, 지금 지명을 받은 동지는 기꺼이 이 임무를 맡아주신다는 의사 표시를 해주시겠습니까?"

두 개의 손이 올라갔다. 회장은 시계를 들여다보고 나서 말을 이었다.

"신사 숙녀 여러분, 그럼 어서 댄스를 시작해주십시오."

축음기가 또 요란스럽게 울리기 시작했다. 로저스는 바로 옆에 있었던 빨간 드레스를 입은 여자를 돌아다보았다. 여자는 끄덕이고 두 사람은 폭스트롯의 리듬에 맞춰 춤을 췄다. 일동은 엄숙하게 침묵을 지킨 채 홀을 빙빙 돌았다. 파도처럼 물결치는 사람들의 그림자가 블라인드에 어른거렸다.

"무슨 일일까요?" 여자는 거의 입술을 움직이지 않고 나직이 물었다. "어쩐지 무서워요. 당신은? 뭔가 무서운 일이 일어날 것 같은 예감이 들어요."

"정말 놀랍군요. 회장이 하는 일은." 로저스는 맞장구쳤다. "하지만 그러는 편이 안전할 겁니다."

"하지만 그 사람들은 참 안되었군요."

그들 옆에서 돌고 있던 사나이가 로저스의 어깨를 건드렸다.

"말은 하지 마십시다."

그 눈이 날카롭게 빛났다. 사나이는 파트너를 끌어안고 돌면서 사라졌다. 여자는 몸을 떨었다.

축음기가 멈췄다. 일제히 박수를 치는 소리가 들렸다. 춤을 추던 사람들은 또 회장의 자리 앞에 모여 섰다.

"신사 숙녀 여러분, 여러분들께서는 오늘 밤 이 임시 총회가 열린 까닭을 의아하게 생각하고 계시는지도 모르겠습니다. 실은 중대한 이유가 있습니다. 최근 우리들의 실패는 결코 우발적인 것이 아닙니다. 경찰이 그날 밤 현장에 있었다는 것은 우연이 아니었습니다. 우리들 속에 배반자가 있는 것입니다."

그때까지 옆에 붙어 있던 파트너들은 서로 의심하는 듯 각기 떨어졌다. 손으로 건드리면 당황해서 껍질 속으로 숨어드는 달팽이처럼 서로 움츠러들었다.

"딩글우드 사건의 실망스러운 결과에 대해서는 여러분도 기억하고 계실 것입니다." 회장의 거친 목소리가 이어졌다. "그 밖에 실패로 돌아간 몇 가지 작은 사건도 기억에 새로운 바가 있습니다. 이와 같은 실책도 간신히 원인을 알아낼 수 있었습니다. 이미 우려할 바가 없어졌다는 것을 여기서 보고할 수 있게 되었음을 무척 기쁘게 생각하는 바입니다. 배반자는 이미 발견되었고 조만간 제명될 것입니다. 앞으로는 그와 같은 실책은 없으리라고 믿습니다. 또한 이 배반자를 우리 협회에 소개했던 경솔한 동지는 앞으로 그러한 재화를 가져올 수 없는 위치에 놓일 것입니다. 이제 더 이상 걱정할 이유는 없습니다."

배반자와 그의 불운한 소개자를 찾을 양으로 일동의 눈이 서로 두리번거렸다. 모름지기 어디엔가 검은 복면 밑에 파랗게 질린 얼굴이 있을 것임이 분명하다. 얼굴을 온통 가린 우단의 복면 밑에서 춤을 추면서 흘린 땀이 아니라 식은땀이 흥건히 이마를 적시고 있을 것이었다. 그러나 복면은 모든 것을 가리고 있었다.

"신사 숙녀 여러분, 파트너와 함께 어서 다음 춤을 계속해주십시오."

축음기는 거의 잊혀진 오래된 곡을 들려주기 시작했다. 〈아무도 날 사랑해주지 않는다〉. 빨간 드레스의 여자는 야회복을 입은 키 큰 사나이의 어깨에 매달렸다. 로저스의 팔에 손이 걸려오자 그는 가슴이 덜컥 내려앉았다. 자그마한 녹색 스커트를 입은 살집 좋은 여자가 차가운 손을 밀어넣고 있었다. 댄스는 계속되었다.

이윽고 음악이 끝나자 일동은 역시 박수 속에 멈췄고, 파트너와 떨어져서 숨을 죽인 채 귀 기울였다. 다시금 회장 목소리가 울렸다.

"신사 숙녀 여러분, 자연스럽게 행동해주십시오. 이것은 춤추는 시간이며 공개적인 회합은 아니니까요."

로저스는 파트너를 의자에 앉게 하고 아이스크림을 대접했다. 주저앉을 때 여자의 숨결이 거칠어졌음을 깨달았다.

"신사 숙녀 여러분." 한없이 오래된 것 같은 순간이었다. "아마 여러분도 이 불안에서 어서 빨리 해방되기를 원하시리라고 짐작합니다. 그럼 그 이름을 말하겠습니다. 제37호."

한 사나이가 목이 졸린 듯한 소리를 지르면서 펄쩍 뛰었다.

"조용히!"

민망스러운 사나이는 숨을 헐떡이면서 몸부림쳤다.

"저는 절대로, 맹세코 절대로, 저는 결백합니다."

"조용히. 자네는 경솔한 짓을 했어. 처분을 모면할 순 없네. 변명할 말이 있다면 나중에 들어주지. 앉게."

제37호는 쓰러지듯 의자에 앉아서 복면 밑으로 손수건을 밀어넣고 얼굴을 훔쳤다. 두 사람의 키 큰 사나이가 그 옆으로 다가갔다. 나머지 사람들은 불치병에 걸린 사람의 목숨이 바람 앞 불씨처럼 꺼져가는 것을 느끼면서 주춤거리고 있었다.

축음기가 요란스럽게 울리기 시작했다.

"신사 숙녀 여러분, 그럼 배반자를 지명하겠습니다. 제21호, 앞으로 나오게."

로저스는 앞으로 나갔다. 불안과 증오로 뒤범벅이 된 48명의 불타는 듯한 눈길이 일제히 그에게로 쏠렸다. 불쌍한 주크스는 또 외마디 소리를 질렀다.

"제기랄, 이럴 수가 있나! 이런 세상에!"

"조용히 하게! 제21호, 복면을 벗게."

배반자는 복면을 벗었다. 증오에 불타는 일동의 눈초리가 구멍이 뚫리도록 그를 노려보았다.

"제37호, 이 사람은 자네 소개로 입회했네. 이름은 조셉 로저스, 과거에 덴버 공의 하인으로 있었고 도둑질을 했다는 혐의로 해고되었다고 하는데 자네는 그런 사실을 조사해봤는가?"

"네, 물론입니다! 하늘에 맹세해도 틀림 없습니다. 동료였던 하인 두 사람에게 낱낱이 알아봤습니다. 여러 가지 뒷조사도 해보았습니다. 틀림없습니다. 절대로 틀림없습니다."

회장은 눈앞의 서류를 훑어보고 또 시계를 보았다.

"신사 숙녀 여러분, 어서 춤을 계속하세요."

두 손이 묶이고 수갑이 채워진 제21호는 일동이 죽음의 춤을 추는 동안 움직이지 않고 서 있었다. 이윽고 음악이 멎고 일제히 일어난 박수 소리는 단두대 밑에서 몸서리치며 앉아 있는 남녀의 박수처럼 들렸다.

"제21호, 자네 이름은 조셉 로저스, 하인, 도둑질에 의한 해고로 되어 있다. 이건 본명인가?"

"아니야."

"그럼 원래 이름은 뭔가?"

"피터 데스 브레든 윔지."

"그 사람이라면 죽지 않았는가?"

"그렇다. 그렇게 생각하도록 꾸몄을 따름이다."

"그럼 진짜 조셉 로저스는 어떻게 되었는가?"

"외국에서 죽었다. 나는 그 대신이 된 거야. 내 정체를 알아내지 못했다고 해서 당신 부하를 책망한다는 것은 좀 심한 일이지. 나는 로저스 대신이 되어버렸을 뿐 아니라 완전히 로저스가 되어버렸다. 혼자 있을 때도 로저스처럼 걸었고 로저스처럼 앉았으며, 로저스의 책을 읽고 로저스의 옷을 입었다. 마지막에는 로저스처럼 생각하게까지 되었다. 교묘하게 다른 사람으로 변해버리는 유일한 방법은 절대로 마음을 놓지 않는다는 거다."

"그럴 테지. 그럼 자네 자신의 저택 도난사건도 일부러 꾸민 작전이었는가?"

"물론."

"자네 어머니인 공작 미망인의 보석 박은 관 사건도 알면서 모르는 척했는가?"

"그렇다. 그건 흉측한 보관이어서…… 취미가 고상한 인간이라면 잃어도 아깝지 않은 물건이었다. 그런데 담배를 피우게 해줄 수 있는가?"

"안 돼. 신사 숙녀 여러분……."

춤은 인형이 꿈틀거리듯 어색하게 계속되었다. 손발은 더듬더듬 움직이고 발길도 자주 헛갈렸다. 체포된 사나이는 그것을 태연히 지켜보고 있었다.

"제15호, 제22호, 제49호. 자네들은 이 배반자를 감시하고 있었을 거야. 이 사내가 외부와 연락하려고 했던 흔적이 있었는가?"

"없었습니다." 제22호가 세 사람을 대표해서 대답했다. "그에게 온 편지나 소포는 전부 끌러보았고 전화도 도청했으며, 행동할 때는 언제나 미행했습니다. 수도관도 모르스 신호에 사용될 염려가 있기 때문에 죽 감시하고 있었습니다."

"자네 말은 확실한가?"

"절대로 틀림없습니다."

"그럼 묻겠는데 배반자, 자네는 혼자서 배반을 획책했는가? 사실대로 말하게. 그렇지 않으면 더욱 불쾌한 꼴을 당할 걸세."

"혼자였다. 부질없는 위험은 피하고 싶었으니까."

"흠, 경찰청의 그 사내, 아마 파커라고 했지, 그 사내의 입을 틀어막는 수단을 강구해두는 게 좋을 성싶군. 그리고 이 사람의 하인인 머빈 번터하고 될 수 있으면 이놈의 어미와 누이동생도. 동생이라는 건 머리가 둔한 사내니까 비밀을 알고 있진 않겠지. 감시하는 것만으로도 충분할 거야."

사로잡힌 사나이는 이런 말에 비로소 당황하는 것 같았다.

"회장, 어머니와 누이동생은 협회를 위험에 빠뜨릴 성싶은 일은 전혀 알고 있지 않네."

"이제 와서 집안사람을 걱정한들 무슨 소용인가. 신사 숙녀 여러분, 어서 댄스를."

"아니, 회장!"

일동으로서는 이러한 연극을 더 참을 수 없었던 것이다.

"안 됩니다! 그놈을 끝내버려요. 일찌감치 처분해버리고 헤어져야지요. 위험합니다. 경찰이……."

"조용히!"

회장은 일동을 휘둘러보았다. 험악한 공기가 떠돌고 있었다. 그는 양보했다.

"좋아. 이 배반자를 끌고 가서 처치해버리게. 4호 처리법을 써서. 하지만 착수하기 전에 충분히 절차를 설명해주게."

"네!"

일동의 눈이 잔인한 만족을 나타냈다. 억센 손이 윔지의 팔을 꽉 붙잡았다.

"잠깐 기다려주게. 기왕 그럴 거라면 단번에 죽여주지 않겠는가?"

"새삼스럽게 굽실거려 봤댔자 이미 늦었어. 데리고 가게. 신사 숙녀 여러분, 이제 안심해주시오. 단번에 죽이진 않습니다."

"기다려! 잠깐 기다려주게!" 윔지는 필사적으로 부르짖었다. "한마디 말하도록 해주게. 목숨을 살려달라는 건 아냐. 단숨에 죽여달라는 것뿐이야. 실은…… 팔고 싶은 게 있다."

"판다고?"

"그렇다."

"우린 배반자와는 거래하지 않는다."

"알고 있다. 하여튼 들어주게! 나 역시 이런 일쯤은 예상하고 있었다고는 생각하지 않는가? 나도 그렇게 바보는 아니다. 편지를 남겨놓고 왔다."

"아하! 이제 나오는군. 편지라고. 누구한테?"

"경찰이다. 만일 내가 내일까지 돌아오지 않는다면……."

"그러면?"

"편지 봉투가 열릴 것이다."

"회장!" 제15호가 참견했다. "그건 허풍입니다. 이 사나이는 한 통도 편지를 보낸 적 없습니다. 벌써 몇 달 동안이나 엄중히 감시하고 있었습니다."

"그런가! 하지만 들어보게! 그 편지는 램베스에 오기 전에 벌써 놓고 온 거야."

"그렇다면 아무 정보도 없을 테니 가치가 없어."

"그렇지만 그렇지 않네."

"뭐야?"

"금고의 암호다."

"그래? 이 사내의 금고는 조사했겠지?"

"네, 회장."

"뭐가 들어 있었나?"

"중요한 건 들어 있지 않았습니다, 회장. 우리 조직의 개요라든가, 이 집의 이름 같은 것이었는데, 모두 내일 아침까지라면 감춰둘 수 있는 것뿐이었습니다."

웜지는 미소를 지었다.

"금고 안쪽 문도 살펴봤는가?"

잠시 조용해졌다.

"이 사내의 말을 들었을 테지?" 회장은 날카로운 말투로 물었다. "안쪽 문도 찾아보았는가?"

"그런 건 없었습니다, 회장. 허세를 부리는 겁니다."

"말이 어긋나는 건 죄송하지만 결국 안쪽 문은 발견하지 못했군." 웜지는 일부러 쾌활하게 웃었다. "그 안에 있는 것들은 당신이 살펴봐야만 할 거야."

"글쎄." 회장이 말했다. "자네가 말한 안쪽 문에 들어 있는 게 도대체 뭔가?"

"이 협회에 속한 멤버 전체의 이름과 주소, 사진, 그리고 지문이지."

"뭐라고?"

그를 둘러싼 눈들이 공포의 빛을 띠었다. 웜지는 물끄러미 복면을 쓴 회장의 얼굴을 바라본 채였다.

"그런 정보를 어떻게 해서 얻었다는 건가?"

"실은 당신도 알다시피 나 자신이 탐정 일을 약간 하던 사람이었으니까."

"하지만 계속 감시를 하고 있었어."

"맞아. 그 수집품의 첫 페이지는 감시인의 지문으로 장식되어 있지."

"증명할 수 있는가?"

"물론이지. 증명해주겠어. 가령 제50호의 진짜 이름은……."

"그만!"

날카로운 소리가 울렸다. 회장은 몸짓으로 웜지의 말을 눌렀다.

"만일 여기서 이름을 지껄이기라도 한다면 자비를 바랄 희망은 버려야 할 거다. 동지의 이름을 밝히는 배반자에겐 특히 제5의 처벌법이 기다리고 있지. 이 포로를 내 집무실로 데리고 오게. 댄스는 그대로 계속하고."

회장은 허리춤에서 자동권총을 꺼내고는 책상 건너에 꼼짝할 수 없이 묶인 포로와 대면했다.

"자, 말해라!"

"내가 당신이라면 그런 건 치워두겠네만." 윔지는 자못 경멸하는 듯이 비꼬았다. "그걸로 당하는 편이 제5처벌인가 하는 것보단 쉽게 죽을 거니까. 그걸로 당하고 싶은 생각이 들지도 모르지 않겠는가."

"영리한 놈이군." 회장이 말했다. "하지만 너무 영리한 게 오히려 흠인걸. 자아, 어서 말해라. 알고 있는 것이 무엇인지."

"말을 해주면 목숨을 살려주겠다는 건가?"

"약속은 하지 않는다. 빨리 말이나 해!"

윔지는 묶여서 아픈 어깨를 움츠렸다.

"그럼 말하지. 들을 만큼 들었다고 생각하면 말해주게."

그는 몸을 내밀고 나직한 목소리로 이야기하기 시작했다. 머리 위 홀에서는 축음기 소음과 스텝을 밟는 발소리가 들렸다. 댄스는 계속되고 있는 모양이다. 마침 히스 가를 지나치는 행인도 이 외딴 집에서 또 연회가 열린 것이라고밖에는 생각하지 않을 것이 분명하다.

"어떤가. 계속할까?" 윔지가 말했다.

복면 밑에서 흘러나온 회장의 목소리에는 살기를 띤 미소라도 지은 듯한 기미가 엿보였다.

"놀라운걸. 자네 이야길 듣고 있자니 자네가 사실상 우리 협회 멤버가 아니라는 게 아쉬워서 못 견디겠는걸. 기지와 배짱, 노력은 우리 같은 조직에선 없어서는 안 되는 거지. 설득해도 소용없을 테지? 아니, 안 된다는 건 잘 알고 있네."

회장은 책상 위의 벨을 눌렀다.

복면의 사나이가 들어오자 "전원이 식당에 모이도록 전하게" 하고 명령했다.

식당은 아래층에 있고 덧문과 커튼이 드리워져 있었다. 한복판에는 기다란 탁자가 있고 그 주위에 의자가 죽 놓여 있다.

"성찬이 없는 연회라는 것이군."

웜지는 명랑하게 말했다. 이 방을 보기는 처음이었다. 방 끝에 뚜껑 문이 불길하게 열려 있었다.

회장은 테이블 상석에 앉았다.

"신사 숙녀 여러분."

그가 입을 열었다. 이 우스꽝스러운 말이 그때처럼 무시무시하게 들린 적은 없었다.

"분명히 말해서 사태는 심상치 않습니다. 이 사내의 입으로 본인과 나 외에는 알 리가 없다고 생각되었던 20명 이상의 회원 이름과 주소를 들었습니다. 커다란 결점이 있었음에 틀림없습니다." 회장의 목소리가 날카롭게 울렸다. "이 점은 조사할 필요가 있다고 생각합니다. 회원의 지문도 채취되어 있고, 몇 장의 사진도 보았습니다. 우리들의 감시역이 어찌하여 금고 안쪽 문을 보지 못했는지, 그 점은 반드시 조사해야만 합니다."

"아니, 그 사람들을 책망하는 건 너무 심한데. 찾아내지 못하는 게 당연한걸. 그러려고 만들었으니까." 웜지가 말했다.

그의 참견은 모른 척하고 회장이 말을 이었다.

"이 사내 말에 의하면 회원 이름과 주소를 적은 장부는 회원 댁에서 훔쳐낸 편지나 서류를 비롯해서, 뚜렷이 지문이 묻어 있는 수많은 물품과 함께 그 속의 문 안에 간직되어 있다는 것입니다. 아마 그것은 사실일 것입니다. 그러나 그는 즉각적인 죽음과의 교환조건으로 금고를 여는 암호를 가르쳐주겠다고 제안했습니다. 이 제안은 받아들여야 할 것이라고 생각합니다만 신사 숙녀 여러분, 여러분의 의견은 어떻습니까?"

"암호 같으면 벌써 알고 있습니다." 제22호가 말했다.

"얼빠진 녀석! 이 사람을 누구라고 생각하나! 피터 윔지 경이다. 암호를 고쳐놓지 않았을 줄 아나? 게다가 속문의 비밀도 있지. 만일 그가 오늘 밤에 자취를 감추고 경찰이 그의 집에 들이닥친다면……."

"조건을 승낙하고 그 사람이 말하는 대로 하시는 편이 좋다고 생각합니다. 한시가 바빠요. 시간은 절박합니다." 성량 좋은 여자의 목소리였다.

찬성한다고 중얼거리는 소리가 방 안을 한 바퀴 돌았다.

"자네 의사를 받아들여서." 회장이 윔지에게 말했다. "협회는 금고 암호와 속문 비밀과의 교환으로 빠른 죽음의 특권을 베풀겠다."

"틀림없는가?"

"물론이다."

"고맙네. 그럼 어머니와 누이동생은?"

"그래 자네는, 자네는 신의를 존중할 줄 아는 인간이니까, 그 두 사람이 우리들에게 위험한 일은 조금도 알고 있지 않다고 장담해준다면 목숨만은 살려주겠다."

"고맙네. 내 명예를 걸고 그들이 조금도 알고 있지 않다는 것을 맹세한다. 그렇게 위험한 비밀을 부인들에게 짊어지게 할 수는 없었어. 특히 둘도 없는 육친인데."

"좋다. 그럼 약속하지. 여러분, 어떻습니까?"

전보다는 좀 망설이는 듯한 찬성의 말들이 들렸다.

"그럼 암호를 가르쳐주지. 금고의 암호 문자는 '언릴라이어빌리티$_{Unreliability}$*'이다."

"속문은?"

"경찰이 와줄 것을 예상하고 안쪽 문은, 무척 까다로운 장치거든, 그래서 열어놓았다."

"좋다! 하지만 만일 여기서 파견한 사람을 방해하는 일이라도 생기면······."

"내게 도움이 되는 일은 없겠지."

"모험이지만" 하고 회장은 생각하면서 말했다. "그러나 해보지 않으면 안 되지. 포로를 지하실에 옮겨놓게. 제5처벌법의 설비나 실컷 구경시키게. 그동안에 제20호 및 제46호는."

"안 돼, 그건 안 돼요!"

불만스러운, 반대하는 목소리가 들리더니 차츰 위협하는 듯이 부풀었다.

"안 돼요." 달콤한 목소리의 키 큰 사나이가 말했다. "그건 안 돼요. 그처럼 중요한 물품을 특정한 회원에게 맡겨도 좋습니까? 당장 오늘 밤에 우리들 속에서 배반자 한 사람과 얼간이 한 사람이 나오

---

* '부정확함'이라는 뜻.

지 않았습니까. 제20호와 제46호가 금세 배반한 놈의 흉내를 내지 않는다고 어떻게 보증할 수 있는가요?"

지명된 두 사람이 불끈 주먹을 틀어쥐고 얼굴을 돌렸을 때 흥분한 여자의 목소리가 간드러지게 퍼졌다.

"찬성이에요! 그래요. 우린 어떻게 된다는 겁니까? 우리는 알 수도 없는 상대방이 우리 이름을 알게 된다는 건 참을 수 없어요. 저는 질색입니다. 그런 일은 우리들을 송두리째 경찰에 넘길지도 모르겠고요."

"그렇소" 하고 또 다른 사나이가 말했다. "아무도 믿어선 안 돼. 아무도 말이야."

회장은 어깨를 움츠렸다.

"그럼, 신사 숙녀 여러분, 제안할 게 있습니까?"

잠시 침묵이 흘렀다. 이윽고 아까 그 여자의 새된 목소리가 쨍쨍 울렸다.

"회장이 직접 가시는 게 좋겠습니다. 회원 전부의 이름을 알고 있는 건 회장 혼자뿐이고, 회장이면 붙잡힐 염려도 없을 테니까요. 우리들만 위험한 일을 하고 회장은 집에서 돈 계산이나 한다는 건 우습잖아요? 회장을 보내자는 게 제 의견입니다."

찬동하는 듯한 웅성거림이 테이블 둘레를 돌았다.

"재청하는 바입니다."

시계 호주머니에 금붙이를 몇 개씩이나 드리운 뚱뚱한 사나이가 말했다. 윔지는 그것을 보고 짓궂게 웃었다. 이 부질없는 장식 때문에 그 뚱뚱한 사나이의 이름과 주소를 대번에 알았던 것이다. 그렇게 생각하니 그 거추장스러운 장식에 어쩐지 친근감마저 느껴졌다.

회장은 일동을 휘둘러보았다.

"그럼 내가 가라는 것이 회원 일동의 희망입니까?"

그는 음산한 목소리로 말했다.

쉰다섯 개의 손이 찬성을 표시하면서 올라갔다. 다만 제2호로 알려진 여자만이 꼼짝 않고 앉아 있었다. 그 억세어 보이는 흰 손이 의자의 팔걸이를 꽉 누르고 있다.

회장은 위협하듯 둘러싼 일동을 천천히 돌아다보고 마지막에 제2호를 보았다.

"만장일치로 가결되었다고 생각해도 좋은가?"

여자는 얼굴을 들었다.

"가선 안 됩니다." 흐느끼는 듯한 가느다란 목소리였다.

"제군, 들었는가?" 회장은 다소 비웃는 듯한 목소리로 말했다. "이 숙녀께선 가지 말라고 한다."

"고려할 여지는 없습니다." 달콤한 목소리의 사나이가 말했다. "우리들의 아내도 부인처럼 훌륭한 지위에 있다면 우리들을 보내고 싶진 않을 거예요." 경멸하는 것 같은 거친 말투였다.

"그래요, 그래!" 다른 사나이도 외쳤다. "이 협회는 민주적 모임이 아닌가요. 특권계급은 없습니다."

"좋다." 회장이 말했다. "들었지, 제2호. 회원의 감정은 당신을 반대하는 것 같다. 당신 의견엔 어떤 근거가 있는가?"

"얼마든지 있어요. 회장은 우리 협회의 머리이며 정신입니다. 만일 회장에게 어떤 위험이라도 닥치면 우리는 어떻게 됩니까? 당신들은……." 그녀는 일동을 삼킬 듯이 휘둘러보았다. "당신들은 실수만 저지르지 않습니까. 이렇게 된 것도 당신들의 부주의 때문이에요. 만일 회장이 있어서 당신들이 저지른 실책의 뒤치다꺼리를 해주지 않는다면 5분 동안일지라도 마음 놓고 있을 수 없지 않습니까."

"그건 그래요." 지금까지 입을 열지 않던 사나이가 말했다.

"실없는 참견일지는 모르지만." 윔지가 빈정거리듯 말했다. "아마 이 부인은 회장의 신뢰를 받을 만한 입장에 있는 모양이지만 저의 장부에 적혀 있는 내용도 이미 알고 계실 겁니다. 차라리 제2호 자신이 가보시는 게 어떻겠습니까?"

"그건 내가 금한다." 입술까지 나오려던 여자의 대답을 가로채며 회장은 결연히 말했다. "전원의 의사라면 내가 간다. 집의 열쇠를 주게."

호위의 한 사람이 윔지의 양복 호주머니에서 열쇠를 꺼내 회장에게 주었다.

"집에는 경찰이 지키고 있는가?"

"천만에."

"틀림없겠지?"

"틀림없지."

회장은 문어귀에서 뒤돌아보았다.

"만일 두 시간 후에도 돌아오지 않거든 각자가 적당히 자신의 안전을 도모하도록 하게. 포로의 처분은 마음대로 해도 좋아. 내가 없는 동안에 제2호가 명령을 내린다."

회장은 나갔다. 제2호는 명령하는 듯한 몸짓으로 의자에서 일어섰다.

"여러분, 만찬은 이것으로 끝냅니다. 그럼 다시 댄스를 시작해주세요."

제5처형 장치를 앞에 놓고 있는 지하실에서는 시간이 무척 지루했다. 민망한 주크스는 한참 울부짖더니 지쳐서 잠자코 있었다. 감시하는 네 사람의 사나이는 이따금 자기들끼리 수군거렸다.

"회장이 나간 지 벌써 한 시간 반이야." 한 사람이 말했다.

웜지는 얼굴을 들고 다시 방을 관찰하기 시작했다. 기묘한 기계 따위가 놓여 있었는데 그는 그것을 기억해두려고 애를 썼다.

이윽고 뚜껑 문이 활짝 열리고 "포로를 데려와!" 하는 목소리가 들렸다. 웜지는 냉큼 일어섰다. 얼굴이 창백한 것 같았다.

전원이 또 탁자를 둘러싸고 앉아 있었다. 제2호가 회장의 자리에 앉아서 분노에 불타는 듯한 표정으로 웜지를 노려보았다. 그러나 목소리만은 침착한 것이 대견했다.

"회장이 간 지도 벌써 두 시간이나 되었습니다. 도대체 어떻게 된 겁니까? 두 번이나 배반하고, 회장을 어떻게 했어요?"

"내가 어찌 알겠습니까?" 웜지가 말했다. "아마 자기 목숨이 아까워서 일찌감치 달아난 거겠지요."

여자는 분노에 치떠는 듯한 소리를 지르면서 불쑥 일어서더니 웜지에게로 다가갔다.

"짐승 같은 거짓말쟁이!" 그녀는 웜지의 입 언저리를 철썩 때렸다. "회장은 그런 짓을 할 사람이 아닙니다. 동지들의 신의를 저버리는 그런 사람은. 대관절 그 사람을 어떻게 했어요? 말하시오! 달군 인두를 가지고 오시오. 말하게 해줄 테니."

"부인, 저는 상상으로밖엔 말할 수 없어요. 서커스의 어릿광대처럼 인두로 지진다고 해서 좋은 생각이 떠오를 것도 아닙니다. 너무 흥분하지 마세요. 저의 짐작을 이야기해드릴 테니까요. 제 생각으로는 유감스럽게도 회장은 금고 속의 전시품을 보는 데 열중한 나머지 아마 안쪽 문을 닫아버린 것 같습니다. 그렇게 되면."

그는 눈썹을 들어올리고 어깨를 움츠리면서 후회하는 듯한 그녀의 얼굴을 바라보았다.

"그렇게 되면?"

웜지는 일동을 빙 둘러보았다.

"그럼 우선 저의 금고 구조부터 설명해드리는 편이 좋을 성싶습니다." 그는 여유 있게 덧붙였다. "제가 고안한 것이지만, 물론 구조 자체를 고안해낸 것은 아니지요. 그건 과학자의 분야니까. 아까 말한 암호 문자는 거짓말이 아닙니다. 그 암호로 바깥문이 열립니다. 그 속은 보통 금고식 방인데 각기 여는 방법이 다른 두 개의 문 안에 또 작은 방이 있는 겁니다. 바깥에 가까운 쪽의 문은 엷은 강철로 만든 건데 금고 색깔과 같은 색으로 칠해졌고, 방 안의 벽과 같은 평면으로 되어 있으니까 찾아내기가 어렵지요. 보통 열쇠로 밖에서 열리지만 그 문은 아까 말한 것처럼 집에서 나올 때 열어두었습니다."

"회장이 그 따위 수작에 넘어갈 줄 알아요? 틀림없이 그 속의 문쯤은 비틀어 열었을 거예요." 여자는 조소하듯 말했다.

"물론입니다, 부인. 하지만 그것은 문이 하나밖에 없는 것처럼 보이기 위한 트릭이지요. 그 문 뒤엔 미리 알지 않고선 도저히 알 수 없는 문이 하나 벽에 박혀 있습니다. 이 문도 열어두었지요. 존경하는 제1호는 곧장 금고 속으로 들어가기만 하면 됩니다. 아시겠습니까?"

"알았습니다. 어서 계속해봐요. 간단히."

웜지는 고개를 끄덕이고 나서 좀 더 신중한 말투로 이야기를 계속했다.

"그런데 제가 편찬한, 협회의 활동을 적은 흥미 있는 리스트는 매우 큰, 회장이 사용하고 있는 것보다도 큰 장부에 기입되어 있습니다. 헌데 부인, 그 장부를 안전한 장소에 간직해둘 필요를 명심하고 계시겠지요?"

"안전하게 보관되었어요." 여자는 당황해서 대답했다. "어서 빨리 당신 이야기나 하세요."

"고맙습니다. 그 말을 듣고 안심했습니다. 그 큰 장부는 안쪽 금고 있는 강철로 만든 선반 위에 있습니다. 그런데 짐작하시겠지만 이렇게 심하게 묶여서야 어디 이야기할 수가 있겠습니까?"

"나는 지금 당신 뼈가 으스러지도록 묶어놓고 싶을 지경이에요. 이봐요, 이자를 좀 쳐요! 이 사람은 시간을 늦추려고 이러는 거예요."

"때리기라도 하면, 나는 말을 하지 않을 겁니다. 자제하세요, 부인. 너무 급히 서두르는 건 좋지 않습니다."

"어서 말해요." 여자는 발을 동동 구르면서 외쳤다.

"어디까지 이야기했던가요? 그렇지! 안쪽 금고였군요. 아무튼 그다지 기분이 나쁘지 않은 방입니다. 공기도 전혀 들어오지 않을 만큼 기분이 좋게 되어 있는 겁니다. 내가 선반 이야기를 했죠?"

"그래요."

"좋습니다. 그런데 그 강철 선반에는 아주 민감한 용수철이 숨겨져 있어요. 이미 말씀드린 바와 같이 꽤 무거운 거니까, 장부를 내리면 선반은 즉시 올라갑니다. 그리고 전류가 통하게 되는 겁니다. 그 장면을 상상해보십시오. 우리들의 회장은 금고 속에 들어가서 장부를 발견하자 이내 그것을 내립니다. 찾고 있는 장부인지 확인하기 위해 페이지를 뒤적입니다. 그리고 지문 따위를 옮겨놓은 그 밖의 증거물을 찾으려 합니다. 그러자 그때 소리도 없이, 그러나 재빨라…… 어떻습니까, 상상할 수 있겠습니까? 선반이 올라왔기 때문에 전류가 통한 비밀의 문이 날쌔게 닫힙니다."

"뭐라고요! 그런 무서운!" 여자는 숨이 막히는 복면을 벗어젖히기라도 할 듯 손을 얼굴에 가져갔다. "이런 악마, 악마 같으니라구! 그 문을 여는 암호는? 빨리 말해요, 억지로라도 말하게 할 테니까."

"기억하기 어려운 암호는 아닙니다. 부인, 그동안 잊고 지냈겠지만, 어렸을 때 〈알리바바와 40인의 도둑〉이라는 이야길 들으셨던가요? 나는 그걸 만들 때 좀 감상적이 되었는지 어렸을 때의 즐거웠던 시간을 떠올리고 진행했지요. 그 문을 여는 암호는 '열려라, 참깨'입니다."

"그럼 그 악마 같은 함정에서 얼마만큼이나 오래 살 수 있다는 거예요?"

"아아." 윕지는 밝은 얼굴로 말했다. "두세 시간은 괜찮을 것 같습니다만, 만일 당황해서 소리를 지르거나 두들기거나 해서 산소를 없애지 않는다면 말입니다. 지금 곧바로 간다면 충분히 구해낼 수 있을 겁니다."

"내가 가겠어요. 이 사람을 단단히 혼내줘요. 하지만 내가 돌아올 때까지 죽이지 마요. 죽는 꼴을 보고 싶으니까."

"잠깐만 기다려주세요." 윕지는 여자의 위협에도 아랑곳없다는 듯이 태연히 말했다. "저도 데리고 가는 편이 좋을 겁니다."

"뭐라고?"

"오직 나만이 그 문을 열 수 있으니까요."

"하지만 암호를 가르쳐주었잖아요. 그건 거짓말이라는 거예요?"

"아니요. 거짓말은 아니지만 최신식 전기장치 문이라서 제 목소리가 아니고선 열리질 않습니다."

"당신 목소리? 당신 목을 이 손으로 졸라버리고 싶군요. 당신 목소리라는 건 무슨 뜻이에요?"

"말한 대로입니다. 아주 목소리에 까다로운 문이지요. 한번은 제가 감기가 들어 일주일쯤 목쉰 소리로 애원을 했는데, 그래도 꼼짝하지 않더군요. 평소에 꼭 맞는 억양을 되풀이해야 하는 수가 있습니다."

여자는 뒤를 돌아보고 키 작은 뚱뚱한 사나이에게 물었다.

"정말일까요? 가능한 일인가요?"

"있을 수 있는 일입니다." 사나이는 공손히 대답했다. 그 목소리로 짐작하건대 무슨 기술이 있는 기술자인 듯싶었다.

"전기장치인가요? 당신은 이해하겠어요?"

"네, 부인. 아마 어딘가 마이크로폰을 달아놓고 거기서 음성을 전기 진동으로 바꿔서 바늘에 전달시킬 겁니다. 바늘이 바른 진동 모형을 따라가면 전기 회로가 완성돼서 문이 열리는 구조일 겁니다."

"도구로 열 순 없는 거예요?"

"있습니다. 시간 여유만 있으면. 하지만 아마 방어장치가 있을 겁니다."

"그렇지요." 윔지가 자신만만하게 입을 열었다.

여자는 두 손으로 머리를 감쌌다.

"아무래도 속은 것 같습니다."

기사는 교묘한 구조에 대한 일종의 경의를 나타내면서 말했다.

"아니. 잠깐만! 누군가 알고 있는 사람이 있을 거예요. 그런 장치를 만든 기술자는?"

"독일에 있는걸요." 웜지는 간단히 대답했다.

"그럼, 그래, 축음기로 녹음하면 어떨까요? 이 사람에게 암호를 녹음하게 하면."

"불가능해요, 부인. 일요일 새벽 3시 반에 녹음기를 어디서 얻어옵니까? 회장은 안됐지만 그전에 죽을……."

무시무시한 침묵이 잠시 흘렀다. 덧문이 닫힌 창문을 통해서 날이 밝아오기 시작한 거리의 소음이 간간이 들려왔다.

"할 수 없습니다. 이 사람을 보내야겠어요. 밧줄을 풀어줘요." 여자는 애원하는 듯한 눈초리로 웜지를 쳐다보았다. "악마 같은 사람. 당장 가서 그를 구해요!"

"터무니없는 짓이야!" 한 사나이가 외쳤다. "이 사내는 그 길로 곧장 경찰에 가서 밀고할 거야. 회장은 기왕 봉변을 당하고 말았으니까 우린 일찌감치 달아나는 게 상책이지. 자아, 여러분. 이걸로 끝장이야. 이놈은 지하실에 집어넣고 소리 지르지 못하도록 해줘. 난 명부를 처분하겠어. 그리고 제30호, 자네는 폭파 스위치가 어디 있는지 알고 있었지. 우리는 곧 도망치기로 하고 15분 후에 이 집이 폭발하도록 해주게."

"안 돼요! 그럴 수가. 당신들의 회장을…… 그건 어림도 없는 일이에요 이 사람을 놓아줘요. 밧줄을……."

"지금은 그럴 때가 아니야!"

그 사나이는 버럭 소리를 지르면서 여자의 손목을 붙잡았다. 여자는 몸을 비비꼬면서 그의 손아귀에서 벗어나려고 몸부림쳤다.

"잘 생각해봐요." 달콤한 목소리의 사나이가 말했다. "날이 밝아오기 시작했어요. 언제 어느 때 경찰이 뛰어들지도 모릅니다."

"경찰!" 여자는 마음을 가라앉히려 무던히 애쓰고 있었다. "그렇군요. 한 사람 때문에 전원을 위험에 빠뜨릴 순 없습니다. 회장도 그건 원하지 않을 거예요. 이 사람을 지하실에 집어넣고 전원은 한시 바삐 도주해주세요."

"또 한 사람의 포로는?"

"아아, 그 바보는…… 위험하지 않을 거예요. 아무것도 모르고 있으니 놓아줘요." 여자는 자못 경멸하는 듯 대답했다.

그 자리에서 웜지는 더욱 꽁꽁 묶여서 지하실에 처박혔다. 그는 약간 의아했다. 제1호의 생명을 희생시키면서도 그를 석방하지 않은 기분은 알았다. 위험을 알고 있으면서도 호랑이 굴에 뛰어 들어온 사나이이기 때문이다. 그러나 그들에게 불리한 증인인 그를 남겨두는 것은 도대체 무엇 때문일까?

그를 지하실에 끌고 간 사나이들은 그의 다리를 묶어놓은 채 불을 끄고 나가려고 했다.

"이봐요! 이런 데 혼자 있는 건 적적해서 견딜 수 없어. 불을 좀 켜 주게나." 웜지가 말했다.

"걱정할 건 없어, 친구." 대답이 들렸다. "어둠 속에 오래 있진 않을 거야. 시한폭탄이 터질 거니까."

다른 사나이들도 유쾌하게 웃으며 우글우글 나가버렸다. 그러자는 속셈이었구나. 회장을 사로잡을 가망은 거의 없게 되었다. 웜지는 그것이 분했다. 그 대악당을 재판정에 끌어내고 싶었다. 하여튼 경찰청이 6년 동안 쫓고 있는 거물인 것이다.

웜지는 귀를 기울였다. 머리 위에서 발소리가 들린 듯했다. 이미 일당은 도망치고 말았을 텐데…….
분명히 삐걱 하는 소리가 났다. 천장의 문이 열렸다. 누군가 지하실에 숨을 죽인 채 들어오고 있음을 육감으로 느꼈다.
"쉬잇!" 하고 귀 밑에서 목소리가 났다. 부드러운 손이 얼굴을 더듬고, 몸을 만지며 차가운 쇠붙이가 닿는 것을 느끼자 밧줄이 늦춰지면서 이윽고 완전히 풀렸다. 수갑의 자물쇠도 풀렸다. 다리를 묶었던 가죽끈도 풀렸다.
"빨리! 빨리! 시한폭탄이 장치되어 있어요. 저 혼자서 몰래 들어왔어요. 보석을 잊었다고 하고, 일부러 잊은 척하고 남겨두었어요. 그분을 구해내지 않으면 안 돼요. 당신밖엔 해줄 사람이 없어요. 자, 어서!"
지금까지 묶여서 저렸던 팔에 불시에 피가 돌자 찌르는 듯이 아픈 것을 참아야 했다. 웜지는 여자를 따라 지하실을 기어나갔다.
"이제 가요! 그를 살려줘요! 약속하죠?"
"약속합니다. 하지만 부인, 이 집은 포위당해 있습니다. 금고의 문이 닫히는 순간에 신호가 울리면서 저의 하인이 경찰청에 달려갔을 겁니다."
"그래요! 그래도 좋아요! 가주세요. 제 걱정은 말고, 빨리요!"
"이 집에서 빠져나갑시다!"
그는 여자의 팔을 붙잡고 두 사람은 작은 뜰을 뛰어나갔다. 숲속에서 불쑥 회중전등이 비쳤다.
"자넨가, 파커?" 웜지가 외쳤다. "부하들을 멀리 물러서게 하게. 곧 집이 날아가 버릴 거야."

뜰은 갑자기 부르짖는 소리와 뛰어다니는 사람들로 가득 찼다. 어둠 속을 더듬거리면서 비틀거리던 욈지는 별안간 담장에 부딪쳤다. 그는 담장 위에 손을 걸고 기어 올라가서 여자도 끌어올렸다. 너나없이 뛰어내리고 있었다. 여자는 발을 다쳤는지 소리를 지르며 쓰러졌다. 욈지도 돌에 걸려 납작하니 땅바닥에 엎드리고 말았다. 그때였다. 섬광과 굉음과 더불어 새벽의 시커먼 하늘이 새빨갛게 물들었다.

욈지는 무너진 담 아래서 간신히 몸을 일으켰다. 그의 곁에서 신음 소리가 들렸기 때문에 여자도 무사하다는 것을 알았다. 온통 불빛이 별안간 두 사람 쪽으로 다가왔다.

"여기 계셨군요! 다친 덴 없으세요? 이건 대단한 얼굴인데요." 명랑한 목소리였다.

"괜찮아." 욈지가 말했다. "좀 할퀴어졌을 뿐이야. 숙녀분은 무사한가? 이런, 팔이 부러진 모양이군. 다른 상처는 없는 것 같네. 놈들은 어떻게 됐나?"

"대여섯 명 달아난 것 같습니다만 나머지는 모두 붙잡았습니다."

욈지는 을씨년스러운 새벽녘 어둠 속에 검은 그림자가 자기를 둘러싸고 있음을 깨달았다.

"정말 놀랐습니다! 아무 소식도 없이 불쑥 저세상에서 돌아오셨으니! 이런 고약한 분 같으니라고요. 저희들은 2년 동안 틀림없이 사망하신 거라고만 생각하고 있었습니다. 저도 팔에 두를 상장喪章 같은 걸 사기도 했죠. 정말 신기한 일입니다. 번터 말고도 이 일을 알고 있었던 사람이 있습니까?"

"어머니하고 누이동생뿐이지. 비밀 신탁의 형식으로 알려줬지. 유언 집행인인가 뭔가에 문서를 보내는 방법인데 그렇게 해두면 비밀이 보전되네. 내가 나라는 걸 증명하기 위해서 이제부터 변호사를 상대로 한참 승강이를 벌여야겠군. 어이, 서그 아닌가?"

"네, 그렇습니다." 서그 경감은 흥분한 나머지 울음을 터뜨리기라도 할 것처럼 기뻐서 어쩔 줄 몰랐다. "무사하신 모습을 뵙게 되니 이런 기쁜 일은 다시 없습니다. 참 훌륭한 솜씨를 보여주셨습니다. 서의 사람들 전원이 악수해주시길 바라고 있습니다."

"그런가? 그럼 어디 얼굴이라도 씻고 수염이라도 밀어야겠군. 다시 여러분들의 얼굴을 보게 돼서 기쁘네. 램베스에서의 2년 동안은 참 괴로운 생활이었어. 그렇지만 좀 재미있는 연극이었지."

"그분은 무사할까요?"

여자가 중얼거리는 소리에 윔지는 깜짝 놀랐다.

"큰일 났다. 금고 속에 갇힌 사람을 잊고 있었어. 여봐, 자동차를 곧 내주게. 금고에 가둬놓은 우두머리가 질식 상태에 있네. 자, 올라타게. 그리고 그 여자도. 회장을 구해주겠다고 약속했으니까. 하기야(파커의 귀에 속삭이며) 살인 혐의도 있으니까 재판에 걸리면 극형에 처하게 되겠지만. 빨리 달려주게. 놈이야말로 이 범죄단의 우두머리거든. 모슬리 사건이나 호프 윌먼튼 사건을 비롯해서 그 밖의 헤아릴 수 없이 많은 사건을 조종했던 사나이야."

차가 램베스의 집 앞에 도착했을 무렵에는 이미 차가운 바람이 거리를 잿빛으로 물들이고 있었다. 윔지는 여자의 팔을 잡고 차에서 내리는 것을 거들어주었다. 공포와 고통에 사로잡혀 절망어린 수척한 얼굴이었다.

"러시아 사람일까요?" 파커가 윔지의 귓전에 속삭였다.

"그럴 걸세. 제기랄! 현관을 잠가놓았군. 열쇠는 그놈이 가지고 금고 속에 들어가 버린 모양이군. 창문을 부수고 들어가 주지 않겠는가?"

파커는 대뜸 창문을 뚫고 안으로 들어가서 곧 현관문을 열었다. 집 안은 잠잠했다. 윔지는 앞장서서 금고가 있는 안쪽으로 들어갔다. 바깥문과 두 번째 문이 열려 있는 채로 있었다. 제일 안쪽 문은 얼른 보기엔 어디가 문인지 녹색 벽과 분간할 수 없었다.

"함부로 두들겨서 기계를 망가뜨리지나 않았는지 몰라." 윔지가 중얼거렸다. 그의 팔에 매달린 여자의 안절부절못하던 손이 힘껏 감겼다. 그는 기운을 내서 쾌활한 말투로 문을 향해 말을 걸었다.

"자아, 부탁하네. 열려라, 참깨, 열려라, 참깨!"

녹색 벽이 갑자기 벽 안으로 밀려갔다. 여자는 달려가서 금고 속에서 굴러나온 의식 잃은 사나이를 얼싸안았다. 옷은 갈기갈기 찢어지고 상처투성이의 두 손에서는 피가 뚝뚝 떨어지고 있었다.

"됐네, 걱정할 건 없네! 살아 있으니까, 재판은 받을 수 있을 거야." 윔지가 말했다.

오필리어 살해

オフェリヤ殺し

오구리 무시타로 小栗虫太郎, 1901~1946

1901년 도쿄에서 태어났다. 직장생활과 인쇄소 경영 등을 하다가 1933년 중편 「완전범죄」를 발표하며 추리소설 문단에 데뷔했다. 대표작인 『흑사관 살인사건』은 일본 추리문학의 3대 기서로 꼽히며, 작품 속 방대한 지식으로 인해 '탐정소설의 대신전'이라고 불린다. 1946년 「악령」을 집필하던 중 뇌일혈로 45세 젊은 나이에 작고했다.

서장_셰익스피어 무대여, 안녕히

왕의 허가가 떨어졌습니다.
독사 같은 지기 둘이
사절을 맡아 제 앞길을 인도하는군요.
어디 하고 싶은 대로 해보라지.
제가 깐 지뢰를 밟고 날아가는 걸 봐도 재밌겠네요.
그들이 먼저 판 것보다 1미터쯤 더 깊이 지뢰를 파서
달나라로 쏘아 보낼까요.
둘이서 같은 장소에서 부딪쳐도 볼만하겠죠.
(그리 말하며 폴로니어스의 시체를 흘겨본다.)

이자 때문에 마음이 바쁩니다. 시체를 옆방으로 옮겨야지.
어머니, 부디 안녕히 주무십시오. 시종장 나리도 참말로
이제야 완전히 입을 다물어 비밀스럽고 진중해졌군요.

살아서는 그리도 말 많은 멍청이더니!

자, 그럼 처리해볼까. 안녕히 주무십시오, 어머니.

(두 사람 각자 퇴장. 막.)

햄릿이 폴로니어스의 시체를 질질 끌며 퇴장하자 「햄릿의 총비寵妃」 3막 4장이 막을 내렸다. 무대 장막에서 새어 나온 빛이 희미하게 붉어지며 늘어선 기둥을 쓸어내리듯 물들인다. 휴식시간 20분 동안 복도는 매우 혼잡하다. 북적거린 탓에 먼지가 풀풀 날려, 벽에 번갈아 걸린 촛대와 고풍스러운 가스 등불에 달무리처럼 이지러진다.

여기저기에서 과장된 웃음이 터져 나오고 상류층이 내지르는 간드러진 목소리만 들린다. 그 가운데 외따로 떨어져 초연히 한탄스러운 푸념을 늘어놓는 무리가 있다.

네다섯 명쯤 될까, 너 나 할 것 없이 얇고 뾰족한 입술로 이야기하는 틈틈이 이맛살을 찌푸리고는 뒷맛이 영 개운치 않다는 표정을 짓는다. 이른바 바일스Viles*라는 작자들이다.

그들은 입을 모아 홀로 꿋꿋하게 극단을 떠난 가자마 규주로의 절개를 칭찬하기에 여념이 없었다. 노리미즈 린타로가 쓴 「햄릿의 총비」를 두고 「비탄에 잠긴 신부」**와 비교하며, 노리미즈가 쓴 희곡답게 돼먹지 못한 패러디라며 비난했다.

이상하게도, 주인공을 맡은 노리미즈의 연기를 지적하는 사람은 아무도 없었다. 다만, 이번 막에서 노리미즈가 무대에서 이상한 대사를 내뱉은 일은 화젯거리였다.

---

* '극도로 비열한 놈들'이라는 뜻.
** The Mourning Bride, 찰스 2세의 문란함을 대표하는 윌리엄 콩그리브의 희곡.

3막 4장, 왕비 거트루드의 침실 장면은 셰익스피어의 원작과 거의 흡사했다. 햄릿은 어머니가 저지른 부정을 비난하다 시종장 폴로니어스를 왕으로 착각해 커튼 너머로 찔러 죽인다. 프로시니엄 무대 안쪽은 검푸른 패널을 대어 끝을 알 수 없는 어둑한 연못처럼 보이게 했다.

  고요하고 비통한 체념의 분위기가 약한 자라고 비난받는 왕비의 여린 성격을 여지없이 드러냈지만, 두 배우의 격정에 찬 연기, 그중에서도 왕비 역을 맡은 기누가와 아키코의 성별을 뛰어넘은 개성이 무대장치가 주는 서정적인 분위기를 압도했다.

  그런데 노리미즈는 연기를 하면서도 끊임없이 관객석을 살피며 누군가를 찾았다. 막이 끝날 즈음에 왕비와 대화를 나누던 노리미즈는 갑자기 정면을 바라보고 큰 소리로 외쳤다.

  "제가 내키는 방식으로 당신이 가장 귀하게, 그리고 미묘하게 여기는 것을 맛봤소. 그러니 현실에서 직접 겪어봐도 괜찮지 않겠소?"

  물론 그런 말이 대본에 있었을 리 만무하다. 어쩌면 매일같이 쏟아지는 악평에 분노하던 노리미즈가 무대 위에서나마 그동안의 울분을 평론가들에게 쏟아부은 게 아닐까. 냉정하기 그지없는 노리미즈가 그렇게 부질없는 행동을 했다고 보기는 힘들다. 두서없이 여러 가능성을 따져보던 평론가들의 마음속에 짐작되는 바가 있었다.

  극단 사람들에게 배신당하고 실종된 지 어느덧 2개월이 지나도록 살았는지 죽었는지 소식 하나 없는 가자마 규주로였다.

  어느샌가 규주로가 극장에 홀쩍 돌아왔다면? 관객들 사이에 슬며시 섞여든 규주로를 노리미즈가 날카로운 눈으로 간파한 건 아닐까. 두말할 필요 없이 억측에 지나지 않았지만, 가자마의 이상하리만치 열렬한 성격을 알고 그의 불행에 동정을 아끼지 않던 이들은 노리미즈의 행동을 가슴을 옥죄는 징조로 여겼다.

어딘가 음습한 곳에서 상상도 못 할 암투가 벌어지고 있다.

그런 생각을 하자 비밀스런 기운이 풍겨 깊숙한 내막을 들여다보고 싶은 충동이 들었다. 어쩌면 이 웅장하고 아름다운 셰익스피어 기념 극장이 문을 열 때부터 심상찮은 먹구름이 감돌지 않았을까.

그런 두려움을 느낄 정도로 셰익스피어 기념 극장은 가자마의 혼을 빼앗고, 마지막 한 방울 희망까지 남김없이 빨아들였다.

어쩌면 독자 여러분은 노리미즈가 희곡 「햄릿의 총비」를 썼을 뿐만 아니라 주인공 햄릿을 연기하는 배우로 출연했다는 사실에 놀랄지도 모른다. 하지만 노리미즈가 중세사학에 얼마나 조예가 깊은지 아는 이들은 언젠가 그가 즐기던 이런 패러디 형식 작품이 태어날 것을 예견했으리라. 「햄릿의 총비」는 '흑사관 살인사건'을 해결하고 잠시 틀어박혔을 때 쓴 작품으로, 원래는 여배우 스에 구자쿠에게 바치는 찬양시였다.

구자쿠는 극중에서 호레이쇼를 맡았는데, 노리미즈가 쓴 새 판본에서 호레이쇼는 비텐베르크를 유학하던 중 햄릿과 사랑에 빠진 창부로 나온다.

창부 호레이쇼를 남장시켜 데려온 일이 비극의 발단이 되어 극 전체에 걸쳐 농염한 궁정생활이 그려진다. 우선 호레이쇼는 질투에 미쳐 오필리어를 죽인다. 한편 왕 클로디어스를 비롯하여 레이티즈와도 관계를 가지는데, 이에 그치지 않고 결국 노르웨이 왕자 포틴브라스와도 통정하여 햄릿이 죽은 뒤 덴마크를 포틴브라스의 손아귀에 떨어뜨린다. 여자 호레이쇼의 요염한 자태가 스에 구자쿠의 개성과 딱 맞아떨어져서인지 예부터 총비 중의 총비라 불리는 아네스 소렐의 농염함을 능가한다는 평이다. 음탕하기 짝이 없는 여자 호레이쇼의 통정 행위에는 찬반 의견이 들끓었다. 무엇보다 여자 호레이쇼의 모델이 누구인지 차례로 거론되었는데, 때로는 요부 임페리아*나 클라라 데탱**이라 하고, 삭소 그라마티쿠스***가 쓴 『덴마크 역사』나 몰이 쓴 『문학과 예술에 나타난 색정생활』을 언급하며 세세한 고증을 구석구석 논의하기도 했다.

연극계의 비난 여론은 생각보다 심해서 지나치게 화려한 나머지 비극적인 분위기를 해쳤다며 한마디씩 거들었다. 물론 은연중에 가자마를 동정해서 하는 말이기도 했다.

가자마 규주로는 셰익스피어 배우로서 일본에서 견줄 자가 없었다. '백조자리 기사'라고 불릴 정도로 옛 엘리자베스 시대의 무대에 강한 동경을 품었다. 가자마 규주로는 20년 전 다이쇼 초기에 외부, 내부, 높이 세 부분으로 나뉘는 초기 셰익스피어 무대 양식****을 되살리고자 일본을 뒤로하고, 지구를 한 바퀴 돌아 스타니슬라프스키 연구소를 시작으로 수많은 극단을 떠돌았다.

배우로서 재능은 인정한다손 치더라도 가자마가 꿋꿋이 내세우는 연출 형식에 대해서는 이상한 사람 취급하며 누구 하나 귀 기울이지 않았다. 지친 몸을 이끌고 구자쿠와 함께 패배자 모습으로 고국에 돌아온 때가 3년 전인 쇼와 X년.

---

* 르네상스 시대 이탈리아를 대표하던 창녀.
** 한때 프랑스 왕의 정부였다.
*** 덴마크의 역사가이자 시인.
**** 셰익스피어 작품은 당시 글로브 극장에서 주로 공연했는데, 무대 3면이 관객석으로 둘러싸인 형태로 무대 좌우에 기둥이 있고, 두 기둥이 무대를 내부와 외부로 나누는 경계선 역할을 했다.

규주로가 해외에 머물던 중 둘째 부인을 얻었는데 라벤나에서 사별했다는 소문이 돌았다. 혼혈인 구자쿠의 존재가 이 소문을 뒷받침했다.

말이 익숙지 않은 탓인지 일본에 돌아온 규주로는 심한 대인기피증을 앓았다. 목소리마저 변해 풍부하던 가슴 소리는 낮은 금속악기 소리를 듣는 듯했다. 하지만 귀국한 뒤 생활이 그리 불행한 것만은 아니었다.

20여 년 전 매정하게 버리고 떠난 처 기누가와 아키코는 극단 단원과 함께 가자마 규주로를 받아주었고, 당시 배내옷을 입었던 딸도 지금은 구메 하타에라는 이름을 드날리며 근대연극계의 꽃이 되었다. 얼마간 기운을 추스린 규주로는 남몰래 셰익스피어 무대를 실현할 기회를 노렸다.

팔자가 점점 피는가 싶더니 드디어 그는 셰익스피어 기념 극장 건설을 맡기에 이르렀다. 가자마 규주로의 후원자 중 젊은 부자 1, 2위를 다투는 이가 먼저 제안한 일로, 가자마가 평생 염원하던 셰익스피어 무대를 실현할 다시없을 기회였다. 허나 다른 계열 자본이 셰익스피어 기념 극장 건설에 참여하면서 규주로의 주장은 처음부터 다시 검토해야만 했다. 하다못해 크루겔의 셰익스피어 무대만이라도 만들게 해달라고 빌었지만 이마저도 단칼에 거절당하고, 극장은 결국 바이로이트 축제 극장*****과 꼭 닮은 양식으로 지었다.

무대는 오페라 극장마냥 드넓기만 했다. 무대 아래 오케스트라

***** 독일 바이에른 주의 도시에 있는 이 극장은 작곡가 바그너의 〈니벨룽겐의 반지〉가 초연되며 개관했다. 객석을 부채꼴로 가파르게 배치하고 관현악단은 일부가 지붕으로 덮인 깊은 관현악단석에 숨어서 음악을 연주했다.

피트*를 설치하고, 관객석은 늘어선 기둥에 둘러싸인 부채꼴로 만들었다. 이래서야 제아무리 동동거려봤자 셰익스피어 연극을 제대로 연출할 방법이 없다. 그 순간 규주로는 실낱같은 희망이 끊어지는 것을 느꼈다.

엎친 데 덮친 격으로 규주로를 더욱 비통하게 한 사건이 일어났다. 극단 사람들이 규주로를 저버리고 한 사람도 남김없이 극장 편으로 가고 말았다. 극장 측이 제시한 봉급 액수는 늘 생계가 불안정했던 극장 단원의 눈을 흐리기에 충분했다.

처 아키코와 딸 하타에, 구자쿠마저 그를 버리자 어느 날 밤 규주로는 배신자에게 거친 고별인사를 내뱉고는 어딘가로 모습을 감췄다. 두 달 전 3월 17일 밤에 일어난 일이다.

그 길로 발자크를 닮은 커다란 몸은 이 땅에서 사라지고, 규주로의 풍부한 가슴 소리를 다시 들을 기회가 없었다. 한편 이 사건은 노리미즈에게 스포트라이트가 비춰지는 계기가 되었다.

이 시대의 둘도 없이 멋진 남자, 범죄 연구가로 동서고금을 통틀어 빼어난 위치를 자랑하는 노리미즈 린타로가 처음으로 범죄 현장이 아닌 무대에 선다. 이는 결코 뽐내려는 의도에서 한 일이나 이상하게 여길 일이 아니었다. 유학 시절 노리미즈가 연기를 익혔고 루제로 루제리**에게 사사했을 정도이니, 본업인 탐정보다 더 뛰어나다고 해도 좋으리라. 햄릿 배우로서 자질은 어쩌면 규주로에 버금갈지도 모른다.

흥행을 따져봐도 노리미즈의 특별출연은 탁월한 선택이어서, 5천

---

* Orchestra pit. 무대와 객석 사이에 움푹 파인, 오케스트라가 숨어서 연주하는 공간.
** 알렉산더 모이쉬와 더불어 유럽 2대 햄릿 배우.

명을 수용하는 극장은 매일 밤 발 디딜 틈이 없었다. 마침 그날 밤 5월 14일은 막을 올린 지 30일째 날이었다.

햄릿의 총비

등장인물

햄릿 : 노리미즈 린타로

왕 클로디어스 : 루드비히 르네

왕비 거트루드 : 기누가와 아키코

선왕의 유령, 시종장 폴로니어스 : 아와지 겐지

폴로니어스의 아들 레어티즈 : 고보나이 세이치

폴로니어스의 딸 오필리어 : 구메 하타에

호레이쇼 : 스에 구자쿠

1. 두 사람의 유령

노리미즈가 쓰는 분장실은 큰 강과 맞닿아 저 멀리 하늘에 별이 보이고 새하얀 커튼이 돛처럼 나부낀다. 긴 칼집 끝으로 문틈을 찔러서 열자 오필리어 의상을 입은 하타에의 새하얀 등이 한눈에 들어온다. 테이블 앞에는 앞서 휴식시간부터 자리를 차지한 하제쿠라 검사와 구마시로 수사국장이 의자에 걸터앉아 있다.

검사는 노리미즈를 보자 곁에 있는 하타에를 가리키며 말했다.

"노리미즈, 실은 이 아가씨가 조금 전부터 자네는 연기는 이만하고, 배우보다 탐정으로 활약해줬으면 한다는군."

하타에의 표정이 순간 굳어졌다. 구메 하타에는 반쯤 핀 백합처럼 연약한 아가씨였다. 목덜미는 꽃대처럼 길쭉하고, 피부는 기분 나쁠 정도로 투명해 혈관 하나하나가 푸른 비단 끈처럼 비친다. 감정을 억누르지 못하고 어깨가 부들부들 떨렸다. 하타에는 노리미즈를 돌아보며 그의 눈을 뚫어져라 바라보았다. 입술을 꼭 깨물었지만 이내 눈물이 두 줄기 뺨을 타고 흘러내렸다.

노리미즈는 차분히 물었다.

"어째서 눈물을 흘리십니까. 아버님이 걱정되셔서 그러신다면 분명 무사하실 겁니다. 괜찮아요. 열흘 동안 공연을 끝내고 나서도 찾을 수 있습니다. 오늘 영자 신문에서 저를 두고 존경할 만하다고 평하더군요. 배우로서 그렇다는 건지, 탐정으로서 그렇다는 건지는 모르겠습니다만."

"네, 아버지 일로 상담드리려 해요."

하타에가 이상하리만치 그를 바라보더니 온몸이 터질 듯 떨며 물었다.

"당신은 이번 막에 나온 유령을 아와지 씨가 1인 2역을 한 거라고 보시나요?"

유령이란 두말할 나위 없이 선왕 햄릿을 가리킨다.

배역을 나누며 유령 역할을 맡을 사람이 없어 노리미즈는 할 수 없이 대본을 수정했다. 왕 클로디어스 역할을 맡은 독일인 배우 루드비히 르네는 연출을 겸한 데다 레어티즈 역할을 맡은 고보나이 세이치는 유령 배역을 맡기에 목소리가 어울리지 않았다. 어쩔 수 없이 유령의 대사를 없애고 폴로니어스의 시체를 마지막까지 숨겨, 그동안 폴로니어스 역할을 맡은 아와지 겐지가 1인 2역을 하기로 했다.

즉, 무대에 난 구멍 위로 장막을 늘어뜨리고 그 속에서 아와지가 유령 분장을 한 채 관객들 모르게 대역을 한 후 구멍을 통해 지하실로 빠져나와 무대 아래쪽에서 나타나는 식이다.

그런데 하타에는 어째서 대역을 맡은 아와지를 의심하는 걸까. 노리미즈는 순간 호기심에 사로잡혔다.

"대역을 맡은 아와지 씨에게 의문스러운 점을 물어봤습니까? 그는 제 검을 맞고 끝장났죠. 제가 폴로니어스를 죽였거든요. 그런 좁은 곳에서는 옴짝달싹하기도 힘듭니다. 장막 때문에 숨도 제대로 쉴 수 없다는 등 제게 불평하더군요."

"아와지 씨는 뻔한 거짓말을 늘어놓았어요. 그 유령은 틀림없는 아버지예요."

단정한 얼굴에 피가 쏠인 하타에는 날 서고 확신에 찬 목소리로 말했다.

검사와 구마시로는 하타에의 말을 듣자 의자를 흔들며 킥킥댔지만, 묘하게도 노리미즈는 하타에의 환상에 신뢰를 보였다.

"결국 이런 식인가요. 노리미즈 씨만 진지하게 들으시네요. 저는 앞서 휴식시간에 춤 연습실에 있었어요. 물에 들어가는 장면(오필리어가 시냇가에 빠져 죽는 최후의 장면)의 회전에 익숙해지려고 미리 연습을 좀 했죠. 몸 상태 탓인지 빙그르 돌면 가슴이 답답해지거든요. 예전부터 어머니와 구자쿠 씨가 몸만이라도 익숙해지는 편이 좋다고 하셨죠. 의자에 앉아 찬찬히 돌고 있자니 별안간 온몸이 얼어붙고 머리 꼭대기까지 심장 박동이 쿵쾅쿵쾅 울려 퍼졌어요."

"그러셨군요. 그래도 당신이 공연을 쉬면 타격이 크니 무리가 되더라도 좀 참아주시면 좋겠군요. 이삼 일쯤 쉬게 해드리고 싶지만…… 뭣보다 그런 환각을 볼 정도니……."

노리미즈가 말끝을 흐리자 도리어 하타에의 신경이 곤두섰다.

"당신마저 제가 환각을 봤다고 하시나요? 환각이라고는 도저히 생각지 못할 정도로 생생했어요. 아시다시피 그 방에는 입구가 둘이죠. 하나는 무대 뒤편, 다른 하나는 무대 아래로 통해요. 그때 무대에서 퇴장한 유령이 어째서 아버지가 아니란 거죠? 노리미즈 씨, 다른 노인 역과는 달리 그 유령은 당신 취향에 맞춰 셰익스피어와 꼭 닮았더군요. 수염, 턱수염이 죄다 가늘고 코까지 걸친 부분은 빛처럼 십자가 모양이었어요. 게다가 유령의 수염이 계속 움찔거렸죠."

극장 평면도

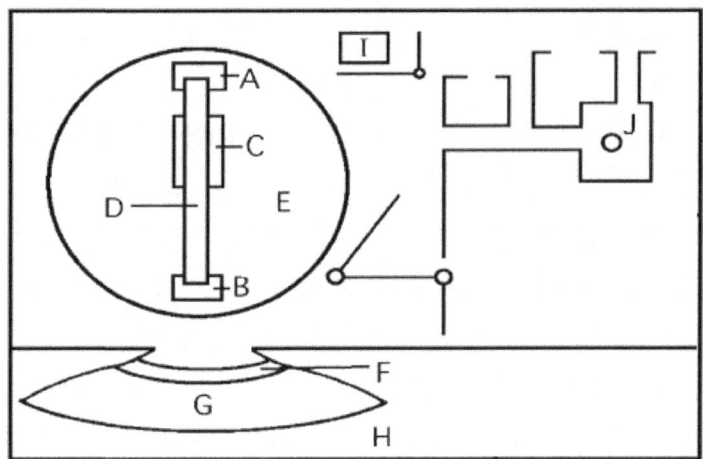

A, B 오필리어가 나타났다 사라진 무대 바닥 구멍
C 오필리어가 들어가는 상자
D 시냇가의 도랑 / E 회전하는 무대
F 오케스트라 피트 입구 / G 그 지하에 해당하는 위치
H 관객석 / I 폴로니어스가 있는 구멍 / J 춤 연습실

"수염이 움직였다는 건 무슨 의미죠?"

"아무리 숨기려 해도 숨길 수 없는 아버지만의 습관이에요. 아버지는 언제나 틱 현상을 일으키셨죠. 그립기도 하고 두렵기도 하고 목이 메어 말도 안 나오고, 눈앞이 안개가 낀 듯 흐려졌어요. 어쩌면 아버지가 돌아가신 게 아닌가 하는 생각마저 들었죠. 얼굴을 바라보자니 애간장이 타서 눈을 질끈 감았죠. 그 반동으로 의자가 돌아 어느 순간 멈추는가 싶더니 누군가 의자에 손을 대고 반대 방향으로 휙 돌리지 않겠어요? 아버지라는 생각만 들었어요. 순간 신경이 갈기갈기 찢겨 마비되었어요. 한편으론 아버지와 이야기하고 싶다는 강렬한 욕구가 치솟았죠. 눈을 뜨니 유령의 뒷모습은 이미 사라졌더군요. 마음을 다잡고 무대 뒤쪽으로 달려갔는데 도구실 커튼 뒤에서 아와지 씨를 봤어요."

"아, 역시 아와지 씨군요. 그럼 이상할 건 아무것도 없지 않습니까? 당신 의자를 돌리는 장난을 친 사람은 아와지 씨입니다. 그때도 유령 차림이었습니까?"

노리미즈는 그제야 맥이 탁 풀린 듯 담배를 빼 물었다. 하지만 1인 2역에 대한 의문은 하타에의 마음이 그려낸 환각으로는 수습되지 않았다.

"아뇨. 완연히 폴로니어스 차림을 하고 유령 의상은 옆에 둔 채 주무시고 계셨어요. 춤 연습실은 지나가지 않았다고 아무렇지 않게 말하더군요. 춤 연습실 앞에 옆으로 새는 복도가 있어요. 그때 천장, 그것도 극장 무대 쪽 천장으로 가는 계단 입구 근처에서 옷깃이 스치는 소리가 났어요. 마룻바닥 밟는 소리가 전혀 나지 않기에 이상해서 가봤죠. 계단 입구에 유령이 벗어놓은 옷가지가 있고, 극장 무대 쪽 천장 위로 팔랑팔랑 움직이는 그림자가 비쳤어요. 그 이상은 쫓아갈 수 없었어요. 옆에 걸린 시계를 보니 9시가 다 되어가더라고요. 노리미즈 씨, 아버지는 틀림없이 이 극장 어딘가에 계세요. 저희는 너 나 할 것 없이 비겁자예요. 아버지 인생을 물거품으로 만들고 잔인하게 파멸로 이끌었죠."

하타에는 무릎을 떨며 괴로운 듯 서 있었다.

하타에가 방금 9시라는 시각을 언급한 이유를 묻자, 도구 정비 문제로 시간이 늦어질 경우, 이어지는 2장을 건너뛰고 '오필리어의 광란' 장면을 할 예정이었기 때문이라 했다.

검사와 구마시로가 시계를 보자 신기하게도 아직 9시가 채 되지 않았다. 지금 시각이 8시 50분이니 하타에가 9시를 가리켰다고 한 시각은 실제로는 8시 30분 정도가 아닐까. 시계를 빠르게 돌린 데는 하타에가 쫓아오는 걸 막는 것뿐 아니라 다른 의도도 있으리라. 이리저리 생각하자 노리미즈는 머릿속이 몽롱해졌다.

뭔가 떠올린 듯 노리미즈가 화장대 서랍에서 무언가를 꺼내고 생각지도 못한 말을 했다.

"하타에 씨, 저는 이것만 가지고도 한 남자의 심장 박동을 듣고 호흡의 향기를 느낄 수 있습니다. 보시다시피 당신 아버님께 소식을 듣고 있죠."

그리 말하며 여자들이 쓰는 세련된 네모 봉투를 내밀었다. 내용을 읽고 세 사람은 멍한 표정으로 노리미즈를 올려보았다.

영어로 쓴 운율이 맞지 않는 팬레터였다.

In his costumes he recites.

The word the poet to his dear ones composed. "Hinder *Bortier*, *it is per* stages. The flower of Heaven, once dreamed; now enabled. *Farea* tell happy field; where joy forever dwells. *Hail quake viles. Lo*, unexpected mort."

(그는 무대에서 시인이 그 누구보다도 사랑하는 이를 위해 지은 시를 읊는다. "깊은 곳에 숨겨진 홍옥석이여, 어디에든 있네. 천국의 꽃이여, 누구나 꿈꾸지만 지금은 없네. 늙은 서사역은 행복한 낙원을 이야기하네. 그곳에는 언제나 행복이 있네. 자, 평론가들을 자극해라. 보아라, 예상치 못한 풍자를.")

하타에는 의심스럽다는 표정을 지었다.
"이 편지는 대체 뭔가요? 아무 뜻도 없잖아요."
그리 말하고도, 심상찮은 기운을 내뿜는 노리미즈에게 기가 눌렸는지 그의 입만 멀거니 바라보았다.
"하타에 씨, 이 편지는 의도를 숨긴 결투장입니다. 조소와 욕설을 섞은 도전 의사를 반대로 적어 상대에게 보냅니다. 감수성이 풍부한 사람이라면 편지 속에 이탤릭체 글자가 섞여 있는 것만 봐도 꽤 자극을 받겠죠. 저는 고민을 거듭한 끝에 모스 부호 기법으로 상대방의 뜻을 알아냈습니다. 보통 모스 부호 D가 선 하나에 점 둘(—‥)이고, 짧은 선이 T, 점 2개가 I가 되니 D는 TI가 됩니다. 이런 식으로 이탤릭체 글자를 하나씩 바꿔줍니다."

노리미즈는 이탤릭체 글자 아래에 뜻풀이를 적어 내려갔다. 그러자 볼수록 신비한 변화가 일어나 마침내 천국은 지옥으로 변하고, 종이 곳곳에 기분 나쁜 손톱 자국이 드러났다.

"Hinder, *Border*, *Upper* Stages, the flower of Heaven, once dreamed; now fabled. *Farewell*, happy field; where joy forever dwells, *Hail*, *quake stiles*. *Lo*, unexpected mort."

("내부, 외부, 그리고 높은 무대여. 천국의 꽃이여. 한때 꿈꾸었으나 지금은 무색해졌구나. 행복한 낙원이여, 안녕히. 기쁨은 언제나 함께하네. 와라, 늘어선 기둥을 흔들어 보겠나니. 보라, 예상치 못한 사냥감의 죽음을 알리는 뿔피리를.")

"하타에 씨, 당신 아버님 말고 외부, 내부, 높이라는 셰익스피어 무대 양식을 평생 동안 꿈꾸던 사람이 또 있습니까? 교황 알렉산데르 6세*는 카테리나와 리아리오에게 독을 품은 편지를 받았지만, 편지를 읽고도 죽음에 이르진 않았습니다. 그러나 이 편지에는 예고 살인을 뛰어넘는 효과가 있습니다."

가자마의 격렬한 열정에 매료된 듯 노리미즈는 눈도 깜빡이지 않고 말했다. "그렇습니다. 진리는 증오를 낳는다고 합니다. 또한 허무와 죽음이란 강렬한 충동에서 한 발짝도 벗어날 수 없죠." 편지에는 하타에가 누구보다 그리워하는 사람의 손길이 남아 있다. 하타에는 시체라도 숨기듯이 편지를 둘로 접어 보지 않으려 애썼다.

참을 수 없는 고통은 끝내 사라지지 않고 경련 같은 떨림이 덮쳤다.

"아버지, 저더러 싸우라 하시나요. 공포 따위 생각할 수도 없네요. 아아, 언제까지 그런 기분 나쁜 환상에 사로잡혀 계실 건가요. 지금

---

* Pope Alexander VI, 제214대 로마 교황으로 본명은 로드리고 란조르 보르자 이 보르자.

도 당신 목소리가, 압도하는 울림이 귓가에 생생해요. 저만은 못 본 척 지나가려 하시네요. 아버지, 헤어지던 그날 밤 저희 앞에서 이리 말씀하셨죠. 이 극장은 형식도 아름다움도 없는, 남의 비위나 맞추는 그림에 불과하다고!"

"남의 비위나 맞추다니, 당신도 아버님처럼 저를 비꼬십니까. 여기 더럽혀진 몸 있으매, 저리 물러가라. 하하하."

노리미즈는 허탈한 기분을 헛웃음으로 얼버무렸다.

그때 개막을 알리는 벨이 울리고, 다음 막인 '엘시노어 성 바깥 해변'이 시작됐다.

막이 오르자 관객들에게는 보이지 않는 음침한 기운이 무대 한켠을 뒤덮었다. 배우들은 너 나 할 것 없이 손발이 맞지 않고 대사는 엉망이었다. 사소한 일 하나에도 신경이 바짝 곤두서, 뭐라도 하나 잘못 걸리면 썩은 피가 고인 혈관이 펑 터질 지경이었다. 다행히 이어지는 제2장이 아무 탈 없이 끝나고, 드디어 '오필리어의 광란' 장면이 시작됐다.

하타에는 조금 전의 충격 때문인지, 아니면 오필리어와 닮은 자신의 처지에 마음속 깊이 숨겨둔 추억이 떠올라서인지 꽃을 건네는 장면이 되자 진짜로 미쳤나 싶을 정도로 광적인 연기로 노리미즈를 놀라게 했다. 그리고 한 사람 한 사람에게 엉뚱한 꽃을 꺼내 건네는 모습을 보며 세 사람은 몰래 얼굴을 마주 봤다.

오필리어 (레어티즈에게) 당신을 위한 스위트피. 헤어지란 뜻이에요.
여기는 팬지. 날 생각해달라는 꽃이고요.
(왕에게) 당신에게는 회향과 매발톱꽃을.

오필리어 살해 567

(왕비에게) 당신께는 운향을 드릴게요. 저도 조금 가질까요? 안식일의 은총이라 부르죠. 그분께는 데이지를 드릴까요. 아아, 로즈메리rosemary나 플레흐 드 리시, 아니 플레흐 드 리스fleur de lis(백합)라도 드리고 싶지만 아버지가 돌아가실 때 죄다 시들어버렸어요. 장렬한 최후셨대요.

삼월 봄의 장미, 사랑스러운 오필리어는 남은 꽃을 모두 무대 가장자리에 흩뿌렸다. 순간 하타에는 뭔가 안개에 휩싸여 멀어져가는 모습이라도 본 듯 앞쪽 공간을 바라보았다.

이어서 무대가 회전해 엘시노어 교외로 바뀌고, 드디어 여자 호레이쇼가 오필리어를 시냇가로 꾀어내 죽이는 장면이다. 우윳빛 시냇물이 무대 배경을 뱀처럼 가로질러 흐르고, 중앙에는 큰 노랑싸리나무가 있고, 그 옆에 옅푸른 색 테이프로 시냇가가 꾸며져 있다. 시詩 같은 그림이 꿈결 같은 그림자를 펼쳐 관객석까지 흘러넘쳤다.

잘 익어 농익은 음력 2월 봄은 구자쿠의 몸 그 자체다. 구자쿠는 키가 크고 온몸에 부드럽게 살집이 잡혀 눈이며 입술이며, 체취만으로도 사람의 마음을 뺏을 정도였다. 말로 표현할 수 없이 야릇한 곡선이 어깨에서 허리까지 굽이친다. 구자쿠는 풍만한 가슴을 내밀고 탄탄한 허리를 쭉 펴고는 진짜 총비라도 된 듯 연기했다. 남자 같은 목소리를 내는 여배우가 이제 겨우 열일곱 살이라는 걸 안다면 누구든지 이상하리만치 성숙한 그 모습에 두려움을 느끼리라.

오필리어가 죽는 장면이 되자 미쳐버린 그녀는 호레이쇼가 이끄는 대로 시냇가로 간다. 치맛자락이 진짜 물에 들어간 것처럼 수면에 퍼지다가 이내 우산처럼 오므라들며 오필리어가 물속 깊이 빠져들었다. 무대장치에 특히 공들인 볼만한 장면이다. 이어서 호레이쇼의 처참한 독백이 끝나자 머리 위로 노랑싸리 가지가 바람에 흔들려 꽃잎이 눈처럼 떨어졌다. 그 아래에서 시체가 수면 위로 떠오를 차례다.

꽃 관을 쓴 삼월의 장미는 스포트라이트에 가려진 구멍을 통해 지하실로 사라진다.

오필리어의 시체가 무대에서 사라지자 관객석에서 놀라운 일이 일어났다.

누군가 관람석 뒤쪽에서 외쳤다. "기둥이 흔들린다!" 이내 심한 진동이 건축물을 뒤흔들자 빼곡이 자리한 관객들이 비명을 지르며 일어섰다.

잠시 뒤 관객들은 꿈에서 깬 듯 멍한 표정으로 분명히 느꼈던 진동이 어느새 사라졌다는 걸 깨달았다. 무대로 시선을 돌리자 무슨 일인지 노랑싸리 나무에 기댄 구자쿠가 비명을 질렀다.

분명히 사라졌던 오필리어의 시체가 놀랍게도 무대 배경 사이 구멍에서 다시금 나타났다. 존 밀레이가 그린 〈오필리어〉*와 같이 아름다운 모습으로 아래쪽을 향해 반짝거리는 물 위를 흘러갔다. 앞쪽에 난 구멍을 넘어 상체를 무대 끝자락 너머로 내밀고 관객석으로 추락하려 했다. 다행히도 때마침 장막이 내려와 오필리어를 가슴께에서 받쳤다.

---

* 아름다운 여인 오필리어가 꽃을 들고 강물 위에 누워 있는 양 죽음을 맞이하는 장면이 그려진 존 에버렛 밀레이의 〈오필리어〉는 셰익스피어의 희곡 『햄릿』의 한 장면을 묘사한 것으로, 라파엘 전파의 정신을 잘 드러낸 수작이다.

반동으로 고개가 아래쪽으로 휙 늘어진 순간 무시무시한 색채가 관객들의 눈에 박혔다. 오필리어의 왼쪽 목덜미에서 무참한 구멍이 떡 벌어지며 진홍색 물이 퐁퐁 뿜어져 나왔다. 피 무게를 못 견딘 재스민 화관이 제멋대로 기울다가 뚝뚝 떨어져 내리는 피 옆으로 떨어졌다.

2. 오필리어 광란의 수수께끼

"구마시로, 이 얼굴을 보게나. 잠시 잠을 자는 듯하군. 입술에 머금은 웃음이 점차 흐려지다 사라지네. 입술이 살짝 스치나 싶더니 이내 떨어지고. 기분 탓인지 안구가 살짝 튀어나와 보이는군. 말로 형언하기 힘든 언어의 유령이로고. 이 사건에 등장한 유령은 아와지가 1인 2역을 했거나 기둥이 흔들려서 나타난 게 아냐. 이 점이 중요하지."

노리미즈가 새하얀 피부 위 혈관을 차근차근 뜯어보며 시라도 읊듯 말했다.

갑자기 일어난 처참한 사건으로 그날 연극은 그대로 중지했다. 인기척이 없는 텅 빈 무대에는 세 사람만 서 있다.

하타에의 온몸은 이 세상에 속하지 않은 듯 창백했다. 손발은 축 늘어지고 얼굴에는 공포나 고통의 흔적도 없으며 음영이 짙은 부분은 푸르스름한 잿빛에 가까웠다. 부드럽게 활처럼 휜 입술에 무한한 슬픔이 어렸다. 왼쪽 목덜미 깊이 경동맥을 잘린 상처는 상당히 예리한 도구로 그었는지 날카로운 테두리가 떡 하니 입을 벌렸다. 상처에 피가 응고되어 웅덩이를 만들고, 장막 사이로 비쳐든 빛에 배어 나온 지방이 금색으로 빛나고 재스민 화관은 옅게 물들었다. 이 때문에 참혹한 상황이 매우 화려하게 보였다.

"구마시로, 가자마 규주로가 도전장에 쓴 말을 잊지 않았겠지. '와라, 늘어선 기둥을 흔들어 보겠나니.' 그 말이 실현되었군."

검사는 가자마의 마술에 취했는지 목소리도 눈빛도 절제를 잃었다.

"지진도 아닌데 이리도 큰 건물을 장난감처럼 뒤흔들다니, 규주로의 신비한 힘은 끝을 모르겠군. 그나저나 지하실이라니 말 한번 잘했어."

구마시로는 시체에서 눈을 떼고 후욱 하고 연기를 내뱉었다.

"이 사건에서도 무대 바닥을 사이에 두고 천국과 지옥이군. 노리미즈, 슬슬 지하실로 가봄세."

참극은 지하실에서 벌어진 게 분명하니 무대 위는 사건과는 관련이 없다. 세 사람이 낡아서 거무데데하고 음침한 지하실로 내려가자 모든 상황이 분명해졌다.

우선 오필리어를 옮기는 시냇물 장치를 살펴봐야 했다. 앞뒤로 두 개의 구멍이 나 있고 그 사이에 도랑을 파서 속에서 벨트가 회전하는 구조다. 전차에 쓰는 무한궤도 방식으로 되어 있어 지하실에서 천장을 올려다보자 두 줄로 된 벨트 사이에 커다란 상자가 보였다.

오필리어를 시냇물에 가라앉히기 위한 장치로, 하타에가 상자 속에 들어가면 아래에 있는 선풍기 바람이 수면에 뜬 것처럼 치맛자락을 펼치고 회전하면서 허리가 내려가 관객들의 눈에는 진흙 속으로 깊이 빠져드는 것처럼 보인다.

그 뒤 하타에가 선풍기 위에 있는 판자 위에 누워 아래에 있는 도구 담당에게 신호를 보내면 하타에를 태운 채로 벨트가 올라가 앞쪽에 있는 구멍을 통해 지하실로 떨어진다.

하지만 핏자국은 벨트 중간부터 시작하고, 구멍에서 벨트 중간까지는 핏자국이 없다. 이 점을 볼 때 하타에는 약 2미터 높이에서 찔린 것이 분명했다. 흉기는 아무리 뒤져도 나오지 않고 벨트 아랫부분 외에는 핏자국도 없다. 당시 지하실에는 도구 담당이 두 명 있었지만, 둘 다 스위치실에 있었던지라 누가 들락날락했는지 모른다고 한다.

간단한 조사가 끝나고 세 사람은 노리미즈의 분장실로 돌아왔다.

"범인이 미지의 생명체가 아닌 것만 해도 다행이군."

검사는 의자에 앉자마자 노리미즈를 돌아보며 말했다.

"이 사건에서 범죄 현상 자체는 수상한 점이 없네. 어쩌면 가자마의 심리 상태가 더 수상하다고 할 수 있지. 사랑스런 자식을 죽이다니 역시 가자마는 제정신이 아닐세."

"그렇지."

구마시로 수사국장이 맞장구를 쳤다.

노리미즈는 의자에서 일어나 놀란 표정으로 쳐다봤다.

"역시 하제쿠라, 그대라는 법률의 화신에게는 시韻文가 통 듣질 않는군. 조금 전 일어난 고백 비극을 못 봤나? 하타에는 비통하기 짝이 없는 무언극으로 아버지에게 호소했네."

"뭐, 고백 비극이라니. 농담은 관두게."

구마시로가 가시 돋친 목소리로 말을 잘랐다.

"농담이라니. 앞서 무대에서 오필리어는 꽃을 전부 잘못 주지 않았나. 결코 하타에의 착각이 아닐세. 그녀의 대뇌피질은 장기판처럼 실로 질서정연하거든. 구마시로, 내 비록 에메 마르탕*은 아니지만,

사람이 자기 감정을 표현하는 데 꼭 잉크로 손가락을 더럽혀가며 써야 하는 건 아냐. 감정을 꽃에 실어 보낼 수도 있단 말일세."

노리미즈는 책상 뒤에서 꽃다발을 꺼내 탁자 위에 얹었다. 두 사람은 꽃다발의 빛깔이나 향기보다 노리미즈가 펼쳐내는 아름다운 안개에 취했다.

"자네들에게는 기억이 영 새롭겠지만, 막을 내릴 즈음에 하타에가 아버지의 최후 운운하며 무대에 꽃을 한 움큼 뿌렸지. 처음에 뿌린 칡꽃은 '밤이며 낮이며 내 마음은 당신 곁에 있어요'라는 뜻이야. 다음에 뿌린 미뇨네트는 '당신이 나타나야만 제 고민이 사라져요'라는 뜻이고, 쐐기풀은 '당신은 너무도 한이 깊어요'라는 뜻일세. 마지막으로 아네모네와 붉은 봉선화를 뿌렸어. 그녀는 '용서해주세요, 저를 건드리지 마세요'라고 외친 걸세."

"용서해달라니. 아아, 잘 알았어."

검사는 노리미즈에게 비웃음을 날렸다.

"그다지 심오해 보이지는 않는데? 자네 말만으로는 가자마가 자식을 죽여야만 했던 심리 상태가 설명이 안 되는군."

"그리고 왕비 역을 맡은 기누가와 아키코에게는 운향을 주겠다고 해놓고 부러진 바위취만 건넸지."

검사가 항의하는데도 아랑곳하지 않고 노리미즈는 태연히 말을 이었다.

"삐뚤어진 모성을 뜻해. 하제쿠라, 어떤가? 이 격렬한 비유가. 레어티즈 역을 맡은 고보나이 세이치에게는 하얀 끈끈이귀개와 노란

---

* Aime Martin, 꽃말의 창시자.

카네이션을 건넸어. '부끄러운 줄 알아, 이 배신자 자식아', 이런 뜻이지. '그분'이라 칭하며 자리에 없는 폴로니어스 역 아와지 겐지에게는 프랑스 금잔화와 회화나무를 건넸어. '복수, 지하에서 보복한다'라고 외친 거지. 물론 두 사람이 가자마를 배신했다는 뜻에서 비꼰 걸 테지. 주모자인 르네에게도 꽃을 보내야겠군. 왕 역할을 맡은 르네에게 건넨 꽃은 실로 오묘한 뜻을 품고 있지. 우선 퍼플 라일락. 첫사랑의 두근거림을 뜻하네. 다음은 꽃버섯. 더 이상 믿을 수 없다는 뜻을 전했지. 마지막으로 붉은 매발톱꽃을 건넸어. '두려운 적이여, 더 이상 가까이 오지 마시오'라는 경고지. 이를 볼 때 두 사람은 본디 연인관계로 최근 멀어졌지만, 헤어지고도 하타에는 르네를 감싸려 했네. 하제쿠라, 하타에는 제 몫으로 붉은 수선을 취했어. 즉, 마음의 비밀을 말하네. 하하하하. 나도 붉은 수선 한 송이 가질까. 하타에의 가장 깊숙한 곳을 더듬은 손을 잠시 이대로 두고 싶군."

노리미즈는 차갑게 말하고 미지근해진 홍차를 단숨에 들이켰다. 마침 문 너머에서 옷이 스치는 소리가 나더니 문틈으로 대기실 복장을 한 구자쿠의 팔이 나타났다.

구자쿠는 거침없이 들어와 노리미즈에게 말했다.

"제가 흑딸기라도 받았으면 어쩌시게요? '정의는 이루어져야 한다'고 하실래요? 저는 하타에 씨 일이라면 뭐든 물어보시라고 왔어요."

"하타에 씨는 아버지에게 죽임당할 이유가 가장 적은 사람이죠."

검사는 그리 말하고 구자쿠의 얼굴, 눈꺼풀 가장자리에 불거진 아름다운 혈관을 바라봤다. 음란한 야수 같은 이 아가씨를 잠시라도 바라보면 누구든 불길한 유혹에 현기증을 느끼리라.

구자쿠는 살집 잡힌 허리를 의자 위로 휙 내던졌다.

"아직도 모르시겠어요? 대체 이 작은 방 어디에 아버지가 계시다는 거죠? 하타에 씨는 오늘 밤 만난 유령이 아버지라 했지만 설마 그걸 믿진 않으시겠죠? 만약 믿으신다면 노리미즈 씨가 쓴 새 햄릿과는 정말이지 동떨어진 분이시네요. 검사 총장님, 당신은 프로이트식 해석에는 영 소질이 없으신가 봐요. 햄릿은 클로디어스에게 어머니를 빼앗기고 질투를 느낀 나머지 유령이 나타나는 환각을 봤죠. 어쩌면 이 사건을 푸는 실마리가 될지 모르겠네요. 만약 제가 기둥을 흔드는 마술을 쓸 수 있다면 노리미즈 씨에게 그런 편지를 보냈겠어요? 아무리 아버지를 찾는다 한들 보일 리가 없죠. 그 당시 알리바이는 잘 아시잖아요. 고보나이 씨도 어머니도 알리바이가 있죠. 르네와 아와지 씨는 어떤가요? 한번 물어보시죠. 분명 2인 1역이라는 망상은 깨지고 말걸요. 그날 밤 아버지는 다시는 돌아오지 않겠다고 하셨어요. 저는 너무 슬퍼서 아버지 품에 안겨 꼭 끌어안았어요. 아버지는 같은 말만 남기고 극장 앞에서 헤어진 후로 다시는 돌아오지 않으셨어요."

구자쿠는 곱슬머리에 붙어 있던 노랑싸리 꽃잎을 젖은 입술로 깨물고는 입을 꾹 다물었다. 노리미즈가 꽃잎을 슥 빼며 말했다.

"꽃잎이 떨어지는 장면은 분명 경찰이 주의를 줘서 오늘 밤부터 시작하셨죠? 묘한 역설이 느껴지는군요. 진짜 살해 현장을 은폐하려는 의도가."

"제가 범인이란 말씀이신가요?"

구자쿠는 눈을 돌리다 입을 벌리고는 벨벳처럼 새빨간 혀를 쏙 내밀었다.

"자, 보세요. 키프로스에서는 입안에 넣은 곡식 낟알에 침이 묻어 있지 않으면 그 사람이 범인이래요. 그때 꽃송이가 눈처럼 떨어져 제 몸을 감췄다고 한들, 그리 짧은 시간에 무슨 수로 지하실을 오가겠어요? 계속 입을 다물려 했는데 큰맘 먹고 말씀드릴게요. 실은 아버지를 봤어요. 보기만 했을까요? 갑자기 뒤에서 등을 맞았어요."

"뭐라, 등을 맞다니요?"

구마시로는 무심결에 담배를 내던지며 소리쳤다. 구자쿠는 왼쪽 눈을 예민하게 떨었다.

"의상실에 오필리어의 관과 종종 혼동되는 상자가 있어요. 그 속에 유령 의상이 또 한 벌 있으니 가져오라고 하시더군요. 전 첫날부터 아버지가 일꾼 틈에 섞여 계신 걸 알았어요. 음식을 드실 때 아버지는 주변을 두리번거리는 습관이 있으시거든요. 처음에는 싫다고 했죠. 그러자 제가 옷을 갈아입을 때 다시 오셔서 커다란 그림자에 놀란 제 등을 주먹으로 세게 때렸죠. 오른쪽 문으로 도망치려니까 앞에 떡 버티고 서서 막으셨죠. 결국 의상을 훔쳐드렸어요. 그때 어찌나 아팠던지 지금도 왼쪽 손목이 시큰거려요."

구자쿠는 담배 연기 속에 드러난 맨팔을 문질렀다.

"그때가 정확히 몇 시입니까?"

노리미즈는 구자쿠의 옆얼굴을 보며 딱딱하게 물었다.

"원뿔 그림자가 어딜 가리켰는지 알고 싶군요. 혹시 존 밀턴이 쓴 『실낙원』을 들어보셨습니까? 실낙원은 하늘에서 바라본 지구 이야기입니다. 태양 뒤편으로 원뿔 모양 그림자가 생겨 하늘의 정점에 닿으면 한밤중인 12시이고, 12시와 6시 사이가 대략 9시가 됩니다.*

---

* "밤은 이미 원추형의 그림자를 거느리고, 이 거대한 달 밑 하늘 언덕길 중턱에 이르렀다."(『실낙원Paradise Lost』 제4편)

말하자면 동화 속 하느님이 보는 시계죠."

"아아, 그 악마(루시퍼)가 온 때는……."

구자쿠는 새하얀 목구멍을 살짝 보였다.

"처음에는 3시 정도였어요. 정확하진 않지만 두 번째는 6시 15분쯤에 오셨을 거예요."

거침없는 불꽃이 이글거리는 두 눈을 반짝이며 말했다.

그리고 복숭아처럼 솜털이 난 팔을 내밀었다. 마치 몸을 맡겨오는 듯한 느낌이라 때린다 해도 피할 엄두가 나지 않을 몸짓이었다.

내리뜬 구자쿠의 속눈썹이 조용히 젖어들었다.

"더 이상 물어보실 게 없으시면 이제 제 이야기를 들어주실래요? 노리미즈 씨, 이젠 정말이지 배우라는 직업에 신물 났어요. 이번 공연을 마치면 배우생활을 접고 애라도 낳을까 봐요."

구자쿠가 자리를 뜬 뒤에도 온몸을 누그러뜨리는 뭔가가 남았다. 노리미즈는 담배를 뻑뻑 피우며 생각에 잠겼는데, 구마시로는 연신 손을 비비며 즐거워했다.

"노리미즈, 결국 자네 지능이 구자쿠를 구했군! 안 그러면 범행이 지하실에서 벌어졌다고 해도 다들 그 진동이 구자쿠가 일으킨 소란이라 믿었을 거네."

노리미즈는 신비로운 진동에 대해 여전히 아무 말도 하지 않았다. 딴 생각을 하고 있었는지 갑자기 검사를 돌아보며 말했다.

"하제쿠라, 자네가 말한 심리 쪽 논리로 확실히 집히는 부분이 있네. 규주로와 하타에는 피를 나눈 부모 자식 사이야. 어떤 동기에서든 자연법칙과 애정을 그리 쉽게 버릴 수 있을까?"

노리미즈는 담배를 든 채 잠시 조용히 있었지만, 이때 호출을 받은 루드비히 르네가 들어왔다. 언뜻 봐서 서른 남짓으로 보이지만 이미 마흔을 넘긴 그는 냉정하며 고집스러워 보이는, 코가 뾰족한 남자였다. 들어오자마자 일부러 과장되게 행동하며 그가 말했다.

"노리미즈 씨, 당신쯤이나 되시는 분이 알리바이 따위 운명에 맡긴 것을 믿어서야 되겠습니까? 보시다시피 저는 알리바이는 없지만 거짓으로 잠을 자지도 않았습니다."

"운명에 맡긴 건 '오필리어의 광란' 장면 그 자체 아닙니까."

노리미즈는 손등을 턱에 대고 엉뚱한 비유를 들었다.

"실은 당신에게 묻고 싶은 것이 있어서 기다렸습니다. 르네 씨, 이 극장 안에는 분명 시체가 또 하나 있지요?"

순간 르네는 큰 몸을 움츠리며 충격을 받은 듯 고뇌의 빛을 내비쳤다. 목구멍을 울리며 꿀꺽 침을 삼키려는 찰나 노리미즈가 기회를 놓치지 않고 몰아세웠다.

"저는 우연히 다른 사람들이 알지 못하는 당신과 하타에 씨 사이를 알게 되었습니다. 하타에 씨는 '오필리어의 광란' 장면에서 스스로 붉은 수선을 취했습니다. 꽃말은 마음속 비밀. 그건 그렇다 치고 오필리어는 어째서 대본대로 말하지 않았을까요? 로즈메리나 플레흐 드 리시라도 드리고 싶지만 시들어버렸다고 그녀는 말했지요. '플레흐 드 리스'를 '플레흐 드 리시'라고 끝자를 잘못 발음했는데 이 부분에서 프로이트 정도는 들먹여야겠습니다. 인간 심리란 참으로 오묘해서, 비슷한 두 단어가 있으면 강한 쪽이 다른 쪽에 영향을 미칩니다. 그렇게 발음이 잘못 나온 이유는 '로즈메리'를 발음할 때 '로즈'와 '메리' 두 단어에서 연상 작용을 일으켰기 때문입니다.

르네 씨, '플레호 드 리시'와 '프리드리히'라는 단어의 발음이 흡사해서 '리스'를 '리시'라고 잘못 발음한 거죠. 즉, 로즈메리나 플레호 드 리시라도 드린다는 대사는 여자아이가 태어나면 '로자'나 '마리아'라 이름 짓고, 남자아이라면 '프리드리히'라고 이름 지으려 했다는 뜻입니다. 안타깝게도 하타에는 태어날 아이 이름을 뭐라고 지을지 줄곧 고민했습니다. 르네 씨, 하타에 씨는 당신의 씨를 품었죠? 오늘 밤을 끝으로 당신이 낙태시키려 한 아이는 어둠에서 어둠으로 매장되었습니다."

노리미즈가 허를 찌르며 꿰뚫어보자 한순간에 승부가 났다. 잠시 뒤 르네는 새파랗게 질려 비틀거리며 문을 나갔다. 노리미즈는 무슨 생각인지 더 이상 추궁하지 않고 르네를 보냈다. 이 일은 사건의 안팎에 핀 두 송이 꽃이나 마찬가지였다.

검사는 들떠서 뜻풀이를 했다.

"자네는 벌써 이 사건에서 주목할 점을 둘로 좁혔네. 이것 참 잘 됐군. 하타에가 자신의 원수인 르네와 헤어지려 하지도 않고 씨까지 품었으니 가자마의 증오는 자식에게 향했겠지. 부인이 있는 르네 입장에서도 원수의 아이가 태어나려 했으니 얼마나 두려웠을까. 하타에가 낙태를 거절하자 모자를 함께 매장하려 했다 한들 그 심리가 이해되는군. 게다가 알리바이도 없고. 키가 2미터에 달하는 르네라면 밑에서 하타에의 목을 찌를 수도 있겠군."

"허허, 찔리는 사람은 노리미즈 씨 아닙니까. 지금 최종막에서 고보나이가 햄릿의 가슴을 찔러 죽여버리겠다고 소리 지릅디다."

등 뒤에서 굵고 탁한 목소리가 들렸다. 어느 틈에 아와지 겐지가

와 있었다.

근대연극계의 노련한 실력자는 의자를 당겨 거침없이 앉았다. 땅딸막한 키에 황소 같은 목이지만 의외로 날쌔고 꿍꿍이속이 있어 보이는 40대 남성이다.

"아무튼 조명 담당이 고보나이를 봤다고 하니 큰소리칠 법도 합니다. 무대 뒤편에 인적이 끊긴 외딴 섬이 있다는 걸 처음 알았습니다. 이 정도까지 이야기하면 더 물어보실 건 없겠지요. 아 참, 당신이 하타에가 환각을 봤다고 하신 겁니까?"

"아닙니다. 그 바일로케이션* 수수께끼라면 저는 신경 쓰지 않습니다."

노리미즈는 눈초리에 잡힌 주름을 펴며 말했다.

"그때 유령 대역을 한 뒤 지하실로 내려가셨죠? 당신에게는 상황이 좋지 않습니다. 혹시 크리테우므누스가 쓴 『부지아레**』를 읽어보셨습니까? 로마 여인들은 남자 허리만 지치게 한 게 아닙니다. 얼린 월계수 잎으로 손목 혈관을 긋기도 했지요."

"그 틈에 제가 무슨 짓이라도 꾸몄단 거요?"

아와지의 얼굴에 분노한 기색이 어리더니 양손을 부들거렸다. 잠시 뒤 굳었던 근육이 느슨해지며 격정이 풀린 듯했다.

마침내 애처롭게도 포기하는 기색으로 말했다.

"할 수 없군요. 제가 결백하다는 사실을 증명하려면 스승님과 한 약속을 깨야겠습니다. 사실 전 그때 지하실에 가지 않았습죠."

지하실이라는 말을 입에 올리며 왼쪽 눈을 이상하게 깜빡이는 행

---

* Bilocation, 한 사람이 서로 다른 장소에 동시에 나타나는 일.
** '거짓말쟁이'라는 뜻.

동으로 아와지는 가자마의 존재를 뒷받침했다. 마지막으로 덧붙여 말했다.

"지금은 저도 고보나이도 스승님을 거역한 일을 후회합니다. 당신 같은 외부 사람이 들어서 좋지 않은 일이란 건 방금 고보나이의 말을 들어도 아실 테고. 스승님이 뭐하러 잡히겠소. 결코 잡히지 않으실 거요."

노리미즈가 교묘하게 떠보자 아와지가 술술 불었고, 몽롱하던 환상은 실제로 옮겨갔다. 차차 자리 잡는 가자마의 모습은 더 이상 의심할 여지가 없었다.

노리미즈는 점점 개운치 않다는 표정을 지었는데, 잠시 뒤 기누가와 아키코가 들어오는 것도 눈치채지 못했다.

가자마 규주로의 아내이자 하타에의 어머니 아키코는 이미 20년 가까이 근대연극에 몸을 던졌다. 그래서인지 아키코의 모습에는 여인다움이 사라져 눈은 푹 꺼지고 콧방울에는 딱딱하게 살이 붙었으며, 무엇보다도 냉혹한 감정과 열렬한 두려움이 느껴졌다.

그녀는 앉자마자 가슴을 추켜올리더니 거칠게 말을 뱉었다.

"대체 뭣들 하시는 건가요? 그런 메데아*** 같은 남자 하나 못 잡다니. 그 남자는 목적을 위해서라면 자식마저 죽일 거라고요. 그 남자의 눈이며 심장이며 죄다 뽑아서 사람 구실 못하게 만들 거예요."

"진심에서 하시는 말이 아니리라 믿습니다."

노리미즈는 강하게 부정하며 지금까지 보이지 않던 엄숙한 모습

*** 그리스 신화에 나오는 마녀. 영웅 이아손을 사랑해 그를 곤궁에서 구해내고 두 아이를 낳지만, 이아손은 코린트의 공주 글라우케에게 반한다. 이아손에게 복수를 하고자 자신과 이아손 사이에 태어난 두 아이를 칼로 베어 죽인다.

으로 말했다.
 "그리하시면 인간 세상의 법칙이 어찌 되겠습니까. 아버지와 딸 사이에는 스스로도 모를 미묘하고 ×××한 결합이 존재합니다. 이 사건은 '아버지'로서는 절대 저지를 수 없습니다."
 "그러면요?"
 아키코는 냉정하게 물었지만, 얼굴에는 숨길 수 없는 증오가 파도쳤다.
 "당신이 방금 '메데아'라 칭한 이름을 '클리텐네스트라'*로 바꿔 말하고 싶습니다. 간통? 질투? 복수? 아키코 씨, 르네와 하타에는 어떤 사이였습니까?"
 노리미즈는 가자마가 귀국한 뒤에도 끊지 못한 르네와 하타에의 불륜을 넌지시 내비치고는 이글거리는 아키코의 눈을 바라보며 말했다.
 "자식이란 자신의 피와 살을 나눈 분신입니다. 사랑하는 만큼 증오가 커지면 어찌 될까요? 어머니의 잔학성은 더 이상 미지의 심리 영역이 아닙니다. 큰맘 먹고 말씀드립니다만."
 순간 아키코는 더는 듣지 않겠다는 듯 일어서서 얼굴을 치켜들고 노리미즈를 노려봤다.
 "두고 보세요. 제가 가자마를 찾아낼 테니. 당신은 이런 말이 하고 싶으신 거죠? 자식이 죽은 슬픔도 잊고 제 몸만 지키려 한다고요. 결국 가자마를 찾아내는 게 가장 좋은 해결책이겠네요."
 아키코는 그리 말하고 떠났지만, 지금 대화는 노리미즈가 늘어놓

---

* 그리스 신화에서 아가멤논의 부정한 아내.

는 궤변처럼 여겨졌다. 네 사람을 내키는 대로 내버려둔 것도 근원을 따져보면 가자마를 찾기 위한 전제에 지나지 않을까. 웅장한 극장 내부를 샅샅이 뒤졌지만 가자마는 나타나지 않았다. 그렇게 사건 첫날이 허무하게 지나갔다.

3. 가자마 규주로의 등장

다음 날 다른 극장에서 데려온 여배우에게 오필리어 역할을 맡기고 셰익스피어 기념 극장은 평소처럼 막을 올렸다. 전날 밤에 일어난 참극이 관객들의 호기심을 부채질한 모양인지 보조의자까지 꺼낼 정도로 사람이 꽉 들어찼다. 하지만 오필리어가 죽는 장면은 이미 중단되어 어젯밤에 일어난 잔혹한 꿈을 되새기려던 관객들을 실망케 했다.

노리미즈는 연기를 하면서도 배우들의 행동을 주의 깊게 살폈는데, 4막이 끝나고 휴식시간이 되자 무슨 생각인지 아키코와 구자쿠를 자기 방으로 불렀다.

"마침내 저는 한 가지 결론에 이르렀습니다. 가자마는 그때 지하실에 없었습니다. 실은 무대 앞쪽 오케스트라 피트에 숨어 있었습니다."

노리미즈의 말에 두 여자는 물론이고 검사와 구마시로마저 놀란 기색이었다. 구마시로는 곧바로 따지고 들었다.

"농담은 작작하게. 평범함을 싫어하는 자네 취향은 평소와 다를 바 없네만, 오케스트라 피트 입구는 무대 아래쪽과는 거리가 꽤 멀지 않나. 오케스트라 피트와 지하실 사이 벽은 허벅다리가 겨우 들어갈 정도로 작은 둥근 창이 두세 개 나 있을 뿐이야. 도구 담당이 스위치실에 들어가는 것을 확인한 뒤 오케스트라 피트까지 가려면 시간 여유가 없네. 자네는 하타에가 지하실 중앙에서 찔렸다는 사실을 잊었나?"

"그리 되나."

노리미즈는 코웃음 치며 말했다.

"알다시피 시체는 매우 평온한 표정이었어. 한데 이상하게도 안구가 몹시 튀어나왔지. 이 부분에서 오케스트라 피트가 살해 현장이 아니면 안 되는 징후를 발견할 수 있네. 구마시로, 하타에가 단칼에 목을 찔린 곳은 지하실 중앙이 아니라네. 실은 끄트머리야. 무대에서 지하실로 떨어지는 동안 몸은 기역자로 접힌 모양이 되고 가슴을 압박해 매우 갑갑한 자세가 되네. 몸이 반쯤 겨우 지하실로 들어가면 가슴이 느슨해져 멈췄던 숨을 한 번에 내쉬게 되지. 그 틈에 오케스트라 피트와 지하실 사이에 있는 작은 창으로 손을 내밀어 하타에의 경동맥과 미주신경을 단칼에 끊은 걸세. 목을 매 죽은 사람의 눈을 보면 알 수 있네만, 숨을 세게 내뱉으면 뇌가 팽창해서 안구가 압박을 받고 튀어나오지. 또한 예리한 날붙이로 빠르게 그으면 혈관 단면이 순간 수축했다가 내부 압력이 높아지면서 상처에서 피가 콸콸 뿜어져 나온다네. 구마시로, 이 두 원리를 보면 지하실 중앙부터 피가 흐르기 시작한 이유를 알겠지? 다음은 마술 같은 진동이 어찌 일어났는지 알아볼까?"

노리미즈는 숨 쉴 틈도 없이 말을 이었다.

"분명 처참하기 짝이 없는 광경일세. 자연 현상을 뛰어넘고 역학 법칙을 철저히 짓밟았지. 하지만 건축물의 고유한 현상일 뿐, 사람이 일으킨 일은 아닐세. 그 장면에서 당연히 일어났을 현상이지. 다만 가자마가 이 현상을 알고서 무대 뒤편에서 다른 사람으로 주의를 돌리고자 이용했네. 하제쿠라, 군중 심리는 악성 유행병 이상으로 파급력이 세다고 하지 않나. 원인은 그 유명한 쵤너 착시*라네. 관람석 원기둥을 보게. 옆으로 그은 좁은 홈이 위에서부터 비스듬하게 소용돌이치며 한 줄씩 마주 보고 있네. 꽃잎을 뿌리자 꽃잎에 비친 조명이 깜빡거리며 기둥에 난 평행선이 차례로 기울어져 보였네. 분명 30년 전 라이프치히 극장에서도 비슷한 일이 일어났다더군."

네 사람은 혼이 나간 빈 껍데기마냥 얼이 빠졌다. 지극히 괴상한 극장 진동도 뚜껑을 열어보자 5천 명의 눈을 속인 속임수가 아닌가. 아키코는 예민하게 손가락을 꼬며 말했다.

"그나저나 가자마는 어디 있죠? 당신네들은 그런 가설이 중요한지 모르겠지만 저는 가자마의 몸뚱이만 찾아내면 돼요."

"그건 다음 막에서 설명해드리죠."

노리미즈는 확신에 차 일어섰다.

"가자마가 오케스트라 피트에 숨은 사실을 알고 최단 경로를 따져봤습니다. 그랬더니 중간에 다음 막에 쓸 오필리어의 관이 있는 도구실이 있더군요. 자, 무대 위에서 가자마를 지목하며 관 속으로 뛰어들어 보겠습니다."

다음 장면인 '묘지'의 막이 오르자 무대 배경은 회색 언덕이다. 구름이 낮게 깔리고 바람이 웅웅거리는 황량한 경치를 뒤로하고 햄릿이 호레이쇼와 함께 등장한다. 햄릿이 오필리어의 관을 묻은 무덤 구멍으로 뛰어내리자 왕비 아키코가 째질 듯 비명을 질렀다. 왜냐면

---

* Zollner illusion, 평행하는 수직선들이 교차하는 사선으로 인하여 각각 비스듬한 선으로 보이는 현상으로 방향의 변화에 따른 착시.

노리미즈가 묵직한 관 뚜껑을 양손으로 들어올렸기 때문이다.

관 속에 무거운 추와 내용물이 채워져 있으리라는 기대와 달리, 뚜껑을 열자 정체 모를 악취가 진동했다. 뚜껑을 완전히 열고 어둠에 익숙해지기까지 모두가 눈을 크게 뜨고 바라봤다. 어둠 속에서 서서히 어떤 물체의 윤곽이 드러났다. 관 속에는 썩어 문드러진 남자 시체가 누워 있었다.

"아악, 가자마다. 가자마가 죽었어."

아키코가 속에서 터져 나오는 목소리로 외쳤다.

하타에를 살해했다고 추정되는 가자마 규주로의 시체가 생각지도 못한 곳에서 나타났다. 부패된 체액에 젖은 옷가지는 썩어서 너덜너덜하고, 그 틈으로 누런 산닥나무 종이 같은 피부가 보였다. 눈구멍에는…… 검고 버석거리는 머리카락이…… 살갗은 시커먼 녹색으로 보이고 그 위에는 여윈 회충 같은 물체가……. 가자마 규주로의 몸은 이미 원래 모습을 찾을 수 없이 황폐했다.

"이보게, 사제. 향을 피우게, 향을 피우라고."

무덤 구멍에서 뛰쳐나온 노리미즈는 관객들이 악취를 못 느끼도록 대본에 없는 대사를 외쳤다.

이어서 극장을 가득 메운 사람들이 일제히 일어났다. 레어티즈가 햄릿에게 싸움을 거는 장면에서, 레어티즈 역할을 맡은 고보나이 세이치가 장검을 뽑아 찌르자 칼의 광채를 본 구자쿠가 별안간 휘청거리며 뛰어들었다. 번개처럼 빠른 동작이었다. 깜짝 놀란 고보나이가 칼을 물릴 새도 없이 구자쿠의 심장을 꿰뚫었다. 순간 구자쿠의 온몸이 조각상처럼 멈추고, 무슨 말을 하려는지 뺨이 바르작거리며 떨렸다. 입가에 스윽 하고 핏방울이 선을 그었다. 구자쿠는 무언가를 찾듯 두리번거리다 이윽고 한곳을 바라보더니 막대기처럼 스러졌다.

동시에 일어난 두 사건으로 사건의 흐름이 대략 윤곽이 잡힐 뿐 무엇이 진실인지 혼란스러웠다.

다음 날 밤 노리미즈는 극장에 사람들을 모아놓고 사건의 진상을 밝혔다. 희미한 불빛 아래에서 어젯밤 그대로 둔 무대 배경을 뒤로하고 노리미즈는 요염하기 짝이 없는 짐승, 스에 구자쿠가 저지른 범죄를 낱낱이 밝혔다.

"먼저 이 사건에 드리워진 가자마의 그림자를 지우고 싶습니다. 가자마가 보낸 편지는 가짜입니다. 아와지 씨가 경험한 일과 구자쿠가 말한 내용은 모두 진술의 미묘한 심리에서 비롯합니다. 하타에가 아와지의 유령 차림을 보고 규주로라 믿은 것은 거짓이 아닙니다. 그러나 이 역시 참모습이 아니라 하타에가 착각해서 일으킨 환상에 지나지 않습니다. 심리학에서는 파이 현상*이라 부릅니다.

십(十)자 모양에 작은 원을 대고 서로 중심을 맞춥니다. 그 뒤 십자가와 원을 번갈아 깜빡이면 십자의 가로선(一)이 앞쪽으로 슬금슬금 나오는 듯한 착각을 일으키죠.

제 취향에 맞춰 셰익스피어의 얼굴을 본떠 유령 분장을 했습니다만, 이 얼굴을 보고 회전하던 하타에의 눈이 흐려졌습니다. 공포에 사로잡힌 하타에는 눈을 꼭 감고 회전에 몸을 맡겼는데, 갑자기 의자가 반대로 돌았다고 했습니다. 아마 직접 겪어본 사람은 알 만한, 기분 나쁜 체험이지만 실제로 의자 회전이 약해지다 정지하여 10초가 넘으면 반대 방향으로 세게 회전하는 느낌이 듭니다. 자, 이게

---

* Phi Phenomenon, 실제로 움직이지 않는데 움직이는 것처럼 보이는 현상. 어떤 두 그림을 아주 짧은 순간 연속적으로 보여주면 첫 번째 그림이 두 번째 그림으로 움직였다고 느끼는 것.

진상의 전부입니다. 자연이 친 장난이긴 해도 하타에의 신경을 건드린 경험이 다음에 일어난 수수께끼에 얼마나 큰 영향을 미쳤는지 모르겠군요."

하타에에게 드리워진 마술의 베일을 걷어내자 노리미즈의 혓바닥은 이어서 구자쿠를 분석했다.

"거짓말의 심리란 게 참으로 능란하면 할수록 도리어 의식하지 못한 사이에 스스로를 폭로하기도 합니다. 구자쿠가 바로 그 예입니다. 구자쿠는 가자마 규주로에게 등 한가운데를 맞아 왼쪽 손등이 다 시큰거린다고 했습니다. 그 말이 사실이라면 감동전도 법칙을 뿌리부터 뒤엎지 않으면 안 됩니다. 물론 일상생활에서도 맞지 않은 부위에 아픔을 느끼는 일이 종종 있습니다. 하지만 퇴보운동이라고 해서 대부분 도망치려는 방향으로 전달됩니다. 문이 오른쪽에 있다면 어째서 구자쿠가 반대로 말했는지 의문스럽군요. 나중에 구자쿠는 이를 뒷받침하는 행동을 했습니다. 아시다피 하타에는 규주로를 뒤쫓다 시계가 9시를 가리키는 것을 보았습니다. 하지만 진짜 시각은 8시 30분이었으니, 진행 방향은 직각을 이루는 15분을 거꾸로 한 게 됩니다. 이 점에 착안해서 시험 삼아 '원뿔'이라 말하며 구자쿠에게 도형의 관념을 떠올리게 했습니다. 그 후 규주로와 만난 시각을 묻자 처음 만났을 때가 3시 부근이고 두 번째 만났을 때가 6시 15분이라고 말해 직각을 쫓고 있었다는 사실이 밝혀졌습니다. 아와지 씨가 충실하게 임무를 수행한 덕분에 구자쿠는 왕의 의상을 벗어던지고 시곗바늘을 바꿔 하타에가 뒤쫓는 것을 막을 수 있었습니다."

노리미즈의 뛰어난 추리에 압도당한 사람들은 화석처럼 굳었다.

검사는 가슴이 답답해져 숨을 내뱉었다.

"그렇다면 노리미즈, 자네가 어떻게 오필리어의 관 밖에서 가자마 규주로를 꿰뚫어 보았는지 들어볼 차례군. 자네의 신통력 덕분으로 돌리긴 싫으네."

"그건 말일세, 하제쿠라, 이런 거라네. 구자쿠의 눈 깜빡임이 하나의 언어가 되어 내게 전해졌다네. 대화 중에 자주 있는 일이네만, 신맛을 떠올리면 사람들은 한쪽 눈을 감게 되거든. 내가 '오필리어의 관'이라 말했을 때 구자쿠는 자신도 모르게 한쪽 눈을 감았지. 그래서 나는 구자쿠가 시체 냄새를 맡은 적이 있다고 생각했어. 내가 '지하실'이라 하니 아와지도 이런 신경 현상을 보여 스스로 결백을 증명했지. 당시 지하실에는 니스 냄새가 났는데, 신맛에 따른 신경 현상을 보인 아와지가 거짓말을 했다는 걸 알았네."

"그럼 대체 언제, 누가 규주로를 죽였나!"

구마시로가 물었다.

"두말할 것 없이 구자쿠라네. 아마 두 달 전 가족을 떠나자 바로 죽였을 걸세."

노리미즈가 퉁명스레 말했다.

"규주로의 특징을 알고 있었기에 가능했네. 규주로는 배우이지만 반귀머거리거든. 속귀의 기초막 기능 일부가 멈췄지. 규주로는 과학에 근거한 발성법을 고안했다네. 귀를 막고 말을 해보면 알 수 있지만, 하ᄒ 행이나 사ᄒ 행 같은 무성음 외에는 에우스타키오 관을 통해 속귀가 울린다네. 무성음 또한 흉강을 울려서 가슴소리를 내면 몇 단계로 나뉘어 울리지. 규주로는 이런 방식으로 스스로 낸 목소리를 구별할 수 있었네. 물론 상대방의 말은 입술을 읽거나 가슴 떨림을 읽어 이해했지. 하지만 이 경우에도 흉강이 압박되면 스스로 낸 소리가 귀에는 달리 들린다네. 헤어질 때 구자쿠가 규주로의 가슴을 껴안은 일이 어떤 결과를 낳았는지를 보면 이런 미묘한 법칙이 얼마나 독이 되었는지 모르겠네. 규주로는 자기 의사와 반대로 입에 올렸다고 믿은 말 때문에 사지로 내몰렸다네. 구마시로, 나는 규주로가 음식을 먹을 때 주위를 두리번거린다는 구자쿠의 말을 듣고 그가 반귀머거리라는 점을 알아챘다네. 반귀머거리는 에우스타키오 관을 통해 들어오는 바깥의 소리가 입술에서 막힐 때 가장 불안해하거든."

노리미즈가 숨을 들이키자 이야기를 듣던 사람들이 순간 정신을 차리고 혼란스러워하며 탄식했다.

인간을 연주한다. 구자쿠가 마지막에 헤어지며 규주로를 껴안은 목적이 여기 있었다. 오르간의 연동장치를 당겨 음색을 바꾸듯이 구자쿠는 규주로의 흉강을 조이고 풀며 음표를 변하게 했다. 생각지도 못한 울림이 규주로의 귀에 전해져 착각을 불러일으켰다.

노리미즈는 이어서 음향 병리학자로 다윈의 친구인 돈더스 교수의 경험 등을 예로 들었는데 이는 모두 그의 가설을 뒷받침했다. 미묘한 비밀 속에 규주로를 다시 극장에 불러들인 무언가가 있다. 그 사이 구자쿠는 최초 범행을 저질렀으리라. 구마시로는 이상한 안개에 휩싸인 기분이었지만 남은 두세 가지 의문을 마저 털어놓았다.

"한데 무대 위에 있는 구자쿠가 어떻게 지하실에 있는 하타에를 죽일 수 있었지?"

"그 점이 이 사건에 쓰인 천재적인 마술이라네. 자세히 말하자면, 오필리어의 옷자락과 회전하는 벨트에 구자쿠가 놀라운 기교를 부려놓았어. 자네도 알다시피 오필리어가 시냇가에 빠진 것처럼 한 후 하타에가 상자에 들어가면, 아래에서 바람이 불어 옷자락이 펼쳐지지. 펼쳐진 옷자락은 우산처럼 한 곳에 모여 빠져들듯이 허리가 내려가네. 그러면 바람이 옷자락 주위로 세게 불어 오필리어의 머리 윗부분에 윤곽을 따라 공기가 흐르는 원기둥이 생겨나지. 공기의 대류작용에 따라 아래로 향하는 기류가 생기고 머리 위에 있는 노랑싸리 나무 꽃잎은 흩어지지 않고 공기를 따라 옷자락 속으로 떨어지네. 꽃잎에는 아마 쿠라레* 같은, 피부를 마비시키는 독이 발라져 있었겠지. 하타에의 코를 통해 독이 흡수되어 온몸이 나른해진다네. 머리 위는 촉각이 둔해져 누워서 잠시 의식이 없는 채 지하실로 옮겨지고, 마침 그때 관객들은 극장이 흔들리는 착각을 느끼고 다들 일어서지. 그사이에 구자쿠는 태연히 하타에에게 마지막 일격을 가했네. 벨트 두 줄 중 한쪽에 미리 예리한 날붙이를 끼워두었지. 때마침 일어난 소동을 틈타 벨트 위를 계속 밟았다네. 느슨하던 벨트가 당겨지고 회전이 빨라져 눈 깜짝할 사이에 날붙이가 하타에를 찔렀네. 축 늘어진 목을 옆으로 그었을 뿐 아니라 다시금 구자쿠의 눈앞으로 돌아갔지."

범행을 남김없이 설명한 후 노리미즈는 주머니에서 종이를 한 장 꺼냈다. 순간 그의 눈에는 뜨거운 광채가 더해지고 종잇조각을 쥔 손끝이 부르르 떨렸다. 종이에는 고국 하늘을 동경하는 구자쿠의 이상 심리가 적혀 있었다.

　더 이상 휴식시간이 남지 않아 연필로 휘갈겨 씁니다. 당신은 다음

---

* curare, 남미 원주민들이 화살 독으로 쓰는 식물성 맹독 물질.

막에서 틀림없이 가자마를 지목하겠다고 하셨죠. 그 말씀을 듣고 다 끝났다는 것을 깨달았습니다. 어째서냐고 물으신다면 이제 다음 막에서 가자마가 들어 있는 오필리어의 관이 나타날 일만 남았으니까요. 저는 이미 마지막 각오를 했어요. 제가 어째서 가자마를 죽이고 하타에에게 손을 댔을까요. 다름이 아니라 가자마라는 남자는 제 친아버지가 아니랍니다. 당시 어머니는 제 아버지를 먼저 보내고 배 속에 저를 밴 채로 거리를 떠돌았습니다. 가자마가 그런 어머니를 구해주었고, 가자마의 강한 인상이 배 속에 있던 제게 영향을 미쳤나 봐요. 제 머리나 피부색을 보면 영락없는 혼혈아니까요. 일본에 온 후 저는 날이 갈수록 심하게 향수를 느꼈습니다. 짙푸른 바다, 짙푸른 하늘, 거리는 고요하고, 여기저기에 탑이 솟아 있고, 때로는 길을 걸을 때 집 안에 있는 시계 소리가 들리기도 했어요. 노리미즈 님, 북이탈리아 특유의 남풍이 불 때면 티롤* 연대聯隊에는 상해사건이 잇따른다고 해요. 흙의 피부, 대기의 향기에는 말할 수 없는 신비한 힘이 있습니다. 어느새 저는 황량한 외로움을 어찌할 수 없게 되었어요. 겉으로는 들떠서 신나 보여도 몸속에서 끊임없이 불어 닥치는 비바람을 줄곧 바라보며 어떻게 하면 좋을지 고민했습니다. 그리하여 저는 원수 가자마를 묻고 그리운 땅을 다시 밟기로 했어요. 하타에 씨를 죽인 이유는 아버지가 없는 저의 질투 때문입니다. 아버지와 딸이라는 혈연의 신비는 이를 느껴보지 못한 제게는 도리어 조롱거리에 지나지 않았죠. 부디 노리미즈 님, 언제까지고 저를 기억해주세요. 그리고 오래된 거리의 환영을 부디 떠올려주세요.

---

* 오스트리아 서부에서 북이탈리아에 걸쳐 있는 지방.

프랑스 추리문학 소사 小史

박광규 1966-

추리문학 평론가이자 번역가. 『엘러리 퀸 미스터리 매거진』과 『알프레드 히치콕 미스터리 매거진』(한국어판) 편집위원이었으며, 스포츠투데이에 '미스터리 테마기행' '명탐정 기행' 등을 연재했다.

국내에 도입된 외국 문화는 특별한 장르를 제외하고는 미국 문화, 혹은 일본 문화에 집중되어 있다. 그렇게 된 데에는 여러 가지 이유가 있다. 블록버스터라는 용어는 주로 영화에 쓰이긴 하지만 실제로는 대량 판매를 목적으로 하는 미국의 문화상품에 모두 통용된다고 해도 과언이 아니다. 그런 미국의 베스트셀러 문화(영화, 대중음악, 책 등)는 은연중 한국에서도 어느새 통용되고 있는 상황이다. 한편 이웃 일본의 경우 근접해 있다는 지리적 특성 등에 의해 생소함이나 이질감은 사실상 한국에서 사라졌다고 봐도 무방하다.

그러나 사람들이 고급문화라고 막연하게 생각하는 유럽의 문화는, 특히 문학의 경우 미국과 일본에 비하면 거의 비교가 되지 않을 정도로 국내 보급이 미미하다. 여기서 다룰 '추리소설'이라는 분야에서도 별 차이가 없다. 같은 영어권인데도 셜록 홈즈의 모국인 영국의 작품조차 미국 작품들에 비해 번역되는 양이 많지 않을뿐더러 프랑스 작품은 극히 드문 형편이다. 그러나 최근 들어 추리소설의 소생 기미가 생기면서 가스통 르루의 『오페라의 유령』, 모리스 르블랑의 『아르센 뤼팽』 시리즈 등 프랑스 고전추리 걸작들이 번역되기 시작했다. 그러나 비록 국내에 소개된 프랑스 작품이 빈약한 양에 불과하더라도 그 작품들을 읽어보면 영미권 작품들과 현격한 차이가 있음을 확연히 알 수 있다.

미국 작가 에드거 앨런 포가 근대 추리소설의 틀을 만들었다는 것은 너무나 잘 알려진 사실이다. 그런데 포는 첫 번째 추리소설인 「모르그 가의 살인」의 배경을 하필이면 프랑스 파리(그가 한 번도 가본 적 없는 장소!)로 선택했을까? 여기에는 여러 이유가 있을 것 같다. 이국적인 장소를 택해 현실의 어려운 시간에서 벗어나려는 포의 노력일 수도 있고, 그가 창조해낸 탐정 뒤팽의 원형이 프랑스 출신이기 때문일 수도 있다. 뒤팽의 모델은 프랑소와 외젠 비도크François Eugène Vidocq라는 인물인데, 그는 근대 경찰의 수사 체제를 완전히 바꾸어놓은 주인공으로서 탈영병에서부터 범죄자, 밀정을 거쳐 급기야는 특별 수사국Sûreté의 책임자가 되었다. 비도크는 경찰에서 은퇴한 후 1828년 『회상록Mémoirs』을 출간했는데, 이 책은 프랑스 추리소설의 원천이라고 할 수 있을 정도로 후대 작가들에게 크나큰 영향을 끼쳤다. 그의 회고록은 프랑스에서뿐만 아니라 외국에서도 많은 사람들의 흥미를 끌었는데, 그가 사용했던 방법들이 중요한 까닭은 그것이 현대 추리소설을 나누는 두 가지 경향을 잘 설명해주기 때문이다. 그는 필요하다면 아무 때나 변장하여 술집에 드나들며 범죄에 대해서 다른 사람들이 하는 이야기들을 귀담아들었다. 더군다나 그는 밀고자들을 많이 부리고 있었다. 그가 도둑을 발견하게 되면 여전히 변장한 채로 도둑의 환심을 사서 결국 그의 고백이나 중요한 단서들을 얻어내곤 했다. 이러한 실제 경험에 의거하는 방법은 뒤팽이나 셜록 홈즈 등 훗날의 명탐정들이 행하는 추론에 의한 과학적 수사와는 상반된 것이다.

포를 비롯한 영미권 작가들이 추리소설의 전반적인 기법을 완성시키고 있을 동안 프랑스에서 인기 있었던 소설은 신문소설roman feuilleton이었다. 신문에 연재되던 소설은 작품 성격상 대중소설roman populaire과 구분하기는 힘들지만, 일반 대중 상대의 통속소설에 가깝다고 할 수 있다. 별다른 오락이 없었던 시대였던 만큼 독자들의 숫자는 상상을 넘어설 정도로 많았으며, 당시의 신문 판매는 소설의 인기에 달려 있었기 때문에 신문사 측에서도 인기소설 연재에 힘을 기울였다.

신문소설이 출현하게 된 발단은 에밀 드 지라르댕이 '라 프레스'라는 신문을 발간하면서 발행부수를 늘리기 위해 친구였던 오노레 드 발자크에게 집필을 부탁하면서부터이다. 부탁을 받아들인 발자크의 생각은 친분이 있던 프랑소와 비도크의 특이한 『회상록』을 통속소설에 가깝게 만드는 것이었다. 발자크는 이미 『고리오 영감』을 비롯한 몇몇 작품에서 비도크를 모델로 한 인물들을 만들어낸 바 있었다.

초기의 신문소설은 빅토르 위고 등 1급 작가들의 고급스러운 작품들이었다. 이후 대중소설로 인식될 만한 신문소설이 처음으로 발표된 것은 그 재미가 웬만큼 대중들에게 받아들여진 후였다. 당시 신문소설의 주제는 비극, 희극, 멜로드라마 등 다양했지만 모험소설은 그다지 많지 않았다. 그러나 1844년 알렉산드르 뒤마의 『몬테크리스토 백작』이 발표되면서 독자들의 열광적인 인기를 끌자 주류가 전기(傳奇) 로망으로 옮겨갔다. 그리고 범죄자들에 대한 초기의 이 야기들은 비도크 식의 경험에 의한 방법을 사용하였다. 그러다가 과학적인 사고가 발전함에 따라 새로운 방법이 제시된 것이다.

　신문소설 전성기의 소재는 주로 가정 내의 비극과 복수였다. 가정의 비극은 주로 유산상속으로 인해 벌어지게 된다. 1920년대에서 30년대의 영미권 추리소설에서 범죄 동기가 유산에 얽힌 것이 많았다는 것은 신문소설의 영향이라고 생각할 수도 있다.

　한편 '눈에는 눈' 식의, 힘에 의한 복수는 단순 명쾌해 독자들은 주인공에게 자신의 감정을 몰입하면서 통쾌함을 느낄 수 있었다. 부정不正을 벌하는 정의의 철퇴, 그것은 대중소설의 기본이었다. 이런 복수극의 대표작은 『몬테크리스토 백작』을 들 수 있다. 신문소설의 작가는 대부분 이 테마에 도전했다.

　과학적인 추론에 의한 수사에 의지하는 추리소설은 함부로 우연과 우여곡절을 집어넣을 수 없었다. 그런 반면 경찰을 주인공으로 삼더라도 모험담 위주가 된다면 특별히 제한이 없었다. 신문소설을 쓰는 작가들은 일상생활에서 일어나는 사건들에서 영감을 얻어 작품을 썼고, 그래서 독자들의 호응을 많이 얻을 수 있었다. 등장인물들은 아주 민첩하게 변장을 할 수 있으며, 비밀에 싸여 있는 단서들을 쫓아가면서 수사관이라는 직업에 따라붙는 단순한 형용사들의 수준을 능가하고 있다. 경찰들이 등장하는 소설들과 마찬가지로 일반 대중소설에서도 선과 악의 대결이 주된 주제가 되고 있다. 그렇다고 해서 이 대결이 종국에 가서 끝이 나는 것은 아니다. 주인공들은 반항아이며 고독하며 본질적으로는 낭만주의자로 표현되며 그들은 언제나 영원한 비극의 표적이 되고 만다. 주인공은 끊임없이 빈곤한 과부나 고아들에게 도움을 주면서 결국은 정의와 진실을 구현하고 악당의 음모를 쳐부순다.

진정한 의미의 추리소설이 프랑스에 아직 나타나지 않았다고 전제하더라도, 19세기 중반 무렵부터는 적어도 경찰이 소설의 등장인물로는 나타나고 있었다. 발자크의 '보트랭'이나 빅토르 위고의 '자베르' 같은 인물을 들 수 있다. 이들은 훗날의 명탐정들에게서 볼 수 있는 명민한 두뇌회전은 볼 수 없었지만 집요한 끈기만으로 범죄자를 추적했다. 하지만 소설 속에서 범인을 꼼짝할 수 없도록 하는 데 기여한 것은 분명 과학수사의 힘이 컸다. 그런 점에서 추리소설은 알퐁스 베르티용Alphonse Bertillion의 덕을 많이 보았다. 그는 과학수사의 선구자로서 프랑스에서보다 앵글로색슨족의 나라에서 더욱 인정을 받은 사람이었다. 1877년 그는 경찰청 사무국 서기로 근무하면서 체포된 사람들의 개인 신상명세서 작성 임무를 맡았는데, 이전의 관례와는 달리 신상명세서에 신체의 특징을 기록했고 범행 현장의 사진을 찍어 보존했다. 훗날 그가 과학수사의 선구자로 인정받은 이유는 오직 경험에만 의존하려 했던 경찰 업무에 실험적인 정신과 방법론, 연구하는 정신자세를 도입했기 때문이다. 바로 그런 정신으로부터 훌륭한 수사관들을 배출해낸 진정한 의미의 현대소설이 탄생하게 된다.

1856년 보들레르가 번역한 포의 『단편집Tales』이 출간되었다. 좀 이상한 일이었지만, 포 단편집은 이전에도 프랑스어 번역판이 나왔으나 별다른 주목을 받지 못했고 보들레르의 번역판이 나오고서야 관심을 얻으며 신문소설에 영향을 주었다. 일부 작가들은 포의 추리소설적 요소 혹은 트릭을 작품에 사용하기 시작했지만, 아직 추리소설이라는 개념은 없었고 확립된 규칙도 없었다. 트릭은 소설을 기발하게 만드는 목적으로 사용되었다. 결국 신문소설의 흐름에서 갑작스레 추리소설이 나타난 것은 절대 아니고 하나하나 시간이 지나면서 나타난 것이다.

신문소설이 추리소설에 접근한 것은 퐁송 뒤 테라이의 『로캉볼Rocambole』부터였다. 로캉볼은 마치 비도크를 방불케 하는 인물로, 뛰어난 미남이며 뚝심 있고 머리도 좋으며 모험극의 주인공답게 행운마저 함께한다. 이 작품은 포의 영향을 받은 것으로 여겨진다.

그리고 정점에 오른 것은 에밀 가보리오의 『르콕Monsieur Lecoq』 시리즈였다. 그는 트릭을 하나의 장면만을 위해 쓴 것이 아니라 소설 전체의 플롯을 구성하는 데 사용하였다. 이런 점에서 그는 추리소설의 기본에 충실했다고 할 수 있다. 가보리오의 르콕 탐정은 영웅임에는 틀림없으나 그는 외양보다 착실한 수사搜査에 중점이 두어진 인물이다. 가보리오는 르콕이란 주인공의 본질에 실제의 비도크처럼 선악의 양면성이 있었음을 묘사하였다. 경찰이 되어 악인을 쫓는 일을 하게 되었지만 사실 그의 재능 면에서는 '대악당의 소질'이 있었다고 르콕의 스승인 타바레는 말한다. 르콕 시리즈의 첫 작품인 『르루즈 사건L'affaire Lerouge』은 1866년에 발표되었는데, 세계 최초 장편 추리소설이라는 영예를 얻긴 했지만 가보리오는 그런 사실을 알지 못하고 사망했으며, 본인 역시 그러한 의도로 쓴 것 같지는 않다. 가보리오가 포의 추리소설에 나오는 뒤팽을 염두에 두었다는 것은 작중에서 르콕이 뒤팽의 수사법을 언급했다는 점에서 명백해진다. 사실 이 작품은 탐정과 사건을 집어넣었지만 현대적 기준에서의 추리소설이라고 하기엔 거리가 있다. 『르루즈 사건』은 연재 당시에는 별로 반응이 없었고, 나중에 단행본으로 나왔을 때 인기를 얻었다. 처녀작 불발의 쇼크가 후유증이 되었는지 후속작인 『르콕 탐정』 등은 제1부에서 추리소설처럼 나가다가 1부의 3배 분량이 되는 2부에서는 가정의 비극을 다룬 멜로드라마가 되어버린다. 가정이긴 하지만 가보리오가 과로로 요절하지만 않았더라도 근대 추리소설에 가까운 작품을 쓸 가능성이 있었다.

가보리오 이후의 작품은 수수께끼와 공포가 테마로 많이 쓰였다. 그렇기 때문에 1인 2역, 암호, 알리바이, 밀실, 미로, 변장, 쌍둥이, 탐정 행세하는 범인, 얼굴 없는 시체 등 추리소설의 기본적인 트릭이 독자의 흥미를 끄는 소도구로 사용되었다. 한편 이런 식의 추리소설용 메인 트릭이 사용되기는 했어도 소재는 주로 가정의 비극을 다루었으며 추리 과정이 중점이 되는 작품의 경우는 거의 없었다(결국 이것은 추리소설이 한동안 발전하지 못했던 원인이 되기도 했다). 그 이유는 작품 발표의 지면이 신문이었기 때문이다. 앞뒤가 치밀하게 맞아야 하는 정통 추리소설의 형식은 매일 독자의 흥미를 끌기 어려운 형태였던 것이다. 가보리오의 작품만 해도 추리소설의 선구적인 작품이라고는 하지만 작품의 흐름은 일반 소설에 가까운 편이었다.

영미 스타일의 본격 추리소설이 프랑스에 나타나지 않았던 것은 신문소설 형식이 추리소설에 맞지 않았다는 점도 있지만 그보다 근본적인 이유로 당시 프랑스 국민의 취향에 맞지 않았던 것으로 여겨진다. 가난한 일반 민중의 즐거움은 신문소설을 읽는 것인데, 독자가 원하는 신문소설은 드라마틱한 소설, 즉 논리보다는 기발함을 중심으로 초인적인 주인공이 활약하는 소설이어야만 했다. 초인적인 주인공도 두뇌만 뛰어난 인물보다 정의의 수호자를 원했던 것이다.

　신문소설의 후기에 이렇다 할 명작이 나오지 않은 이유는 당시 시대의 어려움에 따른 기묘한 활극, 수준 낮은 통속소설로 바뀐 데에 있다. 그러나 결과야 어쨌든 신문소설은 프랑스 미스터리의 모태가 되었다. 신문소설이 소멸된 시기는 1914년 시작된 제1차 세계대전 무렵인데, 그 최대의 원인은 활동사진, 즉 영화의 출현이었다.

　현대적인 의미의 프랑스 추리소설은 가스통 르루가 다졌다고 해도 과언이 아니다. 그가 비록 순수한 추리소설만 늘 쓰지는 않았지만(한국에서는 밀실을 다룬 추리소설인 『노란 방의 비밀』보다 뮤지컬로 만들어진 『오페라의 유령』으로 훨씬 유명하다) 프랑스 추리소설 역사상 높은 위치에 자리잡고 있다는 것에는 이견이 없다.

　수많은 특종기사를 잡아낸 법률 담당 신문기자였던 그는 기자 생활을 끝낸 후 희곡을 썼지만 별다른 성공을 거두지 못했다. 그는 곧 모험에 대한 소설을 쓰는 일에 달려들었다. 포와 코난 도일을 목표로 삼은 그가 처음으로 발표한 작품은 『노란 방의 비밀』이었다. 이 작품이야말로 고전적인 공포소설들과 포가 「모르그 가의 살인」에서 다루었던 출구 없는 방, 즉 밀실의 문제를 파고든 작품들 속에서도 빼어난 작품이었다. 포의 밀실에는 벽난로라도 있었지만, 르루의 노란 방 안에는 출구라고는 잠긴 문 외에는 아무것도 없었다. 방 안에는 핏자국과 더불어 범죄에 쓰인 무기까지 있었지만 범인은 마술을 부린 것처럼 사라져버리고 없었던 것이다. 시간이 좀 걸리긴 하지만 소년 탐정 조세프 룰르타비유는 끈질긴 조사 끝에 그 비밀을 밝혀내고 만다.

　룰르타비유의 추리방법은 대체적으로 셜록 홈즈를 많이 닮아 있다. 그렇다고 해서 그의 방법이 독창적이 아니라는 것은 아니다. 르루는 자신이 만들어낸 인물인 룰르타비유의 입을 통해서 다음과 같이 밝힌 바 있다. "이성은 결국 두 갈래 길로 나누어진다. 좋은 것과 나쁜 것으로. 나는 표면상으로 나타나는 여러 단서들이 내게 진실을 가르쳐줄 것을 바라지는 않는다. 나는 단지 그 단서들이 내가 이성으로 밀고 나가는 진실을 방해하지만 않기를 바랄 뿐이다."

희대의 괴도이자 모험가이며 탐정 역할까지 맡아 종횡무진 활약하는 아르센 뤼팽. 그를 창조한 모리스 르블랑은 작가생활 초기에 비평가들의 호평에 비해 대중들의 인기를 얻지 못했다. 40세가 되던 1904년, 그는 출판사를 경영하는 피에르 라피트의 부탁으로 명탐정과 도둑을 뒤섞은 듯한 주인공이 활약하는 작품을 썼다. 이것이 바로 뤼팽이 처음 등장하는 「체포된 뤼팽」이다. 하지만 라피트는 이 작품을 읽은 후 충분히 성공 가능성이 있다는 판단 아래 잡지에 당장 싣기를 거부하고 같은 주인공이 등장하는 작품을 더 써달라고 요구했다. 그리하여 르블랑은 뤼팽이 등장하는 작품을 계속 쓰게 되었고, 10편쯤 모이자 첫 작품인 「체포된 뤼팽」이 7월호에 발표되었다. 편집자 라피트의 예상보다 더 큰 성공을 거두었고, 독자들에게 별달리 호응을 얻지 못하리라 예상하여 「체포된 뤼팽」으로 작품을 끝내고 전부터 써오던 심리소설로 돌아가려던 르블랑도 독자들의 호응을 얻자 마음을 바꾸었다. 그리하여 곧 뤼팽을 탈옥시키며 이야기가 이어져서 25년간 20여 권의 장편과 50여 편의 단편이 계속 나왔다.

뤼팽은 도대체 누구인가? 모리스 르블랑이 소개한 그의 신분은 특별한 것을 밝히고 있지 않다. "뤼팽, 아르센 라울. 1874년 출생. 그의 아버지는 권투와 발차기 경기를 가르치는 사범이었으며, 사기범으로 미국의 교도소에서 옥사. 그의 어머니는 1886년에 사망."

「뤼팽의 탈주」의 재판 장면을 보면 프랑스 경찰이 그의 신원을 조사한 결과가 나오는데, 아마도 이것이 그의 초기 행적이라고 봐도 좋을 것이다.

"한데 여러 가지 조사를 해보았는데도 피고의 신원을 증명해낼 수가 없었소. 피고는 과거를 갖고 있지 않다는 매우 색다른 예를 근대사회에 제기해주었소. 우리는 피고가 어떤 사람이고, 어디서 왔으며, 소년 시절을 어디서 보냈는지 모릅니다. 요컨대 아무것도 알 수 없는 것이오. 피고는 3년 전 어떤 환경에서인지는 알 수 없으나 갑자기 나타나 지능과 사악, 부도덕과 위선의 기괴한 화합물인 아르센 뤼팽으로 활동하였소. 이보다 전의 피고에 대해서 우리가 가지고 있는 자료는 겨우 추정의 영역을 벗어나지 못하는 것이오. 8년 전에 마술사 딕슨의 조수로서 일한 바 있는 로스타라는 자가 아르센 뤼팽임에 틀림없다고 생각되는 점이 있고, 6년 전 생 루이 병원의 알티에르 박사 실험실에 드나들며 세균학에 관한 교묘한 가설과 피부병에 대한 대담한 실험으로 때때로 박사를 놀라게 한 러시아인 학생이 아르센 뤼팽일 것 같기도 하며, 아직 유도柔道가 알려져 있지 않았을 무렵 파리에서 이 일본의 투기를 가르친 것도 아르센 뤼팽인 것 같소. 박람회 대상을 획득하여 1만 프랑의 상금을 받은 다음 자취를 감추어버린 것도 아르센 뤼팽이라고 생각되며, 자선바자회 때 천창을 통해 수많은 사람을 구해내고…… 동시에 그 사람들에게서 물건을 훔친 것 역시 아르센 뤼팽일지 모르오."

이 공식 서류에 나타난 그의 신상을 믿어야 할 것인가? 사실 그의 모습은 공식 서류에 나타난 모습과는 너무나 차이가 있었다. 뤼팽의 육체적인 능력, 천재성, 유머 등은 평범한 인간의 차원을 훨씬 넘어서고 있다. 그는 무엇보다도 자유자재로 변신이 가능한 사람이다. 이 변신의 가능성이야말로 반세기가 지난 오늘날까지 뤼팽이라는 인물의 중요성과 근대성을 설명해줄 수 있는 것이다. 뤼팽은 당드레지 후작, 오라스 벨몽, 스파르미엔토 대령 등 여러 신분으로 존재한다. 가니마르 경감은 "아무도 뤼팽을 모른다. 그는 변장과 변신에 관한 기술이 뛰어나기 때문에 아무도 그를 알아볼 수가 없다"고 말했다. 합리적인 추리에 의해서만 뤼팽을 쫓는 가니마르는 그의 눈에 비치는 진실을 꿰뚫어볼 능력이 없는 것이다.

룰르타비유나 셜록 홈즈보다도 모리스 르블랑의 주인공은 더 활동적이다. 도둑이면서 동시에 탐정의 역할을 하면서도 언제나 불쌍한 자들을 위해서 봉사하는 뤼팽은 그의 굉장한 모험심으로 그 시대의 온 관심을 모았다. 또한 뤼팽은 독자들과 더 친숙한 느낌이 드는데, 그것은 아마도 그가 대중을 자신의 증인으로 삼고 있기 때문일 것이다. 그의 모험을 따라가노라면 우리는 모르는 사이에 그와 공범의식을 갖게 된다. 허나 그가 아무리 초인적인 힘과 놀라운 변장술을 지녔다고 해서 인간적이 아니라는 말은 결코 아니다. 단지 그가 인간이 가질 수 있는 모든 능력의 극한을 보여주고 있기 때문이다. 그러나 마찬가지로 그는 인간이 가질 수 있는 성격상의 단점들도 가지고 있다. 그는 자만할 때도 있고, 냉소적이며, 변덕스럽기까지 하다.

그는 도둑이다. 그러나 아주 특별한 성격을 가진 도둑이었다. 피비린내 나는 범죄를 싫어하며 개인적인 소장품들만을 노린다. 특히 그는 대부호들 중에서 대상자를 고르며 『수정마개Bouchon de cristal』에서의 도브레크 의원처럼 음흉한 정치인들을 고르기도 한다. 그는 피해자들에 대해서 조금도 그 죄책감을 느끼지 않는다. 목적을 위해서는 어떠한 방법도 정당화될 수 있었다. 『813』에서 뤼팽은 케셀바흐라는 은행가에게 말한다. "나는 겉으로 드러나게 물건을 훔치지만, 당신은 합법적인 증권을 통해서 도둑질하지 않는가?" 일반 대중에 있어서 뤼팽은 자신들을 대신해주는 복수자와도 같은 인물인 것이다.

'나는 훔친다. 그러므로 나는 존재한다'는 듯한 그의 인생관은 그를 아주 멀리까지 나아가게 만들어주었다. 그가 말하고자 하는 것은 바로 본능과 지성이라는 요소이다. 그리고 아르센 뤼팽, 그에게 있어서 이 본능과 지성 중 그 어느 것도 부족한 것은 없었다.

아르센 뤼팽이라는 인물은 그가 기사도적인 모험소설, 즉 낭만주의 소설과 근대 추리소설 사이의 접점에 있다. 르블랑은 근대 추리소설에서 있을 수 있는 모든 종류의 상황을 창조해냈다. "뤼팽과 더불어 기사소설, 즉 낭만소설 이후에 연재소설을 거쳐 드디어 추리소설이 생겨났다고 말할 수 있다. 근대적 의미의 환상이 창조되었다. 논리와 환상 사이, 이성적인 것과 꿈 사이의 화합이 완성된 것이다. 사실적이면서도 환상적인 한 인간이 우리들의 꿈을 자극하고 고취시켰다. 옛 신화 속의 헤르메스가 아르센 뤼팽의 모습으로 우리들에게 나타났다"라고 말한 토마 나르스자크Thomas Narcejac의 지적은 정확하다.

르루, 르블랑을 거쳐 프랑스에서 추리소설이 대중적 융성을 시작한 것은 1920년대 샹젤리제 출판사의 '마스크Le Masque'라는 이름의 추리소설 전문 시리즈의 등장에서부터였다. 그 첫 번째 작품은 영국 작가인 애거서 크리스티의 『애크로이드 살인사건』의 번역물이었는데, 이 작품은 프랑스 독자들에게 대단한 충격을 주었다.

수많은 직업을 거쳐 작가가 된 피에르 베리Pierre Véry는 당초 순문학 지향 작가였으나 1930년 『베이질 크룩스의 유언Le testament de Basil Crookes』으로 제1회 모험소설 대상Le Grand Prix Du Roman D'Aventures을 받으며 화려하게 추리소설계에 데뷔했다. 영미권의 전통적 추리소설 기법을 터득한 그는 변호사이자 아마추어 탐정인 프로스퍼 르피크라는 인물을 등장시킨 유머 넘치는 작품을 썼다. 그러나 그의 작품의 문제점은 기발하고 다양한 범죄 방법에 비해서 그 행위를 저지르는 동기는 너무나 단순했던 것이다.

한편 비슷한 시기에 등장한 조르주 시므농Georges Simenon과 그가 창조한 줄 메그레 경감은 다른 길을 걸었다. 메그레 경감이 등장하는 초기 작품들은 전통적인 수수께끼 풀이 형태를 그대로 답습했다. 수수께끼 같은 사건이 발생하고, 기묘한 트릭이 있으며, 논리에 의해 사건이 해결된다는 것이다. 그러나 시므농은 차츰 이러한 형식에서 벗어나기 시작했다. 베리의 작품은 추리소설적인 요소에 종속되어 있었지만 대단히 많은 양(메그레 경감 시리즈만 79편에 달한다)의 소설을 썼던 이 작가에게 있어서 수수께끼 풀이라는 것은 그다지 중요한 요소가 아니었다. 그의 소설들의 관심사는 메그레라는 인물 묘사와 범죄 현장의 주변 환경, 그리고 범인의 심리 묘사에 중점을 두고 있었다. 반 다인이나 로널드 녹스 등이 추리소설 규칙을 만든 것에서 볼 수 있듯 영미권 작가들은 인간을 묘사하기보다는 치밀하게 계산된 논리적인 작품을 썼다. 반면 프랑스에서는 특유의 인간 심리 묘사를 더 선호했던 것이다.

메그레는 질문들 이외에도 미행, 추적, 그리고 다양한 고전적인 방법들을 모두 사용한다. 그의 큰 덩치는 변장에 적합하지 않아 보이지만 놀랍게도 남의 눈에 띄지 않게 다른 인물로 바꾸는 솜씨를 발휘한다. 그러나 무엇보다도 그가 중요하게 생각하는 것은 범죄가 일어났던 현장에 그 자신이 직접 뛰어 들어가 체험하는 것이다. 그는 아주 놀랄 만한 적응력을 갖고 있어서 몇 주 동안 구체적인 목적 없이 희생자 가족들과 접촉한다. 그들 속으로 완전히 파고들었다 싶으면 문제는 해결된다. 그는 동기들을 이해하고 정확하게 살인자를 찾아내는 것이다.

많은 양의 소설이 쏟아지다 보니 메그레라는 형사의 모든 생활은 다른 어떤 형사의 경우보다 잘 알려져 있다. 뤼팽처럼 알려지지 않은 부분은 거의 없을 정도로 독자들은 그에 대한 모든 것을 알고 있다. 작가는 독자가 알고 싶어 하는 모든 사항들을 제공해준다. 그의 결혼을 둘러싼 상황들, 그가 피우는 담배 종류, 신발 치수, 자주 찾는 카페 이름, 괴상한 버릇 등등. 아마도 이런 구체적인 정보들 때문에 메그레 형사는 뤼팽이나 홈즈를 읽었을 때 느꼈던 신비스러운 느낌이 부족하게 보일 수도 있다. 메그레는 인간의 생활 속으로 파고 들어와 리얼리티를 획득하는 데 성공했다. 그러나 사실상 그의 시리즈 소설들이 진정한 추리소설이라고 할 수 있을까? 메그레 시리즈는 사회소설에 속할 뿐이고, 단지 시므농이 범죄와 관련된 줄거리를 삽입한 것처럼 여겨진다.

메그레는 시므농의 추리소설에 나오는 유일한 형사는 아니다. 오히려 그의 다른 추리소설들이 메그레 시리즈보다 더 추리소설들이 지녀야 할 법칙들에 충실한 것처럼 보인다.

한편 스타니슬라스 앙드레 스테만Stanislas Andre Steeman은 시므농과 같은 벨기에 리에주 출신으로 비슷한 시기에 작가로 데뷔했으며, 『죽은 여섯 남자Six hommes morts』(1931)로 모험소설상을 받은 뒤 정통 추리소설에 목표를 두고 『셋 중 하나Un dans Troit』(1932), 『살인자는 21번지에 산다L'Assassin habite... au 21』(1939) 등 40여 편의 작품을 남겼다. 심리 묘사보다 트릭을 중시하는 그의 스타일은 그가 라이벌로 여겼던 시므농과 대척점에 있었다고 할 수 있다.

1940년대에 들어오면서 추리소설을 지배했던 수수께끼 풀이형 소설들은 전반적으로 쇠퇴한 듯한 모습을 보였다. 천재적인 탐정의 모습은 점점 사라졌고, 또 그것을 선호하는 아마추어도 줄어들었다. 영어권 작품의 소개가 잠시 중단되었던 제2차 세계대전이 끝나자 예리한 감각을 가진 갈리마르 출판사는 1945년부터 '세리 느와르Série Noire' 총서를 기획해 레이먼드 챈들러, 제임스 M. 케인, 윌리엄 아이리시 등 서스펜스와 하드보일드 작품을 소개했다. 물론 1920년대 후반에 등장한 (미국의 혁명이라고 일컬어지는) 하드보일드 형식의 도입이었기 때문에 역사적으로 새로울 것은 없었지만, 세리 느와르는 프랑스 추리소설들의 배경을 완전히 변화시키고 말았다. 세리 느와르는 앵글로색슨적인 경향에 프랑스의 문학적인 전통이 접목되어 일반 사람들이 살아가는 이야기가 격렬하게 묘사되어 있었다. 폭력적인 내용과 끊임없이 튀어나오는 속어…… 대부분의 주인공들은 콤플렉스를 지니고 있으며 그것에서 해방되기를 갈구한다. 작품의 편차가 있지만 '훌륭하다'는 평가를 받는 작품들은 고전적인 추리 소설에 비해 훨씬 차원 높은 심리 묘사나 현실배경 묘사에 의해 독자로 하여금 자신이 처한 일상에서 탈출할 수 있도록 해주었던 것이다.

가수이자 배우, 트럼펫 연주자, 화가, 평론가 등 다양한 직함을 가진 보리스 비앙은 레이먼드 챈들러를 비롯한 미국 작품을 번역하기도 했는데, 그는 거기서 멈추지 않고 젊은 미국 작가 버논 설리번Vernon Sullivan이라는 필명으로 하드보일드 소설을 썼다. 그의 작품은 폭력과 섹스가 거침없이 묘사되는데, 한때 판매금지당하기도 하는 우여곡절을 겪었으나 결과적으로는 50만 부 이상을 판매하는 성공적 작가였다.

암흑가를 묘사한 작가로는 코르시카 출신 조세 조반니Jose Giovanni의 이름을 빼놓을 수 없다. 전과자 출신인 그는 자신의 경험을 살린 『구멍』을 발표했으며 여러 작품이 영화로도 제작되었다.

초기 로망 누아르 시기의 선구자로는 레오 말레Leo Malet가 있다. 초현실주의 시인으로 출발한 그는 곧 사립탐정 네스튀르 뷔르마를 주인공으로 한 '신新 파리의 모험' 시리즈를 1954년부터 시작했다. 이 작품은 파리 20구區를 무대로 하는 큰 스케일의 작품인데, 아쉽게도 작가가 사망하는 바람에 5개 구를 남긴 미완성 시리즈로 막을 내리고 말았다.

프랑스 추리문학상 수상작가인 프레드릭 다르Frederic Dard는 서스펜스, 모험 등 진지한 작품을 썼으며, 산 안토니오San Antonio라는 필명으로는 유머 넘치고 독자적인 신조어, 은어 등이 난무하는 작품을 썼다. 국내에는 다르 대신 산 안토니오 명의의 작품이 소개된 바 있다.

서스펜스 소설의 거장으로 상위에 놓을 수 있는 작가가 피에르 부알로와 토마 나르스자크 콤비다. 1952년 『악마 같은 여자』로 합작을 시작해 3년 후 동명의 작품이 앙리 조르주 클루조 감독에 의해 영화화되면서 큰 명성을 얻었다. 1954년 작 『현기증』이 거장 알프레드 히치콕 감독에 의해 영화화된 것은 주지의 사실이다. 그들의 작품은 100여 편인데 환상적이며 서스펜스 넘치는 세계 속에 문학적인 향기를 느낄 수 있다. 한편 그들의 작품 중에는 '뤼팽' 시리즈도 있다.

순문학 쪽으로 시작했다가 추리소설로 방향을 바꾼 사람은 세바스티앙 자프리조가 있다. 첫 미스터리 작품은 『살인급행 침대열차』(1961)로 교묘한 심리 묘사와 스토리의 의외성으로 좋은 평가를 받았다. 그러나 '나는 탐정입니다. 그리고 증인입니다. 또한 피해자입니다. 게다가 범인입니다'라는 광고 문안의 두 번째 작품인 『신데렐라의 함정』은 이전 작품보다 훨씬 큰 성공을 거두었으며, 이로써 자프리조는 베스트셀러 작가 반열에 오른다.

한편 1970년대 들어와 로망 느와르의 문학성이 높아지고 사회 문제가 투영되었는데, 1960년대 후반부터 활동했던 장 패트릭 망셰트Jean Patrick Manchette와 A. D. G.가 선두주자로 나서면서 네오 폴라르Neo Polars라는 이름으로 불리고 있다. '프랑스 미스터리 부흥의 선구자'인 망셰트는 금욕적인 간결한 문체로 로망 누아르의 진수를 보여주었는데, 아쉽게도 52세 나이로 세상을 떠나고 말았다. 미셸 르브렁Michel Lebrun은 고전적인 트릭 위주의 작품을 쓰는 한편 번역가로서도 활동했으며, 세상을 떠나기 전까지 매년 『추리소설 연감』 편집을 맡는 등 다채로운 모습을 보였다.

1980년대 이후 왕성한 활동을 보이는 작가로는 디디에 데낭스Didier Daeninckx, 다니엘 페낙, 브리짓 오베르, 프레드 바르가스 등이 있으며 한국에는 『크림슨 리버』 등의 작품이 소개된 장 크리스토프 그랑제가 젊은 작가의 선두주자라고 할 수 있다. 데낭스의 작품은 현대사의 어두운 면을 폭로하는 마치 일본의 사회파적인 스타일이 보이며, 50대 중반의 나이에 접어든 후에도 왕성한 작품활동을 하고 있다. 다니엘 페낙은 우리 나라 미스터리 팬덤에서도 이름을 날렸던 작가로 『산문 파는 소녀』『말로센 말로센』 등 다양한 작품들이 국내에 소개된 바 있다. 여성 작가인 브리짓 오베르는 타고난 이야기꾼으로, 정통파·서스펜스·모던 호러 장르를 거침없이 넘나든다.

프랑스의 추리소설은 영미권 작품들과는 확연히 다른 경향을 보여줘왔다. 프랑스 추리소설의 주인공들은 비도크의 후예답게 행동으로 범인을 잡아내는 경향이 많았고, 앞으로도 영미권에서 정통적 방법이라고 여기고 있는 연역적 추리에 의한 사건 해결에 의존하지 않을 것으로 보인다. 요컨대 그들은 프랑스 특유의 자존심처럼 특별한 향기를 풍기는 작품을 계속 쌓아갈 것임에 틀림없다.

프랑스의 미스터리 상

프랑스 미스터리 상 중에서 역사가 가장 긴 상은 1930년 창설된 '모험소설 대상Prix du Roman d'Aventures'이다. '모험소설'이라는 이름이 붙긴 했지만, 수상자나 작품을 살펴보면 반드시 모험소설에만 수여하는 것은 아니다. 피에르 보와로, 토마 나르스자크, 앙드레 스테먼 등 프랑스가 자랑하는 추리작가들이 대표적인 수상자들이다. 한편 외국인 작가도 수상 대상이 되는데, 루스 렌들(영국)이나 패트리셔 콘웰(미국) 등이 상을 받았다. 그러나 상을 받는 데는 한가지 조건이 있는데, '마스크 총서'로 출간된(혹은 출간 예정인) 작품이어야 한다는 것 때문에 출판사 내부의 상이라느니, 최근에는 상의 권위가 거의 사라졌다는 말을 듣기도 한다.

'파리 경찰청 상 Le Prix du Quai des Orfevres'은 두 번째로 오래된 상으로 1947년 창설됐다. 상 이름 그대로 파리 경찰청이 후원하고 경찰청장이 심사위원장을 맡는 등 경찰 관계자가 심사에 참여해 경찰-사법 활동 묘사의 정확성도 심사의 주요 요건이 된다. 그런 이유로 해서 수상자가 경찰 출신인 경우가 많다는 것이 특징이다. 하지만 수상작 수준은 높은 편으로 프랑스 국내에서도 높은 평가를 받고 있다. 미발표 원고를 대상으로 하므로 '신인상'의 의미가 강하지만, 1993년 수상자 제라르 데르티유는 '셰리 느와르' 등을 통해 30편 이상을 발표한 중견 작가였다. 수상작은 파이야르 사에서 출간된다.

'신인상'으로는 1984년 시작되어 비교적 새롭다고 할 수 있는 '코냑 페스티벌 미스터리 대상 Prix du Roman Policier du Festival de Cognac'이 있는데, 처음부터 신인작가의 발굴을 위해 제정되었다. 제정 당시의 심사위원으로는 작가들 이외에 영화감독 클로드 샤브롤이 포함되어 있어 이채롭다. 수상작은 마스크 출판사에서 출간된다.

1948년 발족한 '프랑스 추리소설 대상 Grand Prix de Litterature Policiere'도 '신진 작가 격려'를 목적으로 등용문적인 역할을 하는 상인데, 여기서는 출판된 작품들 중에서 심사한다. 상의 권위는 매우 높은데 현재 제1선에서 활약 중인 인기작가들이 많이 포함되어 있다. 국내에도 잘 알려진 세바스티앙 자프리조의 『신데렐라의 함정』이 수상작이다.

특정 출판사와 연계되어 있는 '모험소설 대상'이나 '파리 경찰청 상'과는 달리 보다 객관적인 상으로는 1972년 제정된 '미스터리 비평가 대상 Prix Mystere de la Critique'이 있다. 20여 명의 저명한 미스터리 평론가와 작가들이 1년간 출간된 미스터리 작품 중 각각 베스트 10을 골라 여기서의 득표수로 프랑스 작품, 외국 작품 1위를 선정하는 심사 방식이다. 당연히 수상작은 뛰어난 작품이 될 수밖에 없다.

이외에 1979년 창설된 '프랑스 서스펜스 대상 Prix du suspense francais', 1976년 창설된 '몽셰 상 Prix Moncey'(헌병의 활동을 묘사한 소설에 수여), 1988년 창설된 '패트리셔 하이스미스 상 Prix Patricia Highsmith' 등이 있었으나 현재는 폐지된 것으로 보인다.

그의 마음은 찢어졌어
His Heart Could Break

크레이그 라이스 Craig Rice, 1908~1957

미국 시카고 출생. 본명은 조지아나 앤 랜돌프Georgiana Ann Randolph. 정규교육은 받지 못했으나 1920년부터 글쓰기를 업으로 삼아 1939년부터 술꾼 변호사 캐릭터인 말론이 등장하는 작품을 쓰기 시작했다. 대표작으로 『스위트 홈 살인사건』, 미완의 작품이었으나 1958년 에드 맥베인에 의해 보완 출간된 『4월 로빈 살인사건』 등이 있으며, 「말론 재난」 발표 직후 갑자기 세상을 떠났다.

존 J. 말론은 몸을 움칠했다. 싫은 멜로디다. 깨끗이 잊고 싶다. 아니면 그 뒤 가사를 생각해내야 한다.

오래된 주 교도소를 지나는
유선형 기차를 타고

천사 조가 경영하는 '시티홀 바'에서 오늘 새벽 3시경 건물 관리인이 노래한 것이었다. 그때부터 귀에 달라붙어 떠나지 않는다.
마치 불길한 징조처럼 그 멜로디는 불쾌하게 따라다녔다. 아니, 오전 2시에서 4시까지 계속 마신 싸구려 진 탓에 이렇게 기분이 나쁜 걸까? 어쨌든 뭐라고 말할 수 없는 기분이다.
"오늘은 의뢰인이 기뻐하겠는데요."
앞장서 사형수 감방으로 걸어가면서 간수가 진심으로 말했다.
"그렇겠지."
말론은 중얼거렸다. 자신도 기뻐해야 한다고 생각했다. 그런데 조금도 기쁘지 않다. 교도소에 들어와서 어두운 기분에 둘러싸였는지도 모른다. 말론은 형사변호사라는 직업상 교도소가 싫었다. 물론 의뢰인이 이런 곳에 들어오지 않게 하는 것이 그의 반평생 일이었기 때문이지만.

간수가 친절하게 말하네!

또 그 노래다! 다음 가사는 뭐였지?
"말론 씨는 아직 한 번도 재판에 진 적이 없다면서요?"
이 간수는 존 말론 같은 사람이라면 추어올려 주어서 손해될 게 없다고 생각하는 것일까?
"지금까지는." 말론이 말했다. 그러나 이번만은 위기일발이었다.
"새로운 증거를 찾아서 재판을 다시 받게 하다니 정말 훌륭한 솜씨입니다."
간수가 또 말했다. 말론이 정치가들을 많이 알고 있으니 어쩌면 승진시켜줄 기회라도 잡으려는 모양이었다.
"어제저녁 그 사실을 알려주었을 때 그는 정말 기뻐했습니다."
"잘됐군." 말론은 애매하게 말했다.
판사의 사생활에 대해 조금 재미있는 사실을 알아냈고, 그것을 빌미로 재판을 다시 하라고 한 것이었다. 재판이 다시 열릴 때까지 정말 새로운 증거를 찾아야만 한다. 하지만 말론의 마음에 걸리는 것은 그런 것이 아니었다. 증거뿐만 아니라 무슨 일이 있었는지 진실을 찾아내야 한다. 말론은 작은 목소리로 멜로디를 따라 했다. 아, 생각났다, 다음 가사!

간수가 친절하게 말하네!

그는 죽기에는 너무 젊다.

밧줄을 자르고 그를 내려놓아라.

존 말론은 '죽다die'에 운韻이 맞는 단어를 찾았다. By, cry, lie, my, sigh. 누가 만든 노래인지는 모르지만 작가에게 투덜대다가 말론은 돌연 입을 다물었다. 바로 눈앞이 사형수 감방이었다. 그 한구석으로 오자 말론은 이상하게 정해진 행동을 했다. 고급 장례식에 참가한 기분이라도 든 것일까? 그는 모자를 벗고 발소리를 죽여 걸었다.

그때 갑자기 큰 소동이 일어났다. 감방 안 죄수 두 명이 밴시*처럼 날카롭게 소리친 것이다. 곧바로 비상벨이 울리고 그에 맞춰 밖에서도 사이렌이 울렸다. 간수들이 당황해서 복도를 뛰어가고 존 말론도 본능적으로 뛰었다. 소동의 근원지는 아무래도 왼쪽에 있는 네 개의 방 같다.

작은 변호사가 거기에 도착하기 전에 간수 한 명이 문을 열었다. 다른 간수가 재빠른 동작으로 밧줄을 자르고, 매달려 있던 수감인의 생기 없는 몸을 바닥에 내려놓았다.

귀를 멀게 하는 바깥의 소동에 말론은 이미 마음을 두지 않았다. 간수가 시체를 뒤집었을 때 말론이 본 것은 젊은 폴 파머의 우둔한 얼굴이었다.

"스스로 목을 매다니." 간수가 말했다.

---

* 아일랜드에서 집에서 죽은 사람이 나갈 때 큰 소리로 운다는 요정.

"나에게 변호를 부탁하고도 목을 매다니, 이런 제길." 말론은 화가 나서 말했다.

그러나 이미 상대는 죽었다.

"이봐!" 다른 간수가 흥분해서 말했다. "아직 살아 있어. 목뼈는 부러졌어도 아직 숨을 쉬고 있어."

말론은 그 간수를 밀어제치고 죽어가는 남자 옆에 무릎을 꿇고 앉았다. 폴 파머의 파란 눈이 천천히 열렸다. 그 눈에는 몹시 당황하는 빛이 보였다. 입술이 벌어졌다.

"끊어지지 않았어 It wouldn't break."

폴 파머가 속삭였다. 말론을 알아보는 것 같았다. 두렵고 당황한 표정으로 말론을 쳐다보았다. "끊어지지 않았어." 그는 말론에게 속삭였다. 그리고 죽었다.

"곧바로 조사를 했으면 합니다."

말론이 성난 목소리로 말했다. 그는 개리티 교도소장의 휴지통을 심술궂게 발로 찼다.

"당신의 교도소 관리가 엉망이라 나는 의뢰인을 한 명 잃었단 말이오."

덕분에 고액의 수임료도 잃게 되었소. 말론은 속으로 이 말을 추가했다. 아직 수임료는 한 푼도 받지 않았다. 수임료를 받으려면 폴 파머의 재산을 관리하는 변호사와 장기전에 들어갈 각오를 해야 한다. 그 변호사는 처음부터 말론에게 의뢰하는 것을 반대했다. 말론의 주머니에는 구겨진 지폐 세 장과 잔돈이 조금 있을 뿐이었다. 지난주, 그 포커 게임에 참가하지 않았어야 했다.

그의 마음은 찢어졌어 619

삭막한 교도소장의 방은 사람들로 복잡했다. 말론은 둘러보았다. 부교도소장, 교도소 부속병원 의사 딕슨, 백발이 섞인 미남이다. 사형수 감방의 간수들. 말론을 안내해준 간수도 있다. 이름은 확실히 바워즈라고 했다. 키가 크고 얼굴이 평평한 호리호리한 남자다.

"자살하다니 이상하군. 재판을 다시 하기로 했는데……." 바워즈가 믿지 못하겠다는 듯이 말했다.

말론도 같은 생각을 했다.

"내 전보를 받지 못했나?" 말론이 차갑게 말했다.

"내가 직접 전했습니다." 바워즈가 단호하게 말했다. "어제저녁에 말이죠. 정말 그렇게 기뻐하는 얼굴을 본 것은 처음이었습니다."

딕슨 의사가 기침을 했다. 모두 몸을 돌려 의사의 얼굴을 보았다.

"가엾은 파머는 정신적으로 아주 불안정한 상태에 있었습니다." 의사는 우울하게 말했다. "그래서 2, 3일 전에 부속병원으로 옮기자고 제안했던 겁니다. 어젯밤 면회 왔을 때도 이상하게, 히스테릭하게 행복해했습니다. 그러나 오늘 아침에는 분명히 우울 상태였습니다."

"그렇다면 그의 머리가 어떻게 된 것입니까?" 개리티 교도소장이 희망을 걸듯이 물었다.

"절대 그런 일은 없습니다." 말론은 분연히 말했다. 폴 파머가 정신이상이었다는 소문이 조금이라도 퍼지면 그것으로 끝이다. 5천 달러의 수임료를 받는 것이 우선 불가능할 것이다. "그는 지금 이 방에 있는 누구보다도 정상인 남자였죠. 나만 빼놓고 말이오."

의사 딕슨은 어깨를 으쓱했다.

"정신이상이라고는 하지 않았습니다. 단지 기분이 변하기 쉬운 상태였습니다."

말론은 빙글 돌아서 의사의 얼굴을 보았다.

"당신이 하루에 두 번이나 파머의 방에 간 것은 일 때문이었습니까?"

"그렇습니다." 의사가 끄덕였다. "파머는 상당히 신경이 약했습니다. 가끔 진정제를 주사할 필요가 있어서."

말론은 콧방귀를 뀌었다.

"열여섯 살 때부터 마신 술을 끊은 것이 그렇게 괴로웠을까요?"

"글쎄, 그 일에 대해서는 당신 마음대로 생각하시오." 딕슨 의사는 유쾌한 듯이 말했다. "파머에 대해서는 당신도 알고 있겠지만, 나는 개인적으로 관심이 있습니다."

"그렇겠지요." 말론이 천천히 말했다. "그는 당신 조카와 결혼할 예정이었습니다."

"그래서 재판을 다시 한다는 말을 듣고 가장 기뻐한 것은 어쩌면 나일지도 모릅니다." 의사는 말론의 시선을 느끼고 덧붙였다. "물론 밧줄을 몰래 넣어줄 정도로 파머를 좋아하지는 않았지만, 파머가 무죄가 된다면 좋겠다고 생각했습니다."

"잠깐." 개리티 교도소장이 성급하게 말했다. "나는 조사 결과를 보고해야 합니다. 문제는 파머가 어디에서 밧줄을 구했느냐 하는 것입니다."

잠시 침묵이 흘렀다. 간수 한 명이 말했다.

"어제저녁 면회 온 남자가 건네준 게 아닐까요?"

"면회 온 남자?" 교도소장이 무서운 목소리를 냈다.

"아니." 간수는 망설였다. "소장님의 허가를 받지 않았습니까? 라세라라는 남자."

갑자기 말론은 등뼈가 쑤시는 것을 느꼈다. 조지 라 세라는 맥스 후크의 부하다. 훌륭한 가문의 아들인 폴 파머와 도박사 두목은 도대체 어떤 관계가 있을까?

개리티 교도소장도 그 이름을 바로 생각한 것 같다.

"그래, 그랬지." 교도소장은 빠르게 말했다. "그럴지도 모르겠군. 그러나 증거를 잡기가 어려울 텐데." 말을 끊고서 교도소장은 말론을 보고 도망가듯이 말했다. "보고서에는 이렇게 쓰겠소. 폴 파머는 현재 확인되지 않은 방법으로 밧줄을 구해서 이상한 정신 상태에서 자살했다."

말론은 무슨 말을 하려다가 입을 다물었다. 분명히 말론의 패배였다. 일시적인 후퇴다. 그거면 된다.

"부탁합니다. 그 이상한 정신 상태라는 말을 삭제해주시겠습니까?" 말론이 말했다.

"미안하지만 그것은 삭제할 수 없소." 교도소장이 냉정하게 말했다.

말론의 인내심이 사라졌다.

"좋소. 그럼 나는 단독으로 조사하겠소." 그는 경멸하듯이 콧방귀를 뀌었다. "사형수에게 외부 사람을 면회시키고 밧줄을 건네준 일!" 말론은 딕슨 의사를 노려보았다. "당신도 마찬가지요. 반년 동안 부속병원에서 두 사람이나 탈옥수가 나온 것은 어쩐 일이지?" 여기에서 다시 휴지통을 발로 찼다. 이번에는 멋지게 방구석까지 굴러갔다. "어쨌든 조사 결과를 기다리는 게 좋을 거요. 나는 한다면 끝까지 하는 사람이니까."

딕슨 의사가 당황해서 말했다.

"'이상한 정신 상태'를 '일시적 우울 상태'라고 바꾸면 어떨까요?"

하지만 말론은 이미 불같이 화가 나 있었다. 교도소장의 사생활과 어머니에 대해서 다시 한 번 길게 늘어놓고 난 뒤 나가서 문을 쾅 닫았다. 벽에 걸린 체스터 A. 아서*의 동판 초상화가 바닥에 떨어질 정도였다.

"말론 씨." 두 사람이 홀에 나왔을 때 바워즈가 낮은 소리로 말했다. "아까 시체를 운반해간 후 감방을 조사해보았습니다. 밧줄을 넣어준 사람은 편지도 같이 준 것 같아요. 폴의 매트리스 안에 이 편지가 있었습니다. 분명히 어제 낮에는 없었지요. 그 후 매트리스를 교체했으니까요." 잠깐 쉬고 바워즈는 덧붙였다. "그리고 밧줄도 어젯밤에는 없었어요. 왜냐하면 숨길 장소가 없었으니까요."

말론은 간수가 내민 봉투를 보았다. 엷은 회색의 값비싼 봉투로 겉에 '폴 파머에게'라고 섬세한 필적으로 쓰여 있었다.

"지금, 가진 돈이 없소." 변호사가 말했다.

바워즈가 머리를 흔들었다.

"돈은 필요 없습니다. 다만, 앞으로 3주 후에 부교도소장 자리가 공석이 되는데……."

"그렇다면 자네가 부교도소장이 될 거네." 말론은 봉투를 안주머니에 넣고 잠시 머뭇거리더니 얼굴을 찡그리고 마침내 말했다. "자네는 눈을 크게 뜨고 여러 가지 일에 신경을 써주게. 입을 꼭 다물고 쓸데없는 말은 하지 말고. 내가 폴 파머가 살해되었다는 것을 증명하면 대단한 소동이 일어날 거네."

---

* 미국의 21대 대통령.

말론이 문을 열자 사무실에 있던 긴 머리의 미녀 비서 매기가 쳐다보았다.

"아, 말론 씨. 신문을 봤어요. 정말 안됐더군요."

"대단한 일은 아니야, 매기. 의뢰인을 위해 눈물을 흘릴 필요는 없어."

말론은 자신의 방으로 들어가 문을 닫았다.

어떤 개인적인 원한이 있는지 모르지만, 운명의 여신은 정말 잔혹한 일을 했다. 그 5천 달러라는 수입을 말론은 크게 기대하고 있었는데.

'개인용'이라고 쓰인 파일 캐비닛에서 라이* 병을 꺼내 한 잔 가득 따랐다. 병에는 한 잔 분량만 남아 있다. 그것을 바라보며 말론은 기지개를 켜고 빨간 가죽 소파에 누워 생각했다.

폴 파머는 부호의 아들로 사람은 좋은데 머리가 조금 우둔한 술주정뱅이다. 그 세습 재산을 관리하는 숙부는 시카고에서 가장 깐깐한 남자다. 재산은 폴의 서른 살 생일에(5년 뒤의 일이다), 또는 숙부 카터 브라운이 죽었을 때 폴에게 인도되게 되어 있다. 바보 같은 결정이라고 말론은 생각했다. 그러나 부자의 변호사들은 언제나 이런 바보 같은 짓을 한다.

카터 숙부는 조카의 행실을 상당히 엄격하게 속박했는데 폴은 아주 잘해나갔다. 그리고 그는 매들레인 스타와 알게 되었다.

말론은 시가에 불을 붙이고 꿈을 꾸듯이 연기를 물끄러미 보았다. 매들레인 스타의 집안은 상당히 명문가였지만 애석하게 재산은 없었다. 때문에 속 빈 강정 같은 집안으로 유명했다. 다만, 매들레인

---

* 호밀로 만든 위스키.

의 숙부는 교도소 부속병원 의사라는 지위를 이용해서 상당한 돈을 번 것 같았다.

나는 변호사가 되지 않았어야 했어. 말론은 한숨을 내쉬며 매들레인 스타의 일을 생각했다. 이 여자는 고아로, 고급 의류점 모델 일을 해서 겨우 먹고살았다. 유행을 따라야 하고 받아들여야 하는 직업이었다. 때문에 매들레인의 복장에는 상당한 돈이 들어갔다(돈이 들어간 복장이라면 작은 변호사는 1마일 앞에서도 거뜬히 알아볼 수 있었다).

폴 파머 같은 남자와 결혼하려면 아주 가난하거나 대단한 미인이거나, 그 어느 쪽이어야 한다고 말론은 생각했다. 그래 매들레인은 두 가지 조건을 모두 갖추었다.

하지만 또 한 사람, 돈으로 처리해야 할 여자가 있었다. 상당한 미모의 소유자 릴리언 클레어. 얼굴이 아름다울 뿐 아니라 폴에게 많은 돈을 요구하는 재능도 있었다. 돈을 주지 않으면 스타, 파머 양가의 결혼식을 엉망으로 만들겠다는 것이다.

말론은 우울히 머리를 저었다. 재판은 처음부터 불리했다. 폴 파머가 미래의 신부를 나이트클럽에 데리고 갔다가 간이주방이 있는 그녀의 아파트로 데려다준 것은 자정 조금 전이었다. 그때 폴은 이미 상당히 취해 있었고, 그 뒤 서너 곳의 바에 들렀기 때문에 만취 상태라고 판정되어도 어쩔 수 없었다. 그런 모습으로 폴은 릴리언 클레어를 방문했다. 재판 중 릴리언이 한 증언에 의하면, 폴은 많은 돈을 주겠다며 릴리언을 설득했으나 결국 실패하고 그녀의 집에 있는 위스키를 모두 마셨다고 한다. 릴리언은 취한 폴을 택시에 태워 자택으로 보냈다.

폴 파머가 자택에 몇 시에 도착했는지 정확히 아는 사람은 한 명도 없었다. 그 거대하고 음침한 주택에 폴은 숙부 카터 브라운과 둘이서 살고 있었다. 그날 밤, 남자 하인은 외출했다. 다음 날 아침, 하인이 출근했을 때 카터 브라운은 이미 폴 파머의 권총에서 발사된 총알에 이마 중앙을 맞고 죽어 있었다. 폴 파머는 옷을 입은 채 자신의 침대에서 코를 골고 있었다.

모든 것이 폴에게 불리했다. 말론은 슬프게 회상했다. 배심원들은 모두 힘들게 열심히 일하는 사람들로, 부호의 아들에게 사형을 선고하는 것을 더없는 즐거움으로 생각할 뿐만 아니라 매수하기에는 너무 정직한 인물들이었다. 말론에게 이 재판은 최악의 패배였다. 그리고 이번엔 폴 파머가 자살을 했다.

그러나 폴 파머는 제 손으로 목을 매고 자살할 사람이 아니다. 말론은 그것을 확신했다. 파머는 결코 희망을 잃지 않았다. 재판이 다시 열린다는 사실이 확정된 뒤, 살기를 원했던 그가 죽음을 선택한 것이 이해가 가지 않았다.

이것은 살인이다. 그런데 범인은 폴을 어떻게 죽였을까?

말론은 일어나 기지개를 켜고 주머니에서 바워즈가 준 엷은 회색 봉투를 꺼내 편지를 읽었다.

사랑하는 폴

당신에게 이런 편지를 쓰는 것은 내게 심각한 문제가 있어 상황이 아주 위험하기 때문이에요. 나는 당신이 필요해요. 나를 도와주는 사람은 아무도 없어요. 재판이 다시 열린다는 말은 들었지만 다음 주는 너무 늦을지도 몰라요. 어떤 방법이 없을까요?

당신의 M.

"M." 말론은 매들레인 스타라고 생각했다. 그 여자도 이런 얇은 회색 종이를 사용했다.

말론은 편지를 읽고 얼굴을 찡그렸다. 매들레인 스타가 이 편지를 애인에게 전했다면 밧줄도 같은 사람을 통해 전달했을까? 아니면 다른 사람이 밧줄을 건네주었을까?

말론이 만나고 싶은 사람은 세 명 있었다. 매들레인 스타가 그중 한 사람이다. 릴리언 클레어는 두 번째다. 그리고 세 번째는 맥스 후크.

말론은 상담실로 나와 문으로 걸어가며 말했다.

"그러나 그것은 물리적으로 불가능해. 누군가 폴 파머의 방에 밧줄을 넣고, 그 밧줄로 파머가 목을 매달았다고 하면 이것은 살인이 아니야. 하지만 이것은 절대로 살인이 아닐 수 없어." 말론은 멍한 눈으로 매기를 보았다. "제기랄, 폴 파머의 방에 들어가 그의 목을 매다는 것은 아무나 할 수 있는 일이 아니야."

이미 오랜 경험으로 말론의 혼잣말에 익숙한 매기는 불쌍하다는 듯이 그를 보았다.

"그렇게 계속 생각하시면 언젠가는 틀림없이 알 수 있을 거예요."

"매기, 돈 좀 있나?"

"10달러가 있지만 빌려드릴 수 없어요. 지난주 급료를 아직 주시지 않았거든요."

작은 변호사는 은혜를 모르는 냉정한 여자라고 중얼거리면서 급히 사무실을 나왔다.

어떻게 해서든 현금을 만들어야 한다. 빌려줄 것 같은 사람을 떠올려보았다. 유일한 가능성은 맥스 후크다. 전에 후크에게 돈을 빌렸을 때 여러 가지 귀찮았던 일이 생각났다. 게다가 도박사 보스에게는 다른 부탁이 있다.

말론은 워싱턴 가를 지나 모퉁이를 돌아, 천사 조가 경영하는 시티홀 바에 들어갔다. 주인을 한쪽 구석으로 불렀다.

"100달러 수표를 현금으로 바꿔주게. 그 수표를 잠시 보관하고. 잠깐." 말론은 머릿속으로 재빨리 계산했다. "다음 주 목요일까지 말이야. 어때?"

"좋아." 천사 조가 말했다. "도움이 된다면 기꺼이." 말론이 수표에 서명하는 사이 조는 10달러 지폐 열 장을 갖고 왔다. "술값은 여기서 제할까?"

말론은 고개를 저었다.

"아니. 다음 주에 같이 주지. 라이 더블을 한 잔 더 주게."

빈 잔을 카운터에 놓았을 때 흑인 관리인의 노랫소리가 가게 안에서 흘러나왔다.

당신 때문에 교수형 당하는 남자
당신이 저지른 범죄
젊은이의 찢어지는 마음 당신은 몰라.

노랫소리가 중간에 끊겼다. 노래 부르는 관리인을 여기에 불러 처음부터 전부 들려달라고 할까? 말론은 진심으로 그렇게 생각했다. 아니, 지금은 그럴 시간이 없다. 시간이 나면 나중에 들려달라고 하지. 말론은 노래를 흥얼거리며 밖으로 나왔다.

폴 파머가 죽기 전에 한 말은 무슨 뜻일까? '끊어지지 않았어

wouldn't break.' 말론은 얼굴을 찡그렸다. 웬일인지 모르지만 그 말과 지금 노래 가사에는 뭔가 연관이 있는 것 같았다. 아니면 이것은 말론의 혈관에 흐르는 아일랜드인의 공상을 좋아하는 버릇 탓일까? "젊은이의 마음이 찢어지는 걸 당신은 몰라You didn't know his heart could break." 그러나 부서진broken 것은 폴 파머의 목뼈였다.

말론은 택시를 타고 운전기사에게 맥스 후크가 사는 집의 위치를 말했다. 레이크 쇼어 드라이브의 고급 아파트.

이 도박사는 두 가지 점에서 정말 대두목이라고 할 수 있다. 쿡 카운티의 도박장에서 사기도박을 제도적으로 없앤 점, 그리고 가장 정직하다는 점. 그리고 그는 거대한 고깃덩어리였다. 키는 180센티미터가 넘고 허리 둘레는 그 세 배쯤 될까? 핑크색 머리는 완전히 벗어졌고 얼굴은 어린 천사 같은 느낌이다.

그 거실은 돈이 들어간 걸작 실내장식의 표본이라고 할 수 있다. 한구석에 놓인 상처투성이의 거대한 책상이 방 전체의 조화를 깨고 있다. 그 책상 앞에 앉아 있던 맥스 후크는 빙글 몸을 돌려 애교 있게 변호사를 맞았다.

"당신을 보니 정말 반갑소. 마실 것은 무엇으로?"

"라이로 주십시오. 저도 정말 반갑습니다. 오늘은 일 때문에 왔습니다."

그러나 마실 것이 나오기 전에 얘기를 꺼내는 것은 좋지 않다(맥스 후크는 핑크 샴페인을 마신다고 했다). 그것은 이 남자의 스타일에서 벗어나는 것이다. 하지만 말론이 라이 잔을 비우고, 장미색 석영 홀더에 꽂은 가늘고 색이 있는(아마 향료도 들어 있을 거라고 말론은 생각했다) 담배에 도박사 두목이 불을 붙였을 때 말론은 단도직입적으로 이야기했다.

"나의 의뢰인 파머에 대해서 신문에서 읽었겠지요?"

"나는 신문을 전혀 읽지 않소. 그러나 부하가 알려주더군. 비극이오."

"비극은 아닙니다." 말론이 경멸적으로 말했다. "그는 나에게 한 푼도 내지 않았습니다."

맥스 후크의 눈썹이 올라갔다.

"그래? 얼마나 필요하오?" 그의 손은 자동으로 왼쪽 서랍의 녹색 금속 상자로 뻗었다.

"아니, 아니." 말론은 당황했다. "그런 의미가 아닙니다. 나는 다만 당신 부하, 조지 라 세라가 밧줄을 넣어주었는지를 알고 싶습니다. 그것뿐입니다."

맥스 후크는 깜짝 놀랐다. 자존심이 조금 상한 것 같았다.

"말론 씨, 라 세라가 그런 일을 했다고 말하는 이유는 뭐요?"

"돈 때문이겠지요." 말론이 즉시 대답했다. "정말 그랬다고 하면 이유는 아무래도 좋습니다. 나는 진상을 알고 싶을 뿐입니다."

"나를 믿어주시오. 라 세라는 그런 일을 하지 않았소. 그 젊은 여자에게 부탁받고 편지를 파머에게 전했는데 그것도 내 명령으로 한 것이오. 교도소장의 면회허가를 얻는 것이 조금 귀찮았지만 말이오. 그러나 밧줄은 아니오. 내가 보증하지. 알고 있듯이 나는 거짓말은 하지 않소."

"아니, 혹시 그러지 않았나 생각했을 뿐입니다."

맥스 후크가 거짓말을 하지 않는다는 것은 확실하다. 조지 라 세라가 밧줄을 넣어준 것이 아니라면 그것은 믿을 만한 증언이다. 조지라 세라가 두목 몰래 다른 아르바이트를 했다고는 생각할 수 없다. 부하들의 행동을 철저히 단속하는 것이 맥스 후크의 버릇이다.

"하나 더 묻겠습니다. 그 젊은 여자는 왜 당신에게, 파머에게 전해 달라는 편지를 가져왔습니까?"

맥스 후크는 거대한 어깨를 으쓱했다.

"그 여자와는 뭐라고 할까, 금전적인 관계가 있소. 정확히 말하면 나에게 많은 돈을 빌려 갔소. 돈을 극단적으로 좋아하는 사람들처럼 그 여자도 도박을 좋아하오. 그러나 좋아하는 만큼 운이 따르진 않았지. 나에게 빚을 갚을 유일한 기회인 그 편지를 꼭 전해달라고 하기에 당연히 그대로 한 것뿐이오."

"당연히." 말론은 동의했다. "그 편지 내용을 읽지는 않았겠지요?"

맥스는 충격을 받았다.

"말론 씨! 내가 다른 사람의 편지를 읽을 것 같소?"

아니, 말론은 속으로 말했다. 맥스 후크는 읽지 않았을 것이다. 읽지 않았다면 "심각한 문제가 있어 상황이 아주 위험해요"라는 매들레인 스타의 말이 어떤 사정인지 알 리 없다. 그러나 혹시 몰라서 물어봤다.

"심각한 문제?" 맥스 후크는 말론의 말을 반복했다. "그 여자의 피앙세에게 사형 판결이 내려졌다는 것 외에 그 여자에게 문제가 있다는 것은 모르오."

말론은 어깨를 으쓱하고 일어나 문 쪽으로 갔다. 그리고 갑자기 멈추어 섰다.

"맥스, 이 노래 가사를 알아요?" 말론은 노래했다.

맥스 후크는 얼굴을 찡그리더니 끄덕였다.

"그래, 그 노래라면 알고 있소. 내가 운영하는 나이트클럽 가수가 잘 부르지요."

보스는 열심히 머리를 짜내 드디어 일부분을 생각해냈다.

새 죄수복으로 갈아입고
교도소의 쇠창살에 기대어

"미안하오. 이것밖에 생각이 안 나. 내가 처음 교도소에 들어갔을 때 기억했던 게 두 소절 생각났소." 맥스가 말했다.

택시 안에서 말론은 그 두 소절을 몇 번이고 반복해서 노래했다. 몇 번 하다 보면 나머지 가사가 생각날지도 모른다. 그러나 폴 파머는 쇠창살에 기댄 것이 아니다. 수도 파이프에 목을 매달았다.

제길, 빌어먹을 노래.

이미 8시가 넘었다. 저녁도 먹지 않았는데 허기는 느껴지지 않았다. 이 사건을 해결할 때까지는 아마 배도 고프지 않을 거란 예감이 든다. 택시가 빨강 신호에서 멈추었을 때 매들레인 스타와 릴리언 클레어 중 누구를 먼저 만나야 할지, 말론은 동전을 던져서 결정했다. 매들레인이 먼저다.

월턴 플레이스의 작은 아파트 앞에서 택시를 내려 운전기사에게 요금을 냈다. 길을 건널 때 마침 키 큰 백발 남자가 아파트 건물에서 나왔다. 폴 파머의 유산을 관리하는 변호사 올로 페더스톤이었다. 말론은 피하려고 했지만 이미 늦었다. 그래서 갑자기 만나서 반갑다는 표정으로 말론은 말을 걸었다.

"미스 스타에게 위로의 말을 하려고 왔습니다."

"내가 당신이라면 그 사람을 방해하지 않을 거요."

올로 페더스톤이 차갑게 말했다. 이 인물은 변호사에 대해서 단 하나의 개념밖에 인정하지 않는다. 말론은 공교롭게 그 개념에 맞지 않았다.

"나야 그녀 아버지 대신이기 때문에 어쩔 수 없이 찾아왔지만."

이것도 다른 사람이 말했다면 변명으로 들릴 텐데, 페더스톤의 입에서 나오면 이상하게 자연스럽게 들린다. 말론은 진지하게 끄덕였다.

"비극적인 사건입니다."

올로 페더스톤은 몸을 조금도 움직이지 않았다.

"확실히 그렇소. 나는 폴 파머가 그런 짓을 하리라고는 상상도 못 했소. 어제 면회했을 때도 그는 상당히 밝았고, 희망에 가득 차 있었는데."

"어제 면회 갔었습니까?"

말론은 아무렇지도 않게 묻고 주머니에서 시가를 꺼내 조심스럽게 포장지를 벗겼다.

"그렇소. 유언장 때문이오. 당신도 알고 있듯이 그의 서명이 필요했소. 저 여자에게 다행인 것은." 페더스톤은 매들레인 스타의 아파트를 가리켰다. "폴이 서명했소. 재산을 모두 매들레인에게 남긴다는 유언장에."

"물론 그랬겠지요." 말론은 두 번 성냥을 켜서 드디어 시가에 불을 붙였다. "폴 파머가 살해당했다고 생각하지 않습니까?"

"살해당했다고?" 올로 페더스톤은 마치 꺼림칙한 말을 하듯 반복했다. "그런 말도 안 되는! 파머 가 사람들은 살해당한 적이 없소."

 번쩍번쩍 빛나는 캐딜락에 페더스톤이 타는 것을 보고 말론은 스테이트 가로 재빨리 걸었다. 말론이 모퉁이에 다다랐을 때 대형 리무진이 그를 지나쳐 스테이트 가 북쪽으로 꺾어진 곳에서 멈추었다. 말론은 신문판매대 그늘에 숨어 올로 페더스톤이 차에서 내려 길 건너 모퉁이 편의점으로 들어가는 것을 보았다. 잠시 후 말론은 그 뒤를 따라가 담배판매대에서 멈추었다. 거기에서는 전화 부스 안이 잘 보인다.

 올로 페더스톤은 전화 부스 안에서 열심히 수첩을 뒤적이고 있다. 마침내 수화기를 들고 슬롯에 동전을 넣고 다이얼을 돌렸다. 말론은 주의 깊게 보았다. D-E-L-9-6-0. 릴리언 클레어의 전화번호였다.

 작은 변호사는 방음장치가 되어 있는 전화 부스에 저주를 퍼부으며 맞은편에 있는 바로 들어갔다. 지독히 맥이 빠지는 느낌이다. 라이 더블을 단숨에 비우고, 두 번째 잔을 반 정도 비우자 드디어 힘이 났다. 저녁 늦게 릴리언 클레어를 방문하면 무언가 알아낼 것이다.

 올로 펜더스턴이 죽은 폴 파머의 약혼자 매들레인의 집을 나오자마자 릴리언에게 전화를 건 것은 도대체 어떤 이유일까? 세 잔의 라이가 그에게 매들레인 스타를 만나도록 힘을 북돋았다.

 엘리베이터로 매들레인의 아파트로 올라갈 때 문득 희망이 솟아올랐다. 매들레인 스타가 파머의 재산을 완전히 손에 넣는다고 하면…… 그래, 수임료 5천 달러를 받는 것도 그리 어렵지 않을지 몰라.

 그녀가 문을 열었을 때 말론은 결심했다. 지금은 상대가 미인이라고 해서 넋을 놓고 있으면 안 된다고.

매들레인 스타의 아파트는 작았지만 우아했다. 지나치게 우아하다고 말론은 생각했다. 모두 값싼 것이었지만 확실히 있어야 할 장소에 완벽하게 있었다. 소형 벽난로 위에 걸린 반 고흐의 복제화도 딱 어울렸다. 매들레인 스타 자체도 확실히 우아했다.

키가 크다. 얼굴은 법정에서 많이 보았음에도 말론이 지금도 눈을 깜빡일 정도로 아름다웠다. 청동색 머리는 부드럽고 손질이 잘 되어 있고, 하얀 얼굴은 균형 잡혀 있었다. 온화하고 세련되고 상냥하다. 지금 갑자기 끌어안는다고 해도 이 여자는 절대로 소리 지르지 않을 것이다. 말론은 속으로 생각했다. 입고 있는 검은 파자마. 폴 파머를 애도하는 상복일까?

말론은 흔한 위로의 말을 빠르게 늘어놓은 다음에 말했다.

"미스 스타, 심각한 문제가 있어 상황이 위험하다는 것은 어떤 일입니까?"

여자는 놀란 것 같았다.

"무슨 말이죠?" 평범한 목소리였다.

"당신이 폴 파머에게 보낸 편지 말입니다."

여자는 시선을 떨어뜨리고 바닥을 보았다.

"그 편지는 없애라고 했는데요."

"당신이 원한다면 없애지요." 말론이 당당하게 말했다.

"당신이 갖고 있어요?"

"아니요." 말론은 거짓말을 했다. "내 사무실 금고에 있습니다. 그러나 돌아가서 태워버리지요." 언제 태울 것인지는 말하지 않았다.

"그 편지는 폴이 자살한 사건과 아무런 관계도 없어요."

"물론 그렇겠죠. 그에게 밧줄도 보내지 않았겠지요?"

여자는 말론을 보았다.

"무서운 말을 하는군요."

"미안합니다." 말론은 솔직히 사과했다.

여자는 안심하는 것 같았다.

"나야말로 미안해요. 조금 흥분한 상태여서 나도 모르게 실례되는 말을 했어요." 말이 끊어졌다. "마실 것을 드릴까요?"

"감사합니다. 마시지요."

여자가 대량의 스카치와 소량의 소다를 섞어 두 개의 잔에 따르는 것을 보면서 말론은 생각했다. 약혼자를 잃은 여자에게는 어느 정도 시일이 지나고 데이트 신청을 해야 할까? 그러나 별볼일없는 형사변호사의 데이트 신청을 이 여자는 받아들이지 않을 것이다. 말론은 잔을 받고 단숨에 반 정도 마시고 마음속으로 강하게 말했다. '누가 별볼일없지?'

"말론 씨." 여자가 걱정스러운 듯이 말했다. "내 편지가 폴의 자살과 관계가 있다고 생각하나요?"

"절대 아닙니다. 그 편지를 보고 살기를 원했을 거고 탈옥이라도 했을 것입니다." 지금 5천 달러 이야기를 꺼낼까 하고 말론은 생각했다. 아니, 역시 지금은 타이밍이 좋지 않다. "맥스 후크에게서 빌린 돈을 갚을 수 있게 되어서 잘됐군요. 그 남자에게 돈을 오래 빌리고 있으면 별로 좋지 않아요."

여자는 날카롭게 그를 보았지만 아무 말도 하지 않았다. 말론은 잔을 비우고 문으로 갔다.

"하나만 알려주시오." 말론은 문손잡이를 잡고 말했다. "심각한 문제가 있어 위험하다고 했는데 어떤 사정입니까? 말해요. 내가 도와드리죠."

"아니에요." 여자는 말론 옆으로 다가왔다. 향수 냄새가 말론의 머릿속에서 라이와 스카치와 위험한 화합을 시작했다. "죄송하지만 알려드릴 수 없어요." 여자가 재빨리 생각을 정리하는 것을 말론은 확실히 알았다. "지금은 아무도 나를 도울 수 없어요." 여자는 미묘하게 눈길을 돌렸다. "젊은 여자가 혼자일 때는……."

말론은 얼굴이 빨개지는 것을 느꼈다. 문을 열고 "아" 하고 말했다. 단순한 "아"이다.

"잠깐." 여자가 빠르게 말했다. "왜 그런 걸 알고 싶어 하지요?"

"왜냐하면." 말론도 빠르게 말했다. "당신 대답이 도움이 될 것 같거든요. 폴 파머가 살해되었다면 말입니다."

이제 됐다. 엘리베이터로 내려가면서 말론이 생각했다. 매들레인은 지금 그 말의 의미를 열심히 생각할 것이다.

말론은 택시를 타고 고테 가에 있는 릴리언 클레어의 아파트 위치를 말했다. 그 아파트 로비에서 변호사는 어느 유명한 정치가의 집에 전화를 걸어, 그가 집에 있는 것을 확인했다. 릴리언 클레어의 아파트에서 특별한 정치인을 만나고 싶지 않았기 때문이다. 그 정치인은 이 아파트 세를 계속 내주고 있었다.

역시 훌륭한 아파트였다. 날씬한 혼혈 하녀가 말론을 안내했다. 크고 부드러운 모던한 디자인의 소파, 의자, 거울, 그리고 홈 바. 그러나 릴리언 클레어 본인은 몇 배나 뛰어났다. 작은 몸에 조금 살찐 것 같지만, 블론드 머리에 현혹하는 듯한 표정으로 말론을 쳐다았다.

"오, 말론 씨. 전부터 친구가 되려고 생각했어요."

이 여자라면 조금만 건드려도 곧바로 낄낄거리며 웃을 것이다.

말론은 왠지 모르게 즐거웠다.
 여자는 마실 것을 만들고 말론의 담배에 불을 붙여주었다. 가장 크고 훌륭한 소파에 앉아 있는 말론 곁에 가까이 붙어 앉으며 그녀가 말했다.
 "폴 파머는 어떻게 밧줄을 구했을까요?"
 "모릅니다. 당신이 케이크 안에 넣어 보낸 게 아닙니까?"
 여자는 말론을 책망하듯이 보았다.
 "내가 그에게 자살하기를 권하고 그 많은 유산을 메들레인 같은 무서운 여자에게 남기도록 했다는 말인가요?"
 "그렇게 무서운 여자는 아닙니다. 그러나 이번 사건은 당신에게 재미없겠지요. 폴에게서 수표를 받을 기회가 없어졌으니까요."
 "처음부터 돈 받을 생각은 아니었어요. 돈은 필요 없었어요. 나는 단지 폴에게서 그 여자를 떼어내려고 했을 뿐이에요."
 말론이 잔을 내려놓자 여자는 달려가서 바로 술을 채워 왔다.
 "당신은 폴을 사랑했나요?" 말론이 물었다.
 "어리석은 얘기는 하지 마세요." 여자는 말론 옆에 앉았다. "나는 그를 좋아했어요. 아주 좋은 사람이에요. 그래서 돈을 노리는 여자와 결혼하는 것을 참을 수 없었어요."
 말론은 천천히 끄덕였다. 방이 빙글빙글 돌기 시작했다. 불쾌한 느낌은 아니다. 역시 저녁을 먹었어야 좋았을까?
 "결국, 같은 이야기요. 당신 혼자 협박할 생각을 한 게 아니라 누군가 돈을 요구하라고 가르쳐줬을 거요."
 여자는 말론에게서 약간 물러났다. 아주 조금.
 "절대 그렇지 않아요." 여자는 설득력 없는 목소리로 말했다.

"좋소. 하나만 알려주시오." 말론이 유쾌하게 말했다.

"하나 가르쳐드리지요. 폴은 숙부를 죽이지 않았어요. 누가 죽였는지 모르지만, 폴이 범인이 아닌 것은 확실해요. 그날 밤 내가 그를 집까지 데려다 주었어요. 그래요, 처음에는 그가 여기 왔어요. 하지만 그 뒤에 택시에 태워 보냈다고 한 것은 거짓말이에요. 내가 같이 그의 방까지 갔어요. 나를 본 사람은 아무도 없어요. 아주 늦은 시간이라, 이미 날이 밝기 시작했으니까요." 여자는 말을 끊고 담배에 불을 붙였다. "우리를 보았는지 확인하려고 숙부의 방을 들여다보았는데 그때 이미 숙부는 죽어 있었어요. 그걸 아무에게도 말하지 않은 것은 더는 귀찮은 일에 말려들고 싶지 않았기 때문이에요."

말론은 곧바로 몸을 일으켰다.

"훌륭하군요." 그는 조금 화를 냈다. "당신은 폴의 알리바이를 증명할 수 있었는데 모른 체하고 그에게 사형 판결을 받게 했소."

"그게 왜 안 되는 거죠?" 여자는 차분하게 말했다. "당신을 변호사로 의뢰한 것을 알았어요. 왜 그에게 알리바이가 필요하죠?"

말론은 의자 뒤로 가서 여자를 노려보았다.

"알았소. 그러나 내가 알고 싶은 것은 그런 것이 아니오. 페더스톤은 무슨 일로 오늘 밤 당신에게 전화를 걸었소?"

말론의 손이 닿은 여자의 어깨가 굳어졌다.

"저녁식사를 같이 하자는 전화였어요."

"당신은 거짓말쟁이군."

말론은 기분 나쁘지 않게 말했다. 그의 손가락이 시험 삼아 여자의 옆구리를 건드렸다. 여자는 낄낄거리며 웃었다. 말론은 여자에게 키스했다.

이만큼 시간을 보냈는데 노력한 것에 비해 아직 아무것도 알지 못했다. 말론은 자신을 책망했다. 폴 파머는 역시 숙부를 죽이지 않았다. 밝혀진 것은 이미 확신하고 있었던 것이고 어쨌든 지금은 아무 도움도 되지 않았다. 돈이 필요한 매들레인 스타는 이제 막대한 유산을 받게 된다. 올로 페더스톤은 릴리언 클레어와 가까운 사이 같다.

작은 변호사는 테이블에 팔꿈치를 대고 두 손으로 머리를 감쌌다. 오전 3시. 천사 조의 바도 이 시간에는 손님이 없어 쓸쓸하다. 역시 저녁을 먹었어야 했다. 지금의 이 싫은 기분을 바꾸려면 빨리 술을 마시거나 푹 자거나 그렇지 않으면 갑자기 죽는 수밖에 없다.

폴 파머의 숙부를 죽인 범인은 누굴까? 동기는? 그는 폴 파머에게 일어난 일을 이해할 수 없었다. 그는 목을 매 자살했다. 누가 감방에 숨어들어 갔다고는 도저히 생각할 수 없다. 자살용 밧줄을 주었다고 살인이라고는 할 수 없다.

폴 파머에게 일어난 일을 이해할 수 없었고, 5천 달러의 수임료도 받기 어려울 것이다. 그가 할 수 있는 일은 하나밖에 없다. 그 노래의 가사를 기억하는 것. 말론은 술을 주문하고 관리인에게 기타를 치며 노래해달라고 부탁했다. 그리고 의자에 등을 기대고 들었다.

오래된 교도소를 지나는
유선형 기차를 타고

그것은 길고 빠른 가락의 발라드였다. 노래를 하다 관리인은 술을 두 잔 마시고 말론도 거기에 따랐다. 부분적으로 기억하는 가사가 나온다. 변호사는 열심히 귀를 기울였다.

> 당신에게 유언을 남기고
> 그는 밧줄에 목을 넣었지.
> 빛나는 나이프를 잡은 보안관이
> 낡은 밧줄을 잘랐네.

슬픈 얘기다. 두 잔째 술을 마시면서 말론은 생각했다. 지금은 오히려 〈마이 와일드 아이리시 로즈My Wild Irish Rose〉를 듣는 것이 좋을 것 같았다. 그러나 말론은 큰 소리로 조에게 술을 주문하고 계속되는 노래에 귀를 기울였다.

> 당신 때문에 교수형 당하는 남자
> 당신이 저지른 범죄
> 젊은이의 찢어지는 마음 당신은 몰라
> 아가씨, 그에게 돌아가—

작은 변호사는 벌떡 일어났다. 이 부분이다. 생각나지 않은 부분은! 폴 파머가 마지막에 뭐라고 속삭였지? '끊어지지 않았어.'
말론은 모든 것을 알았다.
카운터를 뛰어넘어 현금이 들어 있는 서랍을 열고 전화용 슬럭*을 한 줌 집었다.

---

* 슬럭(slug) : 전화 걸 때 사용하는 모조 동전.

"취했군." 천사 조가 화난 목소리로 말했다.

"그럴지도 몰라." 말론은 행복한 듯이 말했다. "좋은 생각이 떠올랐어. 정신은 멀쩡해."

세 번째에 겨우 슬럭을 전화기에 넣고 올로 페더스톤의 자택 번호를 돌렸다. 나이 든 변호사가 침대에서 일어나 전화를 받을 때까지는 상당히 시간이 걸렸다.

지금 바로 매들레인 스타를 깨워서 교도소까지 같이 차로 가야 할 것. 이것을 페더스톤에게 이해시키는 데 몇 통화분의 슬럭과 10분이 필요했다. 그리고 릴리언 클레어를 깨워 이 일행과 같이 합류하자고 설득하는 데 10분 걸렸다. 다음에 말론은 장거리 전화로 스테이츠 빌 군의 보안관을 불러 곧바로 교도소로 와서 살인자를 체포하라고 했다.

말론이 의기양양하게 문으로 나가려 할 때 천사 조가 불렀다.

"깜박했군. 전해줄 게 있네." 그가 레지스터 뒤에 손을 넣어 가늘고 긴 봉투를 꺼냈다. "당신의 귀여운 비서가 이것을 전해주려고 온 시내를 찾아다닌 모양이야. 결국 여기로 갖고 왔지. 어쨌든 당신이 여기에 올 거라면서."

"고마워."

말론은 봉투를 받아 슬쩍 보고 얼굴을 찌푸렸다. 제일국립은행 First National Bank에서 온 등기우편이다. 너무 많이 돈을 찾은 것은 알고 있다.

좋아, 5천 달러를 받을 기회가 완전히 사라진 것은 아니잖아.

올로 페더스톤이 계속 코를 곤 것 외에는 스테이츠빌까지 가는 드라이브는 상당히 쾌적했다. 릴리언은 어린 고양이처럼 몸을 움츠리고 말론의 왼쪽 어깨에 기대어 자고 있었고, 말론은 오른쪽에 앉은 매들레인 스타의 손을 잡고 있었다. 그러나 아침 7시 조금 전에 교도소에 도착했을 때는 완전히 풀이 죽어 있었다. 이른 아침 안개에 싸인 교도소만큼 기분 나쁜 것은 없다.

작은 변호사는 지금부터 그가 해야 할 일 때문에 무거운 기분이었다.

개비티 교도소장의 사무실 분위기는 한층 무거웠다. 교도소장은 냉정하고 호전적인 눈초리로 말론을 바라보았고, 매들레인 스타와 그녀의 숙부 딕슨 의사도 조금 불쾌한 표정이다. 올로 펜더스턴은 솔직히 회의적인 표정이었다. 스테이츠빌 군의 보안관은 잠이 덜 깨 귀찮은 얼굴이었고, 릴리언 클레어는 졸린 얼굴에 의혹에 찬 표정이었다. 바워즈 간수마저 어리둥절해 보인다. 이들은 모두 내 수염에서 토끼를 꺼내 보이는 마술을 기다리는 것이라고 말론은 생각했다.

말론은 감정 없는 목소리로 바로 시작했다.

"폴 파머는 살해되었습니다."

개비티 교도소장은 조금 흥미를 보였다.

"요정들이 감방에 들어가 그의 목에 밧줄을 감았단 말인가?"

"아닙니다." 말론은 시가에 불을 붙였다. "살인자가 시도한 것은 조작에 의한 간접 살인입니다. 두 가지 동기에서 범인은 폴 파머의 숙부를 죽였습니다. 동기의 하나였던 폴 파머를 전기의자에 앉히려는 것은 거의 성공했습니다. 그런데 내가 다시 재판을 받도록 했습니다. 그러자 재빨리 다른 방법을 써서 폴 파머를 죽인 것입니다."

"자네 제정신인가? 파머는 스스로 목을 맸네." 올로 페더스톤이 말했다.

"정신은 말짱합니다." 말론은 성난 목소리로 말했다. "술을 마셨지만 정신이상과 술 취한 것은 다릅니다. 폴 파머가 목을 맨 것은 목을 매어도 죽지 않는다는 것을 처음부터 알았기 때문입니다. 문제없이 탈옥할 수 있었다고 생각했기 때문입니다."

"이유를 모르겠어요." 릴리언 클레어가 말했다.

"이제 알게 됩니다." 말론은 주의 깊게 바우즈를 보면서 빠르게 말했다. "이 사건을 계획한 것은 돈이 탐났던, 빚이 많은 어느 인물입니다. 그 인물은 폴의 숙부가 살해당한 밤, 폴이 인사불성으로 취해 있었던 것을 알고 있었죠. 그 인물은 폴과 친한 사이로 폴의 집 열쇠를 갖고 있었습니다. 그 인물은 폴의 집에 들어가 폴의 권총으로 숙부를 죽였습니다. 그리고 그 인물의 계산대로 폴 파머는 재판을 받고 사형을 선고받아 전기의자에 앉게 되었습니다. 그런데 폴이 고용한 변호사는 무섭게 머리가 좋은 남자였습니다."

말론은 담배를 타구에 던지고 계속했다.

"변호사는 폴 파머에 대한 재판을 다시 하게 하였습니다. 그러자 폴 파머의 죽음을 바랐던 인물은 폴에게 탈옥을 제안했습니다. 그리고 또 한 사람이 탈옥 방법을 가르쳐주었습니다. 즉, 목을 맨 흉내를 내고 부속병원으로 옮겨지면. 그 여자를 잡아, 바우즈!"

매들레인 스타가 딕슨 의사에게 달려들었던 것이다.

"이 겁쟁이!" 매들레인은 창백한 얼굴로 소리쳤다. "말했군. 이제 다시는 말을 못 할 거야."

총소리가 세 번 울렸다. 한 발은 매들레인이 주머니에서 꺼낸 소형 권총 소리, 나머지 두 발은 바우즈의 리볼버 소리.

그리고 실내는 조용해졌다.

말론은 천천히 걸어가서 두 사람의 시체를 내려다보고 슬픈 듯이 머리를 저었다.

"이대로 잘 끝났군. 재판을 했다면 이들은 다른 변호사를 고용했을 거야."

"모두 잘되었소." 스테이츠빌의 보안관이 말했다. "그러나 아직도 당신이 어떻게 알아냈는지 도무지 모르겠소. 맥주 한 잔 더 할까요?"

"고맙습니다. 간단한 일입니다. 노래에서 힌트를 얻었지요. 이 노래 알아요?"

말론은 노래의 멜로디를 흥얼거렸다.

"오, 물론 알고 있소. 〈스테이츠빌 교도소〉라는 노래요."

보안관은 처음 한 소절을 불렀다.

"아, 처음부터 알았다면 좋았을 텐데." 바텐더가 맥주 두 잔을 테이블에 놓자 말론이 말했다. "진 더블을 갖다주게."

"나도 같은 걸로." 보안관이 말했다. "그 노래가 어떤 관계가 있습니까, 말론?"

"계산기의 크랭크 같은 거죠. 알아요? 여러 가지 숫자를 넣어도 바로 대답은 나오지 않죠. 누가 크랭크를 돌려야 답이 나오죠. 간단하지요?"

"잘 모르지만 계속하시오."

"나는 데이터를 모두 갖고 있었죠. 내가 알고 싶은 것은 모두 알았는데, 그 계산이 되지 않았죠. 무언가 하나가 부족했지요." 그는 아주 경건하게 말하고 진을 마셨다. "폴 파머가 죽기 바로 전에 '끊어지지 않았다It wouldn't break'고 말했지요. 그는 두렵고 당황한 표정이었습니다. 그 말의 의미를 나는 알지 못했죠. 하지만 이 노래를 두 번째 듣던 중 알게 된 것입니다." 말론은 노래를 불렀다. "빛나는 나이프를 잡은 보안관이 낡은 밧줄을 잘랐네." 그는 남은 맥주를 마시고 노래를 계속했다. "당신 때문에 교수형 당하는 남자. 당신이 저지른 범죄. 젊은이의 찢어지는 마음 당신은 몰라. 아가씨, 그에게 돌아가." 노래가 멈추었다.

"훌륭하오. 나는 갈라지는 마음으로 기억하고 있소." 보안관이 말했다.

"마찬가지입니다." 말론이 손을 저었다. "이 노래가 계산기의 크랭크를 돌린 것이지요. 두 번째 들었을 때 '끊어지지 않았다'는 파머의 말의 의미를 갑자기 알게 되었죠."

"파머의 마음이 찢어졌다는 의미인가?" 보안관이 도와주듯이 말했다.

"아니요. 밧줄이요."

바텐더를 손짓으로 불러 "같은 것으로 두 잔" 주문하고 말론은 보안관에게 말했다.

"파머는 밧줄이 끊어질 것으로 알았죠. 그것은 미리 손을 본 밧줄로 목을 매면 바로 바닥에 떨어진다고 생각했지요. 그렇게 되면 파머는 부속병원으로 이동됩니다. 그 병원에서는 지난 반년 동안 두 사람이나 탈출했지요. 파머는 교도소에서 탈출하려고 했습니다. 왜냐하면 애인이 편지를 보내, 심각한 문제가 있어 아주 위험하다고 말했기 때문이지요. 재판 때 파머에게 불리한 증언을 한 그 같은 애인이 말입니다.

매들레인 스타는 파머의 돈을 원했지요. 다만 폴 파머는 필요 없었지요. 때문에 파머의 숙부를 죽이면 두 개의 목적이 달성되지요. 즉 폴의 돈을 자유롭게 쓰고, 폴은 사라집니다. 그 증거로서 매들레인은 불쌍한 올로 페더스톤을 이용해 폴에게서 돈을 받으려는 생각을 릴리언 클레어에게 가르쳐주었죠. 그런 이유로 폴은 점점 돈이 필요한 상황이 됩니다. 모든 것이 정말 순서대로 진행됐습니다. 거기에 내가 등장했지요. 재판을 다시 하면 모든 것이 물거품이 되어버립니다."

"당신처럼 머리 좋은 변호사를 고용한 것이 실수였군."

맥주잔을 비우면서 보안관이 말했다.

말론은 시가를 피워야 하는지 어쩐지 동전을 던져 정하기로 했다.

"더 머리가 좋은 사람에게 부탁했을지도 모르지요. 어쨌든 모든 계획을 세운 것은 매들레인과 숙부 딕슨입니다. 매들레인은 폴에게 편지를 써서 어떻게든 교도소에서 탈출하도록 그를 선동했지요. 그리고 숙부 딕슨이 밧줄의 트릭을 가르쳐주고 이 방법이라면 틀림없이 탈옥할 수 있다고 했겠지요. 세상 사람들은 폴 파머가 신경쇠약으로 자살을 기도했다고 보겠지요. 이것으로 나쁜 계획은 성공할 뻔했는데 파머가 고용한 변호사는 능력이 뛰어났고, 파머도 바로 죽지 않고 '끊어지지 않았어'라는 유언을 남긴 것이지요."

말론은 빈 잔을 보며 우울한 침묵에 빠졌다.

전화가 울렸다. 스프링필드 로드에서 트럭이 털렸다고 한다. 보안관은 바로 달려나갔다. 혼자가 되자 말론은 맥주에 눈물을 흘렸다. 릴리언 클레어는 올로 페더스톤과 함께 시카고로 돌아갔다. 늙은 변호사는 정말로 릴리언에게 데이트를 신청한 것이다.

말론은 어제부터 잠시도 눈을 붙인 적이 없다. 머리가 깨질 것 같다. 천사 조에게서 빌린 백 달러의 나머지는 시카고로 돌아가는 기차 요금밖에 안 된다. 그리고 은행에서 온 편지가 있다. 아마 호출장일 것이다. 말론은 주머니에서 편지를 꺼내 한숨을 쉬며 봉투를 뜯었다.

"현실은 냉정하군." 말론은 바텐더에게 말했다. "진 더블을 한 잔 더 주게."

진을 마시고 봉투 안을 들여다보니 5천 달러 보증수표가 있었다. 발행인 폴 파머. 발행일은 폴이 죽기 하루 전이었다.

말론은 왈츠 스텝을 밟으며 문으로 갔다가, 다시 왈츠 스텝으로 바텐더에게 가서 돈을 내고 이별의 키스를 했다.

"괜찮습니까?" 바텐더가 걱정스러운 듯이 물었다.

"괜찮고말고! 나는 다시 태어났네."

갑자기 노래 가사가 생각났다. 거리로 나온 작은 변호사는 행복하게 노래를 부르며 기차역으로 걸어갔다.

오래된 주 교도소를 지나가는
유선형 기차에 타고
손을 흔들며 큰 소리로 외친다
다시는 여기에 오지 않아
다시는 여기에 오지 않아

해설

손선영(추리소설가)

1권에서 이어진 2권은 2차 대전 이후부터 이야기가 시작된다. 물론 몇몇 작품은 그 이전이기도 하다. 시대가 변한 만큼 상당수 작품은 이제 진화하고 정교한 추리소설의 작법을 보여준다.

그 첫 작품이 바로 배리 퍼론의 「사라진 기억」이다.

극작가 애닉스터의 기억을 찾아가는 이야기인 「사라진 기억」은 근대와 현대 사이에서 가교 역할을 하는 작품이다. 조금 더 자세히 말하면, 근대적인 작법에서 현대적인 작법으로 넘어가는 단계에서 진화하고 현대적인 작법의 형태를 보여준다는 뜻이다. 어떤 단서도 주지 않은 채 시작된 이야기, 그리고 결말에서 보이는 '원고'와 '칼날'의 허무함에 이르기까지. 지금에야 드라마나 영화에서 많이 보아 왔던 클리셰지만 그것이 이 소설이 발표된 때라면 평가가 달라지지 않겠는가. 배리 퍼론의 이야기는 현대 스릴러의 한 일면을 완성된 형태로 보여준다.

배리 퍼론은 영국 최고의 추리소설가 중 한 명인 필립 앳키Philip Atkey의 다른 필명 중 하나이다. 이 작품은 「사각지대」로 불리기도 하며 『엘러리 퀸 매거진EQMM』 1945년 11월호에 게재되었다. USA 펭귄 문고가 1998년 발간한 시대를 아우른 최고의 단편 미스터리 소설 26위에 랭크되기도 했다.

1권에서 이어지는 작품들이 해결을 다룬 추리소설이었다면 아놀드 베넷의 「살인!」은 그 반대 지점에 서 있는 작품이다.

난봉꾼인 프랜팅은 여전히 부인을 괴롭히는 무뢰배나 다름없다. 그에게 부인은 무람없이 대해도 되는 종이나 다름없다. 게다가 끊임없이 돈을 생산해내는 자원이기도 하다. 프랜팅에게는 없는 '사랑'이 로맥스 하더에게는 존재한다. 그것도 프랜팅의 바로 그 부인을 향해……

부인 에밀리는 너무도 착해 프랜팅을 어찌하지 못한 채 불행한 나날을 영위한다. 그녀에게 양심의 가책을 느끼게 하지 않으면서 로맥스 하더 역시 사랑할 수 있는 방법은 무엇일까.

그것은 바로 '살인!'이었다. 이제 로맥스 하더가 결심한 살인의 양상은 어떻게 전개될 것인가!

1926년에 발표한 이 단편소설은 베넷의 필모그래피에서 큰 위치를 차지하진 않는다. 그러나 이 시기에 다루어졌던 '완전범죄'에 관한 작품으로 독자에게 소개하기에 손색 없으리라 여겨진다.

이 작품집에 소개된 탐정은 개성이 뚜렷한 특징적인 탐정이다. 그 중에서도 피트 모란만큼 개성적인 탐정도 드물 것이다. 퍼시벌 와일드가 창조해낸 이 탐정은 말하자면 '개그 탐정'이라 할 수 있다. 덜떨어지고 무식한 이 탐정은 그것을 극복하기 위해 통신교육으로 탐정 강좌를 수강한다.

「피트 모란, 다이아몬드 헌터」 역시 서신을 교환하며 '우연히' 사건을 해결하는 작품이다. 작품을 읽는 내내 작가가 창조해낸 멍청한 탐정의 슬랩스틱에 빠져 낄낄거리며 웃게 될 것이다.

퍼시벌 와일드는 미국에서 극작가로 이름을 날렸다. 19세에 콜롬비아 대학을 졸업하고 5년간 은행에서 근무한 뒤 자신의 갈 길이 극작가라고 생각해 1912년 처녀작을 발표, 초기에는 보드빌 각본가 겸 연출가였으나 곧 순수 연극 방향으로 진로를 택했다. 주로 단막극용 작품을 창작했으며 그 수는 100편 이상이다. 대중적으로도 인기를 얻어 미국을 비롯한 영어권 국가 약 1300개 도시에서 상연했으며 다양한 언어로도 번역되었다.

추리소설에서 복수만큼 오래된 아이콘은 없다. 사실 '복수'는 추리소설에서가 아니라 창작되는 컨텐츠의 상당수가 택하는 주제이다. 스릴러 〈올드보이〉를 통해 세계적인 감독 반열에 오른 박찬욱 감독 역시 '복수 3부작'을 통해 세계에 이름을 알리지 않았던가.

이자와 모토히코의 「골초는 빨리 죽는다」는 복수와 완전범죄라는 추리소설의 핫 아이템을 다루고 있다. 그리고 그것으로 마무리될 것 같던 이야기에 작가는 멋진 반전을 선사한다.

우리나라에서는 그리 이름을 알리지 못했지만 이자와 모토히코는 1980년 『사루마루 환시행』으로 에도가와 란포 상을 받았다. 에도가와 란포 상은 장편 추리소설을 공모하며, 추리작가의 등용문으로 유명하다. 이자와 모토히코가 뒤늦게 화제가 된 이유는 우리나라에서도 커다란 유명세를 떨치고 있는 시마다 소지의 『점성술 살인사건』을 밀어내고 수상했기 때문이다. 이 일화는 후대 독자들에게 두 명의 천재 추리작가가 출현했던 이야기로 회자된다.

이 작품은 1992년 유학서림에서 출간한 『골초는 빨리 죽는다』에 동제목으로 수록된 작품이다. 현재 이자와 모토히코는 일본 우익의 목소리를 상당수 대변하는 모습으로 작풍이나 사상이 변했다.

「먹이」를 쓴 토마스 테셔만 언급해도 우리나라와는 다른 모습을 짐작할 수 있을 것이다. 토마스 테셔는 영국 밀링톤 북스에서 임원을 지내다가 전업작가가 되었다. 우리나라라면 한 회사의 임원으로 있다가 장르문학에 손을 대는 경우는 극히 드물 것이다.

「먹이」는 「앰워스 부인」처럼 슈퍼내추럴한 작품이다. 별볼일없는 남자에게도 매우 상냥한 미스 로우. 그러나 그녀는 어린 나이에 비해 과체중의 몸집으로 침대를 떠나려 하지 않는다. 그런 그녀에게 무심한 듯 행동하는 휘트먼은 자신이 그녀에게 놀라운 관심과 사랑의 마음을 품었다는 사실을 깨닫는다.

둘의 관계는 이제 어떻게 '변태'할 것인가. 「먹이」라는 제목이 가져다줄 충격이 기대된다.

이 작품은 2000년에 발간된 『Ghost Music and Other Tales』에 수록된 단편이다. 테셔가 발표한 단편은 손에 꼽을 정도지만 그 임팩트는 강렬하다. 여전히 창작활동에 매진하고 있는 그가 우리나라 독자들에게도 더 많이 소개될 것이라 믿는다. 그의 장기인 공포를 하루라도 빨리 만나고 싶다.

노리즈키 린타로는 교토 대학 추리소설연구회 출신으로 일본 현대 추리문학에서 큰 비중을 차지하는 작가이다. 『잘린 머리에게 물어봐』는 그가 10년 만에 발표한 장편소설일 정도로 과작 작가이기도 하다. 최근에는 『요리코를 위해』가 출간되기도 했다.

잠깐 교토 대학 추리소설연구회 출신 작가를 소개하면 아야츠지 유키토, 아비코 다케마루, 마야 유타카 등이 있다. 현대 일본 추리소설을 대표하는 다수의 작가를 배출한 교토 대학은 기관지 『창야성』 등으로 여전히 학구적인 모습을 유지하고 있으며, '범인 맞히기 게임'이라는 유명한 활동도 펼치고 있다.

노리즈키 린타로는 '엘러리 퀸의 유지를 이어받은' 작가 중 한 명으로 작가의 이름이 곧 소설 속 탐정의 이름이며 경시 노리즈키와 아들인 탐정 노리즈키가 등장한다.

「이콜 Y의 비극」은 2000년에 발간된 합작 단편집 『Y의 비극』에 실렸으며 일반인이 탐정으로 등장해 다잉 메시지를 해결하는 모습을 그렸다. 또한 그의 작법이 그대로 드러나는 논리적인 글로 필요 없는 비약이나 극간이 존재하지 않는 특징을 그대로 보여주는 수작이다.

「그녀들의 쇼핑」은 쓰쓰이 야스타카 특유의 블랙코미디를 느낄 수 있는 범죄물이다. 그가 블랙코미디를 통해 세상을 비판하는 모습이 이 작품에서도 그대로 드러난다. 소소한 생활을 위해 살인마저 일삼는 부인들의 모습에서 자본주의를 비판하는 모습과, 그런 와중에도 목숨보다는 명예를 생각하는 피해자의 모습에서 씁쓸한 감정을 지울 수 없다.

쓰쓰이 야스타카는 어린 시절 아이큐 178이란 사실로 일본 전역에 센세이셔널한 이슈를 던졌다. 전후 그를 위한 특별교실이 생기기도 했으나 그의 관심은 영화와 연극, 만화 등에 있었다. 그의 관심과 애정은 『SF 매거진』에 한때 천착하여 가족 전체가 SF 동인지 『NULL』을 창간하기에 이른다. 현재도 배우, 추리소설, SF소설 등 그가 관심을 두었던 분야 전반에서 놀라운 활약을 이어가고 있다. 우리나라에서는 『시간을 달리는 소녀』의 원작자로 유명세를 떨쳤고,

'할 말은 하는 작가'라는 인식을 심어주며 독자들 사이에서도 팬층을 곤고히 하고 있다.

현실에서 사람이 가장 공포를 느끼는 순간은 언제일까?

다카기 아키미쓰는 '살의를 엿보는 순간'이라고 말한다.

본지에 실린 「살의」는 다카기 아키미쓰의 정교한 플롯보다는 인간의 감성을 자극하는 글이다. 전후 복잡한 일본의 상황을 겪으며 변호사인 타누마는 나눔의 삶을 살아가는 노인이다. 게다가 이웃에서 벌어진 살인사건의 변호를 맡는다. 그들이 자식처럼 대해온 삽화가 하루유키와 그의 부인 준코의 변호였기 때문이다. 그러나 그가 기대한 것과 다른 양상으로 그들의 일이 흘러가기 시작한다.

인간 심연의 추악한 살의는 과연 어느 순간 발의하는 것일까.

「살의」는 '괴작'으로 불리는 『문신 살인사건』으로 우리나라에서도 지속적인 독자층을 확보한 작가가 인간의 심리를 정면으로 다룬 소설이다. 이러한 이면에는 사생아였으며 가족의 파탄을 겪고 어두운 성장과정을 거친 작가의 인생이 투영된 것인지도 모른다.

『문신 살인사건』이 란포에 의해 인정받으며 다카기 아키미쓰는 1948년 추리소설가로 정식 데뷔한다. 『인형은 왜 살해되는가』 『파계재판』 등 그가 창조해낸 탐정 가미즈 교스케는 일본 명탐정 계보에도 꼭 등장한다.

앞서 고사카이 후보쿠가 「마리 로제 수수께끼」를 통해 포의 통찰력과 그것에서 촉발된 추리 이야기를 썼다면, 이번에는 그가 조금 편안하게 말하는 추리소설과 그것에 입각한 과학의 이야기를 들을 수 있다. 바로 「과학적 연구와 탐정소설」을 통해서이다.

이 에세이를 통해 고사카이 후보쿠가 얼마나 탐정소설에 해박하며, 또 깊이 있는 혜량을 지녔는지 알 수 있다. 반면 적당한 탐정소설에는 호락호락하지 않았다는 것을 직설적 화법을 통해 드러낸다. 작가에 대한 이야기는 1권에서 다루었으므로 생략하기로 한다.

최근 토마스 쿡의 장편소설이 출간되었다. 『붉은 낙엽』은 추리 비극이라 칭해지며 인간의 심연을 가족이란 틀 안에서 처절하게 그려낸 수작이다. 2006년 발표된 작품으로 그는 앤서니 상, 배리 상 등을 받았다. 미국에서 유명한 작품이 밟아가는 수순으로 영화화 결정, 2014년 개봉을 앞두고 있다.

본지에 실린 「아버지」 역시 단편으로는 이례적으로 평단과 대중의 지지를 받았던 작품이다.

소설은 별다른 정보 없이 시작한다. 단순히 첫사랑에 대한 이야기로 시작하지만 결론에 이르러 거대하고 엄청난 사건이었음을 독자에게 자각시킨다.

'단 한 줄의 반전을 위해 그것을 철저히 숨겼다'라는 장경현 평론가의 말처럼 이 소설은 마지막 반전을 위해 철저히 내러티브를 숨긴 채 진행된다. 그리고 마지막에 가서 반전을 제대로 읽은 독자라면 묵지근하게 뒤통수를 누르는 소설의 힘을 느낄 것이다.

1980년 『무고한 피』로 작가 생활을 시작한 토마스 쿡은 어느새 미국 내에서도 거장이라는 칭호가 아깝지 않은 작가가 되었다. '아름다운 문체와 묵직한 주제'라는 미 평단의 평이 번역 작품에서 얼마나 느껴질지는 알 수 없다. 그렇지만 그가 쓴 첫 단편이 미국 내 여러 문학상 후보에 오르거나 열렬한 지지를 받았던 만큼 우리나라 독자에게도 큰 감동으로 다가올 것이라 믿는다.

현대에 이르러 추리소설은 다양한 양상으로 분화되었다. 특히 본격 미스터리가 세분화되었는데 후던잇Whodunnit, 하우던잇Howdunnit, 와이던잇Whydunnit 등이다.

이런 기술적인 세분화는 과학수사의 발전과 창작의 목적성에 따른 것이라 볼 수 있다. 슈퍼히어로 탐정의 전능적인 역할은 이제 사라졌고, 조각 지문 하나까지 찾아내는 과학수사의 눈부신 발전에 따라 독자를 눙치듯 넘어가기도 이제는 어려워졌다.

에드워드 호크의 세 단편은 바로 이러한 지점에서 '후던잇' '하우던잇' '와이던잇'의 창작과 발전 양태를 살펴볼 수 있는 좋은 단편 모음이다. 조금 더 들어가자면 일반적인 추리소설이 '문제(사건 발생)-전개-해결'이라는 과정에 반전이 덧붙여진 경우가 많으나, '후던잇, 하우던잇, 와이던잇'은 '문제(사건 발생)-해결'이라는 직접적이고 단순한 구도를 보여준다.

세 소설은 잔가지를 쳐내고 '후던잇, 하우던잇, 와이던잇'의 모범적인 텍스트를 보여준다. 이것을 선별한 작가는 다름 아닌 엘러리 퀸이다. 역시 이러한 단편을 선별하는 데 있어 편자의 역할이 얼마나 중요한지 알 수 있다. 작품은 『엘러리 퀸 매거진』 25주년 기념 선집인 『Ellery Queen's Grand slam』(1970)에 수록되었다.

우리야 부러울 수밖에 없지만 『엘러리 퀸 매거진』이나 『히치콕 매거진』 등을 통해 발표된 단편 추리소설은 흐름을 주도하거나 새로운 흐름을 만드는 데 있어 커다란 역할을 지속적으로 해왔다.

에드워드 호크는 생전 1천여 편의 창작물을 '양산'해냈다. 자연스레 그가 론칭한 주인공만 해도 캡틴 레오폴드, 닥터 샘 호손, 닐 벨벳 등 한두 명이 아니다. 작품 활동의 상당수는 본격 미스터리였으나 이번 작품에서 보이듯 그의 작품 세계는 그것만으로 단정할 수는 없다. 사후인 2001년 미국추리작가협회 최고 위치인 그랜드 마스터에 선정되었다.

소설을 읽다 보면 배경에 공을 들인 작품을 만날 수 있다.

사실 소설의 배경은 창작자 입장에서 보자면 방대하지 않을 수 없다. 인물의 배경, 사건의 배경, 소재나 주제의 배경 등. 그리고 그것들을 각기 작품에 나타내기 위해서 상당한 지식과 노력이 들어간다는 것까지.

「오번 가문의 비극」은 이러한 장소적 배경과 지식이 필요한 작품이다. 그로 인해 도입부에 펼쳐진, 아마도 그 시대 사람이라면 눈앞에 그려졌을 배경이 몰입을 조금 방해하기도 한다. 그렇지만 그 대목을 지난 뒤부터 단숨에 독자의 눈을 사로잡는다.

사실 해설서에서 스포일러를 배제한 채 해설을 한다는 것만큼 난해한 일은 없다. 그러나 과학적이고 논리적인 해결 앞에는 독자도 손을 들 수밖에 없다. 「오번 가문의 비극」이 바로 그러한 작품이다. 게다가 작품 외적인 여러 이야기들이 지적인 호기심을 자극하는 수작이다.

M. P. 실은 초기 장르문학에서 중요한 위치를 차지하는 작가이다. 그를 일컬어 장르의 혁신을 이루어낸 작가라는 평이 따라붙는 이유는 SF나 로맨스, 역사 등을 광범위하게 다루었던 탓이다. 그의 필모그래피에서 가장 중요한 위치를 차지하는 『퍼플 클라우드』(1901)는 북극으로 여행을 떠난 주인공이 세계 멸망 이후 최후의 일인이 된 모습을 기술한 것으로 다양한 사건과 묵시록적이고 SF적인 세계관을 담고 있다. 「오번 가문의 비극」은 그의 사후 발간된

『실의 대표 단편선The Best Short Stories of MP Shiel』(1948)에 실린 글을 텍스트로 삼았으며 1895년에 최초 발표되었다. 『Prince Zaleski: three detective stories』(1895)에는 잘레스키가 활약하는 「오번 가문의 비극」과 「에드먼즈버리 승려의 돌The Stone of the Edmundsbury Monks」 「The SS」 「The Return of Prince Zaleski」로 네 편의 단편이 실렸다. M. P. 실은 생전 10종의 단편집과 30여 편의 장편소설을 발표했다.

「불도그 앤드류」는 이번 선집에 실린 작품 중 가장 특이하다. 이 작품에는 특별한 수수께끼나 사건이 등장하지 않는다. 역사와 인문 지식, 특히 법에 관계된 이야기들로 독자들의 지적인 호기심을 충족시킨다. 반면 이러한 생각도 들 것이다. 과연 '개에게 물린 사건이 발생했을 때는 어떻게 되지?'라는. 초기 법정물의 형태가 이토록 가벼웠다는 데서는 조금 실소를 느낄지도 모르겠다. 그러나 이 속에는 아서 트레인이 변호사로 근무하며 느꼈던 법에 대한 통렬한 조소가 담겨 있다는 사실을 간과해서는 안 된다.

아서 트레인은 법무장관 출신인 아버지를 두었으며 하버드 대학을 졸업하고 작가와 변호사라는 두 가지 직업을 성공적으로 영위했다. 전업작가로 나서기 3년 전인 1919년 이 작품에 등장하는 변호사 에프라임 터트를 통해 법의 불공정성을 비판했다. 이 글은 에프라임 터트 시리즈로 1919년 발표된 『터트와 터트 씨Tutt and Mr. Tutt』에 마지막인 네 번째로 실린 단편이다. 이후 터트 시리즈는 10권 이상이 출간되어 그의 대표적인 캐릭터로 자리 잡았다.

탐정소설에 관한 일본 에세이, 이오누에 요시오의 「탐정소설론」은 사실 조금 질투가 나게 하는 글이다. 당대 우리 문단은 탐정소설을 "저급하고 통속적이라 하여 권할 것이 못 된다"(김동인)거나 탐정소설을 쓰면서 다른 필명을 사용했다. 그에 반해 일본은 탐정소설의 흐름을 정확히 읽고 그것을 자국화시키는 데 상당한 노력을 기울였다. 그러한 일례가 바로 이 책에 소개되는 에세이와 평론들이다. 그렇지만 오늘에 이르러 우리나라 독자들이 능동적으로 추리·스릴러를 받아들이기 시작했다는 사실은 고무적이지 않을 수 없다. 비록 늦었지만 지금에라도 이러한 글들을 소개한다는 것이 얼마나 기쁜지 모르겠다.

이노우에 요시오는 '발단-발전-수수께끼의 해결'로 추리소설을 분석했다. 이 글은 김내성이 등단했던 『프로필』 1934년 4월호에 발표된 글이다. 벌써 80년이 지났지만 어색한 대목을 찾기가 힘들 정도로 뛰어난 글이다. 물론 기저에는 그가 초기 추리소설 명작들을 일본에 소개했던 번역가로 활동한 바탕이 자리하고 있다. 에도가와 란포와 함께 직장생활을 했던 아버지와 란포의 영향으로 중학교 시절에 탐정소설 동인지 등을 만들어 활동했던 일화도 유명하다.

"탐정소설의 근본적 재미는 수수께끼에 있다. 따라서 탐정소설의 기교로서 중요한 것은 어쨌든 흥미 있는 수수께끼를 만들어야 한다는 것이다. 진짜 뛰어난 탐정소설은 그것이 미스터리의 얇은 베일로 가려지기를 원하는 것이다"라는 이노우에 요시오의 탐정소설 맺음말은 그가 추리소설에 대해 얼마나 뛰어난 직관과 소양을 가졌는지를 보여준다.

「아내의 외출」은 이번 단편집에서 두 번째 소개되는 자크 푸트렐의 작품이다. 그 말은 사고 기계 반 도젠을 만날 수 있다는 것을 의미한다.

우리나라에서 추리 마니아들이 그토록 바라 마지않던 SFX 반 도젠 교수의 모습은 그 출현 빈도가 매우 적었다. 과거에도 아주 오래전에 동서추리문고를 통해 출간된 『사고 기계』 정도가 전부였다. 그나마도 구하기 힘들어졌고, 간간이 출간되는 '세계 미스터리 걸작선' 류에서 선보이는 「13호 감방의 비밀」 정도뿐, 자연스레 자크 푸트렐의 작품은 반가울 수밖에 없다.

「아내의 외출」은 개인적으로 꽤나 흥미롭게 보았던 작품이다. 그 바탕에는 아내의 부정을 의심하는 한 남자의 소심한(?) 감정이 마음을 흔들었던 탓이다. 사실 많은 창작물을 접하지만 그중에서도 가장 쉽게 공감이 가는 것은 주변에서 벌어지는 소소한 일에 관한 것이다. 마치 옆집의 풍문을 소곤거리며 이야기해주는 느낌을 즐긴다고나 할까.

이 문제를 사고 기계는 어떻게 풀어갈까. 반 도젠 교수의 활약상을 기대하시라.

「A분장실의 수수께끼」 또한 매우 흥미로운 작품이다. 우리는 명작이라 불리는 영화들을 통해 2차 대전 전후의 할리우드를 수없이 (보았다기보다는) 느꼈다. 당시 할리우드는 고전적 낭만과 아름다움이 흐르던 시기였다. 또한 이 시기는 상당수 미국 추리작가들이 시나리오를 쓰기 위해 유입되기도 했다. 그러나 그보다 더 이른 시기, 특히 1900년대 초반 미국의 분장실은 어떤 모습이었을까. 그곳에서 벌어질 수 있는 사건은 어떤 것들이 있을까. 이러한 물음에 반 도젠이 더해진다면 어떤 일들이 벌어질까. 추리소설적으로 보았을 때 「A분장실의 수수께끼」는 그것만으로 수긍하거나 납득하기에 추리의 극간이 존재하는 것이 사실이다. 반대로 시각적인 모습을 상상하며 그것 그대로, 즉 당시의 영화적인 그림들을 상상하며 즐긴다면 매우 훌륭하고 낭만적인 작품이 될 것이다. 덧붙여 "그것은 절대로 불가능하다"라는 명문장으로 시작되는 반 도젠의 모습에서 그가 왜 전설이 되었는지 독자들이 가감 없이 느끼는 계기 또한 될 것으로 보인다.

도로시 세이어즈는 추리문학사에서 상당한 비중을 차지하는 여류 작가이다. 결론만 먼저 말하자면, 지식층의 유희 따위로 치부되던 추리소설을 단숨에 문학의 반열로 올려놓은 작가이다. 최근 도로시 세이어즈의 페르소나인 피터 윔지 경이 등장하는 첫 번째 소설이 우리나라에도 출간된 바 있는데 『시체는 누구?』이다.

이번에 소개되는 「알라바바의 주문」에서는 피터 윔지 경이 놀라운 활약상을 펼친다. 당장 영화로 만들어도 손색이 없을 정도의 활약상이다. 거기에는 추리소설에 등장하는 상당히 놀라운 장치나 장면들이 등장한다.

더 이상 스포 금물! 그냥 즐기시라고 말씀드리고 싶다.

도로시 세이어즈는 1920년 옥스퍼드 대학교에서 문학석사 학위를 취득한다. 이것은 여성이 옥스퍼드에서 석사 학위를 취득한 최초의 일이었다.

그녀가 창조한 피터 윔지 경 시리즈는 추리소설의 황금기(제1차 세계대전과 제2차 세계대전 사이의 기간)를 대표하는 걸작으로 훗날 평단의 높은 평가를 받으며, 그녀는 애거서 크리스티와 견줄 만한 명성을 얻게 된다. 피터 윔지 경 시리즈는 영국 BBC에서 TV 시리즈로 제작되는 등 다양한 매체로 재생산되었다. 다만 아쉬운 게 있다면 애거서 크리스티에 견줄 만한 명성을 얻었음에도 나중에 창작의 방향을 완전히 틀어 추리문학과 거리를 두었다는 점이다.

그녀는 제2차 세계대전 이후 오직 기독교 연구에 매진하였는데, 그녀가 말년에 영역한 단테의 『신곡』은 현재까지도 탁월한 학문적 성취로 남아 있다.

어쩌면 장황한 설명이었지만 도로시 세이어즈는 당대의 천재였다. 그녀가 바라보는 범죄에 대한 관심과 그것을 문학적으로 형상화한 추리소설은 어떤 감흥으로 다가올까.

본지에 소개되는 도로시 세이어즈의 「범죄 옴니버스」는 이러한 그녀의 직관을 잘 보여주는 글이다. 우리나라 독자에게 당대 천재였던 도로시 세이어즈가 바라보는 추리소설에 대한 글을 소개한다는 것은 커다란 감흥이 아닐 수 없다. '지성파'와 '센세이셔널파' 등 그녀가 추리소설에 보인 직관에 경외를 보낸다.

마지막 작품인 「그의 마음은 찢어졌어」는 노래 하나로 시작하는 글이다. 흔히 사람들은 비슷한 경험을 했을 것이다. 지나치는 누군가 흥얼거렸다거나 출근길에 잠깐 들었던 음악이 하루 종일 뇌리를 떠나지 않는. 이 소설은 그러한 이미지로 출발한다.

이 소설에 등장하는 탐정은 술주정뱅이 변호사 말론이다. 사실 변호사 말론은 작가인 크레이그 라이스의 자전적 모델이라고 볼 수 있다.

크레이그 라이스의 본명은 조지아나 앤 랜돌프 Georgiana Ann Randolph이다. 시카고에서 태어났으며 어린 시절 부모에게 버림받아 친척의 손에서 자라는 등 과거가 불행했다. 다행히도 숙부의 교육 덕택에 문학적 소양을 갖추게 되었지만, 이러한 과거는 그녀에게 커다란 상처를 남겼던 것으로 여겨진다. 10대 후반부터 글을 쓰기 시작해 홍보 담당, 신문기자, 라디오 프로그램 작가 등 다양한 직업을 경험한 후

1939년, 존 말론 시리즈 첫 작품인 『8 Faces at 3』을 발표하며 문단에 첫발을 내디딘다. 작품에서 세련된 감각과 재치 있는 유머, 따뜻한 분위기를 보여준 그녀는 『타임』지 표지에 실릴 정도로 인기 작가가 되었지만 사생활은 불운했다. 결혼과 이혼을 거듭했으며(최소한 네 차례), 30대 초반에 알코올의존자가 되었다. 술꾼 변호사 말론을 비롯해 그녀의 작품에 술주정꾼에 대한 표현이 많은 것도 작가의 체험이 배경이다. 그러나 가정생활이 완전히 불행한 것만은 아니었다. 국내 소개된 유일한 작품이자 자전적 미스터리라고 할 수 있는 『스위트 홈 살인사건』(1944)에서 활약하는 세 아이의 모델이 된 낸시, 아이리스, 데이비드를 얻어 깊은 모성애를 보여주었다.

크레이그 라이스 이외에도 마이클 베닝Michael Venning, 대프니 샌더스Daphne Sanders, 루스 말론Ruth Malone 등의 필명으로 활동하며 인상적인 등장인물들을 창조했다. 그중에도 시카고의 술을 좋아하는 변호사 '존 J. 말론', 신문기자에서 프레스 에이전트가 된 '제이크 저스터스', 그의 미인 아내이며 대부호의 딸이자 살인적인 운전 실력을 자랑하는 '헬렌 저스터스'가 그들이다. 이 세 사람은 사상 최강의 탐정 트리오로 설명 불가능한 혼란 상황을 해명하는 것이 특기다. 언제나 은퇴 후의 생활을 꿈꾸는 시카고 시경의 폰 플래너건 경감, 말론의 단골 술집 바텐더 '천사 조', 조직의 보스 맥스 후크, 말론의 비서 매기, 「잘못된 살인」The Wrong Murder에서 제이크와 엉뚱한 내기를 하는 여배우 모나 매클레인 등 이 시리즈를 빛내는 조연도 아주 개성적이다. 이번 작품에서도 그러한 라이스의 등장인물을 만날 수 있다. 그리고 주요 무대가 되는, 천사 조가 운영하는 바 '시티홀'의 모습을 엿볼 수 있다.

크레이그 라이스는 자살을 두 차례 시도했는데, 첫 번째였던 1949년에는 회복했지만 1957년에는 그 후유증으로 마흔아홉이라는 아까운 나이에 세상을 떠나고 말았다.

본 작품은 『엘러리 퀸 매거진』 1943년 3월호에 수록되었다.

현대 추리소설은 이제 스릴러의 시대를 넘어 프랙탈 구조를 파생하는 커다란 컨텐츠로 자리매김하고 있다. 프랙탈 구조란 거미줄 형태로 복잡하게 얽힌 창작의 밸류 체인을 의미한다. 창작자와 소비자 간에 구분이 없으며 서로가 창조한 세계를 서로가 공유하여 그것이 다시 하부 세계를 창조하거나 다시 상부로 옮아오는 구조를 이른다. 『스타워즈』나 『트와일라잇』이 프랙탈 구조를 성공적으로 만들어가는 대표적인 작품으로 평가할 수 있다. 『스타워즈』나 『트와일라잇』 관련 홈페이지를 클릭해보면 팬들과 창작자가 함께 만들어가는 프랙탈 구조를 확인할 수 있을 것이다.

너무 급진적인 구조를 설명했다면 간단히 OSMU(One Source Multi Use)를 상상하시면 될 것 같다. 여기서 나아가 OSMU가 단순히 창작자가 소비자를 하나의 밸류 체인에 묶어 판매가 이루어지는 것이 아니라 판매와 동시에 수많은 창작의 다른 일면들이 양산된다는 형태가 바로 프랙탈 구조이다.

현재 전 세계적으로 초판만으로 200만 부를 소화하는 작가는 스티븐 킹, 존 그리샴, 스테프니 메이어 등을 들 수 있다. 일본 역시 히가시노 게이고나 미야베 미유키는 단기간에 100만 부에 근접하는 판매고를 올리는 작가이다.

반면 우리나라의 추리(또는 장르)소설은 왜 그런가, 라고 묻는 독자들이 많다. 이것은 시장과 독자, 작가의 문제가 얽힌 복잡한 형태로 설명 가능하다.

먼저 시장 규모 면에서 일본의 100배에도 못 미친다. 우리나라의 출간량이 일본의 100분의 1 수준에도 미치지 못한다는 뜻이다. 독자 역시 마찬가지, 일본 국민 전체가 연간 7권의 책을 보는 반면 우리나라는 0.8권에 그친다. 사실 이 수치도 정확해 보이지 않는다. 우리나라에서 독서에 관해 제대로 조사되거나 조사할 근거가 있는지 먼저 묻고 싶다. 게다가 '0.8권'은 학습서와 교재까지를 아우르는 수치였다니! 작가 역시 마찬가지다. 우리나라는 장르 작가의 등용문이 없다. 더구나 장르소설을 쓴다면 눈치부터 보게 된다. 사정이 이러하다 보니 한국추리작가협회의 규모와 작가 수 또한 일본의 10분의 1, 미국의 30분의 1 수준에도 미치지 못한다. 작가 숫자가 적으니 당연히 추리(장르)소설 발간량 또한 적을 수밖에 없다. 고작해야 1년에 30권 안팎. 악순환의 연속이다.

희망이 없는 것도 아니다.

추리소설의 팬덤이 단단해지고 있기 때문이다. 현재 인터넷에서는 다양한 추리소설 팬덤이 각자의 목적성에 부합하는 활동을 이어가고 있다. 이를 통해 일본 추리문학은 약 2천 명, 영미권 스릴러의 경우 약 1500명의 마니아층을 확보한 것으로 추산된다. 바꾸어 말해 화제의 신간이 나왔을 경우 언제든 지갑을 열어 확인할 준비가 되어 있는 독자를 확보하고 있다, 라고 풀이할 수 있다. 화제의 신간 같은 경우 영미권 작품에 대한 능동성이 일본 작품을 능가하는 것으로 평가된다.

이 선집 『세계 추리소설 걸작선』에는 역사적으로 중요한 위치를 차지하거나 처음 소개되는 작가들의 작품이 수록되어 있다. 이러한 선집 발간의 흐름이 많은 독자와 작가, 출판계로 확대되어 악순환이 아닌 '선순환의 첨병 역할'을 해줄 것으로 기대한다.

마지막으로 평생을 추리문학에 투신했으며 이 책에 실린 작품의 상당수를 번역한 고 정태원 선생께 두 손 모아 감사의 말씀을 전한다.

세계 추리소설 걸작선 2

1판 1쇄 발행 | 2013년 3월 29일
1판 4쇄 발행 | 2024년 1월 2일

지은이 에드거 앨런 포 외
옮긴이 한국추리작가협회
펴낸이 김기옥

문학팀 제갈은영 | **마케팅** 김주현
경영지원 고광현, 김형식, 임민진

표지 디자인 공중정원 박진범 | **본문 디자인** 성인기획
인쇄·제본 (주)민언프린텍

펴낸곳 한스미디어(한즈미디어(주))
주소 04037) 서울시 마포구 양화로 11길 13(서교동, 강원빌딩 5층)
전화 02-707-0337 | **팩스** 02-707-0198 | **홈페이지** www.hansmedia.com
출판신고번호 제313-2003-227호 | **신고일자** 2003년 6월 25일

ISBN 978-89-5975-530-1 04800
ISBN 978-89-5975-528-8 04800(세트)

한스미디어 소설 카페 http://cafe.naver.com/ragno | 트위터 @hans_media
페이스북 www.facebook.com/hansmediabooks | 인스타그램 @hansmystery

책값은 뒤표지에 있습니다.
잘못 만들어진 책은 구입하신 서점에서 교환해드립니다.